디어, 썸머

DAHYANG ROMANCE STORY
탐나(TAMNA) 장편 소설

디어,
썸머

Dear, Summer

훼손된 계절

Contents

Prologue

매앰, 매앰— 찌르르, 찌르르르.

지치지도 않는지 매미의 날카로운 울음소리는 날이 갈수록 높아졌다. 기상청에선 올해 여름의 더위가 최고 기록을 갱신할 것이라 했다. 과장은 아닌 듯했다. 가만히 서 있기만 해도 숨이 턱턱 막히고, 한 걸음 내딛는 것조차 힘겨웠다.

도희는 자글자글 피어오르는 아지랑이를 끔찍하게 바라보며 들고 있던 서류 파일을 신경질적으로 흔들었다.

"아……, 더워."

열기는 좀처럼 식을 줄 몰랐다. 쉴 틈 없이 이어진 미팅 스케줄 덕분에 이미 지칠 대로 지친 상태였다. 이대로 퇴근하고 싶은 마음이야 굴뚝같았지만, 마저 처리해야 할 업무만 해도 산더미다.

삐이이이— 요란한 소음에 도희는 눈가를 찡그리며 휴대폰을 확인했다. 폭염 주의보 경보 알림이었다. 팝업 창을 내리자 미처 확인하지 못한 부재중 전화와 문자가 와르르 쏟아졌다.

[백 대리. 왜 이려헥 전화를 안 바ㄷ아.]

[밖에서 대체 뭘 하고 있길래 느ㅈ어. 농땡ㅇ이 부리고 있는 거 아니야?]

[급하니까 문자 보면 당장 호 l 사로 ENldj어와. 얼른.]

오타가 남발하는 문자를 보내온 발신자는 전부 부장이었다.

밖에서 저녁 먹고 일찍 퇴근하라며. 멀쩡히 일하던 사람 억지로 떠밀듯 내보낼 땐 언제고. 평일 주말 할 것 없이 부려 먹는 데엔 이미 도가 튼 인간이었다. 상식이 통할 리가 있나. 메신저 사용 방법을 알려 달라 채근했을 때 모른다고 시치미를 뚝 뗐어야 했는데.

지긋지긋해.

도희는 원망스러운 눈초리로 하늘을 올려다보았다. 쓸데없이 청명하고 난리다.

"왜 또 여름이야. 짜증 나게."

당연한 순리를 두고 불만을 토로하는 꼴도 우습지만 정말이지, 돌이켜 생각해 보면 여름은 최악인 것들뿐이었다.

멀쩡한 사람마저 예민하게 만드는 살인적인 더위라든가. 눅눅하다 못해 끈적한 장마철 공기의 습도라든가. 사람들과 살짝만 옷깃이 스쳐도 한계를 모르고 솟구치는 불쾌지수 또한.

하지만 도희가 유난히 여름을 기피하게 된 것은 비단 앞서 말한 이유들 때문만은 아니었다. 가을, 겨울, 봄을 지나 돌아오는 여름만 되면 자연스럽게 떠오르는 그 얼굴이 문제지.

처음이자 마지막이란 각오로 뜨겁게, 보다 더 비참하게 사랑한 그 순간이 여름이라서.

여름 하면 가장 먼저 떠오르는 사람이 하필이면…….

"너. 이제 그만 나올 때도 되지 않았니."

질리지도 않나.

도희는 삼진전자 매장 내부를 흘겨보며 볼멘소리를 냈다. 정확히 말하자면, 몇 분 전부터 매장 내부에 진열된 수십 대의 대형 TV 화면들을 동시에 꽉 채우고 있는 한 남자를 노려보고 있었다. 애써 외면해 보려 해도 자꾸 눈길이 가는

8

것을 막을 길이 없다.

올림픽까지 앞으로 1년 남은 이 시점에서 하루가 멀다 하고 잊을 만하면 등장하는 너. 이쯤 되면 약 올리는 것 같아.

'네가 날 잊을 수나 있겠어?'

마치 그렇게 비웃기라도 하듯이. 싫었던 계절이 좋아지고, 잃었던 열정을 바라고, 원한 적 없는 꿈을 가지게 한 남자. 뿌연 안개 같던 인생에 선명한 오점을 남기고 떠난 모순덩어리.

아직까지도 나의 여름엔 그가 멀쩡히 살아 숨 쉬고 있다.

첫사랑. 말한다고 믿어 줄 사람이 있을지는 모르겠지만. 누군가 너의 첫사랑은 어땠느냐고 물어 온다면 한 치의 망설임조차 없이 대답할 수 있다.

후회한다고. 시간을 되돌릴 수 있다면 무슨 수를 써서라도 만나기 전으로 돌아갈 거라고. 머릿속에 지우개가 있다면 그 이름 석 자부터 지워 버리겠노라고.

나는, 태어나 처음으로 꿈을 꾸게 한 너를 원망한다.

아직까지도, 미련스럽게.

그런데 예상이나 했을까.

너와 다시 마주 앉아 있게 될 줄.

△ ▼ △

돌고 돌아 만나게 될 인연은 어떻게든 만날 수밖에 없다고 한다.

단단히 엉켜 버린 실타래 같은 것이라면 가위로 끊어 내면 그만일 관계인데, 허울만 거창하게 꾸며 표현하는 꼴이 우스울 뿐이다.

"……가지가지 한다, 진짜."

그런 것들이 지금 와서 무슨 소용일까.

기가 막혀 웃음만 나왔다. 무슨 정신으로 이곳에 나왔는지 수백 번, 수천 번

스스로에게 되물어 봤지만 해답을 찾지 못했다. 맨몸으로 오물통에 내던져진 기분이다. 주먹으로 가슴팍을 수차례 내리쳐 봐도 소용이 없다.

"환장하겠다, 진짜."

도희는 격식을 차린 장소와 걸맞지 않은 말을 내뱉으며 이마를 짚었다. 이제 10분 뒤, 사연 많은 첫사랑과 7년 만에 재회하게 된다.

아웃도어 기업 〈익스페디션〉 마케팅 부서 대리와, 전 세계를 제패한 국가 대표 수영 선수이자 전속 모델, 갑과 을이 명확하게 정해진 입장으로. 그것도 무려 화려한 샹들리에가 유난스러운 5성급 호텔 라운지 바에서.

충격과 공포를 넘어서 끔찍했다. 신이 외면한 것이 분명했다. 그렇지 않고서야 이런 거지 같은 상황이 펼쳐질 리가 없다.

늦지 않았어. 지금이라도 때려치워. 일어나.

야속하게 흘러가는 시계 초침 소리가 불안감을 한층 깊게 조성했다. 더는 못 참겠다. 도희가 엉덩이를 들썩거린 때였다.

'그 선수가 이번 해는 쉬고 싶다면서 완강하게 거절하고 있나 봐. 그런데도 상부에선 무조건 승인부터 따내라며 억지를 부리고 있는 상황이고. 아무래도 이때가 기회다 싶었겠지만 하루에도 몇 번씩 독촉 연락 받느라 나도 골치 아파 죽겠어. 답지 않게 고집부리는 걸 보면 매출은 확실히 보장된다는 소린데.'

묵직한 중력이 온몸을 잡아끄는 기분이다.

'하지만 그건 컨택 팀 업무이지 않습니까.'

'해 봤는데 안 되니까 백 대리한테 백업 요청하는 거잖아.'

거절이 통했다면 이 자리에 멱살 잡히듯 끌려 나오게 되는 상황은 처음부터 벌어지지 않았을 것이다.

'나도 기대가 많아. 백 대리도 내년엔 과장으로 승진해야지.'

하다 하다 협박이라니. 묵직한 한숨이 샜다.

먼발치에 위치한 자동문이 스르륵 열렸다. 누구일지 굳이 확인하지 않아도 직감할 수 있었다. 도희는 꼼짝 않고 정면에 시선을 고정했다. 무어라 설명할 수 없는 긴장감이 목을 꽉 조여 왔다.

차라리 눈을 감자. 사형을 선고받은 사형수의 심정이 이런 걸까. 걸음 소리가 조금씩 가까워질수록 발작하는 심장 소리에 정신이 혼미해지고, 호흡조차 버거웠다.

도희는 간신히 숨을 들이켜며 습관처럼 아랫입술을 꾹 짓이겨 물었다.

10년 같은 1분이 흐르고 테이블 바로 앞에서 멈추었다.

수영장 풀(Pool)의 특유한 물 냄새와 시원한 샴푸 향기가 코끝을 스친다. 슬며시 눈을 뜨자 우두커니 멈춰 선 검은색 구두가 시야에 담겼다.

7년이 지났어도 예상할 수 있었다. 늘 그렇듯 훈련과 웨이트까지 마친 뒤 샤워를 하고 온 거겠지. 더는 물러설 곳이 없다는 판단이 섰을 때쯤, 똑똑똑. 손등으로 테이블을 두드리는 소리에 정신이 번쩍 깼다. 시선을 들자 자연스럽게 그와 눈이 마주쳤다.

도희의 손끝이 파르르 경련했다. 들키지 않으려 두 손을 꽉 맞잡았다. 놀란 것은 피차 마찬가지였다. 남자의 얼굴에 의아함이 스쳤다.

“……설마 했는데.”

익숙한 낮은 목소리. 순간 소름이 끼쳤다.

“진짜였네.”

남자의 시선은 오로지 도희에게 향해 있었다.

도무지 속을 파악할 수 없던 검은색 눈동자는 조금 더 깊어졌고 매끈한 이목구비는 전보다 훨씬 더 날렵해졌다. 고작 잘생겼다는 단어로 단정 짓기엔 턱없이 부족한, 어디에서도 본 적 없는 화려한 정물 같은 남자.

찰나에 스쳤던 앳된 모습은 어디에서도 찾아볼 수 없었다. 한결같던 운동복 차림 또한 온데간데없었다. 슈트를 갖춰 입고 있는 모습이 낯설다. 완전한 어른이 된 그는 더 세련됐고, 날렵해졌으며, 아름다웠다.

전과 변함없는 것이라곤 날카로움 속에 은근하게 배어 있는 연한 분위기라든가 슬쩍 입술만 당겨 웃는 습관 정도, 일까.

스물하나와 스물넷에서 스물여덟과 서른하나로.

시간의 속도가 무섭도록 빠르단 사실을 체감한 순간 남자의 입술 끝이 언뜻 올라섰다.

"드디어 만났네요."

운명인가. 들릴 듯 말 듯 나지막한 음성이었지만 도희의 귀엔 보다 정확히 내려앉았다. 마치 여태 찾아 헤맸다는 것처럼 들렸다면 착각일까. 혹시, 겨우 나 따위에게 어쭙잖은 복수라도 하고 싶었던 걸까, 너는.

"만나서 반갑긴 한데."

농축된 통증이 뼈를 뚫고 들어와 심장을 아프게 푹 관통한다. 멈춰 있던 짙은 눈동자가 고요히 움직이기 시작했다. 아래로, 조금 더 아래로. 작은 부분 하나하나 눈에 각인시키려는 기세로 집요하게 도희를 훑었다.

빨려 들어갈 것 같았다. 그저 눈빛만 스쳤을 뿐인데 심장은 미친 듯이 뛰었다.

"조금 화가 나는 건 어쩔 수가 없네."

기억하고 있기 때문이다. 살결을 만지던 차분한 손길을. 지독하게 입을 맞춰 오던 입술을. 몸이 으스러지도록 강렬하게 서로를 찾았던, 그때의 그 절박함과 처절함을.

탐색을 끝낸 강렬한 시선이 그녀의 얼굴에 닿으며 비로소 움직임을 멈추었다. 남자의 입술이 천천히 움직였다.

"못 신던 구두도 신고."

별안간 그의 잇새로 바람 빠진 실소가 새어 나왔다.

"안 하던 화장도 하고."

솜털이 삐죽 섰다. 그는 속을 전부 꿰뚫고 있는 듯 여유로워 보였지만 한편으론 화가 난 것 같기도 했다.

"더 예뻐졌잖아. 작정한 것처럼."

그의 입술이 미약하게 뒤틀렸다.

"보는 사람 열받게."

감히 네가 나를 두고 어떻게. 마치 그리 말하고 있는 것만 같다. 끈질기게 좇는 눈길에 도희는 할 말을 잃었다.

충분히 아팠으니 의연하게 대응할 수 있을 것이란 예상은 보란 듯이 빗나갔다. 내가. 이 거지 같은 첫사랑을, 너무 만만하게 생각했다. 접착제를 이중으로 바른 것처럼 도통 떨어질 줄 모르는 입술이 이토록 원망스럽기도 처음이다.

혼란스러움으로 잠식된 머릿속은 이미 암전 상태였다. 넋이 나간 도희의 얼굴을 빤히 바라보던 그가 다시금 느리게 입을 열었다.

"나 없이 그동안. 잘 지냈어요?"

차라리 욕을 해.

물어뜯듯 따지고, 욕을 하고, 지난 행동들을 모욕했으면 했다.

그럼 조금이나마, 편해질 것 같았다.

"잘 지냈다고 말해 봐요."

그의 얼굴이 싸하게 식어 버린 것은 순식간이었다.

"하루하루가 지옥 같았던 사람 앞에 두고."

"……."

"그때처럼 내 마음 찢어 갈겨 놓고 싶은 생각이면."

다른 건 모르겠지만 이것 하난 알겠다.

느슨해진 실타래가 전보다 더 복잡하게 얽히기 시작했다는 걸.

01

고해찬과 백도희.

서로의 머릿속에 각인된 '처음'의 기억은 각각 다르게 자리 잡고 있었다.

'*부탁인데, 알은척하지 마.*'

그럴 만한 이유도 명분도 없었던 원인 모를 질척거림과 집착. 이해할 수 없는 너의 모든 행동들은 충동적이었고, 가벼웠는데.

'*보통은 즐기지 않나, 그런 거.*'

얽혔다.

'*나는 싫어.*'

'*진짜 이상하네.*'

헤어 나올 수 없게 빠져 버렸다.

'*그렇게 싫으면 무시하고 지나치면 될 텐데, 하나하나 다 받아 주고 있잖아요. 새삼 상냥하게.*'

단 1평의 여유도 내어 주지 못할 나에게 불쑥 찾아온 너는. 어쩌면 작은 변덕일 수도, 바람 불면 휙 날아갈 헛된 꿈이었을 수도 있다.

'*이참에 확실히 짚고 넘어가자. 어제 너랑 나, 잤니?*'

그때 멈췄어야 했다.

'*잤으면,*'

무조건.

'*어떻게 되는데요?*'

도망쳤어야 했다.

△ ▼ △

7년 전, 스물넷. 그 시절 도희는 돈 한 푼이 급한 처지였다.

1학기 종강 날, 남들은 온몸으로 자유를 만끽하고 있을 때 도희는 간신히 하루를 버티고 있었다. 무더운 뙤약볕이 아닌 시원한 에어컨 바람을 맞으며 편히 앉아 있을 수 있다는 것에 감지덕지하며.

"선생님. 다음 주부턴 저희 집에 오지 않으셔도 괜찮을 것 같아요."

"……네?"

예상치 못한 학부모의 일방적인 통보에 도희는 당황한 기색을 감추지 못했다. 학부모는 난감한 듯 목덜미를 긁적이며 어렵게 입을 떼어 냈다.

"그게……, 아휴. 죄송하게 됐어요. 선생님 딱한 사정이야 들어서 알고는 있었는데, 아무래도 안 될 것 같아요."

한 번도 언급한 적 없는 사정을 누구에게 들어서 알고 있는 걸까. 그 의문은 얼마 가지 않아 자연스럽게 해소되었다.

설마 하는 마음에 슬쩍 고개를 뒤로 돌렸다. 아니나 다를까 방문 사이로 빼꼼 얼굴을 내민 채 상황을 지켜보고 있는 얌생이 한 명이 눈에 들어왔다. 수학 개인 과외와 편의점, 카페 아르바이트를 병행하는 동안 몇 번이고 의도치 않게 학생과 마주친 적이 있었다.

말하지 말아 달라 그렇게 부탁했건만.

"선생님도 잘 아시잖아요. 우리 애 이제 고3인 거. 이제부턴 정말 중요한 시기인데 매번 말도 없이 당일 날에 과외 시간 미루는 것도 정도가 있죠."

말도 안 되는 소리다. 과외 당일 날만 되면 집안 사정 때문에 과외 시간을 뒤로 미뤄야 할 것 같단 문자를 통보한 것은 학생 쪽이었다. 과외 날이 뒤로 밀리다 보니 횟수가 부족해 과외비를 받는 날도 애매해졌고, 대학교 강의나 다른 아르바이트 시간에 차질이 생겨 진땀을 흘려야 했다. 물론, 학부모는 꿈에도 모르고 있을 테지만.

급한 마음에 덜컥 시작한 것이 실수였다. 과외 알바는 필시 학생의 인성에 따라 심사숙고하여 선택해야 한다는 선미의 조언을 흘려듣지 말았어야 했다.

"무엇보다 주희 성적도 예나 지금이나 변함이 없구요."

헛웃음이 터지려는 것을 간신히 참았다. 이미 성적으론 가망이 없는 학생이었다. 그렇다고 노력을 하는 것도 아니었고. 어차피 잘릴 마당에 전부 사실대로 불어 버릴까 했지만 관뒀다.

돌아올 말은 뻔했으니까.

'선생님이 뭔가 잘못 알고 계신 거예요. 우리 애는 안 그래요.'

그래. 매번 거짓말에 속아 넘어가 주는 것도, 한참 어린 풋내기 주제에 제 말 한마디면 당장 잘라 버릴 수 있다는 듯 비아냥거리는 꼴을 참아 주는 것도 슬슬 한계였다.

"알겠습니다. 과외비는 오늘 것까지 해서 내일 안으로 송금해 주세요."

쉬운 수긍에 학부모는 당혹스러워하는 눈치였지만 도희는 미련 없이 고개를 숙였다.

싸가지. 잘됐다. 키득거리는 학생의 웃음소리를 무시하고 뒤도 돌아보지 않고 아파트 단지를 도망치듯 빠져나왔다.

"괜찮아. 다시 구하면. 다시 구하면……."

된다는 소리가 차마 나오지 않았다. 후련해야 하는데 더 막막했다.

종강 시기에 괜찮은 아르바이트 자리를 구하는 일은 하늘의 별 따기 수준이었다. 심지어 잦은 결석과 휴학으로 계절 학기를 들어야 하는 판이라 시간 맞추는 것조차 쉽지 않다.

최소한으로 최대한을 바랄 수 있는 일자리는 시간 조율이 가능한 과외뿐이다. 하지만 요즘은 과외보단 인기 강사를 찾아 강남으로 떠나는 추세라 그마저도 어찌 될지 확언할 수 없었다.

"어떻게든 되겠지."

때마침 전화가 걸려 왔다.

오랜 친구이자 같은 대학 동기인 선미였다.

― 백도희! 과외 끝났어?

"응."

― 내일 약속 잊은 건 아니지?

종강 총회. 잊고 있었다.

"아……, 내일은."

― 안 된단 말 넣어 둬. 며칠 전부터 말했잖아. 꼭 와야 해. 꼭!

자기 할 말만 하고 끊어 버리는 저 급한 성격은 여전했다.

선미와 단둘이서 만나는 자리였다면 개의치 않고 약속 장소로 향했을 테지만, 썩 내키지 않았다. 선미는 워낙에 붙임성이 좋은 성격인 데다가 술과 모임에 광적으로 집착하는 경향이 있어 하루라도 조용할 날이 없었다.

반면 도희는 그 정반대였다. 시끄럽고 복잡한 분위기를 질색했다. 성격이라도 무난했다면 모를까 사람들에게 살가운 편도 아니었고 친절한 건 더더욱 아니었다.

여유가 없어서 그런 거다. 주변 일에 얽히고 싶지 않았던 것뿐이지만 도희가 무관심한 표정을 짓고 있으면 다들 화가 난 것이라며 오해를 했다.

싸가지 없는 애. 재수 없는 애. 늘 뒷담화의 표적이 된다는 걸 다 알고 있으면서 왜 매번 억지를 부리는 건지. 선미의 속을 알 수가 없다.

예고치 않게 시간이 비었다. 집은 싫은데. 어쩌지. 돌아갈 곳이 없는 것보다 서글픈 일이 또 있을까.

"도서관이나 가자."

찜통 같은 더위를 피할 곳이 간절했던 도희는 집으로 가는 길 반대편 방향으로 발길을 틀었다.

△ ▼ △

결론부터 말하자면 도희는 다음 날 약속 장소에 나온 것을 절실히 후회했다.

"이게 누구야! 우리 백구 아니야. 내가 얼마나 기다렸는지 알아?"

"야간 타임 알바생이 늦게 와서."

"요즘 얼굴 한번 보기가 왜 이렇게 힘든 건데. 백구, 우리 백구."

취했다. 단단히 취했다.

"그렇게 부르지 말래도 그런다."

누가 오든 말든 관심도 없는데 선미 혼자 신이 났다.

경영학과 학생 대부분이 얼큰하게 취한 상태였다. 테이블을 장악하고 있는 술병이 몇 병인지 눈으로 셀 수조차 없었다. 그야말로 개판에 가까운 성황.

"……나 다시 가도 돼?"

"말도 안 되는 소리!"

선미는 냅다 도희의 손목을 잡아끌었다. 무방비한 상태에서 도희는 반항 한 번 해 보지 못하고 빈자리에 털썩 엉덩이를 붙였다.

"박선미. 너 진짜 괜찮아?"

"응. 맞다. 술. 우리 백구 오랜만에 만난 건데 내가 또 술 한잔 따라 줘야지."

빈 잔에 술을 따르는 모양새가 위태롭다.

"내가 따를게. 그러다 쏟겠다."

도희가 잽싸게 술병을 가로채며 물었다.

"선준이는. 오라고 연락했어?"

"엥? 오라고 올 놈도 아니지만 이 신성한 자리에 걔를 왜 불러."

"동생이잖아. 너 지금 많이 취한 상태고. 집은 어떻게 가게."

"아서라. 혼자 택시 타고 갈 거야."

갈수록 태산이다. 선미는 도희의 속도 모르고 넉살 좋게 잔을 부딪쳐 왔다. 주량도 낮은 편인데 피곤한 상태에서 무리하고 싶지 않았다. 도희는 다음을 기약하며 술잔을 옆으로 몰래 치워 버렸다.

대신 물이 담겨 있는 것으로 추정되는 글라스 잔을 집어 들었다. 갈증이 나서 별다른 의심 없이 손목을 꺾었다.

하지만 물이라기엔 이거 뭔가.

"푸흡!"

입에 담겨 있던 액체를 그대로 바닥에 뿜어 버렸지만 이미 반 정도는 식도를 타고 넘어간 뒤였다. 대체 어떤 미친놈이 글라스 잔에 소주를 한가득 채워 넣은 건지. 도희는 인상을 찌푸리며 입가에 묻은 액체를 신경질적으로 닦아 냈다.

"아, 진짜……."

글라스 잔을 던지듯 테이블에 올려놓으며 시간을 확인했다. 벌써 새벽 1시. 도희는 묵직한 숨을 흘리며 천천히 주변을 둘러보았다.

"다들 체력 하난 대단하네."

늦은 시간에도 술집 안은 과부하 상태였다. 귀가 터져 나갈 것 같았다. 1학기 종강 시즌인 만큼 다른 테이블도 비슷한 명분으로 모인 듯했다.

한참 동안 의미 없는 곳에 시선을 두고 있는데, 저 멀리 화장실에서 나오고 있는 익숙한 얼굴이 점점 가깝게 다가왔다.

"어……."

"도희 누나?"

선미의 남동생 선준이었다. 같은 대학 체육학과에 재학 중인. 종목이 수구였던가.

"누나. 쟤 왜 저래요?"

선준은 벌레 보듯 선미를 쳐다보며 물었다.

"많이 마신 것 같아."

네가 이 술집에 있는 것도 모를 만큼 말이지.

선준은 기함했다. 도희는 눈치껏 화제를 돌렸다.

"너도 종총 때문에 왔어?"

"아뇨. 곧 올림픽이잖아요. 출전하는 애들 출국하기 전에 검사겸사 모였어요. 누나는 괜찮으세요?"

……그러고 보니 뉴스에서 지겹도록 떠들어 대던 기억이 난다. 바르셀로나하계 올림픽이 앞으로 일주일 남았다고. 그 중요한 시기에 술이라니. 미친 건지, 그만큼 자신 있는 건지. 뭐가 됐든 알 바 아니었다.

"응. 나는 방금 왔는데, 뭘."

한참 안부 인사를 나누고 있는데 그 잠깐을 참지 못하고 선미가 소주병을 입으로 가져다 댔다. 그 장면을 목격한 선준이 경악하며 소리쳤다.

"아, 박선미! 너 진짜 미쳤냐? 당장 그거 안 내려놔?"

한편으론 부러웠다. 저렇게라도 의지할 상대가 있다는 게. 그래도 한시름 놨다. 선미를 챙겨 줄 사람이 있으니 마음 편히 돌아가도 될 것 같다.

지치지도 않는지 쉬지 않고 티격태격하는 남매의 모습을 물끄러미 지켜보던 도희는 금세 지루함을 느끼고 고개를 돌렸다. 이제 보니 선준의 일행이 모여 있는 곳은 단연 눈에 띄었다.

나름 명문이라 칭송받는 가운데의 체육학과 학생들인 만큼 전부 대단한 실력을 가진 유망주들이라고 언젠가 선미에게 건너 들었던 적이 있다.

운동선수답게 전부 체격 하나 월등했다. 슬슬 일어날까. 도희가 눈길을 거두려는 찰나였다.

"……"

누군가와 허공에서 시선이 정통으로 부딪쳤다. 상대는 눈을 마주쳐 놓고도 피할 생각이 없었다. 꽤 오래전부터 지켜본 것처럼 도희를 노골적으로 뚫어져라 직시하고 있었다.

"아……"

왠지 낯이 익다 했더니 선미네 집에 놀러 갈 때면 가끔씩 부딪친 적 있는 남자애였다. 정확히 말하자면 몇 번 식사도 함께했었다, 단지 따로 오가는 대화가 없었을 뿐이지.

선미 말로는 워낙에 말수도 없고 무뚝뚝한 성격이라 했다.

이름이 뭐였더라. 잘 기억나지 않는다. 입에 풀칠하기 바쁜 현실에 치여 사느라 그쪽으론 별 관심이 없었다. 하지만 몸이 어떻고 얼굴이 어떻고 보고 또 봐도 질리지가 않네, 어쩌네. 귀에 농이 찰 정도로 노래를 불러 대던 선미 덕분에 기본적인 경력 정도만 알고 있었다.

선준이와 중학교 때부터 동창이었다고 했다. 수영밖에 모르는 애. 최연소 나이로 혜성처럼 등장한 천재. 걸출한 외모와 괴물 같은 실력으로 스타덤에 오른 자랑스러운 대한민국 수영 국가 대표 선수, 라고.

그 유명세가 거짓은 아닌 모양이다. 왜 여태 눈치채지 못한 건지는 모르겠지만 이곳저곳에서 몰래 사진을 찍는 사람도 있었고, 힐끗힐끗 그를 훔쳐보는 사람들도 있었다.

올림픽의 여파가 아니더라도 시선을 끄는 외모인 것은 분명했다. 운동선수라기엔 지나치게 곱고 심각하리만큼 출중하다.

주변 일에 감흥을 느껴 본 적 없는 자신조차 매번 넋을 잃고 유심히 뜯어볼 정도였으니까. 근데. 이제 어쩌지. 애매했다. 인사를 나눌 만큼 가까운 사이도 아니고. 결론은 쉬웠다. 이런 일이 한두 번도 아니고, 그냥 무시하자.

시선을 거두려는 때였다. 가만히 눈을 맞춰 오던 그 애가 먼저 슬쩍 시선을 내리며 고개를 까딱였다.

인사였다.

아, 생각났다.

"고해찬."

도희는 건조한 해찬의 눈을 마주 보며 혼잣말하듯 작게 중얼댔다.

△ ▼ △

갈수록 심해지는 소란스러움을 견딜 수 없었던 도희는 상황을 봐서 조용히 자리를 빠져나왔다.

애석하게도 바깥 상황 역시 술집 안과 별반 다르지 않았다. 그나마 나은 것을 꼽으라면 탁 트인 공기뿐이었다. 지그시 눈을 감자 어지러운 기운이 잠시나마 개운해졌다.

자연스럽게 그 애가 떠올랐다. 의도치 않게 시선이 마주친 순간, 별안간 고개를 숙여 오는 고해찬을 멍하니 바라보다 얼떨결에 인사를 받아 주고 말았다. 아주 잠깐이었지만 분명히 봤다. 그 애의 입가에 의문 모를 미소가 언뜻 떠올랐다 사라지는 것을.

고해찬은 웃고 있었다.

"이상해."

"뭐가 그렇게 이상한데."

낯선 목소리에 감겨 있던 도희의 눈꺼풀이 확 떠밀려 올라갔다.

"얼마나 마신 거야."

기태준. 3년 전 졸업한 같은 학과 선배.

적어도 도희에게만큼은 결코 반갑지 않은 상대였다. 그는 삼진그룹 기태형 회장의 아들이란 막대한 배경을 등에 업고도 누구에게든 편견 없이 친절했다. 뿐만 아니라 훤칠한 외모까지 겸비하고 있어 재학 당시 경영학과 남녀 학생, 교수 할 것 없이 모두가 그를 좋아했다.

'동생이 병원에 있다며. 깨어나도 평생 장애를 감수하며 살아야 한다고 들었는데.'

그것들이 전부 계획된 가식이란 사실을 아는 사람은 도희뿐이었다.

'신기하네. 본인이 다친 것도 아니면서 왜 그런 수고를 감수하면서까지 희생하려는 거지. 단순히, 가족이라서?'

첫 느낌 자체가 나빴다. 마치, 옷 속으로 침범한 뱀이 살결을 타고 기어오르는 듯한, 그런 소름 돋는 불쾌함이라서.

'요구만 들어준다면 그 돈, 내가 빌려줄 수 있어.'

결코 단순한 호의가 아니란 것쯤은 쉽게 알아차릴 수 있었다.

"어떻게 알고 왔어요."

"동준이한테 들었어."

이젠 하다 하다 과대표까지 구워삶았나. 도희는 무신경하게 태준을 흘겨보곤 이내 발을 돌렸다. 그때, 태준이 손목을 덥석 잡아챘다. 강한 악력에 손목이 시큰거렸다.

"뭐 하는 짓이에요."

"가. 데려다줄 테니까."

"됐으니까 이거 놔요."

"집으로 데려다주면 돼?"

태준은 뜻을 굽힐 줄 몰랐다. 싫다는 사람 말은 보란 듯이 무시하고 제 할 말만 전하는 태도에 도희는 미간을 구겼다.

"간섭하지 마세요."

손을 힘껏 비틀어 봤지만 빠지기는커녕 태준의 손힘만 더 강해졌다.

"말 들어. 너한테 무례하게 굴기 싫으니까."

"지금 무례라고 했어요?"

"백도희."

전과 확연히 달라진 냉담한 목소리에 도희의 어깨가 작게 움찔거렸다. 그때였다.

"선배."

짙게 가라앉은 목소리가 불쑥 끼어들었다. 약속이라도 한 것처럼 도희와 태준의 시선이 한곳으로 향했다. 검은색 볼캡을 푹 눌러쓴 채 트레이닝복 차림으로 2층 벽에 기대어 서 있는 남자.

그 애였다. 고해찬. 얼굴은 잘 보이지 않았지만 섬뜩한 눈빛만큼은 또렷했다. 해찬은 도희의 눈을 똑바르게 직시하며 물었다.

"도와줘요?"

도무지 가늠할 수 없는 질문에,

"말해요. 도와 달라고."

문득 기시감이 들었다.

'도와 달라 말할 용기조차 없으면 평생 입 다물고 살아.'

언젠가 누군가에게 스치듯 들었던 건방진 말과 겹쳐졌다.

"고집 하난 여전하네."

해찬은 알 수 없는 혼잣말을 중얼대며 걸음을 떼어 냈다. 한 발자국, 두 발자국. 곧이어 망설임 없이 성큼성큼 계단을 내려왔다.

앉아 있을 땐 몰랐는데 가까이에서 보니 체격도 체격이었지만 키가 남달랐다. 결코 작지 않은 키를 가진 도희가 올려다보아도 끝이 없었다. 뒷목이 뻐근해질 정도면, 못해도 180 중후반쯤 되지 않을까. 심각하게 컸다.

태준의 표정이 삽시간에 가라앉았다.

"뭡니까."

"놔요."

낮은 음성 속엔 무시할 수 없는 경고가 묻어났다.

"이봐요, 학생."

태준도 뒤지지 않았다. 일부러 '학생'이란 호칭을 붙여 가며 은연중 상하 관계를 확실히 구분 짓고자 했다. 고급스러운 슈트와 상반된 트레이닝복. 몸에 걸친 차림새만 봐도 알 수 있었다. 하지만 그러거나 말거나 해찬은 그런 것엔 관심도 없었다.

"그 손."

얇은 손목 위로 해찬의 커다란 손이 얹어졌다. 차가웠다. 후덥지근한 더위가 조금도 기억나지 않을 만큼.

"놓으라니까."

해찬이 도희의 손을 제 쪽으로 가볍게 끌어당기자, 얹어진 태준의 손이 허무하게 떨어졌다.

태준은 평소라면 볼 수 없는 살벌한 표정으로 해찬을 직시했다. 그러나 그마저도 금세 휘발되었다. 잠시 구두 끝을 내려다보던 태준이 돌연 픽, 웃음을 터트리며 시선을 올렸다.

"아. 도희랑 아는 사이였나 보네요. 그런 줄도 모르고, 실례했습니다."

앞, 뒤 가리지 못하고 무작정 달려들 줄만 아는 어린 남자와 격이 다른 어른 남자의 정중한 태도였다. 모르는 사람이 본다면 충분히 그렇게 느껴질 만했다.

해찬에게 고정된 태준의 눈이 가늘어졌다.

"그런데……, 좀 낯이 익네."

당사자보다 도희가 더 놀랐다. 이럴까 봐 도와 달라 하지 않았던 건데. 도희는 혹시나 자신 때문에 그가 피해를 입는 건 아닐까 노심초사하며 시선을 돌렸다. 정작 해찬은 초연했다. 눈 한번 깜빡이지 않고 실소를 터트렸다.

"너, 가."

결국 도희가 재촉했다.

"얼른!"

등을 떠밀어 봤지만 해찬은 꿈쩍도 하지 않았다. 태준의 악력을 손쉽게 떨쳐 낸 인물이다. 도희의 힘이 통할 리 없었다.

"뭐 하고 있어? 사람들이 알아보고 있잖아."

심상치 않은 분위기를 느낀 주변 사람들의 이목이 하나둘 쏠리고 있었다.

"누가 누굴 걱정해……."

중얼대는 목소리가 거슬렸다.

"알아보면 어때요. 곤란한 사람 도와준 거 가지고 기사 한 줄 나갈 것도 아니고 시합에 못 나갈 것도 아닌데."

틀린 말은 아니지만. 태준을 똑바로 쳐다보며 해볼 테면 해보라는 듯 말하는 폼이 괜한 허세는 아니다 싶다. 더는 안 되겠다. 도희는 그대로 해찬의 손을 억척스럽게 잡아끌었다.

태준의 매서운 시선이 등 뒤에 아프게 꽂혔지만 도희는 일절 무시하며 걸음을 재촉했다. 다행인지 불행인지 해찬은 반항 없이 순순히 끌려와 주었다.

얼마쯤 걸었을까. 시끄러운 잡음이 멀어진 뒤에서야 도희의 다리가 우두커니 멈췄다. 가쁜 숨을 몰아쉬며 마음을 다잡은 도희가 홱 몸을 돌렸다.

"너……!"

막상 그 애를 마주 보자 할 말을 잃어버렸다. 따지고 보면 도와준 죄밖에 없는 해찬에게 타박할 명분이 남아 있지 않다.

"······하."

피로와 어지러움이 동시에 훅 올라왔다. 물인 줄 알고 무작정 들이켠 술의 여파가 뒤늦게 나타난 모양이다. 지친 기색으로 긴 머리를 쓸어 올린 도희가 슬쩍 해찬의 시선을 피하며 웅얼댔다.

"미안한데, 다음부턴 그러지 마."

그 사람이 어떤 사람인 줄은 알고서 이래. 화를 낼 줄 알았던 예상이 보란 듯이 어긋나자 해찬의 입술이 느슨하게 벌어졌다.

"그런 말도 할 줄 알아요?"

몰랐네. 장난스러운 미소가 해찬의 입가에 어렴풋이 맺혔다. 원래 이렇게 잘 웃던 애였나. 놀란 건 도희 역시 마찬가지였다.

날카로운 이목구비 때문에 가만히 있으면 퍽 차가워 보이는 인상이었다. 어딘가 모르게 권태롭고 감흥 없는 눈빛은 모든 것에 무심했다. 그래서 무표정한 얼굴이 더 잘 어울릴 것이라고 어림잡아 생각했는데. 거기까지 생각에 다다르자 도희는 순간 멈칫했다.

자신 역시 늘 그런 편견 속에서 살아온 입장이었다. 상대를 함부로 평가하는 짓이 얼마나 불쾌한지 누구보다 잘 알고 있으면서 같은 잣대를 들이밀고 있다는 게. 한심했다.

긴 침묵을 뚫고 도희가 먼저 운을 뗐다.

"왜 나왔어?"

"아는 사람이에요?"

해찬은 대답 없는 도희를 물끄러미 내려다보다 뒤늦게 대답했다.

"시끄러워서요."

이해는 됐다. 이목이 집중되는 자리가 불편할 만도. 잠시나마 걱정이 되어 따라 나온 건 아닐까 생각했다. 우습게도.

"선배는요."

"나도, 너랑 같은 이유."

"많이 마신 것 같던데."

짐작이 맞았다.

"별명이 백구예요?"

계속 지켜보고 있었다.

귀엽네……. 낮게 읊조리는 목소리에 도희가 이맛살을 구겼다.

"남 걱정할 시간에 네 걱정부터 해."

퉁명스러운 도희의 대꾸에도 해찬은 그저 웃기만 했다. 생각보다 잘 웃네. 좀 이상한 감상평이었지만 고해찬을 몇 번 만나 본 사람이라면 아마 비슷한 생각을 할 것이다. 매사가 지루한 사람 같았으니까. 고해찬의 곁엔 항상 많은 사람이 들끓었으나 정작 당사자는 무리에서 조금 동떨어진 채 관망하기만 했다. 동화되길 거부하는 것처럼. 그래서 더 수상했다.

"무슨 걱정이요."

갑작스럽게 친근해진 태도부터 말이다.

"운동한다며, 너."

"그게 왜요."

"꼭 실력 애매한 애들이 하라는 운동은 안 하고 술 먹고 담배 피우지."

"누가 그래요?"

"누구라도 알아. 그 정도는."

"담배 안 피우는데."

"술은 마셨잖아."

도희는 조금도 물러서지 않았다. 이유 없이 지기 싫었다. 고작 스치듯 몇 번 만난 사이였으면서 어린애 취급 하는 해찬이 달갑지 않았다. 하지만 해찬도 만만치 않은 상대였다.

"이러니까 꼭 여자 친구 같네."

도희가 눈매를 찡그렸다.

"이젠 아주 대놓고 기어오른다."

"봤어요? 내가 술 마시는 거."

도희는 말문이 막혔다. 술집에 술 마시러 오지 그럼 뭐 하러 오느냐는 말이

나오지 않았다.

"안 마셨어요."

해찬이 싱겁게 웃었다.

"마셨다 해도 누구 말처럼 술 몇 잔에 기록 떨어질 만큼 애매한 실력도 아니고."

근거 있는 자신감이었다. 도희는 검은색 눈동자를 빤히 들여다보다가 입술을 떼어 냈다.

"너 원래 이렇게 말이 많았어?"

"원래 내가 어땠는데요."

어쩌다 한번 마주쳐도 말 한마디 없었다. 민망해진 분위기를 참을 수 없어 인사를 건네 봐도 돌아온 것은 처참한 무시였다. 그랬던 애가 15분 전 선뜻 먼저 눈인사를 건네 오질 않나, 발 벗고 나서서 도와주질 않나. 됐다, 더 이상 파고들지 말자.

"근데 왜 아까부터 자꾸 나한테 선배라고 해."

"후배는 아니잖아요."

"같은 과 아니잖아. 새삼스럽게 무슨 선배야. 오글거려."

"그럼 뭐라고 부를까요."

해찬이 고개를 기울이며 천연덕스럽게 물었다.

"백도희?"

내 이름은 또 어떻게 알고.

"내가 네 친구야? 선준이 친구니까 그냥 누나라고 불러."

선준이 친구. 그 말을 곱씹자마자 그의 잇새로 피식, 헛웃음이 흘러나왔다. 도희가 땅에서 발을 떼어 냄과 동시에 해찬이 물었다.

"어디 가요."

"조심히 들어가. 요즘 밤길 위험하더라."

해찬은 묘한 눈으로 조금씩 멀어져 가는 도희의 뒷모습을 바라보았다. 얼마 마시지도 않았으면서 휘청거리는 모습은 보는 사람이 다 불안할 정도였다. 해찬은 넓은 보폭으로 금세 도희를 따라잡았다.

"차라리 택시 정류장으로 데려가지 그랬어요. 모텔촌은 의도가 너무 뻔하지 않나."

도희의 눈꺼풀이 느릿느릿 감겼다 떠졌다. 일부러 도발하려는 의도가 분명한 말이었음에도 그저 얌전하다. 앙칼지게 받아치던 기세는 사라진 지 오래였다. 공부와 아르바이트를 병행하느라 하루에 많아 봤자 네 시간 쪽잠을 잔다. 어디든 누울 곳만 있으면 픽픽 쓰러지듯 잠을 자던 도희였다. 여태껏 버틴 것이 기적이다.

"안 되겠다."

도희가 천천히 고개를 들었다. 집요하게 옭아매는 눈빛 때문인지, 술기운 때문인 건지.

해찬은 모자를 깊게 눌러쓰며 말했다.

"같이 가요, 선배."

그땐 알 수 없었다.

"데려다줄게."

원한 적 없는 친절의 의미를. 누나란 멀쩡한 호칭을 두고 굳이 선배를 고집하던 이유를. 도무지 의도를 파악하기 힘든 말들과 웃음을.

△ ▼ △

택시를 잡고 목적지에 도착할 때까지도 둘 사이에 대화는 없었다.

'*혼자 갈 수 있다니까.*'

'*제대로 걷지도 못하면서 고집부리지 마세요.*'

해찬은 무턱대고 팔을 뻗어 대신 택시를 잡아 주었다.

거기까진 괜찮았다. 혹여나 해찬이 따라 탈까 도희는 재빨리 뒷좌석으로 몸을 숨겼다. 하지만 뒷좌석 문을 닫기 무섭게 다시금 번쩍 열렸다. 따라 탄 것이다.

'이상하게 생각하지 마요, 지금 상황에선 누구든 나처럼 했어.'

네가 특별해서가 아니라는 뜻. 진심이 무엇이었는지 가늠할 수 없었지만 마음은 한결 편했다. 도희는 기사님에게 목적지와 10분 정도 떨어진 곳에서 세워 달라 요구했다.

힘주어 밀면 툭 부서질 것만 같은 녹슨 대문을 보이고 싶지 않아서였다. 창피하다기보단 동정할 눈빛이 싫었다.

"여기서부턴 혼자 갈게."

해찬이 어두컴컴한 주변을 천천히 둘러보는 사이, 도희는 성큼성큼 앞만 보며 걸었다. 흔히 달동네라 불리는 오르막길은 올라도 올라도 끝이 없었다. 매번 걷는 길인데도 늘 버거웠다. 숨소리가 가빠지고 등 뒤로 식은땀이 줄줄 흘렀다.

어느덧 도착한 집을 코앞에 두고도 두 다리는 그 자리에 기둥처럼 박혀 떨어질 줄 몰랐다. 허름한 대문 앞에 멈춰 서 있는 검은색 세단. 그 안에서 중년의 남자와 여자가 반강제적인 키스를 나누고 있었다.

50대 나이와 어울리지 못한 원피스를 입은 여자는 몸서리치며 얼굴을 비틀었다. 그럴수록 남자는 더욱 깊게 달려들었다. 한두 번 본 것도 아닌데 도희는 그대로 얼어붙고 말았다. 당장 달려가 뜯어말리며 소리를 내지르고 싶었지만 그럴 수 없다.

지금 저 징그러운 행위가 끝이 나면, 낯선 남자는 그 답례로 여자에게 돈을 건넬 것이다. 그러면 여자는 묵묵히 몫을 챙길 테고 그 이상을 요구하는 남자를 거부하지 못하겠지. 뻔한 전개였다.

알기에, 도망쳐야 했다. 몇 번을 봐 놓고도 못 본 척, 모르는 척 해야만 한다. 그것이 현재 도희가 할 수 있는 최선이었다. 그러나 그마저도 무리였다. 조금씩 뒷걸음질 치던 도희는 얼마 가지 못해 장애물에 부딪혔다.

"선배."

이젠 별로 놀랍지도 않았다. 너도 나와 같은 곳을 바라보고 있었을까. 의도치 않게 나의 치부를 보게 된 너는 어떤 표정을 짓고서 무슨 생각을 하고 있을까.

"야경이 예뻐요."

거짓말.

순간, 눈앞이 깜깜해졌다. 해찬이 손을 뻗어 눈을 가린 것이다. 그에게선 시원한 바디 워시 향기가 물씬 풍겼다.

"뭐 하는 짓이야. 치워."

"나랑 술 한잔 더 할래요?"

내가 너랑 왜. 싫다고 말해야 하는데 야속한 입술은 엉뚱한 말을 뱉고 만다.

"……어디서."

"어디든."

도희는 끝내 헛웃음을 토해 냈다.

그래. 부정할 수 없다. 그곳이 어디든 이곳보단 나을 테니.

△ ▼ △

걷는 내내 멍했다. 무수한 상념을 감당하지 못해 생각하길 포기한 뇌는 제 기능을 멈춘 지 오래였다.

해찬은 혹여나 어린아이를 잊어버릴까 노심초사하는 부모처럼 도희의 앙상한 손목을 꼬옥 부여잡은 채 묵묵히 앞장서 걸었다.

뒤늦게 정신을 차렸을 땐 허름한 포장마차 안에 해찬과 마주 보고 앉아 있었다. 새벽 2시를 넘긴 시각이라 손님은 해찬과 도희 단둘뿐이었다.

꽤 자주 찾는 곳인 듯했다. 해찬은 포장마차 주인 할머니에게 공손히 인사를 건네곤 익숙하게 메뉴를 시켰다. 닭똥집과 소주 한 병. 의외였다. 몇만 원 하는 값비싼 안주만 먹게 생겨선. 무의미한 생각에 잠긴 사이 도희의 눈앞에 놓인 빈 잔으로 투명한 액체가 반쯤 채워졌다.

술이 아닌, 물이었다. 내내 침묵하던 도희가 어이가 없다는 투로 물었다.

"너, 뭐 해?"

"취했잖아요."

해찬은 초연했다. 멀쩡한 소주를 곁에 두고 뭐 하는 짓인지. 예외는 없었다. 해찬의 잔도 생수로 채워졌다.

"지금 물 마시려고 왔어?"

"여기 안주 맛있어요."

동문서답이었다. 해찬은 작게 웃으며 잔을 부딪쳐 왔다. 술을 가까이하는 편은 아니었지만 당장 알코올이 절실했다. 도희는 잔을 단박에 비워 내더니 즉시 술병을 집어 들었다.

"미리 말해 두는데, 난 책임 못 져요."

무슨 뜻인지 해석하고 싶지도 않았다. 도희는 해찬의 말을 가볍게 무시하며 술을 따랐다.

"과정이 어땠든 나 따라온 여자 취했다고 사정 봐줄 만큼 착한 놈 아니란 뜻이에요."

우스웠다. 삐딱하게 시선을 올린 도희가 가소롭다는 표정으로 해찬을 응시했다.

"착각하지 마. 취하더라도 너한테 사정 봐 달라고 부탁할 생각 없으니까. 무엇보다 너, 안 착해 보여."

해찬이 엷은 웃음을 터트렸다.

"그렇다면 다행이고."

그 말을 끝으로 대화는 단절됐다. 도희 혼자 연속으로 따르고 마시기를 반복할 동안 해찬은 술을 입에도 대지 않았다.

그저 물끄러미 도희를 건너다보았다. 미약한 호기심과 약간의 씁쓸함이 묻어난 눈빛으로.

동정일까. 연민일까. 도희는 무시하며 술을 마저 넘겼다. 술맛은 썼다. 아주, 많이. 술병에 채워진 술이 반쯤 사라지고 난 후에야 탁, 소리 나게 잔을 내려놓은 도희가 서론 없이 물었다.

"선미가 시켰니?"

걱정되니까 데려다주라고.

"왜 그렇게 생각해요?"

턱에 손을 괸 채 물끄러미 도희를 바라보던 해찬이 비스듬히 고개를 기울였다. 언뜻 올라선 입매는 더없이 태연스럽다. 조금은 당혹스러워할 줄 알았는데.

"묻는 말에 대답부터 해."

"선배를 여기로 데려온 건 어디까지나 내 의지였어요. 그 누나 부탁을 거절하지 않았던 것도 내 선택이었고."

돌려 말했지만 결국 부탁받았다는 거다. 딱히 기분이 나쁘진 않았다. 거슬리는 부분은 따로 있었다. 선미는 누나고 왜 나는 선배인 건지. 묻고 싶었지만 말을 아꼈다. 지금 와서 따져 물어봤자. 도희는 잠자코 술잔을 내려다보다가 억지로 입술을 움직였다.

"……아까 본 여자, 엄마였어."

듣고 싶은 대답이 있어 꺼낸 말은 아니었다. 답답한 속을 어찌할 수 없으니 벽과 대화라도 해 보자는, 단순한 심정이었다.

"난 나대로 최선을 다해 도와준다고 했는데, 부족했는지."

스스로에게 물었다. 얼마만큼 더 해야 하는지. 중년 여자가 한탕 크게 벌 수 있는 일자리는 흔치 않았다. 룸살롱에선 마담 정도가 아니면 대부분 젊은 여성을 선호할 테니까.

평소 같았으면 늘 후줄근한 차림에 화장기 없는 모습이어야 할 엄마가 언제부턴가 서툰 솜씨로 분칠하는 모습을 봤다.

수상한 마음에 몰래 뒤를 밟았다. 도착한 곳은 한 시간 30분 정도 떨어진 먼 동네에 위치한 노래방이었다. 지하로 내려가는 엄마의 모습은 익숙했다. 도희는 도무지 잊을 수 없는 그날을 회상하며 쓰게 웃었다.

"말릴 수도 욕할 수도 없어. 나마저 몰아세웠다간……."

죽어 버릴까 봐. 꼭 변명하는 모습 같아 하마터면 웃음이 터질 뻔했다. 왜 이런 말을 너에게 하고 있는지, 정말 모르겠다. 취했나. 도희는 이리 꼬이고 저리 꼬이려는 혀를 간신히 붙잡았다.

"여동생이 열다섯 살 때 교통사고를 당했어."

한번 시작된 신세 한탄은 끝이 없었다.

"멀쩡했다면 지금쯤 너처럼 유명해졌을지도 몰라. 나와 다르게 정말 꿈 많던 애였는데. 차라리 내가……."

도희의 목소리가 점점 흐려졌다. 여동생 도영은 여섯 살 때부터 발레에 두각을 드러냈다. 레슨 선생님은 천부적인 재능이 있는 아이니 반드시 외국으로 나가야 한단 말로 엄마를 들뜨게 했다. 나비처럼 훨훨 날아다니던 동생은 아름다웠고, 눈부셨으며, 찬란했다.

여동생 도영은 도희에겐 없는 열정이 있었고, 무기력한 엄마를 웃게 만들 수 있는 유일한 무기였다. 끝내 고개가 푹 떨궈졌다. 자꾸만 픽, 픽 실없는 웃음이 샌다.

아무래도 많이 취했나 보다.

"예뻤겠네요."

뜬금없는 말에 도희의 얼굴이 힘겹게 올라갔다.

"동생이 선배 닮았으면."

도희는 능청스럽게 웃는 해찬의 얼굴을 뚫어져라 들여다보았다.

가까이에서 본 고해찬의 눈은 정말 신기했다. 암흑처럼 까맣고, 우주처럼 고요하다. 어떤 생각을 하고 있는지 감히 짐작할 수도 없다. 깨끗한 피부와 대조되는 색이라 그런지 깊은 심연보다 더 짙게 느껴졌다.

서늘한 눈매와 높게 솟은 콧대. 남자치곤 지나치게 불그스름한 입술까지. 고해찬의 외모는 화려했다. 다른 말론 굉장히……, 야했다. 특히나 지금처럼 꿰뚫듯 상대를 직시하고 있을 때는 더더욱. 분위기에 휩쓸려 충동적으로 내뱉은 감상평일지도 모른다.

"뭘 그렇게 뚫어져라 봐요."

아.

"설레게."

화들짝 놀란 도희가 다급히 시선을 피했다. 해찬은 느슨히 웃음을 흘리며 나지막하게 말했다.

"기특해요, 선배."

이상해.

"이젠 울지도 않고."

넌 정말,

"착해."

이상하다고.

△ ▼ △

갑작스럽게 찾아온 두통은 인정사정 봐주지 않고 머리를 푹푹 찔러 댔다.

"아……."

대체 어제 얼마나 마신 거야. 도희는 미약한 신음을 토해 내며 힘겹게 눈을 떴다. 흐릿한 초점이 또렷해질 때까지 멍하니 천장만 바라보다 천천히 상체를 일으켰다.

대강 훑어봐도 자신의 좁은 방이 아니었다. 세 명은 거뜬히 수용하고도 남을 법한 넓은 침대를 지나, 그 옆 협탁에 놓인 빈 재떨이를 지나, 침대 맞은편 벽면에서 눈길이 멈추었다.

「로이나 MOTEL」

모텔.

"이거, 꿈인가."

난생처음 모텔이란 곳에 왔다.

상상 속 모텔은 허름할 줄 알았는데, 꽤 값비싼 호텔 룸과 견주어도 뒤처지지 않는 깔끔함을 갖추고 있었다. 어디서부터 기억이 끊겼는지도 모르겠다. 제 정신이 아니었으니 이곳에 왔겠지. 차라리 기억 못 하는 편이 다행일지도.

슬쩍 시선을 내렸다. 몸에 걸친 거라곤 달랑 끈나시 하나와 팬티가 전부였다.

잤을까? 잠을 잘 때 옷을 벗는 습관이 있어 무엇 하나 확신하긴 힘든 상황이었다.

"뭐 어쩔 거야."

보통 사람 같았으면 놀라는 척이라도 했겠지만 도희는 달랐다. 이러한 결말을 맞이하고 싶지 않았다면 사전에 조심했어야 했다. 결국 화를 자초한 사람이 본인이란 사실만큼은 명백했다.

옆에서 지그시 눈을 감은 채 아직까지도 곤히 잠에 취해 있는 고해찬은 잘못이 없다. 오히려 길바닥에 내던지지 않아 줘서 고마웠다면 또 모를까.

침대에서 벗어난 도희는 옷걸이에 가지런히 걸려 있는 옷을 물끄러미 바라보았다. 고해찬의 작품인 걸까. 천천히 팔을 뻗었다. 옷에선 술 냄새가 진동하고 있었지만 개의치 않았다. 평소처럼 침착하게 옷가지를 빼내어 입기 시작했다.

반팔 티를 입고 청바지 버클까지 채운 뒤 침대 협탁으로 다가갔다. 쓸까, 말까. 수십 번이나 고민을 반복한 끝에 펜을 쥐었다.

몇 글자 되지 않는 메모를 남겼다. 지갑에서 오만 원짜리 지폐 두 장을 꺼내어 올려 두는 것도 잊지 않았다. 한 달 치 저녁값이었지만 편의점에서 유통 기한이 임박한 음식으로 대충 때우면 될 일이었다.

도희는 뒤돌아보지 않고 그대로 모텔방을 빠져나왔다.

삐비빅, 문이 닫히는 소리와 함께 지그시 감겨 있던 해찬의 눈꺼풀이 날렵하게 떠밀려 올라갔다. 곧이어 느릿하게 상체를 일으켰다. 시선은 자연스레 도희가 오래 머무른 곳으로 향했다. 해찬은 단정한 글씨체로 쓰인 문장을 눈으로만 읽었다.

「먼저 갈게. 어제는 수고했어.」

그 옆에 가지런히 놓여 있는 현금을 보자마자 입매가 뒤틀렸다.

"아……."

해찬은 거칠게 머리를 쓸어 올리며 그대로 메모지를 구겨 버렸다.

"제대로 엿 먹었네."

잠시나마 얼굴에 머무른 웃음기마저 싹 가셨다.

△ ▼ △

부모님은 도희가 중학교에 입학하던 무렵에 갈라섰다. 아버지는 늘 바빴다. 일주일에 한 번도 마주치지 못했다.

흘려듣기론 아버지는 승승장구하던 사업을 정리하고 정계(政界)에 들어설 준비를 한다 했다. 엄마는 밤마다 방문을 틀어 잠그고 울었다.

'내연녀가 있는 게 확실해.'

엄마의 혼잣말을 들었다. 사건의 전말은 양쪽 입장을 전부 들어 봐야 안다지만 그 당시엔 그저 아버지가 원망스러웠다.

'매번 이러니까 당신이 지긋지긋하다는 거야.'

그 말이 엄마에겐 꽤 커다란 충격으로 다가온 듯했다. 마지막 날. 아버지는 묘한 눈으로 도희를 쳐다봤다. 껄끄러움. 원망. 죄책감. 아버지는 그대로 집을 나가 두 번 다시 돌아오지 않았다.

이혼 후 아버지에게 받은 위자료와 양육비로 몇 달은 버틸 만했다. 하지만 그마저 오래가진 않았다. 이 정도면 할 만큼 했다며 연락도, 지원도 끊었다.

엄마는 동생의 뒷바라지를 위해 닥치는 대로 일자리를 찾았다. 몇 번의 이사도 감행했다.

그러던 어느 날 동생이 뜻하지 못한 사고로 머리를 다쳤다.

병명은 코마(coma), 혼수상태.

운전자는 도주했다.

'뇌 손상이 심합니다. 기적적으로 눈을 뜨게 되더라도 장애는 피할 수 없을 겁니다.'

사형 선고와 다를 바 없는 진단을 통보받고 5년이란 시간이 흘렀다.

아름답던 엄마는 점점 수척해졌고, 그저 평범함을 바랐던 우리의 작은 세상은 볼품없이 무너졌다.

만에 하나 도영이 눈을 뜨게 됐을 때 자신의 망가진 몸을 보고 얼마나 괴로워할지, 엄마는 상상만으로도 끔찍하다고 했다. 충격에 몸서리칠 막내딸을 곁에서 지켜볼 바엔 차라리 편히 눈감았으면 한다고 버릇처럼 말했다.

"엄마. 방금 백만 원 입금했어요. 다음 달엔 이백 채워서 보낼게요."

— 됐다 했지! 엄마 혼자 처리할 수 있다니까. 대체 너까지 왜 그래, 정말! 일하느라 출석 일수 부족해서 계절 학기인지 뭔지 그것도 들어야 한다며. 국가장학금도 떨어졌다며!

동생의 발레 비용도 만만치 않았지만 병원비는 상상 그 이상이었다. 무려 5년이 흘렀다. 보험금으로 버틸 수 있는 금액은 한참 넘어선 상태였다.

'그냥 내 돈 받고 노래방 도우미 일 그만두면 안 돼요?'

차마 그 말이 입 밖으로 나오지 않았다. 뒤에서 묵묵히 동생의 병원비와 치료비를 보태며 엄마가 스스로 그 일을 그만두길 바라는 수밖에, 다른 방도가 없었다.

차라리 원망할 곳이 있었더라면 이 고통이 덜했을까. 누구의 잘못도 아니라서. 누구보다 그 사실을 잘 알아서.

"내일은 제가 도영이 옆에 있을게요. 매일 병원에만 있지 말고 집에서 좀 쉬세요."

— 너 정말 엄마 죽는 꼴 보고 싶어서 그래? 오기만 해! 졸업할 때까지 병원에 발도 들일 생각 마!

숨이 막혔다. 꿈도, 미래도 없었다. 모르는 사람이 듣는다면 배부른 소리라 하겠지만 명문대생이란 타이틀은 그저 조금 더 쉽게 돈을 벌기 위한 수단에 불과했다.

물론 처음엔 달랐다. 인정받고 싶었다. 동생과 달리 특별한 재능이 없었다. 그래서 죽어라 공부했다. 그럼 조금이나마 인정받을 줄 알았다.

수고했다. 장하다. 자랑스럽다. 그런 말은 바라지도 않았다. 가뭄 든 엄마의 얼굴이 조금이나마 생기를 되찾을 줄 알았다. 하지만.

'*어쩌려고 그런 선택을 했어. 가온대학교, 거기 등록금 비싸지 않니? 학비는 또 어떻게 감당하려고. 안 그래도 도영이 병원비 때문에 힘들어 죽겠는데…….*'

전부 부질없었다.

△ ▼ △

통화를 끝낸 뒤 다시 교내 카페로 들어서자 선미의 염려스러운 얼굴이 가장 먼저 보였다.

"어머니셔?"

"뭐, 그렇지."

도희는 어깨를 으쓱이며 맞은편에 엉덩이를 붙였다. 카페는 한적했다. 아직 기숙사 방을 정리하지 못했거나 도희와 선미처럼 여러 사정 때문에 계절 학기를 수강하는 소수의 학생들이 대부분이었다.

내내 도희의 눈치를 살피던 선미가 조심스럽게 물어 왔다.

"백구. 혹시, 그날 기억해?"

"그날?"

"그, 왜 있잖아. 한 달 전 종총 때."

벌써 한 달이 지났나. 아르바이트와 공부를 병행하느라 까맣게 잊고 지냈는데, 선미는 아닌 모양이었다. 가끔 마주칠 때마다 꼭 할 말이 있는 것처럼 굴더니 그날 일을 묻고 싶었던 걸까.

"왜? 나 가고 무슨 일 있었어?"

"아니이. 그냥. 그날 집엔 잘 들어갔나 해서……."

"네 앞에 멀쩡히 앉아 있는 거 보면 알잖아. 당연히 잘 들어갔지."

고해찬과 무슨 일이 있었는지 궁금한 거다. 알면서도 도희는 모르는 척 대답하며 희미하게 웃었다. 그와 관련된 일은 굳이 따져 묻지 않았다. 피차 난처할 테니까. 도희는 테이블 위에 널브러져 있는 책들을 하나둘씩 정리하기 시작했다.

"벌써 가게?"

"응."

"강의?"

도희가 고개를 흔들었다.

"아아. 알바. 너 진짜 괜찮아? 요즘 잠도 잘 못 자는 것 같던데."

"응. 버틸 만해."

선미의 걱정이 진심이라는 것을 안다. 답답함을 참지 못해 병상에 누워 있는 아픈 동생을 내버려 둔 채 무작정 병원을 뛰쳐나왔을 때. 기댈 곳 없이 울부짖으며 무너졌을 때. 새벽에 맨발로 달려 나와 두 팔 벌려 꽉 껴안아 준 유일한 사람이 선미였으니까.

"걱정해 줘서 고맙다. 썬. 내일 봐."

선미는 멋쩍게 웃으며 손을 흔들어 주었다.

"어째 더 말랐네……."

여름인데도 도희의 옷차림은 무거웠다. 엉덩이를 다 가리는 긴팔 체크무늬 셔츠. 무릎이 늘어난 청바지. 다 해져 버린 스니커즈 운동화. 대충 아무렇게나 올려 묶은 머리. 언제 끊어져도 이상하지 않을 에코 백. 언제부턴가 사라진 웃는 얼굴.

코끝이 시큰해진 선미는 멀어지는 도희의 뒷모습에서 급히 시선을 떼어 냈다.

△ ▼ △

조용한 캠퍼스 교정은 예뻤다.

푸릇한 잎사귀로 뒤덮인 나무가 즐비한 거리와 잘 정돈된 잔디는 누군가의 소중한 관심과 손길이 닿았단 증거일 것이다.

학기 때는 재잘재잘 떠들기 바쁜 학생들로 빼곡했는데, 8월 중순에 들어서자 거짓말처럼 덩그러니 홀로 남았다. 기분이 이상했다. 지금을 추억하려면 얼마나 더 긴 시간을 버텨야 하나.

이마에 맺힌 땀을 손등으로 닦아 내며 시선을 틀자 대문짝만하게 걸린 현수막이 시야에 들어왔다.

「〈경〉 가운대 체육학과 고해찬, 제28회 바르셀로나 하계 올림픽 자유형 200m, 400m, 800m 대한민국 역사상 최초 금메달 수상, 신기록 달성 〈축〉」

올림픽이 끝난 지도 벌써 3주가 지났는데 그 뜨거운 열기는 여전했다. 정문뿐만이 아니었다. 길거리 곳곳마다 현수막이 걸려 있었다.

전부 고해찬과 관련된 내용이다. 아시아 선수권, 올림픽, 전국체전, FINA 세계 선수권, 아시안 게임, 각종 국가 지역 대회 등등. 대학 홍보를 위한 기회는 이때다 싶었는지, 한참 지난 시합까지 끌어와 고해찬을 내걸었다.

그 대단한 애와 한 침대에서 밤을 보냈다는 사실은 다시 떠올려 봐도 너무 현실성 없다. 고해찬은 생각보다 더 유명했다. 태생부터 자신과는 다른 삶. 그의 세상에 패배란 없다. 늘 최고의 선상에 서서 관중들의 찬사를 받는 인생. 꿈과 열정, 의지가 들끓는 고해찬만의 세계, 천국. 잊고 있던 흐릿한 기억 하나가 떠올랐다. 해찬과 함께 술잔을 기울였을 때. 술김을 빌려 물었다.

'넌, 이제 괜찮아?'

고해찬은 알 수 없는 미소로 대답을 대신했었다.

기억 속에 존재하는 해찬과의 첫 만남은 그다지 밝지 못했다. 그의 어머니가 돌아가셨던 날 처음 만났다. 잊을 수 없었다. 죽어 버린 고해찬의 눈동자를. 그때와 지금의 그는 180도 달라져 있었다. 모르는 사람이 본다면 그날의 기억을 까맣게 잊어버렸다고 생각할 만큼.

꿈에서 깨어나라는 신호처럼, 저 멀리서 휘슬 소리가 들려왔다.

"마지막으로 들어오는 놈들은 학교 교정 다섯 바퀴 추가다! 이 악물고 뛰어!

전국체전 앞으로 4개월 남았다, 새끼들아!"

남자의 우렁찬 불호령이 떨어지기 무섭게 체육학과 남학생들은 악을 써 대며 속도를 높였다. 올림픽 끝난 지 얼마나 됐다고.

다들 무더운 날씨에 뛰려니 평소보다 일찍 한계에 다다른 모양이다. 숨이 턱까지 차오른 듯, 헉헉거리며 거친 신음을 토해 내고 있었다.

그중 고해찬은 유독 돋보였다. 그날 이후 처음으로 마주하게 된 그는 힘든 기색 하나 없이 무표정한 얼굴로 너무 쉽게 달리고 있었다. 깃털처럼 가벼운 몸짓으로.

"아······."

순간 더운 바람이 훅 불어닥쳤다. 눈으로 좇을 수도 없을 만큼 빠른 속도로 휙 지나쳤기 때문이다. 순식간에 저만치 멀어진 고해찬은 벌써 중간 지점을 가뿐히 통과하고 있었다.

"와, 저 미친 새끼. 겁나 빨라!"

"괴물 같은 놈. 수영 말고 그냥 육상을 하라 해!"

남학생들의 투박한 욕설들이 빈 교정에 쩌렁쩌렁 울려 퍼졌다.

"······엄청 빠르네."

한창 여름 방학 시즌이었지만 체육학과는 시합 성수기에 돌입하여 바쁜 모양이었다. 그래. 다들 고생이 많구나. 그 사실에 위안을 삼으며 걸음을 돌렸다.

갈 길이······.

"하, 선배."

멀다. 먼데. 너는 또 왜.

자꾸 불쑥불쑥 찾아와.

"안녕."

도희는 짧게 인사했다. 거친 호흡을 가다듬는 해찬을 뒤로하고 급히 발을 옮겼다. 정문을 빠져나와 신호등 앞에 섰다. 그러자 반박자 늦게 해찬의 두 발이 옆에서 따라 멈췄다.

도희는 한숨을 내쉬며 경계 어린 눈으로 삐딱하게 해찬을 올려다보았다.

"왜 따라왔어. 훈련 안 해?"

"일찍 끝났어요. 누구 덕분에."

해찬이 씩 웃어 보였다. 도희는 미간을 구기며 기어들어 가는 목소리로 말했다.

"부탁인데, 알은척하지 마."

"왜요?"

그걸 몰라서 묻나. 캠퍼스는 한적했어도 밖은 아니었다. 역 근처라 그런지 사람들로 바글바글했다.

"주목받기 싫으니까."

"보통은 즐기지 않나. 그런 거."

"나는 싫어."

"진짜 이상하네."

"뭐가."

"그렇게 싫으면 무시하고 지나치면 될 텐데, 하나하나 다 받아 주고 있잖아요. 새삼 상냥하게."

정곡이 찔린 듯 도희의 어깨가 흠칫 떨렸다. 그뿐이었다. 도희는 해찬의 눈을 피하지 않고 똑바로 마주 보았다.

"이참에 확실히 짚고 넘어가자. 그날 너랑 나. 잤니?"

직구로 던진 물음에 해찬이 실소를 터트렸다.

"잤으면."

도희의 눈이 크게 떠졌다.

"어떻게 되는데요?"

이게 진짜…… 도희는 입술을 잘근 감쳐물고서 확실히 선을 그었다.

"뭐가 됐든 충동적이었어. 더 이상 휘둘러 줄 생각 없으니까 그쯤 해."

삐뚤어진 말만 나왔다. 깊은 감정을 공유하기엔 처한 현실이 궁핍하다. 무엇보다, 고해찬은 너무 가볍고 벅찬 상대였다.

"재미는 내가 아니라 선배가 본 것 같은데. 지금 나 가지고 놀아요?"

"내가 그렇게 한가해 보여?"

"화내지 마요. 갖고 놀아도 상관없다고 말하려 했으니까."

"그만 질척거려."

"그래도 하룻밤 같이 보낸 사인데 이 정도는 허용되는 범위 아닌가."

자칫했다간 뻥, 터질 것만 같았다. 선만 넘지 않으면 기억도 못 하는데 누나 동생으로 지내는 정돈 가능하지 않을까 생각했건만, 돌아온 말은 한 침대에서 뒹굴어 놓고 우리가 어떻게, 였다. 도희는 끓어 넘치려는 감정을 간신히 억눌러 참으며 이를 악물었다.

"입. 다물어."

"먼저 언급한 사람은 선배잖아."

분명 입술은 웃고 있는데 눈빛은 서늘했다. 해찬은 흔들림 없는 눈으로 도희를 똑바르게 직시했다.

"허락 없이 외박해서 혼나진 않았어요?"

다정한 말투는 어딘가 꺼림칙했다. 마치, 그날 일을 잊지 말라며 못을 박는 것처럼.

"진짜 적당히 까불어, 너."

"너나 까불지 마."

갑작스러운 반말에 한 번, 순수하게 웃던 해찬의 얼굴이 순식간에 굳어짐에 두 번 당황했다. 어떤 표정을 지어야 할지 몰라 멍청하게 두 눈만 깜빡이고 있는데, 손안으로 무언가가 강제로 쥐어졌다.

그날 아침 협탁 위에 놓고 나온 오만 원짜리 지폐 두 장이었다.

"내가 고작 이딴 게 아쉬워서……."

다시 생각해 봐도 기막혔는지 해찬이 작게 헛웃음을 터트렸다.

"다시는 이런 식으로 굴지 마요. 기분 더러우니까."

처음 직면했다. 고해찬의 싸늘한 얼굴, 격양된 목소리, 잘게 떨렸던 짙은 눈동자. 전부.

그가 무심히 곁을 스쳐 지나간 뒤,

다시 혼자 남게 된 나는,

아팠다.

△ ▼ △

낯선 타인이 다가오는 것을 병적으로 기피하게 된 것에 특별한 이유가 있는
건 아니었다.

바로 앞만 생각하기에도 벅찼다. 충분히 힘겨웠다. 누군가 툭 밀면 힘없이
무너져 내릴 자신을 누구보다 잘 알고 있다.

나약하고, 보잘것없다. 버티는 게 고작이다. 겨우 쌓아 올린 모래성을 무자
비하게 흩트려 놓는 걸 바라지 않는다. 그게 무엇이든.

망가트리는 건 쉬울지 몰라도 수습해야 하는 일은 곤욕스러우니까. 아니. 사
실은 두려운 걸지도 모르겠다. 바란 적 없는 친절도, 호의도, 정도, 사랑도.

드넓은 해변에 작은 원을 그렸다. 그 안에 홀로 얌전히 앉아 있었을 뿐인데,
허락도 없이 침범하려는 기세로 몰아붙이면 결국 밖으로 내몰리게 될 사람은
자신이었다.

책임지지 못할 것이라면 미연에 내쳐야 한다. 조금은 쌀쌀맞더라도, 냉정하
더라도. 누군가 손가락질하며 너는 참 못됐다며 추궁하더라도.

결국, 선택은 본인의 자유고 그에 따른 결과 역시 본인의 몫이다. 그 누구도
책임져 주지 않는다. 더는 상처받고 싶지 않다.

정말 더 이상은. 아프고 싶지 않다.

△ ▼ △

일주일이 지났다.

가운대학교 바로 맞은편에 위치한 편의점에서 아르바이트를 하는 터라 혹여

나 마주치면 어쩌나 걱정했다. 하지만 다행히 눈앞에 고해찬이 나타나는 불상사는 벌어지지 않았다.

"어서 오세요."

딸랑, 종소리와 함께 손님이 들어섰다. 도희는 펼쳐 둔 토익 기출 문제집을 옆으로 밀어 두고 자리에서 일어났다.

정신없이 손님을 맞이하며 공부에 열중하다 보니 벌써 자정에 가까워진 시각이었다. 야간 타임 대타를 부탁받았다. 덕분에 열다섯 시간 내내 좁은 계산대에 갇혀 있었다. 육체적으로나 정신적으로나 고되긴 했어도 일전에 잘린 과외 아르바이트를 생각하면 감지덕지해야 하는 실정이었다.

편의점 안으로 들어온 손님은 여자와 남자 둘이었다. 도희는 그들의 뒷모습을 무료하게 응시했다. 음료 냉장고 앞에서 연신 쭈뼛거리던 손님 둘은 고심 끝에 무언가를 집어 들고 나란히 계산대로 다가왔다.

그들이 꺼내 놓은 것은 소주 세 병이었다.

"……이거랑, 말보로 라이트 한 갑도 같이 주세요."

도희는 조용히 맞은편의 손님 둘을 훑었다. 성인이라기엔 많이 앳된 얼굴들이었다. 어떻게든 성숙해 보이려 애쓴 노력은 가상하다만.

"신분증 좀 보여 주세요."

"아, 맞다. 깜빡하고 안 가져 왔는데. 그냥 주시면 안 돼요?"

"네. 안 돼요."

여학생의 때아닌 애교에도 도희는 단호했다. 편의점 알바를 하며 이런 일을 겪은 건 한두 번이 아니었다. 혹시 모를 사태를 대비해 언제든 비상 호출용 수화기를 내려 둘 준비를 마쳤다.

"성인 맞다니까요. 여기 단골인데."

"그래도 안 돼요."

"아, 존나 까다롭게 구네."

남학생의 짜증 섞인 혼잣말이 신경을 건드렸다.

"경찰 부르기 전에 그냥 가세요. 엄연히 영업 방해니까."

"저번에 왔을 땐 그냥 줬다니까요? 지금 시간에 일하는 형이 내 얼굴 알아요. 못 믿겠으면 전화해서 물어보든가요."

"내가 왜……."

그래야 하는데. 말을 끝까지 잇지 못했다. 남학생 바로 뒤에 우두커니 서 있는 남자 때문이다.

언제 온 거지. 전혀 눈치채지 못했다.

"아……."

처음엔 헛것을 봤나 싶어 몇 번이나 눈을 질끈 감았다 떴다. 확실했다. 고해찬이 맞았다. 대학교에서 마주친 뒤로 일주일. 일주일 만이었다.

긴장을 놓았던 탓인지 전혀 예고치 못한 인물의 등장에 당황했다. 그건 시작에 불과했다.

"여기에 있는 거 다 줘요."

해찬의 손가락이 가리키고 있는 곳을 따라 도희의 시선이 천천히 아래로 내려갔다. 미성년자 학생들이 가져온 술이었다.

"그리고 아까 말했던. 말보로 라이트인지 뭔지 하는 그것도."

도희의 턱이 느슨하게 벌어졌다. 술 담배 안 한다며, 너. 거짓말이었어? 고요히 기함하는 도희의 반응이 꽤 볼만했는지, 해찬은 짓궂게 웃었다.

문득 잊고 있던 손님 두 명이 생각났다. 그들 역시 어처구니가 없는 건 마찬가지인 모양이었다. 도희는 애써 태연한 척 해찬을 향해 말했다.

"신분증. 주세요."

해찬은 거리낌 없이 운전면허증을 내밀었다. 잠시 망설이던 도희가 손을 뻗었다. 아주 찰나의 순간, 손끝이 스쳤다. 왜 이토록 심장이 요란스럽게 뛰어 대는 건지. 아마 놀라서겠지.

뚫어져라 운전면허증을 내려다보던 도희가 고개를 들었다.

"주민 등록 번호, 말해 보세요."

운전면허증 사진 속에 박혀 있는 잘생긴 얼굴이 재수 없어 던진 유치한 복수였다. 해찬이 망설임 없이 입술을 떼어 내려는 찰나, 도희가 잽싸게 말을 가로

챘다.

"거꾸로."

"거꾸로?"

상황은 보란 듯이 역전되었다. 살풋 눈가를 찡그리는 해찬을 보자 가슴 깊숙한 곳에서부터 생전 느껴 보지 못한 희열이 차올랐다.

변태인가. 아무렴 어때. 매번 나 잘났다는 식으로 굴었던 너도 이번 건 예상 못 했을 거다. 도희의 입술로 미미한 미소가 번졌다.

순간 해찬과 눈이 부딪쳤다. 언뜻 피식 웃는 소리가 들린 것 같기도 하다. 도희는 바로 정색하며 채근했다.

"몰라요?"

"사일이칠."

대답은 막힘없이 터져 나왔다.

"더 말해야 돼요?"

타인 앞에서 개인 정보 전부를 읊어야 하느냔 소리였다.

"됐어요."

도희는 술병을 하나씩 집어 들며 바코드를 찍기 시작했다.

"총 오천사백 원입니다."

해찬의 고개가 비스듬히 기울어졌다. 뭐. 어쩌라고. 도희가 눈으로 묻자 해찬이 담배 진열대를 턱짓으로 가리켰다.

"저것도 줘야죠."

일부러 무시했던 건데. 고해찬은 끝까지 고집을 부렸다. 끈질긴 놈. 도희는 해찬을 한 번 흘기곤 뒤돌아섰다. 어렵지 않게 찾아낸 담배를 진열대에서 빼어 낸 뒤, 테이블에 탁 소리 나게 내려놓았다.

그제야 만족스러운 표정을 짓는다. 자신이 원했던 목표물을 바로 눈앞에서 공갈당한 것이 기가 막히고 억울했는지, 남학생은 발끈하며 대들었다.

"지금 뭐 하는 건데요? 이거 내가 먼저……."

"야."

해찬이 낮은 목소리로 대뜸 말을 끊어 냈다.

"순서를 왜 따져."

"그게 무슨!"

"먼저 가지면 그만이지."

허탈한 웃음을 터트린 남학생은 안중에도 없었다.

"내 거야."

해찬의 시선은 오롯이 도희에게 향해 있었다.

"안 그래요?"

도희가 멍하니 쳐다보자 해찬은 기다란 눈매를 휘며 웃었다.

△ ▼ △

자정 전에 오겠다던 사장님은 30분이나 넘어서 모습을 드러냈다.

도희는 연신 사과와 걱정을 반복하는 사장님을 간신히 안심시킨 후에야 편의점을 빠져나올 수 있었다.

파라솔 테이블에 자리를 잡고 앉아 있는 해찬이 눈에 밟혔다. 무시하고 지나칠까 했지만 그러기엔 마음이 편치 않다. 지난 일도 걸렸다.

"왜 아직도 안 갔어?"

해찬의 얼굴이 천천히 옆으로 움직였다.

"걱정돼서요."

또다시 훅. 원치 않은 묵직한 무언가가 심장을 강타했다. 도희는 있는 힘껏 주먹을 꼭 말아 쥐며 가까스로 화제를 돌렸다.

"샀던 건 전부 어디에 있는데?"

"다 마셨어요."

놀란 도희의 눈이 확 떠졌다.

"뭐?"

"장난이에요. 버렸어요."

대체 뭐가 진심인 건지. 도희는 재빨리 주변을 살폈다. 정말이었다. 그의 말대로 근처 쓰레기로 가득 찬 휴지통 위에 담배가 던져져 있었다.

광경은 처참했다. 혹시라도 학생들이 가져갈까 싶었는지, 담배는 모조리 부러져 있었다. 소주병은 보이지 않았다. 착실하게 분리수거까지 한 모양이었다. 마른 바닥에 물기가 남아 있는 것은 아마, 그가 흘려보낸 알코올일 것이다.

"버릴 거면 왜 샀어. 돈 아깝게."

"똑똑한 줄 알았는데. 눈치가 없네."

별안간 해찬이 의자에서 몸을 일으켰다. 불쑥 높아진 키에 도희의 눈길도 따라 위로 향했다.

"두 번째네요."

"뭐가."

"내가 선배 도와준 거."

그러니까 그 뜻은, 일부러 샀다는 거다. 햇병아리 같은 미성년자들에게 휘둘리고 있는 나를 도와주고 싶어서. 성인도 신분증을 제시해야만 구매할 수 있다는 것을 보여 주면 포기할 줄 알고.

"그냥 환불하지."

"없어 보이잖아요."

해찬은 장난스러운 투로 대구하며 어깨를 으쓱였다. 불편한 침묵이 감돌았다. 갈 곳 잃은 눈동자를 이리저리 굴려 대던 도희는 여태 마음을 불편하게 한 원인을 어렵게 꺼내 놓았다.

"그날, 일부러 자존심 상하게 하려고 의도했던 건 아니었어."

얼굴로 와 닿는 해찬의 눈빛이 따갑게 느껴졌다.

"그냥. 나 때문에 쓰지 않아도 될 돈 쓰게 한 것 같아서. 미안했어."

모텔 일을 말하는 거였다.

"그런 적이 처음이라 어떻게 대처해야 할지 몰랐던 것뿐이야."

"정말 아무것도 모르네."

해찬이 슬며시 입술을 말아 올렸다.

"가르쳐 줄게요."

또다. 아무것도 모르는 어린아이를 대하는 듯한, 저 건방진 태도.

"그럴 땐 그냥 고맙다고 하는 거예요. 구구절절 쓸데없는 변명 집어치우고, 마음에도 없는 미안하단 소리 말고."

"아……"

"도와줘서 고마워. 위로해 줘서 고마워. 이렇게."

힘겹게 모래성을 쌓았다.

누군가는 무시했고, 다른 누군가는 이유 없이 짓밟았다. 어떨 때는 바람이 불어 무너졌고, 또 어느 때는 비가 와 흔적도 없이 사라졌다.

나는 너를 파도라 생각했다. 나약한 나를 꽁꽁 감싸 숨겨 주고 보호해 줄 모래성을 언제라도 순식간에 집어삼킬 수 있는, 벼랑 끝까지 내몰리게 할 위협적인 존재. 너는 마치 거친 파도 같다고.

"선배는 걱정이 너무 많아요."

착각이었다.

"보통 그런 사람은 매력 없던데. 막상 눈에 안 보이니까 자꾸 신경이 쓰여. 짜증 날 정도로."

"너……"

"강한 척하지 말아요. 더 안쓰럽기만 해."

너는. 그저 너였다. 여러 이유로 자꾸만 무너지는 모래성을 다시. 다시. 또다시 몇 번이고 힘겹게 쌓아 올리고 있는 내 곁으로 불쑥 다가온 너는. 사실 결코 가볍지 않은 걸지도 모르겠다는 생각이 들었다.

"그냥 이용해 보는 건 어때요."

심장을 가로막고 선 벽에 하나둘 금이 생겨난다.

"나도 생각보다 꽤 쓸 만한데."

"왜……"

왜 나한테 그런 말을 하는 거야? 묻고 싶었다.

"영 아닌 것 같다 싶으면 다시 숨어도 돼요."

"……."

"지금처럼 내가 다시 찾아내면 되니까."

비도, 바람도, 파도도, 짓밟으려 하는 전부를 온몸으로 막아 줄 사람. 무너트리려는 사람이 아니라 곁에서 함께 성을 쌓아 올려 줄 사람.

착각일지도 모른다. 하지만 혹시나 그런 사람이 있다면, 내게도 존재한다면. 왠지 너일 것만 같았다.

"자주 웃어요. 아까 보니까 예쁘던데."

분다. 불었다. 불어오고 있었다.

여름과 꼭 닮은 네가.

△ ▼ △

해찬은 어릴 때부터 엄마를 꼭 빼닮았다는 소리를 귀 아프게 들었다. 아름다운 외모도, 운동 신경도 모두 어머니의 유전자를 이어받았다.

어머니는 전통 깊은 집안의 막내딸로 한국 무용계에서 주목하는 신예 무용수였고, 아버지는 별 볼 일 없는 소기업의 평사원이었다.

부모님의 결혼은 환영받지 못했다. 사람들은 집안과 의절하고 오랜 꿈을 저버리면서까지 사랑을 선택한 어머니를 힐난했다. 어머니는 쓸데없는 기우라 여겼다. 아버지를 믿었다.

그러나 그들의 예상이 맞았다. 집안과 회사 그 누구에게도 인정받지 못해 생겨난 분노는 모조리 죄 없는 어머니에게로 돌아갔다.

회사가 망했다. 아버지는 어머니가 벌어 오는 푼돈으로 매일 술을 마셨다. 술에 취하면 어머니는 늘 이유 없이 맞았다. 그럴 때마다 어린 해찬은 가여운 어머니를 감싸 안고 손찌검을 대신 감당했다.

태어나 처음으로 누군가를 죽이고 싶다는 충동이 들었다.

'해찬아. 엄만 괜찮아.'

상처투성이가 된 얼굴로 어머니는 늘 웃었다. 물이 좋았다. 그 속에 오래 잠겨 있다 보면 전부 무의미해지니까. 살고 싶다는 강한 충동. 빠져나와야만 한다는 절박함. 그것을 제외하면 아무것도 남지 않는 무(無)의 세계.

어느 순간부터 수영은 해찬에게 삶에서 도망칠 수 있는 마지막 돌파구로 자리 잡았다.

초등학생 때 해찬은 수영을 배우고 싶다 했다. 무언가 하고 싶은 것이 생겼다고 말한 적이 처음이라 어머니는 어느 때보다 기뻐했다.

사실은 집이 싫어 도망칠 구실을 찾았던 것뿐인데.

'장하다. 정말 장해, 우리 아들.'

공식적인 대회에서 첫 금메달을 안겨 드렸던 날, 어머니는 우셨다. 해찬을 끌어안고 하염없이 울었다.

열아홉 살이었다. 수영 선수에게 가장 중요한 시합이라 해도 과언이 아닌, 아시안 선수권 대회 1500m 자유형에서 금메달을 따낸 당일.

수상 결과에 기뻐할 새도 없었다. 앞으로 두 달 뒤, 전국체전을 남겨 두고 있었다. 수천만 원의 연봉을 받고 계약할 수 있는, 가난에서 벗어날 절호의 기회였다. 심기일전하여 훈련에 돌입해야 하는 시기에 뜻하지 못한 통보를 받았다.

어머니가 위급하시니 당장 병원으로 와 달라는 연락. 전부를 내던지고 죽을 힘을 다해 달렸다. 병상에 누워 있는 어머니는 도무지 믿기 힘들 정도로 야위어 있었다. 다 괜찮아졌다며. 아버지도 정신 차렸고 술도 끊었다며. 이제 행복할 일만 남았다고 했으면서.

전부 거짓말이었다. 의사는 이상한 말을 했다. 췌장암 말기였다고. 걱정할까 여태 숨기신 모양이라고. 그런 어머니 몸에 상해 자국이 있는 건 알고 있었냐고. 어머니는 저만치 멀리 떨어져서 멍하니 자신을 바라보고 있는 해찬에게 힘겨운 손짓을 보였다.

두 다리에 1톤짜리 족쇄를 채워 둔 기분이 들었다.

'해찬아, 내 아들……'

가늘게 떨리는 어머니의 부름에 해찬은 대답할 수 없었다. 대답하면, 안심해서 그대로 눈을 감아 버릴까 봐. 무서웠다.

죽을 만큼 아팠을 텐데, 고통스러웠을 텐데. 훈련 때문에 자리를 비운 사이 짐승만도 못한 새끼한테 폭력을 당했을 땐 얼마나 더 괴로웠을까.

'수영, 절대……, 포기하지 마.'

알겠지? 희미하게 웃으며 묻는 어머니를 보자 손끝이 경련했다.

'훨훨 날아, 내가, 볼 수 있게…….'

그게 끝이었다. 어머니는 그렇게 허무한 죽음을 맞이했다. 머릿속이 텅 비어 버렸다.

해찬은 끝내 상주복을 입지 않았다. 눈물도 보이지 않았다. 어머니의 죽음을 인정하지 못해서. 후줄근한 트레이닝복. 푹 눌러쓴 모자. 훈련 도중에 병원으로 달려온 차림 그대로 장례를 치렀다.

'누가 그 애비에 그 새끼 아니랄까 봐.'

찾아온 사람들 전부가 곱지 않은 시선으로 해찬을 흘기며 한마디씩 던졌다. 적어도 위로의 말은 아니었던 걸로 기억한다. 모르는 사람들로 가득했다. 그 많은 사람들 중에 아는 사람이라곤 고작 아버지뿐인데. 없었다.

해찬은 덤덤히 묘 앞으로 걸어가, 허리를 숙였다. 내내 주머니 속에 있던 번쩍이는 금메달을 꺼내어 조심스럽게 내려놓았다.

끝내 전하지 못한 선물.

'가세요.'

해찬은 그대로 몸을 돌렸다.

△ ▼ △

엄마가 울고 있나 보다. 그날은 예고에 없던 비가 세차게 내렸다. 해찬은 어딘지 모를 차양 밑에 서서 한참 하늘만 올려다보았다.

온통 암흑이라 지루했다. 고개를 내리자, 땅바닥에 주저앉아 있는 웬 여자가 보였다. 강한 기세로 내리치고 있는 빗줄기를 온몸으로 맞고 있는 채로.

'지랄한다.'

정말 지랄 같았다. 처량하게 비를 맞으며 울고 있는 저 여자도. 날씨도. 상황도. 전부. 미련 없이 여자에게서 시선을 떼어 낸 해찬이 우산을 펼쳐 들었다.

무신경하게 여자를 지나치려는 순간, 뜻하지 못하게 발목을 붙잡혔다.

'으으......, 제발......,'

같은 말만 몇 번이고 되풀이하는 여자의 울음 섞인 목소리에 해찬의 무미건조한 시선이 느릿느릿 밑으로 향했다.

여자는 잔뜩 몸을 웅크리고 있었다. 허벅지 사이에 얼굴을 처박고서 무언가에 홀린 사람처럼. 쌓이다. 쌓이다 끝내 폭발한 것처럼. 처절하게 울분을 토해 냈다.

해찬은 무시하며 다시금 발을 떼어 냈다.

'제발, 나 좀 제발 봐 줘, 나도 엄마 딸이잖아......,'

또, 다리가 멋대로 멈췄다.

'누가 나 좀, 제발, 하......,'

절로 어금니를 꽉 씹게 됐다. 살아 있어 주기만 바라는 사람을 앞에 두고 저런 말을 하는 꼴이 우습다 못해 화가 치밀었다.

'복에 겨운 소리 하고 있네.'

저도 모르게 흘러나온 말이었다. 낯선 목소리에 여자가 흠칫하며 고개를 들려 하자, 해찬은 손으로 모자 끝을 잡아 깊게 눌러썼다.

여자가 가늘게 눈을 떴다. 모자에 가려져 잘 보이지 않는 해찬의 얼굴을 유심히 살펴보려는 듯했지만 무리였다. 굵은 빗줄기에 형체를 알아볼 수 없었는지 여자는 포기하며 날 선 말을 뱉었다.

'그냥 가세요. 남 일에 신경 끄고.'

코가 막힌 상태로 말은 잘했다.

'그렇게 서러우면 당사자한테 가서 직접 따지든가, 주변 사람들한테 도와 달라고 부탁을 하든가.'

여자가 입술을 아프게 씹었다.

'허공에다 백날 말해 봤자.'

비 맞고 감기나 걸리지.

'*가라니까, 그냥 가라니까! 네가 무슨 상관인데!*'

'*도와 달라 말할 용기조차 없으면 평생 입 다물고 살아.*'

나처럼. 평생 후회하면서.

'*불쌍한 척, 청승 떨지 말고.*'

해찬은 들고 있던 우산을 여자의 곁에 툭 던지듯 내려놓았다. 분명 두 번 다시 마주칠 일 없는 관계였다. 적어도 자신보단 나은 삶을 살고 있는 사람일 텐데. 복에 겨운 소리나 하며 울고 있는 저 여자가 뭐가 예쁘다고 이런 친절을 베풀었던 건지, 이해할 수 없었다.

그저. 지긋지긋했을 뿐이다. 저 호황을 누리는 슬픔이 전염될까 봐. 목적지 없이 걸었다.

'*너, 괜찮냐?*'

어떻게 알고 달려온 선준이 앞을 가로막았다.

'*영화 찍는 것도 아니고 비는 왜 맞고 서 있어, 병신 새끼야.*'

거친 욕설을 뱉고 있는 입과 달리 선준은 당장이라도 울음을 터트릴 것 같은 표정을 짓고 있었다.

나도 안 우는데 네가 왜.

'*가자.*'

'*먼저 가.*'

'*미친놈. 너희 어머니가 보시면 퍽이나 좋아하시겠다. 잔소리 말고 따라와, 누나가 밥해 놨대.*'

어머니가 보시면. 그 말을 차마 무시할 수 없었다. 그래서 따라간 선준의 집에서 뜻하지 못한 상대를 마주쳤다. 해찬은 현관문에 우두커니 멈춰 서서 움직이지 못했다. 신발장 옆에 놓인 우산. 제 것이었다. 해찬의 고개가 돌아갔다.

그 여자였다. 처량맞게 비를 맞으며 오열하던 여자. 언제 울음을 터트렸었냐는 듯, 그녀는 멀쩡했다. 해찬이 뚫어져라 눈을 맞춰 오자, 거실 한가운데에 멀뚱히 서 있던 여자는 주춤거리며 손을 들었다.

'아......, 안녕.'

여자는 자신을 알아보지 못하는 눈치였다. 장맛비가 쏟아지는 판국에 그렇게 울어 댔으니 정신이 없었을 만도 했다. 해찬은 자신의 머리에서 물기가 뚝뚝 흐르고 있는 줄도 몰랐다.

그저 빤히, 여자의 얼굴을 바라보기만 했다. 기가 막히고 어이가 없는 우연에 터지려는 실소를 겨우 삼키면서.

말없이 목석처럼 꼿꼿하게 서 있는 반응이 민망하지도 않은지 여자는 도리어 가깝게 걸어왔다. 술 냄새가 진동을 했다.

'뭐 하고 있어. 얼른 들어와서 닦아. 그러다 감기 걸려.'

여자의 손에 들린 것은 수건이었다. 모진 말을 뱉었던 자신과는 상반된 태도였다. 해찬은 차마 수건을 건네받지 못했다.

'소식, 들었어. 좋은 곳으로 가셨을 거야.'

죄책감이 들어서. 신기해서.

'초면에 위로가 될지 모르겠지만.'

문득 여자의 사정이 궁금해져서. 상황이 어느 땐데, 이런 생각이나 하는 스스로가 미친 것 같아서.

'......힘내.'

하필 오늘, 불현듯 내 앞에 나타난 당신에겐 그저 형식적이었을 그 위로가, 어쩌면 내겐 간절한 것이었음을.

내게 어떤 존재로 다가올지 몰라 무심코 홧김에 뱉어 버린 그날의 그 상처를.

당신은 기억하지 못했으면 한다.

될 수 있다면, 영원히.

△ ▼ △

"야, 고해찬!!"

깊게 잠겨 버린 과거에서 해찬을 억지로 끌어내듯, 선준의 다급한 목소리가 수영장에 쩌렁쩌렁 울려 퍼졌다.

"야, 벌써 6분 넘었어! 그만하고 올라와. 진짜 질식해서 뒤진다니까?"

고요한 수영장 풀(Pool)을 불안하게 바라보던 선준은 대답 없는 해찬이 답답해 죽겠는지 인상을 찌푸렸다.

종종 해찬은 훈련을 하다 말고 지금처럼 알 수 없는 행동을 했다. 사실 죽을까 봐 걱정이 되는 것은 아니었다. 대한민국에서 가장 수영을 잘한다는 놈이 물에 빠져 죽을 일은 없을 테니까. 어련히 알아서 잘 올라오겠지만 도통 속을 알 수 없는 놈이라 복장이 터질 노릇이다. 그렇게 해찬은 3분이 더 흐른 뒤에서야 물속에서 모습을 드러냈다.

"야. 솔직히 말해 봐. 너 혹시 오래 잠수하면 흥분하는 페티쉬라도 있냐?"

말 같지도 않은 선준의 농담에 해찬은 대충 던져 놓은 트레이닝 재킷을 둘러 입으며 지퍼를 올렸다.

"미친놈."

"아니, 진짜 궁금해서 그래."

"훈련 없어. 왜 여기까지 따라와서 귀찮게 굴어."

"왜긴. 너 때문에 한 시간 뒤로 밀렸다. 야, 솔직히 너무 양심 없는 거 아니냐? 너 한 명 때문에 몇 종목 클럽 팀이 뒤로 밀린 줄 알아?"

"그 조건 때문에 이 대학 선택했는데 잘 활용해야지."

"하여튼. 이기적인 새끼."

경기, 서울권에서 선수용 50m 레일을 가진 수영장은 몇 군데 없었다. 열악한 환경을 개선할 생각이 없는 국가가 문제인 건지, 중간에 끼어 있는 연맹이 문제인 건지는 몰라도 수십 명이 줄줄이 레일 안으로 들어와 릴레이 하듯 훈련하는 건 질색이었다.

영양가 없는 대화를 나누며 선준과 나란히 수영장을 빠져나왔다. 생각 없이 고개를 돌린 그 순간, 해찬은 출입문 너머로 시선을 빼앗기고 말았다. 여유라고는 조금도 느껴지지 않는 지친 얼굴로 어딘가 바쁘게 걸어가고 있는 여자. 도희었다.

해찬은 물끄러미 도희의 모습을 눈으로 좇았다. 작은 점이 되어 시야에서 완전히 사라졌을 때쯤, 해찬이 선준을 향해 몸을 틀었다.

"뭔데, 또."

"알려 줘."

"그러니까 뭘."

"너희 누나 번호."

"우리 누나면, 누구. 박선미?"

"어."

"왜?"

"그런 게 있어."

저 미친놈. 왜 또 저래. 잠시 의아해하는가 싶더니 선준의 얼굴이 돌연 경악으로 물들었다.

"야. 너 설마 우리 누나는 아니지? 너 실수하는 거야. 아무리 그래도 우리 집 박선미는 좀 아니다. 네가 너무 아까워."

누구 집 개 이름도 아니고…….

해찬은 헛웃음을 터트리며 말을 정정했다.

"그쪽 아니야."

잘못 짚었다고.

△ ▼ △

어젯밤, 뜬금없이 편의점을 찾아온 선미는 어딘가 부산스러웠다.

'백구. 내일 학교 가는 김에 박선준한테 이것 좀 전해 주라. 어제부터 합숙 시작했는데 집에 놓고 갔다고 가져와 달라네. 난 공강이라.'

도희는 어제 선미와 나눈 대화를 떠올리며 내내 손에 쥐고 있던 선준의 휴대폰을 물끄러미 내려다보았다. 언제까지고 시간을 지체할 수 없었다. 이해할 수 없는 찝찝함을 뒤로하고 마저 다리를 움직였다.

수영장 앞에 다다르자 거대한 출입문 한가운데 떡하니 붙어 있는 경고문이 눈에 들어왔다.

「관계자 외 출입 금지」

안내 데스크는 텅 비어 있었다. 이 광활한 체육관에 지나다니는 사람이라곤 고작 도희뿐이었다.

어쩌지도 못하고 연신 머뭇거리는데, 웬 여자가 가깝게 다가왔다.

"저기요. 지금 훈련 중이라서 수영장 들어가시면 안 돼요. 어떻게 오셨어요? 스포츠 기자분?"

여자는 귀찮다는 기색이 다분했다. 이런 식으로 예고 없이 찾아오는 사람이 여럿 있던 모양이다.

도희는 서둘러 입을 열었다.

"아니, 그게 아니라……."

"외부 클럽 팀 분이면 수영장 사용 시간 뒤로 밀렸는데 연락 못."

여자는 말을 멈추고 경계 어린 눈빛으로 도희를 훑었다.

"선수는 아닌 것 같은데."

그도 그럴 것이 도희의 마른 몸은 운동과는 거리가 멀었다.

"수구 팀 박선준 학생에게 전해 줄 물건이 있어서 왔습니다."

"박선준?"

여자의 의심스러운 눈빛은 쉬이 거둬지지 않았다. 오히려 한층 더 가중되었다. 상태로 봐선 선준이 누나 친구라고 설명해 봤자 믿어 줄 것 같지 않다.

어떡해야 하나. 난감해하는 사이, 체육관 출입문이 벌컥 열렸다.

"어, 도희 누나!"

수영장 앞에 서 있는 도희를 알아본 선준이 한걸음에 달려왔다. 단언컨대 지금처럼 그가 반가웠던 적은 없을 거다.

"야, 박선준. 아는 사이야?"

"어어. 우리 누나 친구."

선준은 여자의 말을 듣는 둥 마는 둥 대충 받아넘기며 도희에게 집중했다.

"누나가 여긴 어쩐 일이에요?"

이때만 기다려 온 도희가 손에 들린 휴대폰을 내밀었다.

"이거, 선미가 전해 주래."

"네?"

"놓고 갔다며."

선준은 어리둥절하며 눈을 깜빡였다. 묘한 기운이 감돌았다.

"이 휴대폰. 네 거 아니야?"

"제 휴대폰은 여기에 있는데요?"

선준은 트레이닝 바지 주머니에서 제 휴대폰을 꺼내어 보여 주었다. 도희의 손에 들린 휴대폰을 잠자코 바라보며 선준이 입을 열었다.

"어, 그거……. 누나 잠시만 저 그 휴대폰 좀 봐도 돼요?"

도희가 고개를 주억거렸다. 선준은 건네받은 휴대폰을 이리저리 살펴보더니 느닷없이 휴대폰에 씌워진 검은색 케이스를 떼어 냈다. 곧이어 작은 사진 한 장이 바닥으로 살랑살랑 떨어졌다. 도희의 눈길도 따라 움직였다. 사진 속 아름다운 중년 여자는 희미하게 웃고 있었다.

누구와 참 많이 닮았는데.

도희가 속으로 생각하는 동안 선준은 허리를 굽혀 사진을 주워 들었다.

"아, 이거 고해찬 휴대폰이네."

……뭐야, 이거.

"저 여자가 왜 고해찬 휴대폰을 가지고 있는 건데?"

"네가 뭔 상관이야."

얼이 빠진 도희를 두고 때아닌 신경전이 벌어졌다.

"저기요. 고해찬이랑 무슨 사이예요? 왜 그쪽이 해찬이 휴대폰을 가지고 있 냐고요."

내가 묻고 싶은 말이거든.

여자는 당장이라도 물어뜯을 기세로 따져 물었다. 도희는 사진을 들여다보다 말고 여자를 살폈다. 고해찬을 좋아하는 애일까.

여자는 예쁘장한 편에 속했다. 대강 봐도 비싼 옷. 윤기가 흐르는 웨이브 진머리와 곱게 단장한 화장까지. 생기가 물씬 풍기는 여대생 본연의 모습이었다. 왠지, 거적때기 같은 옷을 입고 있는 자신이 볼품없게 느껴졌다.

"야. 네가 무슨 고해찬 여자 친구라도 되냐? 그만 나대고 가라, 좀."

선준은 인상을 찌푸리며 여자의 어깨를 떠밀었다. 그러면서 도희에겐 다정히 웃었다.

"누나, 들어가 보세요. 해찬이 지금 수영장 안에 있어요."

"아니, 난."

선준은 원상 복구한 휴대폰을 도희에게 다시 돌려주며 말했다.

"걱정 마세요. 걔는 클럽 팀 소속 아니라서 혼자 있을 거예요."

"아니야. 네가 대신 전해 줘."

"저는 감독님이랑 면담 있어서요. 늦으면 죽을지도 몰라요."

그리 말하며 선준은 새침하게 도희를 노려보는 여자를 잡아끌었다. 결국 다시 도희 혼자 남았다. 선택을 해야 했다. 직접 두 발로 걸어 들어가서 당사자에게 사건의 전말을 따져 물은 뒤 휴대폰을 전해 주든지. 아니면, 데스크에 휴대폰을 놓고 돌아가든지.

도희는 상념에 잠긴 눈으로 굳게 닫혀 있는 수영장 문을 바라보았다. 고해찬의 세계로 들어가는 길목에 선 기분을 지울 수 없었다. 이 문을 열면, 더는 돌이킬 수 없을 것만 같다.

스스로에게 물었다. 감당할 수 있겠어?

내린 결론은 단순했다.

도망치면 그만이야. 늘 그랬듯이.

안으로 들어서자마자 수영장 물 냄새가 확 풍겼다. 언뜻 소독약 냄새가 섞인 것 같기도 했다. 일반 동네 수영장과는 격이 다른 시설이었다. 내부는 생각했던 것보다 훨씬 넓었다. TV에서나 보던 경기장 같았다. 탁 트인 높은 천장, 풀장에 일렬로 늘어져 있는 수많은 레일과 커다란 스크린까지.

어째서 고해찬이 수많은 대학 중 가운데를 선택했는지 알 것 같다.

철썩, 철썩. 물을 가르는 시원한 소리가 고막을 꿰뚫었다. 자연스럽게 흘러간 눈길은 유독 심하게 들썩거리는 다섯 번째 레일에서 멈추었다. 팔을 길게 뻗으며 막힘없이 앞으로 나아가는 고해찬에게 단숨에 시선을 빼앗겼다.

벌써 몇 번째인 건지 가늠하기 힘들었다. 그는 가볍게 몸을 말아 회전하며 발끝으로 반환점을 찍고 다시 출발점을 향해 돌아오고 있었다. 무시무시한 속도로 중력을 무시한 채 물을 가로지르는 몸짓은 더없이 부드러웠다.

돌연, 미동조차 없던 심장이 미친 듯이 뛰기 시작했다.

아름답다. 자유롭다. 물속의 고해찬은, 어느 때보다 편안해 보였다.

△ ▼ △

그로부터 30분이 지날 때까지도 해찬은 물속에 있었다.

저러다 저체온으로 죽진 않을까. 이상한 걱정이 들 때쯤, 드디어 훈련을 끝내려는 듯 보였다. 물 표면을 뚫고 나온 해찬이 손을 뻗어 수영장 바닥을 힘껏 짚고 그 반동으로 가뿐하게 올라왔다.

"아⋯⋯."

순간 당황한 도희는 눈을 어디에 둬야 할지 몰랐다. 해찬은 무릎 바로 위까지 내려오는 5부 사각 수영복을 입고 있었다. 중요 부위가 고스란히 드러나는 삼각 수영복이 아니라 그나마 다행이다.

얼마 지나지 않아 머리 위로 그늘이 드리웠다. 멈칫하며 고개를 들자 어깨에 스포츠 타월을 걸친 고해찬이 서 있었다.

"선배."

눈매를 휘며 웃는 해찬과 눈이 마주쳤다. 경황이 없어 자세히 보지 않아 몰랐는데 해찬의 몸은 잘 깎아 놓은 조각상 같았다.

군살 하나 없었다. 수영 선수에겐 당연한 것이겠지만 새삼 놀랐다. 헬스 트레이너들이 가진 우락부락한 체격이 아니었다. 그보단 슬림한 체형이었지만 수영에 필요한 근육들이 알차게 자리 잡고 있었다.

역삼각형 상체와 떡 벌어진 어깨는 말할 것도 없었다. 체지방 퍼센트는 몇이나 될까. 이런 몸을 유지하려면 대체 얼마나 고된 훈련과 운동을 견뎌야 할까. 어울리지 않게 남자의 몸에 넋을 놓은 채 감탄하고 있는 때였다.

"여기엔 무슨 일로 왔어요?"

그의 입매가 부드럽게 올라섰다.

뻔뻔해. 도희는 눈가를 찌푸리며 휴대폰을 쥔 손을 뻗었다.

"선미 시켜서 이런 짓 하는 거 그만둬. 하나도 재미없어."

"싫었으면 말로 할 때 오지 그랬어요."

해찬의 흐트러진 머리카락 끝에서 물기가 뚝뚝 떨어졌다.

"물기나 닦아. 그리고……, 그걸로 몸도 좀 가리고."

계속 마주 보고 있기 껄끄러워 뱉은 말인데, 민망하지도 않은지 해찬은 큰소리로 웃음을 터트렸다.

"귀엽네."

도희의 얼굴이 시뻘겋게 달아올랐다. 해찬은 작은 손바닥 위에 놓인 휴대폰을 순순히 가져가려는가 싶더니, 그대로 도희의 손을 움켜잡았다.

"무슨 짓……."

"구경시켜 줄게요."

됐다고. 괜찮다고. 싫다고. 고장 난 입술은 움직이지 않았다. 도희는 이미 해찬에게 이끌리듯 걷고 있었다.

멈춰 선 곳은 스타트 지점이었다. 해찬은 개의치 않고 맨바닥에 털썩 주저앉았다. 그러곤 목에 걸쳐 둔 타월을 빼내어 맨바닥에 곱게 펼쳐 두더니 손으로 제 곁을 툭툭 쳤다.

"앉아요."

거절하고 싶지 않았다. 밖은 많이 더웠으니까.

"발 담가 봐요. 시원해."

"싫어. 바지 젖잖아."

"그땐 비 잘만 맞던 것 같은데."

작게 중얼거리는 낮은 목소리에 도희가 고개를 돌렸다.

"뭐 어때요. 밖에 날씨 더워서 금방 마를 텐데."

물이 가득 차 있는 풀장을 바라보며 장난꾸러기처럼 웃고 있는 고해찬의 얼굴은 천진난만했다. 도희는 미약한 한숨을 밀어내며 최대한 높게 바지를 걷어 올렸다.

"웃⋯⋯!"

수온은 예상했던 것보다 훨씬 차가웠다. 절로 인상이 찌푸려졌다.

"내 말이 맞죠?"

"겨울에도 이래?"

해찬이 가볍게 고개를 끄덕였다. 겨울에도 이렇게 차가운 데서 훈련을 한다고? 도희의 입술이 믿을 수 없다는 듯 벌어졌다.

"감기 안 걸려?"

"더워요. 훈련하다 보면."

물에서는 당연히 땀을 흘리지 않을 거라 생각했다.

"수온 높은 곳에서 훈련하면 긴장이 풀려서 근육 늘어지거든요, 몸도 망가지고. 그래서 선수용 풀장은 일반 수영장보다 차가워요."

처음 알게 된 사실이다. 도희는 끝도 없이 길게 늘어선 레일을 의미 없이 바라보며 중얼거렸다.

"⋯⋯힘들겠네."

"처음만 어렵지 막상 물에 들어가 있다 보면 익숙해져요."

"그런가."

시간이 지나면 네 말처럼 무엇이든 익숙해질까.

"자주 와요."

도희의 고개가 천천히 옆으로 돌아갔다. 시선이 닿은 곳엔 조용히 자신의 얼굴을 들여다보는 고해찬이 있었다.

"어떻게 하면 마주칠 수 있을지 머리 굴리게 하지 말고."

누군가 잔잔한 호수에 무거운 돌덩이를 내던진 것처럼 가슴이 잘게 파동을 친다.

"이젠 안 보면 보고 싶고, 궁금해서 훈련에 집중을 못 하겠어."

"뭐⋯⋯?"

"이번 전국체전 성적 망하면 전부 선배 탓이에요."

그런 무서운 소리나 하면서 잘도 웃었다. 기분이 이상했다. 지그시 눈을 맞춰 오는 고해찬 때문일까. 아니면 그에게서 풍기는 향기 때문일까. 그것도 아니라면, 바닥을 짚고 있는 손끝이 어렴풋이 맞닿아서. 그래서 그런 걸까.

"선배."

감당할 수 없다면 언제나 그랬듯 도망치면 된다던, 처음의 그 패기는 전부 어디로 갔는지. 도무지 모를 일이다.

"키스해도 돼요?"

도희의 눈이 크게 떠졌다. 좋든 싫든 답을 내놓아야 하는데 판단을 내릴 수 없었다. 해찬이 더 빨랐기 때문이다. 도희의 손등 위로 커다란 손이 얹어짐과 동시에 다가온 해찬의 얼굴이 입술 바로 앞에서 멈추었다.

"좋아해요."

간지러운 숨결과 맑은 눈동자를 직면한 순간, 숨이 멎었다.

"수영 따위 아무것도 아니라고 느껴질 만큼."

그땐 그 말이 어떤 의미였는지 알 수 없었다. 혼란스러워하는 사이, 해찬이 강한 힘으로 도희의 손목을 잡아끌었다.

입술과 입술이, 닿았다.

도희의 눈이 크게 떠졌다. 바로 눈앞의 고해찬은 지그시 눈을 감은 채 입을 맞춰 왔다.

인지한 순간, 심장이 쿵 내려앉았다. 평온한 해찬과 반대로 도희는 온몸이 뻣뻣하게 굳어 움직일 수 없었다.

시간은 너무하다 느껴질 만큼 더디게 흘렀다. 고해찬의 입술은 차가웠다. 물속에 오래 있었기 때문일까. 아니, 모르겠다. 그저 모든 것이 꿈만 같다.

유난히 기다란 그의 속눈썹이 번쩍 떠지면 어쩌지, 하는 우스운 걱정도 잠시뿐이었다. 가볍게 맞닿아 있던 해찬의 입술이 돌연 집요하게 움직이기 시작했다. 낭떠러지 아래로 떨어진 심장은 아직 살아 있음을 증명하려는 듯 눈치 없이 맹렬하게 뛰어 댔다.

해찬이 아랫입술을 살짝 깨물자, 도희의 입술이 느슨하게 벌어졌다. 때를 놓치지 않고 해찬의 혀가 입안으로 자연스레 헤엄치듯 침범했다. 차가운 입술의 촉감과는 달리 혀는 타오를 듯 뜨겁다.

해찬은 커다란 손으로 도희의 가느다란 목덜미를 감싸 안으며 전보다 더 깊게 파고들었다. 말캉한 혀가 입안을 제멋대로 유영한다. 절대 놓치지 않겠다는 기세로 단단히 휘감고 놓아주기를 반복하다, 꼼꼼하게 곳곳을 훑었다.

입맞춤은 성급하지 않았다. 쉬지 않고 밀려와 위로하듯 다독여 준다. 천천히 스며들어 소중하게 탐닉했다. 생경한 감촉이었다. 결국 도희는 두 눈을 질끈 감아 버리고 말았다.

서로의 숨결이 끈덕지게 얽혔다. 정수리를 타고 척추 끝까지 흐르는 전율에 도희는 갈 곳을 잃어버린 두 손을 꽉 말아 쥐었다.

……상냥했고, 다정했다.

힘껏 쥐고 있던 주먹에 힘이 빠지자 뜻하지 못한 손길이 찾아왔다. 도희의 악력이 느슨해진 틈을 타, 그 사이로 해찬의 손가락이 하나하나 꼭 맞게 끼워졌다. 키스는 점점 더 깊어졌다.

해찬은 언제 이성을 잃어버려도 이상하지 않은 상태였다.

부드럽게 훑는가 싶더니 한입에 먹어 치울 기세로 거칠게 파고들었다. 전과는 전혀 다른 키스였다. 자칫했다간 경계선을 넘을 듯 위태롭고 불안했다. 숨을 어떻게 쉬어야 할지 몰라 무식하게 참는 것도 한계였다. 어지러웠다. 쉽게 떨어지지 않으리라 생각했던 입술이 드디어 거둬졌다. 내내 평온히 감겨 있던 그의 눈꺼풀도 천천히 위로 올라갔다.

짙은 눈동자에 비친 모습은.

"예뻐요."

하. 목구멍 끝까지 차오른 숨이 겨우 터졌다. 도희는 가쁜 호흡을 간신히 가다듬으며 흔들리는 눈으로 해찬을 마주했다.

마음을 아는지 모르는지 해찬은 선선히 웃으며 손을 뻗었다. 머리카락을 넘겨 주는 손길이 다정해서, 어쩐지 도희는 눈물이 날 것 같았다.

그렇게 둘은, 한참을 말없이 서로의 얼굴만 바라보았다.

△ ▼ △

도희는 며칠이 지나도록 그날의 장면을 잊지 못했다.

당혹스러움. 어색함. 혼란스러움. 정신을 차릴 수가 없었다. 배려해 준 건지는 모르겠지만 해찬은 의외로 쉽게 도희를 보내 주었다.

'*다음번엔 선배가 직접 찾아와 줬으면 좋겠어요.*'

어려운 숙제를 남겨 주고서.

'*잘 가요, 선배.*'

고해찬은 능숙했다. 모든 게 처음이라 서툰 여자를 어떻게 다뤄야 하는지 잘 알고 있었다. 그날만큼은 충동적이지 않았다. 술을 마신 것도 아니었고, 충분히 도망칠 수도 있었다.

"미쳤나 봐……."

간이 의자에 앉아 있던 도희는 병원 침대에 그대로 얼굴을 묻었다. 죽은 사람처럼 고요히 눈을 감고 있는 도영에게 못할 짓을 해 버린 것만 같다. 이유 모를 죄책감이 가슴을 아프게 찔렀다.

"……미안해."

이럴 때가 아닌데. 하루아침에 망가져 버린 너의 인생을 뻔히 알고 있으면서. 엄마가 어떤 심정으로 지옥 같은 하루하루를 버티고 있는지, 누구보다 잘 알고 있으면서.

뜻하지 못한 입맞춤에 당황했던 것도 사실이지만. 그렇지만.

"정말, 미안."

떨렸다. 분명, 설레었다. 5년 전 그날. 집에 깜빡 놓고 온 모의고사 문제집을 가져와 달라 부탁하지 않았더라면. 점심시간에 맞춰 학교 앞으로 오겠다던 도영을 한사코 뜯어말렸더라면. 내가 먼저 그 횡단보도를 건넜더라면.

그나마 버거운 이 절망이 조금은 가벼워지지 않았을까.

164cm에 41kg. 뼈마디가 전부 드러난 동생은 산소 호흡기로 간신히 목숨을 부지하고 있었다. 해 줄 수 있는 것이라곤 고작, 움푹 들어간 뺨을 어루만져 주는 일뿐이었다.

"도영아, 언니 또 올게."

대답 없는 여동생을 가만히 내려다보던 도희는 오늘만큼은 도영이 좋은 꿈을 꾸길 빌었다.

무거운 걸음으로 병실을 빠져나와 1층 로비에 다다랐다. 어떻게 알고 찾아온 것인지 태준이 회전문 앞을 가로막고 서 있었다. 무시하고 지나치려 했지만 단조로운 목소리에 제멋대로 다리가 멈췄다.

"밥은."

"어떻게 알고 찾아왔어요."

의미 없는 질문이었다. 무려 대한민국의 경제를 움켜쥐고 있는 삼진가에 소속된 젊은 일원이다. 마음만 먹으면 자신이 어디에 있는지 알아내는 건 숨 쉬는 일보다 쉬울 것이다. 특히나 삼진그룹에 소속된 이 병원에선 더더욱.

"전보다 더 마른 것 같은데."

뒷조사하는 일이 부도덕한 행위임을 알긴 아는지 대답을 아끼며 화제를 돌리는 모습이 자연스럽다.

절로 허탈한 웃음이 터졌다. 무슨 목적을 숨기고 있는 건지는 몰라도 그가 어떤 사람인지는 안다. 다정하게 웃음 짓고 있는 가면 뒤의 얼굴이나, 언제라도 찌를 수 있게 등 뒤로 칼을 숨기고 있는 진짜 모습 정도는, 안다.

한계였다. 매번 연락도 없이 불쑥 찾아오는 것도, 친근함을 빙자해 내뱉는 무례한 말투도, 배경을 무기 삼아 호의를 베푸는 척 유세 떠는 시건방진 태도도.

도희는 턱을 들고 태준의 눈을 똑바르게 마주했다.

"도대체 왜 이러는 거예요."

그저 위험하단 정도만 유추할 뿐, 그가 숨기고 있는 진정한 의도가 무엇인지 감히 짐작조차 할 수 없었다. 듣길 거부했으니 당연했다.

"갚을 능력도 없지만, 싫어요. 아무런 관련도 없는 사람이 주는 호의를 덥석 받을 만큼 겁 없지도 않고요. 선배 돈 많은 건 지나다니는 초등학생도 알고 있으니까 자꾸 이런 식으로 티 내지 않아도 된다는 뜻이에요."

태준의 표정이 묘하게 변했다. 약간은 놀란 듯했지만 도희의 어쭙잖은 수작을 금세 간파한 태준은 고개를 수그리며 작게 실소를 터트렸다.

"아니. 넌 몰라."

확신에 찬 말투였다. 잠시 도희가 주춤하자, 태준의 얼굴이 다시금 정면으로 올라왔다.

"알았으면. 넌 절대 지금 같은 말 못 했을 테니까."

태준은 슈트 바지에 손을 깊숙이 찔러 넣으며 담담하게 말을 이었다.

"단순한 호의쯤으로 생각하나 본데, 틀렸어. 말했잖아. 내 요구를 들어줬을 때라고. 그렇다고 말도 안 되는 이자를 부를 일도 없을 테니 안심해. 네 여동생 목숨 하나 살리는 비용쯤이야 내가 몇 분 숨 쉬고 있으면 늘어날 숫자에 불과하니까."

기태준이 천천히 허리를 숙이자 눈높이가 얼추 맞춰졌다. 곧게 쏟아지는 직선적인 눈빛에 도희는 반사적으로 한 걸음 물러섰다.

"알려 줄까?"

내 요구가 뭐였는지. 태준은 여유롭게 입술 끝을 늘이며 도희의 귓가로 입술을 조금 더 가깝게 밀착시켰다.

그의 입이 느리게 벌어지고, 상상도 못 한 말이 귓가에 내려앉은 순간.

"미친놈."

저절로 욕이 터져 나왔다.

△ ▼ △

기태준의 입에서 나온 말은 충격 그 자체였다.

'*결혼. 졸업한 뒤에 나와 결혼해 주면 돼.*'

몇 번을 곱씹고 다시 떠올려 봐도 기가 막혀 헛웃음이 터졌다.

미친 것이 분명했다. 평생 숨만 쉬며 놀고먹어도 남을 재산을 손에 넣었으니 다른 의미로 심심했나 보다. 그래서 내일 아침이면 곧 죽을 사람처럼 위태롭게 사는 자신이 신기해 쫓아다니며 놀려 먹는 재미에 푹 빠진 걸 테지.

처음엔 단순히 그렇게 생각했다. 대충 흘려듣고 잊어버리면 그만인데, 이상한 일이다. 자꾸만 걸음이 제멋대로 멈춰 세워졌다.

대체 왜. 왜 하필 난데. 분명 자신을 좋아해서 그런 미친 말을 뱉었던 것은 아니다. 머릿속이 난잡해졌다.

'*네가 백도희, 맞지?*'

대학에 입학한 지 3개월 정도 지났을 때 기태준을 처음 봤다. 그는 마치 오래전부터 자신을 알고 있다는 듯 굴었다. 처음엔 그럴 수 있다고 생각했다. 같은 경영학과 선배였으니까.

뭔가 이상하다는 직감이 들었던 것은 2학기가 시작됐을 때였다.

'*그거 들었어? 박남현 선배, 자퇴했대.*'

자퇴한 이유엔 개인의 여러 사정이 있겠지만 기껏 힘들게 입학한 명문대생이 뜬금없이 자퇴를 결정했다면 충분히 화제가 될 만했다.

'*허, 그 사람 백도희 짝사랑하던 선배 아니야? 갑자기 왜? 성적도 괜찮았고 교수님들 사이에서 평판도 좋았잖아.*'

'*소문으론 태준 선배가 압력 넣었다는 얘기도 있어. 인문관 뒤에서 본 사람이 있대. 솔직히 그 선배 배경 알 만한 사람들은 다 알잖아.*'

'말도 안 돼. 태준 선배가 무슨 득을 보겠다고 그런 짓을 해. 도덕책보다 더 바른 사람이.'

시간이 흐르면서 뜬구름 소문은 금세 증발되었지만 찝찝한 기운이 완벽하게 가신 것은 아니었다.

태준은 누가 봐도 의심스럽다 할 만큼 도희에게 집착했다. 이유도 없이 대뜸 찾아와 안부를 묻는다든가, 강의가 끝나는 시간에 맞춰 기다리고 있는 등. 모든 것들이 수상했다.

'동생이 병원에 있다며. 깨어나도 평생 장애를 감수하며 살아야 한다고 들었는데.'

'그걸 어떻게…….'

'이제야 반응해 주네.'

'말해요. 어떻게 알았어요.'

'관심만 있으면 알아낼 방법이야 많지.'

그때부터였다. 평범한 수작이 아니었음을 직감하게 된 것은.

'신기하네. 네가 다친 것도 아닌데 왜 그런 수고를 감수하면서까지 희생하려는 거지. 단순히, 가족이라서?'

도무지 이해할 수 없다는 듯, 정말 순전히 궁금해서 물어 오던 기태준은 소름 끼치도록 순수했다.

'요구만 들어준다면 그 돈, 내가 빌려줄 수 있어. 뇌 수술로 유명한 의사도 바로 연결시켜 줄 수 있고, 너희 어머니와 여동생이 생활하기에 부족함 없을 만큼의 지원도 해 줄 수 있어. 어때?'

기태준은 은연중에 자신의 배경과 위치를 들먹였다. 그 무엇보다 달콤한 유혹이었지만 싫었다. 차라리 아버지에게 도움을 구하고 말지 그에게 의지하고 싶은 마음은 추호도 없었다.

그래서 일부러 묻지 않았다.

수많은 여학생을 두고 왜 하필 자신에게만 이런 악랄한 관심을 보이는 것이며 적게는 수천, 많게는 억 소리 나는 비용을 대신 내 주겠다는 말로 호의를 베푸는 이유가 뭔지.

알고 싶지 않았다. 태준이 제시한 그 '요구'를 감당할 수 없을 것 같아서. 그런데 누가 알았겠는가. 그가 바라던 것이 결혼이었을지.

처음은 변태가 아닐까 생각도 했었다. 하지만 전부 아니었다. 어느 날, 우연히 도착한 문자 한 통으로 모든 상황들이 순식간에 뒤집어졌다.

[도희야. 나 남현인데, 기태준 그 사람 조심해.]

발신자는 000번이었다. 동기들에게 물어물어 겨우 알아낸 남현의 번호로 전화를 걸어 봤지만 이미 없는 번호라는 안내만 돌아올 뿐이었다. 그와의 기억을 억지로 끄집어내 봐도 얻어진 것은 없었다.

도희는 결국 생각하는 것을 포기했다. 할수록, 머리만 아팠다.

△ ▼ △

어느 날처럼 강의를 끝내고 돌아온 집은 어두웠다. 불을 켜는 것조차 귀찮다. 도희는 익숙하게 신발을 벗고 집 안으로 들어섰다.

"……또 안 드셨네."

차려 놓고 나간 음식들은 밥상보를 덮어 둔 상태 그대로 차게 식어 있었다. 늘 있는 일이라 새삼스럽지도 않았다. 간이 식탁에서 눈을 떼자 이번엔 어렴풋 빛이 새어 나오는 안방이 보였다. 이끌리듯 움직이려는데 발끝에 무언가가 걸렸다. 도희는 허리를 굽혀 정사각형 물체를 집어 들었다.

콘돔. 여자 둘이 사는 집에 콘돔이 웬 말인가 싶겠지만 어찌 된 사정인지 구태여 깊게 생각하지 않아도 알아낼 수 있다. 방금 전까지. 누군가가 있었다.

"와, 왔니?"

엄마의 목소리가 잘게 떨렸다.

"네."

"오면 온다고 연락 좀 하지."

죄지은 사람처럼 화들짝 놀란다. 엄마는 애써 아무렇지 않은 척, 옷을 추스르며 바닥에 널브러진 신문을 급히 주워 들었다.

"마트 일, 안 나가세요?"

"이제 슬슬 가려고 했어."

도희의 시선이 집요해지자 엄마는 잽싸게 등 뒤로 신문을 숨겼다. 도희는 언뜻 삐져나온 헤드라인을 눈으로 읽었다.

「국민당, 백윤택 국회의원 후보 공천 확정 공식 발표」

백윤택. 엄마와 이혼 후 일방적으로 연락을 끊어 버린 아버지의 이름이다. 정계에 진출할 준비를 하고 있단 말은 거짓이 아니었다.

그제야 이해가 됐다. 어째서 남겨진 가족을 그토록 매정하게 내치면서까지 외면해야 했던 건지. 많은 비용과 시간을 투자해야 하는 막내딸. 무뚝뚝한 첫째 딸. 정계에 입문하기 위해 필요한 배경과 돈이 없는 무능력한 엄마.

아버지에게 가족이란 앞길을 막는 장애물에 불과했다. 뒤틀리는 속을 간신히 다스려 놨더니 이번엔 방구석에 처박혀 있는 빈 술병들이 화를 들끓게 했다.

"또 술 드신 거예요?"

그 말을 듣자마자 엄마의 표정이 차게 식었다.

"이젠 내 맘대로 술도 못 마시니?"

"그런 뜻이 아니잖아요."

당뇨와 고혈압, 간경변증과 심장 질환까지. 한시라도 몸 관리에 소홀했다간 어마어마한 합병증이 몰려올 것이라던 의사의 말이 떠올랐다.

머리가 아팠다.

"내 몸 관리는 내가 알아서 할 테니까 넌 네 앞가림이나 신경 써. 졸업이 코앞이라며. 얼른 취업해서 자리 잡아야지."

도희가 입술을 아프게 씹었다.

"지금 그게 문제예요? 도영이도 그렇고 엄마도 빠른 시일 내에 치료받아야 한다면서요."

하……. 도희는 한탄 섞인 숨을 토해 내며 화제를 돌렸다.

"아버지께 연락은 해 보셨어요?"

"미쳤어? 도희 너. 혹시 네 아빠한테 연락할 생각은 아니지? 엄마 목매달아 죽는 꼴 보고 싶지 않으면 당장 그만둬."

"죽는단 말 좀 그만하세요."

안 그래도 막막해 죽겠는데.

"대체 자존심이 뭐라고요. 무려 5년이에요. 지겹지도 않아요? 눈 딱 감고 도와 달라고. 도영이만이라도 살려 달라 부탁하면……."

"그 인간이 어떤 인간인지 그새 잊었어? 지긋지긋하다는 말 같지도 않은 핑계나 대면서 내연녀 손 잡고 떠난 인간이야. 연락도 끊어 버린 피도 눈물도 없는 지독한 그 인간한테 뭘 해? 부탁?"

"엄만 그렇다 치지만 도영이는요. 엄마 혼자 낳았어요? 지금 그 애가 어떤 상태인지. 우리가 어떤 상황에 처해 있는지. 아버지도 알아야 할 권리는 있어요."

"말이나 못하면!"

"감정 내세울 때 아닌 거, 누구보다 잘 아시잖아요. 3금융권 대출도 막혔고 보험마저 진작 끝났어요. 백날 죽어라 고생해 봤자 돈만 새어 나가요. 간신히 버티는 게 고작이라고요. 병원비에 월세까지 밀린 돈이 얼만데요. 지금은 이성적으로 생각할……."

"그놈의 이성, 이성! 정말 진절머리가 나. 그 소리 좀 그만할 수 없니? 매번 가르치려 드는 태도하며, 사람 숨통 못 쫄라서 환장한 성격까지 어쩜 갈수록 너는 네 아빠를 빼닮아 가!"

말아 쥔 주먹에 힘이 실렸다.

"제발 어른들 일에 그만 좀 끼어들어. 애들이 나설 자리 아니야."

힘겹게 머리를 쓸어 올리는 엄마를 보며, 도희는 가까스로 억눌러 참아 온 말을 뱉었다.

"저라면 안 그래요."

"뭐?"

도희는 규칙 없이 굴러다니는 술병들을 힘껏 노려보며 말했다.

"혼자 다 떠안을 것처럼 했으면 끝까지 견디든가요. 매일 밤마다 청승맞게 숨어서 술 마시고. 울고. 자해하고. 후회하고."

"너……."

"그러고 나면 뭐가 남나요."

아픈 딸을 위해 웃음과 몸을 파는 선택보단 구차하더라도 아버지에게 돈을 빌리는 쪽이 낫지 않겠냐고. 홧김에라도 좋으니 날카로운 비수를 꽂아 버리고 싶다. 안 되겠다. 이대로는 해선 안 되는 말을 뱉게 될 것 같았다.

"약 챙겨 드세요. 인슐린 주사 놓는 것도 잊지 마시고요."

도희는 주먹을 꽉 말아 쥐었다.

"밥도 챙겨 먹……."

울컥 치밀어 오르는 무언가가 목구멍을 꽉 막았다. 수척한 엄마의 얼굴을 못 본 체하며 도희는 도망치듯 집을 빠져나왔다.

△ ▼ △

도희는 쉬지 않고 다리를 움직이면서 전화를 걸었다.

― ……전화를 받지 않아 소리샘으로 연결됩니다.

상냥한 목소리는 벌써 몇 번째 같은 안내만 반복하고 있었다. 받지 않아서 다행이다, 안도하면서도 한편으론 제발 한 번만 연결되라 간절히 바라는 이중적인 이 마음을 도무지 해석할 수 없다.

더는 착한 딸로 남기 싫었다. 꾸역꾸역 버티며 참는 것도 못할 짓이다. 온갖 욕을 듣고 뭇매를 맞게 되더라도 아버지에게 도움을 요청할 생각이었다. 거절한다면 찾아가 바닥에 머리를 처박고 무릎도 꿇을 수 있었다.

그런 것 따윈 아무래도 좋았다. 온갖 방법을 전부 동원해 봐도 무엇 하나 해결되는 것이 없으니까. 아버지처럼 엄마와 도영이를 버려두고 도망칠 수도 없는 노릇이니까. 그래서 그런 건데.

"왜 안 받고 난린데……."

차라리 전화를 받아서 도와주지 못하겠다고 시원하게 말이라도 해 줬으면 좋겠다. 꺼지라고 욕이라도 퍼부어 줬으면. 그랬으면 지금처럼 헛된 기대는 품지 않을 텐데.

괴롭다. 전부 외면해 버리고 싶다. 오랜 시간 잠들어 있는 아픈 동생도. 삶의 의미를 잃어버린 가련한 엄마도. 어떻게든 버텨 보려 발악하고 있는 자신도. 어처구니없는 제안을 건네던 기태준도.

이젠 정말, 지쳤다. 한 시간 내내 하염없이 움직이던 두 다리가 드디어 멈췄다.

"아……."

익숙한 풍경을 마주하자 도희의 잇새로 탄식이 새어 나왔다. 발길 닿는 대로 움직였을 뿐인데, 도착한 곳이 하필이면…….

가운데 체육관이라니.

몇 시간 전 봤던 익숙한 풍경을 다시 또 마주하자 실소가 터졌다. 무슨 생각으로 이곳에 왔는지 모르겠다. 하지만 숨 막히는 현실을 어떻게든 탈피하려고 무의식적으로 고해찬을 찾고 있었다는 건 사실이다.

허탈했다.

체육관 근처 교정엔 개미 한 마리도 보이지 않았다. 이대로 돌아설까 했지만 그마저도 힘에 부친다. 공복인 상태로 내내 걸어서 그런지 기력이 없었다.

고요한 캠퍼스가 돌연 시끌벅적해졌다. 아마, 훈련이 끝난 시간과 맞물린 모양이다. 건장한 20대 남학생들이 무리를 지어 체육관을 우르르 빠져나오고 있었다. 그 중심엔 고해찬이 있었다.

황급히 고개를 내리려 했지만 타이밍을 놓쳤다. 전혀 예상 못 한 순간에 도희를 발견한 해찬의 표정은 다양하게 변했다. 놀라움에서, 의아함으로. 호기심에서 반가움으로.

조금의 망설임도 없었다. 해찬은 한걸음에 도희의 곁으로 달려왔다.

"선배."

해찬은 물기에 젖은 머리카락을 대충 손으로 털어 내며 시원하게 입꼬리를 올려 웃었다. 정말이지, 청량한 미소였다.

"기대 안 했는데, 정말 와 줬네요."

그의 머리 위로 눈부신 햇살이 내려앉았다.

"기뻐요."

욱신거리던 심장이 다른 의미로 세차게 뛰기 시작했다. 그래, 어쩌면. 나는 너를 좋아하나 보다. 좋아하게 됐나 보다.

초라한 나에 비해 너는 너무 눈부신 사람이라, 감히 다가섰다간 주제도 모르고 많은 것들을 꿈꾸고 바랄 것 같았다. 그래서 부정하고 싶었다. 혹여나 내게 잠식된 어둠이 휘황찬란한 네게 물들까 봐.

오염될까 봐서. 다가오면 뒷걸음질 쳤고, 다정하게 굴수록 매몰차게 대했다.

너를 좋아하면 안 되는 이유쯤이야 차고 넘칠 만큼 많았으니까. 그러면서도 끝까지, 귀찮게 굴어 줬으면 좋겠다고. 지독하게 얽히고 싶다고……, 바랐다. 사실, 최근 들어 종종 너와 같은 세상에서 같은 공기를 마시는 기분은 어떨지 상상하곤 했다. 달콤하겠지. 벅찰 거야.

나는 참 못됐다. 교활하고 이기적이다.

"무슨 생각을 그렇게 해요."

휘익— 휙. 뒤에 숨어 있던 해찬의 친구들이 손으로 휘파람을 부는 소리가 들렸다. 해찬이 그만하란 말 대신 눈살을 찌푸리자, 호다닥 달아났다. 주변이 조용해진 뒤에야 그가 물었다.

"무슨 일 있었어요? 표정 안 좋아 보이는데."

다정한 물음 한 번에 방금 전까지 가슴을 답답하게 만들었던 수많은 걱정과 잡념들이 순식간에 휘발되는 마법을 겪었다. 순간 눈앞이 핑글 돌았다. 오늘 아침 폭염 주의보가 발령된 사실을 깨달았을 때쯤, 부축해 주려는 듯 해찬이 팔을 뻗었다.

하지만 손목 바로 앞에서 멈추었다. 득달같이 다가설 땐 언제고 이제 와 불쾌할까 걱정하는 걸까. 도희는 바람 빠진 웃음을 흘리며 말했다.

"잡아도 돼."

해찬의 눈이 크게 떠졌다.

"화 안 내, 이제."

기뻐할 줄 알았는데 해찬의 얼굴은 싸하게 가라앉아 있었다.

"무슨 일 있었죠, 선배."

"안 물어봐? 찾아온 이유."

"궁금해야 돼요?"

고해찬다운 대답이었지만 어딘가, 단단히 뒤틀린 말투였다.

도희가 조심스럽게 해찬의 옷소매를 말아 쥐었다.

놀란 듯 움찔거린다. 오히려 더 능청을 떨며 놀릴 줄 알았는데. 도희는 해찬의 옷소매에 시선을 고정한 채로 조용히 입술을 열었다.

"부탁이 있어서 왔어."

"뭔데요."

"혹시, 지금 바빠?"

해찬의 입술이 일자로 다물렸다. 그간 쌓인 게 많았구나, 너. 도희는 희미하게 웃으며 고개를 흔들었다.

"방해될까 봐 그래. 바쁘면, 나중에……."

"말해요. 지금 선배보다 급한 건 없으니까."

낯간지러운 말을 참 태연하게도 한다.

"있잖아."

하지만 그런 해찬과 달리 도희는 선뜻 말을 뱉지 못했다. 단 한 번도 경험해 보지 못한 감정 앞에서 솔직해지는 것은 그녀에겐 어려운 난제였다.

"나 좀……."

한 번만 꽉 안아 줘. 다 괜찮아질 거라고 다독여 줘. 보잘것없는 나를 어째서 좋아하게 된 건지 궁금해하지 않을 테니까. 아무것도 묻지 말고 한 번만 위로 해 달라고.

"나랑 좀, 놀아 주라."

고작 뱉은 말이 저따위라는 게 한탄스러울 뿐이다. 잠시 침묵하던 해찬은 참지 못하고 픽, 웃음을 터트렸다. 도희는 고개를 푹 떨군 채 시선을 피했다. 그 모습을 가만히 내려다보던 해찬이 참을성 없이 도희의 손목을 움켜쥐었다.

"가만 보면 선배는 참 못된 것 같은데, 이젠 하다 하다 그게 또 매력인가 싶어. 드디어 미친 건지."

별안간 도희의 몸이 앞으로 기울어졌다. 놀랄 틈도 주지 않고 해찬이 제 품으로 끌어당긴 탓이다.

뜨거운 바람이 잔디를 가르며 지나쳤다. 알싸한 풀 내음이 만연한다. 나풀거리던 기다란 머리카락이 이내 등 뒤로 차분히 내려앉았을 때쯤.

"괜찮아요."

바란 대로 아무것도 묻지 않고 가만가만 등을 쓸어 주는 커다란 손길에. 누구 것인지 모를 심장 박동 소리에, 안심이 됐다.

"어쨌든 와 줬으니까, 용서할게."

알 수 없는 그 말이 무슨 뜻인지 해석할 여력이 없었다. 해찬의 품에 안겨 도희는 그만 아이처럼 엉엉 울음을 터트리고 말았다.

△ ▼ △

바깥 날씨는 불구덩이 같았다. 땀을 잘 흘리지 않는 체질이었는데도 온몸이 폭삭 젖어 버릴 만큼 최악이었다.

'*우리 집으로 가요, 선배.*'

많은 선택지를 두고도 그의 당돌한 제안을 거절할 수 없었던 건, 먼저 찾아온 사람이 본인이었기 때문이다. 쏴아아, 쏴아아. 욕실에서 넘어오는 물줄기 소리에 정신이 번쩍 들었다. 덥고 찝찝할 텐데 먼저 씻으라던 친절을 거절하지 말 걸 그랬다. 욕실 너머의 풍경이 절로 그려져 긴장됐다. 정신이 아득하다.

"괜히 왔나……."

왜 울었을까. 퉁퉁 부어 버린 눈이 잘 떠지지 않았다. 뒤늦게 창피함이 밀려왔다. 도희는 마음을 다잡고 천천히 집 내부를 살펴보았다. 해찬의 집은 넓지도, 작지도 않은 적당한 평수에 투룸 구조였다.

이삿짐 상자가 구석구석에 아무렇게나 방치되어 있었다. 그 외에 소파와 침대를 제외하면 흔한 TV도, 식탁도, 심지어는 밥솥조차 없었다. 이 집의 용도는 그저 씻고, 잠을 자는 데에 사용되는 듯 보였다.

"후……. 진짜 미쳤지."

어쩌다 이렇게 됐지. 잊고 있던 현실이 드리워지자 근심 어린 한숨이 흘렀다. 때마침 해찬이 욕실 문을 열고 나왔다. 하얀색 반팔 티와 검은색 반바지 차림. 이번엔 옷을 입고 있어 다행이었지만 해찬은 어딘가 불편해 보였다.

"……왜 그래?"

"찝찝해서요."

"뭐가?"

"물기 안 말랐을 때 옷 입는 거 별로 안 좋아해요."

싫었지만 누구 때문에 참고 입어 줬다는 말투다. 은근히 아이 같은 구석이 있다.

"네가 무슨 늑대 인간도 아니고."

"늑대 인간?"

"아니야. 아무것도."

아무래도 개그 코드가 안 맞지 싶다. 의미를 깨닫지 못한 해찬이 미간을 찡긋거렸다.

"뭐, 그것도 나쁘지 않네요."

하지만 이내 표정을 풀고 연한 미소를 걸쳤다.

"왜?"

"잘생겼잖아요, 늑대."

"그런 뜻으로 말한 거 아닌데."

바닥으로 물이 뚝뚝 떨어지고 있는 것이 줄곧 신경 쓰였다. 도희는 널찍한 어깨에 대충 걸쳐진 수건을 눈짓으로 가리키며 채근했다.

"수건은 폼이야? 머리에서 물 떨어지잖아. 그러다 감기 걸려."

해찬은 잠시 멈칫하는가 싶더니 성큼성큼 다가왔다. 소파 바로 앞에 멈춰 서서 도희를 등진 채 바닥에 아무렇게나 주저앉았다.

"대신 말려 줘요."

"손 없어?"

"또. 말 밉게 한다."

도희는 물끄러미 해찬의 뒤통수를 응시하다 마지못해 팔을 뻗었다. 살에 닿지 않게끔 신중을 기하며 그의 어깨에 걸쳐진 수건을 빼어 냈다.

어떻게 말려 줘야 하나. 있는 힘껏 탈탈 털어 줘야 할까. 아니면 강아지 쓰담 듯 부드럽게 만져 줘야 하나. 이상한 고민에 잠겨 있는데, 묵묵히 정면에 시선을 고정한 해찬이 말을 걸어왔다.

"선배 그날도 비슷한 말 했었는데. 기억나요?"

수건을 들고 있던 도희의 손이 허공에서 멈칫했다.

"……내가 뭐라고 했는데?"

"박선준 집에서 만났던 날 나한테 그랬잖아요. 수건 주면서 그러다 감기 걸린다고."

가물가물했다. 그게 벌써 몇 년 전 일인데.

"우리 엄마 죽었을 때. 좋은 곳으로 갔을 거라고, 힘내란 말로 위로도 해 주고."

"어머니한테 죽었을 때가 뭐야."

도희의 진지한 타박에도 해찬은 그저 비싯 웃었다.

"죽은 사람을 죽었다고 하지 뭐라고 그래요. 돌아갈 곳도 없는 사람한테 돌아가셨다고 말하는 게 더 웃겨."

틀린 말도 아니지만, 어쩐지 덤덤한 해찬의 모습은 가슴을 욱신거리게 만들었다.

"어머니 말고 다른 가족은?"

대답이 없다. 실수한 걸까. 도희가 바로 말을 덧붙였다.

"기분 상하게 했다면 미안."

"있어요. 아버지."

"아아……"

그래도 의지할 곳이 있어 다행이다, 라고 생각한 찰나였다.

"가족이라 인정하고 싶지도 않고 뭐 하고 사는지도 관심 없지만. 호적상으로는 그렇다 하니까."

해찬은 지나치게 무미건조한 어조로 이어 말했다.

"엄마도 나도 많이 맞았거든요."

도희는 어떤 대답을 해 줘야 할지 몰랐다. 부잣집 도련님처럼 유복한 환경에서 부족함 없이 자랐을 것 같았는데. 이런 가정사가 있을 것이라곤 상상도 못했다.

그때, 예고 없이 해찬의 얼굴이 불쑥 뒤로 젖혀졌다. 어떤 준비도 하지 못한 채 시선이 부딪쳤다. 아직 물기가 마르지 않아 축축한 그의 머리카락이 무릎에 닿았다. 간지러움을 느낄 새도 없었다.

"선배."

자신을 부르는 저 그윽한 목소리 때문에. 한동안 도희를 꿰뚫듯 들여다보던 해찬이 무표정한 얼굴로 중얼거렸다.

"키스해 줘요."

나직하지만, 분명했다. 유약하게 흐트러진 눈빛에 혼이 쏙 빠져나갈 뻔했다. 도희는 가까스로 이성을 되찾곤 단호히 선을 그었다.

"그런 짓 하려고 온 거 아니야."

"하지 않겠단 약속도 한 적 없잖아요."

해찬이 천천히 팔을 들어 올렸다. 곧 커다란 손이 뒤통수에 닿았다. 그가 슬며시 손에 힘을 주자, 도희의 얼굴이 이끌리듯 아래로 내려갔다. 그의 목울대가 크게 잠겼다 떠오르는 것이 다 보일 정도로 가깝다. 도희는 가까스로 목에 힘을 주어 버렸다.

사실, 이런 상황을 예상 못 했다고 한다면 거짓말이다. 바보가 아닌 이상. 그래. 알면서 따라왔다.

툭, 손에 들린 수건이 바닥으로 맥없게 떨어졌다. 도희는 홀린 사람처럼 그대로 두 손을 뻗어 해찬의 뺨을 감쌌다. 위치가 바뀐 것은 순식간이었다. 피할 새도 없었다. 해찬은 자신의 뺨에 닿아 있던 얇은 손목을 잽싸게 낚아채며 도희를 소파에 눕혔다.

손목이 결박당한 상태로 꼼짝없이 갇힌 꼴이 되었다. 입술과 입술이 닿으려는 찰나 해찬의 잇새로 간신히 인내한 숨이 훅 토해졌다. 고운 미간 사이로 주름이 깊어졌다. 힘겹게 뜬 짙은 눈동자가 잘게 파동을 친다.

서로의 얼굴만 빤히 응시했다. 숨결을 제외한 그 어떤 것도 무의미했다. 지금 이 순간만큼은 보이지도, 들리지도 않았다. 해찬은 잠자코 눈을 맞춰 오다 말고 신경질적으로 머리를 쓸어 올리며 입술을 짓이겨 물었다.

"아……."

참고 있는 걸까. 도희의 눈이 옆으로 돌아갔다. 기둥처럼 박혀 있는 그의 탄탄한 팔이 보였다. 얼마나 힘을 세게 주고 있는 건지, 힘줄인지 핏줄인지 모를 것들이 우뚝 솟아나 있었다.

그런 해찬을 이해할 수 없었다. 불과 몇 주 전, 함께 몸을 섞은 사이가 아니던가. 비록 자신은 술김이었다지만 해찬은 술 한 모금도 마시지 않았다.

그런데 왜. 이제 와서 왜? 늘 이런 식이다. 고해찬 앞에선 모든 것들이 의문으로 남는다.

도희는 간신히 해찬의 가슴팍을 밀어 내며 힘겹게 몸을 일으켰다.

"또, 도망치려고요?"

조금은 날 선 목소리가 발목을 붙잡았다. 도희가 비스듬히 몸을 돌렸다.

"도망가면. 놓아주긴 할 거야?"

깊게 잠긴 해찬의 눈동자가 느리게 위로 향했다. 조금은 도전적이고 약간은 공격적인, 무언의 부정이었다.

"안 도망쳐."

어차피 한번 잤던 사인데 무서울 게 뭐가 있겠어. 그런 발칙한 생각을 속으로 곱씹었다. 의연하길 바라며 거세게 날뛰는 심장을 잠재우려 애썼다. 하지만 어깨와 손끝이 미세하게 떨리고 있는 것까진 막을 수 없었다. 고해찬도 그걸 눈치챈 모양이었다.

"내가, 무서워요?"

"씻고 올게."

대답을 회피하는 것까진 성공했으나 앞으로 나아가진 못했다. 그에게 손목을 붙잡힌 탓이다.

"놔 줘. 땀 많이 흘렸어."

"중요해요? 어차피 앞으로 많이 흘릴 텐데."

뻔뻔한 농담이 하나도 우습지 않았다.

"……그래, 그럼."

해찬에게 붙잡힌 손을 비틀어 빼낸 도희가 두 손으로 티셔츠를 잡아 올렸다. 허리를 지나, 브래지어의 와이어 부근까지 말려 올라간 순간,

"안 잤어요. 그날."

지친 듯, 포기한 듯. 적잖게 화가 난 목소리에 움직임이 멈추었다. 기회였다. 여기서 멈출 수 있는 기회. 시선을 피한 채 가까스로 참고 있는 고해찬이 시야에 들어찼다.

"일부러 말 안 했어. 사실대로 말하면 만날 구실마저 없어질까 봐."

"……그런 말을 왜 지금 와서 하는 거야."

그날 밤 어떤 일이 있었는지, 고해찬의 말이 사실인지 거짓인지는 중요하지 않았다. 그저, 맨정신에 남자와 섹스를 하는 것이 처음이라 떨리고 두려웠을 뿐인데. 오해한 걸까.

"미움받기 싫었으니까."

그날 밤도 마찬가지였지만.

해찬이 낮게 중얼댔다.

"충동적인 욕구 때문에 나중을 잃어버릴 만큼 멍청하지 않아요."

고요하게 잠긴 눈동자가 날카롭게 번뜩였다.

"술 취해서 세상모르고 잠들어 있는데 이때다 싶어서 건들면. 그게 짐승이지 사람인가."

"……."

"좋아하는 여자를 눈앞에 두고서 아무 짓도 못 한 나도 병신 같긴 하지만."

스스로를 타박하듯 자조적인 웃음을 흘리며 더 가깝게 다가온다. 도희는 반사적으로 뒷걸음질 쳤다. 그렇게 한 발자국. 두 발자국. 꽉 닫혀 있는 침실 문에 등이 닿았다. 사방이 막혔다.

"그래서."

해찬이 말을 끊어 내곤 팔을 뻗었다. 신체 어딘가에 닿을 것이라 생각했던 손길은 보란 듯이 예측을 비껴가며 문손잡이 위로 얹어졌다.

"병신 같은 짓 이제 그만하려고."

그가 가볍게 손을 내리자 침실 문이 벌컥 열렸다.

"멈출 기회도 줬고, 도망칠 구실도 충분히 줬다고 생각하니까."

할 만큼 했다는 뜻이다.

"안 참아요. 이제."

그리 말하며 손끝으로 도희의 턱을 슬쩍 받쳐 올렸다. 흔들리는 눈동자를 잠자코 들여다보다, 해찬은 그대로 입을 맞춰 왔다. 언뜻, 웃고 있었던 것 같기도 하다. 가녀린 허리를 단박에 감싸 오는 손길은 대범했다. 피하지 않으리란 걸 안 것이다.

촉, 촉. 놀리듯 가볍게 흡입하며 붙었다 떨어지길 반복하던 그의 입술이 느리게 내려와 목덜미를 깊게 물었다. 생경한 감촉에 흠칫 어깨를 떠는 도희를 알면서도 멈추지 않았다.

목덜미에 원을 그리던 혀는 어느새 일직선을 타고 올라와 귓불을 잘근잘근 깨물고, 귓바퀴를 혀로 훑었다.

"아……."

저절로 신음이 터졌다. 간지러움보다 더한 감각이었다. 아랫배가 찌릿했다. 더 가깝게 다가오는 그의 몸에 짓눌려 다시금 뒤로 밀려났다. 정신이 하나도 없었다.

머릿속에선 어느 때보다 급박하게 경고 신호를 보내오고 있었다. 터져 나갈 것처럼 미친 듯이 뛰어 대는 심장이 그 증거였다. 끝이 어딘지도 모르고 그의 움직임에 이끌려 떠밀리던 두 다리가 또 한 번 장애물에 닿았다.

침대였다. 그의 향기로 진하게 물든 은밀한 공간. 두렵다. 하지만 멈추고 싶진 않다. 모든 것들이 제멋대로다. 도희가 어떤 반응을 보이기도 전에 벌어진 일이었다. 놀라 살짝 벌어진 입술 틈 사이로 그의 혀가 맹렬히 밀려 들어왔다. 작고 커다란 숨결들이 정렬 없이 터져 나오고, 맞부딪치는 입술이 사정없이 서로를 찾으며, 며칠 만에 다시 재회한 혀와 혀가 급하게 엉켰다.

해찬이 허리를 숙이자, 자연스럽게 도희의 몸이 뒤로 넘어갔다. 아프지 않았다. 그가 마지막까지 허리를 감싸 안고 있었으니까.

"⋯⋯으읍."

집요한 그의 혀가 가지런한 치열을 훑고, 입천장을 스쳤다. 도희는 아직도 서툴기만 했다. 욕망에 잠식된 남자를 무슨 수로 달래야 할지. 수도 없이 공부한 전공책엔 단 한 줄도 실려 있지 않았다.

느긋하고, 차분한 첫 입맞춤과는 달리 오늘의 고해찬은 조급했고, 거칠고, 성급했다. 꼭, 화가 난 사람처럼. 접착제처럼 끈끈하게 붙어 버린 입술이 겨우 떨어졌다. 하지만 끝이 난 것은 아니었다. 티셔츠 안으로 차가운 그의 손이 불쑥 침범했다. 가녀린 허리를 엄지로 살살 쓸어 낸다.

처음 겪는 감각에, 행위에, 도희의 눈꺼풀이 파르르 떨렸다. 부드러운 손길과는 달리 해찬은 당장이라도 찢어 삼켜 버릴 기세로 제 품 안에 갇혀 버린 도희를 내려다보았다. 별안간 해찬이 고개를 숙여 도희의 귓가에 입술을 가져다 댔다.

"선배."

곧이어, 상상도 못 했던 경고가 귓바퀴에 고요히 내려앉았다.

"다른 남자 만나지 마요."

쿵.

"특히. 어제 그 남자."

심장이 절벽 아래로 떨어졌다.

"끔찍하게 싫으니까."

분명했다. 병원에서 기태준과 자신을.

봤다.

02

　냉소적인 경고에 도희의 눈이 휘둥그레 떠졌다. 불안스레 떨리는 눈동자에 아스라이 들어찬 해찬의 얼굴이 점차 선명해졌다.

　"너……."

　상체를 일으켜 보려 했지만 무리였다. 해찬은 도희의 목덜미에 얼굴을 파묻은 채 미동조차 없었다. 간간이 내쉬는 숨결과 목덜미를 흡입하는 입술의 촉감만으로 이후에 벌어질 일을 알아차렸다.

　"자, 잠깐."

　있는 힘껏 해찬의 널찍한 어깨를 밀쳐 냈다. 죄를 지은 것도 아닌데 이 무거운 죄책감은 뭔지. 도희는 마른침을 삼키며 어렵게 말문을 열었다.

　"어떻게……, 알았어?"

　"뭐가 궁금한 건데요."

　지친 듯, 잠긴 목소리.

　엇나가도 한참 엇나갔다.

　"……물리 치료 받으러 갔다가 우연히 봤어요."

　그제야 이해가 됐다.

'이상해. 가만 보면 선배는 참 못된 것 같은데, 이젠 하다 하다 그게 또 매력인가 싶어. 드디어 미친 건지.'

'괜찮아요.'

'어쨌든 와 줬으니까, 용서할게.'

그 말들이. 처음과 달랐던 거친 입맞춤이. 작은 것 하나에도 예민하게 반응하던 그의 행동들이. 전부 납득됐다. 기태준과 나눈 대화를 듣지 못한 걸까. 그랬으면 좋겠다고 생각했다. 오해받고 싶지 않았다.

"네가 뭘 생각하고 있는지는 모르겠는데. 그런 사이 아니야."

말하고도 놀랐다. 사귀는 사이도 아니면서 어떻게든 변명하려고 애쓰는 자신을 이해할 수 없어서.

"난."

한곳에 응집되어 쏟아진 그의 눈빛은 흔들림 없이 올곧다.

"한번 뱉은 말은 지켜요."

이번에도 그는 묻지 않았다.

"말했잖아요. 어쨌든 나한테 와 줬으니까, 용서하겠다고."

조금 전과 달라진 얼굴이었다.

어찌 보면 다정한 것 같기도, 무표정한 것 같기도 하다.

"……그냥. 투정 부려 본 거예요."

해찬은 희미한 미소를 지으며 도희의 뺨을 쓸어 냈다.

"그 정도는 해도 되잖아."

"아……."

"그게 싫으면 적당히 예쁘든가."

"내가……, 예뻐?"

도희가 눈을 끔뻑였다. 처음 들어 본 말이라 당황했다.

해찬은 의아하다는 표정을 짓다가 헛웃음을 토해 냈다.

"몰랐어요?"

"……몰랐는데."

도희가 시선을 피하며 말끝을 흐리자, 해찬은 엄지로 그녀의 입술을 지그시 누르며 말했다.

"예뻐요. 계속 욕심날 만큼."

그 간지러운 말이, 싫지 않다.

도희는 충동적으로 팔을 뻗어 해찬의 목덜미를 둘러 안았다. 시원한 그의 향기가 물씬 풍겼다. 약간은 놀란 듯 자신을 바라보는 얼굴이 가까워졌다.

도희는 무작정 해찬의 입술에 자신의 입술을 가져다 댔다. 그런데 다음을 모르겠다. 이대로 목석처럼 가만히 있어도 우습고 무턱대고 혀를 찔러 넣자니 그건 더 미칠 노릇이다.

"선……."

윽. 해찬의 잇새로 묵직한 신음이 짧게 토해졌다. 긴장한 탓에 해찬의 목을 조르다시피 하며 그의 입술을 아프게 깨물고 말았다. 눈가를 찡그리는 해찬을 보고 화들짝 놀라 서둘러 팔을 풀어낸 도희가 입술을 떼어 냈다.

"아, 아팠어?"

마음만 앞섰다. 가만히 있으면 중간이라도 간다고. 그냥 고해찬이 이끄는 대로 천천히 따라갈걸.

"……미, 미안. 미안해."

해찬은 피식 웃음을 흘리며 낮은 목소리로 달래 주었다.

"괜찮아요."

입술을 맞댄 채로 웅얼거린다.

"앞으론 내가 더 미안할 것 같으니까."

그 알 수 없는 말을 끝으로 허리춤에 줄곧 머물러 있던 그의 손이 살을 타고 올라와 브래지어 위를 덮었다. 차가웠다. 저절로 몸이 흠칫 떨렸다.

"싫으면 말해요."

어두운 방. 암막 커튼 사이를 비집고 들어온 빛 한 줄기가 둘의 얼굴을 은은하게 비췄다.

"좋아도 말하고."

그의 품에 안기고 싶다. 하지만 선뜻 두려움에서 벗어나기가 힘들다. 더는 도망치고 싶지 않은데, 상처 주고 싶지 않은데.

도희는 숨을 삼키며, 애써 짙은 눈동자를 똑바로 직시했다.

무섭다. 그래도.

"멈추지 말아 줘."

해찬의 눈이 흔들렸다.

"정신 못 차리게 해 줘."

아프겠지. 그래도 어쩌면, 너로 인한 고통은 달콤할지도 몰라. 도희의 눈꺼풀이 스르륵 감겼다. 그것이 신호탄이 되었다. 망설임은 없었다. 해찬이 브래지어를 위로 밀어 냈다. 거리낌 없이 밀려 들어온 커다란 손아귀에 부풀어 오른 젖가슴이 가득 들어찼다.

"흐읍……."

도희가 크게 들이쉰 숨을 참았다. 심장을 내어 준 것만 같았다.

"지금 선배 얼굴이 어떤지 알아요?"

그녀는 대답할 생각조차 못 하고 달뜬 숨만 내쉬었다. 해찬은 부어 버린 도희의 눈두덩이에 입을 맞추며 낮게 웃었다.

"진짜, 울리고 싶네."

끓어오른 욕망을 가까스로 억누르는 것에 한계를 느꼈는지, 긁어내리는 음성이 지독하리만큼 깊게 가라앉았다.

해찬의 손길은 전보다 더 거리낌 없이 침범했다. 도무지 두 눈 뜨고 볼 수 없는 광경에 도희는 질끈 눈을 감았다.

"눈 떠요."

절대 뜨지 않겠노라. 굳게 다짐하며 세차게 고개를 흔들자, 그가 단숨에 등 뒤로 팔을 밀어 넣었다.

"나만 보기 아까운데."

브래지어 후크가 그의 단순한 손놀림 한 번에 허무하게 풀어졌다. 해찬의 손에 휩쓸려 침대 어딘가로 던져진 속옷을 찾을 새도 없었다. 가슴 위로 남자의 건조한 입술이 내려앉았다.

"읏……!"

생경한 감촉에 눈이 번쩍 떠졌다. 온몸이 뻣뻣하게 굳어 움직일 수 없었다. 그가 가슴을 한가득 머금었다. 느리게 유두를 혀로 빨고, 핥고, 흡입하며 손으로는 끊임없이 반대쪽 가슴을 주물렀다. 손가락 두 개로 돌기를 잡고 살살 비튼다. 갈수록 대범했다.

어떡해. 나 진짜 어떡해.

끊임없이 스스로에게 물었다. 고작 이런 것에 놀라면, 곧 벌어질 미래는 무슨 수로 감당하려고.

그가 혀끝으로 돌기를 살짝 퉁기자 앗, 가느다란 신음이 터졌다. 지분거리는 움직임이 집요해질수록 머릿속에선 섬광이 번쩍 튀었다. 터져 나오려는 신음을 악착같이 참아 봤지만 이미 반응해 버린 뒤였다.

아래가, 축축하게 젖어 갔다. 생전 처음 느껴 보는 감각에 온 정신을 빼앗긴 사이, 해찬의 손이 점점 더 밑으로 내려갔다.

청바지 단추가 툭 풀어지자마자 도희는 급박하게 두 손으로 그의 손목을 움켜잡으며 막아 세웠다.

"자, 잠깐만."

위로 올라온 그의 눈동자가 날카롭게 빛났다.

"멈추라고 하지 마."

솔직해진 몸을 그가 알아차리지 않았으면 했다. 창피했으니까.

"부탁 들어줄 생각 없으니까."

길게 늘어진 입매를 보자, 스르륵 손에 힘이 풀렸다. 해찬은 그 틈을 놓치지 않고 손을 밀어 넣었다.

차갑고 기다란 손가락이 닿은 순간 솜털 하나하나가 바짝 솟았다.

"이, 이상해……."

울고 싶었다. 그는 그저 옅게 웃을 뿐이었다. 해찬은 한 손으로 무게를 지탱하고, 다른 한 손으로는. 그 손으로는……

"아!"

미칠 것만 같은 아찔함에 입술 안을 씹었다.

"좋아요?"

다 알면서 묻는다. 해찬은 짓궂게 웃으며 손가락을 빙글 돌렸다. 잔뜩 물기를 머금고 있던 입구가 물을 토했다. 도희가 입술을 아프게 씹자, 그가 낮게 웃으며 중얼거렸다.

"별로인가······."

그리 말하며 다시 손가락을 밀어 넣는다. 이미 미끈하게 젖어 버린 입구는 그의 손을 흡입하듯 빨아 당겼다.

숨이 턱턱 막혔다. 분명 에어컨을 틀어 놓은 것 같은데, 이미 땀범벅이었다. 이리저리 머리를 흔들어도 보고, 몸을 비틀어도 봤지만 빨라진 손짓은 멈출 줄 몰랐다.

아아. 아아. 간신히 참았던 신음이 미친 듯이 터졌다. 빠져나왔다가 파고드는 속도가 빨라질수록 허리가 제멋대로 들썩이고 몸이 비틀렸다. 어쩔 줄 몰라 허우적대는 모습이 안쓰러웠는지 그가 입술을 겹쳐 왔다. 이유는 모르겠지만 어쩐지 참기가 어려웠다. 아랫배가 시큰거리고, 흐르던 피가 머리로 쏠리는 기분이었다. 심장이 터져 나가려는 순간, 황홀함이 턱 끝까지 차오른 찰나에.

"하윽······."

울컥. 무언가가 쏟아져 흘렀다.

온몸에 힘이 쭉 빠짐과 동시에 서늘한 공기가 느껴졌다. 두 다리가 퍼들퍼들 떨렸다. 잘했어요. 선배. 작게 속삭이는 그의 입술이 이마에 잠시 머물다 떠난 줄도 모를 만큼, 정신이 혼미했다.

상체를 일으킨 해찬이 하얀색 티셔츠를 단숨에 올려 벗었다. 널찍한 어깨와 탄탄한 근육으로 이뤄진 상체가 드러났다. 도희가 눈을 질끈 감았다. 한참 달뜬 숨만 내쉬다 겨우 실눈을 떴을 땐, 그는 어느새 나체의 몸으로 서 있었다.

다시 봐도 아름다운 몸이었다. 먹고, 자는 시간을 제외하곤 웨이트와 수영으로 하루를 보내는 남자답게. 정말이지, 홀려 버렸다. 감히 두 눈에 담는 것조차 아까울 만큼.

해찬은 어딘가 곤란하다는 얼굴로 팔을 들어 뒷목을 쓸었다. 기력이 쏙 빨려 버린 도희는 간신히 숨을 토해 내며 물었다.

"왜……."

"없어요."

뭐가 없다는 거야. 물어보기 전에 깨닫고 말았다. 도희는 힘없이 헛웃음을 터트렸다. 준비가 안 된 것이 당연했다. 연락도 없이 무작정 찾아왔는데, 콘돔을 갖고 있는 게 더 이상하지.

"나한테 있어."

"뭐?"

해찬이 눈살을 찡그렸다. 황당했는지 해찬은 자신이 반말을 뱉은 줄도 몰랐다. 애써 무시하며 도희가 힘겹게 손을 뻗어 주변을 더듬거렸다. 언젠지 모르게 벗겨져 나뒹굴고 있는 바지를 찾아냈다. 그녀가 뒷주머니에서 꺼내 든 정사각형 물체를 확인한 해찬의 얼굴이 놀라움으로 번졌다.

"이걸 왜 선배가 갖고 있어요."

그러게. 나도 모르겠다. 이걸 내가 쓰게 될 줄 누가 알았겠어. 그냥 버릴 생각이었는데.

"오는 길에 샀어."

쉬운 여자라 오해받더라도 어쩔 수 없었다. 차마 집에 있던 걸 가져왔다고 말하기 싫었다. 눈치 빠른 그에겐 통할 리 없는 어리숙한 변명이었을 텐데, 기특하게도 해찬은 더 이상 캐묻지 않았다.

가까이 다가와 콘돔을 건네받는 해찬을 보자, 무의식적으로 시선이 내려갔다. 그의 허리 끝에서 다시 눈을 감아 버렸다. 도무지 마주할 엄두가 안 났다.

눈을 감자 많은 생각들이 교차했다. 아르바이트 가야 하는데. 돈 벌어야 하는데. 공부해야 하는데. 병원도 가야 하는데. 엄마와, 도영이가 다시 떠오른다. 안 돼. 이 순간만큼은 아무것도 생각하지 않기로 했잖아. 애써 마음을 다스렸다.

침대로 올라온 해찬이 무릎을 세우고 자세를 잡았다. 다리 사이에 그녀의 몸을 가두며 경고하듯 나직하게 말했다.

"다른 생각 말고 나한테 집중해요."

몸 위로 그늘이 드리워지며 묵직한 무게가 느껴졌다.

"긴장, 돼요?"

나직한 음성에 실눈을 떴다. 다정하게 뺨을 쓰다듬으며 눈을 맞춰 오는 그를 물끄러미 바라보다, 도희는 가까스로 고개를 끄덕였다.

"나도요."

그가 희미하게 웃었다.

"나도, 이렇게 떨린 적은 처음이라, 긴장돼."

놀랐다. 수백 대의 카메라와 수많은 관중들이 지켜보는 세계적인 시합을 치르면서도 고작. 생각이 멈췄다. 들어서도 될지 말지를 확인하려는 듯 허벅지 사이를 스친 손길 때문이다.

눈동자에 가득 들어찼다. 조금은 긴장한, 어쩌면 이 순간만을 간절히 바라 온. 야릇함과 색기로 물든 고해찬의 얼굴이.

"아……."

아래에 둔탁한 무언가가 닿았다. 낯선 감각들이 조금씩 도희의 몸 안에 밀려 들어왔다. 벽돌보다 단단한 둔기로 온몸을 사정없이 후려치는 기분이다. 아팠다. 미치도록, 고통스러웠다.

안면 근육이 사정없이 일그러졌다. 방금 전 겪었던 간지러움은 기억도 나지 않았다. 손을 들어 널찍한 가슴팍을 밀어 내려 했지만 단숨에 잡혔다. 손가락 사이사이로 그의 손가락이 끼워지고, 고통에 젖어 터지려는 신음은 겹쳐 오는 그의 입술에 먹혔다.

이번만큼은 양보가 없었다. 눈동자에 눈물이 그렁그렁 차올랐는데도, 이쯤 되면 멈출 만한데도, 고집을 부렸다.

"한 번만."

희미하다.

"참아 봐요."

듣기 좋은 고해찬의 낮은 목소리가 잘 들리지 않았다.

"선배."

그만하라고. 못 하겠다고. 말하면 멈추리란 걸 안다. 알기에, 말하지 못했다.

싫었다. 더 엉망진창으로 만들어 줬으면 좋겠다고 생각했다. 머릿속을 가득 채우고 있는 열악한 것들에게서, 어떻게든 발목을 잡아 낭떠러지 아래로 끌어내리려는 현실에게서 늘, 도망치고 싶었다. 그 끝의 도피처가 너라면. 너라면, 나는.

괜찮을 것 같아.

결국 고개를 끄덕이고 말았다.

"……불러 줘."

깊숙이 밀려 들어올수록 통증은 점차 심해졌다. 살갗이 찢기는 고통을 억지로 참아 내며, 다시 말했다.

"내 이름, 불러 줘."

오로지 네 앞에서만 내가 되는 나를. 불러 줘.

"백도희."

쥐어짜듯 힘겹게 흘러나온 부름에 안심이 되기 무섭게 단박에 끝까지 밀고 들어왔다. 악! 비명이 터져 나오기 무섭게 그가 엄지로 골반을 부드럽게 문질렀다.

"도희야."

아랫배가 뭉근하다. 뜨겁고, 단단하고, 거대한 무언가가 꽉 들어찼다.

숨이, 숨이.

"숨, 쉬어요."

눈 위에 입을 맞추며, 그는 한동안 가만히 있었다. 잘 모르겠지만, 배려였다는 건 안다.

"힘. 풀고."

간신히 참고 있다는 듯, 해찬의 눈살이 찌푸려졌다. 그것도 잠시였다. 화상을 입은 듯 온몸이 뜨겁게 달아올랐다.

지옥과 천국을 동시에 맛보는 기분이었다. 경직된 근육과 신경들이 풀어지며, 고통 속에 짓눌려 있던 생소한 감각이 물감 번지듯 퍼져 갔다.

"많이 아파요?"

도희가 절레절레 고개를 흔들었다.

그가 피식 웃으며 천천히, 다시 움직이기 시작했다. 통증이 가라앉자 이상한 느낌이 바짝 뒤를 이었다. 조금씩, 천천히 빨라지기 시작했다. 가녀린 허리를 감싼 해찬이 도희를 끌어 내리며 더 깊게, 속도를 높였다.

살과 살이 부딪치고 쓸리는 소리가 점차 커질수록, 느껴 보지 못한 쾌락과 흥분이 전신을 지배했다. 빠져나갔다가 들어오고, 들어왔다 다시 또 빠져나갔다. 시간이 흐를수록 격렬해졌다. 강했다가, 약했다가, 깊었다가, 옅었다가. 정신없이 휘몰아치는 흥분에 젖어 신음조차 나오지 않았다.

간간이 얼굴을 찌푸리며 입술을 짓이겨 무는 해찬은 더없이 색정적이었다. 도희는 점점 한계에 치닫는 아찔함을 어디에 풀어야 할지 몰라, 해찬의 머리카락을 꽉 말아 쥐었다.

"천, 천히. 제발, 제발⋯⋯."

말은 금세 공중에서 휘발되었다. 흐느끼는 듯한 신음을 토해 내는 것이 언제부터 창피하지 않게 된 걸까. 좋았다. 좋다는 말로는 부족했다. 이대로 죽어도, 괜찮을 만큼.

이 순간이 영원했으면 좋겠다. 오늘도, 내일도, 내일모레도 계속 고해찬의 품에 안겨 있고 싶다. 더 나를 아프게 해 줬으면 좋겠다. 그 끝이 어디든. 넘쳐 흘렀다.

점점 한계에 다다랐다. 더 이상은 무리라고 생각될 때쯤, 해찬은 우습다는 듯이 또다시 새로운 한계점을 만들었다. 끝도 없이 높아진 속도에 온몸이 저릿했다. 이대로는 안 될 것 같아, 발악하듯 애원해 봐도 그에겐 닿지 않았다.

"그만⋯⋯. 이제⋯⋯ 제발!"

그만 멈춰 달란 말을 보란 듯이 무시하며 해찬이 단숨에 끝까지 밀어 쳐올렸다. 온몸이 벌벌 떨렸다. 몇 번의 폭발 끝에 비명인지 신음인지 모를 것이 토해졌다. 눈앞이 흐릿해졌다. 마지막까지 젖 먹던 힘을 쏟아 내던 그가 이윽고 움직임을 멈추었다. 배 속이 뜨거워졌다. 해찬은 거친 숨을 토해 내며 시트를 꽉 말아 쥐었다.

그의 이마에 맺힌 땀방울이 톡, 떨어졌다. 도희가 해찬을 끌어안았다. 마치, 황홀한 꿈에서 깨어나기 싫어 발버둥 치는 사람처럼. 절실하게.

△ ▼ △

방 안은 적막했다.

노곤한 눈으로 해찬을 바라보던 도희는 기절하듯 잠에 빠져 지금까지도 일어나지 않았다.

새벽 2시. 언제 해가 저물었는지 잘 기억나지 않는다. 평소 같았으면 강도 높은 훈련에 지쳐 쓰러지듯 자고도 남을 시간이었지만 어쩐지 오늘은 잠이 오지 않았다.

해찬은 은은한 달빛에 비친 도희의 얼굴에서 시선을 떼지 못했다. 꽤 오랜 시간 동안 팔을 내어 줘 저릴 만도 한데 꿋꿋이 버텼다. 다른 손으로는 혹여나 달빛이 잠을 방해할까, 그녀의 눈을 가려 주었다.

미동조차 없이 편안히 잠에 취해 있는 도희를 보자, 해찬의 입술이 절로 길게 늘어졌다.

예뻤다. 화려한 외모보다 화장기 없는 수수한 얼굴이. 작정하고 꾸민 차림보단 단순한 티셔츠와 청바지가. 공들여 드라이한 헤어보단 대충 올려 묶은 스타일이 취향이었다는 것을 최근 들어 처음 알았다.

숨은 잘 쉬고 있나. 해찬은 도희의 눈 위를 가리고 있던 손을 떼어 내, 코 밑으로 손등을 가져다 댔다. 새근새근, 고른 숨결이 닿았다. 손가락 하나를 펼쳐 그녀의 이마, 코 순서대로 천천히 선을 타고 내려갔다. 손가락 끝이 입술에 다다랐을 때, 해찬의 눈가가 찌푸려졌다.

"……미치겠네."

잠겨 갈라진 목소리가 낮게 흘러나왔다. 둘 다 실오라기 하나 걸치지 않은 상태였다. 살결이 스칠 때마다 죽을 맛이다. 몇 번이고 채우고 채워도 모자란 욕구를 당장 터트리고 싶은 심정이었지만 해찬은 간신히 도희에게서 시선을 뗐다.

고개를 정면으로 돌려 천장을 바라보았다. 심호흡을 해 봐도 들뜬 마음은 좀처럼 가라앉지 않았다. 이제 와 편히 쉬기엔 무리란 판단이 섰다. 생각이 많을 땐 물속에 있는 것이 차라리 편했다. 해찬은 아랫입술을 지그시 씹으며 도희의 머리를 받쳐 주던 팔을 조심히 빼어 냈다. 그리고 천천히, 최대한 소리가 나지 않게 상체를 일으켰다. 다행인지, 불행인지 도희는 깨어나지 않았다.

얼마나 피곤했으면. 불현듯 계절 학기를 수강하며 아르바이트를 세 개나 병행한다던. 지금껏 쓰러지지 않고 버틴 것이 용한 거라던 선준의 누나 말이 떠올랐다. 앙상한 체구로 숨 막히는 하루를 억척스럽게 견뎌 왔을 걸 생각하니 마음 한구석이 어그러진다.

왜 울었던 걸까. 무엇이 그토록 서글펐을까. 묻고 싶었지만 물을 수 없었다. 물끄러미 도희를 쳐다보다 시선을 거둬 낸 해찬이 창문으로 다가가 커튼을 당겼다. 빈틈없이 꼼꼼하게 맞붙은 모양새를 다시 한번 살핀 뒤에야 몸을 돌렸다.

"잘 자요."

지금 이 순간만큼은 그 어떤 것에도 방해받지 않길 바라며 느린 걸음으로 방을 빠져나왔다.

△ ▼ △

도희의 눈꺼풀이 느리게 떠밀려 올라갔다. 꿈도 꾸지 않을 만큼 꽤 오랜만에 단잠을 잤다. 평소와 달리 정신은 개운했지만, 손끝 하나 움직일 수 없었다. 어젯밤 벌어진 행위로 무리를 한 건지, 몸 이곳저곳이 비명을 질러 댔다.

"아……."

목소리가 제대로 나오지 않았다. 도희는 손을 들어 목을 문지르며 힘겹게 상체를 일으켰다. 칼칼한 갈증이 느껴져 고개를 돌리자, 침대 옆 협탁 위에 생수가 담긴 유리컵이 진통제와 함께 놓여 있었다.

뒤늦게 옆자리를 살폈다. 널찍한 침대엔 자신뿐이었다. 어떤 결말을 바랐던가. 눈을 떴을 때 애틋하게 자신을 바라보고 있을 고해찬의 얼굴? 사랑한다며 속삭여 줄 다정한 목소리? 우스웠다.

생수와 진통제. 그것만으로도 만족해야 하는데, 고마워야 하는데. 넝쿨처럼 급속도로 자라난 욕심은 주제도 모르고 빠르게 번져 갔다.

"집에 가자."

온통 고해찬의 체취로 물들어 있는 곳에서 벗어나 현실로 돌아갈 시간이었다. 이불을 들춰내고 침대에서 벗어났다. 해찬이 곱게 접어 둔 옷가지를 집어 들었다. 티셔츠를 얼굴에 구겨 넣고, 청바지 단추까지 꼼꼼하게 채운 뒤, 도희는 잘게 구겨진 이불을 폈다. 좀처럼 떨어지지 않는 발을 억지로 떼어 냈다. 거실로 한 걸음 내디딘 순간.

"잘 잤어요?"

익숙한 목소리에 도희의 눈이 크게 떠졌다. 그는 거실 소파에 앉아 책을 읽고 있었다.

"……아직, 있었어?"

없는 줄 알았는데.

"여기 우리 집이에요, 선배."

읽고 있던 책을 덮은 해찬이 천천히 몸을 일으켰다. 젖은 머리카락과 외출복차림. 방금 씻고 나온 걸까.

"어디 다녀왔어?"

"훈련하고 왔어요. 오후엔 선배랑 있어야 하니까."

"아……."

"씻고 와요. 밥 먹으러 가게."

해찬이 턱짓으로 욕실을 가리켰다. 하지만 도희는 선뜻 움직이지 못했다.

"싫어요?"

아직 깨어나지 않은 걸까.

"그럼 나야 좋긴 한데."

그제야 정신이 번쩍 들었다.

"금방, 씻고 올게. ……기다려."

빤히 도희를 바라보던 해찬이 작게 고개를 끄덕였다. 가슴이 두근두근 요동치기 시작했다. 욕실로 향하는 동안, 도희의 입가에 잔잔히 떠오른 미소는 쉽게 가시지 않았다.

△ ▼ △

해찬을 따라 도착한 곳은 설렁탕 전문 식당이었다. 북적한 상권과 조금 떨어진 곳이라 그런지 내부는 허름했지만 30년 전통이라는 팻말이 붙어 있는 것으로 보아 맛은 보장된 듯했다.

해찬은 숟가락과 젓가락을 도희의 앞에 가지런히 놓아 주었다. 빈 컵에 물을 따라 주는 것도 잊지 않았다.

"……고마워."

해찬은 씩 웃는 것으로 대답을 대신했다.

때마침 자리로 다가온 할머니가 밑반찬을 내려놓았다. 해찬을 알아본 듯, 주름이 가득한 얼굴이 활짝 펴졌다.

"오메, 이게 누구야. 우리 똥강아지 왔누? 어째 더 훤칠해졌어."

"할머니."

해찬이 눈가를 찡그렸다. 아마도 '똥강아지'라는 호칭이 언짢았지 싶다.

"어야, 어야. 알겠다. 처자 앞이라고 이제 다 큰 흉내 내고 싶은 게지? 그래. 처자 것 빼고 이번에도 곱빼기로 다섯 그릇 주랴?"

곱빼기로 다섯 그릇이라니. 그걸 혼자 다 먹는다고? 믿을 수 없다는 듯 도희의 턱이 느슨히 벌어졌다.

"한 그릇씩만 주세요."

해찬의 단호한 말에, 할머니는 음흉한 눈짓을 보이며 고개를 끄덕거렸다. 할머니가 주방으로 사라진 뒤에야 해찬이 한숨을 토해 냈다. 그 모습을 물끄러미 건너다보던 도희가 말문을 텄다.

"단골이야?"

"예전에 엄마랑 가끔 왔어요."

"……그렇구나."

괜히 숙연해졌다. 도희는 서둘러 고개를 돌려 식당 내부를 살폈다. 식당의 벽면 곳곳에는 해찬과 관련된 흔적들로 가득했다. 자필 사인과, 시합 결과가 스크랩되어 있는 신문 기사. 그리고 함께 찍은 사진들까지. 가끔 왔다기엔 너무하다 싶을 정도로 유난스러웠다.

아마, 말은 그렇게 했지만 어머니를 보내 드린 뒤에도 잊지 않고 식당을 찾았던 모양이다. 추억이 남아 있는 곳이라 애틋했던 건지, 단순히 할머니의 손맛이 그리웠던 건지는 모르겠지만.

다시금 도희의 시선이 해찬에게로 향했다. 날카로운 눈매를 지나, 곧은 콧대를 지나, 꽉 다물린 입술에서 멈추었다. 절로 어제의 일이 떠올랐다. 살결을 스치던 손길, 달큰하게 풍기던 샴푸 향과 야한 눈빛이 조금씩 선명해졌다.

해찬에게 시선을 빼앗긴 사이 설렁탕이 나왔다. 단골인 만큼 고기를 듬뿍 넣었다는 할머니의 다정한 말과 함께.

"매운 거 좋아해요?"

뜬금없이 취향을 물어 오자 놀란 듯 도희의 눈이 커졌다. 그는 접시에 담긴 깍두기 국물을 설렁탕 뚝배기에 덜어 넣고 있었다. 뭘까. 이질적인 이 광경은.

"이렇게 먹으면 맛있어요."

정석만 추구할 것 같은 고해찬과 전혀 어울리지 않는 모습이라 순간 할 말을 잃었다.

"매운 거 싫어하면 그냥 먹어요. 간 따로 하지 않아도 맛있으니까."

"얼마나 넣으면 돼?"

평소 같았으면 시도조차 하지 않았을 충동적인 선택이었다. 도희는 앞에 놓인 깍두기 그릇을 들고 해찬이 했던 행동을 어리숙하게 따라 했다. 도희의 앞에 놓인 뽀얀 설렁탕 국물이 불그스름하게 변해 가는 걸 넌지시 바라보던 해찬은 그 정도면 충분할 것 같다며 희미하게 웃었다.

사실 도희는 매운 것을 질색했다. 김치도 잘 먹지 못했다. 무작정 넣긴 했는데 막상 빨개진 국물을 보자 입에 넣기가 무서웠다. 선뜻 숟가락을 들지 못하고 있는 도희에 비해 해찬은 이미 식사를 시작한 뒤였다.

아주 맛있게 먹는다. 음식물이 보이지 않도록 입을 꼭 다물고 먹는 모양새나, 간간이 반찬을 가져다 먹는 젓가락질마저 반듯했다. 어른들에게 책잡힐 구석이 하나도 없었다. 괜히 웃음이 새어 나왔다. 도희는 저도 모르게 물었다.

"정말 다섯 그릇이나 먹어?"

예상치 못한 질문이 불쑥 튀어나와 당황한 듯, 해찬이 작게 쿨럭거렸다.

"괜찮아?"

"아니……."

"물 줄까?"

"괜찮아요. 놀라서 그랬어요."

"뭐가?"

도희가 눈을 한 번 깜빡였다. 해찬이 빤히 도희를 건너다보았다.

"나에 대해서 뭐라도 궁금해한 적 처음이잖아요."

그랬나. ……몰랐는데.

"하루 종일 운동만 하니까, 체력 소모가 심해서 어쩔 수가 없어요."

"기초 대사량은 얼마나 돼?"

"아마 만 이천 칼로리 정도."

귀가 잘못된 줄 알았다.

"피곤해서 아무것도 안 먹고 잠만 자면 3kg 정도 빠져 있고 그래요."

한편으로는 안쓰러웠다.

"또, 궁금한 거 있어요?"

해찬은 아직 손도 대지 않은 도희의 설렁탕을 힐긋 건너다봤다.

"얼마든지 물어봐요."

도희는 잠시 멈칫했지만 내내 궁금했던 것들이 많았던 것도 사실이라, 이참에 묻기로 했다.

"운동은, 하루에 얼마나 해?"

"웨이트는 다섯 시간. 수영은 무리하면 18km 정도 해요."

어째서 그가 괴물이라 불리는지 알 것 같았다. 도희는 설렁탕 국물에 반쯤 잠겨 있는 숟가락을 의미 없이 휘휘 내저으며 답했다.

"······대단하네."

"난 선배가 더 대단한 것 같은데."

"내가?"

"아르바이트를 세 개씩이나 한다면서요."

선미의 짓이 분명했다. 아니고선 그 사실을 알 리 없을 테니까.

"나는 내가 좋아서 하는 일이지만 선배는 아니잖아요."

"그게 뭐라고······."

"일 하나만 그만두면 안 돼요?"

"안 돼."

어차피 과외 아르바이트는 잘린 뒤라 별로 상관없는 부분이었지만 조만간 다시 구할 생각이었기에 도희는 단호하게 고개를 내저었다.

왜 안 되냐고 물어볼 법도 한데, 해찬은 도리어 그럴 줄 알았다는 듯 어깨를 으쓱이며 태연하게 화제를 돌렸다.

"월요일, 수요일이에요."

"무슨, 뜻이야?"

"개인 훈련 하는 날이요. 그날은 코치님도 감독님도 없이 수영장에 혼자 있어요."

"그걸, 왜 나한테 말하는데?"

가만히 눈을 맞춰 오는 그의 눈빛은 어느 때보다 짙었다.

"보고 싶다는 뜻이에요."

그 말에 도희의 얼굴이 붉게 달아올랐다. 괜히 민망하고 쑥스러워, 얼른 설렁탕 국물을 한 숟갈 떠먹었다. 맵다. 맵지만, 맛있었다. 슬쩍 고개를 들자, 자신을 빤히 응시하며 지그시 미소 짓고 있는 고해찬의 근사한 얼굴이 보였다.

어쩐지 오늘부턴 매운 음식을 좋아하게 될 것 같은 기분이 들었다.

△ ▼ △

평소 자신을 눈여겨보던 교수님의 도움으로 다행히 달이 넘어가기 전에 새로운 과외 일자리를 찾을 수 있었다. 이번 과외 아르바이트는 전에 비하면 굉장히 수월했다. 학생과 학부모 모두 열정적이었고, 친절했다.

"우리 애가 얼마나 선생님 얘기를 많이 했는지 몰라요. 처음엔 조금 무뚝뚝해서 무서웠는데 더 해 보니까 그렇게 실력이 출중하신 것 같다고 하더라고요."

"아……, 감사합니다."

"모쪼록 앞으로도 우리 애, 잘 좀 부탁드려요."

도희는 학부모에게 꾸벅 허리를 숙여 인사하곤 현관을 나섰다.

슬슬 장마철이 다가오고 있었지만 여전히 날은 덥고 화창했다. 기상청에선 앞으로 2주는 더 폭염이 지속될 것이라 했다. 도희는 흐르는 땀을 닦아 내며 걸음을 재촉했다.

그날 이후로 시간이 날 때마다 해찬을 만났다. 새끼손가락을 걸고 약속한 것도 아닌데, 못해도 일주일에 두 번은 꼭 체육관을 찾았다.

처음이었다. 좋아서 선택한 일은. 일과 병문안. 공부와 사랑. 벅찼지만 전처럼 생각보다 힘겹지는 않았다. 무엇 하나 나아진 것은 없었다. 하지만 지금보다 조금만 더 고생하면, 노력하면 분명 하나 정도는 해결되지 않을까. 긍정적으로 생각하려 애썼다.

토익 시험은 전보다 100점이 올라 900점대에 다다랐고, 자격증도 두 개나 취득했다. 현재 페이스를 유지하면 대기업 취업도 문제없으리라 근거 없는 확신마저 들었다.

갈수록 조금씩 바라는 범위가 넓어졌다. 해낼 수 있다고, 버틸 수 있다고. 엄마도, 동생도 지켜 낼 수 있다고. 없던 희망을 품었다.

꿈이 생겼다. 행복하고 싶단 꿈. 무리일지도 모른다. 무너지면 어쩌지 두려운 것 역시 사실이다. 그럴 때면 해찬을 떠올렸다. 질 수 없었다. 점점 더 높게 날기 위해 도약하는 해찬의 발목을 잡고 싶지 않았다. 지금보다 더 나은 사람이 되고 싶었다. 언제까지고 멈춰 있을 수만은 없었다.

어느 순간부터 달라지고 있었다. 도전, 의욕, 열정. 그리고, 꿈.

한 가지씩 차근차근 밟고 올라가다 보면 멀리 돌아갈지언정, 느리더라도 결국 그 마지막 종착지는 행복일 것이라고.

……그렇게, 믿고 싶었다.

△ ▼ △

"47초 58."

도희의 차분한 목소리가 수영장에 울려 퍼졌다.

49초, 48초. 몇 번이고 100m를 완주할 때마다 기록은 지속적으로 줄어들었다. 수영 같은 종목을 다루는, 특히나 초 단위로 승패가 갈리는 이들에겐 0.1초의 기록을 단축하는 일이 죽기보다 힘들다고 들었다.

하지만 해찬은 달랐다. 헉 소리가 나올 법한 기록을 가뿐히 갱신하고도 만족하지 못했다. 벌써 수십 번째 반복, 또 반복이었다. 지금 역시, 마찬가지였다. 해찬은 물속에서 나올 줄 몰랐다. 도희가 불러 준 기록을 듣곤 다시 출발대에 올랐다. 재도전하겠단 뜻이었다.

준비가 끝난 것을 확인한 도희는 해찬이 목에 걸어 준 휘슬을 힘껏 불었다. 그 소리에 맞춰 그의 몸이 풀장으로 힘차게 내리꽂혔다. 시원한 굉음과 함께

물이 튀어 올랐다. 지치지도 않는지, 어마어마한 체력이었다. 칼처럼 날렵한 몸 짓으로 물을 가로지르는 해찬을 구경하는 일이 지루하다거나, 심심하진 않았 다.

대단하다 생각했다. 경외심마저 들었다. 힘들지 않을까. 포기하고 싶지 않을 까. 조금만 쉬었다 해도 괜찮을 텐데, 무언가에 쫓기듯 사는 삶이, 숫자에 얽매 여 사는 인생이 뭐라고 너는 그토록 평온할까.

어느덧 해찬은 빠른 속도로 다시 되돌아오고 있었다. 이번 것까지 완주하면 정확히 14km를 수영한 셈이었다. 해찬이 스타트 지점에 다다르기 무섭게 도희 는 손에 쥐고 있던 스톱워치 버튼을 다시 꾹 눌렀다.

"47초 06."

그가 드디어 물속에서 모습을 드러냈다.

"여기."

해찬이 수경을 내리며 다가오자 도희는 들고 있던 타월을 내밀었다. 고맙단 말 대신 해찬은 빙그레 웃었다.

"기다리느라 지겨웠죠."

그는 벗어 낸 수모를 한 손에 쥐고, 다른 손으로는 젖은 머리카락을 흩트리 며 물었다.

"······아니. 좋았어."

오히려 이런 기회가 또 언제 있을까 생각했다. 세계적으로 유명한 선수가 피 땀 흘려 훈련하는 모습을 곁에서 지켜보는 것만으로도 충분히 자극됐다.

"오늘도 일 나가요?"

생수를 들이켜는 해찬을 넌지시 바라보던 도희가 고개를 흔들었다.

"아침에 과외하고 왔어."

"새로 시작했다는 일?"

"응."

"남자예요, 여자예요?"

무슨 소린가 싶었다. 의문스러운 눈빛으로 쳐다보자, 해찬이 설명을 덧붙였다.

"학생 성별이요."

"……여자야."

"다행이다."

해찬이 짓궂게 웃었다. 처음 알았다. 고해찬의 오른쪽 뺨에 보조개가 있다는
사실을.

"그래도 좀 부럽네."

"무슨 뜻이야?"

"과외받는 학생이요. 가르치는 선배 모습, 왠지 섹시할 것 같아."

말끝에 웃음기가 묻어났다. 낯간지러운 말을 아무렇지 않게 하는 것도 능력
이라면 능력이다.

"옷 갈아입고 올게요. 기다려요."

한쪽 뺨에 차가운 입술이 잠시 머물다 떨어졌다.

△ ▼ △

고해찬의 특유한 향기가 좋았다. 물 냄새와 시원한 바디 워시 냄새가 뒤섞
인, 그만의 체취. 그는 훈련으로, 자신은 공부와 일로 만나지 못하는 날엔 가
만히 눈을 감았다. 그러면 저절로 고해찬이 떠올랐다.

상상 끝엔 늘 그리움이 남았다. 어제보다 오늘, 오늘보단 내일. 왠지 네가 더
좋아질 것 같다고. 맘껏 표현하고 싶어 참을 수가 없을 때쯤, 신기한 일이 벌어
지곤 했다. 예상 못 한 순간에 전화가 걸려 온다든가, 아님 지금처럼.

"선배."

마법처럼 눈앞에 나타난다든가.

그는 어느새 트레이닝복 차림으로 갈아입은 뒤였다.

"이젠 제법 편해졌나 봐요?"

해찬은 풀장에 발을 담그고 있는 도희를 내려다보며 말했다. 괜히 머쓱해졌

다. 그렇게 질색했던 게 엊그제 같은데. 도희가 황급히 발을 빼내려 하자, 해찬은 옆자리에 앉으며 움직임을 멈추게 했다.

"괜찮아요. 계속 그러고 있어도."

그가 내민 커피를 받아 든 도희가 작게 웅얼댔다.

"……고마워."

"수영할 줄 알아요?"

"아니. 못해."

"못하는 거예요, 싫어하는 거예요?"

"둘 다야. 어렸을 때 가족끼리 놀러 갔다가……."

도희는 말을 잇지 못하고 입을 다물었다. 순식간에 수심이 깊어지기로 유명한 동해 바다에 놀러 갔다가 빠져 죽을 뻔한 기억이 스쳐 지나갔다. 썩 유쾌한 기억은 아니었지만, 그 시절의 가족은 꽤나 화목했다. 괜한 잡념이다. 도희는 쓰게 웃으며 화제를 돌렸다.

"별로 안 좋아해. 수영장이나, 바다 같은 곳."

"왜요?"

해찬이 조용히 시선을 맞춰 왔다.

"……숨 쉬기 힘들잖아. 언제 위험해질지도 모르고. 찜찜해."

"난 그래서 좋던데."

흘러가듯 작게 중얼거리는 목소리였지만 도희의 귀엔 보다 정확하게 들렸다. 무슨 뜻일까. 물어보려는 찰나였다.

"배워 볼래요?"

"……뭘?"

"수영."

"어릴 때 잠깐 배운 적은 있어. 자꾸 가라앉아서 포기했던 것뿐이지."

"두려움이 많아서 그래요."

어쩌면, 그럴 수도 있겠다.

"생각 바뀌면 언제든 말해요. 차근차근 알려 줄게."

"가르쳐 주겠다는 핑계로 물에서 허튼짓하려는 수작은 아니고?"

"아, 걸렸네."

뻔뻔해. 도희는 해찬을 밉지 않게 흘겼다. 하지만 그뿐이었다. 이젠 익숙해진 드넓은 풀장을, 텅 빈 관객석을 바라보며 무의식적으로 물었다.

"도전하는 거, 무섭지 않아? 결과가 어떨지도 모르는데."

"그런 거 잘 몰라요, 나는. 실패한 적이 없어서."

"대단한 자신감이네."

웃음이 터졌다. 도희는 고요한 물속을 내려다보며 어렵게 입을 뗐다.

"넌 내가 왜 좋아?"

"좋아하는 데 이유가 필요해요?"

"그런 건 아니지만, 이상하잖아."

"뭐가요."

"너 정도면……."

도희의 얼굴이 천천히 옆으로 돌아갔다.

"아니야. 아무것도."

"선배는 왜 갑자기 마음이 바뀐 건데요. 그렇게 피해 다니더니."

"그건."

그가 좋아진 이유를 하나하나 나열해 보라 하면 하루가 부족하게 말할 수도 있었다. 많아서 어디서부터 시작해야 할지 고민될 뿐이지. 짧은 정적 끝에 해찬의 목소리가 나긋하게 흘러나왔다.

"다 그렇지 않나. 처음은 나와 다른 모습에 신기해서 끌리게 되고, 충동적으로 웃는 얼굴이 어떨지 궁금해지고, 막상 보면 예쁘니까 시도 때도 없이 보고 싶어지고."

"……네가 어떤 부분에서 매력을 느낀 건지, 솔직히 말하면 납득이 잘 안돼. 내가 너한테 해 줄 수 있는 거라곤 지금처럼 고작, 기록이나 체크해 주는 일뿐이니까."

해찬은 말없이 도희를 주시했다.

"너한테 짐만 될지도 몰라."

지치게 될까 봐. 너의 깊숙한 이면을 알고 싶어 하는 내가 무섭다. 나의 어두운 부분까지 공유하고 싶어지는 이 마음이, 커지는 욕심이 점점 두렵다. 내 우울함이 너의 열정과 넘치는 기운까지 흐려지게 만들까 걱정이다.

이 사랑에 종지부를 찍게 될 순간이 오면 그 무거운 무기력함과 슬픔을, 끝없는 공허함을 어떻게 견뎌야 할지 벌써부터 막막하다.

"겁나요?"

선뜻 대답하지 못하고 망설이자 해찬이 손을 잡아 왔다.

"아직 시작도 안 했는데 벌써부터 끝을 보고 있으면 어떡하지."

"아……."

"놔줄 생각 없어요. 난 한번 시작하면 끝을 보는 성격이라."

해찬의 입술 끝이 시원하게 올라섰다. 그 근사한 모습에 넋이 나갔다.

"그거 알아요?"

"……뭘?"

"수영에선 스타트업이 제일 중요해요."

낮지만 분명한 음성을 들으며, 도희는 제 손에 쥐어진 스톱워치를 내려다보았다.

"시작이 반이라는 뜻이에요."

한참을 정면만 응시하던 해찬이 느리게 입술을 떼어 냈다.

"왜, 사람은 끼리끼리 만난다는 말도 있잖아."

도희는 순간 멈칫했다.

"아무것도 없는 우리한테 있는 거라고는 이거."

해찬이 두 번째 손가락으로 제 관자놀이를 톡톡 두드리며 말했다.

"쓸데없이 강한 멘탈뿐이니까. 그 말도 맞는 것 같아요. 끼리끼리."

"넌 나랑 달라. 그렇게 유명하면서 어떻게 가진 게 멘탈뿐이야."

"그렇다고 둘 다 금수저는 아니잖아요. 출발은 비슷했어."

너와 난 동등하단 말을 하고 싶었던 걸까.

"그러니까 버텨요."

내내 장난스럽던 해찬의 얼굴이 일순 진중해졌다. 나란히 앉아 맞잡은 손에 힘이 실렸다.

"버텨요, 우리."

심장이, 쿵쿵 움직였다. 평소보다 더 세차게 뛰었다. 굳게 닫힌 도희의 입술이 느릿느릿 벌어졌다.

"내가. 많이 서툴지도 몰라."

여유가 없었으니까. 누군가에게 맹목적인 관심과 애정을 받아 본 적이 처음이었으니까.

"많이 답답할 수도 있어."

무너지면 안 되니까 솔직해질 수 없었다.

"그래도 네가 날 놓지 않는 이상, 나도 놓지 않을게."

고해찬은 웃고 있었다.

"나, 너를……."

말이 먹혔다. 느닷없이 다가온 그의 입술에, 모조리 삼켜졌다.

툭. 투욱. 후드득. 후드득. 쏴아아.

반쯤 열린 창문 사이로 무언가가 맹렬히 쏟아지는 소리가 들렸다.

빗줄기였다.

장마. 장마가 시작되었다.

△ ▼ △

한남동 소재의 대저택 앞에서 흰색 차 한 대가 부드럽게 정차했다. 성벽처럼 높고 단단한 담벼락과 굳게 닫힌 검은 철문은 바깥세상과 철저히 차단되어 있었다.

그 답답한 풍경을 담담하게 바라보던 태준이 손을 뻗어 인터폰 버튼을 눌렀다. 말은 따로 필요 없었다. 얼굴을 비치면, 알아서 열렸다. 비가 온 직후라 그런지 잔디가 깔려 있는 바닥은 찜찜하리만큼 추적거렸다.

"셋째 도련님, 오셨어요?"

현관으로 들어서자 가장 먼저 가사도우미 아주머니가 반가운 목소리로 태준을 맞이했다.

"아주머니. 잘 지내셨죠."

태준은 굳은 표정을 풀고, 언제 그랬냐는 듯 상냥한 투로 답했다.

이곳에 들어선 순간부턴 그 어떤 빈미도, 작은 편린 같은 감정도 내비쳐선 안 됐다. 그 사실을 깨닫게 된 나이는 태준이 고작 열한 살이 되던 때였다.

"어서 들어오세요. 여사님이 기다리고 계셔요."

아주머니를 따라 걷다 멈춘 곳은 값비싼 예술품들로 가득 꾸며진 거실이었다. 부를 상징하는 것들 중심엔 중년 여성이 소파에 다리를 꼬고 앉아 신문을 들여다보고 있었다.

언뜻 봐도 고고한 그녀의 외모엔 부티가 넘쳐흘렀다. 푹신한 소파에 앉아 있으면서도 자세는 절제된 듯 꼿꼿했다. 가진 것들을 품격 있게 이용할 줄 아는 여자였다. 주변 사람들을 어떻게 다뤄야 하는지, 필요 없어진 것들을 어떤 식으로 내쳐야 하는지. 그녀에게 어려운 일은 없었다.

"……왔니?"

미연의 시선은 여전히 신문에 고정되어 있었다.

"길이 막혀 조금 늦었습니다."

"변명은 됐고. 가까이 오렴."

고개를 돌리고 싶지 않다는 뜻이었다. 태준은 차마 떨어지지 않는 발을 억지로 떼어 냈다. 맞은편 소파에 앉으려는 순간, 차가운 음성이 움직임을 막았다.

"앉으란 소리는 없었는데."

미연은 읽고 있던 신문을 반듯하게 반으로 접어 테이블에 내려 두었다.

"회사 일은, 할 만하니?"

"네. 뭐."

"회장님 덕분에 자리 하나 얻었다고, 그새 얼굴이 폈구나."

미연의 말속엔 가시가 돋아 있었다. 태준은 당황한 내색 한번 보이지 않았다.

"형님들에 비하면 터무니없는 자리였죠."

"그 애들과 너는 태생부터가 다르지 않니. 난 네가 그 자리조차 과분하다 여길 줄 알았는데."

미연은 싱그러운 미소를 그리며 턱을 들어 태준을 응시했다.

"네가 지금 얻은 그 자리가 내가 베풀 수 있는 최대한의 배려였단 사실을 잊지 말았으면 좋겠구나."

어째서 그녀가 하필 회장님이 자리를 비운 사이에 은밀히 자신을 불렀는지 어느 정도는 예상하고 있었다.

"그래, 요즘 친모를 찾고 있다고?"

"몰래 뒤를 캐는 일에 취미가 있으신 줄은 차마 몰랐습니다."

"널 보면 무슨 생각을 하고 있는지 도통 알 수가 없어서 말이지."

조소를 담은 눈빛이 차갑게 와 닿았다.

"아랫것들은 어찌 길들여야 하는지. 너도 겉으론 아닌 척하지만 결국 자라온 환경은 못 속여. 보고 배운 게 그것뿐일 테니, 한편으론 날 이해하고 있겠지. 내 말이 틀리니?"

태준은 여전히 웃음기를 머금은 채, 시선만 슬쩍 내렸다.

"한 번만 더 친모를 찾고 있단 정보가 내 귀에 들려오면."

"……."

"그땐, 내게 창을 겨누겠단 뜻으로 알겠어."

때마침 아주머니가 등장했다. 언제 무정한 말을 뱉었냐는 듯, 미연의 입술이 얌전히 다물렸다. 아주머니의 두 손에 들린 쟁반 위 찻잔을 확인한 미연이 손등을 들어 보였다.

"아주머니. 차는 한 잔이면 충분해요."

"아……. 하지만."

"아줌마."

두 번 말하는 것을 질색하는 미연을 모를 리 없다. 태준의 얼굴을 살피며 어쩔 줄 몰라 하다, 아주머니는 금세 고개를 수그렸다. 결국, 테이블에 놓인 찻잔은 한 잔뿐이었다.

"내년 봄쯤, 널 미국 지사로 보낼 생각이야."

직접 면전에 대고 말한 적은 없었지만 태준은 어렸을 적부터 하나를 알려 주면 열을 알았다. 가진 것들을 제멋대로 휘두르며 갖고 놀기 바쁜 두 형제와 다르게 총명한 태준을 억누르고 싶은 건 어쩌면 당연했다.

"억울해하는 것처럼 보이는구나."

태준은 아무도 모르게 입술 안쪽을 씹으며, 고요히 주먹을 말아 쥐었다.

"아닙니다."

"그렇담 다행이지만."

"그런데."

"음?"

"회장님도 알고 계신 겁니까?"

태준의 물음에 미연이 피식 웃음을 터트렸다.

"이젠 하다 하다 회장님을 등에 업고 날 겁박하려는 거니. 건방지게."

"그럴 리가요."

차를 한입 들이켠 미연이 찻잔을 탁, 소리 나게 내려놓았다.

"둘러댈 변명거리야 많지. 입방정 떨 생각이라면 그만두렴. 어디까지나 널 가엽게 여길 뿐, 회장님은 절대 내 뜻을 외면하지 못해."

지은 죄가 있으니. 확신에 찬 말투였다.

"미국 지사 발령이 마음에 차지 않는다면 선 자리에 나가 보는 건 어떠니. 너와 아주 잘 어울리는 짝이 있어. TG 홈쇼핑이라고, 작년에 상장이 되어 나쁘진 않지."

그래 봤자 이제 갓 눈을 뜬 신생 기업이었다. 이러한 처사를 내린다는 것은 기업 운영에서 완전히 배제시키겠단 의미와 같았다.

"태준이 넌 무지하지 않으니 어련히 알아서 잘 선택하겠지만. 신중히 고민해 보고 답 주렴."

뒷배를 보아 줄 인줄도, 경영 경험도 없다. 무엇 하나 얻을 수 없도록. 헛된 야망조차 품을 수 없도록 그녀가 사전에 손을 써 놓은 결과였다. 굴러 들어온 돌에게 백날 황금색 물감을 묻혀 봤자, 달라질 건 아무것도 없었다. 태준은 어떠한 답도 하지 않았다. 그저 웃었다.

저택을 빠져나오자마자 줄곧 태준의 입가에 머물러 있던 웃음기가 싹 가셨다.

꺼내 든 담배를 입에 물었다. 어울리지 않게 싱그러운 향기로 가득한 이곳이 조금은 오염되길 바라는 마음으로 긴 숨을 뱉었다. 희뿌연 연기가 퍼지며 사라질 때쯤, 태준은 정원 어딘가에 아무렇게나 꽁초를 던져 버렸다.

더러운 공기가 덕지덕지 붙어 버린 것만 같다. 태준은 재킷을 탁탁 털어 내며 옷매무새를 정돈한 뒤, 곧장 휴대폰을 귓가에 가져갔다.

"접니다."

휴대폰을 쥔 손에 힘이 실렸다.

"전에 한번 말씀드렸던 것 같은데. 백윤택 의원과 관련된 정보, 최대한 빠른 시일 내에 보고 바란다는 말 하려고 연락드렸습니다."

넘볼 수 없다면 철저히 짓밟아서라도 올라가겠다.

그곳이 어디든, 그 끝에 무엇이 있든 반드시.

△ ▼ △

오늘은 카페 아르바이트가 있는 날이었다. 점심시간이 이제 막 지나가고 있어서 그런지 카페 안은 한적했다. 지금쯤이면 훈련하고 있겠지. 시도 때도 없이 해찬이 생각났다.

손님이 없는 틈을 타 영단어를 외우고 있었지만 자꾸만 집중이 흐려졌다. 도희는 공부를 포기하고 한숨을 내쉬며 몸을 돌렸다. 통창 너머로 보이는 하늘엔 먹구름이 가득 끼어 있었다.

후덥지근한 날씨도 장마철이 다가오자 조금은 주춤한 듯 보였지만 습한 기운은 한층 더 심해졌다. 에어컨을 틀어야 할까 고민하고 있는데, 카페 문을 열고 익숙한 얼굴이 등장했다. 선미였다.

"여어, 백구. 있었네?"

산만하게 손을 흔들며 다가오는 친구가 반가운 것은 피차 마찬가지였다. 도희는 싱긋 웃으며 선미를 맞았다.

"잘 지냈어?"

카운터 앞에 선 선미가 멈칫, 굳었다. 얼떨떨한 듯 두 눈을 끔뻑거리며 도희를 빤히 바라보았다.

"왜 그래?"

"……어? 어, 아니. 친구랑 영화 보고 헤어지는 길에 근처라서 너 보려고 잠깐 들렀는데."

"그랬구나."

"어……."

"무슨 일 있어?"

"아니, 그게 아니라. 백구. 너 요즘 무슨 일 있어?"

"아니, 왜?"

"왠지 평소랑 좀 달라 보여서."

"그런가……."

도희는 머쓱한 미소를 흘리며 어깨를 으쓱였다. 선미는 더 혼란스러웠다. 몇 주 만에 만난 도희는 마치 다른 사람 같았다. 딱 짚어 말할 수는 없지만, 분명 변했다.

"아메리카노 주면 되지?"

"어, 응. 여기 카드……."

"됐어. 내가 결제할게. 갖다줄 테니까 앉아 있어."

떠밀리다시피 카운터와 가장 가까운 자리에 앉게 된 선미는 좀처럼 의심을 지울 수 없었다.

그런 선미의 속내를 알 리 없던 도희는 커피 샷을 내리는 데 집중했다.

진한 맛을 좋아하는 선미의 취향을 고려해 투샷을 내리고, 결제까지 마쳤다. 어느새 곁으로 다가온 사장님은 단골인 선미를 단번에 알아봤다. 여긴 내게 맡기고 손님이 올 때까지 친구와 수다나 떨면서 쉬고 있으라고 했다.

괜찮다 하고 싶었지만 온종일 서 있어 다리가 아픈 것도 사실이었다. 그래서 도희는 공손히 허리를 수그리며 곧장 커피를 가지고 선미의 곁으로 다가갔다.

"일 안 해도 돼? 난 괜찮은데."

"응. 사장님이 배려해 주셨어."

"이야, 너 보려고 질리도록 한곳만 다닌 보람이 있네."

사실은 카페 사장님이 미남이라 그런 거면서. 도희가 작게 웃음을 터트렸다. 뭔가 달라진 기류에 어색함을 느끼는 기색이었지만, 선미는 기다렸다는 듯 끊임없이 새로운 주제로 대화를 이끌어 갔다. 도희는 간간이 고개를 끄덕여 주며 맞장구를 쳤다.

"아, 맞다. 백구, 너 계절 학기 끝났지?"

"응. 저번 주에."

"와, 드디어 졸업이네? 이제 학교 다닐 일 없어서 좋겠다. 난 아직 한 학기 더 남았는데. 그냥 나도 놀지 말고 너 따라서 복학할걸."

"차라리 학생일 때가 속 편하지. 취업 때문에 머리 아파."

"아아…… 맞네. 취업."

졸업을 앞둔 4학년들에겐 쉴 틈이 없었다. 웃다가도 울고 싶어지고 울다가도 넋 놓고 해탈해 버리는 것이 현실이다.

취업과 관련된 주제로 흘러가 버리면 그 끝은 항상 좋지 못했다. 도희는 힐긋 바깥을 내다보며 유연하게 화제를 돌렸다.

"분명 이번 장마는 늦어질 거라고 했는데……"

"야야. 믿을 게 없어서 기상청 말을 믿냐? 한 치 앞날도 어떻게 될지 모르는 판국에."

하긴. 그 말도 맞다. 도희가 고개를 끄덕이자, 커피를 한입 마시던 선미가 대뜸 상체를 앞으로 밀착시키며 가깝게 다가왔다.

"너, 연애하지."

직구로 던져 온 말에 도희의 눈이 휘둥그레 떠졌다.

"……어?"

당황했다. 이런 반응을 보일 것이라 예상한 듯, 선미는 피식 웃음을 터트리며 휘휘 손을 내저었다.

"됐어. 달달 볶을 생각 없으니까 긴장 풀어."

다행인가. 생각한 때였다.

"그래도 그쪽 감독이나 코치한테 걸리지 않게 조심해. 걔, 실력도 실력이지만 이게 최고잖아."

선미는 손바닥을 제 얼굴 앞으로 가져가 흔들며 말을 이었다.

"그래서 그런지 아예 작정하고 스타성 높여서 수영 종목 키울 생각인 것 같다 하더라. 선준이 말로는 그래. 예전엔 괜찮았는데, 이번 연맹에 새로 들어온 임원들이 워낙에 유별나대. 걔한테 유독 집착도 심하고."

"아……."

"아마 이번 시합 때 기록만 터지면 TV에 안 나오는 날이 없을 거야. 연예인보다 더하면 더했지 덜하진 않을걸?"

주어는 불분명했지만 알 수 있었다. 해찬을 가리키고 있는 것이다. 어쩐지 마음이 무거워지는 조언이었다. 다 알면서 시작한 일인데도. 어두워진 도희의 낯빛을 뒤늦게 알아차린 선미가 급히 말을 덧붙였다.

"내가 괜한 소릴 했네. 신경 쓰지 마. 설마 너한테 피해 가게 내버려 두겠어?"

선미의 말이 끝나자마자 앞치마 안에 넣어 둔 휴대폰이 요란스럽게 울려 댔다. 도희가 대화를 끊어 미안하단 표정을 짓자, 선미는 괜찮으니 얼른 다녀오란 손짓을 보였다.

카페를 나서는 동안 도희는 휴대폰 액정을 확인했다. 발신자는 엄마였다. 왠지 모를 두려움이 엄습했다. 엄마가 먼저 전화를 거는 일은 좀처럼 없었으니까.

떨리는 숨을 내쉬며 마음을 다잡고 휴대폰을 들었다.

"……여보세요."

시끄러운 잡음과 누군가의 다급한 목소리가 정신을 어지럽게 할 때쯤 휴대폰을 들고 있던 도희의 팔이 힘없이 아래로 툭, 떨어졌다.

△ ▼ △

무슨 정신으로 선미에게 대타를 부탁하고 사장님에게 사정을 설명했는지 모르겠다. 앞치마를 풀어낼 생각조차 하지 못하고 도희는 무작정 앞만 보며 달렸다. 더위를 느낄 새도 없었다. 응급실에 도착하자마자 가쁜 숨을 몰아쉬며 지나가는 간호사 한 명을 무턱대고 붙잡았다.

"저, 저기. 죄송한데 환자 좀 찾으려고 하거든요. 아, 이름이……, 이정희. 이정희 환자요. 연락받고 왔는데요."

"아, 잠시만요."

침착하게 목록을 확인하던 간호사는 차트에서 시선을 떼고 말했다.

"아, 이정희 환자 두 시간 전에 수면제 과다 복용으로 실려 오셨네요. 빨리 오셔서 다행이에요. 위세척 끝났으니까 깨어나시는 대로 퇴원하시면 됩니다. 저쪽 끝에 있는 베드 쪽으로 가 보세요."

수면제 과다 복용.

"하……."

안심 반. 허탈함 반. 원인 모를 헛웃음이 터져 나왔다. 단순히 수면 장애 때문인 걸까. 아님 자살 시도를 했다는 뜻일까. 답은 이미 정해져 있었지만 믿고 싶지 않았다. 인정하게 되는 순간 치밀어 오르는 분노를 참을 수 없게 될 것만 같아서.

어떻게 우리를 두고. 어떻게…….

"어어, 1층 집 첫째 딸 맞지? 맞네, 그 명문대 다닌다는 딸."

그때, 누군가가 앞을 가로막았다. 왠지 낯이 익다 했더니 주인집 아주머니였다.

"도통 연락이 안 돼서 밀린 월세 받으러 갔었어. 문이 열려 있길래 혹시나 해서 들어가 봤더니 쓰러져 있지 뭐야. 보고 얼마나 놀랐는지 알어? 어후, 나 아니었음 어쩔 뻔했어."

"……감사합니다."

"사정은 알겠는데 이런 식은 정말 아니지. 학생이랑 학생 엄마가 나 피해 다니는 거 정말 모를 줄 알았어? 쥐도 새도 모르게 저세상 가면 나는 어떡하라구. 소문 퍼져서 집값 떨어지면 누가 책임져 주느냐 말이야."

일부러 피해 다닌 것은 아니었다. 좀처럼 집주인과 마주칠 일이 없었다. 수도 없이 재촉해 봤지만 엄마는 곧 죽어도 집주인 아주머니의 계좌 번호를 알려 주지 않았다. 그러다 보니 엄마를 통해 이백만 원씩 꼬박꼬박 송금하는 수밖에 없었다. 월세를 충당하는 것보단 여동생의 치료 유지비가 우선이 되는 건 당연했겠지만.

"죄송해요, 아주머니. 오늘 안으로 밀린 월세 전부 입금시켜 드릴게요."

그제야 아주머니의 표정이 한층 누그러졌다.

"나도 자식 둔 입장인데 학생한테까지 이런 소리 하고 싶겠어? 오죽하면 이러겠냐구. 마음 안 좋은 건 피차 마찬가지야. 월세 밀린 횟수가 보증금을 다 깎아 먹고도 모자란 상황인데."

도희는 입술 안을 짓이겨 물며 힘겹게 고개를 수그렸다.

"……네."

긴 숨을 내쉬던 아주머니는 조금은 불편한 기색이 묻어난 얼굴로 도희를 쳐다보다가, 어렵게 입을 열었다.

"한 달 시간 줄 테니까 월세 더 저렴한 곳 찾아봐. 나도 더는 못 기다려 줘. 인테리어 공사 일정도 잡혔구."

"아, 아주머니. 그건…….."

"이젠 나도 어쩔 수가 없어. 여태 기다려 준 내 입장도 생각해 줘야지. 응?"

아주머니는 도희의 어깨를 툭툭 두드려 주며 곁을 스쳐 지나갔다. 멀어지는 순간에도 젊은 애가 참 안 됐어, 중얼거리며 혀를 차는 소리가 가슴을 아프게 푹 찔렀다. 다리를 억지로 떼어 냈다. 우르르 쏟아져 들어오는 응급 환자들과 정신없이 뛰어다니는 의료진들의 긴박한 움직임이 슬로모션처럼 느리게 느껴졌다.

간신히 곁으로 다가가자, 평온히 눈을 감고 있는 엄마의 얼굴이 보였다. 그새 더 야위었다. 울컥. 깊숙한 곳에 잠재워 둔 뜨거운 무언가가 식도를 타고 역류했다.

"왜…….."

대체 나한테 왜 그래요. 결국 이렇게 살아날 거면 처음부터 혼자 견디겠단 소리를 하질 말든가. 힘들겠지만 같이 버텨 보잔 그 쉬운 한마디가 뭐가 그렇게 어려워서. 힘들어서.

향할 곳을 잃어버린 원망과 한탄은 끝내 누구에게도 닿지 못했다. 그러는 와중에도 응급실 병원비를 머리로 계산하고, 밀린 월세 걱정을 하고 있는 자신이 역겨우리만큼 끔찍하다.

사방에서 풍겨 오는 소독약 냄새에 느닷없이 구역질이 날 것만 같아, 도희는 도망치듯 응급실을 뛰쳐나갔다.

△ ▼ △

[미안한데, 오늘은 사정이 생겨서 못 갈 것 같아.]

[미안. 아무래도 오늘은 못 만날 것 같아.]

도희는 병원 앞 벤치에 앉아 몇 번이고 문자를 썼다 지우고, 다시 쓰기를 반복했다. 몇 번이나 그럴싸한 변명을 만들어 봐도 전부 억지스럽고 이상했다.

그래서 결국 다 지워 버렸다.

[나 이제 훈련 시작해요. 그동안 먹고 싶은 거 생각해 놔요. 비싼 걸로.]

다섯 시간 전, 그에게서 도착한 문자를 마지막으로 둔 채, 결국 다시 원점으로 돌아와 버렸다.

도희는 의미 없이 엄지로 액정을 쓸어 올렸다. 그러자, 바로 어젯밤에 나눈 대화 내용들이 주르륵 나타났다.

[자요?]

[아니, 아직.]

[뭐 해요?]

[독서실에서 공부 중이야. 너는?]

[보고 싶어요.]

[……나도, 보고 싶어.]

내가 이런 말도 할 줄 알았던가. 그다지 재밌지도 않은 내용인데, 실없는 웃음이 터졌다.

[갈까요?]

그 부분에서 손가락이 멈칫했다.

[갈게요, 지금.]

그 후로 이어진 내용은 없었다. 공부에 집중하느라 미처 확인하지 못한 사이에 해찬이 무작정 독서실 앞으로 찾아왔기 때문이다. 자전거를 타고 온 해찬의 양손엔 먹을거리가 한가득 들려 있었다. 달빛을 받아 환히 빛나던 그의 미소가 아른거렸다. 도희는 마음을 굳힌 듯 천천히 손가락을 움직여 액정을 두드리기 시작했다.

[지금 나한테 와 줄 수 있어?]

고민 끝에 전송 버튼을 눌렀다. 하지만 20분이 지날 때까지도 답장이 없다. 괜히 보냈나. 훈련이 늦어지나 보다. 슬슬 다시 들어가 봐야 하는데. 복잡하게 얽혀 버린 걱정들을 뒤로하고 자리에서 일어나려는 때였다. 운동화 위로 기다란 그림자가 드리웠다. 설마. 도희는 숨을 죽이며 고개를 들었다.

"왜 나와 있어. 여태 찾았잖아."

원했던 목소리가 아니었다. 기태준. 그 얼굴을 확인하자 허탈함에 힘이 탁 풀렸다. 어떻게 알고 왔냐고. 매번 묻는 말도 지겨워 도희는 입술을 다물었다.

"이젠 궁금하지도 않나 봐."

"가세요."

그를 원한 적 없다. 특히나 지금과 같은 최악의 순간에. 하필이면 누구에게 도 보이기 싫은 비참한 모습을 하고 있을 때. 도무지 빠져나갈 구멍조차 없을 때만 골라 나타나선 가까스로 버티고 있는 사람의 목을 조르며 위선을 떤다.

살려 줄까, 말까. 저울질하듯. 약 올리는 것처럼. 하다 하다 믿기 힘든 이 모든 상황들이 그가 꾸며 낸 계략이 아닐까, 하는 허튼 생각마저 들었다. 아니, 차라리 다행인가. 모르겠다. 전부 다 거지 같아.

도희가 비틀거리며 자리에서 일어났다. 부축해 주려는 그의 손이 어깨 위로 닿았다. 순식간에 도희의 얼굴이 일그러졌다. 도희는 힘껏 태준의 손길을 내치 며 응급실 안으로 걸음을 옮겼다. 아니, 그러려고 했다.

"응급실 치료비는 내가 이미 정산했어. 어머니는 동행한 기사님한테 댁까지 모셔 달라 부탁해 뒀고."

두 다리가 우두커니 멈춰 섰다.

"다행히 깨어나시긴 했지만 혈당 수치나 혈압이 비정상적으로 높아. 간 수치도 마찬가지고. 담당 주치의 말로는 심장 질환에 영양실조까지 더해져서 상태가 전보다 심각해졌다 하던데."

"하……."

"의지가 완강하셔서 일단 급한 대로 3개월 치 약 처방에 그쳤지만 하루라도 빨리 입원하시는 편이 좋을 거야."

무덤덤하게 상황을 설명하는 목소리가 듣기 싫어 질끈 눈을 감았다 떴다. 못 들은 척 무시하고 돌아갈까 했지만 도희는 곧 마음을 고쳐먹고 몸을 돌려세웠 다. 성큼성큼 태준에게 다가갔다. 당장이라도 쌓인 분노를 쏟아 낼 기세로.

하지만 그 예상은 보란 듯이 빗나갔다. 도희는 깊게 허리를 숙였다.

"감사합니다."

태준의 입술이 일자로 다물렸다. 말없이 도희를 응시했다. 시선을 내리자 어깨가 바들바들 떨릴 정도로 힘주어 말아 쥐고 있는 작은 두 주먹이 보였다.

"금액은, 계좌 번호랑 같이 문자로 보내 주세요. 일주일 안으로 입금해 드릴게요."

태준의 눈가가 일그러졌다.

"그냥 받아. 이번 건."

"아니요."

쉽게 물러설 고집이 아니었다.

"필요 없으니까 받으라 했어."

"지금 당장은 밀린 월세부터 처리해야 해서 염치 불구하고 받겠습니다. 대신, 일주일 뒤엔 이자까지 해서……."

이자? 태준의 잇새로 실소가 터졌다.

"내가 얼마를 부를 줄 알고 그런 말을 함부로 해. 겁도 없이."

도희는 대답이 없었다. 쓸데없는 부분에서 고집을 부리는 모습은 입원 치료를 끝끝내 거부하던 그녀의 모친을 빼다 닮았다.

조금이라도 얽힐 수 있는 구실을 차단하고자 했던 단호함이 오히려 태준의 도발을 부추기는 꼴이 되었단 사실을 그때의 도희는 눈치채지 못했다.

"좋아."

알 수 없는 모호한 대답이 불안했지만 도희는 내색하지 않았다. 일부러 더 태준의 눈을 피하지 않고 똑바로 마주 보았다.

"계속 이런 식이라면 나도 더는 의미 없는 곳에 애써 베풀 필요가 없지. 그럴 시간도 부족했고."

더는 나타나지 않겠단 뜻일까. 말대로라면 안심이 되어야 했으나, 찜찜함은 한층 더 가중되었다. 손바닥 뒤집듯 달라진 태도가 그 이유였다. 비록 전부가 거짓된 가식이었다지만 잠시나마 스쳤던 다정함도, 연민도 없었다.

"숫자. 돈. 계산. 권력."

그의 얼굴엔 일말의 감정조차 담겨 있지 않았다.

"내키진 않지만 뭐가 됐든 상관없어. 그쪽 분야라면 자신 있으니까."

뜻을 파악하기가 어려웠다. 원래도 속을 알 수 없는 사람이지만 오늘은 유독 더 그랬다.

"아쉽게 됐어. 적어도 너한테만큼은 무례하게 굴고 싶지 않았는데."

"할 말 끝났으면 그만 가 볼게요. 일하러 가야 해서요."

사정을 알게 된 사장님은 카페로 돌아오지 말라 했다. 핑계였다. 더는 대화를 섞고 싶지 않다는.

"그 새끼 정리해."

지독하리만큼 깊게 잠긴 음성에 발이 멈칫했다. 단 한 번도 저급한 욕설을 담지 않았던 그의 입에서 나온 단어가 누굴 뜻하는지 알기 때문이다.

"어차피 넌 조만간 다시 날 찾아오게 되겠지만, 그땐 제안도 선택도 친절도. 없을 테니까."

생각하지 마. 담아 두지 말고 흘려들어. 도희는 스스로에게 최면을 걸며 걸음을 재촉했다.

△ ▼ △

걷는 내내 손에서 휴대폰을 놓지 못했다. 엄마는 기어코 아픈 몸을 이끌고 출근을 감행했다. 말려도 보고 화를 내 봐도 소용이 없었다. 신경 끄라는 모진 대답만 돌아왔다.

해찬에게선 아직도 답장이 없었다. 지금 와 줄 수 있냐고 보낸 문자 옆 '1'은 사라지지 않았다. 아직 읽지 않았다는 뜻이었다. 걱정과 근심을 한가득 떠안게 된 채 당도한 곳은 가운대 체육관. 수영장 앞이었다.

무턱대고 문을 열고 들어설 수 없었다. 오늘은 감독님과 코치님에게 기록을 평가받는 날이라고 했으니까. 하지만 시간이 한참 지났다. 평소 같았다면 대수롭지 않게 넘기고도 남을 일이었을 텐데, 상황이 상황인 만큼 불안함이 극에 달했다. 확인을 해야 했다. 여기에 있는지만 보고 가자. 그럼 기다릴 수 있을 것 같았다.

도희가 조심스럽게 문손잡이 위로 손을 얹었다. 힘을 줄 필요는 없었다. 문은 이미 열려 있었다. 아주 비좁은 틈을 두고. 내부 상황을 확인하기 위해 얼굴을 가까이 하려는 때였다.

"고해찬!"

분노에 찬 남자의 목소리가 쩌렁쩌렁 울려 퍼졌다.

상황은 좋지 못했다. 감독으로 추정되는 남자는 어딘가 단단히 화가 난 듯 잔뜩 상기된 얼굴이었고, 그의 앞에 선 해찬은 고개를 숙인 채 무표정한 얼굴로 침묵하고 있었다.

"전국체전은 언제라도 출전할 수 있어. 왜 당장 앞만 보고 나중을 못 봐. 너 이 바닥에서 하루 이틀 수영해?"

수영 쪽으로는 지식이 없었기에 무슨 말을 하는지 좀처럼 이해하기가 힘들었다. 도희는 이유 없이 쿵쿵 뛰는 가슴을 부여잡으며 두 남자의 대화 소리에 귀를 기울이려 애썼다.

"너 이번 올림픽 끝으로 세계 대회 출전 안 할 거야? 평생 국내에서만 놀 거냐고. 지금은 전국체전 나갈 때 아닌 거 알잖아. 그땐 어머니가 돌아가셨으니까 어쩔 수 없었다지만 지금은 대체 이유가 뭔데?"

대화를 몰래 엿듣는 일이 옳지 못하다는 걸 알면서도 도희는 돌아서지 못했다. 몸이 굳어 한 발자국도 움직일 수 없었다.

"그래. 사정, 있을 수 있지. 돈이 급하다 쳐. 그럼 당장은 힘들더라도 참아야지. 세계 대회 나가서 위치 올리고, 이미지 굳혀서 대기업 스폰 받는 편이 백배는 낫다는 거. 그건 네가 더 잘 알고 있을 거 아니냐고!"

침묵을 고집하는 해찬이 어지간히 답답했던지 남자의 목소리가 점점 더 높아졌다.

"지금 그 실력 이대로 썩힐래? 바로 내년에 세계 선수권 대회 잡혀 있어. 쓸데없는 고집 좀 그만 부리고 이번 전국체전은 출전하지 않는 방향으로 해. 학교 측엔 말 잘해 둘 테니까 국내 시합 출전 접고 전지훈련 가자. 어?"

"싫습니다."

"너 진짜 드디어 미쳤냐? 감독이고 나발이고 좀 컸다고 눈에 뵈는 게 없어? 전국체전 연봉. 해 봤자 겨우 몇천 하는 그 돈으로 언제까지 버틸 수 있을 것 같은데."

심장이 낭떠러지로 추락하는 기분이었다. 머릿속이 텅 비었다. 출입문 너머 남자는 깊은 한숨을 내쉬며 말을 이었다.

"네가 그렇게 원하던 거 아니었어? 삼진에서 너한테 눈독 들이는 거 눈치챈 연맹이 두 손 두 발 다 들고 지원해 준다잖아. 개인 감독, 개인 코치, 개인 매니저에 네가 원하는 인원으로 팀 꾸려 주고 환경도 지원해 주겠다잖아. 다음 올림픽 때 선수촌 오지 않아도 눈치 안 주겠다잖아. 그동안 네가 고집부렸던 거 다 받아 준다잖아, 이 새끼야!"

조금씩 이해가 됐다. 대화의 주제가 무엇인지. 어째서 해찬이 파격적인 연맹의 제안을 거절하려고 하는지.

"거기 들어가면 환경이 구닥다리라 몸 버려서 싫다며. 선수 케어보다 자리 차지하려는 데 혈안이 된 몇몇 인간들 때문에 훈련에 집중하기 힘들다며. 클럽 팀도 싫고 돈 모아서 개인 팀 꾸리고 싶다고 네 입으로 직접 말했었잖아."

유독 연맹에서 해찬에게 집착한다던, 몇 시간 전 선미의 조언이 머리를 스쳐 지나감과 동시에 어긋났던 퍼즐 조각이 하나씩 끼워 맞춰졌다.

"요즘 들어서 부쩍 기록도 잘 나오고 있고, 대기업이나 국가에서도 슬슬 너 주시하고 있어. 근데 대체 왜……. 설마. 너 여자 생겼냐?"

"……."

"하. 맞아? 그새 여자를 만들어? 하루가 멀다 하고 수영장에서 살던 놈이 갑자기 왜 이러나 싶더니."

아니라고 해. 전부 아니라고 부정해. 도희는 속으로 끊임없이 외쳤다. 꿈을 위해 해외로 가겠다고, 기다려 줄 수 있겠느냐고 물어봐 주면 지금 당장은 힘들겠지만 무조건 그렇게 하겠노라 대답할 수 있었다. 2년이고 3년이고 기다릴 수 있었다. 응원해 줄 수 있었다. 그런데. 그런데 왜…….

"야, 이 정신 나간 새끼야. 그래서 그런 거였어? 사랑놀음이나 하려고 그렇게 바라던 장기 전지훈련도, 개인 팀 꾸리는 것도 포기해? 예전보다 더 얼굴 팔릴까 봐 들어온 CF며 지역 홍보 대사며 행사란 행사는 전부 거절했던 거야? 그래?"

아니다. 고해찬은 절대 그렇게 무르지 않다. 분명 다른 이유가 있을 거다.

"저 연예인 아니고 수영 선수입니다, 감독님."

차갑게 식어 버린 해찬의 음성에 도희의 손끝이 움찔, 떨렸다.

"야, 인마. 너 빽 있어? 돈 있어? 이번 올림픽 때 성적 좀 잘 나왔다고 언론에서 집중 보도 해 주고 기업들이 러브콜 보내오니까 복에 겨웠구나, 네가. 지금이야 한창 체력 오를 때니까 그따위 소리 할 수 있는 거지. 네가 아무리 천재고 괴물이라 한들 서른 때까지 버틸 수 있을 것 같냐?"

분위기는 점점 더 험악해졌다.

"엊그제 분명히 내가 말했지. 삼진에서 너 스폰 해 주려고 하는데, 그 조건이 선수 생활 하는 동안 해외로 나가서 훈련하는 거였다고. 올림픽이든 세계 선수권이든 마음 편히 준비하라는데 왜! 너한텐 분명 이득이 됐으면 됐지 절대 손해인 부분은 없어. 근데. 네 애인이 그 정도도 이해 못 해 주겠대? 넌 그런 여자 친구 혼자 못 두겠고? 아주 극진한 애처가 나셨다. 어?"

감독의 깊은 한숨 소리가 뺨을 후려치는 듯했다.

"박 감독처럼 꼰대 노릇 할 생각 없어. 헤어지란 소리까진 안 해. 걔한테 몇 년 군대 보낸다 생각하라 해. 고무신이든 장화든 잠깐 신고 은퇴 전까지만 조용히 입 다물고 기다려 달라 하면 되잖아!"

"스폰 받을 수 있는 기업은 많습니다. 전국체전도 나갈 거고 내년에 있을 세계 선수권 대회도 출전합니다. 개인 팀은 군이 호주가 아니더라도 한국에서도 꾸릴 수 있고요. 제가 연애를 하든 말든 기록이나 시합에 피해가 없다면 아무리 감독님이라도 참견하실 권리, 없습니다."

"뭐? 권리? 하, 참 나. 그걸 지금 말이라고 하나? 삼진만큼 네 사정 다 고려해 주면서 억대 후원 해 줄 수 있는 기업이 또 어디에 있는데. 너, 뭐 삼진그룹

이랑 싸우기라도 했어? 그래, 다 좋다 이거야. 근데. 좋은 조건 들이밀면서 제발 와 주쇼 하는 기업을 왜 마다하느냐고!"

도희는 입을 틀어막으며 벽에 등을 기댔다.

'그 새끼 정리해.'

'어차피 넌 조만간 다시 날 찾아오게 되겠지만, 그땐 제안도 선택도 친절도. 없을 테니까.'

그 말의 시작이 이것이었을까. 결국 도희는 다리가 풀려 그대로 주저앉고 말았다.

"삼진그룹이 자원봉사자도 아니고 괜히 널 키우려는 것 같다? 실력도 실력이지만 결국 스타성이 있다고 판단했으니까 선택된 거야. 국대 선수? 연예인이나 다를 바 없어."

세차게 말아 쥔 고해찬의 주먹이 눈에 담겼다.

"실력은 기본이고 결국 국민들이 환장하는 놈들이 떠. 외국은 어떨지 몰라도 대한민국은 그래. 기업도 마찬가지고. 그래야 돈이 되니까! 뭐라도 얻을 게 있으니 후원해 주려는 거지. 콧대만 높아져서 애새끼처럼 이것도 싫다 저것도 싫다 하는데, 그 기업이 미쳤다고 언제까지 매번 거절하는 네 밑에서 사정 봐주며 기어 줄 거라고 생각해."

"……."

"지금 같은 기회 두 번은 없어. 다른 애들은 영혼을 팔아서라도 지금 네 자리 얻고 싶어 한다는 거, 잊지 마. 알겠어?"

어휴, 저 병신 같은 새끼. 남자는 손에 들고 있던 파일철을 신경질적으로 내던졌다.

발소리가 점점 가까워지자 도희는 꺾어진 코너에 몸을 구겨 넣었다. 분을 이기지 못한 남자가 수영장 문을 과격하게 여닫고, 체육관을 빠져나가는 것까지 확인한 뒤에야, 참았던 숨이 훅 쏟아져 나왔다. 머리가 어지러웠다. 들어선 안 될 것들을, 봐선 안 될 것들을 마주하게 된 지금.

"아……, 미친."

당장이라도 터질 듯 끓어오른 감정을 애써 억누르며 흘려보낸 고해찬의 나지막한 목소리에, 도희는 질끈 눈을 감아 버리고 말았다.

△ ▼ △

머리맡에 놓아둔 휴대폰의 진동 소리에 겨우 눈을 떴다. 얼마나 잔 걸까. 온종일 멍했다. 지칠 대로 지쳐 버린 몸 때문인지 피로감은 급격히 찾아왔다.

도희는 손을 더듬거리며 휴대폰을 찾았다. 손에 닿은 순간, 길게 울리던 진동이 뚝 끊어졌다. 액정을 켜자 별안간 쏟아진 빛줄기에 눈살이 찌그려졌다.

몸살이 오려나. 몸이 무겁다. 시간을 확인했다. 벌써 새벽 2시였다. 정신이 돌아오니, 잠시 잊고 있던 해찬이 떠올라 벌떡 몸을 일으켰다.

부재중 전화 40통. 아니나 다를까 발신자는 전부 해찬이었다. 다시 걸어야 할까. 아니면, 못 본 척해야 할까. 아무리 생각해 봐도 후자는 아니다. 걱정했을 텐데. 그래도 당장 목소리를 듣는 것은 힘들 것 같아 문자로 대신하려는 순간, 전화는 다시 걸려 왔다.

도희는 떨리는 호흡을 가다듬으며 통화 버튼을 눌렀다.

"……여보세요."

— 잤어요?

그의 목소리는 침착했지만 어딘가 모르게 잘게 흔들리고 있었다.

"아, 응."

— 연락이 안 돼서 걱정했어요.

"미안해. 피곤해서……."

— 선배가 뭐가 미안해요. 내가 미안하지. 훈련이 늦어져서 문자를 늦게 봤어요.

"아니야. 괜찮아."

— 무슨 일 있었던 거예요?

"별거 아니야. 잘 해결됐어."

무거운 침묵이 내려앉았다.

순간 쎄한 기운이 감돌았다. 설마. 도희는 재빨리 이불에서 벗어나 창가로 다가갔다. 급히 커튼을 헤치고 밖을 살피자 집 앞 가로등 밑에 우두커니 서 있는 해찬이 보였다.

휴대폰을 쥔 손에 힘이 풀렸다. 자신을 지켜보고 있을 것이라곤 차마 생각 못 한 듯, 침묵하고 있는 모습과 달리 해찬의 얼굴은 무자비하게 일그러져 있었다. 거칠게 머리를 쓸어 올리며 꽉 다문 입술을 세게 짓이겨 문다.

그 모습을 보자 도희가 가슴팍을 꽉 부여잡았다. 일렁이는 속을 가까스로 잠재운 뒤에야 겨우 말문을 열었다.

"……왜, 거기에 있어."

도희의 젖은 목소리에 해찬의 시선이 느릿느릿 위로 올라왔다. 눈이 마주쳤는데도 둘은 한동안 말이 없었다. 울컥 치미는 감정을, 묻고 싶었던 수많은 질문을 삼키며 도희가 말문을 열었다.

"언제부터, 있었어?"

— 얼마 안 됐어요.

괴로운 표정은 온데간데없었다. 해찬이 벽에 등을 기대며 픽 웃었다.

— 보고 싶어서 참을 수가 없었어.

평소와 다를 바 없는 장난스러운 말투. 청량한 미소. 모든 것들이 여전한데, 왠지 아팠다. 그의 이면을 엿보게 된 그 순간부터.

— 금방 돌아가려고 했어요. 나오지 않아도 돼요. 전화하다 자요.

"……기다려."

도희는 곧장 다리를 움직였다. 흘러내리는 머리를 고쳐 묶고, 운동화를 대충 구겨 신었다. 녹슨 대문을 열자 그토록 원했던 해찬의 실물을 마주 볼 수 있었다.

다가오는 도희를 가만히 주시하는 해찬의 얼굴이 조금씩 풀어지기 시작했다. 아이처럼, 말갛다. 어른과 소년, 그 중간쯤. 맑고 순수한 그의 지금 모습은 꼭 새벽 공기 같았다. 금방이라도 사라질 것처럼 짧아서. 그래서 더 보내기 아쉬운 시간을, 우리는 그 과정을 무사히 견디고 마지막까지 함께할 수 있을까. 해찬이 손을 잡으려 팔을 뻗은 찰나였다.

"해찬아."

처음으로 성을 떼고 불렀다.

해찬아. 낯선 부름에 그의 손이 채 닿지 못하고 허공에서 멈추었다. 도희는 태연하게 웃었고, 해찬은 뻣뻣하게 굳었다.

"전지훈련. 가."

지극히 다정하고, 그만큼이나 단호한 목소리에.

"가도 돼. 해찬아."

잠시나마 올라섰던 그의 입술이 툭, 아래로 떨어졌다.

곧 비가 내리려는지 피부에 닿는 새벽 공기가 유독 습했다. 해찬은 무심하고도 무표정한 얼굴로 도희를 뚫어져라 바라보았다. 예전과 다를 바 없는 모습이었지만, 곧잘 웃어 주던 최근의 그를 떠올려 보면 어쩐지 이질감이 느껴져 낯설었다.

넌 무슨 생각을 하고 있을까. 묵묵히 다물린 입술은 좀처럼 열릴 기미가 보이지 않았다. 언뜻 화가 난 것 같기도 했고, 대뜸 던져진 말에 기가 막힌 것 같기도 했다.

주변은 고요했다. 이따금씩 시끄러운 배기음을 내뿜으며 빠른 속도로 내달리는 배달 오토바이의 소음을 제외하면, 그 어떤 잡음도 없었다.

묻지를 않으니 어떤 말을 해야 할지, 어떻게 마무리를 지어야 할지 모르겠다. 이러지도, 저러지도 못하고 연신 죄 없는 입술만 잘근잘근 씹고 있는데, 별안간 해찬이 짧게 웃음을 터트렸다.

"입술 좀 그만 괴롭혀요."

그리 말하며 멈춰 있던 팔을 마저 뻗었다. 내칠 틈조차 주지 않고 도희의 손을 잡아 왔다. 해찬이 천천히 입을 열었다.

"아프잖아."

저릿하다. 도희는 제 손을 꼭 품고 있는 커다란 손을 내려다보았다. 기다란 손가락. 손등 위로 적나라하게 솟아오른 핏줄들. 투박하지만 예쁜 남자 손. 고해찬의, 손. 그가 버릇처럼 엄지로 도희의 손등을 살살 문질렀다.

"들어가요. 너무 늦었다."

해찬은 평온했다.

그러면서도 단호하다. 마치 지금의 상황을 피하고 싶다는 듯, 능숙하게 화제를 돌렸다. 이대로는 안 된다. 도희가 조용히 입을 열었다.

"체육관에 갔었어. 본의 아니게 대화도 전부 들었고."

"선배."

"발목 잡고 싶지 않아."

그의 눈을 마주할 엄두가 나지 않아, 도희는 슬쩍 시선을 피했다.

"감독님 말 들어. 나도 네가 더 좋은 환경에서 수영했으면 좋겠어."

"거짓말."

잠긴 목소리가 심장을 관통했다.

"내가 놓지 않는 이상 선배도 나 놓지 않겠다면서."

"고해찬."

"이번 건 조금 비겁한데."

목 안이 텁텁하다. 발끝만 바라보던 도희가 어렵게 고개를 들었다.

"뭐가 우선인지 잘 알잖아. 오해하지 마. 헤어지잔 뜻 아니야."

"그런 못된 생각도 했어요?"

"장난치지 마. 외국 간다고 연락 못 하는 것도 아니고, 틈틈이 한국 들어와서 쉴 때. 그때 만나도 돼. 어차피 나도 이제 슬슬 취업 준비해야 했어. 어떻게 보면 서로한텐 잘된 일이야."

해찬의 눈가가 찌푸려졌다.

"잃을까 두려워서. 고작 그런 이유 때문에 이러는 것 같아 보여요?"

고해찬의 저음이 한층 더 깊게 가라앉았다. 화가 난 걸까.

"말을 하지 않는데 내가 그걸 어떻게 알겠어."

약간의 불만이 섞였다. 해찬은 솔직하게 굴면서도 좀처럼 전부를 드러내지 않는 집요한 구석이 있었다. 꼭, 자신처럼.

그가 옅은 한숨을 내쉬었다.

"선배 지금 많이 힘들잖아. 최악이잖아."

의외의 말에 놀란 듯, 도희의 눈이 휘둥그레 커졌다.

"아니에요?"

"그걸……."

네가 어떻게.

"왜 몰라. 툭 치면 무너질 것처럼 버티고 있는 게 뻔히 보이는데."

손을 뻗은 해찬이 도희의 뺨을 부드럽게 쓸었다.

"어떻게 혼자 두고 가냐고, 내가."

묻지 않기에, 모르는 줄 알았다. 나누고 있는 감정. 그것만 생각하고 싶어 하는 줄 알았다.

"선배 말이라면 다 들어줄 수 있지만 이번만큼은 양보 못 해요. 가더라도 지금은 아니야."

합의점을 찾을 수 없었다.

"요즘 나. 선배 때문에 더 열심히 해요. 책 안 잡히려고 전보다 훈련 강도도 높였어. 직접 봤으니까 알잖아요. 기록 더 좋아진 거."

가는 사람 붙잡지 않을 것 같던 그가 애원하듯 설득한다. 이제, 어떻게 해야 할까. 최선은 무엇일까. 당장 답을 내릴 수는 없지만, 미룰 수는 있었다. 도희는 눈을 꽉 감았다 떴다.

"후회하지 마."

그 말에, 그제야 해찬의 표정이 부드럽게 풀어졌다.

"조금이라도 기록 떨어지면 안 만나 줄 거야."

"……무서워라."

"웃지 마. 진심이니까."

그가 픽 웃음을 터트리며 고개를 끄덕였다. 괜히 못마땅한 마음에 그를 흘겨 봤지만, 아무래도 좋다는 식이다.

"얼른 가. 내일도 훈련 있……."

말을 이을 수 없었다. 그가 손목을 힘껏 잡아당긴 탓이다. 수를 써 볼 수도 없이 넓은 품에 안겼다.

"안고 싶어서 죽는 줄 알았네."

작게 속삭이는 음성에, 심장이 제멋대로 뛰기 시작했다. 더운 바람을 타고 그의 체취가 더 진하게 풍겼다.

"약속, 잊지 말고 지켜요."

네가 날 놓지 않는 이상, 나도 널 놓지 않겠다던.

"어기면 용서 안 해."

절대로. 조용한 경고에 도희는 끝내 대답하지 못했다.

새벽 2시 20분.

먹구름에 가려져 희뿌연 달빛이 두 사람을 은은하게 비추었다.

△ ▼ △

도희는 높아진 엄마의 목소리에 잠에서 깼다.

"그게 지금 무슨 말이에요! 입원실을 빼라니요. 당장 무슨 수로요!"

거실에서 들려오는 엄마의 음성은 절박했다. 도희는 다급히 이불을 젖히고 몸을 일으켰다.

"세상에 이러는 법이 어디에 있어요. 일주일 전에 분명 말씀드렸잖아요. 돈 들어오는 날이 내일모레라 수납 날보다 이틀 정도 밀릴 것 같다고. 그땐 천천히 납부해도 괜찮다 했으면서 왜 갑자기. 조금만 더 기다려 줘요. 아직 오전 9시예요. 오늘까지 어떻게든 마련해 볼 테니까……."

거실로 나왔을 땐 이미 통화가 끝난 상태였다. 엄마는 상당한 충격에 호흡하기가 버거웠던지 어깨를 들썩이며 가슴을 부여잡았다. 쓰러지려는 찰나에 달려온 도희가 재빨리 엄마를 부축했다.

"괜찮아요?"

"하아, 하아……."

"엄마!"

"어떡해, 어떡하니. 이제 우리 도영이 어떡해……."

엄마는 눈을 감고서 오열했다.

"무슨 일인데 그래요. 말을 해 주셔야 알죠."

도희는 엄마가 이 이상 흥분하지 않도록 쉴 새 없이 등을 쓸어 주었다. 고혈압과 심장 질환이 있던 터라 이대로라면 위험했다.

다행히 시간이 흐르면서 진정이 된 모양이었다. 엄마는 간신히 입을 열어 상황을 설명했다.

"갑자기 입원실을 빼란다. 돈을 내겠대도 안 된대. 작년엔 몇 개월이나 밀렸을 때도 괜찮다 했으면서 느닷없이 내일까지 다른 병원으로 옮기래. 그나마 우리 사정 봐주던 곳이 지금 병원뿐이었는데. 호스만 빼도 숨을 못 쉬는 애를 어떻게……."

행복과 불행은 비례한다고 누가 그랬던가.

어처구니가 없는 건 도희도 마찬가지였다. 비록 몇 개월씩 수납을 밀린 적은 있었지만 빚을 져서라도 어떻게든 갚아 왔다. 그땐 수술비가 터무니없어 어쩔 수 없었다지만 최근 들어선 3차 수술을 미루고 있던 상황이라 제때 납부할 수 있었는데. 그런데 갑자기 왜.

엄마는 이미 이성을 잃은 듯 보였다. 초점을 잃어버린 눈빛으로 멍하니 허공을 응시하다, 실성한 사람처럼 웃었다.

"차라리 죽으라 하지. 그래. 차라리 이럴 바엔 그냥 죽는 게 낫겠어. 도영이도 그러는 편이 마음 편할 거야, 그렇지?"

도희는 치밀어 오르는 화를 가까스로 다스리며 굽히고 있던 다리를 펴고 일어섰다.

"제가 다녀올게요. 쉬고 계세요."

"됐어. 그냥 둬. 어차피 달라질 것도 없어. 이젠 나도 지쳤어."

"엄마!!"

두 주먹을 세게 쥐어도 보고, 이를 악물어도 봤지만 한번 터진 감정은 쉽게 가시지 않았다.

"내 말이 틀렸니?"

"그만 좀 해요, 제발!"

공허하게 텅 비어 버린 엄마의 눈동자가 천천히 도희에게 향했다.

"하긴. 맞아. 넌 죄가 없지. 어린 네가 뭘 알겠어. 힘없는 내가. 아무런 능력도 없는 엄마가. 지독한 이 가난이 원망스러울 뿐일 텐데."

심장이 덜컥 내려앉았다.

"살아서 뭐 해. 이 고장 난 몸뚱이로 뭘 하겠어. 이럴 바엔 그냥 죽는 게 낫지."

"그럼 나는요. 난 엄마한테 대체 뭔데!"

"넌 건강하잖아. 적어도 넌. 넌 네 동생과 다르잖아. 똑똑하잖아. 평범하게 살 수 있잖아. 나랑 도영이만 없으면. 너도. 네 꿈 마음껏 펼치면서 편히 살 수 있잖아."

"지겨워, 진짜……."

무음에 가까운 혼잣말이었다. 작게 움직이는 도희의 입 모양을 말없이 바라보던 엄마는 실소를 터트리며 끝내 고개를 떨궜다.

△ ▼ △

최악이었다.

"……산소 호흡기 떼면 당장 숨도 못 쉬는 중환자예요. 다른 병원 알아볼 때까지만이라도 기다려 주세요. 옮기기 직전까지 나온 입원 치료비는 어떻게든 마련해 볼게요. 전부 수납할게요."

"죄송해요. 저희도 위에서 받은 지시라 어쩔 수가 없어요."

몇 번이나 같은 말을 되풀이하는 건지 모르겠다. 최대한 침착하게 합의점을 찾아보려 해도 돌아오는 말은 같았다. 도희가 이마를 짚었다.

"대체 그런 말도 안 되는 지시를 내린 사람이 누군가요. 그것만이라도 알려주세요."

"그건 내부적인 사안이라 저도 알 방도가 없어요. 알고 있더라도 말씀드릴 수 없고요."

순간, 무언가가 강하게 머리를 내리쳤다. 이 병원을 관리하고 있는 곳이 어느 기업이었는지, 뒤늦게 깨달았다. 삼진병원. 삼진. 삼진그룹.

"하……."

절로 헛웃음이 터졌다. 두꺼운 서류를 내밀며 그동안 누적된 치료비를 사무적인 투로 설명하는 원무과 직원의 말이 하나도 들리지 않았다.

'어차피 넌 조만간 다시 날 찾아오게 되겠지만.'

의미를 알 수 없던 기태준의 말이 환청처럼 끊임없이 반복되어 윙윙 울렸다. 마음을 다잡은 듯, 서류 뭉치를 덥석 받아 든 도희는 곧장 휴대폰을 꺼내 들었다.

△ ▼ △

평정심을 유지하려 해 봐도 쉽지가 않다. 썩어 문드러진 속은 용암처럼 활활 들끓고 있었다. 번듯한 슈트 차림으로 맞은편에 앉아 있는 남자는 매서운 도희의 시선을 피하지 않았다. 그에게선 조금의 동요도 찾아볼 수 없었다.

까맣게 타들어 가는 속과 달리 바깥 풍경은 평화롭기만 했다. 타악, 툭. 규칙적으로 굴러가는 물레방아 소리. 졸졸졸 흐르는 얇은 물줄기 소리. 파스스 무성한 잎들이 바람에 부서지는 소리. 현실을 보란 듯이 부정당한 기분이었다. 돈 한 푼이 급한 처지인 사람을 두고, 눈앞에 펼쳐진 호화스러운 음식들은 사실상 능욕이나 다를 바 없었다. 보는 것만으로도 체할 것 같아 절로 인상이 찌푸려졌다.

"……근처 카페도 많은데 왜 이런 장소로 정한 거예요."

밑바닥을 직접 확인하라는 뜻이었을까. 추궁하듯 날이 선 도희의 물음에도 태준은 의연했다. 그는 찻잔을 내려놓으며 명령하듯 말했다.

"일단 먹어."

"입맛 없어요."

"보는 사람 입장도 생각해."

말처럼 도희의 몸은 볼품없이 앙상했다. 갈수록 더 말라 갔다. 태준의 재촉에도 도희의 손은 움직이지 않았다. 그저 전골 위로 피어오르는 연기를 멍하니 바라보기만 했다.

해찬과 먹던 설렁탕. 깍두기 국물을 넣어 먹던 고작 팔천 원짜리 설렁탕이 왜 하필 지금 이 순간에 떠오르는 건지. 참 뜬금없다. 도희는 전골에서 시선을 떼고 태준을 건너다보았다.

"사이좋게 겸상할 만큼 가까운 사이는 아니잖아요. 우리가."

"근처 카페를 두고 어째서 이 장소여야만 한 거냐고 물었지."

빈 식기에 머물러 있던 태준의 시선이 날렵하게 올라왔다.

"새어 나가선 안 될 대화. 누구도 끼어들어선 안 될 자리. 그럴 때 우리 같은 사람들은 이런 곳을 택해."

도희를 빤히 쳐다보는 태준의 얼굴은 지극히 사무적이었다.

"값비싼 식사를 대접하면서 그럴싸하게 대우해 주는 척, 어떤 제안이라도 수용해 주겠다는 듯 친절한 척."

냉소적인 미소를 머금은 채, 태준은 느리게 말을 이었다.

"적당히 장단에 맞춰 주다가 적당히 요구하고. 어렵지 않게 서로 의견이 맞아 체결된다면 더할 나위 없겠지만 안 된다면 적당한 선에서 끊어 내지."

"하고 싶은 말이 뭐예요."

"사람은 짐승과 같아. 곱게 대해 주면 대해 줄수록 더한 걸 바라니까. 주제도 모르고 이빨을 드러낼 땐 다른 방도가 없어. 방법이 조금 거칠더라도 다시, 위치를 알려 주는 수밖에."

도희를 가리키고 있는 눈은 그렇게 말하는 것 같았다. 널 두고 하는 말이야, 라고. 다시 한번 상기되었다. 어떤 의심을 품고 무슨 감정으로 따져 묻든 결국

이 자리에서 자신은 고개를 숙여야 하는 나약한 입장임을.

도희는 마른침을 삼키며 겨우 입을 열었다.

"묻고 싶은 것이 있어서 연락했어요."

"얼마든지."

시작이었다. 적당히 장단에 맞춰 주겠노라는.

잃을 것이 없는 기태준은 더없이 너그러웠다. 반면 자신은 어떠한가.

"······제 여동생 입원실을 빼라고 지시한 사람이. 선배였나요?"

그가 빙그레 웃었다.

"아니라 하면, 믿어 줄래?"

도희는 아무도 모르게 주먹을 말아 쥐었다.

"다시 물을게요. 고해찬 선수에게 삼진그룹 소속으로 스폰을 제안했던 것. 전지훈련을 핑계 삼아 해외로 내보내려 했던 것. 그것들, 전부 선배 짓이었나요?"

"맞다 하면. 달라질 건 있고?"

이쯤 되면 가지고 노는 것이다. 목 끝까지 차오른 욕설을 간신히 참아 내느라 입술이 퍼들퍼들 떨렸다.

"어째서. 대체 왜······."

"그 선수에겐 나쁠 거 없는 제안이었어. 그쪽 연맹이 워낙에 유별난 건 전 국민이 다 알고 있는 사실이고. 그 집단에서 벗어나길 누구보다 원했던 건 그 선수였을 테니 오히려 나한테 고마워해야 할 입장 아닌가?"

태준이 무심한 어조로 이어 말했다.

"하나 더. 작년 봄부터 여름까지 3개월 치 병원비 수납이 밀렸었고, 가을부터 이번 년도 봄까지 총 5개월 치가 밀렸어. 그런데도 병원 측에선 오로지 환자의 몸 상태 개선을 위해서란 명목하에 배려했지. 내가 보기엔 의료인이 지켜야할 덕목은 전부 지켰다고 생각하는데. 이 이상 병원에서 널 어디까지 더 봐줘야 하지?"

단순히 의료인이 지켜야 할 덕목과 명목 때문이 아니라 기태준. 그가 불어넣어 준 입김 덕분에 배려 '받을 수' 있던 거다. 그럴 확률이 높았다. 지금 눈앞에 있는 기태준은 조금의 손해도 용납하지 못할, 철저히 이득을 위해 사는 기업인이었다.

"이제 와 왜 이러는 거냐고 따져 묻기 전에 지금까지 배려해 줘서 고맙단 인사가 먼저여야 순서가 맞지. 그래야 나도 너와 대화를 나누고 싶은 마음이 조금이나마 생길 테니까."

조목조목 논리 정연하게 대응하는 그의 말에 반박할 수 없었다. 틀린 말이 하나도 없었으니까. 알기에, 더 화가 났다. 처음 시작이 어디서부터였는지 알 수 없도록 치밀하게 준비했다는 뜻이니까. 그래서 도희는 자존심을 지키는 대신 버리기로 했다. 뻔뻔해지는 수밖에 없었다.

"지시 거둬 주세요. 도영이, 병원에서 계속 치료받게 해 주세요."

"어렵지 않아."

도희의 일렁이는 눈동자 속에 미약한 희망이 스쳤다. 그걸 봤으면서도 태준은 뜸을 들였다. 손가락으로 테이블을 툭툭 두드리며 생각하는 듯하더니 이내 고개를 끄덕였다.

"원하는 걸 들어준다면. 너는 내게 뭘 해 줄 수 있는데?"

도희는 그가 원하는 대답이 무엇인지 알고 있었다. 수락한다면, 여동생은 무리 없이 치료받을 수 있고, 엄마도 미약하게나마 정신적인 스트레스에서 벗어날 수 있다.

하지만, 나는. 내 인생과, 내 사랑과, 의지는. 누가 책임져 줄 수 있을까.

"그 전에 설명부터해 주세요. 그 터무니없는 제안이 어째서 저에게만 국한되어야 하는지. 납득할 수 없어요."

"결과가 어떻게 되든. 나중을 위해 내 약점 하나 정돈 쥐고 있어야겠다는 뜻인가?"

태준은 만족스럽다는 듯 웃었다.

"똑똑하네."

태준은 고개를 삐딱하게 기울이며 눈웃음쳤다.

"그런데 방법이 틀렸어."

"무슨……."

"말했잖아. 네가 날 다시 찾아오게 된다면 그땐. 제안이나 선택, 친절은 일절 없을 거라고."

그 말을 흘려듣지 말았어야 했나. 앞이 깜깜했다.

"네가 지금 내 앞에서 대답할 수 있는 건, 수락뿐이야."

대체 나에게 왜 이러는 거냐며 따져 물을 수도, 진짜 당신 미친 거 아니냐며 속 시원히 욕 한번 뱉을 수도 없다. 손톱이 손바닥을 찌르고, 아릿한 통증이 전해질 때까지 주먹을 꽉 말아 쥐던 도희가 간신히 말을 뱉었다.

"……대학교 다닐 때요."

푹 잠긴 목소리에 태준의 눈꺼풀이 천천히 떠밀려 올라갔다.

"박남현 선배 자퇴한 거. 그것도……."

태준이 피식, 웃음을 터트렸다.

"그래. 내가 그랬어."

"왜요."

"너 때문이란 말을 듣고 싶어?"

"그 반대예요."

"그럼 그에 상응하는 답을 줘야겠네. 어디서 내가 돈이 많다는 소문을 들었는지 2주에 한 번꼴로 찾아와 돈을 빌려 갔어. 난 묻지 않고 빌려줬지. 아니, 그냥 줬어. 듣지 않아도 뻔하니까. 집에 돈이 없다든가, 가족 중 한 명이 아프다든가. 그런, 재미없는 삼류 소설 같은 이유. 별로 알고 싶지 않아. 지겨워."

"……."

"결국 갚지 않았지만 예상했던 일이라 놀랍지도 않았어. 그래서 돈을 받는 대신 제안을 했지. 지금처럼."

손이 발발 떨렸다.

"네가 원하는 대답은 여기까지겠지만."

태준이 소리 없이 조소했다.

144

"그래, 전부 너 때문이야. 넌 혼자여야만 했으니까. 네 곁엔 나만 존재해야 했어. 내 계획이 완벽해지기 위해선."

질끈 눈을 감았다 떴다. 여전히, 지옥이었다.

"그래서 기다려 줄 수 있었던 건데, 더는 참을 수 없겠더라고. 날 도발하려는 게 목적이었다면 성공했어. 축하해."

"돈. 빌려주세요."

통하지 않을 말을 뱉었다. 그냥 한번 던져 본 것이다. 밑져야 본전이라고.

"저희 집안 사정으론 6인실이 최선이었어요. 1인실도, 그동안 제때 수납하지 못했던 비용을 청산할 때까지 기다려 줬던 것도. 전부 그쪽 덕분인 거 알고 있어요."

직접 돈을 썼어도 이상하지 않았을 테지만 그마저도 배려였다. 원한 적 없는 일방적인 배려. 자신의 성격상 쉽게 받지 않을 거란 걸 누구보다 잘 알았을 테니까.

"몇천이 됐든 몇억이 됐든 갚을게요. 이자가 얼마가 됐든 상관없어요. 전부 갚을게요."

"싫다면. 너와 결혼도 하고 내 계획도 이루고, 네 곁에 있던 고해찬도 엉망진창으로 만들겠다면."

고해찬. 태준의 입에서 흘러나온 그 이름을 듣자마자 심장이 철렁 내려앉았다.

"그래야 내 속이 풀리겠다면."

"하지……, 마요."

"어쩔 건데. 네가."

"건들지 마요. 그 앤 건들지 마."

건드렸다간 정말 죽여 버리겠다는 기세였다. 마음 같아선 해 볼 테면 어디 한번 해 보라고 기세등등하게 말하고 싶었다. 하지만, 그럴 수 없다.

지금껏 겪어 온 기태준이라면, 충분히 그러고도 남을 테니까. 그 정도는 우습게 여길 수 있는 힘을 가진 인물이었으니까. 그래서 끝끝내 담지 않으려 했던 말을 결국 뱉고 말았다.

"……헤어질게요."

태준의 이맛살이 구겨졌다.

"처음 원했던 대로, 언제까지고 혼자일 수 있어요. 그 계획이 뭔지는 모르겠지만 이룰 때까지. 잠자코 혼자……."

목이 메어 와 목소리가 떨렸다. 철저히 혼자가 되겠노라 말하는 스스로가 어처구니가 없고, 기가 막히고, 서글프고, 가련해서. 이런 말밖에 할 수 없는 현실이 너무 자존심 상해서, 가혹하고 불쌍해서. 자칫했다간 눈물이 터질 것 같았다. 도희는 입술을 세게 짓이겨 물고 말을 이었다.

"아무도 곁에 두지 않고 있을게요. 앞으로는 이유 없이 찾아와도 모질게 굴지 않을게요. 나오라면 나오고, 가라면 갈게요."

태준의 표정이 삽시간에 굳었다. 서늘하게 식어 가는 것도 모르고 도희는 허공을 응시하며 무언가에 홀린 사람처럼 절박하게 중얼거렸다.

"그러니까, 그러니까……."

"백도희."

턱이 굳고 입술이 떨려 왔지만 붉어진 눈에 힘을 주어 버렸다.

"내가 싫은 거야, 결혼이 싫은 거야. 아니면 고해찬을 건드는 게 싫은 거야. 그것도 아니라면, 셋 다야?"

끝끝내 침묵하자 태준이 픽 실소를 터트렸다. 솔직하네.

"받아. 이게 내 대답이니까."

두 개의 서류 봉투 중 하나만 집어 든 태준이 도희의 앞에 내밀었다.

"계약서야. 내일모레까지 읽고 서명해서 가져와. 직접."

그제야 여태 내리깔려 있던 도희의 시선이 느리게 위로 올라왔다.

"결혼 계약서는 일단 보류해."

"그럼……."

"대신, 확실히 지켜."

고해찬과 헤어지겠다는 약속.

철저히 혼자가 되겠다는 약속.

"내가 오라면 오고. 가라면 간다던 약속. 언제 나타나도 모질게 굴지 않겠다는 그 약속."

"하……."

"결혼 대신 내 곁에, 어떤 일이 벌어져도 반드시 기태준의 사람으로 있겠다고."

서류 봉투를 건네받은 손에 힘이 빠졌다.

"집으로 돌아가서 계약서 열어 보게 되면, 비고 부분에 지금까지 내가 했던 말, 토씨 하나 빼먹지 말고 덧붙여 써."

톡, 톡 조금씩 떨어지기 시작한 빗방울은 곧 크게 몰아쳐 땅바닥에 내리꽂혔다. 널찍한 테이블 위로 A4 크기의 선명한 사진 여러 장이 올려졌다. 도희의 시선이 천천히 움직였다. 곧이어 두 눈이 크게 떠졌다. 사진 속엔 전부, 해찬이 있었다. 고해찬과 자신이 있었다.

모텔에 함께 들어가는 모습. 따로 나오는 모습. 해찬의 집으로 함께 들어가는 장면, 다음 날 나란히 나오는 장면. 캠퍼스에서 포옹하는 장면과, 어스름한 새벽 제집 앞에서 손을 잡는 것까지.

"비열하다 욕하고 싶다면 얼마든지 해. 나도 확실히 해야 하는 입장이니까."

"협박……인가요."

"아직 시작도 안 했어."

무너졌다. 힘겹게 쌓아 올린 전부가, 형체도 알아볼 수 없게 부서졌다.

"연락도, 만남도. 전부 끊어. 헤어지자는 말조차 꺼내지 마."

숨이 막혔다.

"내 귀에 들려오게 되는 순간, 계약은 끝이야. 그렇다고 네게 없는 돈을 요구할 일은 없어. 보류하겠다던 결혼. 그리고 고해찬."

내 세상. 겨우 고해찬만 담을 수 있던 비좁은 내 세상이.

"그땐 그 새끼 선수 생활도 끝이야."

허무하게 무너졌다.

△ ▼ △

더는 밝지 않으면 했건만, 태양은 보란 듯이 다시 떠올랐다. 서랍을 열자 내내 꺼 두었던 휴대폰이 가장 먼저 눈에 밟혔다. 번호도 바꿨으니 이제 그만 켜도 될 텐데 남아 있을 그의 잔해를 아직은, 어쩌면 오랫동안 감당하지 못할 것 같았다.

더 이상 미룰 수 없었다. 도희는 휴대폰을 애써 무시하고 계약서만 꺼냈다.

「채무/채권 설정 계약서」

계약서 겉면에 큼지막하게 쓰인 글귀를 보자 심장이 세차게 뛰었다. 근로 계약서를 제외하고 난생처음 받아 본 계약서였다. 도희는 가까스로 숨을 내쉬며 서류를 한 장 뒤로 넘겼다.

「채권자 (기태준)_이하 '갑' 이라 칭하고, 채무자 (백도희)_이하 '을'이라 칭하여 상호 간에 다음과 같이 채무/채권을 위해 필요한 설정을 규정하고 계약을 체결한다.」

침착하게 서류에 빼곡히 나열된 글귀를 속으로 읽었다.

「제1조 (채무액) — '을' 은 '갑' 에게 최초 총액 (삼억) 원의 채무액을 받은 것을 확인한다.」

'약속대로 네 여동생의 치료비가 얼마가 됐든 상관없이 전부를 지원할 생각이야. 물론, 너희 어머니의 몫도 포함해서.'
자연스럽게 그의 설명도 함께 떠올랐다.

'일단 3억 먼저. 후에 치료나 수술 또는 입원 비용에서 그 이상 금액이 발생하게 되면 언제든 말해.'

「제2조 (권리 설정) — 1. '을'의 생활 환경이 부적절하다고 판단될 시, '갑'이 '을'에게 개인적으로 입금, 또는 발생된 금액은 채무에 포함하지 않는다.」

'일단 이사부터 해. 지금 살고 있는 그 집은 위생적으로도 좋지 않아. 어차피 공사도 얼마 남지 않았다 들었으니까. 새집은 이미 알아봐 뒀어. 주소 알려 줄 테니 짐만 옮겨. 이 부분은 내 의지니까 갚지 않아도 돼.'
'집은 제가 알아볼게요. 그 정도는 할 수 있어요.'
'아직 널 믿을 수 없어. 내 눈을 피해 내통할지도 모르는 일이고.'
고집을 부려 봤지만 기태준은 완강했다.
'앞으로 네 입으로 들어갈 음식, 지내야 할 환경 같은 건 전부 내가 직접 보고 정해. 토 달지 마.'
마치, 그의 인형이 된 것 같았다.

「2. '갑'은 '을'에 대하여 독점적인 권리를 가진다.
3. 본 계약 기간은 계약일로부터 8년으로 한다. '갑'의 계획에 차질이 생길 경우 '갑'과 '을'의 상의하에 기간을 연장하도록 한다.」

아득한 기간이다. 더군다나 8년이라고는 하지만 유효 기간이 불분명하다. 어떻게 보나 기태준에게 유리한 사항인 것은 확실했다. 말로만 결혼 계약을 보류하겠다 했지, 실상은 결국 다를 바 없었다.
도희는 가방 속에 있던 펜을 꺼내 들고 옆에 부가적인 설명을 적기 시작했다.

「'갑'의 독점적 권리 기간은 8년으로 한다. 계약 기간 안에 '을'이 부담해야 할 채무액이 완불되었을 때 본 계약은 해지된다.」

점을 찍자 절로 한숨이 샜다. 정신을 똑바로 차려야 한다. 무엇 하나 놓쳐선 안 됐다. 도희는 수능 시험을 치를 때보다 더 신중하고자 했고 보다 더 집중했다.

「제3조 (분쟁 해결) — 1. 계약의 존속은 계약 기간 동안 채무액과 상관없이 '갑'의 계획이 완벽해질 때까지 유지된다.
2. 그 외 계약 해지의 권리는 오직 '갑'에게만 있다.」

고작 종이 한 장을 두고 싸우는 기분이었다. 하나를 처리하면 다시 또 다른 하나가 나타나 방어했다. 그는 자신이 어떻게 나올지 뻔히 알고 있었다. 기태준의 집요함에 소름이 끼치다 못해 헛웃음이 터졌다.

「3. '을'이 계약을 이행하지 않을 경우, '갑'이 임의로 채무 상환(결혼)을 요구하여도 이유를 불문하고 '을'은 이의를 제기하지 아니한다.
비고 — 」

끝이었다. 이제, 비어 있는 비고 부분에 그가 요구했던 말들을 적어 나가야 할 차례였다. 고해찬과 헤어진다. 어떠한 연락도, 만남도 없어야 한다. 기태준의 사람으로, 남아야 한다. 그러지 않으면, 않으면……
'고작 이런 사진들로 뭘 어쩌겠다고요. 스캔들이라도 낼 생각이에요? 운동선수가 연예인도 아니고, 겨우 이런 걸로 타격이 있을 것……'
'스테로이드 성분이 들어간 약물이라고. 수영 선수 한 명 골로 보내는 데 있어선 최적의 방법이지.'
'지금, 약물이라 했어요?'
'도핑쯤이야. 마음만 먹으면 더한 것도 만들어 낼 수 있어. 과정이 궁금하면 직접

보여 줄 수도 있고.'

개새끼라고. 진짜 미친 거 아니냐고. 겨우겨우 참아 왔던 분노가 모조리 터져 나왔다. 그런데도 기태준은 미동조차 없었다. 무심한 표정으로 마지막 남은 감정까지 쏟아 내는 도희를 꼿꼿하게 관망했다.

그 얼굴을 잊을 수 없었다. 계약서를 갈기갈기 찢어 버리고 밖에 내던지고 싶은 심정이었다. 펜을 쥔 손이 부들부들 떨려 왔지만 이를 악물며 한 글자 한 글자 힘겹게 적어 내려갔다.

어떤 일이 벌어져도, 무슨 수를 써서라도 지켜 낼 것이다. 도영이도, 엄마도. 그리고 고해찬, 너 역시도. 반드시, 반드시.

계약서 종이 위로 끝끝내 투둑, 투둑 액체가 떨어졌다. 눈물이었다.

△ ▼ △

"지금 이것도 기록이라고……."

해찬이 물속에서 나오자마자 기다렸다는 듯 불호령이 떨어졌다.

"수영하기 싫어? 지금 그 나이 먹고 늦은 사춘기라도 온 거야, 뭐야. 슬럼프 한번 없던 놈이 시합 앞두고 이게 뭐냐고, 대체!"

감독이 뭐라고 짖어 대든 알 바 아니었다. 조금만 더 건들면 폭발할 위기였다. 해찬은 신경질적으로 수모를 벗어 던지고선 무표정한 얼굴로 감독을 스쳐 지나갔다. 탈의실에 도착하자마자 가장 먼저 한 행동은 휴대폰을 확인하는 일이었다.

여전히 조용했다. 전화도, 문자도 며칠 동안 보낸 횟수가 벌써 백 통이 훌쩍 넘었지만 돌아온 것은 아무것도 없었다. 집을 찾아가 봤지만 텅 비어 있었다. 편의점에도 없었다. 선준의 누나를 닦달해 알아낸 카페에서조차 만날 수 없었다. 사정상 그만두게 됐다는 말만 돌아왔다.

'누나는 알 거 아니에요. 말해요. 백도희 지금 어디에 있는지.'

'나도 몰라. 진짜 몰라…….'

'씨발, 진짜. 알고 있잖아. 친구라며. 근데 모른다고? 그걸 나더러 믿으라고?'

믿을 수밖에 없었다. 이성을 잃고 미쳐 날뛰는 제 앞에서 몸을 떨며 울먹이는 얼굴은 거짓이 아니었으니까. 기가 막혔다. 하루아침에 사라지는 일이 상식적으로 가능할 리가 없는데, 현실은 가능하다 말해 주고 있으니 미칠 노릇이었다. 설상가상 계절 학기도 끝난 시점이고 동시에 졸업이었다. 앞으로 도희가 대학교를 찾아올 일은 없었다.

가깝다고 생각했다. 복잡하게 얽혔으리라 생각했다. 하지만 그게 다였다. 섹스하고, 키스를 하고, 손을 잡고 서로의 얼굴을 마주 보며 잠시나마 웃던 사이. 그 이상, 그 이하도 아닌, 사이.

쾅!! 해찬은 부서질 듯 로커 문을 닫고 젖은 머리를 신경질적으로 쓸어 올렸다.

"하……."

헛웃음만 계속 나왔다. 언제부터. 마음이 이렇게나 깊어진 게, 대체 언제부터였나. 닿을 듯, 닿지 않을 듯. 어느 지점에 다다르면 그 끝엔 경계선이 있었다. 숨기고, 또 숨기고. 오기가 생겼다. 언제까지 숨길 수 있을지 그 또한 궁금했다. 기다림은 어렵지 않았다. 도통 웃질 않던 그녀가 조금씩 저를 향해 웃어 줄 때.

그거면 됐다고 생각했다. 갈수록 커지는 욕심을 억누르려고 얼마나 애써 왔던가. 진심까진 바라지도 않았다. 깊은 사정을 공유하지 않더라도, 존재 자체만으로 충분했다. 그런데 그 결과가 고작.

버리지 않겠다고 했으면서. 헤어지지 않겠다고 했으면서. 한번 시작된 원망은 끝이 없었다. 그것이 사랑인지, 미움인지, 그리움인지, 다시 또 혼자 남게 된다는 것에 대한 두려움인지. 소중한 누군가를 잃게 될 허무함인지.

알 수 없었다. 순간 잊고 있던 장면이 섬광처럼 머릿속에 튀어 올랐다. 한 달전, 병원에서 봤던 남자. 백도희와 함께 있던 남자. 어떤 대화를 나누는 건지 그것까진 알 수 없었지만, 아무렇지 않게 도희의 어깨에 손을 올리고 얼굴을 가까이 하던. 그 남자.

'*네가 뭘 생각하고 있는지는 모르겠는데, 그런 사이 아니야.*'

하필이면 침대 위에서 의심스러울 만큼 거세게 부정하던 도희가 떠오르고, 다시 또 함께 있던 장면이 떠오르고, 남자의 얼굴이 떠오르고.

"미친……."

하다 하다 이젠 별 거지 같은 생각이 다 든다. 미친놈처럼. 차라리 다른 남자가 생겼다고. 질렸다고, 헤어지잔 말로 대놓고 상처를 줬더라면 속이라도 편하겠다. 하지만 그럴 여자가 아니란 걸 알기에 더욱 속이 뒤틀렸다.

이대로 아무런 시도조차 못 하고 포기할 수만은 없었다. 뭐가 됐든 직접 두 눈으로 확인해야 했다. 해찬은 옷을 갈아입은 뒤 곧장 캠퍼스를 빠져나와 무작정 택시를 잡아탔다.

"삼진병원으로 가 주세요."

목적지에 도착하자마자 기사에게 던지듯 지폐를 건넨 해찬은 거스름돈을 받을 생각도 못 하고 택시에서 내렸다. 빠른 걸음으로 병원에 들어와 직원을 재촉했다.

"혹시 최근 입원했거나 진료받았던 환자들 중에 백도희란 이름을 가진 사람, 있었습니까?"

"잠시만요."

직원은 모니터에 해찬이 언급한 이름을 두드리며 목록을 찾았다. 얼마 지나지 않아 직원이 고개를 흔들며 말했다.

"아니요. 최근 3개월 내로 입원한 환자분 중에 백도희란 이름을 가진 분은 없는 걸로 나오네요. 진료는 개인 정보라 알려 드릴 수가 없구요."

다시 한번만 찾아봐 달라고 수차례 부탁해 봤지만 직원은 '없다'는 말만 되풀이했다. 힘겹게 숨을 부지하며 뛰고 있던 심장이 뚝 멈춘 듯했다. 얼굴을 알아본 직원이 혹시 사진이나 사인 한 장 해 줄 수 없겠냐며 조심스레 물어 왔지만 전부 무시했다. 들리지 않았다.

괴롭기보단 허탈했고, 곧이어 찾아온 감정은 어이가 없을 정도로 차분했다.

머리가 차갑게 식었다.

해찬은 천천히 다리를 움직였다. 밖은 어느새 비가 내리고 있었다. 이번엔 우산도 없는데. 자연스럽게 그날이 떠올랐다. 엄마가 죽고, 도희를 만났던 날. 그날도 유독 세찬 비가 내렸다.

해찬은 멍하니 하늘을 올려다보았다. 맹렬한 기세로 바닥에 내리꽂히는 빗줄기를 하염없이 바라보기만 했다. 상주복을 입은 여자가 곁을 지나치고, 저만치 멀어질 때까지도 해찬은 굳은 채 움직이지 않았다.

시간이 흐르고, 잠시 머물렀던 자리엔 아무도 없었다. 차마 발견하지 못한, 누군가가 놓고 간 하얀색 우산만이 덩그러니 남겨져 있을 뿐.

그뿐이었다.

△ ▼ △

3일 전 새벽이었다. 계약서를 받아 온 당일, 자정이 다 되어 갈 때까지도 엄마는 집에 들어오지 않았다. 밤일을 하던 사람이었으니 한두 번 있던 일도 아니었다. 그것 말고도 생각할 것들이 수두룩해서, 이상하다 느낄 여유가 없었다.

챙길 짐은 많지 않았다. 대부분이 버릴 것이었다. 꼬박 세 시간에 걸쳐 짐 싸는 일을 끝낸 도희는 긴장이 풀린 탓인지 깜빡 잠이 들었다. 눈을 뜬 건, 걸려 온 전화 한 통 때문이었다.

— *백도희 씨 되시죠. 지금 당장 병원으로 와 주셔야 할 것 같습니다.*

경찰 측에선 엄마가 여동생의 산소 호흡기를 뗐다고 했다. 믿을 수 없어 재차 따지듯 물어봤지만, 병원에서 제출한 CCTV에 남아 있는 기록이 대답을 대신했다.

화면 속 엄마는 도영의 곁을 지키며 한참 울었다. 무어라 중얼거리다 이내 바들바들 떨리는 손으로 여동생의 산소 호흡기를 뗐다. 그 충격적인 장면을 눈에 담은 순간 도희는 할 말을 잃었다.

비상벨이 울리고 당직을 서던 의료진의 도움으로 여동생은 극적으로 살아날 수 있었지만 엄마는 아니었다. 몇 번의 실패 끝에 드디어 성공했다. 자살이었다. 도망치듯 병실을 빠져나와, 수차례 손목을 그었다고 했다. 인적이 드문 외진 병동의 지하실 비상구라 발견하는 데 쉽지 않았다고. 병원 측은 그렇게 증언했다.

참혹한 광경이었다. 수중에 3억이 생겼다고. 오늘 오후, 3년 전 대부업체에 빌렸던 돈을 전부 갚았다고. 이후에 있을 도영의 수술비와 엄마의 치료비도 전부 해결할 수 있게 됐다고. 말했다면. 조금 더 빨리 말했다면 상황은 달라질 수 있었을까. 유언은 없었다. 미안하단 말 한마디 없었다.

실감이 나지 않아서일까. 눈물도 나오지 않았다. 차갑게 식어 버린 엄마의 얼굴을 오랜 시간 말없이 내려다보던 도희가 느리게 입을 열었다.

"끝까지 이기적이네요."

감정이 메마른 듯하다.

"하나도 미안하지 않아요."

오히려 원망스러웠다.

"죄책감. 안 가질 거예요."

난 충분히 할 만큼 했다고.

그렇게 세뇌했다.

△ ▼ △

끊임없이 줄지어 들어서는 조문객들로 시끌벅적한 옆 호실과는 판이하게 다른 풍경이었다.

도희 홀로 장례식장을 지켰다. 비참하지도, 슬프지도 않았다. 아무 생각도 하고 싶지 않았다. 차라리 지금이 나았다. 상 위에 놓인 영정 사진은 두 개였다. 지금보단 젊은 엄마와 생전 건강했던 도영이 환하게 웃고 있었다. 저 사진이 영정 사진이 될 줄 누가 알았을까.

피식. 힘없는 웃음이 터졌다. 당직 의료진의 도움으로 최악은 면했지만 그뿐이었다. 여동생은 하루도 채 버티지 못했다. 가는 길 외로울까 걱정이 되었던 건지. 결국 여동생마저 엄마를 따라 숨을 거뒀다. 괴로운 얼굴이었던 엄마와 달리 도영은 그 어느 때보다 편안한 얼굴로 생을 마감했다.

도희는 지독한 향냄새를 견디지 못하고 결국 자리에서 일어났다. 벌써 며칠째 비가 내렸다. 제법 세찬 비바람 덕분에 밖은 서늘했다. 가만히 손을 뻗자 빗방울 몇 개가 손바닥 위로 톡톡 떨어졌다.

……이제야, 조금 살 것 같다.

"왜 나와 있어."

무심한 목소리가 불쑥 끼어들었지만 도희는 들은 체도 하지 않았다.

"들어가. 감기 걸려."

언제부터 있었던 건지. 아니, 사실은 알고 있었다. 소식을 듣고 정신없이 병원에 달려왔을 때부터, 기태준은 두 발자국 떨어진 곳에서 자신을 지켜보고 있었다. 지금처럼.

도희는 태준을 없는 사람 취급 했고, 그 역시 다가오지 않았다. 알싸한 담배 연기가 공기 중으로 자욱하게 퍼졌다.

"계약서엔 너희 어머니와 여동생이 사망했을 시에 대한 조처는 적혀 있지 않아."

지금 이 순간까지 계약을 입에 담는다. 지겹지도 않나, 저 인간은.

그래도 내심 당황한 듯했다. 동반 자살. 집요한 기태준도 이런 상황이 올 것이라곤 차마 예견하지 못했으리라. 도희가 고개를 돌렸다.

"혹시, 사람 괴롭히면서 성취감 같은 거 느껴요?"

태준이 작게 피식거리며 재떨이에 담배를 비벼 껐다. 그가 서류 봉투를 성의 없이 건넸다. 도희가 살벌하게 흘겼다. 아마 그 속엔 계약서가 들어 있을 것이다.

"계약서는 네 마음대로 처리해. 버리든지, 태우든지."

단순히 겁줄 생각이었다는 건가.

"왜요. 갑자기 내가 불쌍해 보이기라도 해요? 그래서 정상 참작이라도 해 주고 싶어졌어요?"

같잖아서 진짜. 도희가 피식 웃음을 터트렸다.

"당신 때문에 죽은 것 같아서 답지 않게 죄책감이라도 느꼈나 본데."

덤덤한 도희의 목소리와 말투는 단단히 어긋나 있었다.

"이미 대출금 갚는 데 썼어요. 그쪽이 미리 송금해 줬던 3억 전부."

태준은 도희를 빤히 주시했다. 지친 얼굴은 창백했고, 제대로 잠을 이루지 못한 눈은 충혈돼 있었으며, 메마른 입술은 군데군데 찢어져 있었다. 도무지 두 눈 뜨고 보기 힘들 정도였다.

도희가 혼잣말하듯 중얼댔다.

"이렇게 허무하게 죽을 줄 알았으면 그냥 갚지 말 걸 그랬어. 하루만 더 버틸걸. 채무 상속이라도 포기했으면. 그랬으면 그쪽 돈 쓸 일도 없었을 텐데."

죽어 버린 사람 앞에서 패륜과 다를 바 없는 후회를 하는 것도 지긋지긋하다.

"무슨 자신감으로 이제 와 계약서를 버리라고 하는 건지는 모르겠지만."

고개를 비튼 도희가 삐딱하게 태준을 올려다보았다.

"다행이네요. 이제 그쪽에게서 도망칠 일만 남았으니까."

작정하고 비아냥거려 봐도 태준은 묵묵히 쳐다보기만 했다.

"계약이 아니더라도 그동안 내가 베푼 것들을 알게 된 이상 넌 절대 간과하지 못해. 적어도 내가 아는 너라면."

도희의 잇새로 조소가 흘렀다.

"당신이 뭔데 날 판단해. 알면 얼마나 안다고. 건방도 사람 봐 가면서 적당히 떨어요."

"그럼. 받을 거 다 받아 놓고 뻔뻔하게 돌아갈 생각이었나? 실질적으로 가장 급했던 금전적인 도움은 내게 받고, 곁은 다른 남자에게 주고?"

태준의 눈동자가 어둡게 빛났다.

"내 목적을 위해 널 이용할 거란 생각은 여전히 변함없어. 네가 너의 것들을 지켜 내기 위해 날 이용했던 것처럼."

이상한 일이다. 두렵기만 했던 기태준이 더는 무섭지 않았다. 잃을 것이 없어진 결과일까.

"……진짜 미쳤어. 당신."

"그럴 일은 없겠지만 만에 하나 끝까지 고해찬에게 가겠다 고집을 부리겠다면. 그땐 안타깝게도 수단과 방법을 가리지 않겠지, 나도."

"나 좋아해요?"

차게 식어 버린 무료한 눈동자로, 무미건조한 표정으로 물었다. 날 좋아하느냐고. 그래서 이토록 집요하게, 지독하게 구는 거냐고.

좋아한다. 그 의미를 알 수 없었던 태준은 잠시 멈칫했지만 곧 단순명료한 답을 내놓았다.

"……아니."

아마도.

"듣던 중 반가운 소리네요."

태준의 손에 들린 계약서를 미련 없이 낚아챈 도희가 근처 휴지통에 툭 던져 버렸다.

"3억. 그 돈 말고도 장례식 비용에 석 달 치 병원비. 새로 이사한 집세까지. 몇 년이 걸리든 무슨 수를 써서라도 그쪽 손이 닿았던 것 전부 다 갚을 거예요. 그때까진 당신이 그렇게 원했던 것들 다 들어줄게. 그 알고 싶지도 않은 계획이 뭔지는 모르겠지만."

태준의 눈매가 가늘어졌다.

"어차피 만나지도 못해. 버려 놓고 내가 무슨 염치로 다시 그 앨 만나. 당신 말처럼 받아 버렸는데. 다 알아 버렸는데. 내 밑바닥을 알고 있는 유일한 사람이 하필이면 당신인데 내가 무슨 자격으로 돌아갈 수 있겠어. 그러니까, 뒷조사하지 마요."

두 눈을 부릅뜨며 말하는 도희를 보자 태준의 손끝이 미세하게 움찔거렸다. 하지만 언제 그랬냐는 듯 태준은 무신경한 표정으로 더한 것을 주겠노라 제안했다.

"슬슬 취업 준비해야 할 시기인 것 같은데, 원하면 말해. 자리 하나 만들어 주는 건 어렵지 않으니까."

하마터면 박장대소를 터트릴 뻔했다. 지금 나더러 그 지옥 같은 소굴로 들어오란 소리인가. 손바닥 위에 놓고 감시하려는 속셈이 뻔한데 누구 좋으라고. 도희는 환멸 어린 표정을 지으며 태준을 흘겼다.

"필요 없어요. 굳이 그쪽 도움 받지 않아도 지금 내 스펙이면 두 팔 벌려 환영해 줄 기업쯤이야 널리고 깔렸으니까."

"……."

"제발 더 이상 내 인생에 파고들려고 수 쓰지 마요. 지금도 감당 못 할 만큼 충분히 엉망진창이야. 당신 때문에."

말을 끝낸 도희는 뒤도 돌아보지 않고 태준의 곁을 스쳐 지나갔다. 홀로 남겨진 태준은 휴지통에 버려진 계약서에서 좀처럼 시선을 떼지 못했다.

△ ▼ △

병원 로비로 들어서자 초조하게 주변을 살피고 있는 선미가 눈에 들어왔다. 뒤늦게 알아보고 다급히 달려온 선미가 도희의 손을 덥석 잡아챘다.

"이게 대체 무슨 일이야. 어떻게 된 건데……. 왜 그동안 나한테 연락 한 통도 없었어. 어디에 있었던 거야. 집은 어떻게 된 거고. 어?"

선미는 걱정이 가득 묻어난 얼굴로 울먹이며 쉬지 않고 물었다.

"얼굴이 이게 뭐야……. 너 괜찮아? 밥은 먹었고? 잠은 좀 잤어?"

드디어 만난 내 편. 선미를 보자 여태 잘 참아 온 감정이 울컥, 비집고 솟구쳤다. 도희는 억지로 웃으며 선미를 안심시켰다.

"난 괜찮아."

"이 꼴을 하고 뭐가 괜찮아. 하나도 안 괜찮아 보이는데! 이게 지금 사람 얼굴이냐고!"

선미는 와락 도희를 껴안고 눈물을 펑펑 쏟아 냈다.

"······선미야."

얌전히 품에 안겨 조용히 선미를 불렀다. 선미는 코를 훌쩍이며 눈물이 그렁그렁 맺힌 채로 도희를 쳐다봤다.

"왜에."

"말, 안 했지?"

"네가 죽어도 말하지 말라며. 그래서 일단 모르는 척하긴 했는데, 얼마나 무서웠는지 알아? 걔, 자칫했다간 진짜 한 대 때릴 기세였단 말이야. 얼굴도 차갑게 생긴 애가 욕까지 하는데, 나 진짜 오줌 지릴 뻔했어."

진심으로 겁이 났던 모양이다. 대체 어떻게 된 일이냐며 캐묻는 선미의 채근은 끊일 줄 몰랐다. 도희는 덤덤히 말했다.

"아마 2년 동안은 너도 잘 못 만날 것 같아."

"왜! 어째서!"

"발인 때까지만 기다려 줘. 전부 끝나면, 그때 다 설명해 줄게."

그 말의 의미를 눈치챈 듯, 선미가 곧장 보채 왔다.

"너, 내가 박선준한테 말할까 봐 그런 거지. 고해찬 귀에 네 소식 들어갈까 봐 그런 거잖아! 말 안 할게. 모르는 척할게. 그러니까 나까지 안 만나겠다고 하지 마."

"취업한 회사 거리 때문에 이사 가게 돼서 그래. 연락할게."

"몰라. 일단 장례식장부터 가. 인사는 드려야 하니까······."

"응."

두 여자는 나란히 걸음을 옮겼다. 장례식장으로 향하기 위해 병원 정문을 통과하려는 때였다. 도희의 두 다리가 우두커니 멈췄다. 익숙한 뒷모습이 시야에 들어온 탓이다. 분명했다. 범상치 않은 키와 체격. 그리고 낯설지 않은 운동복 차림까지. 심장이 터져 나올 것만 같았다.

"선미야."

"어?"

"정문 말고, 응급실 쪽으로 돌아서 가. 먼저."

"왜……. 허. 저거 고해찬 아냐?"

선미 역시 발견한 모양이었다. 어떡해? 불안한 듯 끊임없이 되물으며 발을 동동 굴렀다. 멀어진 도희의 시선이 느릿느릿 아래로 떨어졌다. 멈춘 곳은 그의 빈손이었다.

"선미야. 나, 우산 좀 빌려줘."

도희는 선미가 얼떨결에 건네준 우산을 받아 들고 천천히 걸었다. 한 발자국. 두 발자국. 바로 등 뒤에서 멈추었다. 돌아보면 어쩌지, 두려우면서도 서글 펐다. 그토록 보고 싶었던, 지금 이 순간 가장 위로받고 싶었던.

고해찬이 바로 앞에 있다. 당장 손을 뻗으면 닿을 거리인데, 왜 이렇게 멀게 만 느껴지는 건지. 도통 모를 일이다.

비가 멈추지 않았으면 했다. 무언가에 홀린 사람처럼. 넋을 놓아 버린 사람 처럼. 굳은 채 허공을 바라보며 서 있는 그의 뒷모습을 보자 마음이 아렸다. 얼 굴이 보고 싶다. 마지막일 테니 한 번만. 단 한 번만.

욕심일까. 도희는 끝내 해찬의 얼굴을 보지 못했다. 조용히 허리를 숙였다. 그의 발 언저리에 하얀색 우산을 조심히 놓고 상체를 일으켰다. 그때까지도 해 찬은 망부석처럼 굳어 있었다.

끝내 우산을 발견하지 못하면 어쩌지. 비를 맞고 돌아가면 어쩌지. 감기에 걸리면 어쩌지. 훈련에 지장이 생기면, 그럼 어쩌지. 뱉지 못할 무수한 상념과 걱정을 떠안은 채 도희는 앞만 보며 걸었다.

돌아보면, 눈이 마주칠까 봐 그마저도 하지 못했다. 버린 나와, 버림받은 너.

지금의 이 아픔도, 고통도, 괴로움도 결국 긴 시간이 흐르면 작은 생채기에 지나지 않을 것들임이 분명한데, 아팠다. 훗날 완전한 어른이 되어 돌이켜 봤을 때, 풋내기와 같았던 사랑에 그칠 지금 이 감정을, 새기고 또 새겨 넣었다.

코너를 돌자마자 잔혹함을 참지 못하고 결국 주저앉아 버렸다. 울음이 터졌 다. 무너지고, 또 무너졌다. 꾹꾹 눌러 참아 왔던 서러움이, 한꺼번에 폭발하고 말았다. 한참을 울고, 소리치고, 답답한 가슴을 수도 없이 내리쳤다.

강렬한 기세로 쏟아지던 빗줄기는 어느새 얇아지고 있었다. 한동안 먹구름에 감춰져 있던 해가 서서히 모습을 드러냈다. 천둥 번개가 요란하던 하늘은 온데간데없었다. 거짓말처럼, 평화로웠다.

그렇게, 다신 돌아오지 않을 스물넷의 여름이 끝나 가고 있었다.

03

7월. 겨울인 호주와 반대로 한국은 본격적으로 여름이 시작되는 시기였다.

기내에서 내린 순간부터 공기가 후덥지근했다. 싱그러운 풀 내음과 비릿하고도 뜨거운 바람이 훅 불어닥쳤다. 익숙하면서도 낯선 여름 냄새. 비로소 한국에 온 것을 실감했다.

날씨가 왜 이 모양이냐며. 덥고 찝찝해 죽겠다며. 연신 투덜거리는 소리가 곳곳에서 터져 나왔다. 짧은 웃음이 샜다. 해찬은 습관처럼 모자를 깊게 눌러쓰며 걸음을 옮겼다. 입국 심사를 마치고 게이트와 점점 가까워질 때쯤, 짐을 찾아온 매니저 성권이 죽을상을 지으며 해찬의 곁으로 다가왔다.

"와, 오늘 한국 날씨 확인해 봤냐? 7월 초에 33도가 웬 말이냐고."

끔찍하다는 듯 성권은 혀를 내두르며 몸서리쳤다. 훈련 일정, 앞두고 있는 시합. 여느 날과 다를 바 없는 대화를 나누며, 두 남자는 나란히 입국 게이트를 빠져나왔다.

"고해찬 선수! 여기요. 이쪽 한 번만 봐 주세요!"

사방에서 카메라 플래시가 팡팡 터졌다. 예상 못 한 상황에 해찬은 눈살을 찡그리며 성권을 추궁하듯 쳐다보았다.

"이건 또 뭔데."

설명해. 당장. 한층 더 낮아진 목소리에 흠칫거리던 성권이 서둘러 변명했다.

"하하. 그러게. 거참 신기하네. 기자님들이 어떻게 알고 나오셨을까?"

"그걸 왜 나한테 물어."

성권은 억지로 입꼬리를 올렸다.

"해, 해찬아. 일단 우리 한번 웃어 볼까? 치즈 하자, 치이즈."

가지가지 한다, 진짜. 옅은 한숨을 내쉬며, 해찬은 성권에게서 시선을 떼고 고개를 돌렸다.

"고해찬 선수! 이제부턴 계속 한국에서만 훈련하시는 건가요?"

"내년에 주최될 올림픽은요! 출전하실 의사는 있는 겁니까?"

"이번 FINA 세계 선수권 대회에서 두 번째 신기록을 달성하셨는데, 기분이 어떠신지 소감 한 말씀 부탁드립니다!"

주문은 끝도 없이 밀려들어 왔다. 수많은 기자들과 언론사들이 몰려든 탓에 지나다니는 여행객들의 시선도 단숨에 집중되었다.

"잠시만 길 좀 비켜 주세요. 계속 그렇게 무자비하게 밀고 들어오시면 사고 납니다. 공항을 이용하는 다른 분들께 민폐라고요!"

보다 못한 성권이 나섰다. 팔을 휘휘 내저어 보기도 하고, 드릴처럼 뚫고 들어오는 카메라를 억지로 밀어 내 보기도 했지만 무리였다.

"공식 일정은 아직 나오지도 않았다니까요! 결정되는 대로 알려 드릴 테니까 비켜요! 비켜 주세요!"

정신이 하나도 없었다. 하지만 그건 어디까지나 매니저의 본분을 다해야 했던 성권의 입장일 뿐, 정작 해찬은 태연했다.

무미건조한 얼굴로 천천히 걸음을 떼어 냈다. 한계를 모르고 치솟는 소란스러움을 견디기 힘들었던지, 해찬은 이어폰을 귀에 꽂아 넣고 볼륨을 최대치로 올렸다.

사생 팬들에게 쫓기듯 가까스로 공항을 빠져나온 두 남자는 뒤늦게 나타난 경호원의 도움으로 무사히 차에 탑승할 수 있었다.

"어후, 죽다 살았네."

죽다 살아났다 말하는 사람치곤 성권은 꽤 기분이 좋아 보였다.

"해찬아. 아까 봤냐? 기자들 말고 팬들도 꽤 모여 있던 거. 이야, 너 이제 아주 연예인 다 됐다? 나중에 국대 은퇴하면 방송 쪽으로……."

"형."

"어, 그래. 왜?"

"나 피곤해."

그만 그 입 좀 다물란 뜻이었다. 성권은 멋쩍게 웃으며 고개를 끄덕였다. 시동을 걸고 액셀러레이터를 밟으려는 순간이었다. 무언가 잊고 있던 것이 떠오른 듯, 탄식을 터트린 성권이 다시금 뒤를 돌아보며 눈짓으로 빈 좌석에 놓인 서류를 가리켰다.

"시간 날 때 그것 좀 훑어봐 봐."

해찬의 무료한 눈동자가 수두룩하게 쌓여 있는 서류에 잠시 머물다 떨어졌다.

"뭘 보라는 거야."

"제일 위에 있는 거. 그것만이라도 봐 줘. 이번 년도에는 쉬고 싶다고 말한 거, 나도 기억하는데 실장님도 완강해서서 나도 막을 수가 없었어. 명색이 ST 그룹 소속 선수잖냐. 다른 건 몰라도 같은 계열사인데 의리를 생각해서라도 찍어야지. 자동차래."

"싫다니까."

"3년 전속 계약인데 좀 참아 주면 안 되겠냐? 그쪽 전무님이 너 엄청 아끼잖아. 그만큼 지원도 많이 해 주셨고. 이번에도 거절하면 진짜 단단히 토라질 기세였어."

ST그룹 이세준 전무는 해찬을 한눈에 알아봤다. 그가 파격적인 삼진그룹의 제안을 거절한 이유를 물었을 때, 해찬은 일말의 망설임도 없이 '그냥, 재수 없어서요.' 라고 시니컬하게 답했다. 그 시건방진 태도에 이 전무는 크게 될 놈이라며 박장대소를 터트렸다.

그때부터 이 전무는 직접 나서는 수고로움을 감수하면서까지 해찬에게 손을 뻗었다. 일방적인 러브콜은 2년이 넘도록 지속되었다. 성적이 바닥으로 떨어졌을 때도, 은퇴를 하겠노라 결심한 때도, 높은 분을 앞에 두고 싸가지 없이 굴었을 때마저도.

해찬에겐 여전히 불편한 상대였지만, 이 전무의 애정은 거리낌이 없었다. 연예인 행세를 하는 건 곧 죽어도 싫었다. 콘티에 적혀 있는 낯간지러운 대사나 멋있는 척 표정을 짓는 것도 충분히 혐오스러웠지만, 운동선수에게 본업과 전혀 상관없는 일을 부추기며 억압하는 이 바닥의 체계부터가 마음에 들지 않았다.

하지만 해찬은 그렇게나 병적으로 기피했던 방송 쪽에 선뜻 먼저 발을 들였다. 쉬지 않고 카메라에 얼굴을 비친 것도 벌써 7년째였다.

끔찍하리만큼 싫어하는 일을 억지로 자처하는 것도 지쳤다. 그만두고 싶었다.

그럼에도 그만두지 못했던 건, 무슨 수를 써서라도 찾아야만 한다는 맹목적인 목표가 뚜렷했기 때문이다.

성권의 말처럼 성의는 보여야겠다 싶어, ST 계약서를 집어 들려는 때였다. 신호에 걸려 차가 급정차했다. 그 반동으로 시트 위에 놓여 있던 다른 서류 봉투 하나가 툭 떨어졌다.

왜 그랬는지 모를 일이다. 평소 같았으면 신경조차 쓰지 않았을 텐데, 이끌리듯 줍게 됐다.

「〈익스페디션〉 아웃도어 전속 모델 제안서」

겉면에 적혀 있는 문구가 흘러가듯 눈에 읽혔다.

그게 다였다. 해찬은 들고 있던 서류를 마저 옆 시트에 대충 던져두고 지그시 눈을 감았다.

△ ▼ △

본사로 들어서는 걸음부터가 심상치 않다. 굳어 버린 표정은 말할 것도 없었다. 못해도 일주일. 그 값진 시간을 통으로 내 주어도 모자랄 만큼 바빴다.

비록 불구덩이와 다를 바 없는 여름이었지만 아웃도어 기업은 한발 빠르게 움직여야 했다. F/W 시즌을 대비해 신상 제품 디자인을 선별해야 했고, 몇 개월 뒤 벌어질 동종 업계의 '패딩' 전쟁에서 5년째 부동의 1위를 유지하려면, 컴퓨터 앞에서 뜬눈으로 밤을 지새워도 모자랐다.

불만은 없었다. 육체적으로는 견디기 버거웠어도 정신적으로는 차라리 나았다. 일이 바쁘다는 건 쓸데없는 잡념을 담지 않아도 된다는 뜻이었고, 기태준과의 만남을 한동안 미룰 수 있는 좋은 핑곗거리였으니까. 문제는 따로 있었다.

도희가 마케팅 부서 사무실 문을 열고 들어서자, 옹기종기 모여 있던 사원들은 화들짝 놀라며 뒤를 돌았다.

"배, 백 대리님. 오셨어요?"

큰일 났다. 도희의 가라앉은 표정을 확인한 사원들은 한마음 한뜻으로 생각했다.

"밖에 많이 덥죠? 냉수라도……."

"부장님. 지금 어디 계셔?"

도희가 말을 싹둑 잘라먹고 묻자, 직원들은 '아, 그게…….' 하며 말을 흐렸다.

그녀의 얼굴이 차게 식었다. 분명 폭염 주의보가 발령됐다는데 사무실엔 한파가 들이닥친 듯했다. 에어컨 때문인가. 누구 한 명 선뜻 입을 열지 못했다. 때마침 구세주가 등장했다.

"여어, 백 대리. 회사엔 어쩐 일이야. 외근 끝나는 대로 퇴근하는 거 아니었어?"

탕비실에서 이제 막 빠져나온 찬영이 커피를 홀짝이며 눈치 없이 끼어들었다.

찬영은 성격 자체가 유했다. 때문에 무리가 어떤 성향이든 잘 동화되곤 했다. 도희도 예외는 아니었다. 비록 일방적이었지만 그나마 다른 직원들에 비해 편하게 대할 수 있었다.

"여기가 너희 집이야? 멀쩡한 영업 팀 두고 왜 맨날 찾아와."

"아야. 백 대리. 자꾸 편 가르기 할래? 서운하게. 회사에 네 팀 내 팀이 어딨어."

입사 동기에 나이도 같았지만 찬영의 직급은 과장이었다.

가능했던 이유는 그가 소속된 영업 팀 부장이 '나이에 상관없이 일만 잘하면 된다.'는 주의였기 때문이고, 그 일만 잘하기로 유명한 도희가 여태 대리일 수밖에 없던 이유는 그녀가 소속된 마케팅 부서 부장이 소위 말하는 '꼰대'였기 때문이다.

전부 상사를 잘못 만난 죄다. 회사 내에선 이미 파다하게 퍼진 가십거리였다. 융통성 없는 백 대리와 그런 그녀를 유독 싫어하는 계 부장의 싸움은 마케팅 부서의 파국과 같았다. 지금처럼 그들이 맞붙는 순간이 오면 직원들은 곧 피바람이 불 것이라며 우스갯소리로 떠들곤 했다. 말이 씨가 된다고. 한동안 잠잠하다 싶더니 다시 시작된 것이다.

"백도희 얼굴에 살얼음 낀 거 보니까 이쪽 개 부장 또 꼰티 부리려고 작정했나 보네."

찬영의 말처럼 '개 부장'이라 불리는 계 부장은 유독 도희를 눈엣가시로 생각했다. 그 시작은, 입사 후 세 번째 회식 때 벌어진 사건 때문이었다.

'그래. 백도희 씨가 입사 때 그렇게 스펙이 좋았다며? 똘똘한 게 얼굴도 이만하면 반반하고. 어디 술 한 잔 따라 봐. 혹시 알아? 고과 점수라도 두둑하게 챙겨 줄지. 사람은 크게 놀 줄 알아야 해. 알지?'

'손 있으시잖아요. 직접 따라 드세요.'

'허. 이거 지금 대기업 때려치우고 왔다고 우리 회사 무시하는 거 맞지? 딸처럼 생각해 주려고 했더니, 뭐가 어째? 그렇게 안 봤는데 백도희 씨 정도란 게 없네.'

'제가 왜 부장님 딸입니까. 남의 집 귀한 자식 술집 여자 대하듯 하지 말고.

168

혼자 조용히 드시다 들어가세요. 제 허벅지에서 그만 손 떼시고요.'

'야, 내가 언제!'

'한 번만 더 이러시면 신고할 겁니다. 말씀처럼 저는 스펙이 좋아서 갈 곳이라도 많은데 부장님은…… 가정도 있으신 분이 자중하셔야죠.'

그간 계 부장의 성희롱으로 속을 앓던 여직원들은 쾌재를 불렀고, 당돌한 신입 사원의 발언은 전설로 남았다.

"백 대리. 그만 고집부리고 그냥 영업 팀으로 넘어와. 우리 부장님은 백도희라면 언제든 환영이라던데."

속 좋은 소리나 뱉고 있다. 말이라도 못하면. 도희는 찬영을 흘겨보다 다시 계 부장을 찾았다. 비어 있는 자리를 보자, 한숨이 샜다. 급하다며. 당장 뛰어오라며. 이 개 같은 부장 새끼를 진짜. 일을 제쳐 둔 채 외근을 핑계 삼아 남자 직원들을 이끌고 당구장을 간 것이 틀림없었다.

이를 악물고 자리로 돌아가려는 때였다. 다시 한번 마케팅 부서 사무실 문이 덜컥 열렸다. 예상대로, 남자 직원 무리의 중심엔 계 부장이 있었다.

"어. 백 대리 왔어?"

이쑤시개를 쩝쩝 씹으면서 들어오는 계 부장을 보자, 절로 얼굴이 일그러졌다.

"회사에 급한 일이 생겼단 연락 받고 왔습니다."

"아, 내가 그랬나?"

아아…….

목구멍에서 욕설이 달랑거렸다.

"표정 좀 풀지, 백 대리. 이러다 상사 면전에 주먹이라도 꽂겠다."

따라와. 계 부장이 도희의 어깨를 툭툭 치며 앞장섰다.

△ ▼ △

뒤늦게 따라 들어온 도희는 회의실 정중앙 자리에 거만히 다리를 꼬고 앉아 있는 계 부장 앞에 섰다. 그녀의 무덤덤한 표정이나 더없이 꼿꼿한 자세는 흐트러짐 없이 올곧았다.

불룩한 배를 연신 쓰다듬던 계 부장이 책상 위로 서류를 던졌다. 두꺼운 서류를 잠시 힐긋거리던 도희가 시선을 올렸다.

"이게 뭡니까."

"눈 없어? 직접 봐."

도희는 침묵하며 손을 뻗어 서류를 집어 들었다. 서류는 두 개였다.

「〈익스페디션〉 아웃도어 전속 모델 제안서」

그리고 다음은,

「전속 모델 정보 및 경력 사항」

"그게 제일 중요해."

계 부장이 턱짓으로 두 번째 서류를 가리키며 설명을 덧붙였다.

"제안서는 익히 보고 달달 외웠을 테니까 스킵해도 상관없지만 계약 따내려면 기본 정보 정돈 숙지해 둬야 할 거 아니야."

도희는 계 부장의 말을 흘려들으며 서류를 한 장 뒤로 넘겼다.

「고해찬(28) ★★★★★ + ★★」

익숙한 이름을 보자마자 도희의 눈이 크게 떠졌다.

설마. 심장이 터질 듯 쿵쿵 뛰어 올랐다. 별의 숫자는 등급을 표기하는 것이었다. 동종 업계 간에 속칭되는 은어. 다섯 개를 넘어 두 개가 더 붙었다는 것은 S+ 등급이란 뜻이고, 그건 곧 최고 대우를 받는 소수의 톱스타들과 비슷한. 어쩌면 더 높은 수십억대의 계약도 불가피하단 뜻이다.

서류를 쥔 손이 파르르 떨렸다. 도희는 힘겹게 숨을 내쉬며 눈으로 읽었다.

「대한민국 남자 수영 국가 대표 선수 고해찬 학력 사항 및 수상 내역

하성초등학교
도하중학교
성일남자고등학교
가운대학교 체육학과

……

— 20xx 제4회 마카오 동아시아 경기 자유형 100m, 400m, 1500m 금메달
— 20xx 제28회 바르셀로나 올림픽 자유형 200m, 400m, 800m 금메달
— 20xx 제16회 광저우 아시안 게임 수영 200m, 400m, 800m 금메달
— 20xx 해안 경찰 홍보 대사
— 20xx 인천 아시안 게임 홍보 대사
— 20xx 인천 아시안 게임 자유형 100m, 400m, 1500m 금메달
— 20xx 제13회 FINA 쇼트 코스 세계 선수권 대회 자유형 400m, 1500m 동메달
……」

수상 내역은 끝도 없었다. 아직 네 장은 더 남아 있었다. 10할 중 9.9할은 화려한 '금'의 향연이었지만, 도희는 유일하게 '동'이 적혀 있는 부분에서 시선을 뗄 수 없었다. 자신에게 버림받았던, 그날 이후에 치른 첫 대회로 추정되는 성적은 그간 이뤄 낸 성과를 전부 박살 내고도 남을 만큼 터무니없었다.

일부러 TV와 인터넷은 최대한 멀리했다. 눈을 감고 귀를 닫고 살았다. 이럴까 봐. 죄책감에 괴로울까 봐. 불현듯 떠오르려 할 때면 미친 사람처럼 더 일에 매달렸다.

그렇게 7년을 버텼다. 하지만 이런 방식으로 그의 인생을 낱낱이 뜯어보게

될 줄 누가 알았을까. 기가 막혀 절로 헛웃음이 터졌다.

"……이봐! 백 대리!"

우렁찬 계 부장의 부름에 멀어졌던 정신이 깨어났다. 그럼에도 움직일 수 없었다. 대답할 수 없었다.

"몇 번을 불렀는데 대답이 없어. 이제 내 말은 대놓고 무시하겠다는 건가? 외근 나간 사람 억지로 불렀다고 반항하는 거냐고, 지금!"

"아닙니다."

도희는 아직 한참 남아 있는 수상 내역을 더 이상 읽지 못하고 제자리에 내려 두었다. 그녀의 심정을 알 리 없던 계 부장은 한심스럽다는 듯 한숨을 푹 내쉬며 말을 이었다.

"그 선수가 이번 해는 쉬고 싶다면서 완강하게 거절하고 있나 봐. 그런데도 상부에선 무조건 승인부터 따내라며 억지를 부리고 있는 상황이고. 아무래도 이때가 기회다 싶었겠지만 하루에도 몇 번씩 독촉 연락 받느라 나도 골치 아파 죽겠어. 답지 않게 고집부리는 걸 보면 매출은 확실히 보장된다는 소린데."

구구절절 설명했지만 결국 네가 처리하란 뜻이다. 부장의 속내가 뻔히 보였다.

"하지만 그건 컨택 팀 업무이지 않습니까."

"해 봤는데 안 되니까 백 대리한테 백업 요청하는 거잖아."

"싫습니다."

처음이었다. 제아무리 꼴 보기 싫은 계 부장의 지시라도 상사였기에 입사 이래 단 한 번도 '못 하겠습니다'와 비슷한 말은 뱉어 본 적 없었다. 하지만 이번만큼은 경우가 달랐다.

지금껏 어떻게 버텼는데. 어떻게 피해 왔는데. 이럴 수는 없다.

"싫어? 이봐, 백 대리."

한껏 일그러진 계 부장의 표정을 보고도 도희는 침착하게 입장을 밝혔다.

"앞으로 신상 론칭 날까지 얼마 안 남았습니다. 분당 AW백화점과 파주 아울렛에 매장 입점도 코앞이고요. 이번 것까지 하면 메인 업무 다 틀어져요. 무립니다. 아니, 못 합니다."

도희의 말을 듣는 내내 계 부장의 얼굴이 붉으락푸르락 변했다. 하지만 그것도 잠시였다. 이때다 싶었는지 계 부장이 말을 덧붙였다.

"백 대리가 우리 부서로 인사이동 되기 전에 컨택 팀에서 이름 꽤 날렸던 건이미 들어서 알고 있어. 조 팀장이 인재 한 명 잃었다고 얼마나 곡소리를 내던지……."

계 부장의 입술이 비열하게 올라섰다.

"그럼 뭐 하냐고. 언제 없어져도 이상할 것 하나 없는 후진 팀에서 백날 잘해 봤자. 그 미래 없고 가망 없던 팀에서 구제해 준 게 누군지 잊었어? 요즘 여직원들답지 않게 요령 부리지 않고 일 잘하는 만큼 성적도 곧잘 내 온다 해서데려왔더니, 뭐가 어쩌고 어째?"

구제라니. 괴롭힐 심산으로 멱살 잡고 끌고 온 거겠지. 어깨를 쿡쿡 찔러 오는 계 부장의 손가락에 점점 힘이 실렸다. 도희는 뒤로 밀려나지 않으려 다리에 힘을 주고 버텼다.

"야. 솔직히 말해 봐. 너, 내가 만만하지. 늙어서 실력도 없는데 자리만 차지한다고 생각하잖아. 아니야?"

마케팅 부서의 과장 자리는 2년 내내 공석이었다. 그간 맡아 온 분기별 성적도 좋았고, 심지어는 지각도 단 한 번 없었다. 다른 사원들은 이미 과장과 다를바 없는 대우를 해 주고 있었지만 부장이 책정한 도희의 고과 점수는 'C'였다. 누가 봐도 극히 편파적인 차별임은 분명했다.

도희는 아프게 입술을 씹으며 계 부장을 노려보았다.

"뭘 째려봐. 네가 그렇게 쳐다보면 뭐 어쩔 건데. 어?"

계 부장은 도희가 제자리에 놓아둔 서류 뭉치를 집어 들며 던지듯 그녀의 품에 다시 안겨 주었다.

"상부에서 지시한 사안이야. 이미 담당자로 네 이름 올려 둔 상태고. 불만이면 직접 가서 따져."

회사를 그만두든지, 아니면 곱게 말할 때 저 대신 나서서 성과를 물어 오든지. 어떤 결과라도 계 부장에겐 손해 볼 게 없는 장사였다.

"좋게 생각해. 일 좀 힘들면 어때. 다른 회사는 안 그럴 것 같아? 그쪽 마음 돌려놓기만 하면 회사도 좋고 나도 좋고 백 대리도 좋은 거잖아. 안 그래?"

그래 봤자 뛰어다니는 사람 따로, 앉아서 공짜로 얻어먹으려는 사람 따로 있는데.

도희의 얼굴이 어둡게 가라앉을수록 계 부장은 묵혀 둔 체증이 싹 내려가는 기분을 느꼈다. 거절하지 못할 거란 확신이 든 것이다. 그도 그럴 것이 이쯤 되면 더러워서라도 때려치울 만할 텐데 막강한 스펙을 갖고도 그녀는 말도 안 되는 핍박을 지금껏 견뎠다. 그건, 이 회사에서 버텨야만 하는 이유가 따로 있다는 것이다.

"나도 기대가 많아. 백 대리도 내년엔 과장으로 승진해야지."

계 부장의 호탕한 웃음소리가 회의실을 가득 채웠다.

△ ▼ △

탁, 탁, 탁, 탁. 러닝 머신을 밟는 소리가 규칙적으로 울려 퍼졌다. 벌써 다섯 시간 하고도 30분째였다. 수영 훈련, 지상 훈련, 웨이트와 스트레칭 코드까지. 눈을 뜨고 감는 순간까지 뫼비우스의 띠처럼 무한적으로 반복되는 루트였다.

한국으로 돌아와 호텔에서 지내는 동안 하루쯤은 쉬어도 될 법한데, 해찬은 스스로에게 더 엄격하게 굴었다.

몸이 편해지면 자동으로 떠오르는 그 얼굴 때문이었다. 힘들어 죽겠다 싶을 때까지 강도를 높여야 했다. 지쳐 쓰러지듯 잠을 자야 그나마 덜했으니까. 해찬의 호흡과 표정은 더없이 평온했다. 거친 숨 한번 뱉지 않았다. 실력도 실력이었지만 근성만큼은 현역 선수 중 최강이었다.

"저, 해찬아."

곁에서 몇 번이나 입술을 달싹이던 성권이 드디어 말문을 열었다. 훈련을 할 때 평소보다 더 예민해진단 사실을 모를 리 없는데도 성권은 포기할 줄 몰랐다.

"해찬아, 혹시 바빠?"

무표정한 해찬의 얼굴은 여전히 정면을 향해 있었다. 좀처럼 반응할 기미가 보이지 않자, 성권은 어색하게 웃으며 고개를 끄덕였다.

"아하. 많이 바쁘구나. 그래도 내 말 좀 들어 주면 안 될까?"

"뭔데."

"그, 15분 뒤에 미팅 하나 잡혀 있거든? 아, 뭐 전속 모델 그런 건 절대 아니니까, 부담 갖지 말고. 〈익스페디션〉 알지? 패딩으로 유명한. 그 네가 자주 입는 운동복 브랜드 있잖아."

해찬은 성권의 말을 가볍게 무시하고 러닝에 집중했다.

"이번에 공항에서 찍힌 기사 사진 말인데, 그때 입었던 트레이닝복이 전부 완판됐다고 하더라. 그렇게 괜찮다고, 됐다 하는데도 굳이 만나서 감사 인사를 전하고 싶다네."

탁. 탁. 탁탁. 탁탁탁. 속도를 더 올린 듯, 러닝 머신을 밟는 발소리가 점점 커졌다. 성권은 해찬의 눈치를 살피며 조심스럽게 말을 이어 갔다.

"덜도 말고 더도 말고 딱 30분만 내 달래. 다른 의도 없이 직접 만나서 인사만 전하고 싶다고. 호텔은 어떻게 알아낸 건지, 이미 담당자 보냈단다. 백도희 대리라고. 하여튼 그쪽 상무가 직통으로 연락해 온 거라, 이렇게 된 이상 아예 안 만날 수도 없어. 벌써 4년째 계속 러브콜 보내왔는데 무시했다간 네 이미지나 소문이……. 너도 이 바닥 잘 알잖아. 미안하다. 응?"

소음이 뚝 끊겼다. 어느새 러닝 머신에서 내려온 해찬은 딱딱하게 굳은 얼굴로 성권을 내려다보았다.

"다시 말해 봐."

"어? 아, 미안하다고. 내가 확실하게 말했어야 했는데……."

"그거 말고."

"직통으로 연락해 왔다는 거? 그쪽 상무가 집요하기로 유명해. 모델 한 명

눈독 들이기 시작하면 밑도 끝도 없이 들이대거든."

해찬이 이맛살을 구겼다.

"말고, 담당자 이름."

"백도희 대리?"

하. 잇새로 실소가 터졌다.

"확실해?"

"어. 아마 맞을 거야. 처음 유선상으로는 직원 보내겠다는 말만 했었는데, 문자로 다시 연락받았을 땐 분명 그랬어. 담당자가 마케팅 부서 백도희 대리라고."

성권의 말이 채 끝나기도 전에 해찬은 망설임 없이 뒤돌아섰다.

"야, 어디 가. 설마, 너. 그 업체 담당자 만나게?"

"확인해 봐서 나쁠 건 없지."

알 수 없는 대답에 성권의 얼굴이 벙쪘다. 분명 다행이었지만, 지금처럼 덥석 수락한 적은 처음이라 얼떨떨했다. 순간이었지만 해찬의 입술 끝이 날카롭게 뒤틀렸다. 은근하게 번진 웃음은 살벌하도록 달콤했고, 어둡게 번뜩이는 눈빛은 당장이라도 씹어 삼킬 듯 고요했다.

7년 동안 그의 곁을 지키며 단 한 번도 보지 못했던 모습이다. 늘 무료한 얼굴에 미약하게나마 변화가 생기자 성권은 불안한 기색을 감추지 못했다.

△ ▼ △

'오늘 6시까지 W호텔 라운지 카페로 가 봐. 상무님이 직접 그 선수 매니저한테 사정한 만큼 중요한 사안이란 거 잊지 말고. 해 봤자 고작 미팅 시간만 잡아 놓은 게 전부니까 그 선수가 마땅찮게 나와도 웬만한 건 다 받아 줘. 일주일. 그 안에 어떻게든 도장 찍어 와.'

꿈이라면 악몽이다. 차마 들어설 엄두가 나지 않았던 도희는 곧장 라운지 카페로 들어서지 못하고 발길을 틀어 호텔 화장실로 향했다. 손을 씻다 말고 거울에 비친 제 모습을 멍하니 바라봤다.

"진짜……, 미쳤지."

무슨 생각으로 이곳까지 덜컥 와 버린 건지.

손목을 들어 시간을 확인했다.

약속 시간까지 15분. 헤어지잔 말 한마디 없이 먼지처럼 사라져 놓고 7년 만에 대뜸 나타나 계약서를 들이밀며 사인해 달라 요구한다면.

과연 어떤 반응을 보일까, 너는. 뻔뻔한 년이라고 욕을 하려나. 아니면, 이미 다 잊었다고, 그동안 잘 지냈냐며 반갑게 안부를 물어 오려나. 뭐가 됐든 최악이다. 복잡하게 꼬여 버렸다. 어디서부터 풀어야 할지 모르겠다.

"하……."

두통이 느껴져, 도희는 세면대를 짚고 깊게 고개를 숙였다. 이럴 줄 알았다면 그냥 일찍이 때려치울 걸 그랬다. 처음부터 반드시 이 회사여야만 하는 이유가 있던 건 아니었다. 맨 처음 입사한 곳은 대기업 ST그룹이었다. 입사 후 6개월 만에 퇴사를 결심할 수밖에 없었다. 본부장의 뜬금없는 호출 때문이었다.

경쟁사 삼진그룹의 기태준 상무와 특별한 사이였냐는 질문을 시작으로, 아버지가 백윤택 의원인 것이 사실이냐며, 왜 그 사실을 이제껏 말하지 않았던 거냐고 추궁했다.

실질적으로 따지자면 대기업의 본부장쯤 되는 인물이 여태 그 사실을 모르고 있을 리가 없는데도. 안심했고, 안일했다.

아니라고 부정해 봤지만 소문은 급속도로 퍼져 나갔다. 본부장이 신입 사원을 떠받들며 대우해 주기 시작하자 점점 더 와전되었고, 상황은 악화됐다. 뭐라도 하나 얻어먹으려는 자와, 시기와 질투로 유치하게 괴롭히는 자들까지.

기태준과 아버지. 그들의 손이 닿지 않는 곳을 찾아야 했다. 찾고, 찾고 또 찾았다. 그러다 당도한 곳이 바로 이곳, 〈익스페디션〉 아웃도어 기업이었다. 비록 중견 기업이었지만, 지속적으로 높아지는 매출 추이만 봐도 성장 가능성이 충분했다.

그래서 선택했는데. 더한 복병이 기다리고 있었다.

"한국을 떠야 하나."

눈앞이 캄캄했다. 더는 물러설 곳이 없었다.

△ ▼ △

재킷을 둘러 입은 뒤 풀어진 시계를 마저 채웠다. 달칵. 채워지는 소리와 함께 해찬의 시선이 날렵하게 정면으로 올라왔다.

거울에 비친 제 모습이 낯설어 자조적인 웃음이 샜다. 백번 양보해 선택한 것이 캐주얼한 슈트였지만 운동복이 아닌 것만으로도 충분히 답답했다. 몸에 꼭 들러붙는 느낌부터가 별로였다. 그럼에도 즐겼다. 그럴 수밖에.

백도희. 그리움에서 원망으로. 숱한 미움에서 억지스러운 이해로. 터무니없는 합리화 끝에 그마저도 사랑으로. 다시 또 그리움이 되기까지 수많은 밤을 뒤척이게 했던.

그 이름을 듣게 된 순간 세상이 멈춘 듯했다. 호텔 룸을 빠져나와 엘리베이터를 타고, 내리며 걷는 동안 수많은 장면들이 필름처럼 머리를 스쳐 지나갔다.

혼란스럽다거나, 긴장이 된다거나, 화가 날 것 같단 예상과는 달리 심장은 어느 때보다 침착하게 뛰었고, 머릿속은 차분하게 식었다. 이유도 모르고 버림받았던, 그날처럼.

어느새 라운지 카페 앞에 선 해찬은 느리게 팔을 뻗어 자동문 버튼을 눌렀다. 스르륵 열린 문 사이로 천천히 걸음을 옮겼다. 차분한 클래식 음악이 잔잔하게 울려 퍼졌다.

그녀를 찾는 것은 그다지 어렵지 않았다. 한눈에 알아볼 수 있었다. 백도희가, 맞았다. 거리가 가까워질수록 흐릿했던 얼굴이 점차 선명해지고, 무덤덤한 해찬의 표정이 묘하게 변했다. 불안한 듯 입술을 깨무는 습관과 미간을 좁히는 버릇은 여전했다. 문제는 그것들을 제외하고 180도 바뀌어 버린 껍데기다.

해찬의 두 다리가 어느 한 테이블에서 우두커니 멈춰 섰다. 그럼에도 도희는 고개를 숙인 채 미동조차 없었다. 해찬이 손등으로 테이블을 두드리자, 투박한 소리에 흠칫 어깨를 떤다. 곧이어 그녀의 얼굴이 천천히 위로 올라왔다.

"⋯⋯설마 했는데."

얼굴을 확인한 순간 해찬의 눈빛이 어둡게 가라앉았다.

"진짜였네."

그의 시선은 오로지 도희에게 향해 있었다.

그 흔한 사진 한 장조차 없었다. 긴 시간을 오로지 머릿속 기억에 의존하며 견뎠다. 시간이 지날수록 나아질 줄 알았지만 보란 듯이 어긋났다. 폭풍처럼 거세지는 감정과 비례할 줄 알았던 기억은 야속하게도 흘러가는 시간을 따라잡을 수 없었다. 흐릿해졌다. 손에 닿을 듯 닿지 않을 듯 그렇게 멀어졌다. 저 얼굴을 잊지 않으려고 희미해지려는 기억을 억지로 끌고 와 몇 번이고 머릿속에 쑤셔 넣고 되새겼던가.

스스로를 해하는 일인 줄도 모르고, 그런 줄도 모르고. 침묵하며 도희를 내려다보던 해찬이 느릿느릿 입술을 떼어 냈다.

"드디어 만났네요."

운명인가. 작지만 분명한 목소리로 말했다.

"만나서 반갑긴 한데."

멈춰 있던 짙은 눈동자가 고요히 움직이기 시작했다. 아래로, 조금 더 아래로. 작은 부분 하나하나 눈에 각인시키려는 기세로 집요하게 도희를 훑었다.

"조금 화가 나는 건 어쩔 수가 없네."

짧은 실소가 해찬의 입술을 비집고 흘러나왔다.

"못 신던 구두도 신고."

"⋯⋯."

"안 하던 화장도 하고."

우연히라도 만나게 된다면 모진 말을 쏟아 내도 모자랄 것 같았다. 긴 시간을 억척스럽게 버텨 온 만큼 날카로운 비수를 꽂아 넣으며 아프게 상처 주고 싫어질 것 같았다.

그럼에도 여전하다면. 기억에 남아 있는 7년 전 모습 그대로였다면. 용서하고 싶어질 것 같다고. 매달리고 싶어질 것 같다고. 감히 생각했다. 그런데 말한마디 없이 사라져 놓고, 무정하게 버려 놓고, 엉망진창으로 망가트려 놓고 왜 멀쩡해 보여, 넌. 조금은 괴롭길 바랐는데. 나 아닌 누구에게도 사랑받지 않길 바랐는데. 그런 치졸하고 못된, 유치하기 짝이 없는 저주나 퍼부으면서 지금껏 버텼는데.

"더 예뻐졌잖아. 작정한 것처럼."

입술이 미약하게 뒤틀렸다.

"보는 사람 열받게."

해찬은 넋이 나간 도희의 얼굴을 빤히 쳐다보며 물었다.

"나 없이 그동안. 잘 지냈어요?"

꿈에서나 가능할 법했던, 그마저도 닿지 못했던 질문을 이제야 던진다.

"잘 지냈다고 말해 봐요."

해찬은 서늘하게 식어 버린 얼굴로 말했다.

"하루하루가 지옥 같았던 사람 앞에 두고 그때처럼 내 마음 찢어 갈겨 놓고 싶은 생각이면."

날 웃게 했던 그 입술로 마음껏 지껄여 보라고.

△ ▼ △

컵 위에 아슬아슬 맺혀 있던 액체가 유리 표면을 타고 주르륵 미끄러졌다. 동동 떠다니던 얼음이 녹아 작아지고, 하나둘씩 사라져 갈 때까지도 고집스러운 도희의 입술은 여전히 꾹 다물린 채였다.

해찬은 그런 도희를 집요히 건너다보며, 참을성 있게 기다렸다. 통창 너머에서 강렬히 쏟아지던 햇빛이 조금씩 저물어 가기 시작할 때쯤. 도희가 조용히 움직였다.

해찬의 시선도 그녀를 따라 멀어졌다. 곁에 두었던 서류를 집어 들고 테이블 위에 올려 두는 행동부터, 마음을 다잡으려는 듯 천천히 숨을 들이켜고, 내뱉는 모습. 내내 닫혀 있던 그녀의 입술이 느리게 떨어지는 것까지. 놓치지 않고 눈에 담았다.

"직접 만나 뵙게 돼서 영광입니다. 이번 계약 건을 맡게 된 담당자, 백도희입니다."

사적이 아닌, 공적으로 대하겠다는 뜻을 담은 인사에 해찬의 미간이 좁혀졌다.

그래. 어디 한번 해 보자고.

피식 웃음이 터졌다. 해찬은 의자 등받이에 깊게 몸을 기댔다. 다리를 꼬며 자세를 고쳐 앉은 뒤, 그녀가 내민 서류를 집어 들었다. 첫 제목을 눈으로 읽기 무섭게 길고 따분한 설명이 이어졌다.

"제안서를 보시면 아시겠지만 저희는 이번 겨울에 출시될 제품, 벤치 파카. 흔히 말하는 롱패딩에 주력할 예정입니다. 전 버전 제품만 봐도 전국 매장 가리지 않고 재고가 부족할 정도로 고객들의 반응은 폭발적이었고요. 아마, 이번에도 그때와 비슷하거나 더한 판매량을 보이지 않을까 예상하고 있습니다."

"……."

"억지로 계약을 서두르거나 종용하고 싶은 생각은 없습니다. 아무래도 내년 올림픽을 앞두고 있는 시점이기도 하고, 고해찬 씨의 파급력 또한 무시할 수 없는 만큼 먼저 제품을 받아 보신 뒤 신중히 결정하시는 편이 나을 것 같다는 것이 제 개인적인 의견입니다."

똑 부러지게 설명하는 폼이 어리숙하지 않다. 예전의 모습과 현재의 모습이 겹쳐 보였다.

스물넷. 그때의 그녀는 흔들림 없이 올곧고, 힘든 일 한번 내색하지 않던 여자였다. 백도희는 강했다. 적어도 자신 앞에서만큼은 그랬다.

그러는 '척' 이었는지, 그럴 수 '밖에' 없던 건지는 모르겠지만. 겉모습은 전과 판이하게 달라져 있었지만 내면은 아니었다. 달라진 게 있다면, 생각했던 것보다 더 뻔뻔해진 태도, 정도일까. 해찬은 들고 있던 서류를 방패 삼아 슬쩍 시선을 내렸다. 테이블 위에 가지런히 놓인 그녀의 손이 언뜻 보였다. 꽉 맞잡고 있었지만 바들바들 떨리고 있는 것까진 숨기지 못했다.

해찬은 성의 없이 던지듯 테이블 위에 서류를 내려 두었다. 쉴 새 없이 움직이는 그녀의 입술이 무엇을 설명하고 있는지 들리지 않았다.

"왜 떨어요."

놀란 듯 도희가 말을 멈추었다. 그제야 해찬이 눈을 들어 올린다.

"내가 잡아먹겠다고 한 것도 아닌데."

서늘한 눈매가 거짓말 같은 지금 이 상황을 비웃고 있는 듯하다.

"회사 자랑. 그따위 헛소리나 듣자고 나온 거 아니니까, 입 아프게 쓸데없는 말 떠들지 말고 묻는 거에 대답이나 해요."

도희의 입술이 얌전히 다물리자 해찬의 입꼬리가 뒤틀렸다.

"잘 지냈냐고 물었어."

한 글자, 한 글자에 힘이 실렸다. 잠시 곁눈질로 주변을 살피던 도희가 한숨 같은 숨을 내쉬며 어렵게 입을 열었다.

"대답. 해야 돼?"

"해."

"그래. 난 잘 지냈어. 됐니?"

기어코 속을 찢어 놓는 말을 뱉고야 만다.

"계속해."

미안하다고 해. 보고 싶었다고 해.

"7년 전 일이야. 어렸고, 성숙하지 못했어. 그때 내 선택이 상처가 됐다면, 늦었지만 사과할게."

다시 되돌리고 싶다고 말해.

"용서하지 않아도 돼. 나쁜 년이라 욕하고 싶으면 얼마든지 해. 그래야 네 마음이 풀릴 것 같다면 얼마든지 상관없어."

사실은 너도 나를 버리고 싶지 않았다고 해. 그럴 수밖에 없었던 사정이 있었다고 변명해. 울고, 빌고. 그날의 그 선택을 후회해야지.

"이미 전달받았겠지만 혹시 몰라서 계약서는 일단 놓고 갈게."

도희는 테이블에 제 명함을 내려 두며 말을 이었다.

"거절해도 괜찮아. 여기에 나오려고 결심한 순간부터 네 결정이 뭐가 됐든 존중할 생각이었어. 그럴 일은 없겠지만 만약, 수락할 의사가 있다면 매니저분 통해서 연락 줘. 담당자는 변경해 둘게. 너도 그러는 편이 나을 테니까."

무겁게 가라앉은 침묵을 견디며, 도희는 끝내 자리에서 일어났다.

△ ▼ △

도희의 뒷모습이 시야에서 완전히 사라질 때까지도 해찬은 자리에서 움직이지 못했다. 꼼짝 않고 맞은편의 빈 의자를 넌지시 바라보기만 할 뿐이었다.

결국 듣지 못했다. 묻지도, 상처 주지도, 모진 말 한번 뱉지도 못했다. 해찬의 얼굴이 옆으로 느리게 돌아갔다. 통창 너머 걷고 있는 도희가 메마른 시선 끝에 닿았다. 순간 세게 움켜쥐고 있던 주먹이 서서히 풀어졌다. 손끝이 엷게 떨렸다.

창밖의 도희는 한껏 인상을 찌푸린 채 절뚝거리고 있었다. 그러다 얼마 가지 못해 우뚝 멈춰 서서 짜증스러운 한숨을 내쉰다.

그의 눈매가 가늘어졌다. 모습을 자세히 살펴보니 그녀의 왼쪽 발에 끼워진 검은색 구두 굽이 부러져 있다. 때마침 주변을 두리번거리던 성권이 곁으로 다가왔다.

"다행이다. 아직 있었구나. 어떻게 됐어. 계약하기로 했어?"

좀처럼 생각을 읽을 수 없는 무심한 얼굴이었지만 성권은 단박에 알아차릴 수 있었다.

"표정은 또 왜 이래. 설마, 담당자랑 싸운 건 아니지?"

분명 저 얼굴은 단단히 화가 났을 때 나오는 얼굴이다.

"어떻게 된 거……."

심상치 않은 분위기를 감지한 듯, 성권은 말을 하다 말고 해찬의 시선이 닿아 있는 곳으로 고개를 돌렸다.

여자?

"아는 사람이야? 아님, 담당자?"

예쁘긴 했지만 잔뜩 구겨진 표정하며 차가운 외모만 봐도 한 성격 하게 생겼다.

"형."

나지막한 목소리에 성권은 통창에서 눈을 떼고 해찬을 바라봤다.

"어. 말해."

"운동화 하나만 구해 줘."

"갑자기 운동화는 왜. 산 지 얼마 되지도 않았는데 벌써 닳았어?"

"나 말고."

여전히 해찬의 눈길은 도희에게 머물러 있었다. 어쩔 수 없다.

담고, 또 담고.

"저 여자한테 갖다줘."

미운 너를, 다시 담는 수밖에.

△ ▼ △

하늘은 금세 어둑해졌다. 높고 기다란 건물들이 하나둘씩 빛을 내고, 도로 위를 굴러다니는 자동차들도 점점 많아지기 시작했다.

다들 퇴근의 후련함을 만끽하느라 한창인데, 저 혼자만 동떨어진 기분이 들었다. 평소처럼 단화나 신을 걸 무슨 바람이 들어선. 되는 일이 하나도 없다. 싸구려 구두를 사는 게 아니었다. 다른 건 몰라도 구두만큼은 좋은 브랜드를 선택해야 한다던 서 주임의 말이 떠올랐을 땐 이미 늦었다.

발 전체가 욱신거렸다. 접질린 건 발목인데, 이상하게 가슴이 더 시큰거렸다. 아프다. 진짜. 도희가 눈을 질끈 감았다 떴다. 더 생각해 봐야. 그냥 잊어버리자. 살면서 한 번쯤 우연히 만나게 되지 않을까. 마주치지 않을까. 수도 없이 상상해 본 일이잖아. 그래도. 하필이면. 왜 하필이면.

"후으……."

한숨이 절로 흘러나왔다. 남은 구두 굽마저 부러트려야 할까. 이대로 절뚝거리며 집까지 걸어가야 할까. 한참을 그 상태로 발끝만 내려다보고 있는데, 바로 앞에서 누군가가 멈춰 섰다.

"저기……."

낯선 목소리에 도희의 얼굴이 천천히 위로 올라갔다. 처음 본 남자였다. 그는 어색하게 웃으며 목덜미를 긁적였다. 남자는 난감한 듯 우물쭈물하다 들고 있던 쇼핑백을 불쑥 내밀었다.

"이거, 받으세요."

도희의 눈이 쇼핑백으로 내려갔다. 의도를 알 수 없어 이맛살을 좁히자, 남자는 한껏 당황해 하며 서둘러 손사래를 쳤다.

"아, 저 절대 수상한 사람 아니고요. 고해찬 아시죠? 그 선수 매니저 되는 사람입니다."

그제야 도희의 표정이 느슨하게 풀어졌다.

"아……."

"그게 구두, 때문에."

하. 뭐라 말해야 돼. 미치겠네. 웅얼거리는 목소리가 작다.

"일단 신으세요. 그 상태론 제대로 걷지도 못할 것 같은데."

상자 속엔 하얀색 러닝화가 들어 있었다. 도희는 움직일 생각도 못 하고 넌지시 운동화만 들여다보았다.

"발 사이즈가 240. 맞으시죠?"

"그걸 어떻게……."

"그러게요. 그건 제가 묻고 싶은 말이라서요."

하하. 성권은 겸연쩍게 웃으며 꺼내 든 운동화를 도희의 발 앞에 가지런히 내려 두었다.

"혹시 미팅 담당자님인가요?"

"아, 네."

"맞구나. 그럼 혹시 해찬이랑 무슨……."

성권은 말을 잇다 말고 고개를 돌렸다. 어딘가를 바라보는 듯했다. 얼마 지나지 않아 그는 곧장 세차게 얼굴을 흔들며 흐름을 끊었다.

"아, 아닙니다. 전 이만 가 봐야 해서요. 이거 신고 가세요. 꼭!"

난데없이 나타나 순식간에 사라졌다. 꼼짝 않고 운동화를 바라보던 도희가 시선을 돌렸다. 호텔 앞 버스 정류장에 앉아 있던 뒷모습을 전부 지켜보고 있던 걸까. 라운지 카페 내부가 훤히 들여다보이는 통창을 사이에 두고서.

커피 두 잔이 놓여 있던 테이블은 말끔하게 치워져 있었다. 텅 비어 있는 자리를 보자 불과 몇 분 전, 해찬과 마주 보고 앉아 있던 것이 거짓말처럼 멀게만 느껴졌다.

시선을 거두자 다시 또 하얀색 새 운동화가 보인다. 필사적으로 도망치고, 잊어 보려 했건만 끝끝내 다시 얽히고 말았다. 화가 나고, 답답하고, 막막한데. 분명 그런데도 내심 안심이 됐다. 이질감은 없었다. 언젠가 분명 느껴 본 적 있는 감정이라서. 여전히 나는 이기적이다.

끔찍하게도.

△ ▼ △

다음 날 회사 분위기는 어딘가 이상했다.

낯선 기류를 느낀 것은 출근 직후부터였다. 미팅 결과가 왜 이 모양 이 꼴인 거냐며 호통을 쳐야 하는데. 분명 면전에 서류 뭉치를 내던지며 길길이 날뛰어야 정상인데, 계 부장은 이상하리만큼 조용했다.

뿐만이 아니었다. 평소와 다를 것 없어 보였지만 알게 모르게 다들 들떠 있다.

오전 11시. 점심시간까진 한참 멀었건만 벌써부터 여직원들의 움직임이 심상치 않았다. 분칠을 새로 하거나 립스틱을 덧바르는 등, 행동이 심히 수상했다.

너무 예민해졌나. 대수롭지 않게 넘기며 모니터를 바라봤다. 흐르는 시간의 속도에 비해 할 일은 여전히 많았다.

도희는 쓴웃음을 흘리며 자리를 비운 사이 다른 직원이 모니터에 붙여 놓고 간 포스트잇을 떼어 내고 엑셀을 켰다. 업무에 집중하려는 순간 발끝에 무언가가 툭 걸렸다.

"아……."

어제 해찬의 매니저에게 전달받았던, 운동화가 들어 있는 쇼핑백이었다. 끝내 신지 못했다. 차마 그럴 염치가 없어 주변 사람들의 시선을 한 몸에 받으며 집까지 절뚝절뚝 걸어갔다. 돌려줘야겠다고 생각했다.

감쪽같이 원래대로 상자에 넣어 두긴 했지만 계속 집에 방치할 수도 없는 노릇이라 일단 무턱대고 회사에 들고 오긴 했는데. 절로 한숨이 샜다.

꿈이었다 생각하고 훌훌 털어 내긴 힘들겠지만 7년이나 견뎠으면서 더 못 버틸 것도 없다. 그리 생각하려 했는데, 흔적이 남아 버린 이상 그마저도 어렵게 됐다.

"대리님. 이거 운동화 아니에요? 새로 사셨어요?"

옆자리의 서 주임이 쇼핑백 문구를 용케 알아보고 물어 왔다. 도희는 말을 아끼며 슬쩍 미소만 지었다. 서 주임은 다시 자리로 돌아가려다 말고 떠오른 것이 있는 듯 짝, 손을 부딪쳤다.

"아, 맞다! 대리님. 축하드려요."

"무슨 축하?"

"왜 모르는 척하고 그러세요. 어제 멋있게 계약 따 와 놓고."

"……어제?"

"고해찬이요. 그 선수 엄청 까다롭기로 유명한데 대체 어떻게 설득하셨어요? 노하우 좀 알려 주세요. 이참에 저도 고과 점수 올려 보게."

그럴 리가…….

"이번엔 상무님도 개입된 건이라 계약 수포로 돌아가면 정말 큰일 나는 거였잖아요. 부장님은 고사하고 상부에서도 한 소리 할 것 같아서 다들 엄청 걱정하고 있었어요."

……없는데.

"설마. 아직 연락 못 받으셨어요? 오늘 직접 방문해서 계약서 쓰기로 했."

서 주임의 말이 도중에 뚝 끊겼다. 대화 도중 사무실 문이 덜컥 열린 탓이다.

"헐. 대박."

때아닌 감탄사가 이곳저곳에서 터져 나왔다. 일제히 한곳으로 향해 있는 시선들을 따라 눈을 돌리자, 마케팅 사무실 안으로 두 남자가 나란히 들어서고 있었다.

고해찬과 그의 매니저였다. 유명인의 등장에 몇몇 직원들은 연신 감탄사를 내질렀고, 나머지 직원들은 바쁘게 손을 움직였다. 고해찬이 우리 회사에 왔다고.

지인들에게 메신저로 현재 상황을 생중계하고 있으리라. 그래 봤자 고작 운동선수. 잘 쳐줘도 국가 대표 선수에게 이토록 열광하는 이유는 뻔했다. 운동선수치고 지나치게 화려한 저 외모 때문이다. 운동으로 잘 다져진 몸에 걸친 차콜 그레이 톤의 슈트 핏은 말할 것도 없었다.

그래, 옆에서 넘어오는 여직원들의 말을 빌리자면 격이 달랐다. 온 직원들이 너 나 할 것 없이 다가가 악수를 청했다. 심지어 계 부장마저 한걸음에 달려 나가 반갑게 맞이하는 판국에 도희 혼자만 동상처럼 뻣뻣하게 굳었다.

칼처럼 위협적이고 얼음처럼 차갑던 눈빛과 얼굴로 몰아세우던 고해찬은 어디에도 없었다. 악수를 받아 주진 않았지만, 대외적인 이미지를 신경 쓰는 듯 한결 순하게 풀어진 표정이었다.

허공에서 시선이 정통으로 부딪쳤다. 젠장. 고개를 돌리려는 순간, 그가 휘적휘적 다리를 뻗으며 다가왔다.

일정한 간격으로 움직이던 긴 다리가 도희의 자리 바로 앞에서 멈추었다. 그가 손을 내밀었다. 악수였다.

"다시 만났네요."

손을 잡아야 한단 생각조차 못 했다. 당황해서. 황당해서.

"난 되게 반가운데."

서늘하게 뻗은 눈매가 서서히 누그러졌다.

"담당자님은 아닌가 봐요?"

도통 알 수 없는 말이었다.

"백 대리! 뭐 하고 있는 거야. 정신 똑바로 안 차려?"

해찬의 곁에 서 있던 계 부장이 잔뜩 힘이 실린 눈으로 추궁하자, 뒤늦게 상
황 파악을 마쳤다. 보는 눈이 많은 곳. 이곳은 회사였다.

"아하하. 아무리 백 대리라도 어쩔 수 없는 여잔가 봅니다. 저렇게 넋을 놓
고 쳐다볼 정도면. 고해찬 선수 외모가 워낙에 출중했어야 말이죠."

저런 미친 소리나 내뱉고 있는 계 부장의 말소리마저 희미했다.

허공에 뻗어진 손이 민망할 법도 한데 해찬은 의연하게 팔을 내렸다. 그의
시선이 책상 아래로 떨어졌다. 무언가를 곁눈질로 확인하더니 다시금 턱을 들
었다.

"식사나 함께하시죠."

"어어, 그거 좋죠. 지금 바로 나가시죠. 근처에 자주 가는 설렁탕집이 있는
데 맛이 아주 좋습니다."

귀한 손님을 두고 접대 메뉴가 고작 설렁탕이라니. 기가 막혔지만 도희는 차
마 웃을 수 없었다.

잊고 있던 기억이 떠오르고, 더 이상 얽히면 안 된다는 걱정과 앞으로 벌어
질 일에 대한 두려움이 한데 엉겨 머리가 터질 것 같았다.

"아뇨."

예? 뜻밖의 거절에 당황한 계 부장이 두 눈을 끔뻑거렸다.

"말씀은 감사하지만 오늘은 대리님과 먹겠습니다."

해찬은 도희의 얼굴을 꿰뚫듯 직시하며 못을 박듯 말했다.

"단둘이."

△ ▼ △

당신과 먹고 싶지 않다.

분명 그런 의도는 아니었겠지만, 면전에서 대놓고 싫단 말을 뱉을 줄은 몰랐는지, 직원들은 내심 놀라워하면서도 한편으론 쌤통이라 생각하며 큭큭 숨죽여 웃었다.

반면 계 부장은 정중하면서도 당돌한 해찬의 거절에 적잖이 민망했던 모양이다. 벌겋게 달아오른 얼굴로 말을 더듬던 그 모습을 잊을 수가 없다.

화끈거리는 속을 애써 숨기며 어서 다녀오란 계 부장의 등쌀에 떠밀려 나오게 된 것까진 좋았다. 부장님이 추천한 설렁탕 맛이 어떨지 궁금하다는 매니저의 의견으로 회사 근처 설렁탕 전문점에 도착한 것까지도 괜찮았다.

인파가 몰릴 시간이 아니었기에 식당 홀은 텅 비어 있었다. 인원은 고작 세 명인데 굳이 단체석 룸을 잡은 것하며, 사장님은 어째서 그런 무리한 요구를 흔쾌히 수락한 것인지.

숨 막히는 정적이 흘렀다. 설렁탕이 나온 지는 한참 지났지만 누구 한 명 선뜻 입을 열지 못했다.

묵묵히 자신을 건너다보는 고해찬의 따가운 시선도. 연신 눈치를 살피며 꾸역꾸역 설렁탕을 입에 넣고 있는 매니저도. 가시방석이 따로 없었다. 도희는 한시라도 빨리 자리를 벗어나고 싶은 마음이 간절했다.

성권의 앞에 놓인 뚝배기는 어느덧 바닥을 드러내고 있었다. 마지막 한 숟갈까지 야무지게 긁어모아 한입에 털어 넣고, 물로 입가심을 끝낸 뒤 드디어 입을 열었다.

"이야, 부장님이 왜 그렇게 입이 닳도록 추천해 주셨는지 알 것 같아요. 정말 맛있네요, 여기."

도희가 어색하게 웃었다.

"입에 맞으셨다니 다행이네요. 죄송합니다. 더 좋은 곳으로 모셨어야 했는데 경황이 없었습니다. 대화가 없어서 식사 많이 불편하셨죠."

성권은 세차게 손사래를 쳤다.

"어휴, 아닙니다. 저는 원래 밥 먹을 때 대화를 잘 안 하는 편이라서요. 오히려 제가 더 죄송하죠. 사전에 연락도 없이 찾아와서 당황스러우셨을 텐데. 혹시 밀린 업무 많으신가요? 저희 때문에 괜히 피해 보시게 될까 봐 걱정이네요."

"괜찮습니다. 부장님 허락도 받았고, 이것도 제가 해야 할 업무 중 하나니까요. 일하기 싫었는데, 덕분에 잘됐다 생각하고 있어요."

직장인 7년 차의 내공은 실로 대단했다. 마음에도 없는 말이 술술 나왔다. 매니저 덕분에 한결 마음이 놓이려는 때였다. 별안간 옆에서 짧은 실소가 터졌다. 고해찬이었다.

성권이 팔꿈치로 옆구리를 쿡 찔렀지만, 해찬은 미동조차 없었다. 오늘따라 답지 않게 왜 이래? 성권은 도희를 힐긋거리며 머쓱하게 웃었다.

"하하. 아, 맞다. 대리님. 앞으로 일정은 어떻게 될까요?"

"아, 그게……."

도희는 말끝을 흐렸다. 더 볼 것도 없이 거절할 것이라고 생각했다. 늦어도 내일 안으로 담당자를 변경해 두려 했건만 거절은커녕 단번에 수락이라니. 더군다나 이렇게나 빨리 찾아올 것이라고는 상상도 못 했다.

그녀가 당황해 하며 어물쩍거리자 성권은 적극적으로 나섰다.

"올해는 출전하는 시합도 없고, 개인 훈련을 제외하면 딱히 잡혀 있는 스케줄도 없어서요. 최대한 업체 측 일정에 맞출 수 있을 것 같습니다."

대답이 없다.

대기업의 고가 제품이 아닌 중견 기업의 아웃도어를 선택한 해찬의 의중도 의문이었지만, 더 이해할 수 없는 것은 담당자, 도희의 반응이었다.

분명 활짝 웃으며 몇 번이고 감사하다 고개를 숙여야 정상인데, 이렇다 저렇다 하는 말도 없이 억지로 입술을 당겨 웃고 있는 모습은 예상 밖이었다.

앞다퉈 가며 모셔 오지 못해 안달 난 타 기업들을 마다하고 계약하겠다는데. 심지어 일정도 맞춰 주겠다는데도 내키지 않아 하니, 내심 자존심이 상한 성권은 조금 더 필사적으로 강조했다.

"그건 그렇고, 정말 의외였어요. 작년까지 여러 기업들과 전속 계약을 맺어 왔지만, 지금처럼 몇 시간 만에 결정한 적은 없었거든요."

"……그렇군요."

"네. 그동안은 정말 원해서 선택한 게 아니었으니까요. 워낙에 수영밖에 모르던 친구라 관심 밖 일이었기도 했고요. 그래서 이번 년도엔 푹 쉬고 싶다 한 거였는데, 선뜻 수락해 줘서 얼마나 놀랐는지 몰라요. 저는 두 분이 원래 알던 사이가 아닐까 하는 생각마저 들었다니까요?"

"형."

내내 침묵하던 해찬이 흐름을 끊었다. 도희의 불안한 눈빛과 놀라 흠칫하는 성권의 눈이 한곳으로 향했다.

"잠깐 자리 좀 비켜 줘."

"어……. 어?"

도희는 해찬이 언제 폭탄을 터트릴지 몰라 마른침을 삼켰다. 해찬의 눈길은 여전히 도희에게 고정되어 있었고, 입술은 일자로 꽉 다물린 채였다. 둘을 번갈 아 보던 성권은 무슨 연유인지는 몰라도 끼어들 자리가 아니란 것을 뒤늦게 알 아차렸다.

왠지 따돌림당하는 것 같은 기분인데. 대체 무슨 관계냐고 추궁하고 싶은 마음이야 굴뚝같았지만 일단 지금은 자리를 피해 주는 것이 옳았다.

"그럼, 차에서 기다리고 있을 테니까 끝나면 연락해."

성권은 해찬의 어깨를 툭툭 치며 자리에서 일어났다.

어쩐지 불안하다. 둘 사이가 좋아 보이지 않는다. 그렇다고 나빴다면 계약할 마음도 없었을 텐데. 뭘까 싶었지만 호기심을 뒤로하고 성권은 테이블에 놓아둔 차 키를 집어 들고는 가볍게 목을 숙여 인사한 뒤 그대로 룸을 빠져나 갔다.

탁. 미닫이문이 닫히자 정적은 다시 이어졌다. 한층 더 무거워진 공기에 괜히 목이 탔다. 도희는 앞에 놓인 물을 한입 들이켰다.

둘만 남은 상황이 어지간히 불편했는지 도희가 눈을 굴렸다. 그 모습을 뚫어 져라 바라보던 해찬이 천천히 입술을 떼어 냈다.

"뭐 해요. 안 먹고."

"입맛이 없어서요. 저 신경 쓰지 말고 편히 드세요."

또 존댓말.

해찬의 눈가가 작게 구겨졌다. 하지만 언제 그랬냐는 듯 눈에 힘을 풀었다.

"식었을 텐데, 다시 시켜야겠네."

그리 말하며 팔을 뻗었다. 해찬이 벨을 누르려는 찰나 도희가 먼저 움직였 다. 무의식적으로 깍두기 그릇을 집어 들었다. 멈칫한 해찬은 돌연 작게 웃음을 터트렸다.

"이제 매운 거 잘 먹나 봐요."

도희는 그제야 자신이 무슨 행동을 했는지 깨달았다. 습관이 이렇게나 무섭 다는 것을 몸소 체감한 순간이었다.

"예전엔 그거 먹고 물통 반 이상을 비웠던 걸로 기억하는데."

하지만 이제 와 그릇을 내려 둘 수도 없었다. 여태 그를 잊지 못했다는 것이 들통나 버릴까 봐 도희는 일부러 태연하게 굴었다. 해찬의 말을 무시하고 들고 있던 그릇을 조심히 기울였다. 깍두기 국물에 섞여 붉그스름해진 설렁탕을 숟 가락으로 휘휘 내저으며 싱긋 웃었다.

"신기하게 시간이 흐르니까 변하던데요. 입맛도, 취향도."

마음도. 마지막 말을 삼키며 도희는 이미 다 식어 버린 설렁탕 국물 한 숟갈 을 입에 넣었다. 맛이 없었다. 7년 전, 그와 먹었던 그 설렁탕보다 훨씬 맛이 없 다. 도희는 차분히 숟가락을 내려 두고 침착하게 해찬의 눈을 마주 보았다.

"감사해요. 말씀처럼 충분히 더 좋은 조건의 계약도 많았을 텐데."

또다시 마음에도 없는 말이 마법처럼 흘러나온다.

"내 일정과 관련된 소식은 나보단 그쪽 분들이 먼저 알고 있던데. 몰랐나 봐 요?"

손가락이 흠칫 떨렸다.

도희는 가까스로 미소를 걸치며 고개를 끄덕였다.

"네. 저는 별로 관심이 없어서요."

"모순이네요."

그의 말처럼 모순이 맞았다. 모를 리가 없었다.

어느 배우가, 어느 가수가, 아이돌이. 또 어느 영향력 있는 인물이 어떤 기업의 제품 광고를 맡았고, 계약 해지 날짜가 얼마나 남았는지, 평균 계약금이 얼마인지. 하물며 신체 사이즈가 어떻게 되는지까지 구구단처럼 달달 외우고 있었다.

직업 특성상 유명 연예인들의 정보는 작은 것 하나라도 예민하게 기억하고 있어야 하는 건 당연하니까. 고해찬 '만' 몰랐던 거다. 모르고 싶었다.

자꾸 흘러가려는 관심을 억지로 막아 세웠다.

그뿐일까. 직원들끼리 떠드는 대화에 끼지 않으려고 발악하다시피 자리를 피했다. 그래야만 했다.

"설마. 나 때문인가?"

해찬은 부드럽게 눈매를 휘며 물었다. 날 아직 잊지 못한 건 아니냐고.

"그럴 리가요."

도희는 담담하게 답했다.

결코 아니라고. 누구도 물러설 기미가 보이지 않자 긴장감은 한층 더 팽팽하게 조여졌다. 그때, 해찬이 먼저 패를 꺼내 들었다.

"이렇게 다시 만난 걸 보면 꼭 죽으란 법만 있는 건 아닌가 봐요. 살다 살다 이런 경우는 또 처음이라."

"……."

"묻고 싶은 건 많은데 순순히 대답해 줄 것 같지도 않고."

어떻게 해야 하나. 꿰뚫듯 집요한 그의 눈동자를 마주할 엄두가 나지 않았다. 도희는 슬쩍 그의 시선을 피하며 얌전히 입을 다물었다.

"기억나요? 선배가 처음에 나를 어떻게 대했는지. 내가 선배한테 어떻게 다가갔는지."

원인 모를 집착으로, 또는 가벼움으로 끈질기게 다가오던 너. 그런 너를 매정하게 밀어내고, 피해 다녔던 나. 그래도 결국 너여야만 했던 나.

7년 전과 지금이 비슷한 것 같지 않느냐고 묻는 것처럼 들렸다면 착각일까.

"기억해 두고 싶지 않은 건 금방 잊어버리는 성향이라서요, 제가."

"아, 성향."

해찬은 비아냥거리듯 도희의 말을 곱씹었다.

"뭐, 추억 되새긴다 생각하고 다시 처음부터 시작해 보는 것도 나쁘진 않겠네요. 초심도 중요하니까."

확실히 쉽게 끊어질 인연은 아니었나 보다. 인정하겠다. 하지만.

"고해찬 씨."

"그 호칭 좀 빼요. 존댓말도 치우고. 슬슬 구역질 날 것 같아."

해찬이 웃으며 날카로운 창을 던졌다. 명중이다. 가슴이 뻐근했다. 여전한 듯, 묘하게 달라진. 한없이 너그럽던 고해찬은 없었다.

도희는 입술 안쪽의 여린 살을 꽉 짓이겨 물며 옆자리에 내려놓았던 계약서를 집어 들어 테이블에 올렸다.

"……계약서입니다. 이미 사본으로 받아 보셨을 테니 사인만 하시면 됩니다."

해찬이 계약서를 내려다보며 중얼거렸다.

"고집은 여전하네."

얼른 사인이나 해라. 다급한 도희와 달리 갑의 위치에 서게 된 해찬은 더없이 여유로웠다. 분명 올라선 입술은 웃고 있었지만 가라앉은 눈은 아니었다.

"혹시 그거 알아요?"

해찬은 물끄러미 도희를 응시하며 손등으로 계약서를 툭툭 두드렸다.

"그동안 내가 이런 성미에 안 맞는 짓이나 하고 다녔던 이유."

수영이 아닌 것들. 이를테면 CF 광고라든지, 방송 출연이라든지. 그가 원했던 일이 아니었다던 매니저의 말이 불현듯 떠올랐다.

"무슨 수를 써서라도 선배 눈에 내 얼굴을 박아 넣고 싶었어요."

도희의 눈동자가 잘게 흔들렸다.

"얼굴, 목소리, 말투. 무엇 하나 빠짐없이 억지로라도 잊을 수 없게 만들고 싶었어. 되도록이면 평생."

숨이 잘 쉬어지지 않았다. 꼬깃꼬깃 접어 넣어 둔 과거를 억지로 들추고 멋대로 펼쳐 내려는 그가 힘겹다.

"수도 없이 생각했어요. 결혼은 했을까. 애인은 있을까. 남자는 몇 명이나 만났을까. 난 아직도 병신처럼 7년 전 그날에 갇혀 살고 있는데, 너는 그런 나를 버리고 얼마나 많이 앞질러 갔을까."

도희는 조용히 가느다란 숨을 흘려보냈다.

"내가 그동안 얼마나 상처받았을지, 가늠이나 돼요?"

해찬은 가볍게 웃으며 계약서 옆에 놓인 펜을 쥐어 들었다. 처음부터 내용 따윈 볼 생각도 없었다는 듯 단번에 맨 끝장을 펼쳤다. 곧이어 그의 손이 물결처럼 움직였다. 일말의 망설임도 없이, 순식간에 사인을 마쳤다.

손안에서 빙글, 가볍게 돌리던 펜을 다시 서류 위에 탁, 내려놓은 해찬이 눈꺼풀을 날렵하게 올렸다. 어두운 눈빛이 돌연 날카롭게 번뜩였다.

"근데 이젠 뭐가 됐든 상관없을 것 같아. 결심이 섰거든."

7년이란 긴 공백과 받았던 무수한 상처. 그리고 갈 곳을 잃어버린 미움. 온통 물음표로 남아 버린 상황들과 감정까지 전부.

"그마저도 사랑하기로."

상대가 백도희라면, 뭐가 됐든 사랑이라고.

△ ▼ △

'그마저도 사랑하기로.'

나직한 음성, 흔들림 없는 눈빛. 동요 없던 무표정한 얼굴. 고해찬의 잔상은 좀처럼 사라지지 않고 꽤 오래도록 머릿속에 떠다녔다. 그 말을 듣고 나서 나는 무슨 생각을 했던가. 어떤 표정을 지었던가.

긴 꿈을 꾸는 듯했다. 분명 생생한데, 안개처럼 뿌옇기만 하다. 오늘 안으로 결재 보고서를 올려야 했지만 도희는 고장 나 버린 로봇처럼 삐걱거렸다. 단어 하나, 숫자 하나 기입하는 것이 이토록 버거울 수가 없다.

지속적으로 흘러나오는 한숨은 끝이 없었다. 쓰다 멈추기를 반복한 지도 벌써 몇 시간째였다. 평소 같았으면 10분도 채 걸리지 않았을 만큼 간단한 일인데, 기어코 야근을 자처하고 말았다.

모니터 속에서 깜빡이는 커서를 한참 의미 없이 바라보다가 또 한 번 묵직한 숨을 토해 내며 의자에 등을 폭 기대었다. 끼익, 의자가 뒤로 넘어가는 소리가 유난히 크게 들렸다. 늦은 저녁, 모두 퇴근한 사무실엔 어느새 도희 혼자 남아 있었다.

담당자를 변경해 달란 요구는 예상대로 반려되었다. 꿈도 꾸지 말라는 계 부장의 호통과 함께. 책상 위에 덩그러니 놓여 있는 계약서를 원망스럽게 흘겨보던 도희는 결국 눈을 질끈 감아 버렸다.

그때, 충전 중이었던 휴대폰이 요란한 빛을 내며 진동했다. 도희는 피곤으로 뭉친 눈두덩이를 엄지로 꾹꾹 누르며 휴대폰을 들었다.

[내일 오후 2시까지 본사로 와.]

기태준. 그였다.

4주 만이었다. 한 달 전, 우연히 본 기사에선 삼진전자가 중국의 모 기업을 인수 합병 하는 일에 전력을 기울인다고 하던데 그새 해결이 된 모양이다.

기태준은 결코 회사와 관련된 이야기를 입 밖으로 꺼내지 않았다. 개인적인 사정은 말할 것도 없었다. 피차 궁금하지도 않았지만 우스운 일이다. 무엇도 알지 못하는 저에 비해 기태준은 자신과 관련된 일이라면 모르는 일이 없었으니 말이다.

〈익스페디션〉 창립 기념일은 내일이었다. 자체 휴무란 사실을 알고서 저런 문자를 보낸 걸까.

그렇다 한들 달라질 건 없었다. 무기력한 처지에 자조적인 웃음이 샜다.

△ ▼ △

대한민국 경제의 뿌리를 움켜쥐고 있는 기업답게 삼진그룹은 본사 내부부터 차원이 달랐다.

외부인의 출입을 막고자 서 있는 경호원들과 직원들의 복지를 위한 휴게 시설, 탁 트인 천장과 아파트만큼이나 높은 층수까지.

화이트 톤으로 이루어진 내부 곳곳에 비치된 초록색 식물들은 피로에 지친 직원들을 배려하려는 목적이 여실히 드러났다. 더는 시간을 낭비할 수 없었던 도희는 걸음을 재촉했다.

경호원에게 건네받은 출입증으로 게이트를 통과하고, 무사히 엘리베이터에 탑승했다. 17층까지 한 번에 직통하는 엘리베이터는 막힘없이 상승했다. 문이 열리자 비서로 추정되는 여성이 상냥하게 웃으며 다가왔다.

"백도희 씨?"

"아, 네."

"기다리고 있었습니다. 따라오시죠."

대단한 손님을 모시듯 연신 주변을 살피던 여비서는 과하게 비밀스러웠고, 지나치게 친절했다. 비서를 따라 걷다 보니 어느새 상무이사 집무실 앞에 다다랐다. 여자는 세 번의 노크 끝에 문을 열었다. 도희는 잠시 주춤거리다, 크게 심호흡을 내쉬고 안으로 들어섰다.

집무 책상 앞에 앉아 서류를 들여다보고 있는 기태준이 보였다. 여전했다. 꼿꼿한 자세하며, 주름 하나 없이 번듯한 슈트와 차가운 인상마저. 업무를 볼 때에 주로 쓰는 무테안경 덕분에 날카로운 눈매가 언뜻 가려진 듯 보였지만, 특유의 싸한 분위기는 건재했다. 4주 만에 만난 그는 조금도 변함이 없었다.

"저 왔어요."

"알아."

사람은 적응하는 데 최적화된 동물이라고. 더없이 고압적인 말투도 이젠 익숙했다. 숨소리조차 조심스러울 정도로 적막했다. 몇 번의 초침 소리 끝에, 어딘가 이상한 기류를 느낀 듯, 태준은 서류를 뒤적거리다 말고 턱을 들어 도희를 유심히 들여다보았다.

무테안경 너머로 뚫어져라 주시하는 눈빛이 예사롭지 않다. 기태준은 눈치가 빠른 남자였다. 언제 어떤 식으로 속을 들춰낼지 몰라 도희는 조용히 시선을 피했다. 불쾌한 긴장감이 솟구쳤다.

심장이 쿵쿵 뛰었다. 태연해야 하는데 해찬과 재회한 순간부터 무리였다. 불안했다. 이곳으로 부른 이유나, 목적. 그리고 지금의 눈빛까지도.

발톱을 세울 줄 알았지만 그는 아무것도 묻지 않았다. 태준은 들고 있던 서류를 내려놓으며 의자에서 천천히 몸을 일으켰다.

"뭐 하고 있어. 앉지 않고."

아직 모르고 있구나. 다가오는 내내 변함없이 건조한 그의 얼굴을 확인한 도희는 그제야 안도의 한숨을 삼키며 그를 따라 맞은편에 엉덩이를 붙였다.

평소 같았다면 끝까지 서 있겠다 고집을 부렸겠지만, 걸리는 일이 있어서인지 순순히 그의 뜻에 따르게 됐다.

"무슨 일로 부른 거예요."

"꽤 긴장한 얼굴을 하고 있길래 간식이라도 숨겨 뒀나 했더니."

그냥 넘겨짚기엔 살벌한 농담이었다. 태준은 빼어 낸 안경을 테이블에 소리 없이 내려 두었다. 도희는 숨죽인 채 그의 행동을 살폈다. 뚫어져라 그녀의 눈을 들여다보던 태준이 돌연 픽 웃음을 터트렸다.

"안심해. 약속대로 뒤를 캐는 일은 하지 않았으니까."

아직까지는. 작은 목소리가 묵직하게 박혀 들었다.

"본론만 말해요. 회사 일이 바빠서 오래 지체 못 해요."

"나와 오래 마주 보고 있는 게 싫은 건 아니고?"

"어느 정도는요."

작은 비소가 그의 입술을 비집고 흘러나왔다.

"이번 주 주말에 시간 비워 놔. W호텔에서 백윤택 의원과 함께 식사할 예정이니까."

　최악이 두 개나 겹쳤다. 고해찬이 머물고 있는 W호텔과 아버지라 입에 담기도 싫은 사람과의 겸상. 전생에 W호텔과 원수라도 진 건지. 어째서 많고 많은 장소 중 하필 그곳이어야만 하는 걸까.

　"고작 그거 말하려고 연락했어요?"

　도희가 사납게 치뜬 눈으로 노려봐도 태준은 덤덤했다.

　"네 아버지와 관련된 이야기를 전화로 통보할 수는 없잖아."

　언제부터 예의를 따지는 사람이었다고.

　"싫다면요."

　"약속이기 전에 계약이었어. 이제 와 입맛 따라 고를 생각이라면 곤란해."

　"그 계약서를 찢어 버리든 태워 버리든 멋대로 하라고 한 사람이 그쪽이었던 거. 그새 잊었나 봐요."

　이를 악물며 따지듯 묻자 태준은 가뿐히 입꼬리를 들어 올리며 더없이 여유롭게 반박했다.

　"채무액을 다 갚을 때까진 내가 원하는 것 전부를 들어주겠다 말한 건 너였던 걸로 기억하는데. 그새 잊었나?"

　도희는 질끈 눈을 감았다 뜨며 한숨 섞인 숨을 흘려보냈다.

　"요구대로 3년 전에 이미 한번 만났잖아요. 갈기갈기 찢어 놓고 싶은 마음 간신히 참아 가면서 끝까지 자리 지켜 줬잖아. 그 이상 뭘 더 바라는 건데요."

　태준이 무미건조한 눈으로 도희를 응시했다.

　"의지할 가족 한 명 없으니 이제 와 부정이라도 느꼈음 하나 본데, 같잖은 동정 집어치워요. 하나도 반갑지 않으니까."

　"착각하지 마. 동정이라면 예전부터 질릴 만큼 퍼붓고 있었어. 하지만 너희 아버지는 별개의 문제지. 어디까지나 날 위해서지 널 위해서가 아니란 뜻이야."

　태준은 한 손으로 재킷 단추를 가볍게 풀어내며 느른히 등을 기대었다.

　"좋은 사람 취급 해 주려는 건 고맙지만, 알다시피 내가 그 정도로 친절한 사람은 못 된다는 거. 그건 네가 더 잘 알고 있을 텐데. 멋대로 넘겨짚고 착각하는 것도 정도껏 하지 그래."

도희의 잇새로 헛웃음이 터졌다.

"아아, 그래서 숨도 제대로 못 쉬는 여동생 입원실도 빼 버린 거였나 봐요? 그 잘난 권력으로."

"앞만 보지 마."

"그렇게 보여요? 난 한참 뒤까지 돌아보면서 말하고 있는 건데."

"서로를 위한 일이야. 나를 앞세울 수 있는 기회 같은 거라 생각해. 갈기갈기 찢어 버리든, 칼로 쑤셔 죽이든. 얼마든지 네 마음대로 해. 말릴 생각 없으니까. 물론, 약속한 그때까지 얌전하게 내 뜻을 따라 주겠단 전제하에."

"뭔가 오해를 한 모양인데, 난 그 사람한테 복수하고 싶은 마음 따위 없어요. 명백히 따지고 보면 그 사람은 잘못한 게 없으니까."

엄마의 입장에서나 무정하고 매몰찬 남자였지, 자신과는 아무런 상관 없는, 남보다 못한 타인이었다.

"그저 모르는 관계로 지내고 싶은 거야. 죽든지 말든지 그 사람은 그 사람 인생대로. 난 내 인생 살면서."

말아 쥔 주먹이 부르르 떨렸다.

"근데 당신이 자꾸 들춰내. 없던 분노도 원망도 전부 그쪽 때문에 저절로 생겨난다고. 차라리 내 목을 졸라 죽여요."

태준의 눈가가 찌푸려졌다. 가끔씩 변하는 저 눈빛이 싫다. 일말의 감정도 묻어나지 않던, 사무적인 눈동자가 불현듯 동요하며 흔들릴 때. 아주 가느다란 실낱과도 같은 감정이 묻어날 때. 그것이 어떤 감정인지는 모른다. 알고 싶지도 않다. 그저 싫었다.

"정확히 2억 남았어요."

그 돈을 갚을 때까진 약속대로, 원하는 대로 움직여 주겠단 뜻이었다.

"그 이후엔 당신이 나를 개처럼 부려 먹을 수 있는 것도 끝이란 소리야."

다른 방도가 없었다. 여기서 더 고집을 부렸다간 언제든 다시 해찬의 선수 생활 여부를 두고 협박할 테니까. 도희는 미련 없이 자리에서 벌떡 일어났다. 그녀가 부서질 듯 문을 닫고 사라진 뒤에야 태준이 작게 중얼거렸다.

"그렇게 내가 끔찍할까."

태준의 입술 끝이 비스듬히 올라섰다.

△ ▼ △

목적을 위해 자신을 철저히 이용하겠노라 예고했던 기태준은 이상하리만큼 조용했다. 꺼림칙했지만 다행이라 생각했다.

하지만 야속하게도 재해가 일어나기 직전의 고요함은 그리 오래 지속되지 않았다.

3년 전, 아버지와 재회했다. 그 당시 기태준의 제안에 처음은 경악했고, 그 다음은 완강히 거절했지만, 마지막은 어찌할 도리가 없어 결국 수긍했다.

도살장에 끌려 나가는 심정으로 약속 장소에 기태준과 나란히 모습을 드러 냈을 때. 그때 마주한 아버지의 모습은 익숙했다. 공천이 확정된 이후로 뉴스나 기사에 오르내리는 일이 잦았던 만큼, 낯설다거나 이질적이란 느낌은 딱히 받 지 못했다.

어디까지나 첫인상은 그랬다. 기태준에게 사정을 전해 들었던 건지, 아니면 일부러 모르는 척하고 싶었던 건지는 몰라도 아버지는 덤덤했고, 과거의 일에 대해 침묵했다.

알 듯 모를 듯 이해하기 어려운 주제의 대화는 한 시간이 넘도록 이어졌다. 아마도 사업, 국회와 관련된 이야기였던 걸로 기억한다. 긴 대화 끝에 기태준이 잠시 자리를 비우고, 그제야 아버지는 처음으로 제게 시선을 돌렸다.

'그동안 어떻게 지냈어.'

먹은 것도 없는데 속이 꽉 얹힌 기분이었다. 그날 아버지는 자신에게 무슨 대답을 듣고 싶었던 걸까. 아버지에게선 낯선 향기가 풍겼다. 독하고, 진한 향 수 냄새.

진득한 야망이 묻어난 눈빛, 무리에서 살아남은 대가로 얻어 낸 훈장과도 같은 주름은 더 이상 아버지라 불릴 수 있는 것들이 아니었다.

가슴팍에 달린 국회의원 금배지가 샹들리에 빛을 받아 번쩍였다. 값비싼 스테이크를 써는 행위나 여유롭게 와인 잔을 흔드는 모습이 지극히 자연스러워 하마터면 웃음을 터트릴 뻔했다. 그냥 웃어 줄 걸 그랬다. 미친 사람처럼 손가락질하며, 당신은 꽤나 살 만했나 봐요, 하고 신랄하게 조롱할 걸 그랬다.

지금이라면 그럴 수 있을까. 아니, 그럴 수 없을 것이다. 아픈 동생에게서, 나약한 엄마에게서, 지독한 가난으로부터 누구보다 벗어나고 싶었던 사람은 다른 누구도 아닌 자신이었고, 내심 아버지를 부러워했던 것 역시 사실이었으니까.

"누굴 원망해."

도희는 신경질적으로 머리끝까지 이불을 올려 버렸다.

△ ▼ △

다음 날, 이 기회를 놓칠 리 없던 〈익스페디션〉 본사는 어느 때보다 발 빠르게 움직였다.

'고해찬이 〈익스페디션〉과 전속 계약을 맺게 되었다' 는 내용의 기사를 내보내기 무섭게 포털 사이트는 순식간에 관련 기사로 점령당했다.

뿐만 아니라 실시간 검색어마저 전부 그와 관련된 것들로 도배되었다. 1위는 명실상부 고해찬이었고, 2위는 고해찬 익스페디션 패딩, 3위는 고해찬 운동복으로 줄줄이 나열됐다.

"와……. 대박. 오늘 기사랑 실시간 검색어 봤어요? 아직 신제품 출시도 안 됐는데 벌써부터 전국 매장마다 예약 주문 가능하냔 문의 폭주로 난리가 났대요."

"세상에. 한여름에 이게 웬일이래. 왠지 이번엔 고해찬 선수 덕분에 상여금 노려볼 수 있을 것 같지 않아요?"

기세를 몰아 직원들도 덩달아 신이 났다. 7년이 지난 지금, 고해찬의 영향력은 전과 비교할 수 없을 만큼 대단해졌다. 그럴 수밖에 없었다. 한국에서 비인기 종목인 수영을 순식간에 인기 종목으로 탈바꿈한 인물이자, 아시아인 최초로 세계 시합에서 금메달과 신기록을 탈환한 위인이다. 수영에서 우월한 신체 조건을 타고난 서양인을 제쳤다는 사실만으로도 기적인데, 해찬은 그 불가능에 가까운 일을 두 번이나 해낸 남자였다.

세계에서 고해찬을 주목하기 시작하자, 자연스럽게 그의 피땀 흘린 성장기가 세간에 노출되었고, 그와 더불어 화려한 외모까지 퍼지면서 그의 존재 자체만으로 타의 추종을 불허하기까지 이르렀다. 다들 축제나 다를 바 없는 분위기였지만, 도희의 입장은 달랐다.

— 담당자님. 언론 보도는 잠시만 기다려 달라고 그렇게 부탁드렸지 않습니까. 이러면 저희 입장이⋯⋯.

출근을 하자마자 다급하게 걸려 온 매니저의 연락 때문이었다.

재빨리 각 언론사에 연락을 취해 봤지만 이미 한번 포털 사이트에 올라간 기사를 전부 내리는 것은 무리였다.

도희는 이마를 짚으며 의자를 밀치고 자리에서 일어섰다.

"부장님."

"어어, 왜."

계 부장은 자리로 다가온 도희를 거들떠보지도 않고 성의 없이 대답했다. 그녀는 참을 인을 새기며 이를 악물고 말했다.

"선수 측과 상의도 없이 무작정 기사부터 내보내면 어떡합니까."

계 부장은 대답이 없었다. 도희가 슬쩍 시선을 돌리자, 부장은 휴대폰으로 고스톱을 치고 있었다.

"부장님."

"아오, 또 잃었네. 이 자식들 짜고 치는 거 아니야?"

"부장님!"

"아, 왜!"

계 부장의 커다란 호통 소리에 직원들의 시선이 한데 집중되었다. 부리부리하게 치뜬 눈으로 도희를 흘겨보는 계 부장에게선 조금의 죄의식도 느껴지지 않았다.

"고해찬 선수요. 이번 년도는 다른 CF 일정 없이 쉬겠다고 했습니다. 부장님도 아시다시피 다른 기업들도 다 그렇게 알고 있었고요."

"그니까, 그게 뭐 어쨌다고."

"곧 올림픽 시즌이에요. 훈련에 집중하겠다는 선수 컨디션 보호 차원에서 전속 계약 컨택도 전부 캔슬 놓은 상황인데, 무작정 기사부터 터트리면 다른 기업에서 고해찬 선수를 뭐라고 생각하겠습니까."

"알 바야? 과정이 뭐가 됐든 고해찬이 직접 계약 수락하겠다고 한 거잖아. 난 우리가 해야 할 일을 조금 일찍 한 것뿐이고. 근데 뭐가 그렇게 잘못된 거라고 바쁜 사람 자리까지 찾아와서 훈수질인데, 넌!"

퍽이나 바쁘겠다. 밀린 회사 일은 부하 직원한테 전부 떠맡기고 상사란 놈은 세월 좋게 고스톱이나 치고 있는 주제에.

하……. 진짜.

도희는 한숨을 내쉬며 말했다.

"분명 보고드렸잖아요. 저희 회사와 전속 계약 하는 조건으로 기사화는 잠시만 보류해 달라고. 본격적으로 CF 촬영 일정 잡히면, 소속사에서 회의 거치겠다고. 다른 기업들 사이에서 오해 없도록 잘 달래 놓고, 그다음에 기사화하자고. 그렇게 하게 됐다고. 세 번이나 말씀드렸습니다. 그땐 부장님도 그러는 편이 좋겠다면서 기분 좋게 수긍하셨잖습니까."

도희가 들끓는 속을 간신히 다스리며 차분히 설명하자, 계 부장은 흠칫했지만, 그뿐이었다. 도리어 미간을 찌푸리며 자리에서 벌떡 몸을 일으켰다.

"야, 백 대리. 그래서 지금 그게 내 탓이란 거야?"

"예. 이번 사안은 명백히 부장님 잘못이었습니다. 전속 계약 해 봤자 고작 3년입니다. 무난하게 서로 얼굴 붉히지 않고 좋은 감정으로 계약 기간 연장하려면 최대한 선수 측 입장을 고려해야 했고요. 어디까지나 아쉬운 쪽은 저희죠. 아니었더라도 당연한 도리였고요."

다들 아닌 척하고 있었지만 걱정스럽다는 듯 힐긋거리는 시선이 전부 느껴졌다. 계 부장의 얼굴이 벌겋게 달아올랐다.

"이게 보자 보자 하니까……."

"앞으로 한 시간 뒤에 회의 잡혀 있습니다. 이번엔 잊지 마시고 꼭 참석해 주세요. 직접 나오셔서 제대로 사과하셔야 합니다."

"미쳤어? 내가 왜!"

"이주석 기자. 부장님과 개인적으로 친분 있는 기자잖아요. 포털 사이트에 올라온 기사 전부 찾아봤습니다. 그중 최초 기사 쓴 사람이 이주석 기자로 확인됐고요."

"이게 이젠 아주 상사를 개똥으로 보네? 야, 백도희. 너 계약 하나 따 왔다고 이젠 위아래도 없다 이거냐? 담당자로 추천한 사람이 누구였는지, 네 고과 점수 주는 사람이 누군지. 몰라서 이래?"

"저는 분명 하지 않겠다고 말씀드렸습니다. 담당자 변경해 달란 부탁, 절대 안 된다며 반려하신 분은 부장님이었고요."

도희는 눈 한번 깜빡이지 않았다. 침을 튀겨 가며 길길이 날뛰는 계 부장을 본체만체하며 마지막까지 못을 박았다.

"그럼. 회의에 참석하시는 걸로 알겠습니다."

그대로 뒤를 돌아 사무실을 빠져나갔다.

"싸가지를 밥 말아 먹었나, 진짜!!"

등 뒤로 괴성과 다를 바 없는 욕설이 터져 나왔지만 도희는 걸음을 멈추지 않았다. 성격 파탄자 계 부장을 상대로 맞서다니. 역시 백 대리. 철옹성 같은 그녀의 태도에 직원들은 한뜻으로 감탄사를 흘려보냈다.

△ ▼ △

예상대로 계 부장은 모습을 드러내지 않았다. 회의에 참석한 직원들은 고해찬과 그의 매니저가 계약을 해지하겠단 선포를 언제 던질지 몰라 한껏 긴장한 상태였다. 과장 자리는 공석이고, 박미리 차장은 육아 휴직 중이다. 실질적으로 현재 상황에서 믿을 수 있는 사람이라곤 담당자인 도희뿐이었다.

도희는 계 부장을 대신해서 정중히 허리를 숙였다.

"죄송하단 말씀부터 드리겠습니다. 변명의 여지 없습니다. 매니저님 당부를 받아 놓고도 끝까지 신경 쓰지 못한 제 불찰입니다."

"하아……."

성권은 난감하다는 듯 뒷덜미를 긁적이며 한숨을 흘려보냈다. 해찬은 알 수 없는 표정으로 시선을 내린 채 말없이 상황을 관망했다.

"만에 하나 상황이 악화되었을 땐 해지를 요구하셔도 뜻에 따르겠습니다. 아직 계약 이후 일주일도 채 지나지 않았고, 전적으로 저희 불찰이었으니 위약금은 걱정하지 않으셔도 됩니다."

도희의 입에서 '중도 계약 해지'란 말이 나올 줄은 꿈에도 몰랐는지 직원들의 눈이 휘둥그레 커졌다.

"대, 대리님……!"

서 주임이 긴박하게 막아 세웠지만 도희는 멈출 생각이 없어 보였다.

"그래도. 염치 불구하지만 끝까지 믿어 주신다면 즉시 반박 기사 올리도록 하겠습니다. 최대한 고해찬 선수에게 피해 가지 않는 선에서……."

도희가 말끝을 흐렸다. 말을 다 이을 수 없었다. 작게 웃음을 터트리며 저를 응시하던 고해찬과 눈이 마주친 탓이다.

내내 고집스럽게 다물려 있던 그의 입술이 천천히 움직였다.

"원래 이런 식입니까?"

"무슨……."

"부장님 말입니다. 보통 일반적인 기업에선 예기치 못한 사고가 터지면 가장 먼저 달려와 상황 설명부터 하시던데. 이상하게 이 회사는 애꿎은 부하 직원을 방패로 쓰고, 정작 나서야 할 분은 뒤에 숨어 있는 것처럼 보여서요. 인간적으로 그건 좀 치사하지 않나, 싶기도 하고."

나직한 목소리는 평온했지만 분명 말속엔 뾰족한 가시가 박혀 있었다. 필터를 거치지 않고 조목조목 핵심만 짚어 내고 있는 지적에 직원들은 흠칫했다.

워낙 유명한 연예인들이야 대외적으로 알려진 이미지와 직접 대면했을 때 경험한 이미지가 다른 경우가 많아 놀라운 일도 아니었지만, 지금처럼 전속 모델이 클라이언트 기업의 특정 인물을 딱 짚어 지적하는 경우는 드물었다.

그의 옆자리에 앉아 있던 매니저 성권은 뜨악하며 다급히 그만두라 말렸지만 도리어 해찬은 보란 듯이 부드럽게 입술을 들어 올렸다.

"제가 그런 부류를 좀, 질색하는 편이라서."

순식간에 가라앉은 분위기에서 해찬 홀로 태연했다.

"그런데……."

책상 위를 툭툭 두드리던 기다란 손가락이 허공에서 움직임을 멈추었다. 제 안서를 뒤집어 놓으며 해찬이 천천히 고개를 들었다.

"담당자님이 이렇게까지 말씀해 주시니 믿고, 후에 벌어질 일은 제 쪽에서 처리하는 걸로 하죠. 계약을 없던 일로 할 생각도, 직원분들에게 책임을 전가할 생각도 없으니까 다들 표정 푸세요."

말은 그렇게 했지만 직원들은 어쩌지도 못하고 죽을죄를 지은 사람처럼 고개를 푹 숙이고 있었다. 그들을 천천히 훑어보던 해찬이 생각지도 못한 제안을 던졌다.

"벌어진 일은 액땜했다 생각하면 되겠고. 술자리나 대접할까 하는데."

바닥에 고정되어 있던 직원들의 시선이 일제히 번쩍 올라왔다.

가뭄처럼 메말라 있던 얼굴들이 하나둘 생기를 되찾아 갔다.

"아……. 직장인분들은 회식 자리 싫어하시려나."

"아니요! 저희는 좋습니다. 무조건, 좋습니다! 다, 다들 그렇죠?"

서 주임의 말에 다들 격하게 고개를 끄덕였다. 부장님이 주최하는 회식은 끔찍하지만, 당신과 함께하는 회식이라면 밤새도록 개처럼 마시고 밤새서 출근해도 좋을 것 같아요, 란 뜻을 담은 눈동자들이 초롱초롱 빛났다.

그중, 도희 혼자 상심했다. 일이 잘 해결되어 다행이면서도, 한편으로는 속이 꽉 막힌 듯 답답했다. 당연히 회식 자리엔 참석하지 않을 생각이었다. 회의가 무사히 마무리되고, 직원들은 들뜬 얼굴로 하나둘씩 회의실을 빠져나갔다.

뒤늦게 자리 정리를 끝낸 도희가 가장 마지막으로 의자에서 몸을 일으켰다. 회의실 문으로 다가가 문손잡이를 잡아 내린 때였다. 살짝 열렸던 문이 달칵, 소릴 내며 굳게 닫혔다. 시선을 올리자, 문을 짚고 있는 커다란 손바닥이 보였다.

"나와요. 회식."

낮게 깔린 목소리는 단호했다.

"선배 생각해서 마음에도 없는 소리 한 거, 후회하고 싶지 않으니까."

닫힌 문이 다시 열리고, 그 사이로 해찬이 빠져나갔다.

숨 막히게 그리웠던, 잊지 못해 더 익숙했던. 그의 체취가 물씬 풍겼다. 발길이 좀처럼 떨어지지 않았다. 누군가 힘껏 발목을 잡아끄는 것만 같은 기분에 도희의 미간이 작게 좁혀졌다.

△ ▼ △

아니나 다를까.

회의 땐 머리카락 한 올 비치지 않던 계 부장은 순진무구한 신입 사원들을 곁에 끼고서 한참 전부터 왕 노릇에 심취한 상태였다. 계 부장은 회식이라면 환장하는 인간이었다. 면박을 일삼던 임원도, 골머리를 앓게 하던 일거리도 없겠다, 그에겐 그야말로 천국과 다름없는 곳이었다. 그런 자리를 마다할 리가.

10년이면 강산도 변한다는데, 계 부장은 다른 의미로 한결같았다. 직원들은 소리 없이 혀를 내둘렀지만 눈치를 밥 말아 먹은 계 부장 혼자 세월 좋게 껄껄 웃음을 터트리며 쉴 새 없이 술을 들이켰다. 저 뻔뻔한 면상을 가만 보고 있자니 멀쩡한 속이 다 뒤틀렸다. 도희 혼자만의 생각이 아니었다.

"좋단다, 아주."

부장과 가장 멀리 떨어진 세 번째 테이블의 직원들은 이미 자리에 앉은 순간부터 계 부장의 눈을 피해 저들끼리 수군거리기 바빴다.

"저 인간은 대체 무슨 낯짝으로 왔는지 몰라. 뻔뻔한 건지, 뇌가 순수한 건지."

"지금이라도 맘껏 즐기게 내버려 둬. 알지? 내 동기가 비서실 직원인 거. 지금 이사님 완전 열받아서 난리도 아니란다. 내가 볼 땐 내일 아침이 고비야."

"헉. 정말요? 이러다가 우리 부서 밉보이면 어떡해요?"

"뭘 어떡해. 이따 고해찬 선수 왔을 때 작정하고 제대로 공사 쳐야지. 사고 치는 사람 따로, 수습하는 사람 따로. 하, 이놈의 회사 생활 정말 거지 같다."

직원들의 불만 섞인 한탄을 흘려들으며, 도희는 조용히 술을 들이켰다. 사실 그런 건 아무래도 좋았다. 문제는 따로 있었다.

[대박. 나 기사 봤다. 고해찬 너희 회사랑 계약하기로 했다며. 그거 진짜야? 설마, 벌써 만났어?]

선미의 다급한 문자 내용으로 하여금 정신이 없어 까맣게 잊고 있던 존재가 다시 상기되었다. 기태준. 그가 모를 리가 없는데. 아직 조용한 걸 보면 어쩌면. 아니. 알게 됐더라도 어쩔 텐가. 공과 사는 확실한 사람이니, 괜히 먼저 나서서 화를 부추길 필요는 없겠지.

잔을 내려놓은 뒤에도 한번 속출된 불만은 끝도 없이 이어졌다.

"누가 아니래. 이제 좀 백숙에서 벗어나나 했더니 그다음이 오리일 줄 누가 알았겠냐고. 나 이제 진짜 조류만 봐도 토할 것 같다니까. 안 그래요, 백 대리님?"

뜬금없이 화살이 제게 돌아오자 도희는 어색하게 웃기만 했다. 때마침 계 부장이 술잔을 높이 들며 우렁찬 목소리로 직원들을 부추겼다.

"다들 뭐 하고 있어? 잔 들지 않고. 건배사는 누가 할래. 아, 그래. 거기 백 대리가 한번 해 보지. 기가 막힌 걸로다가."

도희는 들은 체도 하지 않았다. 꼿꼿한 자세로 정면만 바라봤다. 오늘 아침부터 사회생활과 담쌓기로 결심한 그녀에게 두려운 것은 그 무엇도 없었다. 계 부장은 못마땅하단 표정으로 도희를 흘겼다.

"백 대리. 아침 일로 아직도 삐진 거야? 하여튼, 딱딱하기는. 여자가 좀 유순하고 순종적인 맛도 있어야지. 일만 잘해서 뭐 할래. 국 끓여 먹을래? 그래서 어디 시집이나 제대로 가겠냔 말이야."

또 시작이다. 지겹지도 않나. 예전 같았으면 젊음의 패기를 무기 삼아 뒤지지 않고 하나하나 따져 물으며 반박했겠지만, 그마저도 귀찮다. 무시가 답이다.

"됐고, 다들 술이나 마시자고."

곁에 있던 남자 직원이 보다 못해 총대를 멨다.

"저, 부장님. 죄송하지만 고해찬 씨가 아직……."

하지만 말도 채 잇지 못하고 급히 고개를 수그렸다. 잔뜩 일그러진 부장의 표정을 마주한 탓이다.

"아, 이것들이 진짜. 술맛 떨어지게. 야. 고해찬이 뭐라도 되냐? 솔직히 걔는 우리한테 백번 절하면서 고맙다 해도 모자랄 입장이지. 우리 제품 입고 가만히 카메라 앞에 서 있기만 하면 수십억대 계약금을 손에 쥐여 주겠다는데."

지금쯤 암요, 하며 마음에도 없는 소리로 부장의 비위를 맞춰 주는 사람이 한 명쯤 나타나야 정상인데, 웬일인지 부장의 라인을 타고 있는 직원들마저 침묵했다.

"고작 운동선수 나부랭이가 뭐가 그렇게 좋다고 대접 못 해서 안달이야? 누가 보면 그놈이 우리 회사 회장인 줄 알겠다. 어?"

해찬에 대한 험담이 갈수록 심해지자, 도희는 무의식적으로 주먹을 꽉 말아 쥐었다. 그러는 사이에도 계 부장은 쉬지 않고 입을 놀렸다.

"난 그 새끼 회사 찾아왔을 때부터 마음에 안 들어. 새파랗게 젊은 놈이 말본새부터가 글러 먹었잖아. 더군다나 운동한다는 자식이 얼굴이 그게 뭐냐. 순 계집애처럼 반질하게 생겨선. 쯧."

더는 못 참겠다. 도희는 두 손으로 테이블을 짚고 방석에서 엉덩이를 떼어 냈다.

"그만하시죠, 부장님. 언사가 지나치……."

"환영 인사가 과하네요."

전자는 도희였고, 후자는.

"조금 늦었습니다."

고해찬이었다.

언제부터, 어디서부터 들었을까. 그야말로 충격과 공포의 현장이었다. 직원들은 놀라다 못해 새파랗게 질려 버린 얼굴로 소리 없는 경악을 토해 냈다.

어떤 상황이 벌어져도 쉽게 동요하지 않던 도희마저 이번만큼은 달랐다. 전혀 예상 못 한 전개에 당혹스러움을 감출 수 없었다.

흰색 반팔 티에 스크래치가 가미되어 있는 청바지. 익숙한 검은색 볼캡을 푹 눌러쓰고 나타났다. 마치, 동네 술집에 나온 복장으로.

도희는 일어서지도, 그렇다고 앉지도 못하고 엉거주춤한 자세로 멍하니 해찬을 바라보았다. 다른 직원들 역시 마찬가지였다. 계 부장의 입에서 히끅, 딸꾹질이 터져 나왔다.

"……아, 음. 이제야 오셨군요. 기다리고 있었습니다."

신랄하게 욕을 퍼부을 땐 언제고 막상 당사자가 등장하자 계 부장은 바짝 엎드렸다.

"아이고, 혹시라도 오해는 마십쇼. 고해찬 선수를 두고 한 말이 아니라, 그……. 아, 그래. 이번에 새로 계약하게 된 거래처가 말썽을 부리는 바람에 일이 꼬여 화가 좀 나서. 그래서 그랬던 겁니다. 그렇지?"

계 부장이 주변을 돌아보며 대답을 채근하자, 직원들은 억지스럽게 웃음을 짓곤 로봇처럼 고개를 끄덕였다.

하지만 한번 싸해진 분위기는 좀처럼 돌아올 기미가 보이지 않았다. 이번 일은 용납하기 힘들 정도로 지나쳤다.

하지만,

"재밌네요."

분명 비웃음일 터다. 분위기는 전보다 더 급속도로 냉각됐다. 살얼음판을 걷는 듯 위태로운 분위기에 누구 한 명 입을 열지 못했다.

"그래서. 그 일은 잘 해결됐나요?"

"아, 네. 뭐. 그럼, 그렇죠."

"다행이네요."

"워낙에 비일비재한 일이라 수도 없이 겪다 보니 이젠 그러려니 합니다."

"그런데……"

한가롭게 식당 내부를 훑어보던 해찬의 시선이 천천히 계 부장에게로 흘러갔다. 숨 막히는 고요함에 누구라 할 것 없이 모두가 꾸울꺽 마른침을 삼켰다.

"그 거래처 직원분이, 고작 운동선수 나부랭이였나 봅니다."

들었다. 전부 다 들었다. 망했다. 다들 체념한 듯 고개를 숙였다.

"심지어 저와 이름도 같고. 생각할수록 신기하네요."

정곡을 찔린 계 부장이 흠칫 어깨를 떨었다. 붕어처럼 입술을 뻐끔대는 모양새가 꽤 봐 줄 만했다. 부하 직원들이 다 보고 있는 앞에서 이런 치욕이 또 있을까. 하지만 지은 죄가 있는 만큼 제아무리 안하무인 계 부장이라 할지라도 무턱대고 자존심을 세울 수 없는 상황이었다. 빼도 박도 못하게, 다 들어 버렸으니.

젊은 놈에게 농락당하는 건 죽기보다 싫었지만 계약이 파기되는 순간 모가지가 날아갈지도 모르는 일이다. 계산을 끝낸 계 부장은 큼큼, 목을 가다듬으며 맥주병과 빈 잔을 들고 비틀거리며 일어섰다.

"그건 그렇고 이거 참, 아침엔 죄송하게 됐습니다. 하필이면 그때 중요한 업무가 겹치는 바람에. 사죄의 의미로 한 잔 드리겠습니다. 받으시죠."

계 부장은 곧 죽어도 험담한 것에 대해 잘못을 시인하지 않았다. 도리어 말 같지도 않은 핑계를 계속 들먹거리며 능구렁이처럼 화제를 돌렸다. 계 부장의 손에 들린 맥주잔을 성의 없이 흘깃거리던 해찬이 부드럽게 입술을 말아 올렸다.

"부장님."

"……예?"

"그렇게까지 애쓰지 않으셔도 됩니다. 다행히 제가 오늘."

해찬은 당황해 흔들리는 도희의 눈동자를 꿰뚫듯 직시하며 말했다.

"……굉장히 기분이 좋거든요."

일종의 경고였다. 더 이상 내 기분을 더럽히지 말아 달라는, 무언의 경고.

△ ▼ △

분위기는 걱정과 달리 언제 그랬었냐는 듯 다시 평화를 되찾았다. 전부 직원들이 혼신의 힘을 다해 해찬의 비위를 맞춰 준 덕분이었다.

다행히 해찬은 죄 없는 직원들의 노고를 백번 이해했다. 비록 말수가 많은 편은 아니었지만, 오가는 대화 속에서 간간이 고개를 끄덕이기도 하고, 이따금씩 웃어 주기도 했다.

그런 모욕적인 험담을 들어 놓고 저러기도 쉽지 않을 텐데. 이때까지만 해도 잘 동화되어 가고 있는 듯 보였다. 슬쩍 고개를 돌리자, 이미 얼큰하게 취해 있는 계 부장이 보였다.

"2차 가야지! 2차! 이참에 우리 자랑스러운 대한민국 국가 대표 선수 주량은 얼마나 더 대단할지 한번 봅시다!"

저러다 또 실수하지. 남자 직원들은 저들끼리 무언의 눈짓을 주고받으며 곧장 계 부장을 부축해 일으켜 세웠다.

"아, 이거 왜 이래! 놔, 인마!"

"아이고, 우리 부장님 많이 취하셨네. 또 사모님 찾아오시면 어쩌려고요. 오늘은 그만 들어가시죠. 예?"

끌려가다시피 회식 자리를 떠나는 계 부장의 뒷모습을 한심스럽게 지켜보던 도희가 고개를 돌렸다. 그 순간, 맞은편의 해찬과 다시 한번 눈이 딱 부딪쳤다. 해찬은 자리에 앉은 순간부터 지금까지 줄곧 도희의 얼굴만 바라보고 있었다.

"아, 맞네. 그러고 보니까 백 대리님도 가운대 출신 아니었나?"

갑작스레 대화의 선상에 오르게 되자, 물을 들이켜던 도희가 사레에 들려 큽, 하고 작게 기침을 토했다.

"맞네. 와, 그럼 두 분 동문이네요? 나이 차이도 얼마 안 나니까 잘만 하면 학교에서 몇 번 부딪쳤을 수도 있겠다. 대리님, 대학 다닐 때 고해찬 선수 본 적 없었어요?"

"아니, 난……."

서 주임. 너까지 진짜 나한테 왜 이래. 난감했다. 아니라고 딱 잘라 말하자니 눈앞에 떡하니 앉아 있는 복병이 무슨 폭탄을 터트릴지 몰라 불안하고, 순순히 봤다고 하자니 귀찮아질 게 뻔했다.

시간이 흐를수록 직원들의 호기심 어린 시선은 더욱 집요하게 달라붙었다. 이러지도 저러지도 못하고 머뭇거리고 있는데, 별안간 해찬이 흐름을 끊어 내며 소주병을 들었다.

"받아요."

자리에 참석해 있는 직원 전체가 눈을 크게 떴다. 무슨 수작이야. 도희가 미간을 찌푸리며 표정으로 대신 묻자, 해찬의 입술 끝이 비스듬히 올라섰다.

"안 받아요?"

직원들이 어리둥절해하고 있는 사이 도희는 목석처럼 굳은 채 움직이지 않았다. 그래 봤자 선택지는 없었다. 뭐가 됐든 넌 아쉬울 것 없다 이거지.

도희는 한숨을 삼키며 마지못해 잔을 들었다. 그제야 만족스럽다는 듯 느슨히 미소를 걸친다. 해찬은 그녀의 잔에 술을 따르며 천천히 입을 열었다.

"아, 제가 아직 말씀드리지 못한 게 있는데."

해찬은 똑바로 도희를 들여다보며, 낮은 목소리로 말했다.

"이번 계약, 전적으로 대리님만 믿고서 결정한 겁니다."

그가 빙그레 웃었다.

"알고 계셔야 할 것 같아서요."

소주잔을 가볍게 부딪쳤다.

분위기는 순식간에 과열되었다.

"정말 설마 해서 묻는 건데, 혹시 두 분 아는 사이예요?"

서 주임이 눈을 동그랗게 뜨며 묻자, 마케팅 부서 소식통이라 불리는 정훈이 술을 들이켜다 말고 급히 손사래를 치며 부정했다.

"에이. 미희 씨 너무 갔다. 아는 사이였으면 2년 전에 진작 계약이 체결됐어야지. 아직도 백 대리님을 몰라? 한번 찍으면 무조건 백발백중 명사순데. 부장님이 괜히 대리님한테 백업 부탁했겠냐고."

사연 많은 관계일 것이다, 라고 의심하는 쪽과 그저 도희의 능력이 월등했던 것이다, 라고 추측하는 쪽. 의견이 둘로 나뉘었다. 다행히 대부분 후자라 생각하는 듯 보였지만 걷잡을 수 없이 시끌벅적해진 소란은 좀처럼 가라앉을 기미가 보이지 않았다. 정신없는 와중에도 해찬 혼자 태연했다. 소주잔에 닿아 있는 그의 입술이 은밀하게 올라섰다.

지금, 웃어? 도희의 미간이 작게 좁혀졌다. 처음부터 이런 반응을 원했던 거다. 곁에 두고 괴롭힐 심산으로. 유치하게……. 그녀는 조용히 잔을 내려놓으며 말문을 열었다.

"감사합니다. 고해찬 씨에게 직접 그런 말을 듣게 되니, 마지막까지 최선을 다해야 할 것 같은 막중한 책임감이 드네요."

아는 사이가 아니었나? 침착한 도희의 태도에 몇몇 관계를 의심하던 직원들은 고개를 갸웃거렸다. 집중된 시선이 따갑지도 않은지, 해찬은 물끄러미 도희를 응시했다.

저 승부욕 강한 입술이 언제 어떤 식으로 사고를 칠지 몰라 슬슬 불안해지기 시작했다. 도희는 마저 남은 술을 깔끔히 비워 내고 가방을 집어 들었다.

"피곤해서 먼저 들어가 보겠습니다. 다들 적당히 마시다 들어가요."

"어어, 대리님. 벌써 가시게요?"

온갖 핑계를 대 가며 회식 자리를 피해 오다 오랜만에 참석한 자리인 만큼, 직원들은 아쉬운 기색을 숨기지 못했다.

도희는 애써 웃어 보이며 자리에서 일어나 식당을 빠져나왔다. 술기운이 후 끈 달아올랐는데도 살 만했던 건 전부 에어컨 바람 덕분이었나 보다. 밖으로 나오자마자 기다렸다는 듯 밀려오는 후덥지근한 공기에 절로 숨이 턱 막혔다. 도희는 인상이 찡그리며 불만을 토했다.

"덥고 난리야."

짜증이 치밀어 올랐다.

'최송합니다만, 백도희 씨 명의로 대출은 더 이상 힘들 것 같네요.'

이미 오늘 아침 반갑지 않은 통보를 받아서인지 기분은 더할 나위 없이 최악 이었다. 1억까지는 그동안 어떻게든 모아 온 월급과 대출금으로 갚을 수 있었 지만, 나머지는 무리였다.

고작 3억이라고. 금방 갚을 수 있을 거라고. 기태준에게 벗어날 수 있는 날 이 코앞이라고. 세뇌하며 버티는 것도 한계다. 남은 학자금 대출만 해도…….

서른하나. 시간이 이렇게나 흐를 때까지 나는 무엇을 이뤘던가. 그동안 대체 무엇을 꿈꾸고, 무엇에 열망했었던가. 그냥 막살아 볼까 생각하지 않았다면 거 짓말이다.

늘 부족한 돈. 그놈의 돈. 엄마가 나를 낳은 나이가 되어 보니 이제야 그녀의 극단적인 선택을, 참담한 그 심정을 이해할 것도 같다. 한번 기울어지기 시작한 마음은 금세 울적해졌다. 무너지면 안 된다. 어떻게 버텼는데. 지금까지 어떻게 참아 왔는데.

도희는 입술을 꽉 짓이겨 물며 걸음을 재촉했다. 옆에서 제 걸음 속도에 맞 춰 천천히 따라오듯 움직이는 외제차. 뒤에서 들려오는 묵직한 발자국 소리. 아 마 전자는 기태준의 측근일 것이고, 후자는 고해찬일 것이다. 식당을 나온 순간 부터 눈치채고 있었다.

결국 두 다리가 우뚝 멈춰 섰다. 도희는 주먹을 꽉 말아 쥐며 몸을 확 돌렸 다.

"왜 따라오는데. 왜 자꾸 따라오는 건데, 너!!"

가슴팍이 크게 들썩거리고, 입으로는 가쁜 숨이 쉴 새 없이 터졌다. 해찬은 한 발자국 떨어진 곳에서 무감정한 표정으로 물끄러미 도희를 내려다보고 있었다.

도희는 바닥에 시선을 고정한 채 당장이라도 울음을 쏟아 낼 것처럼, 잔뜩 일그러진 얼굴로 간신히 참아 왔던 윽박을 내질렀다.

"넌 자존심도 없어? 싫어. 싫다고. 나, 너 싫어서 버린 거야. 지긋지긋하고 재미없어서. 어린애 붙잡고 세월 좋게 사랑 타령이나 하고 있을 상황도 아니고, 그럴 나이도 한참 지났어."

마치, 누가 멋대로 자신을 조종하고 있는 것 같다.

"그때처럼 휘둘려 줄 거라고 생각하지 마. 욕하고 싶으면 얼마든지 하라고 했잖아. 미안하다 했잖아. 계약하지 않아도 괜찮다고 했잖아! 근데 대체 언제까지 이렇게 유치하게 굴래. 어?"

욱신.

"너 그거 쓸데없는 미련이고 고집이야. 난 애처럼 칭얼대는 너 받아 줄 마음 여전히 없어. 7년 전 그때는 취업이 급했고, 지금은 돈이 급해. 그때 네가 그랬지. 다 끼리끼리 만나는 법이라고. 그래, 이참에 물어나 보자. 지금 너랑 내가 급이 같아 보여?"

또, 욱신.

"너 좋다는 여자 많잖아. 어리고 예쁜 여자 천지에 널리고 깔렸을 거 아니야. 그냥 마음 편하게 그런 애들 만나. 멀쩡히 잘 살고 있는 사람 괜히 흔들지 말고 평범하게 사랑하라고. 네가 좋아하는 수영 하면서. 그렇게 살라고, 제발……."

팔에 힘이 풀려 어깨에 걸쳐 둔 숄더백이 손목 끝으로 툭, 힘없이 떨어졌다. 발끝만 바라보던 도희가 질끈 눈을 감았다 떴다. 얼마나 시간이 흘렀을까.

"정작 울고 싶은 사람은 난데."

깊게 잠긴 목소리가 나직하게 흘러나왔다.

"왜 선배가 울려고 그래요."

그제야 깨달았다.

"지금 선배 모습 보고 있는 나는 어떤 심정일 것 같아요."

내뱉은 모진 말과 다르게 형편없이 무너지고 있는 제 모습을. 도희는 제 표정을 들키지 않기 위해 얼굴을 더 깊게 수그렸다.

"끝까지 나쁜 년으로 남고 싶었으면 이런 모습은 보이지 말았어야지. 적어도 내 앞에서만큼은."

"너……."

"이건 반칙이잖아."

느린 걸음으로 다가온 해찬이 바로 앞에서 멈춰 서는 것을 목격한 도희가 천천히 얼굴을 들어 올리려는 때였다. 머리 위로 무언가가 푹, 내려앉았다. 모자였다. 그가 쓰고 있던 볼캡을 벗어 내 씌워 준 것이다.

"미안한데."

시야가 가려져 앞이 잘 보이지 않았다.

"난 선배 포기할 생각 없어요."

조금 더 높게 고개를 들자, 그의 짙은 눈동자와 눈이 마주쳤다.

"7년 전부터, 지금. 그리고 앞으로도. 변함없을 거야."

해찬이 씩, 웃었다

"그러니까. 그래도 벗어나고 싶으면 지금보다 더 멀리 도망쳐요. 내가 찾아낼 엄두조차 못 내게."

이상하게 가슴이 저릿했다. 한결같은 미소와는 상반된, 어쩐지 쓸쓸한 그의 눈빛에. 영 아니다 싶으면 다시 숨어도 된다던. 지금처럼 다시 찾아내면 된다던. 왜 하필 지금 이 순간 그 말이 떠오르는지 모르겠다.

해찬은 피하지 않고 똑바르게 도희의 흔들리는 눈을 한참 동안 들여다보았다. 더는 휘둘려서도, 흔들려서도 안 된다. 도희는 한숨 섞인 숨을 내쉬며 모자 끝을 잡아 들었다.

"됐으니까, 이 모자나 다시 가져……."

말을 다 잇기도 전에 도희의 손등 위로 해찬의 커다란 손이 얹어졌다.

"그때나 지금이나."

예고치 못한 접촉에 도희의 어깨가 흠칫거렸다.

"선배 거짓말 진짜 못해."

해찬은 그녀의 머리에서 벗겨질 듯 말 듯 헐렁거리는 모자를 조금 더 깊게 눌러씌워 주었다. 확인했고, 확인받았다는 듯. 한동안 올곧게 향해 있던 눈동자가 천천히 거둬졌다.

"갖기 싫으면 버려요."

버릴 수 있으면. 닿지 못할 만큼 작은 목소리는 금세 휘발되었다.

해찬이 곁을 스쳐 지나갔다. 끈질기게 따라오던 외제차도 이미 사라진 뒤였다. 잠시 멈춰 있던 거리는 다시 활기를 되찾았지만 도희는 한 발자국도 움직일 수 없었다.

돌아보면, 그대로 달려가 안기고 싶어질까 봐.

△ ▼ △

결국 뜬눈으로 밤을 지새우고 말았다. 그 결과는 참담했다. 사람 몰골이 아니었다.

엘리베이터에서 만난 직원들에게 벌써 몇 번이나 괜찮으냔 걱정을 받았고, 평소 같았으면 가십거리로 귀찮게 굴어야 했을 옆 부서 찬영은 도희의 얼굴을 보자마자 슬슬 뒷걸음쳤다.

심지어 수다스러운 옆자리의 서 주임마저 눈치만 살필 뿐, 선뜻 말을 걸어오지 못했다. 그 정도로 심각한가……. 묵직한 숨이 저절로 새어 나왔다. 도희의 시선은 반쯤 열려 있는 책상 서랍에 머물러 있었다.

이 안엔 사직서가 있다. 고해찬 때문이 아니더라도 이미 몇 년 전부터 진지하게 생각했던 문제였다. 성희롱이 다분한 발언을 서슴지 않고, 제 마음에 들지 않는다는 이유로 좋은 성적을 보였음에도 불구하고 수차례 악의적으로 고과 점

220

수를 바닥 치게 했던.

저 치졸하기 짝이 없는 꼰대 부장 놈이 자리에 눌어붙어 있는 이상, 제아무리 회사 자체에 성장성이 충분하다 한들 마케팅 부서는 가망이 없다. 벌써 서랍을 몇 번이나 열고 닫았는지, 셀 수도 없었다. 도희가 한숨을 푹 내쉬며 시선을 올린 순간이었다. 예고 없이 마케팅 부서 사무실 문이 벌컥 열렸다.

"계 부장 나와!!"

얼굴이 벌겋게 달아오른 채로 쩌렁쩌렁 소리치는 주인공은 조원석 이사였다. 임원이 직접 부서로 찾아오는 것은 이례적인 일이었다. 놀란 직원들은 급히 자리에서 일어나 허리를 숙였다.

"뭐 하고 있어? 나오라니까!"

꾸벅꾸벅 졸고 있던 계 부장은 때아닌 청천벽력에 헐레벌떡 달려갔다.

"이, 이사님께서 이곳엔 연락도 없이 어쩐 일로……."

"어쩐 일?"

예상컨대, 결코 좋은 일은 아닐 터다. 불안한 기류를 직감적으로 알아차린 것은 도희뿐만이 아니었다. 마케팅 부서 전 직원이 일동 얼어붙었다.

얼굴 한번 뵙기 힘든 이사 직급 임원이 실무진이 모여 있는 사무실에 잔뜩 상기된 얼굴로 직접 출입하는 모양새가 결코 좋게 비칠 리 없었다. 술렁거림이 점차 심해질 때쯤, 조원석 이사가 계 부장 면전에 파일철을 내던졌다.

"너 요즘 미쳤지? 정신 났지? 부장 자리 앉았다고 눈에 뵈는 게 없어? 무려 2년이나 걸렸어. 고해찬 한 명 데려오려고 회사에서 얼마나 공을 들였는지 진정 몰라?"

"아, 알다마다요. 당연히……."

"안다는 게 왜 그 모양 그 꼴이야! 내가 요즘 마케팅 부서 잡음 많은 거 다 알면서도 참고 넘어간 이유가 뭐 때문인데. 지금 위에선 전부 그 선수한테 사활을 걸고 있어. 더군다나 중국 진출을 목전에 두고 있는 판국에 계 부장, 너 한 명 때문에 다 물거품으로 돌아가게 생겼다고. 근데, 졸아? 졸고 있어? 제정신이야!"

고해찬 짓이다. 분명했다.

"이번 계약 미끄러지는 순간 계 부장 너도 똑같이 자리 정리하게 될 줄 알아. 알았어?"

말이 끝나자마자 신경질적으로 뒤돌아선 조 이사는 사무실을 빠져나가려다 말고, 뒤를 돌아 주변을 살폈다. 누군가를 찾는 듯 이리저리 움직이던 성난 눈빛이 한 곳에서 멈추었다.

"자네가 백도희 대리인가?"

조원석 이사가 파티션에 붙여진 이름을 뚫어져라 바라보며 묻자, 도희는 얼떨결에 고개를 끄덕였다.

"아, 예. 그렇습니다."

"잠시 나 좀 보지."

조원석 이사가 사무실을 빠져나간 뒤에도 아직 상황 파악이 덜 된 도희는 멍하니 눈만 끔뻑거렸다. 슬쩍 시선을 돌리자, 저를 죽일 듯 노려보는 계 부장이 보였다.

"아……."

역시나. 저를 의심하는 모양이다. 해명한다 해서 믿어 줄 것 같지도 않고. 이를 어쩐다…… 고민을 끝낸 도희가 사직서가 들어 있는 서랍을 무릎으로 툭, 밀어 닫았다.

△ ▼ △

한 기업의 임원이 직접 사무실로 찾아와 일개 대리를 따로 불러낼 확률이 과연 몇이나 될까. 단언컨대 0에 가까운 확률일 것이다.

"자네 이야기는 이미 전해 들어서 알고 있어. 그래. 대학 동문이었다고?"

"아, 그게……."

밥 먹듯 드나들던 회의실이 오늘처럼 불편한 적도 없을 거다. 연신 마른 입술을 축이는 도희를 넌지시 건너다보던 조 이사가 그 마음 백번 이해한다는 투로 안심시켰다.

"걱정 말어. 직원의 개인적인 사정을 줏대 없이 퍼트리고 다닐 정도로 가벼운 사람은 아니야, 나도."

조원석 이사는 짐짓 결연했다.

"이번 일 때문에 내가 고해찬 선수 볼 낯이 없어 혼났어. 대체 몇 번이나 사과를 했는지, 원 참. 그 선수 성격이 시원해서 그나마 수월하게 넘어갈 수 있었던 거지, 아니었으면 나도 회장님께 한 소리 들을 뻔했어."

회사 내 모든 정보의 근원지인 비서실에서 들려오는 소문에 의하면 조원석 이사는 불같은 성격이라 했다. 한번 일을 결정하면, 목에 칼이 들어오는 한이 있더라도 물리는 법이 없을 정도로 완고하다고.

커피를 한입 마셔 보는 것만으로도 즐겨 먹는 원두의 브랜드가 맞는지 기가 막히게 알아차릴 만큼 까다로운 데다가, 마음에 들지 않으면 온갖 욕을 쏟아내는 폭군과 다를 바 없지만, 제 사람들에겐 더없이 호탕하고 너그러운 사람이라고 들었다.

"듣자 하니 이번 계약에 백 대리 공이 컸다면서."

"아닙니다."

"겸손하기는."

그런데 왜. 어떤 부분에도 해당 사항이 없는 자신에게 너그럽게 구는 것이며, 쩔쩔매는 것처럼 보이는 걸까. 어쩐지 상상했던 것과는 정반대의 모습이라 적응이 안 됐다. 조원석 이사는 큼, 목을 가다듬으며 말을 이었다.

"요즘 정신없이 바쁜 시즌인 건 나도 잘 알아. 그래서 더 곤란한 부탁이 될지도 모르겠지만 나를 봐서라도 백 대리가 수고 좀 해 줬으면 해."

"죄송하지만 무엇을 말씀하시려는 건지 잘 모르겠습니다."

"자네도 자리에 있었으니 알 거 아니야. 계 부장이 술 먹고 고해찬 선수에게 실수를 한 모양이던데."

"아……."

도희가 말끝을 흐리자, 조 이사가 혀를 찼다.

"그 성격에 언제 한번 사고 칠 거라 예상은 하고 있었지만 그리 조심성이 없어서야 원."

그녀의 편에 서서 두둔해 주고 있었음에도 도희는 침묵했다. 열심히 해 보겠다고 적극적으로 나서도 모자랄 판에 말이다. 의아했지만 이런 묵직한 태도가 더 마음에 들었던 조 이사는 도희를 힐긋거리며 입을 열었다.

"가운대 경영학과 출신이면 내 후배이기도 하고, 회사에 들어온 이후로 체결한 계약 건도 그렇고 분기 매출 추이 성적도 꽤 만족스럽던데. 여태 승진이 안 됐던 이유는 고과 점수 때문인가?"

"아……."

"보나 마나 계 부장 눈에 밉보였겠지. 그 꽉 막힌 성격 때문에 못 버티고 그만둔 직원들 수만 해도 한 트럭이야. 백 대리가 버틴 게 용해. 계 부장은 이번 일이 아니어도 이력이 많아서 조만간 내부적으로 처리하는 방향으로 결정될 테니 그때까지만 잘 참아 봐."

학벌을 들먹이며 승진 이야기를 거리낌 없이 한다는 것은, 대놓고 자신의 라인으로 들어오란 뜻과 같았다. 한낱 대리에게 말이다.

"그나저나 이번엔 내가 독단적으로 나서서 추진한 사안인 만큼, 쉽게 넘길 수 있는 일이 아니라서 더 골치가 아프단 말이지……."

조원석 이사는 일부러 들으라는 듯이 말을 흘렸다. 계약이 체결되었지만, 7일 이내에 선수 측에서 해지 통보를 보내오면 눈 뜨고 당하는 꼴이었다. 그의 몸에 걸쳐질 운동복, 신발, 가방, 모자, 수영복까지. 전부 이슈가 될 테고 보나 마나 완판은 확정이다.

앞으로 1년 뒤 올림픽 시즌이 닥쳐오면 해찬이 선택한 모든 제품들은 각국 세계 방송사를 타고 전파된다. 회사 입장에선 상상 그 이상의 거대한 이윤이 남을 테니, 말처럼 조원석 이사뿐만 아니라 각 기업에서 수단과 방법을 가리지 않고 해찬을 쟁취하려 들 것은 당연했다. 그러다 보니 〈익스페디션〉 기업은 황금알을 낳는 거위를 독점으로 거머쥔 것이나 다름없었다.

"믿고 맡길 사람이 마땅치 않았는데 이참에 잘됐어. 승진이든 고과 점수든.

섭섭지 않게 잘 챙겨 줄 테니, 백 대리도 이번 기회에 최선을 다해 봐."

조 이사는 도희의 어깨를 툭툭, 치며 아낌없이 독려했다. 하지만 그녀는 편히 웃을 수 없었다. 생각할수록 찜찜했다.

고해찬이 만들어 놓은 덫에 걸려든 것만 같아서.

04

W호텔 스위트 프리미어 1403호.

문 앞에 다다르자마자 도희는 양쪽 어깨에 짐짝처럼 들려 있던 커다란 쇼핑백과 상자를 내팽개치듯 바닥에 내려놓았다.

"그냥 차라리 죽으라고 해라."

오는 내내 평생 쓸 욕을 전부 쓴 것 같다. 36도를 육박하는 한여름의 폭염 날씨에, 못해도 15kg은 족히 넘는 무게의 의류를 혼자 짊어지고 이곳까지 왔으니. 열심히 해 보라더니. 적어도 옆에서 도와줄 사람이라도 붙여 주고서 그런 말을 하면 또 모르겠다.

이마에 맺힌 땀을 닦아 내며, 도희는 잔뜩 일그러진 표정으로 호실이 적혀 있는 문을 세차게 노려보았다.

"대체 전생에 무슨 사이였길래."

이토록 복잡하게 얽혀 버린 걸까. 도희는 손에 쥐어진 카드 키를 내려다보며 푹 한숨을 내쉬었다.

'전 바로 회사에 들어가 봐야 해서요. 아마 해찬이는 지금쯤 호텔 수영장에서 혼자 훈련하고 있을 거예요. 먼저 들어가서 쉬고 계세요.'

호텔 정문 앞에서 마주친 매니저는 도희가 어떤 대답을 내놓기도 전에 카드 키를 건네주곤 서둘러 호텔을 빠져나갔다. 이대로라면 위험했다. 전속 모델과 담당자의 입장으로 마주치는 것은 백번 양보해 그럴 수 있다 쳐도, 그 장소가 호텔이라면 말이 달라진다.

물론, 지금처럼 촬영을 위해 행해지는 과정은 당연했다. 하지만 상대가 7년 전 깊은 감정을 나눴던 첫사랑이라 문제가 되는 거였다. 상황을 지켜보려는 건지, 아니면 정말 모르고 있는 건지. 지금껏 묵묵히 침묵하고 있는 기태준의 의도를 파악할 수 없어 더 두려웠다.

그렇다고 돌아갈 수도 없다. 어디까지나 업무의 연장선이라고. 도희는 가까스로 세뇌하며 도어록에 카드 키를 가져다 댔다. 띠리릭. 잠금이 해제되는 소리와 함께 문손잡이를 잡아 내렸다. 쉴 틈이 없었다. 곧장 바닥에 널브러져 있는 상자와 쇼핑백을 하나둘씩 룸 안으로 옮기기 시작했다.

안에 돌덩이를 넣었나. 끙, 앓는 소리가 절로 터졌다. 그나마 덜 무거운 쇼핑백을 먼저 들여놓고, 마지막 남은 상자를 두 손으로 간신히 집어 들었다. 상상 그 이상의 어마어마한 무게에 두 팔이 덜덜 떨렸다. 비틀거리며 몸을 돌린 순간, 전혀 예상치 못한 상황이 펼쳐졌다.

"아……."

수건으로 물기에 젖은 머리카락을 털며 이제 막 욕실에서 빠져나오고 있는 고해찬과 정통으로 시선이 부딪쳤다.

다행히 그의 몸엔 샤워 가운이 걸쳐져 있었다. 물론, 입어도 입은 것 같지 않다는 게 문제였지만. 대충 묶어 놓은 끈은 언제 풀어져도 이상하지 않았다. 이봐요. 매니저님. 훈련 중이라면서요. 원망할 새도 없었다.

그의 모습은 위태롭고, 보다 더 위험했다. 그가 삐딱하게 자세를 고쳐 서자 헐거워진 가운 사이로 가슴 근육이 언뜻 드러났다. 당황한 도희는 놀란 나머지 그대로 굳어 버렸다.

눈가를 작게 찡그리며 도희의 얼굴을 확인한 해찬도 놀란 것은 마찬가지였다. 그가 느린 걸음으로 가깝게 다가올수록, 도희는 반사적으로 한 걸음 물러섰다.

순간 근처에 놓여 있는 운동화에 발이 걸려 그녀의 몸이 작게 휘청거렸다. 간신히 중심은 잡았지만, 순간적으로 팔에 힘이 풀려 들고 있던 상자가 기우뚱 기울어졌다. 인지했을 땐 이미 늦었다.

"조심."

단숨에 다가온 해찬이 순발력 있게 상자를 받쳐 들었다.

"……괜찮아요?"

"아, 응. 아니, 네."

반말인지 존댓말인지 모를 희괴한 대답에 해찬이 작게 웃음을 터트렸다. 하지만 곧 한쪽 눈가를 찡그리며 못마땅하다는 듯 상자를 내려다보았다.

"이걸, 여기까지 혼자 들고 왔어요?"

"보다시피, 그렇게 됐어."

"많이 무거운데."

"괜찮아. 한두 번 있던 일도 아니고."

이게 다 누구 때문인데. 도희가 속으로 구시렁거렸다. 그녀를 물끄러미 내려다보며, 해찬은 얄궂은 투로 물었다.

"이젠 존댓말 안 하기로 한 거예요?"

이미 포기했다. 어차피 둘밖에 없는데, 굳이 존댓말을 할 필요도 없지 않은가. 얄궂은 건 여전하다.

도희는 해찬을 흘기며 다시금 쇼핑백을 주워 들었다.

"나 얼른 일 끝내고 회사 가 봐야 하는데. 들어가도 될까?"

"얼마든지."

그가 슬쩍 몸을 비켜서자, 잠시 망설이던 도희는 불편한 심정을 내색하지 않고 애써 의연한 척하며 조심스레 걸음을 떼어 냈다. 해찬은 제 곁을 스쳐 지나가는 도희를 눈으로 좇았다.

거실 소파에 멈춰 선 그녀는 쇼핑백에서 준비해 온 샘플링 의류를 주섬주섬 꺼내어 가지런히 펼쳐 두고 있었다. 맡은 일에만 묵묵히 집중하고 있는 도희의 모습을 보자 괜히 웃음이 샜다.

뭘까 넌. 대체 네가 뭐라고. 상처만 남기고 모질게 떠난 여자 뭐가 예쁘다고 잊지도, 포기하지도 못해 전전긍긍하고 있는 걸까. 나는.

기억 속 백도희는 한숨이 잦은 여자였다. 늘 지쳐 있었고, 무기력했다. 생기가 넘치던 다른 여대생들과는 확연히 다른 세상에 살고 있었다.

해찬은 그런 도희가 싫지 않았다. 오히려 동질감을 느꼈다. 제 속에 사는 또 다른 자신을 마주 보는 기분을 지울 수 없었다. 그래서 더 계속 눈에 밟혔다. 어쩌다 가끔씩, 어색하게 눈을 맞추며 웃어 줄 땐 다 죽어 가던 심장이 뛰었다.

언젠가부터 시선 끝엔 늘 백도희가 머물렀다. 물속이 지겹다고 느낀 적은 처음이었다. 보고 있어도 계속 보고 싶었다.

'*네가 날 놓지 않는 이상 나도 널 놓지 않을게.*'

고작 그 약속 하나가 지금껏 나를 버티게 했다는 사실을, 과연 네가 알까. 끝까지 눈앞에 나타나지 않는다면 시합 인터뷰에서 잃어버린 사랑을 찾고 있단 충격 발언으로 대한민국 전체를 뒤집어 놓을까, 진지하게 생각도 했던 만큼.

절박했고, 보다 더 간절했다. 그렇다고 미련스럽게 7년이란 긴 시간 동안 도희만 그리워했던 것은 아니었다. 조용히 쫓고, 또 쫓았다. 정황상 명백히 뒷받침해 줄 증거가 부족했을 뿐. 집요하게 파고들면 분명 또 도망칠 테니 그마저도 조심스러웠다.

"거기서 뭐 하고 있어."

느닷없이 물어 오는 도희의 목소리에 해찬은 천천히 다리를 움직였다.

"직접 골라 봐. 네 의견이 중요하니까."

소파에 펼쳐진 옷이 뭐든 그따위 것들은 안중에도 없었다.

"선배 생각은 어떤데요."

"뭐?"

"내 몸 다 봤으니까 알 거 아니에요. 뭐가 어울릴지."

당황한 도희의 눈동자가 잘게 흔들렸다. 하지만 곧 마음을 다잡고 단호하게 추궁했다.

"지금 말장난하려고 온 거 아니야. 기억나지도 않고."

"쉽게 잊을 몸이 아닌데."

지나친 자신감에 도희는 말문이 턱 막혔다. 부정할 수도 없었다. 사실이었으니까. 해찬은 소파에 정돈된 아웃도어 의류를 성의 없이 훑다 말고 다시 도희에게로 시선을 옮겼다.

"이거, 누가 골랐어요?"

"그건 왜……."

해찬이 피식 웃음을 터트렸다.

"내 취향을 너무 잘 알고 있는 것 같아서요. 누군진 몰라도."

그리 말하며 대뜸 허리를 숙였다. 예고 없이 가까워진 거리에 도희는 눈을 질끈 감아 버렸다.

1초, 2초, 3초. 어떤 일도 벌어지지 않았다. 슬쩍 눈을 뜨자, 물끄러미 저를 응시하고 있는 해찬이 보였다. 그의 손엔, 샘플링 검은색 기능성 티셔츠 한 벌과 트레이닝 바지가 들려 있었다.

"계속 그러고 있을 거예요?"

그가 샤워 가운을 조이고 있던 끈을 천천히 잡아당겼다.

"난 상관없는데."

서서히 풀어지는 매듭을 보자마자 도희의 눈이 휘둥그레 떠졌다.

"자, 잠깐!"

도희가 다급히 손을 뻗었다.

"방에 들어가 있을 테니까, 다 갈아입으면 불러."

"지금 여기에 있는 옷이 몇 벌인 줄은 알아요?"

못해도 수십 벌이라 도희는 해찬의 말에 반박할 수 없었다. 별안간 해찬이 피식 웃음을 터트렸다.

"그냥 뒤돌아 있어요."

아.

"정 궁금해서 못 참겠다 싶으면 그대로 있어도 되고."

당했다.

"이제 봐도 돼요."

침묵을 뚫고 흘러나온 낮은 음성에 도희의 어깨가 움찔거렸다. 정말 다 갈아입은 거 맞겠지. 도희는 꺼림칙한 기분을 뒤로하고 천천히 몸을 돌렸다.

그의 얼굴을 마주하자, 다른 의미로 당황한 그녀의 눈동자가 잘게 흔들렸다. 그대로였다. 정말, 너무하다 싶게 그대로다. 더 날렵해진 이목구비는 분명 성숙한 남자의 것이었지만 분위기만큼은 빛바랜 기억 속에 남아 있는 고해찬의 것이 맞았다.

〈익스페디션〉 로고가 새겨진 검은색 기능성 반팔 티는 그의 몸 일부라 해도 무리 없을 정도로 잘 어울렸다. 얇은 재질인 만큼 군살 하나 없는 상체에 착 달라붙어 있어, 떡 벌어진 어깨와 단단한 상체가 더욱 두드러져 보였다.

트레이닝 바지는 또 어떠한가. 말할 필요도 없었다. 요즘 트렌드에 맞춰 재단한 슬림한 핏은 그의 긴 다리에 안성맞춤이다. 완벽했다. 수영 선수답게 큰 키와 남다른 체격 덕분에 아웃도어 의류 모델로 더할 나위 없이 제격이었다.

불편한 곳은 없는지 물어봐야 하는데, 말이 나오지 않았다. 수많은 셀럽들을 고사하고 2년 내리 고해찬 한 명만 갈구하던 조원석 이사의 눈은 틀리지 않았다.

물끄러미 도희를 들여다보던 해찬의 눈동자가 돌연 장난스럽게 빛났다. 그는 거실 테이블에 올려 둔 검은색 모자를 턱짓으로 가리키며 물었다.

"저것도, 쓸까요?"

도희는 뻣뻣해진 턱을 억지로 움직였다.

"……아니. 그건 나중에."

"언제까지 그렇게 계속 보고만 있을 거예요. 사진, 안 찍어요?"

아, 맞다. 사진. 까맣게 잊고 있었다. 사진은 회의에 반드시 필요한 것이었다. CF 촬영과 화보에 사용될 제품의 색상과 디자인을 최종적으로 선별하기 위해선 샘플링이 몇 벌이 됐든 갈아입고, 또 갈아입는 수고로움을 감수하더라도 하나하나 사진으로 남겨 둬야 했다.

도희는 주머니에 넣어 둔 휴대폰을 꺼내어 들었다. 소파에 앉아 카메라를 켰다. 곧이어 액정 안으로 그의 모습이 가득 들어찼다. 도희는 한동안 멍하니 화면 속 해찬을 들여다보았다.

기분이 이상했다. 지금 나는 7년 전의 고해찬을 그리워하고 있는 걸까. 아니면, 그때의 나를 그리워하고 있는 걸까. 알 수 없어 혼란스럽다. 신이 장난을 치고 있는 것 같다. 그러지 않고서야.

"그 남자가 잘해 줘요?"

찰칵. 사진을 찍자마자 불쑥 흘러나온 말에 도희의 눈이 크게 떠졌다. 그녀는 액정에 고정한 시선을 떼고 해찬을 바라봤다.

"그건 또 무슨 소리야."

그는 슬쩍 눈꺼풀을 내리깐 채 무덤덤한 표정으로 도희를 꿰뚫듯 응시하고 있었다.

"잘해 주냐고 물었어요."

심장이 요란하게 뛰기 시작했다. 선을 그으면 편해진다. 그가 득달같이 다가올 일도, 애써 다잡은 마음을 멋대로 휘젓지도 못할 것이다. 거짓말이라도, 지어내서라도, 마음에 없는 말이라도 뭐가 됐든 뱉어야 하는데. 도희는 긴 숨을 내쉬며 휴대폰을 내렸다.

"너랑 상관없는 일이잖아."

뭘 망설이고 있는 걸까. 뭐가 아쉬워서……. 설마. 나 지금 오해받고 싶지 않은 건가.

"그래서 묻는 거예요."

해찬은 사납게 치뜬 도희의 눈을 바라보며 피식 웃었다.

"그런 눈으로 쳐다보지 말아요. 괜히 승부욕만 더 생겨."

"쓸데없는 말 그만하고 다음 샘플링 옷으로 갈아입어. 이번엔 모자랑 신발도 같이……."

"바람피울 생각은 없어요?"

저 미친.

"난 괜찮은데."

떠보는 것이 분명했다. 제정신으로 저따위 정신 나간 소리를 뱉는 거라면, 드디어 미쳤든지.

해찬은 일그러진 도희의 표정을 덤덤히 바라보며 말을 이었다.

"내가 생각하고 있는 경우의 수는 세 개예요."

도희가 슬며시 시선을 들었다.

"협박을 당하고 있거나, 돈이 급했거나. 둘 다 아니라면, 선배 머리가 어떻게 된 거겠지."

예리한 지적에 심장이 쿵 떨어지고 목구멍이 바짝 타들어 갔다.

"내가 모를 거라고 생각했어요?"

입 다물고 뒤돌아서면 그대로 끝날 줄 알았냐고. 내가 모를 줄 알았냐고. 고해찬은 그렇게 묻고 있었다. 무거운 침묵이 감돌았다.

"……뒤돌아 있을게."

그리 말하며 도희가 다시 몸을 돌리려는 때였다.

"내 앞에서 더 이상 등 보이지 마."

깊게 가라앉은 목소리에, 똑바르게 날아든 날카로운 눈빛에 숨이 턱 막혔다. 고요한 정적을 깨고 그가 말했다.

"웃는 방법도 모를 것 같던 선배가 내 앞에서 가끔씩 웃어 줄 땐 세상을 다 가진 것 같았어."

젖은 그의 음성이 마음을 눅눅하게 만든다.

"침대에서 날 바라보던 선배 눈빛이 어땠는지, 내 목을 끌어안고 애원하던 목소리가 어땠는지. 아직까지도 생생해."

몸에 힘이 축 빠졌다.

"지금껏 선배를 마음 놓고 미워할 수 없었던 건, 그날 선배가 나한테 와 줄 수 있겠냐고 보낸 문자 때문이었어요."

해찬이 한숨처럼 웃었다. 문자를 조금 더 빨리 확인했다면. 그래서 그때, 네 곁에 내가 있었다면. 상황이 조금은 달라지지 않았을까. 수천 번 생각하고 후회 했으니까.

"나, 이유도 없이 병신처럼 여태 모르는 척하고 있었던 거 아니에요."

"너……."

"앞으로 두 눈 뜨고 똑똑히 지켜봐요. 고작 수영밖에 모르던 새끼가 얼마나 컸는지. 얼마나 많은 힘을 얻게 됐는지."

도저히 안 되겠다. 복잡해서 머리가 터질 것 같았다. 도희는 급히 자리를 정리하고 소파에서 몸을 일으켰다.

"오늘은 이만 갈게. 나머지는 나중에 다시 일정 잡고 찍자."

"언제든 상관없어요. 난."

그의 눈매가 곱게 휘었다.

"보고 싶을 때, 갈 곳 없을 때, 심심할 때. 하다못해 외로울 때. 언제든 와요. 선배라면 늘 환영이야."

애달팠다.

"갖고 놀아도 돼요. 몇 번이고 다시 상처 줘도 달게 받을게. 그러니까."

느린 걸음으로 다가온 그가 한 발짝 떨어진 거리에서 우두커니 멈춰 섰다. 해찬은 지그시 도희를 내려다보다가 흘러내린 그녀의 머리카락을 귀 뒤로 넘겨주며 작게 속삭였다.

"버리지만 마."

그의 입술이 길어졌다. 어쩐지, 서글픈 미소였다.

△ ▼ △

혼자 지내기엔 지나치게 호화로운 호텔 객실 내부는 적막했다.

소파에 기대어 앉아 있던 해찬은 쥐고 있던 타이머를 무료하게 내려다보며 의미 없이 스톱 버튼을 달칵거렸다.

"대체 뭐가 뭔지……."

다물린 입술을 비집고 실없는 웃음이 흘러나왔다. 해찬은 아직도 도희가 본인의 의지로 저를 버렸다고 생각하지 않았다. 그래서 더 화가 났다. 의지할 생각조차 못 할 만큼 나약한 놈이라 증명받은 기분이라서.

틀린 말은 아니었다. 그 당시 이제 막 상승세를 타기 시작한, 고작 대한민국 수영 국가 대표 선수에게 명예나 권력, 하다못해 재력 따위가 있을 리가 없으니.

'*이미 감독님을 통해 전해 들어 알고 계시겠지만, 결코 나쁜 조건은 아닐 겁니다. 부디 긍정적인 답을 기다리고 있겠습니다.*'

7년 전, 웬 남자가 대뜸 찾아와 터무니없는 제안을 했었다. 선수 생활을 하는 동안, 한국을 떠나 해외에 머무르며 훈련에만 집중해 준다면 은퇴 전까지 삼진그룹의 소속 선수로 수십억대의 스폰을 지원해 주겠다던.

파격적인 제안이었다. 선수 입장에선 망설일 이유도 없었지만 괜히 꺼림칙했다. 단호히 거절했지만 남자는 몇 번이고 끈질기게 찾아왔다.

얼마 지나지 않아 비슷한 시기에 ST그룹의 이세준 이사가 연락을 취해 왔다.

'*삼진그룹 속을 까맣게 태우고 있는 애물단지가 누군가 싶었는데, 실물이 훨씬 더 걸출하구만. 경쟁사에서 쌍심지를 켜고 달려드는 판국에 우리도 가만히 손 놓고 보고만 있을 수는 없겠다 싶었어. 뭐가 됐든 원하는 조건이 있으면 편히 말해. 못해도 삼진 쪽에서 부르는 값에 두 배는 더 쳐줄 테니까.*'

계산대 위에 놓인 기분이 썩 유쾌하진 않았으나 말처럼 손해 보는 장사는 결코 아니었다. 각 기업을 대표하는 임원들이 앞다투어 경쟁하는 꼴이 꽤나 봐 줄 만했던 것도 사실이다.

이 전무는 이상한 말을 했었다.

'*보아하니 아직 삼진 측과 계약하기로 결정한 것 같진 않던데. 혹시, 기태준이 직접 찾아왔었어?*'

저를 찾아온 남자의 정체는 '기태준'이란 남자의 수행 비서쯤으로 어림잡아 예상할 수 있었다. 그러나 기태준이 정확히 누구인지까진 짐작하기 어려운 부분이었다.

'그 기태준이란 분이 누군지 여쭤봐도 되겠습니까.'

그 상황에서 답지 않게 상관없는 남자의 정체를 궁금해한 연유도 모를 일이지만 반드시 묻고, 들어야 할 것 같다는 느낌을 지울 수 없었다.

이세준 전무는 의아하다는 표정을 지었다.

'왜, 삼진전자 전략 팀 상무 있잖아. 설마, 몰랐어? 아, 하긴. 그럴 수도 있겠네. 그 당시엔 일개 실무진이었을 테니.'

기태준. 삼진그룹 기태형 회장의 막내아들로 비상한 두뇌를 가진 인재라고 했다. 직계 경영 뜻에 따라 입사한 지 2년 만에 팀장직을 달았고, TF 팀에 소속되어 할당받은 프로젝트를 성공적으로 이끌어 낸 성과를 인정받아 무리 없이 상무이사로 진급되었다고.

야망이 커, 마음만 먹으면 훗날 위로 있는 형제들을 제치고 삼진을 차지할지도 모르는 일이라며, 이세준 전무는 혀를 내둘렀다. 그런 자질구레한 설명은 중요하지 않았다. 처음부터 귀담아들을 생각도 없었다.

굳이 자신에게 사람을 붙여 가면서까지 얼굴을 드러내지 않았던 이유. 제안의 목적이 궁금했을 뿐, 그 이상도 이하도 아니었다. 집으로 돌아가 포털 사이트에 그의 프로필을 검색하고, 사진 속에 박혀 있는 얼굴을 보자마자 어질러진 퍼즐 조각이 단숨에 끼워 맞춰졌다. 술집 밖에서 도희의 손목을 움켜잡고 그녀를 곤란하게 했던 남자.

'도희랑 아는 사이였나 보네요. 그런 줄도 모르고, 실례했습니다.'

'그런데……. 어딘가 낯이 익네.'

병원에서 도희에게 알 수 없는 말을 은밀하게 속삭이던 남자.

그 남자가, 기태준이었다.

왜 하필 삼진에서 스폰을 제안받은 시점에 도희가 제 곁을 떠나야 했던 건지늘 의문이었다. 그 남자의 정체와 배경을 몰랐을 때까진. 측근을 시켜 저에게 접근해 온 이유는 손에 넣고 감시하려는 속셈이었나. 그렇다면 도희에겐 어떤 협박을 했을까. 그게 문제였다.

　무기력함에 좌절하고 있을 시간이 없었다. 한시라도 빠르게 움직여야 했다. 홍보 대사를 맡았던 부산 하계 올림픽과 아시안 게임 유치에 성공하자 기업과 국가, 국민 전부가 제게 손을 뻗었다. 뭐가 됐든 가릴 처지가 아니었다.

　팔자에도 없는 골프를 배우고, 정계와 재계에 속한 사람들과 대화를 나누며 서서히 친분을 쌓았다. 자원봉사와 각 지역 홍보 대사. 그리고 대회 성적에 힘을 쏟는 것도 게을리하지 않았다. 몸이 열 개라도 모자랐지만 백도희를 되찾을 수만 있다면 뭐가 됐든 가뿐히 견딜 수 있었다. 이룬 것이 늘어날수록 국민들은 그의 행보를 전폭적으로 찬양했다.

　온 국민의 사랑을 독차지한 만큼, 내로라하는 기업이나 고지식한 연맹. 국민들의 지지를 절대적으로 필요로 하는 의원들까지 각종 행사 자리에 그를 불러 세우기 바빴다.

　고요히 움직이며 지분과 가치를 높인 결과는 결코 우습지 않았다.

　해찬은 이제 더 이상,

　'고작' 대한민국 수영 국가 대표 선수가 아니었다.

△ ▼ △

　탁, 툭. 탁, 툭.

　끊임없이 타이머 버튼을 달각거리던 손끝이 허공에서 멈추었다. 해찬은 테이블 위에 타이머를 내려놓고 소파에서 몸을 일으켰다. 천천히 통창으로 다가가 커튼을 젖혔다. 어느새 밤이 내려앉았다. 고층에서 내려다본 서울의 풍경은 말이 필요 없는 절경이었다.

　도로 위를 빼곡하게 수놓은 자동차 불빛들이 줄을 지어 반짝이고, 시원하게 펼쳐진 한강 사이로 놓인 반포대교에선 휘황찬란한 무지개 분수 쇼가 한창이었다. 그 아름다운 야경을 바로 앞에 두고도 해찬의 깊은 눈동자는 별다른 감흥

없이 삭막하기만 했다.

잡념으로 머리가 복잡해질 땐 어김없이 수영장을 찾았다. 차가운 수온이 몸에 닿으면 어질러진 감정들이 순식간에 차분히 가라앉곤 했으니까.

그런데 최근 들어서 효과가 없다. 평소보다 더 높은 강도의 훈련을 자처해봐도 마찬가지였다. 예고 없이 불쑥 나타나 가슴을 헤집어 놓는 도희가 그 원인이었다.

어디서부터 시작해야 하나. 방법은 많은데, 선택이 힘들다. 고민은 짧았다. 해찬은 주머니에서 꺼내 든 휴대폰을 귓가로 가까이 가져다 댔다. 통화는 지체없이 연결되었다. 해찬은 더없이 지루한 표정으로 창밖 풍경을 바라보며 느리게 입술을 떼어 냈다.

"저와 겸상 한번 하시죠, 전무님."

방법은 간단했다.

"예. 제가 조만간 다시 연락드리겠습니다."

죽었다 깨어나도 가질 수 없는 힘이라면, 빌려 와 제 것인 것처럼 휘두르면 그만이다.

△ ▼ △

W호텔의 '화연' 레스토랑은 비록 자비 없이 높은 가격대로 유명했지만, 미슐랭 3스타를 받은 만큼 음식 맛은 일품이었다.

그러나 도희는 음식이 입으로 들어가는지 코로 들어가는지 몰랐다. 줄곧 깨작거리며 의무적으로 입안에 쑤셔 넣었다. 가시방석에 앉아 있는 심정이었다. 불편했고, 불안했다. 옆자리엔 기태준이, 맞은편엔 아버지가 있다. 더군다나 이곳은 고해찬이 머물고 있는 W호텔이었다.

드넓은 호텔에서 해찬과 마주칠 확률은 현저히 낮겠지만 꼭 이럴 때는 없던 가능성도 높아진다. 한시라도 빨리 자리를 뜨고 싶은 마음이 간절했다. 그런 그녀의 속을 아는지 모르는지 묵묵히 와인을 들이켜던 태준은 조용히 잔을 내려놓으며 윤택을 향해 의례적인 인사를 건넸다.

"원내 대표 당선 소식 전해 들었습니다. 축하드립니다, 의원님."

"축하할 게 뭐가 있어. 김 의원이 사고 치는 바람에 떠안다시피 얻게 된 자리인데."

윤택은 슬쩍 도희의 눈치를 살피며 말을 이었다.

"언론에서 알아차리기 전에 먼저 입수한 정보를 언질해 준 자네의 덕이 커. 조금만 늦었으면 당 이미지만 나락으로 떨어질 뻔했으니. 그 점은 고맙게 생각하고 있네."

"마땅히 해야 할 일이었죠. 부패된 의원이 죄 없는 국민을 상대로 공권력을 휘둘러서야 되겠습니까. 저 역시 오천만 국민 중 한 명인데요. 가만히 두고 볼 수만은 없었던 것뿐입니다."

태준의 입가가 부드럽게 올라섰다. 그 얼굴을 스치듯 보게 된 도희는 순간 멈칫했다. 처음 직면한 기태준의 웃는 얼굴이 낯설어서였다. 물론 비즈니스 관계에서 행해진 철저한 가식이겠지만. 우스웠다.

"그나저나……. 내 딸아이와 대학 동문이었다고?"

"예."

"참 알다가도 모르는 것이 사람 일이라던데, 지금 보니 어느 정도는 맞는 말 같군."

구역질이 날 것 같았다. 아직도 딸이라 생각하고 있었다니. 한편으론 놀라웠다. 막내딸 도영이 죽어 갈 땐 눈 한번 깜빡이지 않던 사람이. 연락마저 무참히 무시해 놓고, 장례식장에 발길조차 들이지 않던 냉혈한이 이제 와 뻔뻔스럽게 딸 취급을 하고 있다는 게.

진정 사람이 맞을까. 감읍해 눈물이 다 날 지경이었다. 제 심정을 뻔히 알고 있으면서 설핏 미소 짓고 있는 기태준의 의중 모를 태도 또한 기가 막혔다.

더 이상 얌전히 앉아 듣고 있기엔 무리라는 판단이 섰다. 도희는 의자를 밀치고 자리에서 벌떡 일어났다. 두 남자의 시선이 동시에 그녀에게로 날아들자, 지그시 눈을 감았다 뜬 도희는 가까스로 침착하게 말했다.

"화장실 좀 다녀올게요."

어차피 있으나 마나 한 자리였다. 그녀는 누가 잡을 새도 없이 자리를 벗어났다.

"……묻고 싶은 것이 있네."

멀어지는 도희의 뒷모습을 물끄러미 응시하던 태준은 시선을 떼고 윤택을 마주 보았다.

"편히 말씀하시죠."

윤택은 입가를 툭툭 눌러 닦은 냅킨을 테이블에 내려 두며 말문을 열었다.

"첫 만남 때는 상황이 상황이었던 만큼 경황이 없어 자세히 묻지 않고 그냥 넘어갔지만, 자네처럼 재계에 속한 이들이 나 같은 사람에게 접근해 온 경우는 대부분 극명해서 말이야."

"아."

"거두절미하고 솔직하게 묻지. 목적을 묻고 싶네. 이번 사안만 두고 보더라도 단순히 순수한 정의감이었다고 치부하기엔 걸리는 것들이 너무 많아."

윤택은 분명 태준이 다른 의도를 숨겨 두고 있을 것이라고 확신했다. 10년이 넘도록 의절하다시피 연락을 끊고 지냈던 첫째 딸을 데리고 있단 태준의 연락을 받았을 때, 윤택은 때아닌 충격에 휩싸였다.

풍파 직전의 가정을 무참히 내치면서까지 택한 길이었던 만큼 그 각오도 남달랐다. 일반인의 어리숙한 협박이었다면. 하다못해 도희가 직접 발악하며 따지듯 취조했다면 또 모를까 상대가 기 회장의 막내아들이라면 말이 달라진다.

딸과 아내의 장례식을 등진 패륜을 국민들이 이해해 줄 리가 없다. 그랬기에 무슨 수를 써서라도 존재를 숨겨야 했다. 윤택에게 딸 도희는 대선을 노리고 있는 이 시점에서 치명적인 독이자, 약점이었다.

무엇보다 전후 사정을 알고 있단 말만 하지 않았을 뿐이지, 윤택은 직감적으로 알아차릴 수 있었다. 기태준은 전부 알고 있다. 그렇지 않고서야 비밀리에 오가야 할 나랏일과 관련된 대화를 도희 앞에서 대놓고 떠벌릴 이유가 없었다.

무엇을 요구할 심산인가. 김 의원의 부정부패를 빌미 삼아 대가 없이 원내 대표의 길을 터 준 것을 보면, 가벼운 목적은 아닐 터다. 대선에 힘을 실어 줄 테니 성공 후 기업의 뒤를 봐 달란 정도의 요구라면 납득이 될 텐데.

설마. 눈치챘나. 쉽게 볼 상대가 아니었다. 태준은 배경을 등에 업고 권위를 누리는 재미에 푹 빠져 사는 재벌가 자제들과는 판이하게 달랐다.

간 보듯 여유를 떠는 태도만 봐도 가늠할 수 있었다. 저를 똑바르게 쳐다보는 눈빛도 괜한 허세가 아니었다. 곰곰이 생각에 잠겨 있던 윤택은 자세를 고쳐 앉으며 말했다.

"이제 슬슬 야당 측에서 견제가 시작될 거야. 이미 내 뒷조사를 시작했을지도 모를 일이지. 지금처럼 자네와 만나는 모양새가 썩 좋게 비칠 리가 없지 않나. 곤란한 건 나뿐만 아니라 자네 입장도 마찬가지일 텐데."

겁을 줄 심산이었지만 태준은 도리어 피식 웃음을 터트리며 여유를 부렸다.

"얽히게 되면 저로 인해 출자 경로를 의심받을까 두려우신 겁니까? 아니면, 제게 들켜선 안 될 다른 비밀이라도 있으신 건지."

허를 찌르는 태준의 지적에 윤택의 입술이 굳게 다물렸다. 태준은 손목에 채워진 시계를 힐긋 내려다보다가 이내 느슨한 미소를 걸치며 본론을 꺼냈다.

"도희와 약혼하겠습니다."

뭐……. 윤택의 입술이 놀라움으로 작게 벌어졌다.

"그게 제 목적입니다."

만족했느냐 묻는 저 말이 정녕 진심인가. 윤택은 더욱 깊은 수렁에 빠진 기분을 지울 수 없었다.

"의원님도, 저도. 손해 볼 일은 아니지 않나 싶습니다만."

태준의 말처럼 이보다 좋은 기회는 없었다. 젊은 남녀가 서로 사랑한다는데 말릴 이유도 없었다. 하지만 윤택은 결코 태준의 발언을 반가워할 수 없었다.

"썩 내키지 않는 듯 보이십니다. 의원님."

그때였다.

"누구 마음대로요."

어느새 자리로 돌아온 도희가 죽일 듯이 태준을 노려보며 대화에 끼어들었다. 간신히 화를 억눌러 참고 있는 그녀의 두 주먹이 절로 바르르 떨렸다.

"두 분이 작당하고 사이좋게 나라를 팔아먹든 말든 상관없는데. 양심이 있으면 더 이상 나 갖고 거래하지 마세요. 한 번만 더 이따위로 사람 놀려 먹으면 언론사에 전부 다 뿌려 버릴 테니까."

말을 끝낸 도희는 가방을 챙겨 들곤 뒤도 돌아보지 않고 자리를 빠져나왔다. 걷는 내내 다리에 힘이 풀려 몇 번이고 주저앉을 뻔했지만 이를 악물며 견뎠다. 손을 뻗어 엘리베이터 버튼을 신경질적으로 두드렸다. 층층마다 멈춰 서는 통에 좀처럼 올라올 기미가 보이지 않았다. 울화가 치민다.

그 순간, 누군가가 강한 힘으로 도희의 손목을 잡아 돌려세웠다.

"뭐 하는 짓이야."

"당신이야말로 뭐 하는 짓인데."

살벌한 두 시선이 허공에서 얽혔다. 그녀는 거칠게 머리를 쓸어 올리며 실소를 토했다.

"어쩐지. 뭔가 이상하다 했어. 난데없이 나타나서 대뜸 결혼하자 하질 않나. 선뜻 병원비를 내 주질 않나. 넌 혼자여야 하네, 어쩌네. 그런 말도 안 되는 소리나 해 대면서 3억 계약을 운운하던 당신 계획이 뭐였는지. 이제야 이해가 돼."

사실은 그런 생각을 아예 해 보지 않았던 건 아니었다. 단지 당장 앞만 보고 달리기도 벅차서 아니길 바라며, 애써 외면해 왔던 것뿐이었다. 시간이 흐르면서 치열하게 버티다 보니 자연스럽게 잊힌 것도 부정할 수 없다. 그의 계획이 무엇인지 중요하지도, 알고 싶지도 않았다.

하루라도 빨리 돈을 모아 갚고 그에게서 벗어나고 싶단 생각만 했다. 하지만 눈앞에서 두 사람의 대화를 듣게 된 순간 인정할 수밖에 없었다.

"아버지 때문이었어요? 내가 저 인간 딸이라서. 그래서 접근했던 거예요?"

"그래."

더없이 간결하고 단조로운 대답에 기가 막힌 나머지 헛웃음이 터졌다.

"당신 돈 많잖아. 다 가졌잖아. 그 이상 뭘 더 바라는데. 내 사랑, 내 인생,

내 감정 다 짓밟아 놓고 대체 나한테 뭘 더 원하는 건데!"

이성을 잃고 울분을 토해 내는 도희를 보고도 태준은 침묵했다. 그저 지독히도 어둡게 가라앉은 눈빛으로 도희를 빤히 내려다볼 뿐이었다.

"이젠 하다 하다 당신이 불쌍해지려고 해. 사랑하지도 않는 여자와 결혼하면 그 사정이 좀 나아져요? 고작 눈앞에 있는 이득 하나 취하려고 평생을 거는 게 제정신으로 할 수 있는 선택이냐고. 그게 사람이 할 짓이냐고!"

굳이 따져 보자면 자신이 그를 비난할 자격은 없었다. 돈을 빌려준 대가로 자진해서 다짐한 약속을 먼저 어기고 해찬을 만난 건 자신이었으니까. 기태준은 예고한 대로 움직였을 뿐이다.

그래도 한 차례의 상의는 있을 줄 알았다. 변명할 기회 정돈 줄 거라고 생각했다.

무엇을 바랐던가. 때마침 흐름을 끊어 내듯 띵, 소리와 함께 엘리베이터 문이 열렸다. 더는 대화할 힘도 남아 있지 않았다. 도희는 미련 없이 몸을 돌려 엘리베이터 안으로 걸음을 옮겼다. 버튼을 누르려는 찰나였다. 뚫어져라 도희를 직시하던 태준이 별안간 픽, 웃음을 터트렸다.

"누가 사랑하지 않는 여자와 결혼을 해."

"뭐라고요?"

"말했지. 멋대로 단정 짓지 말라고. 앞서가지 말라고."

알 수 없는 말이 불안했다. 도희는 지그시 아랫입술을 깨물며 다급히 닫힘 버튼을 눌렀다.

"좋아해."

심장이 덜컥 내려앉았다.

"좋아하게 됐어."

지나치게 고요한 목소리에 되물어야 한다는 생각조차 할 수 없었다. 모든 것이, 멈췄다. 서서히 닫혀 가는 엘리베이터 문 사이로 마주한 기태준. 그의 얼굴은 어쩐지 괴로워 보였다.

정말, 정말 이상하게도.

△ ▼ △

엘리베이터가 서서히 하강하기 시작하자, 비좁은 공간에 혼자 덩그러니 남아 버린 도희는 멍하니 층수 판에 시선을 고정했다.

'좋아해.'

'좋아하게 됐어.'

누가 누굴 좋아한다고……. 말을 곱씹자 입술 사이로 자조적인 실소가 툭 튀어나왔다. 어처구니가 없었다. 애초부터 기태준이 저에게, 혹은 그와 자신 사이에 그런 말도 안 되는 감정을 느낄 새가 있었던가.

단언컨대 없었다. 한 달에 한 번 만날까 말까 한 사이였다. 만나게 되더라도 어디까지나 채권자와 채무자의 입장이었다.

그는 강압적으로 식사를 권했고, 도희는 의무적으로 따랐다. 둘 사이에 사적인 대화는 일절 없었다. 이따금씩 맞은편에서 저를 쳐다보는 기태준의 시선을 느꼈지만 전부 무시했다.

그런데. 그런데 왜. 일만 하더니 드디어 머리가 어떻게 된 걸까. 아니면 지난 7년 동안 미운 정이라도 들었나. 어떻게든 살아남으려고, 벗어나려고 발악하던 제 모습에 느꼈던 연민을 사랑이라 착각하는 걸까.

뭐가 됐든 억지였다. 그도 그럴 것이 삼진그룹 같은 대기업 입장에선 대선을 노리는 국회의원은 금줄과도 같다. 특히 기태준은 삼 형제 중 막내였으니, 지금 주어진 기회를 놓치고 싶지 않은 건 어쩌면 당연했다. 억지로 저를 붙잡으려는 수작일 것이라고. 그래. 그렇게 생각하는 편이 정신 건강에 이롭겠다.

간신히 합리화했지만 찜찜함이 완벽하게 가신 것은 아니었다. 어느새 1층에 다다랐다. 도희는 한숨을 내쉬며 층수 판에서 시선을 떼고 정면을 응시했다. 천천히 문이 열리고, 곧이어 믿을 수 없는 일이 벌어졌다.

"아……."

도희가 작게 탄식했다. 엘리베이터 바로 앞에 서 있는 남자. 고해찬과 정통으로 눈이 딱 마주친 탓이다. 너무 놀라 하마터면 다리에 힘이 풀려 그대로 주저앉을 뻔했다. 애써 의연한 척, 꿋꿋하게 버텨 주고 있는 정신력이 기특할 따름이다.

기태준과 함께 있는 모습을 들키지 않아 다행이라 여겨야 할까. 아님, 광활한 호텔의 수많은 장소를 두고 왜 하필 엘리베이터 앞에서 마주쳐야 했는지 원망해야 할까.

웃어야 할지, 울어야 할지 도통 종잡을 수가 없다. 뭐가 됐든 더는 시간을 지체할 수 없었다. 걸음을 떼어 내려는 순간, 텅 비어 있던 엘리베이터 주변으로 하나둘씩 사람들이 몰려들기 시작했다. 모자를 깊게 눌러쓴 고해찬의 얼굴이 사람들 틈에 가려지고 나서야 정신이 들었다.

때는 이미 늦었다. 얼른 내려야 했지만 타이밍을 놓쳐 버렸다. 의도치 않게 많은 인파에 떠밀리게 되자, 도희는 당혹감을 감출 수 없었다. 이대로라면 다시 기태준과 만나게 될 것이다. 사람들 틈에 옴짝달싹 못 하게 끼어 버린 도희는 다급히 팔을 뻗으며 허우적거렸다.

"잠시만, 먼저 내릴……."

말을 다 잇기도 전에 누군가가 불쑥 뻗어진 도희의 손목을 가볍게 움켜쥐며 강한 힘으로 잡아당겼다.

아, 뭐야. 뭔데. 가까스로 엘리베이터를 빠져나올 수 있어 다행이었으나 짜증 섞인 사람들의 수군거림이 아프게 날아들었다. 소음은 문이 닫히자 금세 사라졌지만, 불안하게 쿵쿵 뛰는 심장 소리는 좀처럼 줄어들 기미가 보이지 않았다.

"선배."

익숙한 중저음 목소리가 귓가를 파고들자 바닥에 고정되어 있던 도희의 시선이 천천히 위로 향했다. 아니나 다를까, 제 손을 잡아당긴 사람은 고해찬이었다.

"나 보러 왔어요?"

여전히 짓궂은 저 미소만 봐도. 그의 입가에 맺힌 웃음은 얼마 가지 못했다.

도희의 얼굴을 물끄러미 바라보던 해찬은 어딘가 달라진 기류를 금세 알아차렸다. 이쯤 되면 너와 상관없는 일이라며 차갑게 쏘아붙여야 정상인데, 웬일인지 조용하다.

"……무슨 일. 있었죠."

가라앉은 목소리만큼이나 그의 표정 역시 삽시간에 얼어붙었다.

도희는 대답이 없었다. 많이 지쳤기 때문이다. 늘 고압적으로 저를 몰아붙이던 기태준에게 알게 모르게 두려움을 느끼고 있었다. 과정이 어쨌든, 가장 막막하고, 돈이 급했던 시기에 물질적인 도움을 받았다. 부정할 수 없는 사실이었기에 알면서도 휘둘렸다. 하지만 이젠 전부 부질없게 됐다.

윽박을 지르고, 비웃었으며, 조롱했다. 그에 돌아온 건 무엇이었나. 협박도, 겁박도 아닌 고백이었다. 황당했지만 기회라고 생각했다. 그의 목적을 알아냈고, 약점도 손에 쥐었으니 앞으로는 기태준의 인형처럼 움직이지 않아도 된다. 착실히 빌린 돈만 갚으면 끝이다.

그럼 그다음은. 나는, 어떻게 하면 되나. 아직도 잊지 못했다며, 여전히 좋아한다며 거리낌 없이 다가오는 고해찬을 받아 주면 되나. 사실은 나도 널 좋아했다고, 싫어서 버렸던 게 아니라고. 사정이 있었다고 용서를 구하면, 그럼 되는 건가.

머리가 어지러웠다. 도의나 통념. 무엇이 옳고 그른지 판단할 수가 없다. 사고가 멈춘 듯했다. 그냥 다 놓아 버리고 싶다. 막상 목을 조여 오는 것들이 하루아침에 사라지게 되자 해방감은커녕 어찌할 바를 모르겠다.

막 나가 볼까. 뭐라도 저질러 볼까. 7년 전, 그날처럼. 내가 너를 감히 꿈꿔 봐도 될까.

"선배."

"나랑."

말을 뚝 잘라 내고 물었다.

"술 한잔할래?"

그의 눈을 똑바로 쳐다보면서. 당황한 듯, 그녀를 응시하는 해찬의 어두운 눈동자가 파동을 친다. 해찬은 갑자기 달라진 그녀의 의중을 알 수 없어 미간을 좁혔다. 하지만 이내 작게 웃음을 터트린다.

"좋아요."

뭐가 됐든 상관없다고 말하는 듯했다.

△ ▼ △

해찬의 손에 이끌려 도착한 곳은 다름 아닌 그가 머물고 있는 객실이었다. 도희는 선뜻 안으로 들어서지 못하고 현관 앞에 서서 경계 어린 눈으로 해찬을 흘겼다.

"뭐 해요, 들어오지 않고."

"여기가 술집이야?"

가시 박힌 말투에, 해찬은 어깨를 으쓱이며 손에 들고 있던 와인병을 눈짓으로 가리켰다.

"술도 있고 집도 있는데. 문제 될 거 있어요?"

그런 재미없는 농담이나 하면서.

가볍게 웃음을 흘리며, 해찬이 비스듬히 고개를 기울였다.

"왜요. 내가 허튼짓이라도 할까 봐 걱정돼요?"

노골적으로 묻자 도희의 눈가가 확 찌푸려졌다. 더 볼 것도 없었다. 그녀는 망설임 없이 신발을 벗어 내고 성큼성큼 안으로 들어섰다. 대리석 아일랜드 식탁 위엔 와인 잔이 각각 하나씩 놓여 있었다. 도희가 의자에 앉기 무섭게 해찬이 느린 걸음으로 다가왔다.

"룸서비스 시켰으니까 조금만 기다려요."

"필요 없어. 술만 있으면 돼."

"술 잘 못 마시잖아요."

도희는 능숙하게 오프너를 사용해 와인을 따는 해찬의 손짓을 바라보며, 천천히 입술을 떼어 냈다.

"그러는 너도 술 안 마시잖아."

"못 마시는 거랑 안 마시는 건 전혀 다른 개념 아닌가."

조르륵. 도희의 앞에 놓인 잔 안으로 검붉은 와인이 채워졌다. 도희는 못마
땅한 기색으로 진열대에 놓인 술을 가리켰다.

"와인 말고, 저거 마실래."

"어떤 거요."

"양주."

저게 몇 도인 줄은 알고 말하는 건가.

"난 비수기라서 상관없는데, 선배는 아니잖아. 무리하지 마요. 그러다 속 버
려."

"직장인 무시하지 말아 줄래."

쉽게 가실 고집이 아니었다. 해찬은 웃음 섞인 한숨을 내쉬며 진열장에서 소
주 한 병을 꺼내어 들었다.

"그래도 양주는 안 돼요."

단호한 말과 함께 소주잔과 소주가 각각 테이블 위에 놓였다. 맞은편 의자에
착석한 해찬은 관찰하듯 도희를 살폈다.

"끝까지 말 안 할 거예요?"

"무슨 말."

"호텔에 온 이유."

"그건……."

"그 이유까진 못 듣더라도 왜 그런 얼굴을 하고 있었는지는 들어야겠어. 말
해요. 누가 그렇게 만들었는지."

말한들 뭐가 달라질까.

"말하면. 네가 해결해 줄 거야?"

해찬은 대답이 없었다. 입을 꽉 다문 채 그녀를 노려볼 뿐이었다. 짧은 웃음
을 토해 낸 도희가 천천히 팔을 움직였다. 한 잔, 두 잔, 세 잔, 네 잔. 쉬지 않
고 연속적으로 따르고 마시기를 반복했다. 쓴맛에 절로 얼굴이 구겨졌지만 멈

추지 않았다.

"사람 속 뒤집어 놓는 게 취미지, 너."

단단히 뒤틀린 음성이 가슴을 아프게 푹 찔렀다. 도희는 공허하게 해찬을 건너다보며 나지막이 중얼거렸다.

"그러게 왜 좋아해."

해찬의 눈가가 작게 일그러졌다.

"아프게 상처 준 여자 어디가 좋아서. 속사정 한번 편하게 터놓지 못하는 내가 뭐가 그렇게 좋다고 그 고생을 사서 해. 난 너한테 더 볼 것도 없는 나쁜 년인데."

"알긴 알아요?"

그가 피식 웃음을 터트렸다.

"그래도 어쩌겠어. 눈 감으면 떠오르는 게 선배 웃는 얼굴인데."

도희의 눈꺼풀이 느릿느릿 떠밀려 올라갔다. 무슨 말을 뱉어야 할지 몰라 달싹거리는 입술을 뚫어져라 응시하며, 해찬은 차분히 말을 이어 갔다.

"엄마가 죽었을 때도 금메달을 땄는데, 선배 하나 없어졌다고 동메달을 땄어. 나한테 그게 어떤 의미인지, 알기나 해요?"

마음이 아팠다.

"말 한마디 없이 떠난 게 괘씸했는데 원망보단 그리움이 더 컸어."

나직한 목소리는 차분했다.

"미친놈이라 욕하고 싶으면 얼마든지 해요. 내가 봐도 지금 나 충분히 정신 나간 것 같으니까."

이럴까 봐 그를 만나고 싶지 않았다. 최선을 다해 피하고 싶었다. 감히 원하게 될까 봐. 철저히 외면해 놓고. 상처 줘 놓고. 버려 놓고. 얼굴을 보면 무턱대고 돌아가고 싶어질까 봐. 욕심 갖게 될까 봐.

도희가 입술 안쪽 살을 아프게 짓이겨 물었다. 왜 하필 그때 술이 눈에 들어온 건지 모를 일이다. 취기를 빌려 미친 척이라도 해 볼까. 그럼 이 답답한 마음이 조금은 나아질까. 그녀는 해찬이 말려 보기도 전에 냅다 소주병을 집어 들고 손목을 꺾었다.

전혀 예상 못 한 전개에 놀란 모양이다. 동요 없던 그의 눈이 크게 떠졌다. 곁으로 단숨에 다가온 해찬이 손에 들린 소주병을 낚아채듯 빼앗았지만, 이미 반 이상이 목구멍으로 넘어간 뒤였다.

"지금 뭐 하는…….."

"2억만 빌려줘."

"뭐?"

터무니없는 말에 해찬의 눈살이 구겨졌다. 순간 잘못 들었나 싶었지만 뻔뻔하게 2억을 빌려 달라 말하는 사람치곤 그녀는 당장이라도 무너질 것처럼 위태로워 보였다.

"아무것도 묻지 말고, 빌려줘. 2억."

그럼 너에게 갈 수 있다고.

"나도 숨 좀 쉬고 싶어."

마음껏 사랑받고 싶고,

"나도, 나도. 평범한 사람들처럼 살고 싶어."

사랑하고 싶다고.

"지옥 같았어. 한순간도 편한 날이 없었어. 내가 봐도 난 끔찍하게 불쌍했어. 너무, 너무너무…….."

초라했어. 내가.

목이 메어 말을 이을 수 없었다. 떨리는 음성을 들키고 싶지 않았다. 그때 각자 다른 감정을 품은 눈동자가 허공에서 얽혔다. 흔들림 없이 직선적으로 날아든 시선에 빨려 들어갈 것만 같다. 도희는 순간적으로 숨을 참았다.

"말해요."

깊게 잠긴 목소리가 침묵을 뚫고 고요히 흘러나왔다.

"도와 달라고, 말해."

도희의 눈동자가 정처를 잃고 흔들렸다. 저 말의 뜻을 안다. 이해하기까지 7년이 걸렸다. 직접 걸어오라고. 위로든, 뭐든. 일단 솔직해지라고. 혼자 앓지 말고, 아프지 말고, 무너지지 말고. 해결할 수 없다면 함께 감당하자고.

도와줘. 그렇게 말하면, 전부 용서해 줄 것 같단 착각이 들었다. 억지로 입술을 움직여 봤지만 원망스럽게도 목소리는 쉬이 터져 나오지 않았다. 눈을 질끈 감으며 다시 한번 용기를 내고,

"도⋯⋯."

드디어 너에게로 향하는 첫발을 딛는 순간, 차가운 손길이 단숨에 목덜미를 감싸 당겼다.

순식간에 벌어진 일이었다. 해찬은 반쯤 허리를 숙인 채 그대로 입술을 겹쳐 왔다. 그가 살짝 고개를 비틀자 입술과 입술이 빈틈없이 꽉 맞붙었다.

놀란 탓에 도희의 턱이 느슨하게 벌어졌다. 그 틈을 놓칠 리 없던 해찬은 거리낌 없이 침범했다. 시간이 멈춘 듯했다. 도희는 손가락 하나 까딱하지 못했다.

그저 멍하니 해찬을 바라봤다. 그때, 지그시 감겨 있던 해찬의 눈꺼풀이 천천히 떠밀려 올라갔다. 시선이 부딪쳤다. 그는 잠시 입술을 떼고, 픽 웃음을 터트렸다.

"잘생긴 거 아니까 그만 보고 눈 감아요."

긴장을 풀어 주려 한 말이란 걸 알지만 웃을 수 없었다. 입맞춤은 다시 시작되었다. 해찬은 뻣뻣이 굳어 버린 도희의 혀를 능숙하게 휘감으며 조금 더 깊이 파고들었다.

풀어 주려는가 싶더니 다시금 강하게 혀를 휘감았다. 거칠었다. 오래 쌓아 둔 욕망을 모조리 터트릴 기세에 양보라곤 찾을 수 없었다. 익숙하면서도 낯선 감각이 저돌적으로 밀려들어 오자 머리부터 발끝까지 아릿한 전류가 흘렀다.

도희의 속눈썹이 파르르 떨렸다. 밀쳐 내야 했지만 그럴 수 없었다. 지금 이 순간만큼은 멈추고 싶지 않았다. 7년 전으로 돌아간 것만 같은 상황에, 기분에 심장이 터질 듯 뛰었다. 오랜만이었다. 살아 있음을 느낀 건. 뜨고 있던 눈이 저절로 감겼다.

키스가 농밀해질수록 누구의 것인지 모를 뜨거운 숨결이 입안을 가득 채웠다. 호흡이 점점 거칠어지고, 뒷목을 감싼 해찬의 손힘이 위태롭다 생각될 만큼 강해졌을 때 비좁은 틈을 두고 그의 입술이 떨어졌다. 도희는 가쁜 숨을 몰아쉬며 해찬을 바라보았다. 저를 담고 있는 위험한 눈동자가 어둡게 빛났다. 설핏 인상을 찌푸리며, 아랫입술을 씹던 해찬이 여린 어깨 위로 무너지듯 얼굴을 묻었다.

"……다 줄게."

한층 더 깊게 잠긴 목소리는 지친 기색이 다분히 묻어나 있었다. 목덜미 위로 그의 짙은 숨이 내려앉는다. 한숨이었던가. 잘 모르겠다.

"2억이든, 뭐든. 다 줄 테니까."

해찬의 얼굴이 느리게 올라왔다.

"다 갖고. 나도 가져."

그가 희미하게 웃었다.

"나 좀 가져 주라, 제발."

분명 웃고 있는데, 아팠다.

서로가 아픈 밤이었다.

△ ▼ △

키스가 끝난 뒤 찾아온 정적은 곧 어색함으로 바뀌었다. 도무지 그의 얼굴을 쳐다볼 용기가 나지 않았다. 도희는 잔에 남아 있는 술을 얼른 들이켰다.

분위기에 취해, 술김을 빌려 마음에도 없는 소릴 하고 나니 그다음을 어떻게 마무리 지어야 할지 혼란스러웠다.

정말 그에게 2억을 빌릴 생각은 없었다. 도와 달란 말 역시 진심이 아니었다. 의지할 마음은 처음부터 없었다.

저는 해찬을 지켜야 하는 입장이었다. 미치지 않고서야 대기업 삼진의 일원인 기태준 앞에 해찬을 내어 줄 리가 없지 않은가. 분명 기태준은 해찬이 스스로 자신을 찾아오길 기다리고 있을 것이다. 호기로운 패기를 내세워 무식하게 날뛰길 바랄 것이다.

해찬이 무사히 선수 생활을 마무리 짓고 은퇴하기 전까진. 아니, 그 후로도 두 남자가 마주치는 상황을 만들어선 안 됐다. 결코.

"무슨 생각 해요."

낮은 목소리에 그제야 도희가 천천히 고개를 들었다. 어느새 그는 맞은편 자리를 두고 굳이 곁으로 의자를 가져와 앉아 있었다.

"술 못 마셔서 한 맺힌 귀신이라도 붙었나……."

해찬이 텅 비어 버린 술병을 노려보며 불퉁거리자 도희는 밉지 않게 대꾸했다.

"내 눈엔 끝까지 안 마시고 버티는 네가 더 신기해."

보통 사람이라면 도무지 맨정신으로 버틸 수 없는 상황이었던 건 틀림없다. 서로를 빤히 바라보던 둘은 누가 먼저랄 것도 없이 동시에 피식, 웃음을 터트렸다.

드디어 머리가 어떻게 된 건지 하다 하다 웃음이 다 난다. 해찬은 손등 위에 턱을 괴고 감상하듯 도희를 빤히 쳐다봤다. 다른 손으로는 허락도 없이 그녀의 손을 덥석 잡아 왔다. 정말, 아무렇지 않다는 듯 엄지로 손등을 살살 문지르는 대범함마저 서슴지 않았다. 그러고는 나직하게 묻는다.

"그 남자가 뭐라고 협박했어요?"

마치 오늘 아침 메뉴는 무엇이었냐고 물어 오듯, 태연하다. 당황한 도희의 눈동자가 잘게 흔들렸다.

"……그게 무슨 소리야."

"두 번 말해야 해요?"

잊고 있었다. 고해찬은 필요 이상으로 집요한 구석이 있다는 걸. 분명한 건, 현재 그는 추측이 아닌 확신을 갖고 묻고 있었다.

"대답하기 싫으면 하지 않아도 돼요. 알아낼 방법은 많으니까."

도희는 가까스로 마른침을 삼키며 테이블에 올려 둔 숄더백을 챙겨 들고 자리에서 일어났다.

"시간이 너무 늦었다. 나중에 얘기……."

도희가 발을 떼어 내려는 순간, 해찬이 잽싸게 얇은 손목을 낚아챘다.

"자고 가요."

말문이 턱 막혔다. 피하지 않고 똑바로 저를 올려다보는 단호한 눈빛에, 심장이 덜컥 내려앉았다.

"또 도망칠 것 같아서 불안해."

손을 맞잡고 있는 그의 악력이 점점 강해졌다. 도희는 아릿한 통증을 아무렇지 않게 감내하며, 차분히 대답했다.

"안 도망쳐."

당돌하게 먼저 술 마시자 해 놓고, 키스까지 한 마당에.

"할 일이 있어서 그래."

힘없고 나약한 내가, 어떻게 널 무사히 지켜 낼 수 있을지. 보호할 수 있을지. 최선의 방안을 찾아야 했다. 기태준의 목적을 알아 버린 순간부터 더는 억지로 해찬을 밀어낼 이유가 없었다. 단지, 저로 인해 해찬이 피해를 받게 될까 두려울 뿐.

이제 도희에게 남은 건 해찬뿐이었다. 맹세컨대, 돌고 돌아 힘겹게 찾아온 그를 두 번이나 놓치고, 후회하는 미련한 짓은 하지 않을 것이다.

그를 내치고 엄마와 도영을 잃었을 때. 그 절망은 한 번으로 족하다. 도희의 입가로 어렴풋이 미약한 미소가 맺혔다. 그제야 조금은 안도한 듯 손목을 움켜쥐고 있던 손힘이 서서히 풀어졌다. 그가 의자에서 몸을 일으키며 앞장섰다. 하지만 순순히 물러선 것은 아니었다.

"같이 가요. 그럼."

"아……."

"집까지 데려다줄게요."

"안 돼."

"왜."

"보는 눈이 많아. 난 택시 타고 가면 되니까, 넌 그냥 여기서 쉬어."

언론사든, 기태준의 측근이든 뭐가 됐든 위험했다. 그 마음을 아는지 모르는지 해찬은 묵직한 한숨을 내쉬며 신발장 위에 올려 둔 물체를 집어 들고 가까이 다가왔다.

자연스레 도희의 시선이 아래로 내려갔다. 그의 손에 들린 것은 다름 아닌 선글라스였다. 새카만 선글라스. 농담이지? 어이가 없어 도희가 두 눈을 껌뻑거리고 있는 사이, 해찬은 때아닌 신중을 기해 두 손으로 그녀의 눈에 선글라스를 씌워 주었다.

"이제 됐죠."

"……이러고 나가자고?"

"안 될 건 또 뭔데요."

"지금 밤이야."

"알아요."

"더 눈에 띌 것 같은데."

"싫으면 자고 가라니까."

"혼자 가면 되는데 왜 자꾸 억지를 부려."

"이 시간에 여기 나가는 순간부터 혼자인 건 의미 없잖아."

졌다. 벌써 자정에 가까운 시각이었다. 유명인의 스캔들에 관심이 많은 언론사들이 숨어 있다면 이미 해찬의 객실 정보는 파다하게 퍼졌을 테고, 기태준의 측근이 있다면 혼자보단 해찬과 함께 있는 편이 훨씬 안전했다.

너무 조심성이 없었다. 덜컥 따라오는 게 아니었는데. 한숨과 함께 결국 걸음을 떼어 냈다. 현관문 앞에 멈춰 선 도희는 고개를 돌려 전신 거울에 비친 제 모습을 넋 놓고 바라봤다.

이건 뭐…… 답도 없네. 절로 헛웃음이 툭 터져 나왔다. 신발을 갈아 신기 위해 다시 몸을 돌리려는 때였다. 삐딱하게 고개를 기울인 채 물끄러미 저를 응시하던 해찬과 시선이 부딪쳤다. 그가 느릿느릿 입술을 떼어 냈다.

"뭔데 귀여워."

그의 차를 얻어 타게 됐다. 뻥 뚫린 도로를 막힘없이 내달리고 있는 차 속도에 비해 시간은 더디게만 흘렀다. 도희는 일부러 선글라스를 벗지 않았다. 마음껏 해찬을 볼 수 있으니까. 그것 하난 좋았다.

고개를 돌리면 들킬까, 곁눈질로 그를 살폈다. 생각에 잠긴 듯, 입을 꾹 다물고 묵묵히 운전에 집중하는 그의 모습이 낯설다. 익숙하게 핸들을 돌리는 커다란 손이나, 무심한 눈빛이. 좀처럼 적응이 되질 않는다.

헤어지지 않았더라면 이 모습도 당연했겠지. 익숙했겠지. 몇 번을 곱씹고 되뇌어 봐도 텅 비어 버린 공백은 떠올릴 때마다 매 순간이 아깝고 아쉬운 것으로 남았다.

30분이 흐를 때까지도 대화는 단절됐다. 다행이라 생각했다.

익숙한 상가가 하나둘씩 나타나고 차가 좁은 골목 사이를 비집고 들어서자, 도희는 재빨리 정면에 시선을 고정했다. 방지 턱을 넘으며 덜컥거리던 차는 어느덧 집 앞에 멈춰 섰다. 도희는 서둘러 안전벨트를 풀어내며 인사를 건넸다.

"데려다줘서 고마워. 나오지 않아도 돼."

"선배."

조수석 문손잡이에 얹어진 도희의 손이 멈칫했다.

"왜?"

슬쩍 뒤를 돌았다. 그는 정면에 시선을 고정한 채였다. 딱히 볼 것도 달라진 것도 없는데, 어둑한 골목 끝을 뚫어져라 직시했다. 해찬의 시선을 따라 눈을 움직이려는 때였다.

"후회는 천국을 바라보면서 지옥을 느끼는 거래요."

"무슨……."

해찬은 천천히 시선을 떼고, 고개를 돌려 도희를 바라보았다.

"잊지 말라고."

도희는 아무런 말도 할 수 없었다. 어쩐지, 허를 찌르는 말이라서.

"뭐든 하고 싶은 대로 해요. 뒷감당은 내가 책임질게."

대체 무엇을 하고 싶은 대로 하라는 건지. 도통 이해할 수가 없다. 하지만, 쉽게 흘려들을 말은 아니란 걸 직감적으로 알아차릴 수 있었다.

"됐어."

도희는 머리를 쓸어 올리며 해찬의 눈을 똑바로 바라봤다.

"앞으로 무슨 일이 벌어지든, 네가 그 뒷감당까지 책임질 필요 없어. 책임은 내가 져."

그녀의 눈동자는 일말의 흔들림도 없이 올곧았다.

"너도. 내가 지켜."

조수석 문을 활짝 열어젖힌 도희는 미련 없이 차에서 내렸다. 그대로 빌라 안으로 들어서려 했지만, 잊은 것이 있는 듯 그녀가 휙 몸을 돌려세웠다. 허리를 작게 굽히고 반쯤 열린 창문 틈 사이로 해찬을 건너다보며, 다시 한번 쐐기를 박았다.

"넌 수영만 해. 허튼 생각 말고."

함부로 기태준 앞에 나서지 말라는 뜻이었지만 그와 별개로 제대로 한 방 먹인 것 같아 속이 다 후련했다. 다시 허리를 세우려는 때였다.

"선배."

"왜, 또."

그가 피식 웃음을 터트리며 난데없이 팔을 뻗었다.

"선글라스는 주고 가야죠."

그거 되게 비싼 건데. 조용히 중얼거리는 목소리에 도희는 까맣게 잊고 있던 선글라스의 존재를 뒤늦게 알아차렸다. 이 꼴을 하고서 지금 무슨…… 제 모습이 어땠을지 상기되자 얼굴이 붉게 달아올랐다.

도희는 다급히 벗어 낸 선글라스를 그의 손바닥 위에 올려 두고 뒤도 돌아보지 않고 헐레벌떡 빌라 안으로 도망치듯 사라졌다.

△ ▼ △

해찬은 층층마다 켜진 센서 등이 전부 소등되고 난 뒤에야 빌라 건물에서 눈을 뗐다.

그리고 시선을 내려 손바닥 위에 놓인 선글라스를 물끄러미 응시했다.

'*책임은 내가 져.*'

'*너도, 내가 지켜.*'

당연히 네가 상관할 바 아니라며 차갑게 밀어낼 줄 알았는데 그런 말을 뱉을 줄 누가 알았을까. 그 성격에.

선글라스를 쓴 채로 지키겠노라 다짐하던 도희의 얼굴이 떠올라 짧은 웃음이 샜다. 잠시나마 스친 웃음기가 싹 가신 건 순식간이었다. 도희의 집 앞에 도착한 순간부터 내내 거슬렸던 검은색 세단이 다시 눈에 밟힌 탓이다.

차는 여전히 같은 자리에 정차되어 있었다. 헤드라이트가 꺼져 있어 내부는 잘 보이지 않았지만 해찬은 직감적으로 알아차릴 수 있었다. 그때, 세단의 전조등 불빛이 번쩍 켜졌다. 해찬의 눈매가 가늘어졌다. 아주 찰나에 뒷좌석의 남자와 시선이 마주쳤다.

예상대로였다. 기태준. 그가 맞았다. 해찬의 입가로 차가운 조소가 맺혔다. 집으로 돌아가겠단 도희의 뜻에 순순히 따랐던 이유가 바로 이것이었다. 눈으로 직접 확인해야 했다.

당장이라도 안고 싶은 강한 충동을, 밤새도록 자는 모습을 지켜보고 싶었던 마음을 가까스로 억눌러 참아 낸 결과는, 홀인원이었다. 마침 휴대폰이 진동했다. 해찬은 날카로운 눈으로 멀어지는 세단을 꿰뚫듯 주시하며 휴대폰을 귓가에 가져다 댔다.

"말해요."

― 나 진짜 몰라. 정말 아무것도 모른단 말이야. 대체 나한테 왜 그러는 건데…….

모르기는. 해찬의 눈빛이 차게 식었다.

"친구를 위하는 일이 뭔지. 곁에서 그만큼 지켜봤으면 알 텐데."

대답이 없다. 어느 정도는 수긍하고 있다는 것이다.

"마지막 기회야. 지금이라도 백도희가 사람답게 사는 모습 보고 싶으면 지금부터 내가 묻는 말에 토씨 하나 빠트리지 말고 전부 다 대답해요."

더 깊숙이 파고들 때였다.

△ ▼ △

"도착했습니다, 상무님."

수행 비서 최 실장의 말에 지그시 감겨 있던 태준의 눈꺼풀이 천천히 떠밀려 올라갔다.

"괜찮으시겠습니까."

"뭐……."

괜찮고 말고 할 게 있나. 태준은 성의 없이 고개를 주억거렸다. 최 실장의 걱정 어린 시선은 쉬이 거둬지지 않았다. 그도 그럴 것이 태준은 알게 모르게 신경이 곤두선 상태였다.

태준의 일정은 버틸 수 있는 한계를 진작 넘어섰다. 그런데도 그 끝은 항상 도희의 집 앞에 조용히 머물다 그녀가 무사히 도착한 모습을 보고 돌아가는 것으로 마무리되었다.

홍미연이 낌새를 알아차렸다. 언제 어떤 식으로 치고 들어올지 몰라 사전에 대비를 해야 했지만, 그건 어디까지나 태준의 몫이었다. 차라리 백도희가 비즈니스 파트너쯤 되었다면. 사이좋게 머리를 맞대는 것까진 바라지도 않지만 적어도 제 말을 들어주는 척이라도 해 줬으면. 그랬다면 조금은 수월해졌을까.

또 헛소리. 태준은 피식 웃음을 터트리며 차에서 내렸다.

"기다리고 있겠습니다."

최 실장의 인사를 받으며, 태준은 천천히 걸음을 옮겼다. 칠흑 같은 어둠을 뚫고 정원등 빛에 의지해 걷다 보니 자연스레 도희의 얼굴이 떠올랐다.

웃고 있었던가. 적어도 제 앞에서와는 판이하게 다른 얼굴이었다. 기어코 다시 만났다고. 어쩐지 속이 다 썩어 문드러지는 것만 같은 불쾌감이었다. 현관 문손잡이를 쥐고 있던 손에 절로 힘이 실렸다.

문을 열고 들어서자 자정이 넘은 시각이라 그런지 집 안은 고요했다. 차라리 심적으로는 지금이 편했다. 회장님이 기다리고 있을 서재에 다다르자 마법에 걸린 듯 두 다리가 멈춰 섰다.

한쪽 벽면에 걸려 있는 커다란 액자 속 그림에 잠시 시선을 빼앗겼다. 태준이 직접 기업 자선 경매 행사에서 낙찰받은 작품이었다.

거친 붓질로 정렬 없이 채색된 바탕은 형체를 알아볼 수 없을 정도로 여러 색이 뒤섞여 있었다. 그 속에서 순수하고 깨끗한 벚꽃 잎이 나부낀다.

미완성 같은 완성작. 그 묘한 느낌에 끌려 선택한 것이었다. 어찌 보면 괴기하고, 또 다르게 보면 음울하기도 한 분위기의 그림은 미술품에 조예가 깊은 홍 여사의 취향과는 거리가 한참 멀었다. 그 작품이 본가 거실에 떡하니 걸려 있다는 건, 기태형 회장의 완강한 뜻이었을 확률이 컸다. 한참 동안 우두커니 서서 어둠 속에 잔잔히 존재감을 뽐내고 있는 작품을 말없이 들여다보던 태준은 조심스럽게 서재 문손잡이를 잡아 내렸다.

"저 왔습니다."

기 회장은 집무 책상을 등진 채 통창 너머로 어두컴컴한 마당 풍경을 응시하고 있었다. 그는 슬쩍 고개만 돌려 태준을 마주했다.

"회사 일이 많이 바빴냐."

"……아닙니다."

"헌데 왜 늦어."

기 회장은 시간 약속 어기는 것을 무척이나 싫어했다. 태준이 작게 고개를 숙였다.

"죄송합니다."

변명은 없었다. 질책도 없었다.

"잠은."

"잘 잡니다."

"밥은."

"잘 챙겨 먹고 있습니다."

늘 그렇듯 정해진 대사들이 병풍처럼 오고 갔다. 그 뒤에 이어진 묵직한 침묵도 이젠 익숙한 것이었다. 태준은 잠시 시선을 멀리 두었다. 어두운 마당은 정원등을 제외하면 그 무엇도 보이지 않았다.

본가를 찾을 때마다 기 회장은 항상 지금처럼 같은 곳을 바라보고 있었다. 대문에서 현관까지 걸어오는 길. 기 회장이 앉아 있는 자리에선 태준이 걸어온 길이 한눈에 다 보였다. 긴 정적을 끊어 내며 기 회장은 우회하지 않고 물었다.

"너. 백윤택 의원 딸과 약혼해?"

"아직 확정된 건 아닙니다."

"하고 싶긴 하다?"

기 회장이 눈썹을 추켜올렸다.

"부모 알기를 개떡으로 아는군."

기 회장은 말 한마디 상의도 없던 태준의 무책임한 행동을 한 줄로 축약하여 질타했다. 집안과 집안이 한데 묶이는 것. 결혼이란 그런 것이었다. 특히나 세간의 주목을 받고 있는 대기업 일가에선 더없이 중대한 사안이기도 했다.

"상대측에 먼저 알리는 것이 순서라고 생각했습니다."

"웃기는 소리."

기 회장은 콧방귀를 뀌었다. 태준은 동요하지 않고 이성적으로 답했다.

"회장님 입장에서도 결코 손해 보는 장사는 아니지 않습니까."

"손해? 장사?"

기 회장의 언성이 높아졌다.

"너. 그 여자 좋아해?"

"아마도, 그런 것 같습니다."

"그 여자도 널 좋아하고?"

돌아오는 답이 없자 기 회장의 잇새로 헛웃음이 터져 나왔다.

"기가 막히는군."

태준은 고요히 반박했다.

"회장님은 제게 아둔하다 타박할 자격 없으십니다."

"건방진 놈."

기 회장은 이를 바득 갈며 뾰족한 눈초리로 태준을 흘겼다.

"시위하는 거라면 그만둬."

"말씀 끝나셨으면."

"거기 서."

태준의 입술이 일자로 다물렸다.

"백윤택. 그 인간 뒷소문이라면 너도 들어 알고 있을 거 아니야. 미래가 불투명해 기업에 도움 될 거 하나 없는 양반이야. 도박과 다름없는데 사서 보험 들 필요가 뭐가 있어. 원한다면 무리해서라도 내가 네 편에 서 줄 테니 헛된 고집 그쯤 부려."

"쉬세요."

태준은 미련 없이 뒤돌아섰다. 문손잡이에 손을 얹으려는 때였다.

"기태준."

"어머니는."

금기시되는 그 이름이 태준의 입에서 나직이 흘러나오자, 기 회장은 말을 하려다 말고 멈칫했다.

"제가 무슨 수를 써서라도 다시 모셔 올 겁니다. 원래 자리로요."

"기태준!"

서재 안이 무너질 듯 목청껏 소리쳤지만 태준은 대답하지 않았다. 기 회장은 지그시 눈을 감고 잠시 흥분을 가라앉혔다. 그리고 경고하듯 태준의 등을 바라보며 말했다.

"얻는 것이 있으면 잃는 것도 있어야 하는 법이야. 진정 사랑한다면 이 지옥 같은 곳에 데려올 생각 마."

그게 누구든, 내려놓으란 뜻이었다.

△ ▼ △

현관을 나서려는 때였다. 격양된 기 회장의 음성을 들었는지 2층 침실에서 내려온 미연은 실크 소재의 로브 가운을 걸친 채 팔짱을 끼고 경계의 눈초리로 태준을 훑었다.

"회장님과 무슨 대화를 나눴어."

"배웅해 주실 줄은 몰랐는데요."

"너."

태준이 그녀를 대하는 태도는 몇 년 전부터 확연히 달라져 있었다. 미연은 눈가를 구기며 간신히 목소리를 낮췄다.

"무슨 수작이야."

"말씀이 지나치십니다, 새어머니. 아들 된 도리로 아버지를 뵙겠다는데 수작이라니요."

일부러 자극하려는 게 분명했다. 답지 않게 새어머니란 호칭을 극구 붙여 가며 말하는 것을 보면.

"많이 컸구나. 너."

미연의 음성에 살기가 묻어났다. 태준은 그저 웃었다. 여유가 넘쳐흐르는 싱그러운 미소에 미연은 바득 이를 악물며 곱씹듯 물었다.

"누가 누구와 약혼을 해?"

"이젠 대화 엿듣는 취미까지 생기신 겁니까? 아버지가 아시면 역정 내실 일인데요."

"아주 웃기고……."

"의외네요. 국민당 원내 대표 딸과의 약혼. 그 정도 타이틀이면 삼진가를 위해 일조하고도 남을 일이지 않습니까."

품위와 여유가 넘치던 얼굴은 온데간데없었다. 미연은 사납게 눈을 세우며 미간을 좁혔다.

"백윤택에게 딸이 있단 소린 어디에서도 들어 본 적 없어. 어디서. 지금 누구 앞에서 말장난을 해."

"꽤 상세하게 알고 계신 듯합니다. 한낱 국회의원 개인 가정사를."

태준의 냉소가 짙어졌다.

"모쪼록 겨우 얻어 낸 삼진 안주인 자리. 오래오래 지키시려면 부디, 조심하셔야 할 겁니다. 그 표정부터."

미연의 얼굴이 볼썽사납게 일그러졌다.

"그럼."

태준은 가볍게 고개를 숙여 보이곤 그대로 몸을 돌렸다.

△ ▼ △

새벽 5시. 텅 비어 있는 호텔 수영장엔 물을 가로지르는 거친 소음만이 지겹도록 울려 퍼지고 있었다.

철썩, 철썩— 묵직한 팔이 물 표면을 사정없이 내리찍을 때마다 일렬로 길게 늘어선 레일은 큰 파동을 일으키며 솟아났다 가라앉기를 반복했다.

벌써 몇 시간째인지 가늠할 수 없었다. 풀(Pool) 안에 들어선 순간부터 지금껏 단 한 차례도 물 밖에 나간 적이 없으니, 시간 개념이 무뎌진 건 당연했다. 물의 감도 좋았고, 수온도 적당했으며, 컨디션도 나쁘지 않았다. 분명 어제와 다를 바 없는 환경인데, 해찬의 얼굴은 툭 건드리면 당장이라도 터질 듯 위태로웠다.

평소보다 두 배는 더 강도를 높여 봤지만 좀처럼 훈련에 집중할 수 없었다. 불과 몇 시간 전, 선미와 나눴던 통화 내용이 그 이유였다.

— 아무리 그래도 도희 허락 없이 너한테 전부를 말해 줄 수는 없어.

선미는 마지막까지 도희의 입장을 생각했다. 그런 그녀를 구슬리는 일은 딱히 어렵지 않았다.

'좋을 대로 해요. 나도 계속 시간 낭비하고 있을 생각 없으니까.'

— 어쩔 생각인데?

'직접 찾아가서 물어볼 겁니다. 기태준, 그 남자한테.'

— 안 돼! 그건 절대 안 돼. 도희가 너 이럴까 봐 일부러 말하지 않았던⋯⋯.

다급한 마음에 불쑥 내지른 말이 실수였다는 사실을 뒤늦게 알아차린 선미가 서둘러 말을 멈췄지만 이미 늦었다. 도희는 어떤 상황에서도 두 남자가 마주치는 일이 없도록 기를 쓰며 막고 있었다.

7년 전부터.

— 약속해. 절대 그 사람 찾아가지 않겠다고. 도희가 너한테 사실대로 말해 줄 때까지 모르는 척하겠다고. 그럼⋯⋯, 말해 줄게.

그렇게 하겠노라. 수긍은 쉬웠다. 선미는 내심 못 미더워하는 눈치였지만 마지못해 입을 열었다.

— ⋯⋯7년 전에 거래를 했대. 기태준, 그 남자랑.

거래. 협박을 빙자한 거래. 쉽게 유추할 수 있었다.

— 도희 동생이 많이 아팠던 건 너도 알고 있을 거야. 근데, 동생뿐만 아니라 어머니 치료비까지도 보장해 준다고 했대. 그리고⋯⋯, 네 선수 생활도.

어느 정도 예상했던 일이었지만 막상 진실을 알게 되자 헛웃음이 터졌다.

— 공증이니 계약이니 했다던데. 결국 반협박이지, 뭐.

이야기는 길었다. 그 당시 선미가 몇 번이나 묻고 또 물었지만, 도희는 끝까지 말하기를 꺼려 했다고 한다. 그러던 어느 날, 쌓이다 쌓이다 터진 건지 도희는 선미를 붙잡고 펑펑 오열했다고 한다. 어떻게 해야 할지 모르겠다고. 그 말만 되풀이하면서.

동생의 수술비. 엄마의 치료비. 집세와 대출업체에 빌린 수억대의 빚. 그리고. 고해찬.

— 그때 도희가 스테로이드 성분이 들어간 약물이 수영 선수한테 얼마나 치명적인지 묻더라. 아마 박선준 종목이 수구다 보니까 알 거라고 생각했던 것 같아.

스테로이드. 소염제 중 가장 강력한 효과를 가진 약물로 관절 내 직접 주사

할 경우 빠른 통증 완화에 효과가 있다. 환자들에게 주로 쓰이는 흔한 것이었지만, 운동선수라면 말이 달라진다. 근육 강화와 조직 재생의 치료를 목적으로 사용되는 만큼, 단기간에 기록 향상의 효과를 볼 수 있다.

때문에 기록 단축이 생명인 운동선수. 특히나 세계적인 시합에 출전하는 국가 대표 선수에겐 강력히 제재하는 약물 중 하나이기도 했다. 해 봤자 스캔들, 그 이상이라 해도 시합 출전에 불이익쯤 될 줄 알았는데, 약물로 협박을 했다고.

'도희, 그 남자한테 얼마 받았어요.'

— 처음엔 3억이었다는데, 밀렸던 입원비나 치료비, 월세까지 하면 좀 더 될 거야.

'계약 기간은요.'

— 8년이었나? 아마도……

기간도 터무니없지만 그보다 더 이해가 안 됐던 것은 그의 의도였다. 3억이란 큰돈을 그냥 빌려주진 않았을 텐데.

'조건은요.'

— 그게……. 그러니까…….

연신 말끝을 흘리던 선미가 고심 끝에 말했다.

결혼.

결혼이라고. 순간 이성이 나갈 뻔했다. 하지만 그건 일부에 불과했다.

— 그리고 도희네 엄마, 돌아가셨어. 도영이 산소 호흡기 떼고, 자살하셨어.

그 후에 이어진 선미의 말을 듣자마자 휴대폰을 쥐고 있던 손이 힘없이 툭, 아래로 떨어졌다.

— 그때 같이 있어 준 사람이 기태준, 그 사람이야. 장례비도 전부 부담해 줬고, 계약서도 파기하든 말든 마음대로 하라고 했대. 근데 도희는 돈 갚겠다고 했고, 그래서…….

휴대폰 너머로 선미의 목소리가 작게 들려왔지만 해찬은 꼼짝도 할 수 없었다. 사고가 멈춰 버린 듯했다. 그런 상태에서 잠이 올 리가 없었다.

몸이 힘들면 그나마 덜할까 싶어 찾은 곳이 수영장이었지만 나아진 건 없었다. 오히려 더 복잡하고, 혼란스러웠다. 해찬은 어느 때보다 빠른 속도로 출발 지점을 향해 돌아오고 있었다. 그러나 40번째 완주는 불가했다. 결국 중간에서 멈췄다.

"하아……."

신경질적으로 물속을 뚫고 나온 해찬은 거친 숨을 몰아쉬며 물기가 묻은 얼굴을 거칠게 쓸어내렸다. 득달같이 다가가던 자신을 밀어내며 상처 줄 동안 너는 얼마나 더 많은 고통을 참아 내야 했을까.

죄책감. 무기력함. 절박함. 감히 상상할 수 없는 감정들을 묵묵히 견뎌 왔을 도희를 생각하면 절로 이를 악물게 됐다. 죽일 듯 허공을 노려보던 해찬의 눈동자가 어둡게 빛났다.

△ ▼ △

도희는 오늘 아침 출근길에 선미의 연락을 받았다. 할 얘기가 있으니 점심시간에 근처 카페에서 보자던. 어쩐지 선미의 목소리는 다급했다.

공교롭게도 선미가 다니는 회사도 강남역 근처였다. 일이 많지 않은 날엔 가끔 만나 함께 점심을 먹곤 했지만, 지금처럼 무조건 만나야 한다며 강압적으로 굴었던 적은 처음이라 찝찝한 기분을 지울 수 없었다.

"……별일은 아니겠지."

도희는 혼잣말하듯 작게 중얼거리며 카페 안으로 들어섰다.

선미는 구석진 자리에 앉아 있었다. 무엇이 그렇게도 불안한지, 이리저리 눈을 굴려 대며 손톱을 잘근잘근 물어뜯고 있었다.

"선미야."

가까이 다가가 불러 봤지만 선미는 다른 생각에 빠져 도희의 목소리를 듣지 못했다. 선미야. 나 왔어. 다시 한번 말하자, 그제야 선미의 얼굴이 위로 향했다.

"어, 어. 왔어?"

"무슨 생각을 그렇게 해."

"아, 미안. 정신이 없어서. 점심은? 나 때문에 못 먹었지. 혹시 몰라서 샌드위치 사 왔는데……."

곁에 둔 비닐 봉투를 뒤적거리며 바쁘게 움직이는 선미의 모습을 물끄러미 바라보던 도희는 가느다란 숨을 내쉬며 자리에 앉았다.

"선미야."

"응. 왜?"

"무슨 일이길래 그래. 나 바로 미팅 있어서 금방 가 봐야 하는데."

뒤늦게 도희의 손에 들린 커다란 쇼핑백을 발견한 선미가 작게 탄식했다.

"혹시……, 그 미팅이란 거, 고해찬이랑 하러 가는 거야?"

"응. 어쩌다 보니 그렇게 됐어. 미리 말 못 해 줘서 미안."

"아니, 나한테까지 미안할 건 없는데, 너 괜찮겠어? 그동안 그렇게 힘들어했으면서."

괜찮지 않았다. 앞으로 어떻게 해야 할지 막막했다. 그저 지금 당장은 닥친 일에 집중하는 편이 나을 것 같단 판단이 섰을 뿐, 해결된 일은 그 무엇도 없었다.

대답 대신 어색하게 미소 짓는 도희를 보자, 더 이상 빠져나갈 구멍이 없다고 생각했는지 선미는 크게 한숨을 내쉬었다.

"사실, 나……."

잠시 아랫입술을 깨물며 말하기를 망설이던 선미는 질끈 눈을 감고 버럭 소리쳤다.

"나, 고해찬한테 다 말했어! 미안해, 미안해. 정말로."

슬며시 눈을 뜨자, 화를 낼 것 같았던 예상과는 달리 도희는 침착했다. 마치, 그럴 줄 알았다는 듯.

"그랬구나."

침착했다.

"나한테 화……, 안 내?"

"내가 왜 너한테 화를 내."

선미는 얼떨떨한 표정으로 도희를 바라봤다.

"나한테는 죽어도 비밀로 해 달라 했잖아. 절대 걔한테 말하면 안 된다고 그 랬……."

"그래서 더 고마워."

"고, 고마워? 나한테? 왜? 백구. 너 드디어 미친 거야? 차라리 화를 내. 그게 덜 무섭겠어."

울상을 짓는 선미의 마음을 아는지 모르는지, 도희는 천천히 커피를 한입 들 이켰다.

"그 애도 어느 정돈 눈치채고 있더라. 이렇게 된 이상 계속 숨길 수도 없는 노릇이라 어떻게 말해야 하나 고민하고 있었는데, 네 덕분이야."

"아……."

"그리고 미안해."

도희는 진심이었다. 진심으로 선미에게 고마웠고, 미안했다.

"7년 동안 내 비밀 지켜 주느라 고생 많았던 거 알아. 고해찬한테 시달린 것 도 어느 정도는 눈치채고 있었고. 너 안 그래도 해찬이 많이 무서워했잖아. 티 는 안 냈지만 나 때문인 것 같아서 내내 미안했어."

"백구……."

"그러니까, 너무 마음 쓰지 않아도 돼. 더 이상 너한테 피해 가지 않도록 할 게."

"너는 무슨 말을 그렇게 서운하게 하냐. 피해 줘도 돼! 얼마든지!"

주먹을 꼬옥 말아 쥐며 강력히 어필하는 선미의 모습에 그만 풋, 하고 웃음 이 터졌다.

"고마워, 선미야."

그리 말하며 도희는 손목에 채워진 시계를 힐긋 확인했다.

"나, 진짜 가 봐야겠다. 어쩌지? 오래 못 있어서."

"아니야, 아니야. 나 신경 쓰지 말고 얼른 가 봐. 혹시라도 무슨 일 생기면 바로 나한테 말하구."

"응. 그렇게 할게."

자리에 앉자마자 바로 일어나야 하는 것이 마음에 걸렸지만, 더는 시간을 지체할 수 없었다.

"아, 맞다. 도희야. 나 깜빡하고 말 못 한 게 있는데……."

이어진 선미의 말을 듣게 된 도희는 웃을 수도, 울음을 터트릴 수도 없었다.

△ ▼ △

카페를 나서자마자 살벌하게 내리쬐는 강렬한 햇볕에 절로 인상이 찡그려졌다. 방금 전의 시원한 에어컨 바람이 어땠는지 기억조차 나지 않을 만큼 대단한 열기였다.

바로 앞에 정류장이 있어 그나마 다행이었다. 힘겹게 정류장 앞에 다다른 순간이었다. 광택이 도는 하얀색 외제차가 부드럽게 정차했다.

"좋겠네……."

차량값만 해도 몇억은 나오겠다. 저런 차를 타고 다니는 사람은 어떤 사람일까. 터무니없는 생각에 잠겨 있는 사이, 별안간 클랙슨 소리가 짧고 굵게 울려 퍼졌다.

깜짝 놀라 시선을 돌렸다. 외제차의 조수석 창문이 서서히 내려갔다. 운전석에 앉아 있는 남자의 얼굴을 확인한 도희의 눈이 크게 떠졌다.

"안녕."

두 팔로 핸들을 감싸 안고서 그 위에 턱을 괸 채 저를 바라보고 있는 남자. 고해찬이었다.

"너……."

말도 제대로 안 나왔다. 기가 막히고 어이가 없어서. 처음엔 드디어 더위를 먹었나. 그래서 헛것을 봤나 싶었다.

선글라스를 쓰고 있었지만, 한눈에 알아볼 수 있었다. 몇 번이고 눈을 꽉 감
았다 떠도 눈앞의 남자는 고해찬이 맞았다.

"네가 왜 거기서 나와?"

"일단 타요."

해찬이 입술을 늘여 웃었다.

"날도 좋은데 땡땡이나 치게."

여전히 시원하고, 지나치게 근사한 미소였다.

△ ▼ △

농담인 줄 알았다. 오늘은 남아 있는 샘플링 의류를 마저 피팅하는 날이었으
니까. 말은 그렇게 했어도 당연히 호텔로 향할 것이라 생각했다.

잔뜩 당황한 얼굴로 멍하니 정면만 응시하던 도희는 이대로 안 되겠다 싶었
는지 확 고개를 돌려 해찬을 바라보았다.

"지금 어디 가는 거야."

해찬은 대답이 없었다. 그저 묵묵히, 알 수 없는 미소를 걸친 채 운전에 집중
할 뿐이었다. 세차게 노려봐도 소용이 없다. 뻥 뚫린 고속도로를 하염없이 내달
린 지도 벌써 한 시간째였다. 몇 번의 톨게이트를 지나, 빠르게 스쳐 간 안내판
에 시선이 꽂혔다.

양양. 양양? 강원도. 해수욕장. 바다.

"너 미쳤어?"

도희는 다급히 추궁하며 재촉했다.

"빨리 차 돌려. 나, 일 끝내고 바로 회사 들어가 봐야 해."

아무런 의심 없이 덜컥 차에 얻어 타는 게 아니었다. 혹시라도 사람들의 이
목이 집중될까 걱정했던 것도 맞지만, 숨 한번 내뱉기 버거운 폭염 날씨 덕분
에 지친 것도 사실이다. 그래서 얌전히 따랐을 뿐인데, 그 목적지가 강원도 바
다일 줄 누가 알았을까.

시원한 에어컨 바람에, 방심했다. 타들어 가는 속도 모르고 그는 여전히 침묵으로 일관했다.

슬슬 인내심이 바닥나기 시작한 도희가 버럭 소리쳤다.

"고해찬!"

"아."

쩌렁쩌렁한 목소리에, 해찬이 한쪽 눈가를 구겼다. 하지만 이내 설핏 웃음을 터트린다.

"주먹에 힘 풀어요. 사이좋게 나란히 저세상 가고 싶지 않으면."

난 그것도 나쁘진 않지만. 이런 상황에서 능청스럽게 잘도 장난을 친다. 피가 거꾸로 솟았다.

"바쁜 사람 데리고 뭐 하는 짓이야. 너 이러는 거……."

"대책 없이 구는 거 아니니까 걱정 마요. 별 탈 없게 잘 처리해 뒀어."

"뭐?"

"정 못 미더우면 회사에 전화해서 물어보든가."

허. 저 뻔뻔함은 대체 어디에서 나오는 걸까. 기가 막혀 헛웃음이 저절로 터져 나왔다. 왜 저러는 거야. 오늘 뭘 잘못 먹었나? 아님, 복수하려는 건가. 말도 안 되는 생각이 들 정도로 혼란스러웠다.

마침, 가방 안에서 진동이 느껴졌다. 도희는 해찬에게서 시선을 떼고 꺼내든 휴대폰을 귓가에 가져다 댔다.

"네."

— 나야.

계 부장이었다. 또 온갖 욕을 퍼붓겠지. 벌써부터 머리가 지끈거리는 것만 같아 도희는 지그시 눈을 감고 다음 말을 기다렸다.

— 사정은 이사님께 전해 들었으니 됐고, 내일은 출근할 수 있겠어?

"네?"

눈이 번쩍 떠졌다.

— 고해찬이 일방적으로 일정 바꿨다며. 뭔 놈의 사정인지는 몰라도 급한 일

이라 어쩔 수 없이 속초까지 가서 미팅하기로 했다던데. 아니야?

"아……."

— 제법 몸값 좀 올랐다고 눈에 뵈는 게 없는 모양이지. 이젠 하다 하다 클라이언트를 종 부리듯……. 백 대리. 혹시 옆에 고해찬 선수 있어?

천하의 계 부장도 어쩔 수 없나 보다. 일전에 해찬에게 호되게 당했던 것이 꽤나 큰 충격으로 다가왔나 싶다. 아예 이해가 안 되는 것도 아니었지만, 안쓰러움보다 속이 다 시원했다. 한낱 전속 모델의 눈치를 살피고 있는 꼴이라니. 도희는 잠시 해찬을 힐긋거리다 반박자 늦게 대답했다.

"……아니요. 없습니다."

계 부장이 안심하듯 숨을 내쉬었다.

— 여하튼 내일 출근 힘들 것 같으면 미리 말해. 이사님께서 외근 출장 처리해 두라고 하셨으니.

이사님 눈에 들었겠다, 아주 살판났겠구만. 조용히 중얼거리는 계 부장의 언짢은 불만이 다 들렸다. 도희는 단호히 말했다.

"상황 봐서 월차 쓰겠습니다."

— 너도 참 융통성 없다. 이럴 땐 그냥 넙죽 받아먹는 거야. 됐다. 내가 너랑 무슨 말을 하겠냐. 끊어.

무어라 대답을 해 보기도 전에 전화가 일방적으로 뚝 끊겼다. 어이가 없어 휴대폰 액정을 내려다보고 있는데, 운전에 열중하던 해찬이 입을 열었다.

"이참에 부족한 잠이나 더 자요. 도착하려면 아직 한참 멀었어."

"대체 무슨 수작이야."

"예전이나 지금이나. 어떻게 멘트마저 한결같지. 지겹지도 않아요?"

"너, 진짜……."

"그 부장이란 사람."

해찬이 말을 싹둑 끊어 내며 계 부장을 언급했다. 앞에선 사고가 났는지, 때 아닌 정체가 시작되었다. 차의 속도가 점점 줄어들고, 부드럽게 정차했다. 해찬이 비스듬히 고개를 돌려 지긋한 눈빛으로 도희를 바라보았다.

"이참에 확, 잘라 버릴까."

작게 웃으면서, 그런 무서운 소리를 아무렇지도 않게 한다. 마치, 어린아이처럼. 장난치듯. 혼을 쏙 빼놓는 웃음에, 하마터면 "그래 줄래?" 할 뻔했다. 도희는 묵직한 한숨을 내쉬며 말했다.

"회사가 어린애들 놀이터도 아니고. 그런 말 함부로 하지 마."

"진심인데."

안다. 알고 있다. 그의 미소는 어딘가 가볍게 느껴지곤 했지만, 내뱉는 말만큼은 단 한 번도 거짓인 적이 없었으니까. 그래서 더 무서웠다. 길다면 길고 짧다면 짧은 7년이란 시간이 흐를 동안, 넌. 너는. 지금의 이 자리에 올라서기 위해 얼마나 괴롭고 외로운 순간들을 악착같이 버텨 냈을까. 어떤 것들을 포기하고, 잃어 가며 그 위치를 얻을 수 있었던 걸까.

감히 생각하기도, 짐작하기조차 버겁다. 무섭다. 바로 옆에 있는 네가, 여전한 얼굴로 나를 바라보며 웃음 짓고 있는 네가. 조금이라도 달라졌을까 봐, 그들에게 물들었을까 봐, 그 모습을 직면하게 될까 봐 두렵다.

순간, 눈앞이 서늘해졌다.

"생각 그만하고 조금이라도 자요."

오른쪽 팔을 뻗은 해찬이 커다란 손으로 그녀의 눈을 가려 주었다.

"피곤하잖아."

그의 손목 언저리에서 좋은 향기가 뭉근히 풍겨 왔다. 진하지 않은 은은한 향기. 고해찬에게서 늘 풍기던, 그 향기.

이상한 일이다. 억지로 돌아가고 싶지 않다. 고해찬과 함께 있으면, 숨 막히는 현실에서 자꾸만 벗어나고 싶어진다. 그저, 내가 하고 싶은 대로 무작정 저지르고 싶어진다.

그것이, 무엇이든. 그에게 기대고 싶어져 큰일이다.

"도착하면 깨워 줄게요."

그의 목소리가 조금씩 멀어졌다. 시원한 에어컨 바람과, 창문을 투과한 뜨거운 햇볕이 적절하게 어우러져 무거웠던 몸이 순식간에 나른해졌다.

그래. 아무래도 많이 지쳤었나 보다. 마법처럼 스르륵 눈이 감겼다. 깊고, 편안했으며, 단 잠이었다. 문득 희미하게 기억나는 것은 꾸벅꾸벅 아래로 떨어지던 얼굴이 어느 순간부터 움직이지 않게 되었다는 것. 그뿐이었다.

해찬은 한 손으론 핸들을 잡고, 다른 한 손으로는 그녀의 뺨을 감싸 받치며 무게를 대신 버텨 주었다. 그렇게 도희는 해찬의 손바닥을 베개 삼아 잠에 흠뻑 빠져들었다.

△ ▼ △

쏴아아— 쏴아아아—

잘게 부서지는 파도 소리, 습기가 묻어난 비릿한 공기 냄새. 뭔가 달라진 기류를 알아차린 듯, 콧잔등을 찡긋거리던 도희가 힘겹게 눈꺼풀을 밀어 올렸다.

여긴 어딜까. 온통 까맣다. 뿌옇던 초점이 점차 또렷해졌다. 예상대로 바다였다. 끝도 없이 펼쳐진 해변 곳곳에선 돗자리를 펴고 맥주를 마시는 사람들과, 폭죽을 터트리는 사람들로 북적였다.

7월 중순. 성수기였으니까. 반쯤 열린 창문 틈 사이로 후덥지근한 바닷바람이 서슴없이 밀려 들어왔다. 비록 더운 바람이었지만, 서울의 텁텁한 공기와 비교조차 할 수 없는 상쾌함에 숨통이 트였다.

"잘 잤어요?"

해찬의 목소리에 도희의 고개가 천천히 옆으로 돌아갔다. 인기척이 없어 바람이라도 쐬러 나간 줄 알았는데. 곁에 있었구나.

"지금, 몇 시야?"

방금 잠에서 깨어난 탓인지 목소리는 건조하게 갈라져 있었다. 작열하던 태양의 존재는 찾아볼 수 없었다. 어느새 어둠이 내려앉았다.

"9시."

오래 잤다. 너무할 정도로 잤네.

"왜 안 깨웠어."

그는 말없이 빙그레 웃었다. 빤히 저를 바라보면서. 어쩐지 수상하다. 설마……

"혹시 나, 자면서 코 골았어?"

그가 피식 웃음을 터트렸다.

"코도 골아요?"

"……아니."

아마도.

놀리려는 의도가 다분한 어조에 도희가 믿지 않게 해찬을 노려봤다. 반응을 보면 아닌 게 확실한데. 왜 자꾸 저렇게 쳐다보는 거지.

"잠꼬대는 안 했고."

……이를 갈았나.

"뭐라고 중얼거리긴 했어요."

"내가 중얼, 거렸다고?"

그가 작게 고개를 끄덕이며 잠꼬대하던 때를 회상하듯 말했다.

"내 이름 부르던데."

잠시 정면에 향해 있던 그의 검은색 눈동자가 느리게 움직였다. 한동안 빤히 도희를 바라보다가 천천히 조수석으로 몸을 기울였다. 예상 못 한 전개에 도희가 훅 숨을 들이켰다.

마른침이 꼴깍 넘어가는 소리가 전부 다 들릴 만큼 고요하고, 누구의 것인지 모를 숨결이 전부 느껴질 정도로 가까운 거리에서 멈췄다. 무슨 일이 벌어지고 있는 걸까. 쿵쿵, 심장이 터져 나올 기세로 세차게 뛰었다. 그때, 달칵. 소리와 함께 몸을 조이고 있던 압박감이 단번에 해소되었다.

아……, 안전벨트. 허탈함을 느낄 새도 없었다.

"바다. 다 봤어요?"

그는 여전히, 가까운 거리에서 벗어날 줄 몰랐다.

"아니, 네가 비켜 줘야지."

보든 말든 할 거 아니야.

"그냥 봤다고 치면 안 될까."

"그게 무슨 소리……. 일단 비켜 줘."

심상치 않은 기류를 감지한 도희가 널찍한 가슴팍을 밀어 냈다. 하지만 그는 미동조차 없었다.

"손 치워요."

해찬이 엷게 웃으며 속삭였다.

"못된 짓 하게."

위험한, 발언이었다.

비록 인적 없는 텅 빈 공터에 주차되어 있었지만 이곳은 차 안이다. 새카만 밤바다를 마주 보고서 무엇을 하겠다고……. 생각할 시간은 턱없이 부족했다.

혼란스러워하는 그녀의 얼굴을 뚫어져라 들여다보던 해찬은 제 가슴팍을 밀어 내고 있는 작은 두 손을 가볍게 잡아 내렸다. 촉. 그의 입술이 순식간에 그녀의 입술에 닿았다 떨어졌다. 도희의 눈이 동그랗게 떠졌다. 무슨 말을 해 보기도 전에 촉. 또 한 번 촉.

어린아이 장난 같은 입맞춤이라기엔 두 입술이 느리게 붙었다 떨어지는 야릇한 소리가, 그 분위기가 지나치게 야했다. 고개를 비튼 채 천천히 다가오는 고해찬의 얼굴. 느른히 내리깔린 시선이, 지나치게 기다란 속눈썹과 언뜻 올라선 입매마저도.

홀린 사람처럼 넋을 놓고 쳐다보는데, 다시금 그의 얼굴이 가까워졌다. 쉽게 직감할 수 있었다. 방금 전의 입맞춤은 지금을 위한 예열, 정도였다는 것을. 어느새 입술 바로 앞까지 다가왔다. 묵직한 긴장감이 흐르고, 그의 턱이 느슨히 벌어질 때쯤.

꼬르륵. 전혀 예상치 못한 반갑지 않은 손님이 눈치 없이 끼어들었다. 한번 울리기 시작한 배꼽시계는 멈출 줄 몰랐다. 하루 종일 공복인 상태였으니 살기 위해 착실히 제 본분을 다한 것일 테지만 몸뚱이가 이토록 원망스럽기도 처음이다. 애써 모르는 척해 봐도 고요한 정적 속에서 그 소리는 더욱 크게 들렸다.

얼굴이 화끈 달아올랐다. 죽고 싶었다. 하필. 왜 하필. 어떤 상황에서도 초지일관 표정 변화 한번 없던 해찬도 이번 건 무리였지 싶다. 그는 질끈 눈을 감았다 뜨며 커다란 손으로 마른세수하듯 제 얼굴을 쓸어내렸다. 도희는 당장이라도 울음을 터트릴 것처럼 입술을 앙다문 채 해찬을 흘겼다.

"……그냥 웃어."

그 편이 덜 쪽팔리겠어.

"아, 진짜 예상을 못하겠네."

해찬이 픽 웃음을 터트렸다. 그리고 아무렇지 않게 시동을 걸었다. 운전대를 잡고 있는 그의 손이 문득 눈에 들어왔다. 왜 오른손에. 보통 시계는 왼손에 차지 않나. 원래 왼손잡이였나. 그저 오른손이 편해서 그런 걸까. 쓸데없는 호기심이었다.

순간 그의 손목에 채워진 메탈 시계가 달빛을 받아 반짝였다. 시곗바늘이 가리키고 있는 시간은 9시 30분. 그새 30분이 흘렀다. 너무하다 싶을 정도로 순식간이다. 시간이 빠르다고 느껴 본 건 오랜만이었다. 해찬의 손목에서 시선을 뗀 도희가 조심스레 물었다.

"어디 가게?"

해찬은 핸들을 돌리려다 말고 슬쩍 고개만 돌려 도희를 응시했다.

"회 좋아해요?"

"왜?"

"일단 배부르게 뭐라도 먹여 놔야 할 것 같아서."

그가 피식 웃음을 터트렸다.

"그래야 체력도 받쳐 주지."

의미심장한 말과 함께 두 사람을 태운 차가 매끄럽게 굴러갔다.

△ ▼ △

성수기 시즌이라 몰려든 사람 수는 셀 수도 없었다. 결국 식당엔 들어갈 엄두조차 내지 못했다. 차를 돌려 도착한 곳은 독채 펜션이었다. 언제 예약을 해둔 건지는 모르겠지만, 내부는 두 사람이 묵기에 지나치게 넓었다.

하지만 그런 것 따윈 아무래도 좋았다. 문제는, 욕실에서 넘어오는 샤워기 물줄기 소리였다. 먼저 들어가 씻고 쉬고 있으라던 해찬은 15분 뒤 다시 모습을 드러냈다. 더운 바닷바람이 찜찜하다며, 밖에서 사 들고 온 먹을거리를 식탁 위에 내려놓곤 곧장 욕실로 직행했다.

먼저 샤워를 끝낸 상태라 상쾌해야 하는데, 왠지 마음 한구석이 불편하다. 낚인 기분이랄까. 그의 계략에 손쓸 새도 없이 휘말린 것만 같다. 분명 7년 전에도 이런 적이 있었는데. 기시감이 들었다.

"어쩌다……."

이렇게 된 거야. 그의 태도가 너무 당연해서, 그 흐름을 타고 자연스럽게 이곳까지 오고 말았다. 도희는 이끌리듯 천천히 걸음을 옮겼다. 정면이 전부 통창으로 이뤄져 있는 펜션은 뷰가 일품이었다.

굳이 밖에 나가 더위를 느껴 가며 고생하지 않아도 바로 바다 앞에 서 있는 기분이 들었다.

해변을 거닐 듯 그대로 쭉 걷다 보니 오른쪽 끝에 따로 마련된 공간에 다다랐다. 안으로 들어서자, 투명한 문 사이로 숯불 그릴 기계와 식탁이 보였다. 아무래도 고기를 구워 먹는 공간인 듯했다.

폴딩 도어는 반쯤 열려 있었다. 코끝을 찌르는 특유의 바다 냄새가 나쁘지 않다. 도희는 의자에 앉아 멍하니 밖을 바라보았다.

5층 높이에서 내려다본 풍경은 뭔가 다를 것이라 생각했지만, 끝없이 펼쳐진 밤바다는 어둠에 잠식돼 형체를 알아볼 수 없었다. 가끔씩 펑펑 터지는 폭죽 불빛으로 어디가 해변이고, 바다인지 경계선만 겨우 구분할 수 있는 정도였다. 한참 멍하니 밖을 바라보고 있는데, 잊고 있던 선미의 말이 불현듯 떠올랐다. 카페에서 깜빡하고 말하지 못한 것이 있다던.

'고해찬, 걔 너를 되게 많이 배려하는 것 같더라. 나 같았으면 사정 전해 듣자마자 열받아서 무작정 그 기태준이란 사람부터 찾아갔을 텐데, 한 대 쥐패도 모

자랄 판에 오히려 나한테 내 계좌 번호를 물어보더라고.'

'계좌?'

'그래. 너, 그 남자한테 빌렸던 2억 있잖아. 너한테 직접 주면 자존심 상할 것 같고, 다이렉트로 그 남자 찾아가자니 네가 원할 것 같지 않다면서. 2억 줄 테니까 그 돈 너한테 내가 빌려주는 것처럼 해 달라고 부탁했어. 화 한번 내지 않고 침착하더라. 대단하기도 하고.'

어떤 심정이었을지, 감히 상상할 수 없다. 거친 파도처럼 마음이 술렁인다.

"여기 있었네."

익숙한 목소리에 도희의 시선이 옆으로 돌아갔다. 어느새 샤워를 끝내고 곁으로 다가온 해찬은 가운만 걸치고 있을 것이란 예상을 깨고 처음 옷차림 그대로 나타났다. 물기에 젖은 머리를 가만히 올려다보고 있는데 해찬이 말을 걸어왔다.

"밤바다 구경하고 있었어요?"

"응. 근데 왜 옷 입고 나왔어?"

미간을 좁히던 해찬이 돌연 헛웃음을 터트렸다.

"무슨 질문이 그래요."

꼭 벗고 나오길 바란 사람처럼.

도희가 서둘러 말을 정정했다.

"아니. 그 뜻이 아니라, 너 물기 안 말랐을 때 옷 입는 거 싫어하잖아."

그가 조그맣게 웃었다.

"그걸 아직도 기억하고 있었어요?"

"……놀리지 마."

"신기해서 물어본 거예요."

그는 회를 감싸고 있는 래핑을 벗겨 내며 순순히 의도를 밝혔다.

"선배 불편해할까 봐. 분위기도 내고 싶었고."

"아……."

"체하지 않게 꼭꼭 씹어서 먹어요."

그가 앞에 놓아 준 젓가락을 물끄러미 내려다보던 도희가 얌전히 손을 뻗었다. 무엇부터 맛봐야 할지 모르겠다. 종류가 너무 많았다. 이 정도면 회충약을 먼저 먹어야 하지 않을까. 터무니없는 걱정마저 들 정도였다.

허공에서 방황하던 젓가락은 가장 가까운 곳에 정착했다. 두툼한 회를 집어 입안에 넣었다. 쫄깃한 식감에 절로 눈이 번쩍 떠졌다.

"맛있어요?"

도희가 고개를 주억거렸다.

"너는 안 먹어?"

말없이 자리에 앉은 해찬은 턱을 괴고서 싱긋 웃었다.

"먹는 모습만 봐도 배불러."

"수작 부리지 말고 먹어. 얼른."

마지못해 젓가락을 드는 해찬을 보고 나서야 도희도 마음 편히 먹는 것에 집중할 수 있었다. 하지만 그마저도 얼마 가지 못했다. 도희는 차분히 젓가락을 내려놓으며 해찬을 건너다보았다.

"묻고 싶은 게 있어."

물을 들이켜던 그가 컵에서 입술을 떼고 그녀를 힐끗거렸다.

"말해요."

"여기에 온 목적이 뭐야? 고작 회나 먹자고 온 건 아닐 거 아니야."

그가 짧은 공백을 두고 입을 열었다.

"남들 다 가는 휴가 한번 못 가 봐서 억울했는데, 혼자 가긴 싫고. 상대가 백도희라면 더할 나위 없을 것 같아서?"

거짓말. 도희의 눈썹이 삐딱하게 치솟았다.

"정말 그게 다야?"

"더 있어야 돼요?"

"갑작스럽잖아. 말도 없이 하필 이런 시기에……."

"미리 말했으면, 같이 가 줬을 거예요?"

"못 갈 건 또 뭐가 있어."

괜한 오기에 마음에도 없는 말이 툭 튀어나왔다. 그의 눈빛이 짙어졌다. 집 요한 시선이 따갑게 와 닿자, 속내를 간파당한 기분이 들어 도희는 황급히 시선을 피했다. 그 찰나, 또다시 그의 오른쪽 손목에 채워진 메탈 시계가 눈에 들어왔다. 기회였다. 도희는 화제를 돌리기 위해 아무 생각 없이 질문을 던졌다.

"시계는 왜 오른손에 차? 불편할 것 같은데."

도희를 가만히 응시하던 해찬이 슬쩍 입술을 당겨 웃으며 말했다.

"쓸데없는 부분에서 예리하네."

잘못 건드렸나.

"곤란하면 말 안 해도……."

해찬은 천천히 손목에 채워진 시계를 풀어냈다. 달칵, 풀어진 메탈 시계가 둔탁한 소리와 함께 식탁 위에 놓였다. 물끄러미 제 손목을 바라보던 해찬이 그녀를 향해 팔을 돌렸다.

"이거 때문에."

도희의 눈가가 가늘어졌다. 흉터. 그의 손목 안쪽 정중앙에 가로로 그어진 흉터가 있었다.

"어렸을 때 아버지가 엄마한테 깨진 소주병을 들고 위협한 적이 있어요. 이건 그때 말리다가 생긴 상처고."

상처, 때문이었구나.

"난 엄마를 구해 낼 수 있었던 훈장 같은 거라 생각하는데, 보는 사람 입장은 좀 다를 것 같아서. 보다시피 위치가 애매하니까."

그러고 보면 해찬의 오른쪽 손목엔 항상 시계가 채워져 있었다. 훈련을 할 때 방수가 되는 스포츠 시계가, 평소엔 가죽 시계나 지금처럼 메탈 시계가 꼬박꼬박 채워져 있었다. 시합 출전 때는 물속에 있을 테니 굳이 가릴 필요가 없었겠지만.

왜 몰랐을까. 모를 수밖에 없었나. 그렇다면 왜 묻지 않았을까. 궁금해할 여력이 없어서였나. 이젠 너에 대해 웬만큼 전부 알고 있다고 생각했는데, 착각이었다. 나는 아직도, 한참 멀었다. 나에겐 내 상처가 세상에서 가장 크고, 두려운 것이어서 그것부터 수습하는 데 급급했다. 미처 너의 상처까지 살필 여유가 없었다. 그런데. 말만 번지르르하게 지키겠다 다짐하던 나와 달리 너는. 네 상처보다 내 상처가 더 중요했고, 너보단 나를 먼저 품었다.

"……미안."

많은 뜻을 담은 사과였다. 해찬은 어깨를 으쓱이며 자리에서 일어났다.

"물 더 가져올게요."

도희가 엉거주춤 따라 일어났다. 몇 발자국 걷다 멈춰 섰다. 크게 숨을 들이켜고, 조용히 내뱉었다. 다리를 굽히고 앉아 냉장고 문을 여는 그의 옆모습을 바라보며, 도희는 망설임 끝에 입술을 떼어 냈다.

"고마워."

해찬의 얼굴이 느리게 움직였다.

"내 생각 해서 여기 데려와 준 거 알아. 숨통 좀 트이라고, 오늘만큼은 다 잊고 편하게 쉬라고. 일부러 마음 써 준 거, 알아."

선미 일까지도. 전부 다.

"……배려해 줘서 고마워. 진심이야."

그가 천천히 몸을 일으켰다. 똑바르게 저를 바라보며 느린 걸음으로 다가오는 걸 알면서도, 도희는 말을 멈추지 않았다.

"너한테 거짓말했어. 7년 전에도. 그리고 지금도. 좋아하고 있었어. 싫어서 버린 게 아니었어. 나도……."

"그만."

"뭐?"

"그만 말해요. 더 말하지 않아도 돼."

한 발자국 떨어진 곳에서 해찬의 두 다리가 우두커니 멈춰 섰다. 도희는 짐짓 억울하단 표정으로 해찬을 올려다보았다.

"언제는 말하라며. 솔직해지라고 할 땐 언제고."

기껏 용기 냈더니…….

"선배한테 들으면 진짜 열받아서 사고 칠까 봐 미리 전해 들었어요. 그러니까 뒷부분은 생략하고, 앞부분만 다시 말해 봐요."

"무슨 말."

불퉁스러운 도희의 말에 해찬은 의미심장하게 웃었다.

이게 진짜······.

도희는 뾰족하게 눈을 치뜨며 입술을 깨물었다.

"안 해."

그대로 뒤돌아서서 발을 떼어 내려는 순간, 단숨에 손목을 잡아챈 해찬이 그녀를 제 품에 확 끌어당겼다. 누구의 것인지 모를 심장 소리가 세차게 뛰었다. 꽉 어깨를 감싸 오는 강한 악력에도 도희는 얌전히 그의 가슴팍에 얼굴을 묻었다.

"웬만하면 착하게 참아 보려고 했는데."

"거짓말하지 마."

그가 피식 웃으며 낮게 읊조렸다.

"응. 거짓말이야."

05

"이제 됐어요?"

"아직."

단호한 대답에 해찬의 눈가가 작게 일그러졌다.

그의 얼굴은 못마땅하단 기색이 역력했다. 그럴 만도 했다. 기껏 바람 쐬러 강원도까지 왔는데. 분위기도 다 잡았는데.

잊은 것이 있다며 갑작스럽게 가슴팍을 밀쳐 내더니 업무의 연장선이란 명목을 앞세워 지금에 이르렀다. 옷을 갈아입은 횟수만 해도 벌써 수차례였다. 당연히 불만일 수밖에. 졸지에 마네킹과 다를 바 없는 처지가 되어 버린 해찬은 삐딱한 자세로 서서 어처구니가 없다는 듯 도희를 내려다보았다.

그러거나 말거나 도희는 침대에 걸터앉아 체크리스트에 무언가를 열심히 적어 내려가고 있었다. 해찬의 몸에 걸쳐진 아웃도어 옷과, 챙겨 온 노트북 화면을 번갈아 확인하면서.

"선배."

"……응. 말해."

도희는 성의 없이 대답했다. 그를 쳐다볼 생각조차 없어 보였다.

"나 언제까지 이러고 있어야 해요."

"잠시만. 이거 마저 적고, 사진 찍은 다음에."

해찬의 눈썹이 작게 꿈틀거렸다. 참을성만큼은 누구에게도 뒤지지 않는다고 자부했건만 지금은 달랐다. 당장이라도 입고 있는 옷을 전부 벗어 던지고, 도희를 제 다리 사이에 가두고 싶은 마음이 절실했다.

하지만 무작정 욕구대로 달려들었다간 그 후사가 불 보듯 뻔했기에 그럴 수도 없는 노릇이다. 안달 난 속도 모르고 한참을 업무에 집중하던 도희가 드디어 휴대폰을 꺼내어 들었다.

사진을 찍기 위해 촬영 버튼을 누르려는 순간 그녀의 손가락이 허공에서 멈칫했다. 액정 속에 가득 들어찬 해찬의 얼굴을 물끄러미 들여다보던 도희가 시선을 들어 올렸다.

"너, 어디 안 좋아?"

"왜요."

말투가 왜 저래…….

"아파?"

"아니요."

"그럼, 피곤해?"

"아니."

"화났어?"

대답이 없다.

무표정한 얼굴이나, 똑바르게 저를 바라보는 눈빛은 변함없었지만, 분명 뭔가 달랐다.

"뭐 해요. 빨리 찍지 않고."

해찬은 딱딱하게 굳은 표정으로 재촉했다. 그는 평소답지 않게 급해 보였다.

아, 설마…….

"너 삐졌어?"

"뭐?"

해찬은 미간을 구기며 헛웃음을 짧게 터트렸다.

"여기까지 와 놓고 내가 일해야 한다 해서 삐졌냐고."

"말 같지도 않은 소리 그만하고 하던 일이나 마저 해요."

시니컬한 투에 도희는 고개를 갸웃거렸다. 정색하며 부정하는데 더 이상 캐물기도 애매했다. 내심 찝찝했지만 도희는 다시금 휴대폰 액정으로 눈길을 돌렸다. 찰칵. 사진 찍히는 소리가 들리기 무섭게 기다렸다는 듯 그가 발을 떼어냈다.

"잠깐."

"또 왜요."

도희가 옆에 놓인 아웃도어 트레이닝복을 눈으로 가리켰다.

"마지막 하나 더 남았어."

"아……."

해찬은 질끈 눈을 감았다 뜨며 짜증 섞인 탄식을 흘려보냈다. 타들어 가는 그의 속을 아는지 모르는지 도희는 잘 개어 둔 트레이닝복 세트와 운동화를 해찬에게 건네며 말을 이었다.

"오늘은 저번에 못 했던 피팅 마저 하는 날이었잖아. 넌 상관없을지 몰라도 나는 내일까지 보고서 작성해서 결재 올려야 해. 조만간 있을 화보 촬영 콘셉트 콘티도 받아야 하고, 촬영 스태프들한테도 연락 돌려야 하고……."

침착하게 제 입장을 전달하는 도희를 가만히 응시하던 해찬이 돌연 픽 웃음을 터트렸다.

"맞는 말이라서 뭐라 반박은 못 하겠는데."

잠시 말을 멈춘 그가 정곡을 찔러 왔다.

"안 답답해요?"

"……뭐가?"

"선배를 보면 가끔 안쓰러워. 누가 쫓아오는 것도 아닌데 늘 조급해."

도희의 손가락이 움찔, 떨렸다. 그는 이번 일만 두고 말하는 것이 아니었다. 7년 전부터 지금까지 스스로를 몰아붙이는 것에 병적으로 집착하는 자신을 꼬집는 것이었다.

그래서 부정할 수 없었다. 회사에서 1박 2일 외근 출장이란 빌미까지 제공받은 마당에. 그래. 어디까지나 제 고집이었다. 고등학생 때부터 그랬다. 자신은 늘 바빴다. 바빠야만 했다.

빈틈이 생기면, 여유가 생기면 금세 밀려오는 잡념으로 속수무책 무너질 것만 같은 불안감에, 악착같이 움직였다. 끊임없이 스스로를 옥죄듯 닥치는 대로 일거리를 찾았다. 공부, 아르바이트, 돈. 그 외의 것들은 전부 사치였다.

그러니까, 일종의…….

"학대예요, 그거. 못된 습관이고."

끝까지 숨기고 싶었던. 인정하고 싶지 않았던 치부를 들켜 버린 것만 같았다. 발가벗은 제 모습을 하나하나 관찰당하고 있는, 그런 기분.

"어느 정도 다가갔다 싶으면 항상 경계선이 있어요. 선배한테는."

그는 자신을 정확히 꿰뚫고 있었다. 전혀 모를 것이라고 생각했는데. 완벽하게 전부를 숨겼다고 생각했는데.

"오기로라도 정복하고 싶게."

해찬은 희미하게 웃으며 트레이닝복 지퍼에 손을 가져다 댔다. 그가 느리게 손을 끌어 내리자 그 움직임을 따라 지퍼도 서서히 아래로 내려갔다. 옷을 갈아입으려는 건가.

"뒤돌아 있을게."

침대에서 몸을 일으킨 도희가 뒤돌려는 순간이었다.

"그대로 있어요."

"……뭐?"

"계속, 보고 있으라고."

의중을 알 수 없는 말이었지만 본능적으로 느낄 수 있었다. 위험하다. 뒤돌아서야 하는데 뻣뻣하게 굳어 버린 몸은 좀처럼 말을 듣지 않았다.

얼마 지나지 않아 트레이닝복 집업 저지가 바닥으로 툭, 떨어졌다. 곧이어 두 팔을 교차시킨 그가 반팔 티 밑단을 잡아 올린다.

빈틈없이 단련된 복근, 탄탄한 가슴, 널찍한 어깨를 지나 단숨에 벗겨졌다. 긴 시간이 흘러 다시 마주하게 된 그의 몸은 전과 비교도 안 될 만큼 훨씬 훌륭해졌다.

자잘하게 꽉 들어찬 근육이 적나라하게 눈앞에 펼쳐지자 도희는 어쩌지도 못하고 눈동자를 도르륵 굴렸다. 반면 해찬은 똑바로 도희를 바라보며 다리를 움직였다. 느린 걸음으로 다가와 한 발짝 떨어진 곳에서 멈춰 선 그가 정적을 깼다.

"사실은 누구보다 바라고 있으면서. 왜 아닌 척해요?"

그의 입술에서 흘러나오는 나직한 목소리는 마치 악마가 꾀어내는 유혹처럼 달콤하기만 하다. 해찬은 침대에 앉아 지그시 도희를 올려다보며 낮게 속삭였다.

"지루하고 답답하잖아. 한 번쯤은 자유롭게 도망치고 싶고, 망가지고 싶잖아."

도희는 부정할 수 없어 굳게 입을 다물었다. 그때 해찬이 단박에 도희의 손목을 잡아챘다. 막아 낼 틈도 없이 순식간이었다. 무방비한 상태에서 가해진 강한 힘에 의해 이끌리듯 그의 허벅지 위로 안착했다. 당혹스러움에 그녀의 눈동자가 잘게 뒤흔들렸다.

"지금 뭐 하는……."

"말해 봐요."

해찬은 꿰뚫듯 도희의 눈을 들여다보며 물었다.

"내 말이 틀려요?"

그의 입술이 쇄골 위로 내려앉았다. 뜨거운 숨결이 닿을 때마다 온몸의 솜털이 바짝 솟았다. 여린 살결을 자근자근 씹는 아릿한 자극에 눈앞이 아찔해졌다.

"……하고 싶잖아."

깊게 잠긴 음성에 도희는 아랫입술을 아프게 씹었다. 아니라고 대답할 수 없었다. 전부 사실이었으니까. 어쩌면 나조차 모르는 난, 지저분하게 어지럽혀진 욕망덩어리일지도 모른다.

해찬은 느슨히 입술을 늘여 웃으며 목덜미를 깊게 물었다. 그와 동시에 그의 손이 옷 속으로 거침없이 들어섰다. 차가운 손길에, 도희는 입술을 꾹 감쳐 물며 눈을 질끈 감았다.

"그런 걸 두고 뭐라고 하는지 알아요?"

납작한 배를 문지르며 점차 위로 향했다. 손끝으로 살결을 붓질하듯 살살 쓸어 내며, 해찬이 작게 속삭였다.

"일탈."

일탈이라고. 간신히 발가락에 힘을 주어 버텨 봤지만, 그런 것 따윈 무참히 휩쓸고도 남을 감각이다. 무리였다. 해찬이 봉긋 솟아오른 젖가슴을 꽉 움켜쥐었다.

"읏……."

"싫으면 지금이라도 말해요."

얄궂었다. 싫다고 말하지 못하리란 것을 잘 알고 있으면서. 확신하고 있으면서 일부러 묻는 태도가.

"나는."

침묵을 긍정이라 판단한 듯, 해찬의 커다란 손은 일말의 망설임조차 없었다.

"선배가 조금 더 솔직해졌으면 좋겠어."

해찬이 엄지를 느리게 움직이며 딱딱하게 솟은 유두를 살살 쓸어 내자 척추가 뻣뻣이 세워졌다. 잔뜩 예민해진 몸은 작은 손길에도 금세 반응했다. 꽉 다문 입술 사이로 희미한 신음이 새어 나왔다. 긴 손가락으로 유두를 살짝 꼬집자 도희가 흠칫 몸을 떨었다. 이쯤 되니 다 알면서도 즐기는 것 같다. 해찬이 가슴을 감싼 손을 느리게 말아 쥐었다, 폈다를 반복하며 슬며시 웃었다.

"선배를 무너지게 할 수 있는 유일한 빈틈이 나였으면 좋겠어."

생경한 자극에 저절로 몸이 비틀리며 사정없이 움찔거렸다.

"자, 잠깐만."

"뭐."

날렵하게 치뜬 그의 검은 눈동자가 공격적으로 번뜩였다. 순간 말문이 막혔다. ……어쩔 도리가 없다. 나는, 나는 또다시 나는. 하릴없이 네 앞에서 무너지고 만다. 도희는 신음인지 한숨인지 모를 숨을 가까스로 내쉬며 지그시 눈을 감았다 떴다.

"……그래. 네 말이 맞아."

인정할 수밖에 없었다. 바르고 굳센 척. 답답하리만큼 올바른 척. 염세적이지 않은 척. 그 이면에 꽁꽁 숨겨 둔 욕구를. 욕망을. 지저분한 욕심과 본질 그대로의 본능을. 저 역시도 한 번쯤은, 단단히 채워진 갑옷을 집어 던지고. 억누르고 있던 것들에게서 벗어나 자유롭고 싶었음을. ……내심, 간절히 바랐다.

"내가 벗을게."

도희는 슬쩍 해찬의 어깨를 밀어 내 거리를 두고 느릿느릿 팔을 움직였다. 해찬은 그녀의 알 수 없는 행동을 가만히 지켜보았다. 소매를 잡아 팔을 빼어내는 것부터, 블라우스와 이너가 얇은 목덜미를 지나쳐 벗겨지고, 곧이어 치마마저 바닥으로 떨어지는 것까지.

그는 도희가 옷을 벗는 내내 시선을 떼지 않았다. 달랑 속옷 하나만 남겨진 그녀의 유약한 여체가 온전히 드러나자 턱이 팽팽하게 당겨졌다.

"……뭘 그렇게 봐."

노골적인 시선을 애써 피하며 도희가 슬며시 입술을 감쳐물었다.

"야해서."

고해찬은 지나치게 솔직한 편이었다.

"흥분돼."

지금처럼, 부끄러움이라고는 조금도 모르는 사람같이 구니까. 때때로 부정하고 싶었다. 나조차 모르던 내가 깨어날 땐, 참을 수 없게 창피하고, 쑥스럽고, 낯설어서. 그래서 그저 피하고 싶었다.

"이제 원하는 걸 말해요."

도희는 애써 고요한 눈동자를 피하지 않고 바라보았다. 버거웠던 상처도, 기태준도, 회사도, 깊게 팬 갈등도, 전부 다 잊어버리게. 부질없다 느낄 수 있도록.

"더 엉망진창으로 만들어 줘. 끝까지……."

가 줘. 그곳이 어디든, 멈추지 말고 끝까지.

"……그때처럼."

묵직한 정적이 흐르고, 강렬한 시선이 얽혔다. 곧이어 그의 입술 끝이 비스듬히 올라섰다.

"응. 좋아요."

말이 끝나기 무섭게 해찬은 단숨에 도희를 침대로 밀어 눕혔다.

그의 품에 꼼짝없이 갇혀 버렸다. 도희는 물끄러미 해찬을 올려다보았다. 욕망에 잠식된 위태로운 눈빛. 날렵하고 반듯이 뻗은 콧대. 고집스럽게 다물린 입술을 지나 기둥처럼 단단히 박혀 있는 그의 팔이 보이고, 손등 위로 불거진 핏줄이 보인다.

온전한 어른 남자가 되어 버린 그는, 황홀하리만큼 아름답다. 너는 나를 바라보며 무슨 생각을 하고 있을까. 너의 눈에 비친 나는 어떤 모습일까. 너도 나처럼, 알게 모르게 달라진 얼굴을 흥미롭게 관찰하고 있을까. 고민할 시간은 짧았다. 몸을 기울이며 가깝게 다가온 해찬이 곳곳에 흔적을 남겼다.

이마, 눈 위, 코끝. 각인하듯 차례대로 입을 맞추고, 마지막으로 그녀의 입술에 그의 입술이 차분히 내려앉았다. 긴 공백이었음에도, 삽시간에 달아오른 몸은 그의 손길 한 번에 쉽게 반응했다. 한번 시작된 입맞춤은 끝도 모르고 순식간에 깊어졌다.

턱이 뻐근해질 만큼 거칠게. 뒤통수를 받치고 있던 악력이 점점 더 강해질수록 저돌적으로 몰아붙이는 그를 막을 수 있는 것은 그 무엇도 없었다.

아랫입술을 물었다가 당기고, 잇몸을 핥으며 혀를 강하게 옭아맨다. 해찬은 갈수록 더 패만하게 밀려들었다. 의지와는 상관없이 턱이 크게 벌어지고, 입술은 더욱 치밀하게 맞붙었으며, 숨이 턱 끝까지 차올랐다.

독했다. 입안으로 스미는 그의 향기에 잠식될 것만 같다. 샴푸 향기일까. 바디 워시 향기일까. 점차 정신이 혼미해졌다. 취할 것 같았다. 슬슬 호흡이 버거워질 때쯤 그가 조심스레 입술을 떼어 냈다.

"하아……."

그녀의 잇새로 가쁜 숨이 터졌다.

"다행이다."

그는 뜻을 알 수 없는 말을 고요히 읊조리며, 깍지를 끼운 손등 위에 입을 맞추었다. 그리고 이를 세워 아프지 않게 손끝을 물고는 의미 모를 미소를 짓는다. 도희는 가느다란 숨을 밀어내며 간신히 입을 열었다.

"……뭐가."

"여전히 서툴러서."

그리 말하며 반대편 손을 부드럽게 굴렸다. 상상 그 이상의 자극에 제멋대로 인상이 찡그려졌다. 그의 입술이 목덜미를 타고 흐르며 천천히 아래로 내려갔다. 어깨에서 쇄골로. 그리고 조금 더, 아래로. 젖무덤에 파묻힌 해찬이 원을 그리듯 혀를 빙글 돌렸다. 느긋하게 유륜을 훑으며 빤히 도희를 올려다보았다.

전류에 감전된 듯, 짜릿한 감각이 빠르게 전신으로 퍼져 갔다. 도희는 발끝을 오므리며 눈살을 구겼다. 하아. 한숨 같은 신음이 흘렀다.

"그게, 무슨, 무슨 소리야."

"내심 걱정했어요."

해찬이 그녀의 가슴팍에 얼굴을 묻은 채 낮게 중얼거렸다.

"그 남자랑 잤을까 봐."

평소보다 가라앉은 목소리가 귓가를 적신다.

"좋아하게 됐을까 봐. 불안했어."

이젠 안심할 수 있게 되어 다행이란 말 대신, 슬쩍 입술 끝을 들어 올렸다. 어린아이가 사탕 빨듯 혀를 놀렸다. 젖꼭지를 살짝 건들 듯 하다가 돌연 이를 세워 유두를 잘근 씹었다. 도희의 턱이 저절로 바짝 추켜 올라갔다. 신음 소리를 뱉고 싶지 않아 아릿하게 깨문 입술에서 피비린내가 감돌았다.

"참지 마."

깊게 잠겨 갈라진 음성이 귓가로 내려앉았다. 그러자, 꾹 눌러 참고 있던 나약한 신음이 마법에 걸린 것처럼 입술을 비집고 허무하게 흘러나왔다.

참을 수 없는 간지러움에 머릿속이 아득해졌다. 호흡할 때마다 들썩이는 가슴 끝에 그의 입술이 닿는다. 널찍한 어깨에 손톱을 박아 넣고 이리저리 몸을 비틀어 봤지만 묵직하게 몸을 짓누르고 있는 그의 품에서 벗어날 수 없었다. 발바닥에 힘을 주어 침대 시트를 밀어 내고, 또 밀어 낼 뿐이었다. 그 모습이 조금은 안쓰러웠는지 해찬이 입술을 떼어 냈다.

"다리 좀 벌려 봐요."

"싫어."

"왜?"

"창피하니까."

도희가 시선을 피하며 작게 중얼거렸다.

"내가 벌리면 후회할 텐데."

해찬이 작게 웃으며 도희의 양 무릎을 잡아 벌렸다. 최대한 다리에 힘을 주고 버텨 봤지만 남자의 악력을 견디기엔 무리였다. 방탕한 여자처럼 활짝 다리를 벌리고 말았다. 도희는 차마 볼 수 없어 눈을 꾹 감아 버렸다.

"맛있을 것 같아."

경악한 도희가 번쩍 눈을 떴다. 아니나 다를까, 해찬은 뚫어져라 은밀한 곳을 들여다보고 있었다. 그저 바라만 보고 있는 것뿐인데 벌써 아래가 젖어 드는 기분이다.

"보지 마……."

가까스로 손을 뻗어 가려 보려 했지만 단숨에 손이 잡혔다.

"가리지 마."

손목을 움켜쥔 채로 해찬이 얼굴을 묻었다. 촉촉하게 젖어 버린 입구에 해찬의 입술이 닿은 순간 흐읍, 도희가 숨을 참았다.

"하지, 하지 마! 더러워."

"누가 더러워."

그리 말하며 입구를 길게 핥아 올렸다. 아으읏. 생전 처음 느껴 보는 감각에 도희가 허리를 비틀었다. 산소가 부족하다. 숨을 돌려 보기도 전, 전보다 더 깊게 연한 살을 애무하였다. 수치스러움보단 말도 안 나오게 밀려드는 쾌감에 온몸이 덜덜 떨렸다.

해찬이 그녀의 안에 혀를 깊게 밀어 넣고는 내벽을 샅샅이 훑었다. 이대로는 녹아 사라질 것만 같았다. 삽입은 아직 하지도 않았는데, 벌써 절정을 느낄 위기였다.

"어때요?"

해찬이 슬쩍 고개를 들며 웃었다.

"너······."

괘씸했지만 차마 말을 이을 수 없었다. 불쑥 허벅지로 내려온 그의 손이 살결을 타고 천천히 올라왔다. 아찔함에 오소소 소름이 돋았다.

종착지가 어딘지, 알고 있다. 무의식적으로 두려움을 느낀 도희가 반사적으로 흠칫 어깨를 떨었다. 움직임을 멈춘 해찬이 희미하게 웃었다. 도희는 탁해진 눈으로 해찬을 응시했다.

심연보다 깊고 짙은 눈동자. 처음 마주했을 때와 변함없지만 어딘가 달라진 고해찬의 눈, 그 야한 눈은. 여전히 자신만을 담고 있다. 그가 억지로 힘을 준 것도 아닌데 눈을 마주한 순간 저절로 힘이 풀렸다. 해찬은 슬쩍 미소를 그리며 다시 손을 움직였다.

"이제 어떻게 해 줄까요."

해찬은 눈을 휘며 짓궂게 물어 왔다. 네 입으로 직접 말해 보라고.

"솔직해지기로 했잖아요."

"너······."

"말해 줘요. 응?"

원하는 대답을 들을 때까지 집요하게 괴롭힐 거란 뜻이 내포된 재촉이었다. 도희는 한숨 섞인 숨을 내쉬며, 가까스로 입을 열었다.

"······해 줘."

"뭘."

들어설 듯 말 듯 주변을 배회하며 농락하자, 한껏 인상을 찌푸린 도희가 힘겹게 말을 이었다.

"얼른……."

이런 말을 스스로 내뱉게 될 줄 누가 알았을까. 수치스럽고 창피했다. 하지만 이 묘한 쾌감은 무엇일까. 내려놓으니 그에 따른 보상은 바로 따라왔다. 해찬은 조용히 웃으며 느긋하게 손을 움직였다.

"흐읏……."

입구 안으로 기다란 손이 불쑥 파고들자 온몸에 바짝 힘이 실렸다.

"원래 사람은 욕망으로 가득 찬 동물이에요, 선배."

그는 차분히 말을 이었다.

"다들 아닌 척. 숨길 뿐이지."

"으응……."

"근데. 선배만큼은 그러지 않았으면 좋겠어. 밑바닥까지 전부 보고 싶어."

그가 집중적으로 내벽을 공략하기 시작한 뒤부터 두 다리가 덜덜덜 떨려 왔다. 결코 제 의지가 아니었다. 정작 그는 초연했다. 조금 아래로, 위로. 각도를 조절하며 도희가 조금 더 많이 반응하는 곳을 탐험하듯 찾아냈다. 그다음은 속도였다. 찾아낸 위치를 정확하게 짚어 내며 빠른 속도로 파고들었다가 빠져나가길 반복했다. 해찬의 손가락이 질 내벽을 긁어내릴 때마다 도희는 당장이라도 울음을 터트릴 것 같았다.

"내 앞에서 감추려고 하지 마요. 그게 뭐가 됐든."

말과 함께 그의 손이 거둬졌다. 행위는 끝났지만 쾌감은 끊이지 않았다. 응집되어 있던 불씨가 세찬 화염으로 펑, 펑 터졌다. 가눌 곳이 없어, 질끈 눈을 감은 채 바들바들 떨리는 손으로 해찬의 팔을 생명줄이라도 되는 것처럼 꼬옥 부여잡았다.

"착하다."

미련스럽게 강한 척하지 말고. 지금처럼 나한테 의지해.

"앞으로도 지금처럼 해요."

속수무책으로 무너지고, 또 무너지고. 울며 매달리고, 또 매달려야 해. 내가 너를 간절하게 원했던 것처럼. 헤매고 바랐던 그 시간들의 몫까지. 가냘프게 떨고 있는 도희가 그저 사랑스럽다는 듯, 해찬은 그녀의 뺨에 가볍게 입을 맞춘 뒤 몸을 일으켰다. 크게 들썩이며 오르내리던 가슴이 조금씩 차분해질 때쯤.

"도희야."

짧아진 호칭으로 저를 부르는 나긋한 목소리에 도희의 눈꺼풀이 느릿느릿 떠밀려 올라갔다.

그의 몸 아래에 갇혀 있는 제 모습은 얼마나 무기력할까.

잠시 먹구름에 가려져 있던 달빛이 존재를 드러내며 그의 얼굴을 은은히 비추었다. 그녀를 내려다보고 있는, 거만하고 또 그만큼 다정한 눈동자가 어둑하게 빛났다. 도희가 가만히 눈을 맞춰 오자 그의 입술이 어렴풋이 호선을 그렸다.

"무슨 생각 해요?"

"……아무것도."

정말이었다. 정말 신기하게도 아무런 생각조차 들지 않았다. 적절한 긴장과 떨림만이 심장을 치대고 있을 뿐. 그 외의 것들은 무의식 저편으로 사라진 지 오래였다.

해찬이 몸을 가까이 밀착시키자, 도희의 몸이 절로 움츠러들었다. 그 모습을 대놓고 방관하던 그가 느릿하게 입술을 떼어 냈다.

"예뻐요. 선배."

창피하지도 않을까. 낯 뜨거운 말을 아무렇지 않게 태연히 잘도 뱉는다. 해찬은 입술에 달라붙어 있던 기다란 머리카락을 귀 뒤로 조심스레 넘겨 주었다. 그의 손이 스치자 좋은 향기가 코끝을 찔렀다.

"……향수, 써?"

"향수?"

"응."

"왜요?"

"좋아서."

처음 만났을 때부터 지금까지. 그의 체취는 늘 한결같았다. 숨 막히게 그립고 무척이나 좋았던. 독하지도, 진하지도 않은. 적당히 시원한 향기.

고해찬만의 향기.

"항상 같은 향이 나서 궁금했어."

피식 웃음을 터트린 그가 허리를 숙여 짧게 입을 맞추었다.

"일부러 안 바꿨어요."

해찬은 그녀의 눈두덩이를 엄지로 쓸어 내며 나직하게 말했다.

"익숙해지게 하려고."

"아……."

"걷다가 우연히 비슷한 냄새를 맡게 되면, 기억하고. 한 번은 꼭 뒤돌아보라고."

충분한데도, 이미 차고 넘치는데도, 그의 말 한마디에 다시 또 녹아내린다.

"선배는."

느리게 밀려온다.

빨리, 빨리…….

"어려운 것 같으면서도 쉬워요."

애달아 하는 자신을 알면서 해찬은 구태여 더 느긋하게 굴었다.

"그런 네가 얼마나 예쁜지. 알아요?"

더는 참을 수 없었다.

"하……. 제발."

눈살을 찌푸리며 애원해도.

"뭐를?"

"얼른……."

"그러니까, 얼른 뭐. 어떻게 해 달라고. 말을 해 줘야 알죠."

좀처럼. 좀처럼.

"나 좀, 제발……."

감당하기 벅찬 순간이었다. 7년. 그 긴 시간 동안 하염없이 기다려 온 전부를 폭발시키며 파고든 감각은, 두터운 댐을 속수무책 무너트리고도 남을 만큼 거센 것이라서.

"흐읏……."

도희가 울다시피 숨을 토해 냄과 동시에 그의 묵직한 페니스가 단숨에 끝까지 밀고 들어섰다. 뜨겁고 강렬한 자극에 그의 드넓은 어깨가 작게 움찔했다. 상당한 존재감이 몸 안에 꽉 들어찼다. 혈관을 타고 흐르는 피가 거꾸로 솟는 기분이다.

해찬은 눈가를 찌푸리며 천천히 허리를 움직였다. 옅은 기세로 몇 차례 들어섰다 나가기를 여러 번. 점차 가속도가 붙기 시작했다. 페니스가 깊숙이 파고들 때마다 저절로 앓는 소리가 터져 나왔다. 울음인지 신음인지 모를 것이었다. 끝만 걸친 채 빠져나왔다가 끝까지 파고들고, 반쯤 나왔다가 다시금 밀려들었다.

참을 수 없던 도희가 해찬의 목덜미를 끌어안고 키스했다. 힘에 부쳐 멀어지려 하는 도희를 해찬이 다시 잡아채 키스했다.

찰박, 찰박. 반쯤 열린 통창 너머로 들려오는 파도 소리였나. 잘 모르겠다. 앓는 신음 소리가 점차 커지며 그녀의 목이 자꾸만 뒤로 넘어갔다. 도희의 양 손목을 움켜쥔 해찬이 더욱 빠르게 허리를 치받아 올렸다. 그 때문인지 조금의 틈도 허용하지 않고 빽빽하게 맞붙었다. 속도가 빨라질수록 자극은 더욱 가세했다. 오래도록 홀로 견뎌 온 감정이라, 자칫하면 폭발할 듯 위태로웠다.

신경 세포 하나하나가 발작을 일으켰다. 더는 못 참겠어. 당장이라도 울음을 터트릴 기세로 애원하자, 그제야 움직임이 느려졌다. 해찬이 느리게 팔을 뻗었다. 손으로 그녀의 턱을 잡아 옆으로 돌린다.

"뭐 하는……."

"봐요."

무엇을 말하는 걸까.

"아름다워."

무엇을 말하는 걸까.

비록 주어는 없었지만, 어렵지 않게 알아차릴 수 있었다.

둘은 같은 곳을 바라보고 있었다. 어둠이 내려앉은 밤. 벽면을 따라 길게 늘어선 통창 밖엔 그 무엇도 보이지 않았다. 실오라기 하나 걸치지 않은 본능에 충실한 두 사람의 모습만이 반사되어 비칠 뿐.

적나라하다 못해 야릇한 그 장면을 도무지 두 눈 뜨고 볼 수 없어 도희가 얼굴을 떨구려는 순간이었다. 그가 다시 강하게 밀어 쳐올렸다. 그 반동에 저절로 얼굴이 올라갔다.

느리게 빠졌다가 빠르게 치고 들어왔다. 움직임이 점점 더 격렬해질수록 도희는 애먼 침대 시트를 꽉 말아 쥐었다. 창피함은 이미 무의식 저편으로 사라진 지 오래였다.

더. 더. 더 그가 자신을 조금 더 가혹하게 집어삼켜 줬으면 좋겠다. 암흑 같은 밤바다처럼. 쉴 새 없이 몰아치는 드높은 파도처럼.

"나, 나……, 더는 안 되겠어."

전신이 움찔움찔 떨렸다. 촉, 촉 붙었다 떨어지는 입술의 촉감에, 아릿한 감각에. 그 역시 참기 힘들었는지, 곱던 미간에 실금이 생겼다.

"더, 말해 봐요."

갈라진 목소리로 부추긴다.

그저 흐느꼈다. 너무, 너무 좋아서. 지금 당장 어떻게 되어 버려도.

"좋은 것 같아. 아웃……!"

"또. 정신 못 차리게 만들지."

"그, 그만해."

"늦었어."

해찬이 씩 웃었다. 속도는 점점 더 가파르게 빨라졌다. 당장이라도 무언가가 터져 흐를 것만 같은 아찔한 기운에 도희가 이를 악물었다.

참아야 한다. 무조건.

……그 생각은 얼마 지나지 않아 산산이 조각났다. 맹렬히 몰아붙이는 기세에, 격렬한 움직임에 침대가 삐걱거리고, 온몸이 사정없이 흔들렸다.

간격이 짧아질수록, 그의 미간도 비좁아졌다. 더는 안 되겠다고. 정말 이러다간 못 참을 것 같다고. 애원해 봐도 그에겐 닿지 않았다. 그 끝을 두 눈으로 직접 보고야 말겠단 일념 하나로 불도저처럼 밀어 쳐올렸다.

눈가엔 그렁그렁 눈물이 차오르고, 입에선 쉴 새 없이 신음이 터져 나왔다. 정신이 점점 흐려졌다. 이성이 무엇인지 가늠할 수 없어질 때쯤. 피가 거꾸로 솟는 느낌이 전신을 지배하고 드높은 파도가 저를 집어삼켰다.

몇 번이고 허물어지고, 또 허물어졌다. 눈앞이……, 흐릿하다.

해찬이 그녀의 양쪽 팔을 덥석 잡아챘다. 도희를 제 품으로 당기며 성마르게 움직였다. 채워도, 채워도 아직 한참 모자라다는 듯이. 한계. 그 이상. 어쩌면 그 끝까지. 쉬지 않고 몰아쳤다. 그러다 어느 지점에 다다른 듯. 그의 움직임이 돌연 느려졌다.

끝난 걸까. 멈췄다고 생각한 순간 다시 한번 강하게 파고들었다. 숨이 꺽꺽 넘어갈 정도로 참기 힘든 희열에 도희는 해찬의 목덜미를 다급히 끌어안고 어깨를 아프게 씹듯 물었다.

얼굴 옆에 박혀 있는 그의 팔이 미약하게 떨리고 있었다. 얼마나 강한 힘을 주어 버티고 있는 건지, 솟아오른 핏줄이 선명하다. 간신히 무게를 지탱하던 그의 팔이 꺾이고, 곧이어 그가 유약한 몸 위로 무너져 내렸다. 꿈일까. 환상일까.

"거짓말 같아."

한숨처럼 속삭이는 그녀의 음성에, 해찬은 거친 숨을 힘겹게 내뱉었다.

"뭐가요."

쏟아지는 나른한 눈빛을 마주 보며, 도희는 쥐어짜듯 간신히 대답했다.

"전부 다."

"자꾸 승부욕 돋게 하지 마요. 그러다 정말 큰일 나."

"난 그런 뜻이 아니라……."

"봐줄게요."

낮게 웃음을 터트리며 해찬이 엄지로 도희의 입술을 천천히 쓸어 냈다.

"밤은 길고 너는 예쁘니까."

숨 막히게 다정한 고백에, 도희가 슬며시 눈을 떴다. 흐릿해진 시야로 달빛이 잘게 부서진다. 쏴아아, 쏴아아아. 잊고 있던 파도 소리는 꽤 오래도록 귓가에서 떠나지 않았다.

△ ▼ △

"면목 없습니다. 매번 이런 말씀 드려 죄송하지만……, 아무래도 이번 역시 면회는 어려울 것 같습니다."

벌써 이곳을 찾은 지도 햇수로만 10년이었다. 그리고 5년째, 주치의 황진석 교수는 난감하단 기색을 감추지 못하고 늘 같은 말만 되풀이했다. 예상했던 일이었기에, 덤덤했다.

태준은 평소와 다를 바 없이 무표정하게 황 교수를 건너다보며 암묵적으로 정해진 수순을 밟듯 물었다.

"경과는 어떻습니까."

"여전히……."

더 나빠지지도, 그렇다고 나아진 것도 아니라고. 결과적으론 좋지 않다는 뜻이었다.

"환청은 여전하십니까."

"네."

"환각도, 보십니까."

"지금은 많이 진정된 상태입니다."

황 교수는 애써 위로했지만 결국 향정신성 약물이나 수면제를 투입해 얻은 응급 처치에 지나지 않는단 말을 돌려 하는 것이었다. 톡톡. 연구실 창문을 두드리는 소리에 태준의 무심한 시선이 황 교수 어깨 너머로 멀어졌다.

밖에선 예고에도 없던 비가 내리고 있었다. 말갛던 하늘은 어느새 우중충한 먹구름에 가려져 회색빛이 되었고, 고작 몇 개씩 떨어지던 빗방울은 곧 기다란 빗줄기로 변했다. 조금 열려 있는 창문 틈 사이로 서늘한 바람이 밀려 들어왔다.

훅, 훅 불어닥치는 비바람에 들썩거리는 커튼을 말없이 바라보았다. 얼마 지나지 않아 창문에서 눈을 떼고 태준이 느리게 입술을 떼어 냈다.

"식사는요."

"의료진과 고용인이 함께 최대한으로 노력하고 있습니다."

거부하고 있다는 뜻.

"과거에 대한 이야기도 일절 언급하지 않고 계십니까."

"예."

"그럼. 밤마다 괴로워하시는 것도 여전하겠네요."

황 교수는 차마 아니라고 답하지 못했다. 침묵으로 긍정을 대신했다. 원하는 대답을 듣지 못했으니 더는 자리를 지키고 있을 이유가 없었다.

슬쩍 시선을 내려 손목에 채워진 시계를 확인했다. 태준이 의자에서 천천히 몸을 일으켰다. 그를 따라 황 교수도 서둘러 자리에서 엉덩이를 떼어 냈다.

"호전되실 겁니다."

쏴아아, 몰아치듯 쏟아지는 빗줄기 소리에 황 교수의 말이 묻혔다.

희망을 잃지 마십시오. 최선을 다하겠습니다. 딱히 새겨들어 좋을 게 하나 없는 위로일 테니, 애써 되물을 필요도 신경 쓸 이유도 없다.

"황 교수님."

"……예. 상무님."

"그런 말은 되도록, 환자 보호자 앞에선 삼가시는 편이 좋겠습니다."

태준은 슬며시 입술을 늘여 미소 지었다. 더없이 잔잔하고 정중한 어조였지만 단호함이 극명하게 묻어난 말투였다. 어쩔 줄 몰라 하며 머뭇거리는 황 교수를 뒤로하고, 태준은 간이 의자 옆에 놓아 둔 쇼핑백을 책상에 내려 두었다.

"이건……."

쇼핑백 안에 들어 있는 것은, 전복죽과 국화 꽃다발이었다.

"전해 주세요."

"아, 예……. 알겠습니다."

늘 같은 것이었다. 그가 돌아가기 직전에 행하는 의식과도 같은 절차였지만 황 교수는 좀처럼 적응할 수가 없었다. 조현병. 다른 말로는 정신 분열. 정신병에 걸린 제 어미에게 전해 준다는 것이 고작. ……국화라니.

전복죽은 그렇다 치더라도, 고인을 추모하는 데 쓰이는 꽃을 전해 달라 요구하는 그의 의중을 도무지 이해할 수가 없었다. 많으면 한 달에 한 번. 적으면 석 달에 한 번. 매번 잊지 않고 바쁜 시간을 쪼개어 주기적으로 꾸준히 찾아오는 걸 보면, 애틋한 모자 관계인 것이 분명한데.

익숙해질 때도 됐지만 멀거니 태준을 바라보는 황 교수의 표정은 매번 이런 상황을 생전 처음 겪어 봤다는 사람처럼 난색을 짓기만 했다. 당황. 혼란. 황당함과 호기심. 황 교수는 여러 감정이 뒤섞인 표정으로 국화꽃과 태준을 번갈아 보았다.

그의 속내쯤이야 이미 한참 전에 간파한 뒤였다. 그러나 구태여 묻지 않았다. 태준은 그대로 몸을 돌렸다. 연구실 문손잡이를 잡아 돌리려는데, 별안간 태준이 멈칫 움직임을 멈추었다.

"교수님."

"예."

"항상 드리는 말씀이지만."

태준의 얼굴이 비스듬히 옆으로 돌아갔다.

"누구에게도, 그 무엇도 발설하시면 안 됩니다."

"당연합니다. 의료인으로서 환자의 개인 정보나 진료 내용은……."

"이 바닥에서 의료 법령 따윈 중요하지 않으니 말씀드리는 겁니다."

아……. 황 교수의 잇새로 깨달음의 탄식이 희미하게 흘러나왔다.

"지켜보는 눈이 많다는 사실을, 결코 잊지 마셨으면 합니다."

태준은 낮은 어조로 분명히 전달했다. 빈말이 아닌 경고라고.

중앙 정신의료원. 태준은 병원 간판을 등지고 선 채, 10년 전 비서에게 건네받은 명함을 묵묵히 내려다보았다.

「건강의학과 황진석 교수」

그의 이용 가치는 어디까지일까. 사람을 믿지 않는다. 과정이 어찌 됐든 황 교수 역시, 홍미연에게 매수당하는 건 시간문제였다.

꼭 그 이유 때문이 아니라도 어차피 다른 병원으로 옮길 생각이었다. 호전될 기미가 보이지 않으니, 어찌 보면 당연한 선택이었다. 되도록 먼 곳으로, 누구의 손길도 닿지 않는 곳으로.

가볍게 손을 말아 쥐자, 명함이 보기 싫게 구겨졌다. 태준은 쓰레기와 다를 바 없어진 명함을 미련 없이 근처 휴지통에 던져 버렸다. 종이에 박힌 글자가 빗물에 번져 가는 걸 무의미하게 바라보다, 턱을 들어 희뿌연 하늘을 올려다보았다.

더위와 가뭄에 지친 식물들은 줄기차게 내리꽂히는 빗줄기를 반기듯 한층 더 싱그러움을 뽐내고 있었지만, 그 풍경을 지켜보는 태준의 눈빛은 삭막하기 그지없었다.

도로 위를 빠른 속도로 내달리는 차들의 바퀴에 끈적하게 붙었다 떨어지는 축축한 물소리가 어쩐지 매스껍다. 온몸을 흠뻑 적시는 기분이라서. 물을 잔뜩 머금은 솜처럼 무겁게 느껴져서. 심적으로도, 정신적으로도, 불쾌했다.

곁을 지나치는 어린아이가 눈에 들어왔다. 노란 우비를 입은 채 엄마로 추정되는 여자의 손을 꼬옥 부여잡고 아장아장 열심히 걷고 있었다.

"엄마, 엄마!"

"응, 응. 왜요?"

"비는 왜 내려요?"

"음, 여름이라서?"

"여름은 왜 여름인데요?"

"그, 그러게……. 엄마도 그건 잘 모르겠네."

본의 아니게 들려온 대화 소리에 절로 피식 웃음이 터졌다.

"엄마. 나는 우산을 쓰고 있어서 괜찮은데, 나무는 많이 아파 보여요."

"아니야. 좋아할걸?"

"진짜? 따가울 것 같은데……."

보행자 신호로 바뀌고, 얼마 지나지 않아 대화 소리는 더 이상 들리지 않게 되었지만 태준은 멀어지는 여자와 아이의 뒷모습에서 좀처럼 시선을 떼지 못했다.

'엄마. 이 꽃은 무슨 꽃이에요?'

'국화라고 해.'

'그럼 엄마는 왜 매일 국화만 사요?'

왜 하필 지금. 그날의 기억이 떠오르는지. 모를 일이다.

'예쁘잖아. 하얗고, 풍성하고, 깨끗하고. 무엇보다 엄마는 이 꽃의 꽃말이 좋아.'

'꽃말?'

'응. 꽃말. 국화는 성실, 진실, 감사의 의미가 있대. 그리고…….'

'그리고?'

애도. 어머니는 가장 중요한 의미를 알려 주지 않았다. 그녀는 누구의 죽음을 애도하였던 것일까. 그것은 아직도 풀리지 않은 의문으로 남았다.

처음의 시작은 다섯 살이 되던 해였다. 실없는 질문을 수도 없이 쏟아 내며 어머니를 난감하게 만들었던 시절, 이름 모를 남자의 손에 이끌려 호화로운 대저택 문턱을 처음 밟았다.

그 남자가 아버지였단 사실을 알아차리게 된 시간은 그다지 오래 걸리지 않았다. 이곳은 오로지 출세와 명예, 그리고 돈을 위해 야합하는 이들이 넘쳐 나는 세계였다.

그들은 명분을 위해 '결혼'이란 도구를 영악하게 이용했다. 동물의 왕국을 방불케 하는 감정 없는 교미가 당연시되었고, 사람을 돈으로 매수하거나 더 나아가 쥐도 새도 모르게 숨통을 끊어 버리는 일도 비일비재했다.

그런 곳이었다. 사회 통념이란 의미 자체가 부질없어지는 곳. 감정보단 이성이, 이성보단 본능이, 본능보단 욕구가 중요시되는 세상.

대단한 척. 현명하고 똑똑한 척. 계산적이고, 앞을 내다보는 척하지만 결국, 무리에서 우위를 쟁탈하기 위해 사용되는 허례허식에 불과했다.

20평. 지나치게 작지도, 과하게 넓지도 않은 적당한 평수의 집. 그 집은 비록 어머니와 단둘뿐이었지만 따뜻했다. 온기가 있었고, 애정이 있었다.

'*태준아, 아버지와 재미있게 놀고, 조심히 다녀와.*'

어머니는 웃었다. 처음으로 아버지의 얼굴을 보게 되었던 날. 처음이자 마지막으로 아버지의 손을 맞잡았던 그날. 집과 어머니를 등진 채 값비싼 고급 승용차에 올라탄 그때. 난생처음 놀이동산에 가게 되어 들뜬 기분으로 어머니의 얼굴을 마주한 순간.

그녀는 어느 때보다 환히 웃고 있었다. 그 당시엔 알지 못했다. 웃음이란 가면 뒤에 악착같이 감춰 둔 서러움을, 주체 못 할 분노와 애달픔마저 이를 악물고 참아 내던 한 여자의 처연한 심정. 그녀의 인생을.

천천히 내달리기 시작한 차 뒤를 맨발로 쫓고, 쫓으며 달려오던 모습을. 결국 주저앉아 처절하게 내지르던 비명 소리를. ……긴 이별의 시작이었음을. 다섯 살의 태준은 알지 못했다.

"상무님."

검은색 우산을 펼쳐 들고 곁으로 다가와 제 존재를 알리는 최 실장의 목소리에, 머릿속을 가득 채우고 있던 안개가 서서히 걷혔다.

"부른 적 없는 걸로 기억하는데."

그 누구도 믿을 수 없었기에 직접 운전하는 수고로움을 택한 것이었다. 짧은 정적 끝에 최 실장은 대답 대신 정중히 손을 내밀었다.

"차 키 주십시오. 제가 대신 운전하겠습니다."

"내가 뭘 믿고."

"저를 믿을지 말지는 상무님 선택에 달렸지만 어디까지나 전, 제가 맡은 일에 충실할 뿐입니다."

재미없는 변명이었다.

"그 여자가 시키던가요?"

"부정한다면, 믿어 주실 겁니까."

꽤나 발칙한 패기였다. 일순 짙어졌던 태준의 눈빛이 다시 평소처럼 되돌아왔다.

"홍미연이 아니라면 회장님의 사람이겠지."

자신이 있는 곳을 알아낼 수 있는 방법은 그뿐이었다. 적어도 제 사람은 아닐 터다. 곁을 내어 준 적이 없으니, 따르는 자도 없어야 말이 될 테니까.

"······가시죠."

어쩐지 많은 말들이 함축되어 있는 듯한 앞의 공백을, 태준은 끝내 외면했다. 여전히 거칠게 퍼붓고 있는 장대비는 멈출 기미가 보이지 않았다. 켜켜이 묵은 때가 모조리 씻겨 흐르고 있는데도, 조금도 깨끗해 보이지 않는다.

정말이지. 지루한 장마였다.

△ ▼ △

다음 날 도희는 기어코 회사에 출근했다. 피곤하지는 않았다. 일출을 보지 못해 아쉬운 마음이나, 더 머무르며 늦장을 부리고 싶었던 귀찮음 조금. 그리고 난생처음 이용해 본 호화스러운 펜션에 기껏 쓴 돈을 허무하게 날린 것 같아 미안했을 뿐.

하지만 정작 도희는 서울로 향하는 동안 조수석에 편안히 앉아 숙면을 취했고, 눈을 떴을 땐 이미 집 앞에 도착한 뒤였다. 무리한 쪽은 해찬이었다.

해찬은 다소 억지스러운 그녀의 고집에도 아쉬운 소리 한번 없었다. 자고 다음 날 출발하잔 말로 곤란하게 만들지도 않았다.

장거리 운전에 지칠 법도 한데, 도리어 도희의 컨디션을 걱정하며 묵묵히 운전에 집중했다.

애써 부가 설명을 덧붙이지 않아도 그는 충분히 인지하고 있었다.

표면적으론 외근 출장이란 명분이 붙었지만, 갑작스러운 도희의 부재는 직원들 입장에선 더할 나위 없이 큰 타격이었다. 때를 노려 신랄하게 까고 조롱할 계 부장의 얄팍한 성격 또한 무시할 수 없었다.

아니나 다를까. 무리해서 출근을 감행한 건 백번 옳은 선택이었다.

출근을 하자마자 산더미처럼 밀려 있는 업무를 처리하느라 정신이 하나도 없었다. 마지막 거래처에 발주를 보내고, 드디어 한숨 돌리려는데 파티션 너머로 연신 눈치를 살피던 서 주임이 걱정 어린 투로 물어 왔다.

"대리님, 많이 피곤해 보이시는데 정말 괜찮으세요?"

도희는 슬쩍 입술을 당겨 웃으며 고개를 끄덕였다.

"응. 괜찮아."

"괜찮긴요. 얼굴이 말이 아닌데."

그렇게 엉망인가. 해찬이 고생한 것에 비하면 아무것도 아니었다. 오히려 여행의 여운이 남아 아쉬운 마음이 더 컸다.

"하여튼, 대리님은 정말 정신력 하난 대단하신 것 같아요. 저 같았으면 뒤도 안 돌아보고 쉬었을 텐데. 새삼스럽지만 제 사수가 대리님이라서 정말 다행이에요. 진짜 존경스러워요."

"서 주임 요즘 고과 신경 써? 그런 거면 상대 잘못 골랐어. 나 말고 부장님한테 잘 보여야지. 난 아무런 힘도 없다."

도희가 설핏 웃음을 터트리며 장난스럽게 받아치자, 서 주임은 바로 정색하며 반박했다.

"어우, 아니에요. 대리님. 무슨 말을 그렇게 서운하게 하세요."

"내가 맡은 일 내가 처리하는 건 당연하잖아. 그게 뭐가 대단한 거라고 그래."

"그래도요. 요즘은 팀워크보단 나부터 살고 보잔 개인주의가 우선시되는 세상이잖아요. 계 부장님 같은 분이 제 사수였다고 생각하면, 으으……."

서 주임은 상상만으로도 끔찍하다는 듯 몸을 부르르 떨었다.

"어쨌든. 백 대리님은 제 롤 모델이에요. 일 잘하지, 능력 있지, 예쁘지, 입무겁지. 조금 무뚝뚝하긴 해도 의리 하난 끝내주지. 완전 멋있어."

밑도 끝도 없이 추켜세워 주니 민망함에 몸 둘 바를 모르겠다. 사실은 실속만 가득 채우고 돌아왔는데 말이다.

출근할 때까지만 해도 분명 멀쩡했는데, 그새 후폭풍이 밀려오려는지 급격히 피로해졌다. 뻑뻑해진 눈두덩이를 엄지로 꾹꾹 누르고 있는데, 서 주임이 한껏 신이 난 목소리로 종알댔다.

"어어. 벌써 점심시간이네! 대리님. 오늘 구내식당에서 식사하실 거예요?"

도희가 절레절레 얼굴을 내저었다.

"아니야. 난 오늘 패스할게. 다른 직원들이랑 같이 가서 먹고 와."

"에이, 안 돼요. 조금 이따 회의 있잖아요. 계 부장님 상대하려면 속부터 든든히 채워 놔야죠. 무엇보다 습관처럼 식사 거르는 거, 건강에 되게 안 좋아요. 대리님 너무 마르셨어요."

엄마에게조차 들어 본 적 없는 애정 어린 잔소리를 서 주임에게 듣게 되니 기분이 묘했다.

"얼른요, 대리님. 우리 구내식당 말고, 건너편 국밥집 가서 먹어요."

저렇게까지 걱정해 주며 채근하는데 두 번이나 밀어낼 수도 없는 일이다. 결국 도희는 천천히 의자를 밀고 몸을 일으켰다.

"서 주임은 나중에 좋은 엄마가 될 것 같네."

"허어……. 대리님 그런 칭찬도 할 줄 아셨어요? 완전 감동."

서 주임은 두 손으로 입을 덮고선 부담스러울 정도로 눈동자를 초롱초롱하게 빛냈다. 그러다가도 금세 울상을 지으며 땅이 꺼져라 한숨을 밀어냈다.

"……그러려면 일단 남자 친구부터 사귀어야겠네요."

그 모습이 귀여워, 도희는 그만 풋, 웃음을 터트리고 말았다. 도영이가 죽지 않고 건강했다면, 아마 서 주임 같지 않았을까. 아주 잠시, 생각했다.

울적해질 새도 없었다. 손을 잡아끄는 서 주임에게 이끌려 걷다 보니 어느새 엘리베이터 앞에 다다랐다. 주변은 이미 점심시간에 맞물려 직원들로 북적였다.

"아, 오늘은 좀 늦었네. 근처 식당 줄 서기 싫은데……. 대리님. 저희 그냥 구내식당 갈까요?"

"지금 시간이면 사정은 마찬가지지 않을까?"

"그것도 그러네요."

"서 주임 좋을 대로 해. 난 어디든 상관없어."

때마침 띵, 소리와 함께 엘리베이터가 도착했다. 문이 스르륵 열리고, 느리게 고개를 돌린 순간 도희의 눈이 크게 떠졌다. 전혀 예상 못 했다. 저 공간 속에 고해찬이 있으리라곤. 정말이지, 꿈에도 상상하지 못했다.

발끝에 머물러 있던 그의 시선이 천천히 올라왔다. 정통으로 눈이 마주치자, 무의식적으로 어깨가 흠칫 떨렸다. 놀란 것은 피차 마찬가지였다. 해찬의 얼굴에 의아함이 번졌다.

'안녕.'

해찬은 엷게 웃으며 입 모양으로 말했다. 저조차 간신히 알아차릴 수 있었을 만큼, 아주 조그맣게. 당황했다. 도희뿐만이 아니었다. 엘리베이터 앞에 옹기종기 모여 있던 직원들 역시 당혹스러움을 감추지 못했다.

시끄러운 소음이 단번에 줄어들었다. 직원들이 어리둥절해하는 이유라면 단순했다. 첫 번째는 직원 전용 엘리베이터에 조원석 이사가 떡하니 탑승해 있었기 때문이고, 두 번째는 그 옆에 서 있는 고해찬의 존재 때문일 확률이 컸다.

"어, 어……."

엘리베이터 문에 가장 가깝게 서 있던 남자 직원이 어쩔 줄 몰라 하며 말끝을 흐렸다. 그것을 시작으로 누가 먼저랄 것도 없이 조원석 이사를 향해 냅다 허리를 숙였다.

그들을 따라서 도희가 뒤늦게 고개를 수그리려는 때였다.

"뭣들 하고 있어? 타지 않고."

기다리고 싶지 않으니 얼른 타라는 뜻이었지만 직원들은 연신 주춤거리며 들어서기를 망설였다.

"허어……."

슬슬 언짢아진 조원석 이사가 말끝을 늘이자, 그제야 하나둘씩 억지로 걸음을 떼어 냈다.

숨 막히는 정적이 흘렀다. 유명한 셀럽이 바로 눈앞에 있는데도 불구하고, 직원들은 꼿꼿이 정면을 바라보고 서서 한시라도 빨리 이곳에서 탈출하기만을 절실히 바랐다.

미치지 않고서야 어느 누가 임원이 두 눈 시퍼렇게 뜨고 지켜보고 있는 상황에서 방정맞게 알은척을 하거나 사인을 요구할 수 있을까.

죄 없는 직원들만 곤욕을 치렀다. 약속이라도 한 것처럼 해찬과 조 이사에게서 한 발자국 떨어져 적정 거리를 유지했다. 덕분에 전부 앞으로 쏠린 상태였다. 어떻게든 조 이사의 심기를 건들지 않겠노라. 무슨 수를 써서라도 접촉하지 않도록 조심. 또 조심하겠노라. 하지만 애석하게도 그 다짐은 얼마 가지 못했다.

엘리베이터는 보란 듯이 층층마다 멈춰 섰다. 보나 마나 조원석 이사의 얼굴은 냉담히 굳어 있을 것이다. 간간이 흘러나오는 묵직한 한숨 소리만으로도 쉽게 예상할 수 있었다.

엘리베이터 문이 열릴 때마다 새로운 직원들이 밀물처럼 쏟아졌다. 하필 도희는 가장 안쪽 자리에 서 있었다. 아무리 다리에 힘을 주고 버텨 봐도 무리였다. 내부 사정을 알 리 없는 이들은 더욱 가세하며 밀려들어 왔다. 이제, 무게를 견딜 수 있는 한계는 진작 넘어선 상태였다.

"아……."

주춤주춤 뒤로 밀리다 결국 닿았다. 고해찬의 품으로 파묻혔다. 도희가 이를 악물었다. 삐이이이― 만원을 알리는 따가운 소음이 단비처럼 울려 퍼졌다.

덕분에 인원이 더 불어나는 불상사는 벌어지지 않았지만, 이대로도 충분히 죽을 맛이었다.

"거, 참······. 성질머리가 이토록 급해서야, 원."

득달같이 달려드는 직원들을 해찬에게 보이기가 퍽 민망했는지, 조 이사는 못마땅하단 기색이 역력했다. 그런 것 따윈 아무래도 좋았다. 문제는 따로 있었다. 어느 순간부터 한쪽 허리에 얹어져 있는 커다란 손. 그 발칙한 손이 문제였다.

"이사님께선 평소에도 일식을 즐겨 드시는 편입니까?"

해찬은 아무렇지 않게 물었다. 정말 뜬금없이, 여전히 도희의 허리에 손을 얹은 채로.

"아, 뭐. 그렇지. 그런데 그건 갑자기 왜?"

"이사님 취향과 제 취향이 비슷한 것 같아서요."

"그래? 그렇다니 다행이군."

알 수 없는 대화의 흐름이었지만 하나 분명한 것은, 해찬이 일부러 이 상황을 유도하고 있다는 것이다. 엘리베이터부터, 일식집까지. 아직도 4층이다. 이 공간의 시간은 유독 더디게 흘렀다. 위험했다. 아슬아슬한 이 분위기를 당장 끊어 내야 했다.

층수 판에서 시선을 뗀 도희가 힘껏 몸을 비틀며 한 발짝 움직였다. 아니, 움직이려고 했다. 하지만 허리를 감싸 당기는 강한 악력에 꼼짝할 수 없었다. 마른침이 꿀꺽 삼켜지고, 심장은 발작하듯 세차게 요동쳤다.

누가 보면 어쩌려고······. 불안함에 슬쩍 고개를 돌려 조용히 해찬을 올려다보았다. 그는 입꼬리를 길게 늘여 웃고 있었다.

'무슨 짓이야.'

눈으로 추궁하자,

'보고 싶었어.'

입으로 속삭였다. 심장이 절벽 아래로 추락했다. 대범하게 허리를 살살 문지르는 부드러운 손길에, 비스듬히 고개를 기울여 내려다보는 진한 눈빛에. 어젯밤 일이 떠오르고 말았다.

무어라 반박할 수도, 움직일 수도 없는 일촉즉발의 상황에서 드디어 엘리베이터가 멈추었다. 문이 열리자마자 직원들은 이 순간만을 기다렸다는 듯 와르르 빠져나갔다. 간발의 차로 허리를 감싸 안고 있던 해찬의 손도 맥없이 풀어졌다.

안도의 숨을 몰아쉬려는 찰나.

"점심 맛있게 먹어요."

선배. 낮은 목소리와 함께. 그의 커다란 손이 머리 위에 내려앉았다. 머무르다 떠난 시간은 아주 짧았지만. 그 누구도 눈치채지 못해 다행이었지만.

"진짜 미쳤어……."

도희는 혼잣말하듯 중얼거리며. 해찬의 손이 다녀간 정수리를 무의식적으로 쓸어 냈다.

어쩐지. 아직도 그의 온기가 남아 있는 것만 같았다.

△ ▼ △

도희는 쫓기는 사람처럼 의무적으로 입에 숟가락을 찔러 넣었다. 국밥이 코로 들어가는지 입으로 들어가는지 심지어는 맛이 어땠는지도 기억나지 않았다.

식사비는 서 주임의 몫까지 도희가 대신 결제했다. 개인적인 일이 있다는 핑계를 대며 서 주임을 먼저 돌려보낸 뒤 도희는 서둘러 발길을 돌렸다.

강남역 근처에 임원급 일원이 주로 찾는 일식집은 흔치 않았다.

'긴자[銀座]'. 엄선된 최고급 재료와 예약제로만 운영된다는 일식 코스 전문점. 영업 팀 찬영에게 몇 번 건너 들었던 적이 있었다. 중요한 손님이나 소수의 거래처 윗분들에게 주로 접대하는 곳이라고.

간판을 올려다보던 도희는 시선을 내려 시간을 확인했다. 점심시간은 아직 15분이나 남아 있는 상황이었지만. 아직 조 이사와 식사 중일지. 아니면 벌써 식사를 끝냈을지 미지수다. 단순히 해찬이 보고 싶어 이곳까지 한걸음에 달려온 것이 아니었다. 반드시 전해야 할 말이…….

"선배."

있는데. 커다란 손이 불쑥 어깨 위로 내려앉았다. 반사적으로 몸을 비틀자, 아니나 다를까 눈앞엔 고해찬이 있었다.

"너……."

놀란 나머지 도희가 말끝을 흐렸다. 그녀의 몸 어딘가를 뚫어져라 주시하던 해찬이 돌연 픽 웃음을 터트렸다.

"계속 이러고 다녔어요?"

"무슨 소리야?"

천천히 팔을 뻗은 해찬이 손끝으로 도희의 목덜미를 부드럽게 쓸었다. 갑작스레 닿은 손길에 몸이 움찔 떨렸다. 시선을 내려 봤지만 잘 보이지 않았다. 하지만 본능적으로 알아차릴 수 있었다. 조금 흘러내린 블라우스 사이로 스친 그의 손이 무엇을 가리키고 있는지.

조심성이 없었다. 집에 도착한 시간은 새벽 4시였고, 쓰러지듯 두 시간 쪽잠을 자고 일어나 헐레벌떡 준비하느라. 밀린 업무에 집중하느라. 까맣게 잊고 있었다.

서둘러 블라우스를 여미며, 도희가 밉지 않게 해찬을 흘겼다.

"알고 있었으면 진작 말해 주지 그랬어. 엘리베이터에서 세월 좋게 인사나 할 시간에."

"누구 좋으라고요."

그는 조금도 대수롭지 않아 보였다. 도리어 내가 뭘 잘못했는지 모르겠다며 능청을 떨었다.

"잠은 좀 잤어요? 많이 피곤해 보이는데."

은근하게 눈매를 누그러뜨리며 웃는다. 잘게 부서지는 햇빛을 등진 채 서 있는 그의 모습이 불현듯 너무나 눈부시게 느껴져서, 도희는 한동안 멍하니 해찬을 올려다보았다.

어쩌면 이 뜨거운 여름은, 오직 너만을 위한 계절이 아닐까. 잠시나마 우스운 생각을 했다. 해찬에게 온 신경을 빼앗긴 사이, 주변에서 들려오는 수군거림이 점차 크게 들려왔다.

"고해찬 아니야?"

알아보기 시작한 것이다. 힐긋힐긋 쏟아지는 시선이나, 알게 모르게 느려지고 있는 사람들의 걸음 속도까지도. 정작 본인은 전혀 신경 쓰고 있지 않은 눈치였지만 무시할 수 없었던 도희는 재빨리 해찬의 손목을 낚아채며 그를 우악스럽게 잡아끌었다.

그나마 다행이다. 그는 별다른 반항 없이 순순히 끌려와 주었다. 걸음이 멈춘 곳은 가장 먼저 눈에 띈 비좁은 골목길이었다. 셀 수도 없는 빈 박스와 아무렇게나 버려진 담배꽁초. 그리고 술을 담는 폴딩 박스가 이곳저곳에 쌓여 있었다. 식당 뒤편이다 보니 창고 대용으로 쓰는 듯했다.

"회사엔 어쩐 일로 왔어?"

"보고 싶어서 왔다고 하면, 화낼 거예요?"

해찬이 빙긋 웃었다. ……이미 말해 놓고 뻔뻔하긴.

"조심 좀 해 줬으면 좋겠어. 그러다 걸리면 난처해지잖아."

낮춰진 해찬의 시선이 느리게 위로 향했다.

"걸리라고 그랬던 건데."

어디까지가 장난이고 진심인지 도통 구분할 수 없었다.

"가장 쉽고 빠른 방법은 그것뿐이라고 생각하는데, 난."

아닌가? 나른히 잠긴 음성에 도희는 바로 반박할 수 없었다. 그의 말처럼, 기태준에게서 벗어날 수 있는 가장 효과적인 방법은 그뿐이었다. 스캔들. 하지만 그럴 확률이 높다 해서 성공이 완벽할 것이란 보장은 없다. 지금껏 봐 온 기태준은 고작 언론과 여론을 부추기는 것으로 물러설 인물이 아니었으니까. 판단을 끝낸 도희는 똑바르게 허리를 세우며 단호히 선을 그었다.

"안 돼. 아직은."

해찬의 미간이 구겨졌다. 도희는 멈추지 않았다.

"한창 주가 올리고 있는 시점에서 스캔들은 너한테 독이 됐으면 됐지 이로울 건 하나도 없어. 나도 회사 생활 하면서 귀찮아질 게 뻔하고. 개인적으로 그 방법은 최후의 보루라고 생각해."

해찬의 입술이 굳게 다물렸다. 차게 식은 눈으로 도희를 빤히 바라보기만 했다.

"나는, 그 사람한테서 도망치고 싶지도 피해 숨어 살고 싶지도 않아."

그러기 위해선 좋든 싫든 확실히 결단을 내야 한다. 도희는 칼처럼 날카롭게 날아 꽂힌 해찬의 시선을 피하지 않고 똑바로 마주 보며 말을 이었다.

"직접 만날 거야. 내일."

"백도희."

"선미한테 2억 받았어."

해찬의 눈매가 가늘어졌다. 미약하지만 분명 동요했다. 구태여 더 깊은 부분까지 설명하진 않았지만 그 역시 눈치챘을 것이다. 그 큰돈의 원천이 누구에게 있는지, 전부 알게 되었음을.

"염치없지만 그 돈, 받을게. 받을 거야. 받아서 돌려주고 올게. 어쨌든 가장 급할 때 큰 도움이 됐고, 언젠가 반드시 갚아야 할 돈이었던 건 부정할 수 없어."

해찬은 벽에 등을 기댄 채, 가만히 도희를 주시했다. 어디까지 가나 보자는 듯이.

"아무런 시도조차 못 해 보고, 무기력하게 네 등 뒤에만 숨어서 보호받고 싶지 않아. 그렇게 나약하지도 않고."

분명 이쯤에서 치고 들어와야 하는데, 해찬은 이상하도록 조용했다. 실수했나. 상처받았을까. 걱정되는 것도 사실이었지만 이제 와 물러설 수는 없다.

"지금은 기태준이 숨기고 있는 진짜 목적부터 알아내는 게 먼저야."

최대한 침착하게 설득하자. 그 생각뿐이었다.

"내년에 올림픽 있잖아. 스폰 받으려면 몸값 유지해야 하고."

여론 이미지에 타격을 받게 되는 순간 기업은 등을 돌릴 것이다. 국민들이 고해찬에게 바라는 것은 메달이다. 혹여 기록이 기대보다 낮게 나온다면 스캔들은 독이 될 것이다.

"사람들이 원하는 걸 이뤄. 그게 내 바람이기도 하니까."

해찬은 여전히 도희의 눈을 빤히 들여다보기만 했다. 말이 끝났는데도 그의 입술은 쉬이 벌어질 기미가 보이지 않았다.

올곧은 시선에 괜히 긴장이 되고, 목이 탄다. 그렇게 얼마나 서로를 바라보고 있었을까. 해찬이 한숨처럼 웃었다.

"생각지도 못한 순간에 고백받게 돼서 기분 좋긴 한데, 장소 선택이 영 별로네."

아……. 이걸 고백으로 생각했다니. 누가 고해찬 아니랄까 봐. 도희는 괜히 허탈하여 헛웃음을 짧게 토해 냈다. 벽에 기대선 해찬이 몸을 떼어 내고 한 걸음 가깝게 다가왔다. 집요하게 도희를 응시하며 느릿한 손길로 긴 머리카락을 쓸어 냈다.

"기억나요?"

"……뭐가?"

"수영에선 스타트업이 제일 중요하다고 했던 말."

"아……."

시작이 반이라던 말. 어떻게 잊을 수가 있을까. 그 말 덕분에 지금껏 버틸 수 있었는데. 도희가 작게 고개를 끄덕이자, 해찬이 비스듬히 웃었다.

"많이 변했네요."

"나쁜 뜻으로 들리는데."

비죽거리며 묻자, 해찬이 작게 고개를 흔들었다.

"좋은 뜻인데, 좀 서운해서."

"그게 무슨 말이야."

"난 누구보다 진심으로 선배의 행복을 바라지만 그만큼 무너지는 모습도 좋았거든."

어쩐지 깊은 괴리감이 느껴지는 말에, 도희는 선뜻 대답할 수 없었다.

"그것 때문에 끌렸으니까."

상처에 대한 동질감. 처음은 그랬노라고, 그가 말했다. 잠시 이어진 영겁 같은 침묵 끝에, 머리카락을 타고 흐르던 그의 손이 한쪽 뺨 언저리에서 멈추었다. 머리를 헤집고 들어와 뺨을 감싸며, 해찬이 씹어뱉듯 말했다.

"시간. 길게는 못 줘요."

기태준과 단둘이 단판 지을 수 있는 시간을 뜻하는 거였다.

"⋯⋯응."

"질투, 이거 좀 짜증 난다."

해찬이 한 걸음 더 가깝게 다가오자, 도희는 반사적으로 뒤로 물러섰다. 피할 곳은 없었다. 이번엔 그녀의 등이 벽에 닿았다. 허리를 숙인 해찬이 가볍게 입을 맞춰 왔다. 도희의 눈이 휘둥그레 떠졌다.

"선배가 잘못 알고 있는 게 하나 있어요."

이마를 맞댄 채 해찬이 시선을 낮췄다.

"수영은 이미 한참 전에 질렸어."

얼굴에 스미는 간지러운 그의 숨이 지나치게 달다.

"너 때문에."

시간은 짧았다. 해찬이 느긋하게 허리를 세우고는 싱긋 웃었다.

△ ▼ △

집무실엔 규칙적으로 움직이는 초침 소리를 제외하면 그 어떤 소음도 없었다. 한쪽 벽면에 걸려 있는 시계는 10시를 가리키고 있었다.

본사 건물 대부분은 소등되었지만, 상무이사 집무실은 여태 빛을 잃지 않았다. 태준은 서울 야경을 등진 채였다. 가죽의자에 기대어 앉아 깊은 생각에 잠겨 있었다.

"이제 어떡할까."

홍미연, 그 여자를. 툭, 툭. 손끝으로 책상을 두드리며 지그시 눈을 감았다. 홍미연은 백윤택 의원에게 딸이 있단 말을 어디에서도 들어 본 적이 없다고 했지만, 정황상 모를 리가 없었다.

홍미연은 백윤택의 가족 관계를 넘어 개인사까지 전부 꿰뚫고 있다. 그럴 확률이 컸다. 모든 화살이 홍미연을 가리키고 있는 상황에서 섣불리 나서지 못하는 이유는 단순했다. 확실한 증거 부족. 그뿐이었다. 어머니가 단 1분이라도 제정신을 찾아 준다면, 그래서 과거에 겪었던 일을 전부 실토해 준다면 조금이나마 기대해 볼 수도 있겠지만, 아마 무리일 것이다.

원하는 답을 듣게 된다 한들 정신이 온전치 못한 어머니는 결정적인 증거를 뒷받침할 수 없다. 적어도 지금은 홍미연의 목을 조이는 데 가장 핵심적인 인물이 백도희였다. 그런데.

고해찬. 그 새끼가 자꾸 물을 흐린다. 고해찬을 치워 내는 건 그다지 어렵지 않다. 단 한 줄의 추측성 기사로 대한민국 국민 전부가 그에게서 등을 돌리게 만들 수 있고, 그나마 가지고 있던 국가 대표란 명예로운 타이틀마저 짓밟을 수도 있었다.

그럴싸한 몇 가지 이유만 덧칠해 그를 낭떠러지로 내모는 건 일도 아니었다. 처음부터 기어오르지 못하도록 철저히 뭉개 뒀어야 했나. 한낱 수영 국가 대표 선수가 눈에 거슬리는 것도 우습지만, 쉽게 건드리지 못하고 있는 자신 역시 어처구니가 없다. 왜 이렇게 열이 받을까.

"상무님."

손끝으로 집무 책상을 두드리던 소음이 뚝 끊겼다. 시선을 들자 눈앞엔 최 실장이 있었다.

"뭡니까."

무심한 대답이 툭 터져 나갔다.

"여사님께서 알아내셨습니다."

"저런."

잠시 정적이 흘렀다. 다급한 최 실장과 달리 태준은 의연했다. 중지를 세워 눈썹 끝을 짓누른 채 슬쩍 턱짓하자, 최 실장이 이어 말했다.

"측근을 시켜 황진석 교수에게 따로 연락을 취했다고 합니다."

"내용은."

"상무님 예상이 맞았습니다. 사모님의 존재 여부와 호전 상태를 물었다고 합니다."

"황 교수 대답은요."

"본인은 무슨 이야기를 하는 건지 이해할 수 없다며 발뺌했으나, 크게 당황하는 것으로 보아 조만간 입을 열지 않을까 싶습니다. 이미 언질했을 가능성도 무시할 수 없을 듯합니다."

이런 전개를 일찍이 알아차리고 있었기에 놀랄 일도 아니었다.

상태가 언제 나빠질지 무엇 하나 예측할 수 없는 상황에서 무턱대고 병원을 옮기기엔 위험 부담이 컸지만, 그를 감수하면서까지 선택한 판단은 틀리지 않았다.

"홍미연이 황 교수에게 내건 조건은요."

"삼진병원 정신건강의학과 교수직을 제안했다고 합니다."

"아아……."

실소가 터졌다. 지방 병원에 근무하며 쥐꼬리만 한 월급으로 연명하는 의사에겐 더할 나위 없는 제안이었겠지만. 어떻게 예상한 범위에서 조금도 비껴가지 않고 정확히 들어맞을 수가 있나. 새삼 같잖게. 태준은 대수롭지 않다는 듯 천천히 몸을 일으켰다. 책상 위에 풀어 둔 손목시계를 채우며 무심한 어조로 말했다.

"그만 나가 봐요."

말을 끝으로, 태준이 집무 책상에 놓아둔 머그잔을 들었다.

"저, 그게……."

물을 들이켜던 태준이 시선을 들었다.

"백도희 씨가 상무님을 뵙고 싶다며 찾아오셨습니다."

태준의 얼굴에 언뜻 의아함이 번졌다.

"……누구?"

컵을 다시 내려놓고 되물은 때였다. 책상에 올려 둔 휴대폰이 우웅, 소릴 내며 작게 진동했다. 최 실장이 다시 입을 열려 하자, 태준은 그만하라는 듯 손을 들었다.

액정을 켜자, 문자 알람이 떠올랐다. 백도희 이름으로 계좌에 2억이 입금되었다는 내용이었다. 잇새로 헛웃음이 터져 나왔다. 이것 봐라.

"들여보내요."

갑옷을 두르듯 옷걸이에 걸려 있던 재킷을 빼어 내 입으며, 태준은 더없이 건조하게 말했다.

△ ▼ △

최 실장이 집무실을 빠져나간 뒤, 얼마 지나지 않아 도희가 모습을 드러냈다. 접대용 테이블 위엔 언제나 그렇듯 카모마일 차가 각각 한 잔씩 놓였지만, 결국 누구의 입에도 닿지 못한 채 차게 식어 갈 것이다.

허공으로 피어오르는 뜨거운 김을 물끄러미 바라보던 태준이 느리게 고개를 돌렸다. 문 앞에 선 도희는 요지부동의 자세로 슬쩍 시선을 내리깐 채 침묵했다. 이젠 당연해진 일관된 모습이었다.

태준은 채근하지 않고 도희를 넌지시 지켜보기만 했다. 둘 사이엔 보이지 않는 간극이 있었다. 결코 좁혀질 수도, 더 멀어질 수도 없는 거리. 그 속엔 수많은 감정이 자리했다.

분노와 원망, 미움과 두려움. 애증과 연민, 동정과 이기심. 그 사이의 무언가. 말로는 해석하기 어려운 이 관계를 굳이 힘써 개선하고 싶은 마음은 없었다. 처음부터, 이럴 수밖에 없었던 관계였으니까. 그 후로 몇 분쯤 흘렀을까. 그녀의 입술이 천천히 움직였다.

"이미 확인했겠지만 남아 있던 채무액 전부 다 송금했어요."

태준의 눈썹이 작게 꿈틀거렸다.

"그래도 그쪽 덕분에 고비를 넘길 수 있었던 거니까. 적어도 직접 얼굴 보고 감사하단 인사는 해야 할 것 같아서 왔고요."

감사. 감사라……. 짧은 실소가 흘러나왔다. 백도희에게 그런 큰돈이 갑자기 생겨날 리가 없다. 결국 고해찬의 도움을 받기로 한 건가. 자존심 강한 그 성격에. 경우의 수에 없던 일이었다.

백도희는 타인에게 피해 주는 것을 극도로 혐오하는 성향이 강했다. 그 말은 반대로 도움을 기피한다는 뜻이기도 했다. 상대가 중요한 존재일수록 정도는 더욱 심했다. 그런 네가.

"……도움을 받았어?"

도희는 정곡에 찔린 듯 흠칫 어깨를 떨면서도, 입장은 분명히 밝혔다.

"다른 사람의 도움을 받지 말란 조항은 없던 걸로 아는데요."

치기 어린 마음으로 꼬리를 물고 늘어지거나, 부정할 생각은 처음부터 없었지만 그동안 당한 것이 있어 그런지 그녀의 눈빛엔 과한 경계심이 잔뜩 묻어났다. 꽉 맞잡은 도희의 두 손을 흘긋거리며 태준이 조용히 읊조렸다.

"축하한다는 말을 해 줘야 할까."

도희의 눈이 동그랗게 떠졌다. 예상을 깨고 쉽게 물러서는 모습에 적잖이 놀란 모양이었다. 태준은 알 수 없는 기묘한 표정으로 도희를 빤히 응시했다.

"아니면, 미안하단 말부터 해야 할까."

무엇이 미안하다는 걸까. 도희의 눈동자는 그 의미를 해석하는 데 열중한 듯 보였다. 가볍게 웃음을 터트린 태준이 느른히 팔짱을 끼고는 집무 책상에 기대어 섰다.

"너를 대할 땐 무엇 하나 쉬운 게 없었지, 아마."

아니, 항상 그랬다. 백도희는 생각해 둔 예상 범주를 늘 비껴갔다. 마치, 보란 듯이. 사람의 성향을 파악하는 일은 숨을 쉬는 일보다 쉬웠다.

작은 버릇과 습관을 기억해 두는 것은 인지하지 못한 사이에 행해지는 상대의 다음 선택지를 유추하는 데 좋은 역할이 되었다.

변수. 백도희를 표현하는 데 그보다 더 잘 어울리는 단어가 있을까. 단 한 번도 실패한 적 없었다. 계획한 일은 늘 계산대로 흘러갔다.

"참 신기하다 싶었어."

백도희. 그녀를 제외하면.

"다 죽어 가는 눈을 하고 있으면서 기어코 살아남는 투지나 수십 번 찔러도 악착같이 버텨 내던 그 끈질김이."

태준이 희미하게 웃었다.

"그래서 내심 다행이라 생각했고."

진실을 알게 된 너는 과연 홍미연을 견뎌 낼 수 있을까. 생각하고 또 생각했고, 계산하고 또 계산했다. 답이 나오기까진 꽤 긴 시간을 필요로 했고, 그 시간 동안 곁에 두기 위해선 돈으로 그녀의 목을 옥죄어야 했다. 도출된 결과는 간단했다. 넌 무리야.

"이제 와서 갑작스럽게 그런 이야기를 늘어놓는 의도가 뭔지는 모르겠지만, 듣고 싶지 않아요. 하나도 반갑지 않으니까."

"그래?"

"그동안 고마웠어요. 그럼, 할 말 끝났으니까 그만 가 볼게요."

두려움을 느낄 때 비로소 모습을 드러내는 회피. 나약함을 숨기기 위한 그녀의 버릇 중 하나였다. 도희는 서둘러 몸을 돌렸다.

"서."

명령 같은 단호한 말에, 도희의 두 다리가 우뚝 멈추었다. 책상에서 몸을 떼어 낸 태준이 느린 걸음으로 도희에게 다가갔다. 두 걸음. 적정 거리에 멈춰 섰다.

"내 곁에 있어."

말이 끝나기 무섭게 도희가 다시 돌아섰다. 전과 달리 잔뜩 일그러진 표정이었다. 그녀는 아랫입술을 짓이겨 물며, 자조적인 웃음을 터트렸다.

"잠시나마 바랐던 내가 미친년이지."

도희는 사납게 눈을 치뜨며 태준을 노려보았다.

"당신은 애초부터 날 놔줄 생각 자체가 없었던 거였어. 그래서 이젠 또 어떤 빌미로 협박하려고요. 고해찬? 돈? 내가 그때처럼 휘둘려 줄 거라 생각해요?"

"협박이 아니라."

태준의 고개가 비스듬히 기울어졌다.

"기회지."

하. 도희의 잇새로 허탈한 웃음이 터져 나왔다.

"하다 하다 이젠 약도 팔아요?"

"이제 슬슬 눈치챌 때도 되지 않았나 싶어."

"그게 무슨……."

"넌 처음부터 내게 감사 인사 따위나 하려고 온 게 아니잖아."

태준을 올려다보는 도희의 눈동자가 미미하게 흔들렸다.

"내 진짜 목적이 뭔지."

그녀의 입술이 느슨하게 벌어졌다.

"생각을 해. 도희야."

태준은 한층 더 낮아진 목소리로 차분히 되뇌었다.

"넌 똑똑하잖아."

그러니까.

생각을 해. 제발.

△ ▼ △

처음은 황당함. 그다음 찾아온 감정은 당황스러움이었다. 다른 사람도 아닌, 무려 기태준이 저를 어르고 달래 가며 설득한다.

'생각을 해. 도희야.'

친절해진 말투는 어딘가 꺼림칙했다. 생판 모르는 사람을 마주하는 기분이라서. 무슨 수작일까. 이번엔 또 어떤 의도를 숨기고 있는 걸까.

우위에 서서 놀려 먹을 땐 언제고 이제 와 무슨 낯짝으로 협력을 요구하는 거냐며 조롱하고 싶은 마음이 굴뚝같았지만 차마 그럴 수 없었다. 무표정한 그의 얼굴에 미약하게게나마 스친 간절함을 봐 버린 탓이다.

기태준은 생각보다 훨씬 더 집요하고, 영리했다. 이미 몇 발자국 앞서가서 상대가 계산한 수를 꿰뚫고 있는 남자였다. 그런 그가 부탁을 했다. 쉽게 넘길 문제가 아닌 것은 분명한데 그렇다고 그가 원하는 대로 휘둘려 줄 생각은 추호도 없다. 마음을 굳힌 도희가 간신히 입을 열었다.

"……무슨 뜻인지 생각하고 싶지 않다면요."

똑바로 태준의 눈을 바라보며 말했다.

"당신은 마지막까지 내게 진실된 적이 없었어. 지금도 충분히 솔직해질 수 있었는데 그러지 못했잖아."

진심으로 고마워할 수도, 마음 놓고 미워할 수도 원망할 수도 없게 만들어 놓고. 이제와 무엇을 바라든 이해하기 싫었다.

"저번엔 말 같지도 않은 고백으로 멀쩡한 사람 한순간에 바보로 만들어 놓더니, 이젠 그것만으로는 만족이 안 되나 봐요."

날카로운 비수를 던지는 도희의 말은 대체적으로 옳았기에 태준은 애써 부정하지 않았다. 하지만 마지막 말만큼은 인정할 수 없었는지, 알게 모르게 태준의 인상이 찡그려졌다.

"진심이었어."

손을 뻗으면 닿을 듯 가까운 거리에서 태준이 무심한 어조로 말했다.

"단지 감정을 표현하는 것보단 지금 벌어진 일을 해결하고 수습하는 게 우선이라 판단했던 것뿐이지."

도희가 코웃음 쳤다. 명백한 비웃음이었다. 그래, 잊고 있었다.

기태준은 누구보다 합리를 중요시 여기는 사람이었다. 사사로운 감정 따위 세상에 기탄 따윈 없는, 지독히도 이성적인 그에게 가당키나 했던가. 대화는 단절됐고 기다렸다는 듯 정적이 찾아왔다.

태준은 낮게 시선을 내리깔며 그녀의 얼굴을 가만히 들여다보았다. 도희는 피하지 않았다. 도리어 날카롭게 눈을 치뜬 채 그를 응시했다. 문득 회의감이 들었다.

필요 이상으로 감정을 소비해 가며 버티고 있는 이유가 뭔지. 이해할 수 없는 고집을 뒤로하고 집무실을 벗어나려는데, 정면에 박혀 있던 태준의 시선이 비스듬히 옆으로 움직였다.

무언가를 확인한 태준이 예고 없이 팔을 뻗어 왔다. 도희가 반사적으로 흠칫거렸지만, 그의 손이 내려앉은 곳은 전혀 예상하지 못한 곳이었다.

집무실 문 바로 옆에 있는 수납장. 그 위에 놓인 도자기 뒤편으로 천천히 손을 밀어 넣은 태준이 무언가를 집어 들었다.

도희는 알 수 없는 표정으로 태준의 얼굴을 한 번. 그리고 그의 손에 들려 있는 오백 원짜리 동전 크기의 원형 물체를 한 번, 번갈아 가며 쳐다보았다.

"그게 뭐……."

태준이 검지를 세워 제 입술에 가져다 댔다. 조용히, 하라는 뜻이었다. 적잖게 당황한 도희는 입을 다물고 태준의 행동을 숨죽여 지켜보았다.

태준이 집어 든 원형 물체의 버튼을 지그시 눌렀다. 곧이어 고요한 정적을 깨고 낯선 목소리가 흘러나왔다.

— ……측근을 시켜 황진석 교수에게 따로 연락을 취했다고 합니다.

— 내용은.

— 상무님 예상이 맞았습니다. 사모님의 존재 여부와 호전 상태를…….

이게 무슨……. 파지직거리는 소음이 섞이고 중간중간 끊기는 바람에 내용을 정확히 파악하기가 어려웠다. 적어도 대화를 나누고 있는 인물이 기태준과 그의 측근이란 사실만큼은 무리 없이 유추할 수 있었다.

그들의 대화는 계속 이어졌다.

— 본인은 무슨 이야기를 하는 건지 이해할 수 없다며 발뺌했으나, 크게 당황하는 것으로 보아 조만간 입을 열지 않을까 싶습니다.

— 홍미연이 황 교수에게 내건 조건은요.

— 삼진병원 정신건강의학과 교수직을 제안했…….

돌연 음성이 뚝 끊어졌다. 태준이 버튼을 눌러 꺼 버린 탓이다. 조심히 시선을 올렸을 때 가장 먼저 보인 건 싸하게 식어 버린 기태준의 얼굴이었다. 누가 보더라도 명백히 화가 난 얼굴이었다.

"녹음기를……."

태준은 혼잣말하듯 조용히 읊조리며 가소롭게 피식거렸다. 왜 그의 집무실에 녹음기가 숨겨져 있던 걸까. 자리다툼에 혈안이 된 이들끼리 벌이는 쟁탈전쯤이야, 대기업 내에선 흔히 벌어지는 일이다. 하지만 삼진 일가의 일원이라면 말이 달라진다.

잘 보이려 애쓴다면 몰라도 굳이 위험 부담을 무릅쓰고 창을 겨눌 필요도, 이유도 없었다. 아, 설마……. 집안싸움? 거기까지 생각에 다다른 때였다. 뚫어져라 녹음기를 주시하며 침묵하던 태준이 말문을 열었다.

"오늘은 그만 돌아가."

오늘은?

"나중에 또 볼 일이 남았단 뜻으로 들리는데요."

"싫어도 그렇게 될 것 같네. 앞으로는."

"그게 지금 무슨……."

태준의 시선이 날렵하게 떠밀려 올라갔다.

"너도. 관련된 일이니까."

심장이 철렁 내려앉았다. 뭔가. 대체 또 뭐가 관련된 건데. 기태준의 눈은 흔들림 없이 올곧았다. 무엇보다 지금껏 봐 온 그는 숨겼으면 숨겼지 단 한 번 거짓을 말한 적이 없던 사람이다. 그러니까 이건, 진심이란 뜻이다.

느긋하게 주변을 둘러보던 태준이 다시 정면에 고개를 고정했다.

"당장 전부를 털어놓을 순 없을 것 같고. 한 가지 정도는 말해 둘게."

원치 않은 긴장감이 목구멍을 꽉 조여 왔다. 도희는 입술을 아프게 짓이겨 물며, 불안한 눈동자로 태준을 올려다보았다.

"너희 아버지. 백윤택 의원."

"……."

"그리고 내 새어머니. 홍미연."

그동안 아니길 바랐던 일은, 단 한 차례도 비껴간 적이 없었다. 하지만 이번

만큼은 어긋나길 바랐다. 어느 때보다 간절히.

"그 두 명은 깊이 얽혀 있어."

순화했지만 결국, 불륜이라고. 어렵지 않게 이해할 수 있었다. 감은 틀리지 않았다.

"어쩌면 네 여동생이 사고를 당하기 훨씬 전부터."

그 말의 숨어 있는 진짜 뜻을 이해한 순간, 피가 거꾸로 솟았다. 몸에 힘을 얼마나 주고 있었는지 목에 핏대가 서고, 눈앞이 어지러웠다. 그러는 순간에도 기태준은 평화로웠다. 그 어떤 동요도 없이 무감정한 얼굴로 도희를 관망했다.

그녀의 잇새로 흐려진 목소리가 힘없이 흘러나왔다.

"……거짓말."

하지 마. 그런 얼굴로, 말하지 마. 멋대로 내 상처를 들추지 마.

"장난도 정도껏 쳐."

제발, 제발…….

"당신이 뭔데. 대체 네가 뭔데 자꾸 내 앞을 막아 세워. 왜 자꾸 일어서려는 나를 다시 넘어트려, 왜. 왜!"

두 주먹을 꽉 말아 쥐며 소리치고, 또 소리쳤다. 이곳이 어딘지도, 그가 어떤 위치에 있는 사람인지, 자신이 누구 앞에 서 있는지도 까맣게 잊어버린 채, 거친 울분을 쉼 없이 토해 냈다.

"전부 당신 때문이야. 당신이 나타난 순간부터 꼬였어."

몇 번이나 가슴팍이 크게 오르내렸을까. 차갑다 못해 시린 공기가 둘 사이를 가르고 지나갔다. 더 이상 말을 뱉을 힘도 도희는 질끈 눈을 감았다 뜨며 홱 몸을 돌렸다. 묵직하게 가라앉은 적요가 공기를 내리눌렀다.

"우산 가져가."

언제부턴가 밖에선 잠시 그쳤던 비가 다시 쏟아지고 있었다. 돌아온 대답은 철저한 무시였다. 태준이 한숨 섞인 숨을 밀어내며 문 옆 우산꽂이를 향해 팔을 뻗었다. 우산 손잡이에 손끝이 닿으려는 찰나, 도희가 벌컥 문을 열어젖혔다. 걸음을 떼어 내려다 말고 잠시 멈칫했다.

"진짜 끔찍해."

말이 끝나기 무섭게 쾅, 신경질적으로 문이 닫혔다. 태준은 한동안 그 자리에 망부석처럼 서서 움직이지 못했다.

그녀의 마지막 말이 수도 없이 반복되어 귓가를 아프게 찔렀다. 아니. 아픈 건 귀가 아니었나. 어쩐지 참을 수 없는 아린 통증에 태준의 눈가가 작게 구겨졌다.

"이번 건 좀 타격이 심하네."

바람 빠진 실소가 입술을 비집고 흘러나왔다. 뒤이어 심상치 않음을 느낀 최 실장이 급한 걸음으로 모습을 드러냈다.

"상무님 무슨 일……."

"차 붙여 둬요."

"예?"

"눈치채지 못하게."

"……알겠습니다."

의미를 알아차린 최 실장이 바로 뒤돌아섰다. 지체 없이 도희를 따라나서려는데, 태준이 말을 덧붙였다.

"오늘 중으로 집무실 한번 엎어야겠습니다."

"그게 무슨……."

태준이 들고 있던 소형 녹음기를 최 실장에게 내밀었다.

"수단과 방법을 가리지 말고 전부 다 찾아내요."

쓰라린 통증은 시간이 지나면 서서히 무뎌질 것이다.

언제나, 그랬듯이.

△ ▼ △

걸음이 무겁다.

누군가 발목을 잡아 끌어당기는 듯해 한 발짝 한 발짝 내딛는 것 자체가 곤욕스러웠다. 어떻게 지하철을 갈아타고, 무슨 정신으로 개찰구를 나왔는지 모르겠다.

온몸이 흠뻑 젖어 가고 있는데도, 이곳저곳에서 흘긋거리는 시선이 노골적으로 달라붙고 있는데도, 도희는 좀처럼 정신을 차릴 수 없었다. 그저 멍하니 앞만 보며 걷고, 또 걸었다.

긴가민가했지만 결국 엄마의 짐작이 맞았다. 아버지에게 내연녀가 있었다. 그 상대가 삼진그룹의 안주인이었다니. 물론, 납득은 됐다. 국회의원을 목표로 하는 아버지에게, 그 정도 위치에 있는 여자라면 충분하고도 남았을 테니까. 그런데.

"……설마."

그 여자가 차로 들이받아 도영이를 그렇게 만든 건 아닐까.

"하……."

생각은 자꾸 최악의 경우로 뻗어 나갔다. 그런 의미가 아니어야 한다. 그래. 아닐 것이다. 확대 해석이다. 정말 말 그대로 그 여자는 도영이가 사고를 당하기 전부터 아버지와 얽혀 있던 거다. 단순히 그뿐이다.

차라리 모르는 편이 나았다. 조금씩 포기하고 있었는데. 잊어 가고 있었는데. 괜히 왔다. 그냥, 송금해 버리고 끝내 버릴걸. 도희가 슬쩍 고개를 돌렸다. 몇 걸음 떨어진 곳에서 느린 속도로 제 뒤를 따라붙고 있는 차의 존재쯤이야 일찍이 눈치채고 있었다.

나를 지키고자 한 걸까. 그 또한 믿고 싶지 않았다. 사실이라 할지라도 그에겐 일말의 죄책감도 가지지 않을 것이다. 그럼, 정말 버티지 못할 것 같으니까. 그래선 안 된다.

기태준은 마지막까지 자신에게 있어서만큼은 악역으로 남아야 한다. 익숙한 골목에 진입하자마자 도희는 뛰다시피 움직였다. 도망치듯, 무작정 달렸다. 하지만 얼마 가지 못해 두 다리가 우두커니 멈춰 섰다.

집 앞 가로등 아래. 쏟아지는 주황빛 조명을 받으며 서 있는 남자. 검은색 우산을 어깨에 걸치고 있는, 고해찬과 눈이 마주쳤다.

"선배."

해찬이 선선히 웃었다.

"걱정돼서 왔어요."

젖은 속눈썹이 파르르 떨렸다. 어두운 공간에서 시선이 얽혔다. 가로등 빛 때문일까. 어둠에 가려져 잘 보이지 않던 빗줄기는 그가 서 있는 곳에선 유독 또렷했다. 셀 수 없는 가느다란 실선들이 새카만 우산 위로 후드득 내리꽂혔다.

점점 더 가세하는 빗줄기에 제대로 눈을 뜰 수가 없었다. 넌 어떤 표정을 짓고 있을까.

습한 비 냄새가 사방에서 진동을 했다. 해찬은 흠뻑 젖어 버린 도희를 빤히 주시하며 느리게 발을 떼어 냈다.

어느새 바로 앞까지 다가온 긴 다리가 우두커니 멈추어 섰다. 해찬은 말없이 들고 있던 우산을 기울였다. 덕분에 도희는 더 이상 비를 맞지 않게 되었지만, 해찬은 아니었다. 정면으로 세차게 불어닥치는 비바람이 그의 넓은 어깨와 등으로 고스란히 날아들었다.

"……다 젖잖아."

힘겹게 입술을 뚫고 흘러나온 걱정에도 그는 고집을 꺾지 않았다. 물끄러미 도희를 내려다보며 해찬이 깊게 잠긴 목소리로 말했다.

"나보다 더 많이 젖었는데 누가 누굴 걱정해, 지금."

"언제부터 기다렸어?"

"방금 왔어요."

거짓말. 7년 전이나 지금이나 해찬은 눈 한번 깜빡이지 않고 거짓말을 했다. 믿지 않으리란 걸 뻔히 알면서.

"이런 몰골인데 화, 안 내?"

"응. 선배한테는 화 안 내요."

안 났다고 말하는 사람치고는 지나치게 굳은 얼굴이다.

"그래도 우산 없었으면 연락 정도는 해 주지 그랬어요. 남자 친구는 그럴 때

부르라고 있는 건데."

해찬의 얼굴을 마주하게 되어 안심이 되었던 건지, 혼잡했던 머리가 말끔히 환기되었다. 하지만 집까지 걸어오는 내내 정신이 없어 인지하지 못한 감정들이 뒤늦게 불쑥 치밀어 올랐다. 자칫하면 눈물이 터질 것 같아 고개를 푹 숙였다.

"밥은, 먹었어요?"

도희가 절레절레 고개를 흔들었다. 머리 위로 긴 숨이 내려앉았다. 해찬이 내쉰 한숨이었을까. 해찬이 팔을 뻗어 도희의 어깨를 감싸 왔다. 제 품으로 깊이 끌어당기는 강한 악력에 몸이 잘게 떨렸다. 따뜻했다.

"회사가 잘못했네."

말끝엔 웃음기가 묻어나 있었다.

"지금 시간까지 붙잡고 있을 거면 밥은 주고 일을 시키든가."

오늘은 6시 정각에 칼같이 퇴근했다. 분명 해찬도 알고 있을 것이다. 누구를 만나고 왔는지. 전부 꿰뚫고 있으면서 능청스럽게 화제를 돌렸다.

좁은 어깨를 감싼 팔에 조금 더 힘이 실렸다. 단단한 가슴팍에 도희의 얼굴이 닿았다. 그의 향기가 잔잔히 밀려와, 저절로 눈이 감겼다.

"사실 좀 많이 기다렸는데."

"알아. 미안해. 기다리게 해서."

"미안하면 들어가게 해 줘요."

"……뭐?"

슬며시 고개를 들자, 언뜻 올라선 그의 입술이 보였다.

"선배 집."

△ ▼ △

누군가를 집에 들인 적은 처음이라 당황했지만 딱히 문제가 될 건 없었다. 기태준이 마련해 줬던 집은 진작 청산한 뒤였다.

뿐만 아니라 필요한 것 이외엔 미련 두지 않고 버리는 습관이 있어 집 안은 지나치게 깔끔했다. 갑작스럽게 손님을 맞이해도 민망할 일은 없었지만, 상황이 문제였다.

머릿속은 이미 과부하 상태다. 해찬에게 설명하려 해도, 어디서부터 어디까지 말해야 할지, 무엇 하나 감히 확신할 수 없는 것뿐이라 쉽게 입을 열 수 없었다.

"씻겨 줄까요?"

"내가 애도 아니고……."

도희가 힘없이 웃었다.

"조금만 기다리고 있어. 금방 씻고 나올게."

"응."

말 잘 듣는 강아지처럼 고개를 끄덕이는 해찬을 두고 욕실로 들어섰다. 샤워기를 틀고 온도가 맞춰지는 동안 젖은 옷을 벗었다. 빛바랜 비좁은 욕조에 몸을 구겨 넣었다.

도희는 반쯤 세운 무릎을 두 팔로 꽉 끌어안은 채 한참을 쪼그려 앉아 있었다. 위에서 쏟아지는 따뜻한 물줄기를 온몸으로 맞으며, 멍하니 두 눈만 깜빡거렸다.

'……제 여동생 입원실을 빼라고 지시한 사람이, 선배였나요?'

'아니라 하면, 믿어 줄래?'

왜 하필 지금 이 순간 7년 전 기태준과 나눴던 대화가 반복되어 떠오르는 건지 모르겠다.

아니라 하면, 믿어 줄래. 그 대답은 어떤 의미였을까. 쓸쓸히 웃음 짓던, 그 미소의 뜻은 무엇이었을까.

그 당시엔 저를 놀리는 것이라 생각했다. 당연히 거짓말일 거라 확신했다. 하지만, 해찬에게 스폰을 제안했던 것이나 전지훈련을 핑계 삼아 해외로 내보내려 했던 것 역시 당신의 계획이었냐고 물었을 때. 그는,

'맞다 하면, 달라질 건 있고?'

부정하지 않았다. 만약 그 말들이 전부 사실이라면. 산소 호흡기를 떼어 내는 순간부터 호흡할 수 없는 여동생을 쫓아내라 지시한 사람이 혹시, 기태준의 새어머니는 아니었을까.

아버지와의 불순한 관계. 국회의원 출마를 앞둔 시기. 선거 투자금과 뒷배를 아낌없이 지원해 줄 수 있는 사람.

하지만 어째서 그 표적이 도영이어야만 했을까. 잠재력과 타고난 실력으로 세간에 노출될 가능성이 높았기 때문일까. 그렇다면, 기태준은 그때부터 아버지와 그 여자의 관계를 알고 있었다는 건가.

전부 사실이라면, 왜 미리 말해 주지 않았던 걸까. 여동생이 교통사고를 당한 이후로 벌써 12년이란 시간이 흘렀다. 뺑소니 사고는 공소 시효가 10년이고, 사건은 이미 종결되었다. 동생은 사고로 인한 사망이 아니었기에 부상으로 처리되어 그마저도 7년에 그쳤다.

어딘가 이상한 낌새를 느끼긴 했었다. 엄마와 밥 먹듯 경찰서를 찾아가고, 담당 형사를 달달 볶으며 괴롭혔을 때. 그들에게선 조금의 열정도 찾아볼 수 없었다.

조사는 지나치게 더뎠다. 세부적인 과정은 말해 주길 꺼려 했으면서 내사 종결 안내는 칼같이 돌아왔다. 경찰이 검찰에 사건을 송치하고, 불기소 처분으로 종결되는 데 걸린 시간은 이틀도 채 걸리지 않았다.

그때까지만 해도 그들의 탓으로 돌릴 생각은 없었다. 기분 탓이라 여겼다. 증거도, 목격자도, CCTV도 없는 사각지대였으니 당연히 재판은 불가했다. 어쩔 수 없었다고. 피해자 가족 신분인 저의 입장에선 그들의 조사 과정이 답답하게 느껴질 수밖에 없었노라고. 합리화하려 애썼다. 그랬는데.

"하……."

도희는 두 손을 두피로 깊숙이 밀어 넣어 젖은 머리카락을 꽉 움켜쥐었다. 머리가 아팠다. 자연스레 생각도 멈추었다. 얼마나 시간이 흘렀을까. 선배. 나직한 해찬의 음성이 넘어왔다.

"잠시만. 아직……."

말이 끝나기도 전에 문이 벌컥 열렸다. 적잖게 놀란 도희가 재빨리 두 팔을 교차시켜 가슴을 가리고 얼굴을 돌렸다. 모습을 드러낸 해찬의 손엔 무릎까지 내려오는 박스 티셔츠가 들려 있었다.

"걱정했잖아요. 한 시간 넘게 나오질 않아서."

거리낌 없이 다가온 해찬은 그대로 다리를 굽혀 앉으며 물을 잠갔다. 얼추 시선이 맞춰지자 해찬은 희미하게 웃으며 팔을 뻗었다. 도희의 어깨가 반사적으로 움츠러들었다.

"아무 짓도 안 해요."

낮은 목소리가 깊게 울렸다. 잠시 허공에 멈춘 손이 다시금 움직이기 시작했다. 목덜미를 감싸며, 손끝으로 부드럽게 뺨을 문지른다. 떨리는 눈동자 속에 해찬이 가득 들어찼다.

"옷 입자, 이제."

얇은 손목을 아프지 않게 살짝 움켜쥔 해찬이 도희를 일으켜 세웠다. 실오라기 하나 걸치지 않은 상태였지만, 창피하거나 민망함을 느끼기엔 정신적인 소모가 상당했다. 도희는 작은 반항 한번 하지 않고 해찬의 손힘에 이끌려 욕조에서 엉덩이를 떼 냈다.

물속에 오래 머무른 탓인지 빈혈이 느껴졌다. 미세한 점들이 눈앞을 빼곡하게 채웠다가 서서히 사라질 때쯤, 해찬은 수납장에서 꺼내 든 수건으로 물기를 닦아 주었다.

얼굴, 어깨, 등, 가슴, 배. 분명 살결에 닿은 건 수건인데, 몸 구석구석 그의 손길이 스치는 것 같은 착각이 들었다.

"바닥 미끄러우니까 내 손 잡아요."

도희는 그가 내민 손을 선뜻 잡지 못하고 물끄러미 바라보기만 했다. 이젠 네가 없는 세상을 상상할 수 없게 됐다. 의지가 깊어지면, 홀로 일어설 수 없음에 무기력해지리란 걸 누구보다 잘 알고 있으면서.

도망칠 수 있는 도피처는 결국 너의 곁이라, 결국 기대고 말겠지. 비로소 해찬의 손바닥 위로 도희의 손이 내려앉았다.

기다렸다는 듯, 해찬이 작은 손을 힘껏 움켜잡았다.

△ ▼ △

자정이 가까운 시각이었다. 싱글 침대는 성인 남녀 두 명이 나란히 누워 있기엔 턱없이 비좁은 사이즈였지만, 아무래도 상관없었다.

해찬이 벽에 등을 붙인 채 몸을 돌려 누웠다. 한쪽 팔을 세워 턱을 받치고, 제 품에 쏙 들어찬 도희를 내려다보았다.

그러면서 반대편 손으로 토닥, 토닥 등을 두드려 준다. 눈물겹도록 다정한 손길을 느끼며 억지로 눈을 감고 있었지만 좀처럼 잠이 오지 않았다. 도희가 슬며시 눈꺼풀을 밀어 올리자, 나른히 쏟아지는 그의 검은색 눈동자와 정통으로 시선이 부딪쳤다.

"왜 안 자요."

탁하게 가라앉은 그의 목소리는 언제 들어도 좋았다.

"……언제 갈 거야?"

"빨리 갔으면 좋겠어요?"

아니. 도희가 고개를 흔들었다.

"가지 않았으면 좋겠어."

내가 잠들 때까지.

"계속 같이 있어 주면 안 돼?"

"응. 그럴게."

궁금할 법도 한데 해찬은 아무것도 묻지 않았다. 응. 짧고 단순한 그 대답만큼 위로가 되고 안심이 되는 말도 없었다.

어제와 다를 바 없는 오늘. 두 번 다신 만나지 못할 것만 같았던 그가 바로 옆에 존재한다는 사실이 가끔 터무니없이 비현실적으로 느껴질 때가 있다. 눈을 뜨면 먼지처럼 사라질까 두려웠던 적이 있다.

그만큼 소중한 너를 같은 실수로 놓치지 않기 위해선, 어떤 상황에서도 솔직해야 한다는 사실쯤은 이젠 너무 잘 알고 있다.

"오늘, 그 사람 만났어."

조용히 말을 이었다.

"어디까지나 짐작일 뿐이지만 아버지와 그 사람의 새어머니가 불륜 관계인 것 같아."

해찬이 미간을 구겼다.

"새어머니?"

도희가 작게 고개를 끄덕였다.

"어쩌면, 기태준은 나를……."

도희가 말을 잇기 어려워하자 해찬은 묵묵히 기다려 주었다.

"잘못된 방법으로 도와주려고 했던 게 아닐까 하는 생각이, 들어."

끊임없이 등을 다독여 주던 해찬의 손이 문득 허공에서 멈추었다.

"여동생 사고도 혹시 그 여자와 관련되어 있지 않을까 싶어. 이미 공소 시효 도 끝난 사건이라 방법이 없어서 포기하고 있었는데."

"끝까지, 가 보고 싶어요?"

해찬이 핵심을 꿰뚫자 알게 모르게 고갯짓을 해 보였다.

"미안해. 달갑지 않을 텐데."

"괜찮아요. 나도 도울게."

넌 왜, 마지막까지 내 생각만 해.

"알아볼 테니까 걱정 말고 자요."

"나설 필요 없어. 난 잃을 게 없어서 무서울 것도 없지만 넌 아니잖아. 함부 로 나섰다가 선수 생활에 문제라도 생기면……."

"나한테 두려운 건 선배밖에 없어요."

해찬이 부드럽게 도희의 머리를 쓰다듬었다.

"말했잖아요. 이제 수영에 미련 없어."

"무서운 소리 하지 마."

내가 너 한 명 되찾으려고 얼마나 많은 것을 이뤄 냈는지 알면, 아마 놀라겠지. 해찬이 소리 없이 웃었다. 뭘 걱정하는지는 알겠는데.

"눈 돌아서 앞뒤 분간 못 하고 나댈 정로 머리 나쁘지 않아요."

"알아. 너 신중한 거. 그래서 솔직하게 말한 거야. 아니었으면."

"그만 말하고 얼른 자자."

귓가로 낮은 목소리가 내려앉았다.

"진짜 잡아먹기 전에."

참느라 힘들어 죽겠다, 도희야.

△ ▼ △

30분쯤 흘렀을까. 새근새근 숨소리가 흐르자, 규칙적으로 등을 두드려 주던 해찬의 손이 움직임을 멈추었다.

도희의 입술에 가볍게 입을 맞춘 뒤 천천히 상체를 일으켰다. 어둠에 익숙해지자 조금씩 시야가 트였다. 침대 헤드에 등을 기댄 해찬이 비스듬히 시선을 낮췄다.

"어떻게 해야 할까, 너를."

잠시나마 스쳤던 웃음기는 찾아볼 수 없었다. 해찬은 무표정한 얼굴로 잠든 도희의 모습을 가만히 응시했다.

하루가 다르게 사람 마음을 들었다 놨다 한다. 예고 없이 훅 치고 들어와 수줍은 소년이 되게 하다가도 툭 건드리면 당장 울음을 쏟아 낼 것 같은 연약한 눈으로 덜컥 심장을 내려앉게 만든다.

해찬은 차분히 도희의 말을 떠올렸다.

"새어머니라고……."

분명 새어머니라 했다.

삼진그룹의 안주인이자 기태준의 친모로 알려진 홍미연이, 새어머니라고. 매스컴에 보도되는 홍미연은 아들 사랑이 대단하기로 유명했다. 특히 셋째 아들, 기태준을 향한 애정과 관심은 두 형제에 비할 수 없이 특별했다.

공식적인 행사 자리에서 기자들이 찍어 올린 사진 속 홍미연은 기태준의 곁에서 떠날 줄 몰랐다. 기태준을 올려다보던 다정한 눈빛은 자랑스러운 아들을 사랑해 마지않는 여느 어머니의 모습이었다.

그 옆의 기태준은 무감한 얼굴로 일관했지만, 적어도 거부감을 느끼거나 홍미연을 불편해하는 기색은 없었던 걸로 기억한다.

새어머니란 편견으로부터 그녀와 기태준을 지켜 내기 위함이라면 어느 정도 납득할 수 있겠지만, 기태준이 도희에게 직접 홍미연의 악행을 언질해 줄 정도면 그들의 관계는 철저히 교육된 가식이었다는 뜻이 된다.

남편도 아닌 아들과의 쇼윈도라.

"놀고들 있네, 아주."

기막혀서 진짜. 절로 실소가 터졌다.

대외적인 홍미연의 이미지는 백지처럼 깨끗했다. 잘난 맛에 사는 다른 재벌들과 다르게 자원봉사에 힘쓰며 어려운 이들을 돕는 데 주력했다. 일반적인 대기업이 그렇듯 직계에 속한 일원이라면 운영권 하나쯤 챙겨 물고 있어야 정상이겠지만 홍미연의 행보는 다소 파격적이었다.

그도 그럴 것이 대한민국 곳곳에 깊숙이 뿌리를 내린 삼진의 계열사는 셀 수도 없었다. 그만큼 선택지도 많았을 텐데 홍미연은 그 무엇도 욕심내지 않았다.

하지만 그마저 전부 꾸며 낸 것이라면, 보이지 않는 곳에서 보다 더 편히 움직이기 위해 욕심내지 않는 척하는 거라면. 홍미연은 생각했던 것보다 훨씬 더 치밀한 여자일 것이다.

그러니 기태준도 지금껏 쉽게 손을 쓰지 못했겠지. 지독한 우연이다. 국회의원과 대기업 안주인의 불륜이라니. 살인 미수 은폐는 또 어떠한가. 말할 것도 없었다.

그 정보가 수면 위로 떠오르게 된다면 결과는 불 보듯 뻔했다. 하지만 도희에게 전해 들은 것들로는 부족했다. 조금 더 확실한 정보를 찾아내야 한다.

기태준을 직접 찾아가는 방법이 가장 확실할 테지만 편파적일 확률이 높다.

무엇보다 피차 골칫거리라 생각하는 마당에 순순히 입을 열 리 없다. 투명한 일급수 뒤에 가려진 썩은 물의 원천. 재계의 이면을 누구보다 잘 알고 있는 다른 타인이 필요하다.

마침 바지 안에서 진동이 울렸다. 해찬은 천천히 주머니에 손을 밀어 넣어 휴대폰을 꺼내어 들었다.

[이세준 전무]

발신자 이름을 눈으로 읽자마자 해찬의 입술이 가늘게 늘어졌다. 망설일 이유가 없다. 해찬은 곧장 휴대폰을 귓가에 가져갔다.

"전무님."

통화가 연결되기 무섭게 휴대폰 너머로 요란한 소음이 쩌렁쩌렁 울려 퍼졌다. 해찬은 작게 눈을 찌푸리며 귀에서 휴대폰을 살짝 떼어 냈다.

혹여나 깼을까 싶어 도희를 힐긋거렸지만 다행히 그녀는 여전히 깊은 잠에 취한 상태였다. 해찬은 조용히 음량을 줄이며 대답을 기다렸다.

— 어, 나야. 늦은 시간에 미안하게 됐어. 술자리가 길어져서 말이야.

목소리만 들어도 이세준 전무는 얼큰하게 취한 상태였다. 술이 들어가면 필요 이상으로 너그러워지는 그의 성향을 안다. 해찬은 그가 늦은 시각에 전화를 걸어 온 의도를 충분히 짐작했다.

— 요즘 일이 바빠 잊고 있었는데, 언제 한번 시간 좀 내 달라는 자네 부탁이 갑작스럽게 떠올랐지 뭐야. 언제가 좋겠어? 이참에 확실히 날 잡자고.

이세준 전무가 굳이 모임 중에 저런 이야기를 늘어놓는 이유는 뻔했다. 좀처럼 쉽지 않은 해찬을 곁에 둘 수 있었던 자신의 능력과 친분의 정도를 주변 사람들에게 드러내고 싶은 것이다. 한정판으로 출시된 값비싼 명품 액세서리를 자랑하듯. 이세준 전무와 같은 부류를 다루는 방법은 간단하다.

"당연히 전무님 일정에 맞춰야죠."

상응하는 대가만 받을 수 있다면 그깟 치장 용품쯤이야.

"저는 언제든 좋습니다."

발끝에 시선을 고정한 채 해찬은 고요히 웃었다.

미연은 거실 소파에 앉아 패션 잡지를 훑어보며 성의 없이 지시했다.

"……금액이 터무니없이 높으면 도리어 의심을 살 수도 있으니 적당히 오천으로 해요."

오천은 이곳에선 먼지만도 못한 금액이었지만, 나랏일을 한다는 인간들은 그 적은 돈마저 아까워하며 선뜻 내놓질 않았다. 나중을 모르는 우스운 잡종들 같으니. 뒤틀린 웃음을 흘리며 미연이 이어 말했다.

"내일 점심쯤 어린이 재단 가정 위탁 지원 센터에 기부금 넣어요. 백윤택 의원 명의 계좌로."

— 알겠습니다.

"잠시만."

뭔가 거슬렸는지 미연이 잠시 귀에서 휴대폰을 떼어 냈다. 스피커폰 버튼을 누른 뒤 테이블에 내려 두었다. 보고 있던 잡지를 다음 장으로 넘기며 이어 말했다.

"기자에겐 한 달 정도 지난 뒤에 제보해요. 저번처럼 섣불리 움직였다가 기부 안 한 것만 못하게 만들지 말고."

— 명심하겠습니다.

"아, 그리고……."

미연의 시선이 잡지 어느 한 부분에 머물렀다.

"이번 4당 원내 대표 만찬 때, 백 의원 스타일리스트 통해서 슈트 전달해요. 기사 사진 볼 때마다 낯 뜨거워 죽겠으니까."

누가 없이 산 밑바닥 근본 아니랄까 봐. 보는 눈마저 바닥이다.

"옷은 정해 뒀으니 내일모레쯤 잠시 집 들러서 받아 가도록 하고."

지금처럼 대놓고 백 의원을 언급하거나, 그의 사적인 부분 하나부터 열까지 놓치지 않고 마음껏 지시할 수 있었던 이유는 기 회장이 어제부로 장기간 출장

겸 휴양을 떠났기에 가능한 일이었다.

나머지 자식들도 전부 독립했겠다. 지금처럼 기 회장이 자리를 비울 땐 미연이 대신 대저택을 군림했다.

그녀에게선 죄의식 따위 조금도 찾아볼 수 없었다. 훗날 삼진의 뒤를 봐줄 투자금 정도로 친다면 공짜나 다름없는 장사였다.

비록 백윤택이 지금은 원내 대표라 할지라도 수단과 방법을 가리지 않고 반드시 차기 대통령 자리에 올라서게 만들 것이다. 속이 무른 감이 있어 석연치 않지만, 그 점이 마음에 들었던 것도 사실이다.

"그나저나, 그 애 친모가 이번에 옮겼다는 병원은. 아직도 못 찾았나요?"

— ……네.

"다른 곳으로 숨겨 봤자. 알겠어요. 정보 입수하는 대로 연락 줘요."

지시를 끝낸 미연은 일방적으로 통화를 끊었다. 모든 것들이 무리 없이 진행되고 있었지만, 한 가지 문제가 있다면 태준이었다. 미연은 배 아파 낳은 제 자식에겐 없는 태준의 능력을 한눈에 알아봤다.

처음은 더 볼 것도 없이 배척하려 했지만, 그렇게 버려두기엔 태준은 너무 아까운 인재였다. 그래서 곁에 두는 편이 이로울 것이라 판단한 것인데.

"……너무 빨리 컸지."

호랑이를 키웠다. 그 사실을 인지한 순간부터 미연은 알게 모르게 태준의 유일한 약점인 친모를 앞세웠다. 예상대로 몇 년 동안은 얌전히 굴었다.

엇나가길 포기하고 정해진 삶에 수긍한 듯 보였다. 시킨 적도 없는데, 알아서 눈치껏 백윤택을 원내 대표로 올려 두고, 정해 준 범위 안에서만 움직이며 신뢰와 충성을 보였다.

그런데 그것들이 전부 거짓이었다니. 놀랍진 않았지만 백윤택 의원의 첫째 딸을 찾아내 결혼을 운운할 것이라고는 꿈에도 상상 못 했다.

묘한 패배감에 휩싸였으나, 그뿐이었다. 살쾡이 같은 것이 발톱을 세워 봤자. 그보다 먼저 약점을 쥐고 눈앞에서 숨통을 누르면 알아서 기게 될 것이다. 영리한 태준을 무참히 짓밟을 방법은 아주 쉬웠다.

미연의 입가에 연한 미소가 걸쳐진 순간이었다. 현관 복도를 걸어오는 급한 발소리가 점차 가까워졌다. 미연은 못마땅하단 기색으로 고개를 돌렸다.

"아줌마. 여기가 어딘 줄 알고 뛰어다녀요, 경박스럽게."

"아이구, 죄송합니다. 급한 마음에 저도 모르게."

느긋하고 순한 성격인 가사도우미는 평소답지 않게 조급히 굴었다. 무언가 심상치 않은 기운을 느낀 미연이 천천히 몸을 일으켰다.

"급하다니."

"아니, 누가 현관문 앞에 이런 것을 놓고 갔지 뭐예요……."

삼엄한 경비 탓에 외부인은 대문을 넘어올 엄두조차 낼 수 없는 곳이었다. 미연은 미간을 찡그리며 시선을 내렸다.

그녀의 손엔 싸구려 쇼핑백이 들려 있었다. 미연은 직접 열어 보기조차 불결했는지 턱짓으로 쇼핑백을 가리키며 말했다.

"뭔데요, 그게."

"저도 잘……."

"꺼내 봐요."

"그게, 한두 개가 아니어서."

"쏟아요. 지금 당장."

아주머니는 주춤하며 망설였다. 미연의 눈빛이 점점 날카로워지자 하릴없이 쇼핑백을 뒤집었다. 그와 동시에 검은색 원형 물체가 와르르 대리석 바닥으로 떨어졌다.

대강 눈으로 세어 봐도 수십 개였다. 그것의 정체는 굳이 확인해 보지 않아도 어렵지 않게 알아차릴 수 있었다. 자신이 놓아둔 덫이었으니까.

턱이 뻣뻣하게 굳어 갔지만 미연은 내색하지 않고 느린 걸음으로 다가가 바닥에 널브러진 수많은 초소형 녹음기 중 한 개를 주워 들었다.

버튼을 눌러도 대화는 들려오지 않았다. 녹음기를 뒤집자, 해체한 흔적이 보였다. 자체적으로 제작된 것이라 대화 내용 삭제는 불가능했다. 그래서 해체를 해 둔 것이다. 하지만 그마저도 아무나 가능한 작업이 아니었다. 둔기 따위로 쉽게 부술 수 있었을 텐데도 군이 저 수많은 녹음기를 하나하나 해체했다는 것은.

놀리는 것이 분명했다.

"저, 여사님. 쇼핑백 안에 이런 종이가……."

사납게 눈을 치뜬 미연이 낚아채듯 종이를 빼앗아 들었다.

「앞으론 녹음기보단 도청기를 선택하시는 편이 여사님의 목적을 이루는 데 조금이나마 도움이 되지 않을까 싶습니다.」

단정한 필체는 누가 봐도 태준의 것이었다. 종이를 움켜쥔 미연의 손이 파르르 떨렸다.

"이게 아주……."

붉은 입술이 살벌하게 치솟았다.

△ ▼ △

새벽 2시였다.

태준은 여전히 집무실에 홀로 남아 삼진 본사를 지켰다. 지박령에 걸린 사람처럼, 꼼짝 않고 업무에 몰두했다. 겉으로 보기엔 그랬다. 막힘없이 서류 하단에 사인을 하다 말고 태준이 손을 멈추었다.

'당신이 뭔데, 대체 네가 뭔데 자꾸 내 앞을 막아 세워. 왜 자꾸 힘겹게 일어서려는 나를 다시 넘어트려, 왜, 왜!'

붉게 핏발 선 눈으로 매섭게 저를 쏘아보며 비명을 내지르던, 백도희의 목소리가 몇 번이고 환청처럼 울려 퍼졌다.

'전부 당신 때문이야. 당신이 나타난 순간부터 꼬였어.'

곱씹을수록 막연하고 쓸쓸한 분노가 치밀다가도 이내 허탈해지는 이 더러운 기분은, 납득하기 버거운 이 감정은 대체 무엇인지. 도무지 떨쳐 낼 마땅한 방법이 없다.

여태껏 봐 온 백도희는 기복이 없었다. 예고 없이 닥친 시련에 처한 현실이 막막하고 무참하더라도, 그런 것들은 그녀에게 중요치 않았다.

백도희는 무작정 깨부수려는 도전 정신이 얼마나 위험하고 무모한 행위인지 누구보다 잘 알고 있었다. 흔들림 없이 올곧다. 감정을 내려놓고 기다리는 방법을 알았고, 무턱대고 남을 미워하기보단 왜 그래야만 했는지 생각할 줄 알았다.

똑똑했고 현명한 여자였다. 스스로에게 떳떳하길 바랐고 그랬기에 확실한, 보다 더 주체적인 신념이 있었다.

파기된 계약은 이미 효력을 잃었다. 그럼에도 백도희는 도망치지 않았다. 뼛속까지 자신을 질지이심하면서도 계약서에 명시된 기간 동안 제 곁에서 악착같이 버텼다.

매달 같은 날짜, 시간에 꼬박꼬박 채무액을 입금한 고집만 봐도. 한편으론 경외심이 들 정도로, 백도희는 강했다.

'*진짜 끔찍해.*'

끔찍하다고. 증오를 넘어선 경멸이었다. 난생처음으로 심장이 뻐근해지는 생소한 기분을 느꼈다. 꽤 불쾌했다. 한편으론 억울했다. 내게 왜. 누구보다 너를 적극적으로 지키고자 했던 내게 어째서.

환멸과 적멸. 수많은 사람들 사이에서 덩그러니 혼자 동떨어진, 그런. 외로움과 씁쓸함은 이젠 익숙한 것이지만, 비록 일방적이라 해도 저에게 있어선 가장 가까웠던 사람에게 당한 손가락질과 매도는 조금. 어쩌면 생각한 것보다 훨씬.

괴로웠나. 태준은 자조적으로 웃으며 넥타이를 느슨하게 풀어 헤쳤다.

△ ▼ △

기태형 회장은 낡아 빠진 창고의 차가운 시멘트 바닥에서부터 시작해 자수

성가한 아버지를 보며 자랐다. 단 하루도 쉬지 않았고 단 1분도 시간을 허투루 쓰는 일이 없었기에 이뤄 낼 수 있던 성공이었다.

본디 뼈가 삭는 고통이 어떠한지 당해 보지 않은 사람은 알지 못하는 법이다. 제 아비의 노고를, 가르침을 가슴에 새긴 기태형 회장은 편법이란 단어 자체를 질색했다. 때문에 태준은 망설임 없이 해병대 수색대 현역으로 입대했다.

기 회장은 내색하진 않았지만 태준의 선택을 만족스러워했고, 언론은 발 빠르게 재벌 3세의 현역 입대 소식을 퍼다 나르기 시작했다.

누군가는 1초라도 더 빠르게 시간이 흐르길 바라는 곳이었지만 태준은 1초라도 더디게 흐르길 바랐다.

하지만 시간은 정직했다. 병장을 달고, 말년 휴가를 나왔을 때 태준은 순리대로 본가를 찾았다. 안부 차 들렀던 것이지만 정작 기 회장은 집을 비운 상태였다. 침실 너머 들려오는 여자의 은밀한 목소리가 기 회장 대신 태준을 반겨 주었다.

'……걱정하지 말아요. 병원이나 비용은 내 쪽에서 잘 처리해 둘 테니, 어찌 됐든 당신도 마음 편치 못할 텐데 오늘은 푹 쉬어요.'

홍미연. 살짝 열린 문틈 사이로 그녀는 누군가와 대화를 나누고 있었다. 휴대폰을 들고 있는 것으로 보아, 통화 중인 듯했다.

'국민당 그쪽 인간들이 좀 끈질길거예요. 이젠 공천도 확실해졌으니 슬슬 움직이기 시작할 거예요. 아마 당신 아내나 큰딸에게 접촉하고 싶어서 혈안이 되어 있을지도 몰라.'

상대는 국회의원, 인가. 태준은 숨을 죽이고 시선을 내리깐 채 가만히 귀를 기울였다.

'출자금 경로 새어 나가지 않도록 입단속 잘해요. 나와 연관되어 있다는 건, 곧 삼진이 정치에 개입했다는 뜻과 같으니까.'

출자금. 삼진. 그 두 단어만 들어도 대충 앞뒤 내용을 알아차릴 수 있었다. 그녀가 회장의 눈길이 닿지 않는 곳에서 더러운 수작을 부리고 있다는 것쯤은 진작부터 상하고 있었지만, 그 당시 태준은 힘과 위치가 없었다. 무엇보다 확실한 시작점을 증명할 증거가 불분명했다.

있는 듯 없는 듯 기회를 노려야 했다. 그것이 나중을 위한 가장 쉽고 합리적인 방법이라 판단했다. 가장 비루한 자리라도, 삼진 계열사 어디든 소속되기만 한다면 올라서는 건 그다지 어렵지 않았으니까. 계획에 없던 대어를 낚았다.

'당신 큰딸. 도희 말이에요. 난 그 아이가 제일 마음에 걸려. 알아보니 태준이와 같은 대학 학과를 지망하고 있다면서. 태준이는 당신 딸 존재 자체를 모르고 있을 테니 마주칠 확률이야 극히 적겠지만 한 치 앞도 어찌 될지 모르는 게 사람 일이니까. 조심해요.'

도희. 태준은 그 이름을 몇 번이고 곱씹었다. 잊지 않기 위해.

'국회의원 가족사는 국민들이 가장 예민하게 반응하는 부분이란 거, 절대 잊지 마요. 크게 분란 일으키지 말고 조용히 끊어 내요. 사연은 그럴싸하게 피해자인 척 꾸며 내면 그만이니 걱정 말고.'

꼬리가 길면 언젠간 잡힌다고. 그렇게나 철두철미하고 비밀스럽던 홍미연도 결국 틈을 보였다. 예정보다 반나절 빨리 도착한 것은 신의 한 수였다.

'……앞으로 의원님이라 불러 드려야겠네요. 축하드려요, 백윤택 의원님. 조금 있다 호텔에서 만나요. 방 호수는 문자로 남길게. 둘이 와인이라도 한잔해요.'

통화는 마무리되어 가는 듯했다. 태준이 걸음을 돌리려는 때였다.

'나야.'

전화를 끊고 또 다른 누군가에게 연락을 취한 모양이었다.

'백윤택 큰딸 백도희. 혹시 모르니까 그 애도 한번 알아봐. 그 사람 모르게.'

그 애도. 그 말은, 처음이 아니라는 뜻이다. 어디까지나 추측이었지만, 홍미연은 충분히 그러고도 남을 여자였다. 때마침 태준을 발견한 가사도우미 아주머니가 반가움을 감추지 못하고 활짝 웃으며 가깝게 다가왔다.

'도련……!'

태준은 조용히 하라는 뜻으로 고개를 작게 내저으며 두 번째 손가락을 입술에 가져다 댔다.

심상치 않은 분위기를 느낀 아주머니는 눈치껏 입을 다물고 조용히 고개를 끄덕였다.

'*가 봐야 해요. 여사님 아시면 또 한마디 할 테니까, 제가 온 건 비밀로 해 주세요.*'

들릴 듯 말 듯 한 작은 목소리로 조언하며, 태준이 걸음을 떼어 냈다.

△ ▼ △

전역 후 반년이 흘렀다.

홍미연의 목적과, 그것을 달성하기 위해 저지른 끔찍한 만행들. 그동안 얻어 낸 수확은 꽤 값진 것이었다. 이젠 힘을 키울 차례였다. 4학년 1학기. 태준은 개강 날에 맞춰 복학했다.

남은 동기는 극소수였다. 그래서인지 익숙한 얼굴보단 낯선 얼굴들이 더 많았어도 적응은 순조로웠다.

마음에도 없는 웃음을 지어 주며 적당히 친절한 척 지갑을 열면 누구든 알아서 따라왔다. 누군가와 얽히고 싶단 생각은 추호도 없었다. 그저 편의를 위해서였다. 이용과, 목적을 위해서.

태준은 개강 전날 조교에게 도희의 정보를 얻었다. 집 주소, 가족과 교우 관계, 성적, 시간표까지. 하나부터 열까지 빼놓지 않고 전부.

귀한 정보를 얻은 대가는 생각보다 저렴했다. 돈. 고작 수표 한 장. 이 바닥에선 그것보다 간결하고, 확실한 건 없었다. 돈이 곧 법이고, 도덕이었으며 윤리였다. 보고 자란 것이 그따위였으니. 죄의식 따윈 조금도 느끼지 못했다. 무감했다.

고작 숫자 몇 개 적혀 있는 종이 따위가 뭐라고. 장소와 성별 나이를 불문하고 지갑을 여는 순간 성스러운 신을 모시듯 열광하는 모습이 역겹다. 그들이 저를 이용하겠다 하니, 저 역시 그들을 이용하는 것뿐. 그 이상도, 이하도 아니었다.

백도희는 빈 강의실 창가 자리에 엎드려 누워 있었다. 문을 닫고, 천천히 걸음을 옮겼다. 그녀의 자리 앞에서 우두커니 멈춰 선 태준은 묵묵히 도희의 얼굴을 관찰했다. 한창 꾸미기 좋아할 새내기답지 않게 화장기 하나 없는 작은 얼굴이 가장 먼저 보였다. 그 안에 오목조목 들어찬 또렷한 이목구비는 결코 순하지 않았다. 특히나 눈매가. 굳이 표현하자면 예쁘장한 편에 속했지만 별다른 감흥은 없었다.

태준의 시선이 조금 더 아래로 내려갔다. 대충 접어 올린 체크무늬 셔츠 소매 밑으로 드러난 팔이 지나치게 앙상하다. 노란색 고무줄로 질끈 올려 묶은 긴 머리. 그 사이로 드러난 새하얀 목덜미에 눈길이 닿은 순간이었다.

'⋯⋯누구세요.'

그녀는 미간을 좁힌 채 피곤에 절은 눈으로 태준을 바라보았다. 태준은 당황한 기색 없이 물었다.

'네가, 백도희?'

'그런데요.'

대답은 빨랐지만 어딘가 삐딱하게 어긋난 말투였다. 경계심과 무관심의 중간쯤. 이쯤 되면 당황할 법도 한데, 태준은 더없이 여유로웠다.

'너, 돈 필요하지.'

지나치게 무덤덤한 어조에 조금 놀란 표정을 짓는가 싶더니, 어처구니가 없다는 듯 도희가 피식 웃음을 터트렸다.

'이젠 하다 하다 별 거지 같은 것들까지 나를 무시하네⋯⋯.'

도희는 더 볼 것도 없다는 듯 두꺼운 전공책을 신경질적으로 턱, 덮어 내며 자리에서 일어났다. 그대로 곁을 스쳐 지나가려는데 태준의 무미건조한 음성이 발목을 붙잡았다.

'내가 줄게, 그 돈.'

당연히 이해 못 하겠지. 그럼에도 이 말도 안 되는 무식한 정공법을 택해야 했다. 내 짐작이 맞는다면, 홍미연은 수단과 방법을 가리지 않고 접근할 테니까. 네 여동생이 당했던 것처럼. 너 역시도.

'대신 그 돈 받는 조건으로 한국 떠, 내일이라도 당장.'

태준은 무표정한 얼굴로 더없이 건조하게 말했다.

죽을힘을 다해,

도망치라고.

△ ▼ △

도희는 말없이 뚫어져라 태준을 응시했다. 침묵은 길었다. 무슨 생각을 하고 있을까. 쓸데없는 호기심이었다. 무기력한 그녀의 얼굴엔 그 어떤 의미도 담겨 있지 않았다. 그로부터 조금 더 시간이 흐른 뒤에야 도희의 입술이 느리게 떨어졌다.

'돈 자랑 하고 싶어서 안달 난 것도 알겠고, 이유는 모르겠지만 내가 그쪽 마음에 안 든다는 것도 잘 알겠는데…….'

다시 생각해 봐도 기가 막혔는지 도희가 헛웃음을 토해 냈다.

'다짜고짜 찾아와서 한다는 말이 한국을 떠나라는 건 상식적으로 좀 아니지 않나?'

……이런 또라이는 또 처음이네. 그녀의 입술 사이로 작게 흘러나온 욕지거리가 누구에게 향한 것인지 깊게 생각해 보지 않아도 알 수 있었다. 일자로 다물린 태준의 입술은 좀처럼 움직일 기미가 보이지 않았다.

상대할 가치도 없다 판단했는지 시선을 거둬낸 도희는 미련 없이 태준의 곁을 스쳐 지나갔다. 누구라도 맥락 없이 몰아붙이면 없던 경계심마저 생길 테니 충분히 예상한 결과였다.

처음부터 구구절절 상황을 설명하거나 설득하고 싶은 마음은 없었다. 어디까지나 제 마음 편하자고 시작한 일이었으니까.

하지만 궁금했다. 그 어떤 대가도 바라지 않겠다는데. 갚지 않아도 괜찮다는데. 고민도 없이 사정을 물어볼 생각조차 않고 단번에 거절하는 이유가 뭔지.

'후회할 거야, 너.'

낮게 잠긴 음성마저 무시했다. 도희는 강의실 문손잡이를 돌리려다 말고 태준을 등진 채 바람 빠진 웃음을 흘려보냈다.

'모르는 사람이 주는 거 함부로 받지도, 따라가지도 말라고.'

도희가 슬쩍 고개를 돌렸다.

'어렸을 때 우리 엄마가 귀에 못이 박히도록 하던 말이었거든요.'

조금은 씁쓸한 눈빛이 태준의 눈에 담겼다.

'여기에 나 싫어하는 사람 그쪽 말고도 널리고 깔렸어. 찔러도 돌아오는 반응이 없으니까 재미없어서 포기한 거지. 그때 깨달았거든. 가치도 없는 것들은 그냥 무시하는 게 최선이라고. 상대 잘못 골랐다는 뜻이에요. 그러니까 가서 제대로 어울려 줄 사람 다시 찾아봐요.'

도희는 이미 문을 나선 뒤였지만, 태준의 시선은 꽤 오랫동안 그녀가 머물렀던 자리에서 떠날 줄 몰랐다.

06

백도희가 어찌 되든, 저와는 전혀 관계없는 일이었다. 그녀의 여동생처럼 불구가 되어도, 그녀의 가족이 홍미연에게 휘말려 이리저리 이용만 당하다 회생조차 불가능하게 되더라도.

결국 타인이었다. 홍미연의 계획을 엿듣게 되었을 때 어울리지 않게 잠깐. 아주 잠깐. 아무것도 모르는 여자애가 좀 가엽다 생각했을 뿐.

잠시 스쳤던 죄책감과 홍미연의 계획을 틀어 버리고 싶었던 옹졸한 마음 조금. 그리고 원인 모를 동질감이 불러일으킨 오지랖에 불과했다.

그러니 분명 후련해야 했다. 적어도 자신은 백도희를 외면하지 않았고, 그에 대한 답은 철저한 거절이었으니 더 이상 신경 쓰지 않아도 되는 문제였다.

그래야 하는데. 거슬렸다. 건조하다 못해 버석하게 말라비틀어진 눈동자가. 감정 따윈 담고 싶지 않다는 듯, 억지로 죽여 둔 영혼 없는 무표정한 그 얼굴이, 낯설지 않았다.

벌써 한 시간째였다. 벽에 등을 기댄 채 뻣뻣하게 선 태준은 평온히 눈을 감고 있는 앳된 여자를 가만히 건너다보았다.

'하나도 안 닮았네.'

백도영과 백도희.

모르는 사람이 본다면 자매라고 믿을 수 없을 만큼 닮은 구석이 없다. 사고를 당해 병약해져 그런 건지는 몰라도, 제법 사나운 눈매와 또렷한 눈빛을 지닌 백도희에 비해 그녀의 여동생은 순한 인상이었다.

생명이 위급한 중환자가 6인실에 방치돼 있다는 것은, 다른 마땅한 방도가 없다는 뜻이다. 명분만 남은 치료는 간신히 이어 가고 있는 상태였지만 수술은 꿈도 못 꿀 것이다.

고작 돈 몇 푼이 없어 소중한 가족이 당장 내일 생을 마감한다 해도 어쩌지도 못하고 받아들여야만 하는 처지는, 어떤 기분일까. 나는 이런 생각을 왜 하는 건가. 여기까지 찾아와서, 무슨 생각으로.

'드디어 미쳤나.'

태준은 조용히 자조하며 걸음을 떼어 냈다. 그대로 병실을 나서려 했지만, 무슨 심경의 변화였는지 발길을 돌려 굳게 닫혀 있는 창문을 활짝 열었다. 어디까지나 충동적인 행동이었다. 병실을 가득 채우고 있는 지독한 소독약 냄새가 역겨워서.

곧 창문 틈으로 밀려 들어온 바람에 뒤섞이며 천천히 환기되기 시작했다. 태준은 지그시 눈을 감은 채 천천히 숨을 들이켰다.

'지겨운 인생이네.'

백도희 너도. 그리고 나도. 베드에 죽은 사람처럼 누워 있는 도영을 흘러가듯 바라보다 이내 태준은 느린 걸음으로 병실을 나섰다. 병실 문 앞에서 초조하게 서성거리고 있던 의사는 불안한 기색이 다분히 묻어난 얼굴이었다.

'너무 늦으셨습니다. 곧 있으면 보호자가…….'

'여사님이 이곳을 찾아온 적 있던가요.'

태준은 주치의의 말을 단번에 끊어 내며 물었다. 주치의는 쉬이 입을 열지 못하고 머뭇거렸다. 결국 곧게 와 닿는 태준의 눈빛을 무시하지 못하고 어물쩍 대답했다.

'직접 찾아오진 않으셨지만, 오늘 아침 박 교수님께서 회진 시작 전에 연락을

받았다 하셨습니다.'

'내용은요.'

'여사님께서 조만간 백혈병 어린이 후원을 목적으로 병원에 들를 것 같으니, 다들 신경 써서 잘 모시라고…….'

태준은 실소하며 슈트 재킷 안주머니에 손을 밀어 넣었다. 주치의의 시선이 그를 따라 조심히 움직였다. 태준의 손에 들린 것은 흰색 봉투였다. 그 속에 무엇이 들어 있을지 누구라도 예견할 수 있었다. 주치의는 서둘러 주변을 살폈다.

'섭섭지 않게 넣었습니다.'

주치의는 거절하지 않았다. 보는 눈을 생각해서라도 보다 신속하게 봉투를 건네받은 뒤 가운 주머니에 쑤셔 넣듯 존재를 숨겼다.

'앞으로도 지금처럼 해 주세요.'

'지금처럼이라면 어떤…….'

'병원에 발을 딛는 순간 바로 연락 줘요. 이 병실에 보호자를 제외한 외부인은 일절 출입 금지시키시고.'

'아…….'

'백도영 환자 병실은 지금 당장 1인실로 옮겨 주세요. 환자 보호자에겐 익명 후원이란 명목으로 6인실값만 받고, 나머진 내 앞으로 청구하세요.'

'……예? 하지만, 그렇게 되면.'

'어찌 된 영문인지 물어보면 백도희와 친한 지인이 대신 비용 처리했다고. 그렇게만 전달해주면 됩니다.'

충분히 눈치챌 테니까. 태준은 지체하지 않고 발길을 돌렸다.

모를 일이다. 왜 이런 선택을 했는지.

왜 갑자기, 네 얼굴이 떠올랐던 건지.

그저 뜻 없는 변심이었다.

그렇게 믿고 싶었다.

△ ▼ △

방향을 틀었다. 난생처음으로 누군가에게 건넨 순수한 호의를 거절당해 생
겨난 오기였는지, 아니면 단순한 호기심이었던 건지, 알 수 없었지만 며칠 내내
백도희가 눈에 밟혔다.

캠퍼스에서 우연히 부딪칠 때면 백도희는 늘 무감정한 얼굴이었다. 딱히 지
쳐 보이지도 않았고, 힘들어하는 것 같지도 않았다. 그녀는 항상 바빴고, 죽기
살기로 공부와 일에 매달렸다.

곁을 따라 걷고 있는데도 눈치채지 못할 만큼, 백도희는 늘 멍했다. 깊은 생
각에 잠겨 있는 것처럼 보였다.

'*동생이 병원에 있다며.*'

그제야 무시로 일관하던 도희가 반응을 보였다.

'*뭐라고 했어요, 지금?*'

'*깨어나도 평생 장애를 감수하며 살아야 한다고 들었는데.*'

덤덤한 태준의 말에, 도희의 얼굴이 과격하게 일그러졌다.

'*그걸 어떻게……*'

'*이제야 반응해 주네.*'

'*말해요, 어떻게 알았어요.*'

'*관심만 있으면 알아낼 방법이야 많지.*'

지금쯤이면 제 존재를 알아차렸을 것이다. 그를 증명하듯 그녀의 표정은 각
양각색으로 바뀌었다. 놀라움에서 분노로, 분노에서 황당함으로, 황당함에서
다시 무시로, 이 또한 예상한 반응이었다. 태준은 스스로에게 묻듯 나지막한 목
소리로 읊조렸다.

'*신기하네. 네가 다친 것도 아닌데 왜 그런 수고를 감수하면서까지 희생하려는
거지?*'

태준에겐 상상도 못 할 일이었다. 실이 되는 것이라면 미련 없이 버려야 하

고, 득이 되는 것이라면 수단과 방법을 불사하면서까지 가져야 한다. 그래야 살아남을 수 있다 배웠고, 체감했으며, 깨달았다.

이 바닥에서 희생이란, 누군가를 위하는 일이 아니라 오직 자신의 안위를 위해 가진 것 중 하나를 내려놓는 일이었다. 고작, 그런 것이었다.

'요구만 들어준다면 그 돈, 내가 빌려줄 수 있어.'

백도희는 목적 없는 대가를 기피한다. 그래서 없는 이유를 만들었다. 방법은 간단했다. 너에게 느끼는 이 감정이 무엇인지 알아차릴 때까지 너를 내 곁에 두고 그 대가로 너와 네 가족을, 여동생과 어머니를 홍미연에게서 지켜 주는 것.

'뇌 수술로 유명한 의사도 바로 연결시켜 줄 수 있고, 너희 어머니와 여동생이 생활하기에 부족함 없을 만큼의 지원도 해 줄 수 있어.'

'선배님.'

하지만 돌아온 대답은 상상 그 이상의 것이었다.

'지금 누구 놀리는 거 아니면 작작 열받게 하고 좀 비켜 주죠. 알다시피 내가 돈 한 푼이 아쉬운 사람이라 정신 나간 사람 상대하고 있을 시간이 없거든요.'

도희는 태준을 똑바로 직시하며 말했다. 그때 넋 나간 자신의 표정은 꽤 봐 줄 만했을 것이다. 그나마 다행인 건, 그녀는 태준의 표정을 살필 새도 없이 저만치 멀어져 가고 있었다.

점점 작아져 가는 그녀의 뒷모습을 물끄러미 바라보다 태준은 결국 참지 못하고 큰 소리로 박장대소를 터트렸다.

태어나서, 처음으로 더럽혀진 속이 단번에 게워졌다.

'저거 완전 또라이네……'

비록 사라진 뒤였지만 백도희가 제게 했던 말을 그대로 돌려주게 된 셈이었다. 단 한 번도 입에 담지 않았던 저급한 욕설을 뱉었던 것뿐인데 왜 이렇게 유쾌하던지, 그 또한 모를 일이지만.

이제야 알겠다. 네가 낯설지 않았던 이유.

끝까지 살아남겠다. 마지막까지 버텨 내 보겠다.

하나부터 열까지 너와 나는 비슷한 게 없었지만, 사는 곳도 가진 것도 시작도 과정도 방향성도 인성도 성격도 그 마지막도 전부가 다를 테지만 태준은 도희에게서 제 모습을 보았다. 어쩌면, 첫 만남 때부터.

필사적으로 도망치려 하면서도 간절히 구원을 바라는, 모든 것을 놓아 버리고 싶어 하면서도 끝끝내 잡고 놓지 못하는. 지독히 이기적이고, 그만큼이나 미련한. 부정해온 이면을 본의 아니게 간파당한 순간이었다.

'*어떻게 해야 할까⋯⋯.*'

다른 것이라면 너는 고집스럽게 깨끗하고, 나는 끔찍하리만큼 더럽다는 것인데. 오랜 시간 썩은 물에 잠식된 나를 아는 네가, 다른 사람도 아닌 내 도움을 선뜻 받아 줄 리가 없는데.

'*깨끗한 척이라도 해야 하나.*'

아니면, 정말 깨끗해져야 하나. 그러나 그 결심은 고작 3년도 채 지나지 않아 산산조각 부서졌다. 고해찬. 그 존재로 인해서.

천천히 걷고자 했던 걸음에 조급함이 붙었고, 다 죽어 가던 이기심에 불씨가 돋으며 되살아났다.

그래. 결국 나는,
어쩔 수 없이 끝까지 쓰레기다.
그럼에도 지켜 내겠다.
수단과 방법을 가리지 않고,
철저히 내 방식대로.

△ ▼ △

최 실장이 조용히 문을 닫고 집무실 안으로 들어섰다.

"상무님."

기태준 상무는 가죽 의자에 느른히 등을 기댄 채 미동조차 없었다. 눈을 감고 있다. 그 어떤 대답도, 감정도, 지시도 없었다. 숨 막히는 고요와 침묵. 그의 곁에 머물며 이따금씩 느껴 온 정체의 의미는 아직도 해석하기 어려운 것이었다.

기태준 상무는 까다롭지만 단순했다. 확신이 없으면 나서지 않는다. 그 누구에게도 자신의 생각을 공유하는 일이 없었다.

그는 철저히 혼자가 되기를 자처했다. 외로움을 택한 대신 그가 얻은 것은, 누구도 파고들지 못하도록 설계된 단단한 방어막이었다. 기태준은 외로운 사람이었다. 모든 것들이 무의미하다 믿고, 전부 본인의 업이라 여기며 목적 없이 살아온 측은한 사람.

그래서 그를 이해하길 포기했다. 그의 사람이 되기로 마음을 굳힌 순간부터 맹목적인 신뢰와 충성을 보였음에도 달라진 것은 없었다.

오늘은 유난히 시간이 길다. 최 실장은 손목에 채워진 시계를 힐긋 내려다보았다. 정확히 10분.

"상무님."

최 실장은 다시 한번 작은 목소리로 태준을 불렀다.

"일어나셔야 합니다."

그제야 차분히 감겨 있던 태준의 눈꺼풀이 천천히 떠밀려 올라갔다. 정말 잠에 취해 있던 건지, 아니면 예상대로 생각에 잠겨 있던 건지. 가늠할 수 없는 얼굴이었다.

태준은 엄지로 눈두덩이를 짓누르며 잠긴 음성으로 물었다.

"몇 십니까, 지금."

"새벽 4시입니다. 상무님."

"벌써……."

말끝엔 한숨이 묻어났다. 최 실장은 눈치껏 말을 붙였다.

"오늘은 그만 돌아가 쉬시는 편이 좋을 것 같습니다."

태준은 최 실장의 말을 흘려들으며 눈길을 돌렸다. 책상 끝 편에 덩그러니 놓인 서류 봉투에 시선이 닿았다. 집무실에서 지금 시간까지 걸음을 떼지 못했던 원인이었다.

그 속엔 도희를 조금 더 오래 잡아 둘 수 있는 빌미와 구실이 들어 있었다. 3억 말고도 그녀 모르게 처리한 빚, 5억. 총 8억이었다.

도희의 친모는 물정에 대해 너무하다 싶을 정도로 아둔했다. 급한 사정을 아예 이해하지 못한 건 아니지만 불법 사채에 손을 벌릴 줄은 몰랐다.

채무액 대리 상환. 그에 대한 확인서는 도희를 붙잡아 둘 수 있는 마지막 패였다. 계획은 보란 듯이 틀어졌다. 태준은 도희에게 그녀의 아버지와 홍미연의 관계를 언급할 생각 자체가 없었다.

마지막까지 몰랐으면 했다. 더러운 것은 더러운 본인이 처리하는 게 마땅했다. 하던 대로, 비겁하고 무자비하게 그녀의 목을 조를 생각이었다. 훗날, 그녀가 모든 사실을 알았을 때 적어도 그 원망의 대상이 저 자신이길 바랐다.

준비되지 않은 상태에서 폭포처럼 쏟아지는 감정들을 홀로 떠안게 될 너는 버티지 못할 테니까. 너는 미약한 휩쓸림에도 금세 무너질 연약한 사람이니까. 너에게 더없이 끔찍한 사람이 되기를. 나를 미워하고, 혐오하고, 증오하길. 그마저도 관심일 것이라고. 그랬는데.

"최 실장."

"예. 상무님."

우습게도 나는.

"저거, 태워 버려요."

더 이상 너에게 미움받고 싶지 않다. 아무래도, 그런 모양이다.

△ ▼ △

해찬은 꽤 오래도록 도희의 곁을 지켰다. 까맣던 밤하늘이 점차 밝아지고 동이 틀 때쯤, 천천히 몸을 일으켰다.

마음의 준비를 할 시간도 없이 청천벽력과 다를 바 없는 통보를 듣게 되었으니 그 충격은 상당할 테지만 해찬은 걱정하지 않았다. 괜찮을 것이다. 무리 없이 견뎌 낼 것이다. 강한 사람이니까, 충분히.

"다녀올게. 도희야."

나긋한 음성으로 작게 속삭였다. 해찬의 입가에 희미한 미소가 언뜻 떠올랐다 사라졌다.

호텔로 돌아오자마자 해찬은 샤워를 마치고, 곧장 옷을 갈아입었다. 지체할수 없었다. 지금부턴 시간과의 싸움이다.

누가 먼저 움직이고, 누가 먼저 치고 들어올 것인지. 기태준이 기를 쓰며 도희와 제 사이를 갈라놓은 탓에 7년이란 공백이 생겼다. 덕분에 홍미연은 자신과 도희의 관계를, 얽혀 있다는 사실 자체를 인지하지 못했다.

눈치챘다면, 무슨 수를 써서라도 접근해 왔을 테니 확실했다. 죽어도 인정하고 싶지 않지만 그 부분은 기태준에게 고마웠다.

기태준과 백도희. 그 둘은 홍미연의 시야에서 벗어날 수 없다. 방해받지 않고 마음껏 활개 칠 수 있는 사람은 해찬뿐이었다.

"수영 선수인지, 첩자인지……."

자조적인 웃음이 샜다. 낮춰진 해찬의 시선이 날렵하게 떠밀려 올라갔다. 거울 속의 거만하고 자부심 넘치는 남자와 눈이 마주쳤다.

해찬은 턱을 추켜든 채 목덜미에 느슨히 매달려 있는 넥타이를 능숙한 손길로 돌려 맸다. 손목을 좌우로 흔들며 세심하게 조여 각도를 맞춘 뒤, 재킷 단추를 마저 채웠다.

거울 속에 비친 얼굴을 빤히 들여다보며, 해찬은 깊게 잠긴 목소리로 중얼거렸다.

"지킬게."

무슨 수를 써서라도, 반드시.

지켜 내야 해.

△ ▼ △

정통 일식집 룸 안엔 각 기업을 대표하는 임원들과 재계 바닥에서 여러 인줄을 꿰고 있는 이들이 모여 있었다.

대부분 이세준 전무의 측근이었다. 모임에 참석한 이들은 이 전무의 눈에 들기 위해서라도 해찬을 향한 적대감을 감췄다.

물론, 그중 몇몇은 달갑지 않은 속내를 감춘 채 해찬을 훑었지만, 정작 당사자는 조금도 동요하지 않았다. 주변에서 살갑게 비위를 맞춰 오자 이세준 전무가 호탕하게 웃음을 터트렸다.

"그래, 내가 우리 고해찬이 덕을 많이 봤지. 내년 올림픽만 하더라도 부산 유치는 불가능에 가까웠지 않나."

이세준 전무는 거하게 취한 상태였다. 같은 말만 벌써 몇 번째 반복하고 있었지만 누구 한 명 감히 그를 감히 저지하진 못했다.

"우리 고해찬이가 아니었으면 꿈도 못 꿀 일이었다고. 유치에 성공한 것도 그렇고 말야. 아주 위인이 따로 없어. 말 그대로 국위 선양. 안 그런가?"

이 전무는 말끝마다 '우리 고해찬'을 붙이며 제 위상을 과시했다. 해찬을 앞세워 자신의 능력을 내색하고, 자랑하고 싶은 거다.

도수가 높은 술에 얼큰히 취한 다른 이들도 벌겋게 달아오른 얼굴로 고개를 끄덕였다. 이 전무는 말술이었다. 한번 자리에 앉으면 해가 뜰 때까지 자리에서 일어나는 법이 없었다.

기록을 줄이기 위해 꾸준히 몸 관리를 해야 하는 해찬에게 술은 독과 같았다. 그래서 몇 년 동안 이 전무의 술 제안을 꾸준히 거절해 온 것인데, 난데없이 모임을 주최해 달라 하니 이세준 전무 입장에선 신이 날 수밖에 없었다.

아직 조금 더. 이 전무가 조금 더 취기에 오르길 기다리며 맞춰 주어야 할 때였다. 해찬은 빙긋 웃으며 술잔을 들었다.

"과찬이십니다. 전무님."

"에잇, 과찬은 무슨. 유치에 성공하자마자 덩달아 ST그룹 주가도 말도 안 되게 올랐던 거, 다들 눈이 있으니 알지? 티는 안 내도 삼진가 양반들, 꽤나 속 탔을 거란 말이지. 그리 자네를 원했는데 두 눈 뜨고 내게 빼앗겼으니 얼마나 화딱지가 올랐겠어."

"한 잔 더 받으시죠."

"그래. 자랑스러운 국가 대표 선수가 주는 술인데 거절할 수 없지."

이 전무는 단숨에 잔을 비워 내고, 다시 술을 받았다. 곧이어 해찬의 잔에도 도수 높은 양주가 채워졌다. 이세준 전무와 단둘이 번갈아 가며 마신 양주병 수만 해도 네 병째였다.

밤을 지새운 탓인지 점점 한계에 치닫고 있었지만 해찬은 거리낌 없이 단숨에 술을 들이켰다. 해찬은 작게 눈가를 구기며 손등으로 입가를 닦아 냈다. 조용히 잔을 내려놓은 순간, 어긋난 대화의 흐름이 드디어 원하는 방향으로 틀어졌다.

"그나저나, 요즘 삼진 내부에서 말이 돌고 있다던데. 알고들 있나?"

이세준 전무의 질문을 시작으로, 하나둘씩 담아 둔 말을 흘렸다.

"보이지 않게 밥그릇 싸움이 시작됐단 얘긴 들었는데……."

"결국 홍 여사도 어쩔 수 없지요. 기 회장이 아무리 운영권을 철저히 구분 지어 났다 한들 형제만 무려 셋이지 않습니까."

"그중 기 상무가 가장 인재라지요. 위로 있는 형제들 속이 말이 아니겠습니다."

"그 소문이 사실이라면 어디 얼굴이나 들고 다닐 수 있겠습니까."

가만히 대화를 듣고만 있던 해찬이 입을 열었다.

"실례가 안 된다면 그 소문이 무엇인지, 여쭤봐도 되겠습니까."

"아, 크흠……."

재계의 소문과 구설수는 외부인에겐 철저히 차단되었다. 뒤늦게 해찬의 존재를 알아차린 이들이 눈치를 살피기 시작하자, 이세준 전무는 웃음을 터트리며 언질해도 괜찮다는 눈짓을 보였다.

그럼에도 그들은 쉬이 입을 열지 못했다. 헛기침을 토해 내며 시선을 피했다. 보다 못한 이세준 전무가 입을 열었다.

"그, 왜 있잖아. 삼진그룹 막내아들. 삼진 소속 선수로 자네를 영입하려 했던 기태준 상무. 그 양반 얘기야. 홍 여사와 닮은 곳이 한 군데도 없으니 다들 쉬쉬하면서도 알게 모르게 의심하는 거지."

"……."

"기 회장 내연녀 아들이라고. 누가 봐도 지나치게 건장한데, 어릴 때 고질병을 앓았다는 게 참. 그렇다 치더라도 세간에 노출되지 않도록 숨겼다는 건 도통 말이 안 돼. 감출 걸 감춰야지."

언론의 입과 귀는 돈과 권력으로 막을 수 있었지만 재계의 바닥에서 은밀히 퍼져 나가는 소문은 막을 수 없다. 해찬은 이들의 습성을 누구보다 잘 파악하고 있었다.

홍미연을 구석으로 몰아야 한다. 보다 더 불안하게, 동요하도록 만들어 도희에게 향할 관심과 경계심을 제 쪽으로 돌려야 한다.

"그러고 보니, 저도 언뜻 건너 들은 정보가 있습니다."

스스로 설치한 덫에 직접 발을 집어넣는 수밖에. 입보다 빠르고, 법보다 확실한. 권력을 가진 이들의 호기심을 자극하는 것. 그다음은 알아서 물고, 뜯고, 집요하게 캐내려 들 것이다.

"무엇을?"

지금처럼.

이세준 전무를 포함한 나머지 일원들도 관심 어린 눈빛으로 해찬을 바라보았다. 방금 전, 못마땅한 기색은 온데간데없었다. 고집스럽게 다물린 해찬의 입술이 한시라도 빨리 열리길, 간절히 바라는 눈치였다.

그도 그럴 것이, 삼진그룹은 명실상부 대한민국을 대표하는 최상의 기업이다. 그 고고한 콧대를 꺾고 싶은 건, 당연한 본능이었다.

"확실하지 않은 정보라 장담할 수 없어 말씀드리기가 조심스럽습니다."

"거, 참. 여기 입 가벼운 사람이 어디 있나. 괜찮으니 말해 봐."

해찬이 속으로 비웃음을 흘렸다.

누구라 할 것 없이 마른침을 꿀꺽 삼켰다. 참으로 우스운 광경이었다. 고작, 제 말이 무엇이라고.

"허어. 뭐 하고 있어, 말하지 않고? 그렇게 조심스러워하는 걸 보니 혹시 삼진 쪽 찌라시야? 출처는 어딘데. 정계? 증권가?"

해찬이 정치계 측 몇몇 의원과 친분이 있다는 것을 알기에 그들도 쉽게 넘길 수 없는 것이다. 낮게 시선을 내리깐 해찬이 입술을 슬며시 늘여 웃었다.

그리고 얼마 지나지 않아 뱉어진 해찬의 말에, 모임에 참석한 이들은 경악과 충격을 금치 못했다.

△ ▼ △

전쟁터와 다를 바 없었다. 오늘 오전, 해찬과 〈익스페디션〉의 전속 계약 확정 기사가 세간에 공식적으로 발표되었다. 그와 동시에 고해찬 전담 팀이 꾸려졌고, 업무량은 감당할 수 있는 기준치를 훌쩍 넘어선 상태였다.

직원들은 너 나 할 것 없이 필사적으로 내달리며 본사를 활보하거나 컴퓨터 앞에 달라붙어 쉬지 않고 키보드를 두드렸다. 업무용 전화기는 쉴 새 없이 울려 댔고, 사무실 이곳저곳에선 각 부서 담당자를 애타게 외치는 목소리가 쩌렁쩌렁 울려 퍼졌다.

도희 역시 예외는 아니었다. 기획서와 문서 작업을 끝낸 뒤, 곧장 인쇄 버튼을 누르고 프린터가 있는 곳으로 다가갔다.

이제 숨 좀 돌릴 수 있으려나 했더니 애석하게도 시간은 그 잠깐을 허락지 않았다. 마침 일을 끝내고 사무실로 들어서는 직원 두 명이 가까이 다가왔다.

"대리님. 방금 촬영 스튜디오 정해졌다고 합니다."

"D&Y?"

"네. 첫 촬영은 내일 오전 11시부터고요."

"다행이네. 콘티는?"

"해당 업체에서 오늘까지 시안 검토 맡겠답니다. 늦어도, 3시까지요."

도희는 작게 고개를 끄덕였다.

"선아 씨. 올라오자마자 또 일 시켜서 미안한데, 7층에 디피 해 둔 옷들 있죠? 그거 전부 수거해 와 줘요. 그리고 영민 씨는 샘플링 아웃도어 회의실 책상에 전부 펼쳐 놔 주시고요. 고해찬 선수 신체 사이즈에 맞게 나왔는지 최종적으로 확인해야 하니까."

"네."

"네. 알겠습니다."

지시를 전달받은 두 직원은 서둘러 움직였다. 지이잉, 지이잉. 지속적으로 종이를 토해 내는 인쇄 소음을 뒤로하고 도희는 사무용 프린터에 기대어 섰다.

"후……."

얼굴을 뒤로 젖히자 묵직한 한숨이 절로 흘러나왔다. 슬쩍 눈을 뜨자 새하얀 천장과 지나치게 밝은 형광등 빛이 피로에 지친 눈을 괴롭혔다.

도희는 천천히 고개를 내렸다. 그리고 바지 뒷주머니에 넣어 둔 휴대폰을 꺼내어 들었다. 여전히 소식이 없다.

"대체 어디서 뭘 하고 있는 건데……."

걱정과 불안은 쉬이 거둬지지 않았다. 몸은 의식의 흐름대로 주어진 일을 처리하기 위해 기계처럼 움직였지만, 정신은 전혀 다른 곳에 가 있었다.

뜻하지 못한 순간에 충격적인 사건의 전말을 전해 듣게 되었는데 어찌 아무렇지 않을 수 있을까. 타격은 진작 한계치를 넘어선 뒤였지만 도희는 의연했다. 그러려고 애썼다.

모르는 사람이 본다면, 어제와 다를 것 없는 평소의 모습이라 생각될 테지만, 정작 본인은 이것저것 복잡한 잡념이 한데 엉켜 죽을 맛이다.

[오늘 급한 일이 있어서, 연락 잘 안 될 수도 있어요. 조심히 출근하고, 점심 맛있게 먹어요.]

마지막 문자가 마음에 걸렸다. 급한 일? 도희는 입술을 잘근 짓이겨 물며 엄지로 느리게 액정을 쓸어 냈다. 기태준과 만난 이후로 치밀어 오르는 분노에

사로잡혀 아무것도 손에 잡히지 않을 줄 알았다. 독한 건지, 뭔지.

내키는 대로 움직이자니 도리어 일이 틀어지게 될까 두렵고, 이대로 가만히 있자니 그 나름대로 불안하다. 그때, 회의실 너머로 우렁찬 영민의 목소리가 넘어왔다.

"대리님! 준비됐습니다!"

그래. 지금은 아니다. 휘말리지 말자. 다짐하며, 걸음을 떼어 냈다.

회의실 책상 위엔 셀 수도 없는 옷가지들과 운동화가 산더미처럼 수북이 쌓여 있었다.

"고해찬 선수 바디 사이즈 프로필입니다, 대리님."

기존 아웃도어 의류는 일반인의 평균 신체 사이즈로 출품되기 때문에, 체격 차이가 극심한 운동선수인 해찬의 몸에 맞추기 위해선 맞춤 제작이 불가피했다.

도희는 영민에게 건네받은 서류를 눈으로 꼼꼼하게 훑었다. 신장 186cm, 몸무게 75kg, 어깨 58cm, 한쪽 팔 길이 98cm, 발 사이즈 280mm.

수영 선수인 만큼 대충 겉모습만 봐도 대단할 것이라 예상은 했지만 정확한 수치를 눈으로 확인하자 도희는 입을 다물 수 없었다. 정말이지, 비현실적이다.

"진짜 사기급 스펙 아닙니까? 같은 남자인데 이 굉장한 박탈감은 뭔지……."

더 놀라운 것은, 평균 키 190cm에 다다르는 세계 각국 수영 선수에 비하면 해찬의 체격은 수영에 턱없이 불리한 조건이란 것이다.

"일단, 제가 마지막으로 검토했을 때는 치수가 다르게 도착한 건 없었습니다. 대리님이 최종 검토 후 결재 올리시면 될 것 같습니다."

"응. 고생했어요. 가서 일 봐요."

가볍게 고개를 숙인 영민은 그대로 뒤돌아 회의실을 빠져나가려다 말고, 멈칫 발을 세웠다.

"저, 대리님."

영민의 부름에 도희는 서류에서 시선을 떼고 고개를 들었다.

"응?"

"괜찮으신 거죠?"

"뭐가요?"

"아침부터 안색이 안 좋아 보이셔서요. 혹시 불편한 곳이라도 있으신 건지……"

"난 괜찮아요. 걱정해 줘서 고마워요, 영민 씨."

도희는 고개를 내저으며 가볍게 웃었다. 좀처럼 보기 힘든 그녀의 미소에 영민은 자못 놀란 기색을 보였지만 이내 뒷덜미를 긁적이며 머쓱히 묵례하곤 회의실을 빠져나갔다.

△ ▼ △

도희는 밤 11시가 되어서야 회사에서 벗어날 수 있었다.

어디든 누울 곳만 있다면 당장 잠들 수 있을 만큼 피로한 상태였다. 엎친 데 덮친 격으로 바람 한 점 없는 후덥지근한 날씨에도 살갗이 으슬으슬 떨려 왔다. 몸살 기운이 도는 것 같았다. 어젯밤 비를 고스란히 맞았던 것이 원인이었나.

곧장 집으로 돌아갈까 했지만, 여태까지도 연락이 없는 해찬이 걱정됐다. 단 한 번도 이런 적 없었는데. 혹시 정말 무슨 일이 벌어진 건 아닐까. 초조했다.

무작정 그가 머무는 호텔 객실에 찾아가자니 보는 눈이 많고, 집에서 연락이 올 때까지 얌전히 기다리자니 애가 탄다.

무엇보다, 보고 싶어서. 그 마음을 참을 수 없어서.

"모르겠다. 일단 가 보자."

도희는 해찬에게 전화를 걸며 택시를 잡아탔다.

"기사님. W호텔이요."

신호는 길었다. 성과 없이 휴대폰을 내렸다. 한숨을 내쉬려는 찰나, 휴대폰이 울렸다. 도희는 잽싸게 손을 뒤집어 액정을 확인했다.

[고해찬 매니저]

심장이 쿵쿵 뛰기 시작했다. 도희는 마른침을 겨우 삼키며 휴대폰을 귓가에 가져다 댔다.

"네, 매니저님."

— 하아, 다행이다. 담당자님, 혹시 지금 어디세요?

"저, 지금 택시……."

— 죄송한데, 오늘 해찬이랑 연락한 적 있으신가요?

이게 무슨…….

선뜻 대답하기가 어려웠다. 분명 매니저님은 저와 해찬의 관계를 알지 못한다. 하지만 지금의 다급한 말투로 봐선 전부 간파한 것처럼 느껴졌다. 도희는 침착하게 대답했다.

"오전에 연락이 오긴 했는데, 그게 마지막이었어요. 무슨 일이라도 생겼나요?"

— 심각한 일은 아닌데, 원래 이 시간쯤이면 개인 훈련 하고 있을 시간이거든요. 웨이트 끝내고 호텔 객실에 있어야 할 놈이 흔적도 없이 사라져서……. 지배인 말로는 수영장 이용도 한 적 없다고 하고요. 연락도 안 돼서 미치겠네요.

"아……."

— 개인 코치 계약 기간이 끝나 가서, 재계약을 할지 다른 코치로 변경할지 대화 나누러 왔다가 이게 무슨 봉변인지 모르겠습니다. 해찬이랑 대리님이 동문이었단 얘기를 언뜻 들었던 것 같아 혹시나 하는 마음에 연락드렸어요.

"일단 제가 지금 그쪽으로 가고 있거든요."

— 예? 호텔이요? 대리님이 왜요?

"아, 그게."

망했다.

도희는 아차 싶어 곧장 입을 다물었다. 초조한 기색을 내비치며 손톱을 잘근 씹었다. 그로부터 몇 초 뒤, 다시금 매니저의 음성이 넘어왔다.

— 크흠, 뭐……. 해찬이가 어린애도 아니고 어련히 잘 들어오겠죠. 어디로 튈지 모르는 놈이라 아주 잠시 노파심에 연락드렸던 것뿐입니다. 제가 괜한 걱정을 했네요.

"……네?"

— 대리님과 호텔에서 만나기로 약속한 줄은 몰랐거든요. 정말로요. 아무리 제가 매니저라지만 선수 사생활까지 침해할 권리는 없으니까. 음……. 모쪼록 시합이나 언론에 노출되지 않도록 신경 써 주세요.

"그게 무슨……."

— 그럼, 좋은 밤 보내세요!

통화는 일방적으로 끊어졌다. 적잖게 당황한 도희는 암전된 액정을 멍하니 바라보았다. ……오해, 한 거지? 지금.

"아가씨. 도착했어요."

"아, 네. 죄송합니다. 여기요."

도희는 다급히 정신을 차리고 기사에게 카드를 내밀었다. 결제를 마친 뒤, 떠밀리듯 택시에서 내렸다.

"뭐가 어떻게 돌아가고 있는 거야, 진짜……."

도희는 끝도 없이 높게 치솟은 호텔을 망연히 올려다보며 낙심한 투로 중얼거렸다. 이제 어떡하지. 이대로 기다려야 하나? 매니저님 말대로라면 객실엔 아직 들어오지 않았다는 건데. 호텔에 들어가 있을까, 말까.

"아, 모르겠다."

지쳤다. 10분만 앉아서 쉬자. 마음을 굳힌 도희는 근처 버스 정류장 의자로 다가가 털썩 앉았다. 오늘따라 시간이 느리게 흘렀다. 막차 버스가 떠나가고, 도로를 가득 채웠던 자동차 수마저 점차 줄어들었다.

택시가 보이면 혹시나 하는 마음에 자리에서 벌떡 일어나길 여러 번. 슬슬 돌아가야 하나 생각이 든 때였다. 바로 앞에서 택시 한 대가 부드럽게 정차했다.

몇 번이나 겪었던 터라 이미 기대는 저버린 뒤였다. 도희는 심드렁한 표정으로 정면을 바라보았다.

뒷좌석 문이 열리고, 지나치게 근사한 남자가 비틀거리며 택시에서 내렸다. 남자의 얼굴을 확인한 순간, 도희의 눈이 휘둥그레 떠졌다.

"너……!"

도희는 더 볼 것도 없다는 듯 자리를 박차고 일어섰다. 택시에서 내린 남자는 해찬이었다. 그는 자신을 알아보지 못했다. 중요한 자리에 다녀온 것인지 해찬은 번듯한 슈트 차림이었다. 거기까진 아무래도 상관없었다.

도희를 당혹스럽게 만든 건 평소 흐트러짐 없는 모습만 보여 주었던 해찬이 툭 치면 쓰러질 듯 위태로운 걸음으로 다가오는 것이었다.

술을, 마셨어? 얼마나 많이 마신 건지 해찬은 얼마 걷지 못하고 몇 발자국 떨어진 곳에서 우두커니 멈춰 섰다. 작게 고개를 수그리고는 한숨을 토해 낸다. 눈을 감았다 뜬 해찬이 다시 고개를 들었을 때 허공에서 시선이 부딪쳤다.

"……백도희?"

짧은 침묵 끝에 나직한 목소리가 고요히 흘러나왔다. 도희만큼이나 믿을 수 없었는지 해찬이 한쪽 눈가를 찡그린다.

해찬은 빼딱하게 고개를 기울인 채 노골적으로 도희를 직시했다. 머리가 새하얘졌다. 터져 나오려던 말들이 전부 목구멍으로 삼켜졌다.

"미치겠네."

해찬이 헛웃음을 터트렸다.

"헛것이 다 보여."

멈춰 있던 그의 두 다리가 다시 움직이기 시작했다.

"고해찬."

바로 앞에서 멈추었다.

"해찬아."

나른하게 풀려 버린 눈빛이 쏟아져 내렸다. 괜한 긴장감에 도희는 마른침을 억지로 삼키며 시선을 올렸다.

알싸한 알코올 냄새가 코끝을 찔렀다. 예상이 맞았다. 술. 술을 마신 거다. 고해찬이. 술은 입에도 대지 않던 그 고해찬이, 술을 마셨다.

"너……."

그가 손끝으로 도희의 턱을 받쳐 올렸다.

"진짜네."

해찬이 빙긋 웃었다.

"진짜 백도희네."

"나 맞아. 맞는데……."

말을 다 이을 수 없었다. 해찬의 얼굴이 작은 어깨 위로 툭. 무너져 내렸다. 어찌해 볼 틈도 없이 무방비한 상태에서 그가 와락 쏟아져 내렸다.

"윽……."

어마어마한 무게감에 절로 앓는 소리가 터졌다. 워낙 장신인 데다 철저한 관리로 다져진 체격이 묵직하게 몸을 짓누르자 도희는 떠밀리다시피 주춤거리며 뒤로 밀려났다.

간신히 두 발에 힘을 주어 버렸으니 망정이지, 자칫했으면 사이좋게 뒤로 넘어갈 뻔했다.

"해찬아."

불러도 대답이 없다.

"고해찬. 일어나 봐. 응?"

그의 팔을 잡아 가볍게 흔들어 봤지만, 해찬은 미동조차 없었다. 슬쩍 시선을 내리자, 몸 곳곳에 퍼진 독한 술기운이 버거운 듯 간간이 미간을 구기는 해찬의 얼굴이 보였다.

목덜미에 와 닿는 그의 숨결은 지독히도 뜨거웠다. 해찬이 호흡할 때마다 솜털이 삐죽 솟았다.

"……얼마나 마신 거야."

독한 술 냄새와 그의 향기가 뒤섞여 정신이 혼미했다. 술은 마시지도 않았는데, 저까지 취할 것만 같았다.

더는 시간을 지체할 수 없었다. 누구라도 지금 장면을 목격한다면 큰일이다. 하지만 이대로 호텔로 데리고 갔다간······.

"하. 어떡하지."

당혹스럽고, 황당했다. 이런 적은 처음이라서. 차라리 오지 말았어야 했나, 뒤늦은 후회가 밀려왔다.

도희는 주머니 속에 손을 밀어 넣고 휴대폰을 찾아 들었다. 매니저님에게 도움을 요청할 생각으로 전화를 거는 것까진 성공했지만, 그 끝은 좋지 못했다.

"꼭 이럴 때만 안 받지."

도희는 입술을 짓이겨 물며 바지 뒷주머니에 다시 휴대폰을 쑤셔 넣었다.

"그래······. 일단 가자. 걸리지만 않으면 되는 거 아니야."

뭐가 됐든 거리 한복판에 서 있는 것보단 낫겠지. 도희는 이를 악물며 해찬의 팔을 제 목덜미에 둘렀다. 축 늘어진 해찬의 무게는 상상 그 이상이었다.

"너······. 일어나기만 해."

도희는 먹히지 않을 경고를 읊조리며, 힘겹게 걸음을 떼어 냈다.

△ ▼ △

다행이었다. 자정이 넘은 늦은 시각이라 그런지 호텔 안은 한적했다. 프런트에서 설마, 하는 따가운 시선이 느껴졌지만 그뿐이었다. 최대한 머리를 깊게 수그리며 전부 무시했다.

엘리베이터는 막힘없이 상승했다. 최악의 상황은 피할 수 있어 한시름 놓을 수 있었지만, 그다음이 문제였다.

바닥에 시선을 고정한 채 적막한 복도를 걸었다. 마지막까지 긴장의 끈을 놓칠 수 없었다.

두 다리가 후들후들 떨려 오고, 이마에 맺힌 땀이 바닥으로 투둑 떨어졌다. 더는 무리라고 생각했을 때 비로소 객실 앞에 도착했다.

도희는 그의 슈트 바지 뒷주머니와 앞주머니. 그리고 재킷 안주머니 순서대로 더듬거린 끝에 간신히 카드 키를 찾아냈다. 덜덜 떨리는 손을 뻗어 문손잡이 위에 가져다 대자 띠, 소리와 함께 현관문이 열렸다.

오로지 기억과 감에 의지하며 거실로 걸어갔다. 더 볼 것도 없었다. 해찬의 팔을 둘러멘 상태 그대로 소파에 털썩 주저앉았다.

"하⋯⋯."

가쁜 숨이 훅 토해졌다. 도희는 질끈 눈을 감았다 뜨며 손등으로 이마에 맺힌 땀을 닦아 냈다. 슬쩍 고개를 돌렸다. 어깨에 기대어 곤히 잠든 해찬의 얼굴이 어렴풋이 눈에 들어왔다.

통창 너머로 쏟아지는 달빛에 어두운 그림자가 조금씩 거둬지자 조각 같은 얼굴이 점차 선명해졌다.

"⋯⋯불편할 텐데."

뭐가 예쁘다고 이런 상황에서 걱정까지 해 주는 건지. 조심스럽게 어깨를 빼어 냈다. 그의 몸이 스르륵 기울어지자, 도희는 잽싸게 해찬의 머리 밑으로 쿠션을 밀어 넣었다. 마지막으로 긴 두 다리까지 소파에 올려 주고 나서야 참아 온 숨이 훅 쏟아졌다.

"너 때문에 이 야밤에 뭐 하는 짓인지 모르겠다."

피곤해 죽겠는데 허탈한 웃음이 새어 나왔다. 바닥에 앉아 해찬을 물끄러미 들여다보던 도희는 무의식적으로 손을 뻗었다.

충동적인 행동이었다. 그의 입술에 닿은 손끝이 희미하게 떨렸다. 자는 사람 상대로 무슨⋯⋯. 뒤늦게 인지한 도희가 서둘러 손을 치워 냈다. 아니, 그러려고 했다. 해찬이 단숨에 손목을 낚아챘다.

도희의 눈이 휘둥그레 떠졌다. 숨을 어떻게 쉬는 거였더라. 너무 놀라 호흡하는 방법마저 까맣게 잊어버렸다.

그의 손을 빼어 낼 수도, 그렇다고 그대로 둘 수도 없다. 설상가상 지그시 감겨 있던 그의 눈꺼풀이 천천히 떠밀려 올라갔다. 고요한 정적이 흐르는 가운데, 두 시선이 엇갈렸다.

몽롱한 눈빛을 마주한 순간 심장이 쿵 떨어졌다.

"너, 언제부터……."

말도 제대로 안 나왔다. 누군가 둔기로 머리를 강하게 후려친 듯했다. 누워 있던 해찬은 고개만 돌린 채 도희를 빤히 응시하고 있었다. 놀란 것은 둘째 치고 괘씸한 마음이 컸다.

"일어났으면 말을 하지. 내가 얼마나!"

고생했는지 아느냐고. 더 다그칠 생각이었지만 설핏 눈가를 찡그리는 해찬을 보자 그마저도 쉽지가 않다.

"머리 아파?"

그가 희미하게 웃으며 고개를 흔들었다. 안도의 숨이 흘러나왔다.

"언제부터 깨어 있었어?"

"몸 더듬거릴 때부터."

"내가 언제!"

그건 어디까지나 카드 키를 찾기 위함이었다.

"일어났으면 일어났다고 말을 하든가. 아님 똑바로 걷는 시늉이라도 했어야지. 놀랐잖아. 누가 볼까 봐 얼마나 가슴 졸였는데."

쉬지 않고 주절주절 불만을 터놓는 도희를 가만히 주시하며, 해찬은 피식 웃음을 터트렸다.

"걸을 힘도 없었어."

그러는 와중에도 그는 잡고 있던 손목을 놓아 줄 생각이 없다. 못 믿겠다는 듯, 도희가 눈썹을 찡그리자 해찬은 노곤한 음성으로 중얼거렸다.

"……정말 거짓말 아닌데."

안다. 곧 죽어도 제 앞에서만큼은 거짓말 따위 하지 않는다는 것쯤은.

"그러게 왜 먹지도 못하는 술을 억지로 마셨어."

사정을 모르니 할 수 있는 말이었다. 이세준 전무의 고집을 온전히 받아 낼 수 있는 인물은 몇 없었다.

50도가 훌쩍 넘는 고량주 여덟 병을 나눠 마시고, 양주병 바닥을 직접 확인한 뒤에야 겨우 자리를 벗어날 수 있었다. 눈을 뜨고 버티는 게 용할 지경인데,

해찬은 아무래도 좋다는 듯 얌전히 입을 다물었다.

도희는 어딘가 짚이는 것이 있는 눈치였다. 연신 눈동자를 굴리다 어렵게 말문을 열었다.

"……혹시나 해서 묻는 건데, 너 이러고 다니는 거. 나 때문이야?"

"매일 예쁘다, 예쁘다 해 줘서 그런가."

"뭐?"

"공주병이 심해요, 선배."

해찬의 눈매가 곱게 휘었다.

"본인이 예쁜 거 너무 잘 알고 있어도 문젠데."

이게 진짜……. 도희는 눈을 부릅떴다.

"농담하는 거 아니야. 네가 그랬잖아. 도와주겠다고. 그 말 하자마자 다 죽어 가는 모습으로 나타났는데, 어떻게 그런 생각을 안 할 수가 있어. 나랑 술한잔도 마신 적 없었잖아. 솔직히 말해. 나 도와주려고 여기저기 빌붙었어? 그래서 지금까지 시달리다 온 거야?"

해찬은 침묵했다. 그 말은, 전부를 확신할 수는 없어도 어느 정도는 사실이라는 거다. 타는 속을 아는지 모르는지 해찬은 그저 웃었다.

웃으면서 줄곧 잡고 있던 도희의 손을 제 입가로 다시 가져다 대었다. 그녀의 손끝에 입을 맞춘 채로, 해찬은 조그맣게 속삭이듯 말했다.

"나는 선배가 행복했으면 좋겠어."

술기운이었지만 해찬은 진심이었다. 너의 행복을 위해서라면 나는 무슨 짓이라도 기꺼이 감수할 준비가 되어 있다고.

순수한 마음으로 시작한 수영에 정치색이 물들고, 수많은 재력가들이 개입해 꿈의 길을 달리하게 될지언정, 그 끝에 너의 행복이 보장된다면 나는, 무엇이든 괜찮다고.

"진심으로."

그 말은 숨겼다.

지금의 너는 내 마음을 이해하지 못할 테니까.

보고를 듣던 미연이 멈칫하며 고개를 들었다.

"누구?"

비서는 잠시 머뭇거리다, 이내 했던 말을 다시 반복했다.

"국가대표 수영 선수, 고해찬입니다."

"고해찬?"

순간 기가 막혀 헛웃음이 터졌다. 증권가. 또는 재벌가 사이에서 퍼지는 찌라시는 대부분 귀담아들을 필요도, 가치도 없는 것이었지만 개중엔 꽤 신빙성이 높은 정보도 있었다.

거짓과 진실은 그 근원지에 따라 구분된다. 그런데 소문을 흘린 게 한낱 수영 선수라니. 심지어 찌라시가 돌기 시작하고 자신의 귀에 들려오기까지 고작 네 시간이 걸렸다.

미연의 입장에선 어처구니가 없을 만도 했다. 배부른 노인네들 틈에 섞여 농을 치는 어린 남자. 무식한 운동선수치고는 꽤 영악한 데다, 제법 말재주가 있다고 언뜻 건너 들었던 적은 있었다.

몸값이나 기업에 안겨 주는 이윤이 커, 입소문 난 인사들의 속을 앓게 했다고는 하나, 그래 봤자 반평생 물속에서 헤엄만 칠 줄 아는 풋내기가.

"기태준. 그 애인가?"

그에게 정보를 흘렸다고 하면, 태준밖에 없었다. 고작 국가 대표 수영 선수가 기 회장도 모르는 사실을 알 리 없으니.

백윤택 의원과의 외도 사실이나, 그의 정치 뒷배를 보아 주고 있다는 것. 그리고 그의 막내딸 교통사고 원인까지. 확실한 증거는 죽었다 깨어나도 찾아낼 리 없겠지만, 미연은 어딘가 꺼림칙한 기분을 지울 수 없었다.

"여사님도 아시겠지만 7년 전, 상무님께서 삼진그룹 소속 선수로 고해찬 선수를 영입하는 방안을 직접 추진했던 이력이 있습니다."

"그 사안, 무산된 걸로 아는데."

"맞습니다. 고해찬 선수 측에서 거절했습니다. 현재는 ST그룹 소속 선수로……."

"내가 지금 궁금해하는 건 그게 아니잖아요, 소영 씨?"

"……죄송합니다. 아직 그 외의 정보는 확인된 바가 없습니다."

백번 양보해 둘의 관계가 친밀하다 하더라도.

"찌라시 유통업자도 아닌, 해 봤자 수영 선수에게 그런 정보를 흘렸다고? 내가 아는 그 기태준이?"

말이 되나. 기태준은 찌라시 따위 같잖은 수법을 선택할 성격이 아니었다. 무엇하나 흘러가는 방향을 종잡을 수가 없다. 현시점에선 이해도, 납득도 불가했다.

머리가 지끈거렸다. 미연은 관자놀이를 꾹 짓누르며 눈을 치떴다.

"그 찌라시는 어디까지 퍼졌지?"

"아직 언론에 퍼지지는 않은 듯하나, 시간문제일 것 같습니다."

"회장님은."

"지금까지 별다른 연락은 없으셨으니 아마, 모르실 겁니다."

요양 중이라 정보를 전달받기까지의 시간이 지체되는 모양이었다. 알게 된다 하더라도 딱히 문제 될 건 없었다. 지금껏 삼진가를 둘러싼 뜬구름 같은 소문은 수도 없이 많았으니까.

"기태준과 고해찬. 그 둘 관계에 무엇이 연관되어 있는지 조사해 봐요. 캐내다 보면 뭐라도 나오겠지."

"네. 알겠……."

여비서가 말을 채 잇기도 전, 미연이 말을 자르며 손등을 보였다.

"아니. 아니야."

"예?"

"고해찬. 그 새끼부터 데려와."

뒤늦게 그의 의도를 깨달은 미연이 시익, 입술을 늘여 웃었다.

"걔. 일부러 그런 거야."

"……."

"내 앞에 오려고, 일부러."

머리를 썼다 이거지.

"재밌네."

△ ▼ △

'*선배가 행복했으면 좋겠어요.*'

왜인지 많은 의미를 담고 있는 듯했다. 하루아침 사이 알게 모르게 달라진 그의 분위기도 그렇고.

기분 탓이겠지. 현재 해찬은 많이 취한 상태였고, 시간도 늦었다. 도희는 해찬에게 잡힌 손목을 조심히 비틀어 빼어 내며 자리에서 엉거주춤 일어섰다.

"어디 가."

순순히 손을 놓아 주는가 싶던 해찬은 다시금 도희의 손목을 단숨에 낚아챘다.

"누워 있어. 물 가져다줄게."

"괜찮으니까 그냥 있어요."

"고집부리지 말고."

벌써 새벽 2시였다. 도희는 벽면에 걸려 있는 시계를 힐긋 바라보며 타이르듯 말했다.

"매니저님 통해서 들었을 거 아니야. 내일 화보 첫 촬영인 거. 컨디션 조절해야지. 촬영하면 못해도 여섯 시간은 걸릴 텐데, 어쩌려고……."

그녀의 말끝에 한숨이 묻어났다. 해찬의 입술이 굳게 다물렸다.

"……집에 안 가. 같이 있을게. 그러니까, 걱정 말고 얼른 자."

이 정도면 안심했겠지. 등 뒤로 집요한 시선이 따라붙었지만, 도희는 끝내 모르는 척하며 부엌으로 향했다. 말만 호텔이지, 가정집과 다를 바 없었다. 그래서 여태 집을 구하지 않고 호텔에 머무는 것일까.

의미 없는 생각을 뒤로하고 도희는 싱크대 위쪽 수납장에서 꺼내 든 컵을 정수기에 가져다 댔다. 물이 적당히 채워지자 컵을 떼어 내고 생각 없이 홱 몸을 돌린 때였다.

"아⋯⋯!"

무언가에 이마를 부딪쳤다. 그 반동으로 컵에 채워진 물이 크게 파도치며 바닥으로 왈칵 쏟아졌다.

눈을 뜨자 널찍한 해찬의 가슴팍이 보였다. 도희가 더디게 고개를 들었다. 언제부터 뒤에 서 있던 건지 그는 삐딱하게 서서 비스듬히 고개를 기울인 채 도희를 내려다보고 있었다.

무심한 듯, 어딘가 화가 난 듯. 좀처럼 짐작할 수 없는 그의 얼굴을 멀거니 바라보던 도희가 눈을 깜빡였다.

"누워 있으라니까 왜⋯⋯."

그가 도희의 손에 들려 있던 컵을 가볍게 빼앗아 들었다.

"말끝마다 꼬박꼬박 선배 호칭 붙이면서 존댓말 해 주니까 내가 우습지, 넌."

해찬의 팔이 도희의 어깨를 스치고 지나갔다. 곧이어 탁, 둔탁한 소리와 함께 싱크대 위로 컵이 놓였다.

"가끔 짜증이 나."

한숨 섞인 낮은 목소리에 당황한 나머지 말도 제대로 안 나왔다. 뻗어진 그의 팔이 느린 속도로 거둬졌다. 그 움직임을 조용히 눈으로 좇던 도희가 시선을 올렸다.

의중을 알 수 없다. 아직 취기가 가시지 않은 걸까. 서늘하게 가라앉은 눈동자는 평소보다 더 어둡게 빛났다.

그의 눈꺼풀이 평소보다 느릿하게 감겼다 떠질 때마다 이유 모를 긴장감에 사로잡혀 도희는 마른침을 꿀꺽 삼켰다.

"어린애 대하듯 하는 네 태도."

멍했다. 상상도 못 한 이유라서. 내가 널 어린애 취급 했다고? 결코 아니다. 무시가 아닌 걱정이었다. 몸 관리에 누구보다 철저한 그가 제 몸 하나 제대로 가누지 못할 정도로 취해 왔으니. 말이 되나. 분명 안 되는데. 당사자는 그리 느꼈다 하니 반박할 말이 없다.

해찬은 겉으로 보기엔 멀쩡해 보였지만 어울리지 않게 화풀이하는 걸 보면, 취한 게 분명하다. 처음 보는 모습이 낯설어 당황한 건 사실인데 이 정도의 주사라면 양반이다. 7년 전, 포장마차에서 함께 술을 마시다 대뜸 필름이 끊겨 버린 저와 비교하면.

새롭고, 한편으로는 신기했다. 한 치의 흐트러짐도 용납하지 않을 것만 같던 남자가 무방비하게 풀어진 모습을 보인다는 건, 그 나름대로 저를 의지한다는 뜻이기도 했으니까. 도희의 입가로 희미한 미소가 맺혔다.

도희가 한숨을 토해냈다.

"해찬아."

그녀는 다시 고개를 들어 해찬의 눈을 마주 보았다. 여전히 못마땅한 기색이 다분한 표정이다.

"나, 그냥 포기할까?"

"뭐?"

그의 한쪽 눈썹이 구겨졌다.

"여동생 그렇게 만든 범인 잡겠다고. 증거 하나 찾겠다고 삼진그룹 뒷조사나 하는 거. 사실 별 한번 따 보겠다고 발버둥 치는 거나 다름없잖아. 뺑소니나, 아버지 불륜 같은 것들. 그냥 다 내려놓고, 전부 잊고 우리끼리 행복하게 연애나 하면서 살까?"

진심이었다. 그것도 나쁘지 않을 것 같았다. 하지만 해찬은 대답이 없었다.

"나는 있지. 가끔 내가 소름 끼치도록 무서워."

도희는 실없는 웃음을 흘리며 말을 이었다.

"미련한 엄마가 많이 미웠고, 그래서 더 이해할 수 없었어. 사이가 나쁜 편은 아니었지만, 나는 도영이가 늘 불편했거든."

누구에게도 터놓지 못했던 진심을 너는 이해할 수 있을까.

"엄마가 자살했단 소식을 들었을 때 한편으론 시원했어. 여동생마저 엄마를 따라갔을 때, 차라리 다행이라고 생각했고. 울긴 했지만 그 사람들이 내 곁을 떠났기 때문에 슬펐던 건 아니었어."

해찬이 빤히 도희를 주시했다. 갑작스러운 고백의 의도를 찾아내려는 것처럼 신중했다.

"스스로를 이해할 수도, 용서할 수도 없었어. 어떻게 하나뿐인 가족이 한순간에 생을 달리했는데 나는 이토록 아무렇지 않을 수가 있는지. 내가 봐도 내가 너무 무서웠어."

도희의 얼굴이 힘없이 아래로 떨어졌다.

"엄마랑 도영이가 죽었을 때보다, 너와 헤어져야 한다는 사실이 훨씬 더 괴로웠어."

아마, 가장 힘들었을 때 함께해 준 사람이 너였기 때문일까.

"그래서 늘 고민해. 과연 내가 아버지를 손가락질할 자격이 있는 건지. 이제 와서 그들을 애도하겠다는 명목이, 가족의 원통함을 풀어 주겠다는 이유가 합당한지."

이젠 무엇이 옳고 그른지 사실 잘 모르겠다. 무뎌진 듯하다.

"드디어 감정이 메말랐구나 생각했어. 널 만나기 전까지는."

처음엔 인정하고 싶지 않았지만, 죽어 가던 심장은 그의 앞에선 보란 듯이 세차게 뛰었다. 전부 흑백으로 보였던 삭막한 것들이 물감 번지듯 아름답게 채색되었다.

내 것이 아니라고 생각했던 삶에 해찬이 불쑥 끼어든 순간, 무료하고 일방적이었던 그 덧없던 삶은, 온전히 내 것이 될 수 있었다.

도희는 무표정한 해찬의 얼굴을 올려다보며 편안하게 웃었다.

"애처럼 느껴졌으면 이런 말도 안 했어. 무엇보다……."

천천히 팔을 뻗은 도희가 그의 손을 잡고 조심스레 끌어왔다. 내려앉은 곳은 그녀의 가슴이었다. 놀란 듯 해찬의 눈이 커졌다.

가만히 도희의 행동을 지켜보던 해찬의 시선이 서서히 아래로 향했다. 봉긋하게 솟아오른 그녀의 가슴 위에 얹어진 제 손바닥을 묵묵히 바라만 보았다.

"봐. 뛰잖아."

솔직하게 반응하는 몸이 낯설어.

……그리 말하는 도희의 음성은 지나치게 달았다. 곤욕이다. 해찬은 설핏 인상을 찡그리며 동요했다. 술을 마신 건 자신인데, 정작 취한 사람은 도희 같았다.

"나한테 너, 애 아니고 남자야."

끝인가 싶었지만 그다음 이어진 그녀의 말은 믿기 힘들 만큼 자극적인 도발이었다. 꽉 다문 그의 턱이 팽팽하게 당겨졌다. 해찬은 픽 웃음을 터트리며 자조 섞인 투로 작게 읊조렸다.

"누굴 가지고 놀아……."

승부욕 생기게. 어쩌지도 못하게.

이젠 아주 대놓고 머리 위에서 저를 가지고 논다. 싫지 않았다. 더 갖고 놀아 줬으면 했다. 해찬은 더 볼 것도 없다는 듯 단숨에 도희의 손목을 잡아 돌렸다. 순식간에 위치가 바뀌자마자 해찬이 득달같이 달려들었다. 가녀린 목덜미를 감싸 안고 깊게 입을 맞췄다.

"으읍……."

그녀의 입술에 그의 입술이 묵직하게 짓눌렸다. 저절로 입이 벌어지고 그의 혀가 틈을 뚫고 들어왔다. 거친 키스였다. 무게에 짓눌려 하릴없이 떠밀렸다. 아일랜드 식탁에 몸이 닿은 뒤에야 움직임을 멈출 수 있었다.

해찬은 저돌적으로 도희의 입안을 파고들었다. 숨 막히는 키스였다. 아랫입술을 훑다가 깨물기도 하고 말캉한 그녀의 혀를 흡입하듯 빨아 당겼다. 독한 술 냄새가 뒤섞인 그의 숨결이 속절없이 넘어왔다. 그는 키스하며 한 손으로는 도희의 블라우스 단추를 툭, 툭 풀어 내려갔다. 마지막 단추까지 풀어내고 나서야 그가 입술을 떼어 냈다.

"누가 널 욕해?"

해찬은 타액으로 번들거리는 제 입술을 손등으로 느리게 닦아 내며 뚫어져라 도희의 눈을 들여다보았다. 사납게 날이 선 눈빛에 온몸이 따끔거렸다.

"누가 감히 너를 욕해."

깊게 잠긴 목소리는 견고했다. 흡사 적을 경계할 때 이빨을 드러내는 맹수처럼 눈앞의 남자는 위험했고, 도전적이었으며 공격적이었다.

"마음껏 해. 섹스도 하고, 사랑도 하고, 키스도 해. 좋은 거 맛있는 거 마음 껏 먹고 즐겨. 질릴 때까지 행복하게 살아. 울고 웃고 무너지고. 그게 뭐든 다 해. 나랑."

해찬이 그녀의 가슴을 덮고 있던 브래지어를 단숨에 위로 밀어 냈다. 출렁이 며 존재를 드러낸 그녀의 젖가슴을 강하게 움켜쥐며 그가 다시 말했다.

"넌 충분히 그럴 자격 있어."

벅찼다. 넌 잘못이 없다고. 할 만큼 했다고. 말해 준 사람이 너라서. 네가 처음이라서. 그녀의 다리 사이에 허벅지를 끼워 넣어 틈을 벌렸다.

"아무도 뭐라고 안 해."

해찬의 허벅지가 점점 위로 향할수록 치마도 함께 말려 올라갔다. 그는 무릎으로 도희의 아래를 묵직하게 꾹 짓누르며, 고개를 숙였다. 떠밀리다시피 여린 상체가 뒤로 넘어갔다. 반쯤 눕게 된 도희는 간신히 식탁을 짚고 제 가슴에 얼굴을 파묻고 있는 해찬의 무게를 지탱했다. 혀와 입술이 살에 스칠 때마다 데인 것처럼 뜨거웠다.

"아……."

무릎을 세워 아래를 찍어 올리는 자극에 도희가 해찬의 뒷머리를 꽉 움켜잡았다. 그는 한껏 예민해질 대로 예민해진 젖가슴을 집요하게 물고 빨았다. 다른 손으로는 반대편 가슴을 주물럭거리면서. 긴 손가락이 잔뜩 흥분해 솟아오른 돌기를 꾹 꼬집듯 비틀어 돌리자 도희의 미간에 주름이 깊어졌다. 슬며시 입을 벌린 해찬이 혀끝으로 돌기를 씹듯 퉁겼다. 아흐읍, 숨을 토해 내며 그녀의 얼굴이 뒤로 젖혀졌다.

"으응. 해, 해찬……."

한참 가슴팍에 파묻혀 있던 해찬이 뒤늦게 얼굴을 떼어 냈다. 눈을 맞추며 술에 취해 나른하게 풀어진 얼굴로 씩 웃는 모습은 과하게 색스럽다.

"나한테 미안해하지 마요."

해찬은 개의치 않고 그녀의 눈을 뚫어져라 들여다보며 차분히 말을 이었다.

해찬이 느릿하게 손을 내렸다. 수풀을 헤치고 들어선 남자의 긴 손가락이 뜨거운 열기로 달아오른 미끈한 음부를 길게 훑으며 쓸어 올렸다. 흐웃, 교성을 터트리며 그녀가 몸을 비틀었다.

"어디까지나 내 의지였고."

촉촉하게 젖어 버린 음부 주변을 느리게 배회하며 원을 그리는 그의 손길에 온몸이 녹아내렸다. 간지러움에 애타하는 그녀를 관망하며, 해찬이 작게 웃었다.

"나는, 너를 지킬 수 있을 때 비로소 살아 있음을 느껴."

해찬은 늘 생각했다. 본인도 정상은 아니라고. 오직 자신 앞에서만 무너지는 도희를 보며 안심했고, 숨는 것이 습관이 되어 버린 그녀가 마음을 열고 상처를 공유하였을 땐 속으로나마 희열했다.

세상 하나뿐이었던 유일한 사랑, 어머니를 지켜 낼 수 없었음에 느꼈던 그 끔찍한 무기력함과, 공허함은 이제 더 이상 없다. 백도희, 네가 있으니까. 외로움으로, 잘못된 집착으로 시작된 감정이었지만 이젠 뭐가 됐든 상관없었다.

"항상 말하잖아요. 내 앞에서만 무너지라고. 그럼 내 모든 걸 갖다 바치겠다니까."

네가 위태롭지 않았다면 과연 내가 너를 품고 싶어졌을까. 처음은 그저 단순히 너의 상처에 동질감을 느껴 끌리게 됐지만. 지금은 진심으로 당신의 행복을 바라. 그리고 그 행복은 오직, 나로 인한 것이었으면 좋겠어.

"선배는 마치 꽃 같아."

해찬은 얄궂게 입꼬리를 말아 올렸다.

"그래서 나는 네가 시들지 않게 매일 잊지 않고 물을 줄 거예요. 햇빛도 충분히 받게 하고, 태풍이 불면 막아 주기도 하면서. 애지중지 품고, 아껴 줄 거야."

손끝으로 슬쩍 팬티를 밀어 낸 그의 손가락이 깊은 곳 사이를 가르며 불쑥 밀려 들어왔다.

"아!"

"내 거예요. 알죠?"

반쯤 빠져나가더니 이번엔 처음보다 더 깊게 파고들었다. 숨을 돌릴 새도 없이 흥건하게 젖어 버린 그의 손가락은 다시금 빠르게 입구를 뚫고 들어왔다. 배 속에 무언가가 가득 채워진 기분이었다. 질구를 휘젓는 그의 손가락에 속도가 붙자 안에서 질펀하게 찰랑거리는 외설스러운 소음은 더욱 적나라하게 울려 퍼졌다.

"아, 으응. 해찬아. 하. 나 좀."

이상해. 기분이. 정말 어떻게 될 것 같아.

다급한 속을 아는지 모르는지 해찬이 손가락을 하나 더 밀어 넣었다. 두 개에서 세 개로. 순식간에 질내가 꽉 찼다. 들어왔다 빠져나갔다 다시 파고드는 간격이 짧아질수록 당장이라도 터질 듯, 넘쳐흐를 듯했다.

"그, 그만! 제발, 아, 읏! 뭐, 나올 것 같…… 아윽!"

힘이 빠져 두 다리가 속절없이 무너질 위기를 느낀 도희는 간신히 발끝에 힘을 주어 버텼다. 하지만 무리였다. 해찬은 도희가 크게 반응하는 곳을 정확히 찾아냈다.

"여기구나."

해찬이 빙그레 웃었다.

그의 손가락이 질벽 어딘가를 정확히 짚고 긁어 내려오는 순간, 헉, 하는 신음과 함께 애액이 울컥, 울커덕 쏟아져 내렸다. 경련이 난 듯했다. 무엇이라 형용할 수 없는 쾌감에 온몸이 후들후들 떨렸다. 다리에 힘이 풀려 주저앉을 위기였지만 해찬은 틈을 주지 않았다.

"뒤돌아."

상냥하게 어르고 달래던 해찬은 어디에서도 찾아볼 수 없었다. 하지만 도희는 선뜻 뒤돌지 못했다. 연신 가파른 숨을 내쉬며, 좀처럼 사그라지지 않는 흥분에 간헐적으로 몸을 떨었다.

"오늘은, 여기까지만 하자. 내일, 내일…… 촬영 있잖아."

말 중간중간에 섞인 신음을 들으며 해찬은 우습지도 않다는 듯 비웃었다.

"마음에도 없는 소리 그만해."

그리 말하며 도희의 허리를 잡아 가볍게 돌려세웠다. 툭, 툭. 벨트가 풀어지고 바지가 바닥으로 떨어지는 소리가 등 뒤에서 넘어왔다. 도희가 슬며시 뒤를 돌았다. 고개를 숙인 채 능숙한 손놀림으로 묵직한 페니스에 콘돔을 씌우고 있는 해찬이 보였다.

"해찬아. 많이 늦었……."

해찬이 삐딱하게 시선을 들었다.

"네가 먼저 시작했잖아. 그러니까, 참아."

해찬이 씩 입술 끝을 말아 올리자, 도둑질을 하다 걸린 사람처럼 화들짝 놀라며 도희는 다급히 앞을 바라보았다. 무어라 대답할 시간도 주지 않았다. 새하얀 엉덩이를 잡아 벌린 그가 단번에 그녀를 가르고 들어왔다.

"아윽!"

"도무지 친절하게 대해 줄 수가 없어."

해찬은 작게 인상을 찡그리며 숨을 삼켰다.

"……매번 다 망쳐. 네가."

그가 더 깊숙한 곳까지 파고들자 도희의 상체가 아일랜드 식탁 위로 풀썩 무너졌다. 해찬은 반쯤 접힌 그녀의 등줄기를 따라 촉, 초옥 다정히 입을 맞추며 손을 내렸다. 깊이 묻은 채 그녀의 어깨를 치아로 긁으며 자근자근 씹듯 빨았다.

절로 아랫배에 힘이 들어갔다.

"아……."

씨발, 미치겠네. 저급한 욕설이 해찬의 입술을 뚫고 흘러나왔다.

그만큼 도무지 참을 수 없는 감각이었다. 그 거친 몸짓에 도희의 간드러지는 신음은 점점 더 격양되었다. 상상 그 이상의 아찔함이 전신을 푹푹 쑤셨다. 그만큼 참아 내기 힘든 감각이었다. 어서 빨리 움직여 달라는 듯, 도희의 허리가 흠칫흠칫 떨렸다. 해찬은 무방비한 도희의 허리를 꽉 잡고 그대로 강하게 밀어쳐올렸다.

"아! 으읏, 아……."

"참지 말고 뱉어."

갈라진 음성으로 그가 명령하듯 말했다.

"하으읏! 으응, 으, 아아!"

도희는 이를 악물며 주먹을 세게 쥐었다. 위아래로 출렁이는 젖가슴을 움켜쥔 채 가파르게 내달리는 그를 멈춰 세울 수 없었다. 좋았으니까. 정신없이 좋아서, 미칠 것 같았다. 닿을 듯 말 듯 절정의 끝으로 달려가고 있는데 돌연 속도가 느려졌다. 이대로 쉽게 끝내 주지 않겠다는 못된 심보였다. 해찬은 느긋하게 허리를 돌리며 나직하게 말했다.

"다리. 더 벌려요."

도희는 민망해서 어쩌지도 못했다. 이성을 찾으려는 정신과 달리 그녀의 몸은 애타게 그를 원했다. 엉거주춤 서 있던 도희의 두 다리가 서서히 간격을 벌렸다.

"이, 이렇게?"

"더."

그는 지배자와 같은 오만한 눈빛으로 그녀를 내려다보았다. 다리 사이가 야금야금 멀어진다. 애가 탈 만큼 더딘 속도였다. 얇은 허리를 감싸고 있던 커다란 손에 힘이 실렸다. 도희는 질끈 눈을 감았다 뜨며 당장이라도 울음을 터트릴 듯한 얼굴로 슬쩍 뒤를 돌았다. 그만 괴롭히라고, 애원하는 것처럼 순수하고 여린 모습이었다.

더 괴롭히고 싶게. 잡아먹고 싶게.

"……더 이상은, 못 해. 창피해."

떨리는 희미한 음성으로 애원하자 해찬의 눈썹이 미약하게 치솟았다. 더는 무리라며 도희가 다시 간격을 좁히려 했지만 불가했다. 그가 더 빨랐다. 해찬은 그녀의 다리 사이로 불쑥 발을 밀어 넣으며 움직이지 못하도록 고정했다.

결국 음탕한 여자처럼 활짝 다리를 벌린 꼴이 되었다. 뒤를 내어 주었다는 수치스러움보다 먼저 찾아든 건 흥분이었다. 새삼스레 얼굴이 붉어졌다. 그마저도 만족이 안 됐는지 해찬은 참을성 없이 페니스를 강하게 쑤셔 넣었다.

"아윽!"

그가 빠른 속도로 허리를 튕기자 저절로 상체가 꺾이고, 엉덩이는 바짝 위로 들렸다. 감각은 전과 비교할 수 없을 만큼 보다 사실적으로 다가왔다. 해찬의 남성은 전보다 더 빠르고 강하게 박혀 들었다. 반쯤 나갔다가 밀고 들어오고, 완전히 빠져나갔다가 끝까지 파고들어 깊게 쑤셨다.

"좋아요?"

더 깊게, 더 빠르게 해 줘.

핏대 선 그녀의 목덜미를 나른히 내려다보던 해찬은 그녀의 바람대로 움직여 주었다. 그녀의 아랫배를 잡고 푹, 푹 찍어 넣듯 페니스를 밀어 넣었다. 시간이 흐를수록 속력은 줄어들 생각 없이 점점 더 높아졌다. 마치, 경주하듯.

한번 느낀 상태라 그런지 절정은 빠르게 찾아왔다. 위태롭게 차오른 것들이 당장이라도 왈칵 쏟아져 내릴 것 같은 위태로운 위기감을 떠안은 채로, 도희는 정신없이 비명을 내질렀다.

끊임없이 치고 빠지기를 반복하며 집요하리만큼 끝까지 들쑤셨다. 해찬은 그녀의 상체를 일으켜 세우며 턱을 잡아 돌려 키스했다. 힘에 부쳐 그녀가 다시 쓰러지려 할 때마다 해찬은 힘껏 그녀의 납작한 배를 끌어당기고, 입술을 덮쳤다. 그녀를 꿰뚫는 고양된 속도와 쾌감을 감당하지 못해 터져 나오는 신음 소리는 비례했다.

"조, 조금만 천, 천천히……. 천천히 해 줘……."

"싫어."

놀리는 것처럼 그의 남성은 더 빠른 속도로 치고 들어왔다. 그러면서 유두를 아프게 꼬집는다. 아웃, 저절로 아래가 수축하며 남성을 조였다. 어느 순간 그의 남성이 쑤욱 빠져나갔다. 저를 마주 보도록 돌려세운 해찬이 그녀를 가뿐하게 안아 올렸다. 엉덩이를 받쳐 안고서 도희의 등을 벽에 붙였다. 그는 다시 그녀를 뚫고 들어왔다.

"하으. 아으윽!"

도희는 해찬의 목을 꽉 끌어안고 떨어지지 않으려 애처롭게 매달렸다. 깊게 위로 밀어 칠 때마다 여체는 위아래로 정신없이 흔들렸다.

그 어떤 잡념도 갖지 않았다. 모든 것들을 내던지고 그저 서로에게 집중했다.

가까스로 해찬의 허리를 감싸고 있던 두 다리가 허물어지고, 다시 또 무너졌지만 그는 집요하리만큼 도희를 놓아주지 않았다. 해찬은 거침없이 출렁이는 젖가슴을 꽈악 움켜쥔 채 성마르게 내달렸다.

"아, 아! 하으윽."

볼품없이 갈라진 목소리였다. 신음할 힘도 이제 더 이상 남아 있지 않았다. 물인지 무엇인지 모를 것이 아래에서 허벅지를 타고 줄줄 흘러내렸지만 신경 쓸 정신도 없었다. 전기에 감전된 듯 몸은 쉬지 않고 떨려 왔다.

도희는 이를 악물며 주먹을 세게 쥐었다. 가파르게 내달리는 그를 멈춰 세울 수 없었다. 좋았으니까. 좋아서 미칠 것 같았으니까.

좋았다. 자유롭다. 너와 몸을 섞고 키스할 땐 나 또한 자유로워지는 기분이다. 물속을 종횡하며 헤엄치던 너처럼. 시원함에 해방되어.

점점 한계에 다다르고 있었다. 위태롭게 차오른 것이 당장이라도 왈칵 쏟아져 내릴 것 같은 위기감을 떠안은 채, 도희는 정신없이 비명 같은 신음을 내질렀다.

"도희야."

한없이 다정한 음성이었다. 드넓은 어깨에 얼굴을 파묻고 있던 도희가 힘겹게 얼굴을 들었다.

"키스해 줘."

주문에 걸린 것처럼 그녀는 고분고분 움직였다. 건조하게 말라 버린 입술이 그의 입술에 조심스레 내려앉은 순간. 그가 움찔거리며 작게 발작했다.

"아······."

어둡게 가라앉은 탄식이 그의 입술을 비집고 흘러나온 그 순간, 무언가로 가득 채워지는 기분과 함께 배 속이 뜨거워졌다.

해찬이 축 늘어진 도희를 품에 꽉 안았다. 부서질 만큼, 강하게.

그날 밤 두 사람은 그 어떤 잡념도 갖지 않았다. 모든 것들을 내던지고 서로에게만 집중하며 자유로웠다. 그들 사이에서만 이해할 수 있던 고집과, 벅찬 위로와, 자칫하면 부서질 듯 위태로운 혼란스러움이 뒤섞였던.

그날 밤의 정사는 오래도록 지속되었다. 무너지고, 또 무너지고, 다시 무너질 때까지도 해찬은 도희를 놓아주지 않았다. 자유롭게 종횡하는 고해찬. 그에게 물들어 도희는 수십 번 희열하였다.

△ ▼ △

구리시 변두리에 위치한 낡은 창고 앞에 고급 세단이 부드럽게 정차했다. 목적지에 도착했는데도 태준은 미동조차 없었다. 뒷좌석에 앉아 태블릿으로 업무를 보고 있었다.

"상무님, 데려오겠습니다."

말을 끝낸 최 실장이 시동을 끄고 운전석에서 내렸다. 5분쯤 지났을까. 뒷좌석 문이 벌컥 열렸다. 최 실장과 함께 나타난 고용인들이 우악스러운 손길로 데려온 남자를 뒷좌석에 쑤셔 넣듯 밀어 넣었다.

남자의 몰골은 말이 아니었다. 얼마나 짓밟혔는지 구겨진 하얀 셔츠는 검붉은 피로 범벅이 된 채였고, 얼굴은 두 눈 뜨고 못 봐 줄 만큼 심한 외상으로 퉁퉁 부었다.

그의 팔과 다리는 밧줄에 꽁꽁 묶여 있었고, 눈과 입은 청 테이프로 둘둘 감겨 있다. 남자는 한 치 앞을 볼 수 없음에 강한 두려움을 느꼈는지 사시나무처럼 몸을 떨며 알아듣지 못할 말을 연신 내뱉었다.

걸레짝이 되어 버린 사람을 앞에 두고도, 태준은 눈 한번 깜빡이지 않았다. 팽팽한 긴장감 속에서 느긋한 사람은 태준뿐이었다. 검지로 태블릿 액정을 쓸어내리며 주가 변동 그래프에 시선을 붙박았다.

"……박종훈 경위?"

남자가 흠칫 어깨를 떨었다. 태준이 피식 웃으며 말을 정정했다.

"아, 경찰은 오래전에 때려치웠으니 이젠 일반인인가."

박종훈 경위.

구청 관제 센터에서 각 도로와 구역에 배치된 CCTV를 검열하고 확인하는 업무를 수행하던 경찰이었다. 방범용, 불법 주정차, 다목적 등. 가릴 것 없이 관할 지역에 설치된 CCTV는 전부 관제 센터에 파견되어 배정받은 경찰들이 관리한다.

범죄나 사고. 또는 살인 사건을 조사하는 형사의 요구에 따라 녹화본을 공유하며 적극적으로 협조하는 것이 주 업무였다.

"그쪽 한 명 찾으려고 내가 얼마나 많은 시간을 투자했는지 알아요?"

무려 11년이 걸렸다.

"보이지 않는 곳에 잘도 숨었던데. 찾느라 고생 좀 했습니다."

표면적으로는 말을 높이며 존중해 주려는 것처럼 보였지만, 뾰족한 칼끝으로 살점을 쑤셔 도려내듯 태준의 음성은 어딘가 고압적이기까지 했다. 태준은 여전히 태블릿 화면에 시선을 둔 채 물었다.

"내가 못 찾을 줄 알았어요?"

"우으으. 으으으."

태준이 작게 고개를 까딱이자, 활짝 열린 뒷좌석 문 옆에 선 최 실장이 남자의 입을 꽉 틀어막고 있던 청 테이프를 거칠게 떼어 냈다.

"우으윽! 푸하!"

박종훈은 살점이 뜯기는 통증에 괴로워하며 참아 온 숨을 토해 냈다.

"이제 말해 봐요."

"무, 무얼, 말, 말하라는, 건데! 당신 누구야! 뭔데!"

아직 그의 눈은 가려져 있었다. 앞이 보이지 않는 공포에 사로잡혀 박종훈의 목소리가 덜덜 떨렸다. 태블릿 액정을 쓸어내리던 태준의 손가락이 멈칫 움직임을 멈추었다.

"그 여자한테 얼마 받았어요?"

태준이 정중한 어조로 묻자 박종훈의 입이 느슨하게 벌어졌다.

"뭐……."

"대체 얼마나 받아 처먹었길래 경찰직도 그만두고, 백도영 뺑소니 사건의 유일한 증거였던 CCTV 녹화본까지 은폐했던 겁니까."

태준이 정확하게 허를 찔러 오자 박종훈의 입이 굳게 다물렸다. 태준은 애처롭게 떨고 있는 박종훈을 무감정하게 응시했다.

"대우해 줄 때 곱게 불어요. 그 이상 피 보고 싶지 않으면."

"나……, 나는 몰라! 아, 아무것도 몰라! 아무런 관계도 없어! 그러니까 이거 풀어 줘! 지금 당장!"

태준이 헛웃음을 터트리며 피로에 뭉친 목을 좌우로 꺾었다.

"개새끼도 아닌데 왜 사람 말을 한 번에 못 알아듣지……."

낮게 중얼거리며 태준이 손에 들고 있던 태블릿을 던지듯 바닥에 내려 두었다. 이미 발톱 두 개가 빠져 버린 박종훈의 발이 눈에 담겼다. 굳은 피와 흙으로 더럽혀진 상태였다. 태준이 눈을 올렸다.

"홍미연한테 돈 받고 CCTV 녹화본 삭제하고."

"아니……."

"그래. 직접 쳤지. 홍미연 사주 받고 백도영을 차로 들이받았잖아."

박종훈은 크게 동요했다. 긍정. 사실이란 뜻이다. 태준이 재차 물었다.

"맞습니까?"

박종훈이 입을 벙긋거렸다. 예상치 못한 순간 정곡을 찔러 판단력이 흐려진 것이다.

"민중의 지팡이가 그래서 쓰나. 돈 몇 푼 만져 보겠다고 이제 막 꽃피우기 시작한 여자애 인생을, 꿈을 그렇게 무참히 짓밟고."

"……."

"남은 가족은 죽은 것만도 못한 삶을 사는데."

"아, 아니야! 아니야! 아니라고! 난 아니야. 나는, 나는. 정말 몰랐어. 몰랐어……. 진짜 몰랐다고!"

"모르긴……."

박종훈은 이미 제정신이 아니었다. 눈물인지 콧물인지 모를 액체가 줄줄 흐르고 있는데도, 흙먼지를 뒤집어쓴 채 미친 사람처럼 고개를 내저으며 끊임없이 부정했다.

"CCTV 녹화본 어디에 뒀어요?"

태준은 상황과 전혀 어울리지 않게 상냥히 미소 지으며 물었다. 더는 물러설 곳이 없음을 인지한 박종훈은 모든 걸 포기한 듯 애원했다.

"몰라……. 난 일부러 그런 게 아니었어……. 그 여자가 내 아내와 아이를 걸고 협박했어. 그 미친 여자는 정말 죽이고도 남을 여자야. 나는 아무, 아무것도 몰라. 없어."

묵직한 정적이 내려앉았다. 태준은 살벌하게 입꼬리를 비틀어 올리며 다시금 나긋이 물었다.

"마지막이야. 어디에 숨겼어."

"몰라! 없다고! 어쨌든 결국엔 죽지 않았잖아! 수, 숨은 붙어 있다며!"

태준이 고개를 돌려 최 실장에게 신호를 보냈다. 최 실장이 고용인들을 향해 턱짓하자 곁을 지키던 남자 두 명이 다시금 박종훈을 끌어 내리려 어깨를 붙잡았다.

박종훈의 얼굴이 파리하게 질려 갔다. 이대로 또 끌려가면 맞을 것이다. 이번에 정말 죽을지도 모른단 생각에 허겁지겁 말을 뱉었다.

"아, 아니. 잠깐! 잠시만요. 잠깐만……."

"말해요."

"그, 근데 이제 와서 녹화본을 어디에 쓰려고요. 소용없잖습니까! 이미 공소 시효도 다 끝난……."

"하나."

"처벌 못 한다니까? 고소 못 한다고!"

고작 고소 따위나 하려고 기껏 고생해서 잡아 온 줄 아나. 태준이 같잖다는 듯 픽, 웃음을 터트렸다.

"둘."

"안 돼. 안 돼!!"

"……셋."

"말할게! 말할게요! 대, 대신 나와 내 가족은 해외로 보내 줘요. 불면, 그 여자가 가만히 있지 않을 거야……."

"너. 내가 누군지는 알아?"

"그걸 내가 어떻게 압니까! 앞도 안 보이는데. 그러니까, 약속이나 해 주세요, 제발."

태준이 가볍게 웃었다. 홍미연과 자신의 관계를 알면, 언론에 노출된 삼진전자 전략 팀 상무인 것을 알면 놀라 까무러칠 테지.

"좋아. 원하는 대로 해 줄 테니 말해. CCTV 녹화본 어디에 숨겼어?"

"원, 원본은 삭제됐어요. 지, 진짭니다! 그 여자가 해커 고용해서 상부 승인 처리까지 따냈어요! 나, 나는 삭제 버튼만 눌렀을 뿐이고!"

"……지금 나랑 장난하자고?"

"아, 아니. 사, 사본은 있습니다. 우, 우리 집 책상 서랍에 USB! 거기에 있어요. 그 여자가 또 찾아와 협박할까 봐 나도 목숨 줄 하난 챙겨 놔야 할 것 같아서 숨겨 뒀습니다! 진짭니다."

뒤에서 상황을 묵묵히 지켜보던 최 실장은 어느새 누군가에게 전화를 걸어 지시를 내리고 있었다.

"증거 찾아서 내용물 확인될 때까지 여기에 계속 잡아 둬요."

"예."

고용인들이 고개를 숙였다.

"약속이랑 다르잖아! 마, 말했으니까 나 풀어 줘야지!"

악을 내지르자 고용인들이 우악스럽게 박종훈을 끌어 내렸다.

"이후엔 어떻게 처리할까요. 상무님."

최 실장이 조용히 물어 왔지만 태준은 대답이 없었다. 내포된 뜻을 이해한 고용인은 작게 고개를 숙였다.

"……알겠습니다."

탁, 뒷좌석 문이 닫혔다.

△ ▼ △

스튜디오의 열기는 대단했다. 오전부터 촬영 준비에 한창이었다. 스태프들은 엄브렐라 조명과 스탠드 반사판을 설치하거나, 아웃도어 의류를 나르며 쉴 새 없이 바쁘게 스튜디오를 누볐다.

도희 역시 마찬가지였다. 1년에 두세 번, 〈익스페디션〉 전속 모델이 확정되면, 클라이언트는 기획한 콘셉트와 촬영 결과가 상이하진 않는지 꼼꼼히 검열하고, 지시를 위해 반드시 스튜디오에 나와야 했다.

그 때문에 스태프들과 별개로 정신이 하나도 없었다. 촬영장 뒤편에 서서 한창 콘티 서류를 확인하고 있는데, 이동용 행거에 의류를 정리하던 여자 스태프들의 대화가 언뜻 들려왔다.

"진짜 실물 장난 없다. 가만히 서 있기만 하는데 풍기는 아우라 좀 봐."

"내 말이. 이번에 〈익스페디션〉에서 돈 좀 썼나 봐. 원래 촬영 절대 안 한다며, 고해찬."

"작가님도 그렇게 노래를 부르시더라. 고해찬 선수는 꼭 한번 찍어 보고 싶었다고."

"수영 선수 하기엔 너무 아깝다. 국대 은퇴하면 방송 일 하겠지?"

"해야지. 무조건 카메라 앞에 서야 하는 비주얼인데 아껴 둬서 뭐 해."

20대 초반쯤 됐을까. 아르바이트를 하는 대학생일 확률이 높았다. 여자 스태프들은 저들끼리 해찬을 두고 외모 품평을 하느라 여념이 없었다.

가만히 대화를 듣고 있던 도희가 저도 모르게 피식거렸다. 어쩐지 알 수 없는 동질감을 느낀 탓이다. 그들과 비슷한 또래였을 땐 지나치게 화려한 고해찬의 외모를 보고 같은 생각을 했었으니 말이다.

"담당자님, 준비 거의 끝났습니다. 촬영은 고해찬 씨 메이크업 마무리되는 대로 시작할 것 같고요. 따라오시죠."

곁으로 다가온 남자 스태프가 시간을 힐긋 확인하며 자리를 안내했다.

"담당자님, 커피 드릴까요?"

"아, 괜찮아요."

"네. 그럼. 잠시 기다려 주세요."

남자 스태프는 제 할 일을 마치고 즉시 자리를 떠났다. 도희가 생각 없이 고개를 돌린 때였다. 의자에 기대어 앉아 지그시 눈을 감은 채 메이크업을 받고 있는 해찬이 눈에 들어왔다. 질색할 줄 알았는데 그는 별다른 저항 없이 전문가의 손에 순순히 제 얼굴을 맡겼다.

왁스와 스프레이로 깔끔히 고정하여 치장한 머리 스타일이나, 메이크업은 화려한 그의 외모를 더욱 부각시켰다. 뿐만 아니라 〈익스페디션〉의 신상 트레이닝복 세트를 갖춰 입은 모습은 슬렌더한 근육들이 꽉 들어차 있는 그의 체격과 말할 것도 없이 잘 어울렸다. 이미 질리도록 마주한 얼굴인데, 스튜디오에서 들여다본 그는 새로웠다. 다른 사람 같았다.

도희는 좀처럼 해찬에게서 시선을 떼지 못했다. 홀린 사람처럼 멍하니 서서 해찬의 얼굴을 들여다보았다. 차분하게 내리깔린 기다랗고 촘촘한 속눈썹이 보이고, 높은 콧대를 지나, 고집스럽게 다물린 입술에 눈길이 멈추었다.

그는 콘셉트를 설명하는 스태프의 말을 들으며, 간간이 고개를 끄덕이기도 하고 지친 듯 한쪽 어깨를 크게 돌려 몸을 풀기도 했다. 고작 열 발자국 떨어져 있는데 닿지 못할 곳처럼 멀게만 느껴진다.

호텔에서 이뤄진 은밀한 행각을 뒤로하고 뻔뻔하게 모르는 척 각자의 위치에서 집중하는 모습은 좀처럼 적응이 안 된다. 벌어진 간극 사이로 밀려오는 은밀하고도 야릇한 기분에 괜히 등골이 저릿했다. 도희는 발가락 끝에 힘을 주며 애써 해찬을 외면했다. 때마침 대기실 커튼을 헤치며 포토그래퍼가 등장했다.

"안녕하세요, 담당자님. 이민혁입니다. 〈익스페디션〉 업체와는 첫 작업인데, 모쪼록 이번 촬영 잘 부탁드립니다."

민혁이 악수를 청하자, 도희는 가볍게 손을 맞잡으며 화답했다.

"아, 백도희입니다. 저야말로 잘 부탁드려요."

"혹시라도 촬영이 오더 내용과 다른 방향으로 흘러가게 되면 바로 짚어 주세요. 제가 좀, 즉흥적인 성향이 강한 편이라."

까다롭고 자기주장이 강한 성향이라고 들었는데 직접 보니 생각보단 털털한 성격인 듯했다. 내심 다행이라 생각하며 도희가 작게 웃었다. 대화를 끝낸 민혁이 카메라 앞에 서고, 도희 역시 몸을 돌려세웠다. 생각 없이 고개를 들던 찰나 시선 끝에 다시금 해찬이 닿았다.

"아……."

해찬은 의자에 느른히 기대어 앉아 정면을 바라보고 있었다. 팔걸이에 세운 손등 위로 비스듬히 턱을 괸 채. 삐딱한 자세와 곧게 뻗은 시선은 지나치게 거만했다. 도희는 그의 시선이 향한 곳이 어디인지 쉽게 알아차렸다.

"촬영 시작하겠습니다!"

시작을 알리는 스태프의 목소리가 우렁차게 터져 나오고, 그와 동시에 촤악, 착. 수많은 조명이 동시다발적으로 빛을 뿜어냈다. 밝은 조명 빛에 눈이 시릴 만도 한데, 해찬은 눈 한번 깜빡이지 않았다. 빤히, 지나치게 빤히 도희를 응시했다.

그 짙은 눈빛에 꽁꽁 묶여 버린 도희는 한동안 움직일 수 없었다.

촬영의 시작은 무난했다.

"아, 해찬 씨 너무 좋은데요. 지금 딱 좋아요."

민혁은 뷰파인더에 눈을 떼지 않고 쉴 새 없이 셔터를 눌렀다.

"그 상태에서 얼굴만 살짝, 비스듬히. 좋아요. 눈빛 조금만 풀자. 턱 들고,

거만하게 날 봐요. 내가 하찮다는 듯이 그렇지, 그거지!"

포토그래퍼의 요구를 무리 없이 소화해 내고 있으면서도 해찬은 좀처럼 도희에게서 시선을 떼지 않았다.

"해찬 씨. 지금 어디 봐? 카메라 봐야지. 운동선수라 낯설어서 그런가? 자, 다시 갈게요!"

거둬질 생각 없이 곧게 와 닿는 시선에 당황한 도희가 눈을 깜빡이자, 해찬은 살짝 고개를 기울이며 작게 웃었다. 얄궂게 슬며시 말려 올라간 입꼬리를 목격한 순간 도희는 무의식적으로 마른침을 삼켰다.

의지와 다르게 몸이 달아오른 탓이다. 고작 시선 따위로 긴장했다. 그의 눈꺼풀이 느리게 감겼다 떠밀려 올라갈 때마다. 검고 깊은 눈동자 속에 제 얼굴이 담길 때마다. 어쩐지 발가벗은 듯했다. 수많은 관객이 사라지고 오직 너와 나. 단둘만 남은 이 공간에서, 서로를 마주 보며. 그의 눈은 곧 손길이 되어 살결을, 머리카락을, 만지작거린다.

……위험한 상상이었다. 환상에서 깨어나자 찾아온 건 불만이었다. 뭐가 저렇게 여유로워. 쳐다보지 말고 촬영에 집중하라고, 타박을 줄 수도 없는 노릇이다.

도희는 주변 사람들이 알아차리지 못하도록 슬쩍 자리를 옮겼다. 이민혁 작가 등 뒤에 섰다. 그러면, 어쩔 수 없이 카메라를 볼 수밖에 없을 듯하여.

지금쯤 시선이 거둬졌을까 싶어 빼꼼 옆으로 얼굴을 내밀었다. 하지만 기대와 달리 그의 새까만 눈동자는 집요하게 도희를 좇으며 천천히 움직였다. 다시한번 눈이 마주치자 해찬이 살짝 턱을 기울이며 피식 웃었다. 네가 무슨 생각을 하는지 전부 알고 있다는 것처럼. 머릿속을 가득 채우고 있는 야한 상상까지도.

도희의 모든 신경은 해찬에게 향해 있었다. 소란스러운 음악 소리도, 작가님의 요구 사항도 점차 의식 너머로 멀어지다 끝내 들리지 않았다. 비로소 정신이 들었을 때, 언제 그랬냐는 듯 해찬은 도희에게서 시선을 떼고 촬영에 집중하고 있었다.

△ ▼ △

촬영은 초저녁이 되어서야 마무리되었다. 장장 일곱 시간에 걸쳐 진행한 결과는 기대 이상이었다. 민혁은 피사체가 워낙에 화려하고 훌륭해, 도리어 제품이 묻힐까 걱정이 된다는 말을 돌려 하며 해찬에 대한 찬사를 아끼지 않았다.

"수고하셨습니다!"

이곳저곳에서 터져 나오는 스태프들의 정중한 인사를 받으며 서류를 마저 정리했다. 타이밍 좋게 스튜디오 출입문을 열고 영민과 선아가 모습을 드러냈다. 둘은 주변을 살피다 도희를 발견하고 다급히 달려왔다.

"대리님. 저희가 좀 늦었죠! 회사 일이 늦게 끝나는 바람에……. 죄송해요. 의류는 저희가 챙겨서 갈 테니까, 대리님은 여기서 먼저 퇴근하세요."

"아니야. 나도 어차피 회사에 볼일이 있어서. 부장님께 촬영 진행 상황 보고도 올려야 하고. 의류 수거해서 같이 가요."

"아, 네. 그럼 잠시만 쉬고 계세요. 금방 끝낼게요."

"응. 부탁 좀 할게."

의류가 걸린 행거로 멀어지는 두 사람의 뒷모습에서 시선을 뗀 도희는 청바지 뒷주머니에서 휴대폰을 꺼내어 들며 서둘러 걸음을 옮겼다.

해찬을 찾는 것은 그다지 어렵지 않았다. 그는 스튜디오 건물 뒤편 주차장에 매니저와 함께 있었다.

다가가 고생했단 말을 건넬 생각이었지만, 어쩐지 자못 심각한 매니저의 얼굴에 도희는 쉽게 다가가지 못했다.

"야, 해찬아. 진짜 무슨 일 있는 거 아니지? 너 요즘 진짜 수상해."

"또 뭐가."

해찬은 성의 없이 대꾸하며 휴대폰을 만지작거렸다.

"너 비시즌일 때도 개인 훈련 쉰 적 단 한 번도 없었잖아. 코치님이 걱정 많이 하셔. 하루라도 훈련 놓치면 몸 굳는 거 순식간이라고."

"쉽게 안 굳어."

해찬은 처음부터 매니저의 말을 귀담아듣지 않았다. 근거 있는 자신감이었지만, 시큰둥한 태도에 속이 타들어 가는 건 성권이었다.

"올림픽까지 이제 1년도 안 남았어. 이러고 있을 때가 아니라고."

성권은 답답하다는 듯 이마를 짚으며 한숨을 토해 냈다.

"실수한 것 같다. 네 말을 들었어야 했어. 전속 계약이고 뭐고, 호텔에서 일주일 쉬다가 바로 호주 들어가서 훈련 시작했어야 했다고. 하아……. 설마, 너나 엿 먹어 보라고 이러는 건 아니지?"

"이제 알았어?"

해찬이 짓궂게 웃으며 농담하자, 성권은 미간을 좁히며 표정을 굳혔다.

"할 거야, 훈련. 걱정 마."

"진짜지? 이번 올림픽에 너 한 명 보고 투자한 기업들 봐서라도 목숨 걸고 금메달 따야……. 아, 잠시만. 전화 온다."

성권은 의심 없이 꺼내 든 휴대폰을 귀에 가져다 댔다.

"여보세요. 네, 맞는데요. 네? 어디요? 아, 일단 알겠습니다. 네."

통화를 끝낸 성권은 혼란스럽다는 얼굴로 해찬을 응시했다.

"내가 지금 이 상황이 도무지 이해가 안 돼서 그러는데 너 삼진이랑 뭐 있어?"

"……누군데."

"그쪽에서 널 만나고 싶다는데? 누구더라, 홍미연? 그 여자 기태형 회장 마누라 아니야?"

해찬이 짧게 실소를 터트리며 시선을 올렸다.

"어디서 보자는데."

이상했다. 분명 놀라는 척이라도 보여야 하는데 해찬은 이미 이런 상황을 예상한 사람처럼 작은 동요조차 없었다.

"그게 문제가 아니라, 삼진이면 예전에 네가 계약 제안 깠던 기업이잖아. 둘이 껄끄러운 관계 아니었어? 아, 뭐 그래. 그건 그렇다 치자. 근데 직원도 아니고 삼진가 사람이 널 왜 보자고 해?"

"형."

"어?"

"장소랑 시간. 문자로 남겨 줘."

"야. 야. 해찬아. 고해찬!!"

애타게 불러 세우는 성권을 뒤로하고 해찬은 넓은 보폭으로 성큼성큼 걸어왔다. 도망쳐야 한다는 생각도 못 했다. 성권만큼이나 혼란스러워서. 단숨에 걸어온 해찬은 코너를 꺾자마자 도희의 손을 단숨에 잡아 왔다. 놀란 도희가 눈을 크게 떴다.

"너, 어떻게⋯⋯."

"선배."

"나, 여기에 있는 거 알았어?"

"왜 몰라."

할 말을 잃게 만드는 단호한 대답에 도희의 턱이 느슨히 벌어졌다.

"시간이 없어서."

그가 입꼬리를 들어 올리며 곱게 웃었다.

"설명은 나중에 할게요."

무슨 일이냐며 추궁하면 안 될 것 같은 분위기라, 도희는 얼떨결에 고개를 끄덕이고 말았다.

"선배."

대답할 새도 없었다. 잠시 주변을 살피던 해찬은 나른히 시선을 내리깔며, 작게 속삭였다.

"혹시 내일, 백윤택 의원 만날 수 있어요?"

도희의 얼굴이 바짝 굳었다.

"조금이라도 싫으면 말해요. 거절해도 돼. 방법은 많으니까."

"아니."

거절할 줄 알았는지, 해찬은 예상치 못한 도희의 수긍에 멈칫했다.

"만날게."

△ ▼ △

「1. 국내 유명 대기업 A그룹. 후계자 내정 밥그릇 싸움이 본격적으로 시작되면서 형제간 견제와 갈등이 심한 상태. A그룹 회장은 형제 중 가장 유능한 막내아들 C를 밀어주고 싶어 함. 위로 있는 두 형제 대신 막내 C를 본사 전략 팀에 앉혀 둔 것만 봐도 기정사실이 된 셈.

2. 막내아들 C에게 유독 각별한 어머니 B 여사. 대외적으로 알려진 다정한 모자 관계는 전부 거짓. B 여사의 선행 또한 전부 계산된 것이라 함. 일각에선 보육원 아이가 악수를 청했던 손을 경멸스럽게 내친 장면을 목격했다는 후문.

3. A그룹 막내아들 C가 배다른 아들이라는 설. 대부분의 재계인들은 알고 있지만 쉬쉬하고 있는 상태.

4. [단독 입수] A그룹의 실세 B 여사 불륜 추정. 상대는 국회의원 Y. B 여사가 국회의원 Y의 정치계 데뷔를 위한 뒷배와 출자금 경로를 확보해 주며 7년 동안 관계를 이어 왔다는 후문. B 여사의 목표는 국회의원 Y의 대선. A그룹의 힘을 얻기 위한 B 여사의 로비 의혹.

5. [단독 입수] Y의 정치계 데뷔를 위해 A그룹 B 여사가 국회의원 Y의 막내딸 S 양 목숨을 위협한 뺑소니 배후자로 지목······.」

찌라시는 제법 정확했다. A4 용지에 깔끔하게 정리된 내용을 묵묵히 눈으로 읽던 태준은 감흥 없이 종이를 뒤집어 놓았다. 그러고는 가느다란 한숨을 내쉬며, 턱을 들어 최 실장을 응시했다.

"이게 전부입니까?"

"······예."

"증권가에서 나온 찌라시인가?"

"그건 아닌 것 같습니다."

최 실장의 부정에도 태준은 그다지 놀라워하는 기색이 아니었다.

그도 그럴 것이 1, 2, 3번의 찌라시는 몇 년 전부터 암암리에 떠돌던 내용이었지만 4, 5번 내용은 최근 돌기 시작한 데다 상당히 구체적이다. 무엇보다 그 일을 알고 있는 사람은 저뿐일 터.

······아니. 아니다. 도희. 백도희가 있다. 하지만 증권가나 재계 측에 인줄 하나 없는 그녀가 이런 방대한 내용을 퍼트렸을 리가. 가능성이 있다 하더라도 그럴 성격도 아닐뿐더러 그만한 배짱이 없다.

"가사도우미 임정숙 씨 말에 의하면, 한 시간 전 홍 여사 측 비서가 고해찬 선수 매니저에게 연락을 취했다고 합니다."

고해찬. 그에게 진실을 말한 것이다.

"제 생각엔 고해찬 선수가 의도적으로 정보를 흘린 것 같습니다."

그보다 더한 힘을 가진 자신에게도 단 한 번도 손을 뻗지 않던 그 고집스러운 백도희가, 고작 수영 선수인 고해찬에게, 도움을 청했다. 저를 그토록 끔찍해했으니 어쩌면 당연한 결과일 테지만. 툭, 툭, 툭. 책상을 두드리던 기다란 손가락이 일순 허공에서 움직임을 멈추었다.

"기분이 조금······."

더럽네. 작게 조소하며 태준은 주먹을 꽉 말아 쥐었다. 알고 있다. 자신은 국민들에게 좋은 이미지로 비칠 리 없는 기업인이다. 돈과 권력으로 사람들의 마음을 움직이는 데는 한계가 있었다.

그런 태준이 적극적으로 나서서 호소해 봤자, 야망에 미친 자들끼리 잘들 놀고 있다며 손가락질받을 게 뻔했다. 반면 고해찬은 어떠한가. 국민들의 신뢰를 한 몸에 받으며 언론과 여론을 단숨에 휘어잡을 수 있는 힘이 있다.

후원과 봉사를 일삼으며 누구보다 선행에 힘쓰던 홍미연을 극한으로 몰아세울 수 있다. 답은 정해져 있었다.

국민들은 드라마를 좋아한다. 간절한 꿈과 뜨거운 열정. 그리고 다부진 목표. 고해찬은 그 모든 것들의 집합체였다. 피눈물 흘려 가며 뼈아픈 가정사와,

신체의 악조건을 이겨 내고 오직 악바리 근성 하나로 노력한 끝에 세계 정상에 설 수 있었던 국가 대표 수영 선수.

국민들은 국위 선양에 힘쓰며 모든 이들의 전폭적인 지지를 받고 있는 고해찬에게 열광한다. 그의 드라마를 응원한다. 고해찬의 무기는 돈도, 권력도 아닌 사람들을 감동케 했던 진정성이었다. 그것을 자신의 힘으로 역이용할 생각이었다면.

"머리 좀 썼네……."

다른 의미로 독한 놈이다. 알게 모르게 정치계 사람들과 친분을 쌓으며 공식 석상에 나오기 시작했을 때부터 알아봤어야 했는데, 방심했다.

고해찬이 그 모임에 참석한 이유나, 인사들을 통해 저에게 무엇을 언질하고자 했던 것인지. 그건 찌라시 내용을 확인한 순간부터 알아차렸다.

"나를 이용하겠다고."

나만큼 너도 나를 필요로 할 테니, 원한다면 알아서 눈치껏 기어 들어와 얌전히 협조하라고. 그렇게 해 준다면 나 역시 기꺼이 너의 도구가 되어 주겠다는. ……그런 뜻이었다.

절로 헛웃음이 터졌다. 넌 아쉬울 것 없다 이거지.

"할 줄 아는 거라곤 수영밖에 없는 풋내기일 줄 알았더니."

제법, 자극이 됐다.

"최 실장님."

"예, 상무님."

"찌라시 내용에 하나 더 추가해 줘야겠습니다."

"어떤……."

"A 그룹 B 여사가 배다른 아들 C의 친모 D에게 정신적인 협박과 폭력을 일삼았으며."

태준은 깍지를 낀 두 손 위에 턱을 괸 채, 의미심장하게 웃었다.

"덕분에 D는 정신적 트라우마를 이기지 못해 조현병을 앓게 되었다."

태준은 덮어 두었던 A4 용지를 펜 끝으로 톡톡, 두드렸다.

"이 정도는 돼야. 내용이 한층 더 풍부해지지 않겠습니까."

최 실장은 순간 흠칫했다. 죽을힘을 다해 감추고자 했던 약점을 아무렇지 않게 언급하는 그가. 일말의 망설임도 없이 자신이 소속된 기업과 가정을 파멸로 이끌겠노라 말하는 그에게 소름이 끼쳤다.

"전 국민이 의도치 않게 알파벳 공부하느라 머리 좀 아프겠네요."

태준이 자조하며 재킷 안주머니에서 USB를 꺼내어 내밀었다.

"홍 여사에게 전달해요."

좋아. 원하는 대로 어울려 줄게.

"지금쯤이면 도착했을 테니까."

그러니 마음껏 활개 쳐 봐. 얼마나 놀 줄 아는 새끼인지,

나 역시 궁금해졌으니까.

△ ▼ △

"부르셨다 들었습니다."

"앉아요."

미연은 해찬에게 눈길조차 주지 않고 턱짓으로 맞은편 소파를 가리켰다. 성의라고는 조금도 찾아볼 수 없는 냉담한 태도였지만 해찬은 조금도 개의치 않았다. 도리어 피식 웃으며 여유를 부렸다.

"오는 길에 즐거운 일이라도 있었나 봐요?"

"글쎄요."

해찬이 어깨를 으쓱이며 슬며시 입술 끝을 말아 올렸다. 미연은 더없이 온화한 미소를 지으며 꼿꼿이 허리를 세웠다.

"신기하네요. 이곳이 어디인지, 누구 앞인지 알면 조금은 긴장하는 척이라도 할 줄 알았는데. 운동선수라 그런가? 제법 도전 정신이 있어."

해찬은 고상하게 찻잔을 받쳐 들며 천천히 홍차를 들이켜는 미연을 빤히 응시했다.

"칭찬입니까?"

그럴 리가 없다는 걸 알면서도 해찬은 뻔뻔하게 되물었다.

"폄하는 아니니 걱정 말아요."

그것과는 조금 거리가 먼, 모욕과 무시가 뒤섞인 조롱이었다.

탁. 찻잔을 테이블에 내려놓으며 미연은 본론을 꺼냈다.

"덕분에 내가 참 우습게 됐어요. 듣자 하니, 수영 선수라던데."

노골적으로 무시하는 어조에도 해찬은 그저 웃었다.

"이해해 줘요. 내가 그쪽 방면엔 관심이 없어서. 그래도 이번 기회에 많이 알게 됐어요. 내년에 있을 부산 올림픽 유치에 힘썼다면서. 그 덕에 돈에 눈이 먼 노인네들한테 예쁨 좀 받는 모양이던데……, 고해찬 씨는 정도를 모르나 봐?"

무심한 해찬의 얼굴을 물끄러미 들여다보며, 미연은 싱긋 웃었다.

"배운 게 없으니 뭘 알겠어요. 잘 모르는 것 같아서 내가 하나 말해 두는데, 사람마다 각자 지켜야 할 위치라는 게 있는 법이에요. 운동선수면 운동선수답게 국가를 대표해서 성적 올리는 데 집중해야지. 분수도 모르고 왜 자꾸 이쪽 판에 발을 디디려 할까."

해찬은 동요 없이 무감정한 얼굴로 침묵했다. 당최 무슨 생각을 하고 있는 건지 알 수 없는 표정이었다. 이럴 땐 어찌한담. 미연은 미소를 잃지 않고 침착하게 물었다.

"그래서, 얼마나 받았지?"

"이해가 안 되네……."

"……음?"

해찬은 여전히 평온한 얼굴로, 덤덤하게 말을 이었다.

"말 그대로입니다. 말씀처럼 지금쯤 제가 있어야 할 위치에서 한창 바쁘게 훈련하고 있을 시간인데. 불렀으면, 최소한 이유 정돈 먼저 말씀해 주시는 게 순서이지 않나, 싶어서요."

미연의 얼굴에 스친 웃음기가 싹 가셨다. 길게 늘어져 있던 미연의 붉은 입술이 삽시간에 짧아졌다.

"영문도 모르고 이곳에 앉아 있게 된 것도, 초면에 다짜고짜 하대받고 있는 이유도. 불쾌하다기보단 언론을 통해 알고 있던 여사님의 모습과 상당히 달라서, 적응이 어렵습니다. 지금."

지레 겁먹는 샌님이었나. 미연의 잇새로 픽, 웃음이 터졌다.

"먼저 놀아 보자고 찔렀으면, 남자답게 달려드는 배포라도 보이든가. 이건 뭐……."

그 역시 이토록 빠른 시간 안에 덜미를 잡히게 될 것이라곤 꿈에도 몰랐으리라. 그녀는 유순하게 눈매를 휘며 어린아이 타이르듯 말했다.

"난 교양 없이 순진한 친구 붙잡고 험하게 대할 생각 없어요. 그러니 겁먹지 말고 편하게 말해 봐요. 누구의 지시로 그런 말도 안 되는 찌라시를 퍼트린 건지."

"아아……."

뒤늦게 깨달은 모양인지 해찬은 빙긋 웃다가도 짐짓 곤란하단 표정을 지었다.

"이런 말씀을 드려도 되나 싶지만, 혹시 그 찌라시가 백윤택 의원님과 여사님에 대한 내용이었습니까?"

의도를 파악할 수 없는 질문에 미연의 눈이 가늘어졌다.

"이제 와 생각해 보니 언뜻 건너 들었던 것 같기도 하네요."

요것 봐라. 미연이 조용히 조소했다.

"확실한 증거도 없는 뜬구름 같은 소문 따위. 우리 선수님도 경험해 봐서 알겠지만, 주식 개미들이 그래프로 장난질 좀 쳐 보겠다고 유명인에게 얼토당토않는 꼬리표 붙여 대는 거, 이 바닥에선 흔한 일이지요."

"그런가요."

"지겹게 반복되는 악질적인 소문쯤이야, 이젠 그러려니 하지만. 이번엔 경우가 달라. 내가 왜 고해찬 군을 이곳에 불렀을 것 같아요?"

구석으로 몰리게 되면 말이 길어지고, 잃을 게 많을수록 다급해지는 법이다.

지금만 기회가 있는 것은 아니었다. 자칫 조급하게 목을 조였다간 도리어 빠져 나갈 수 있는 구실과 시간을 제공하게 될 수도 있다.

"내가 정말 아무것도 모를 거라 생각했어요?"

어리석게도.

"7년 전, 내 아들이 해찬 군을 삼진 소속 선수로 영입하려 했죠. 국대라 해 봤자 얼마나 벌 수 있겠어요. 보나 마나 명성에 비해 터무니없겠지. 그러니 난 충분히 이해해요. 현역 선수는 꿈도 못 꿀 액수의 돈과 명예를 안겨 준다는데 어찌 휘둘리지 않고 배길 수 있었겠어."

정확히 틀렸다. 해찬이 빙그레 웃었다.

"소설이 장황합니다, 여사님."

미연은 알게 모르게 아랫입술을 짓이겨 물며 해찬을 주시했다.

"원하는 대답을 드리지 못해 죄송하지만, 저는 누구 밑에서 명령이나 받들며 사는 성격이 못 돼서요. 뭣보다 상대가 아드님이라면 더 끔찍할 것 같은데."

천천히 소파에서 몸을 일으킨 해찬은 모자를 고쳐 쓰며 무심히 미연을 내려다보았다.

"하지만 이제 보니 그 찌라시도 어느 정돈 신빙성이 있어 보입니다. 그토록 사랑해 마지않는 아드님마저 경계하시는 것을 보면."

미연의 얼굴이 싸하게 식어 갔다. 그때였다.

"여사님, 여사님!"

가사도우미가 다급히 달려오자, 미연은 힘주어 목소리를 낮추었다.

"무슨 일이에요, 또."

"아니……. 방금 퀵으로 이런 게 도착했습니다."

미연의 시선이 아래로 내려갔다. 가사도우미 손에 들려 있는 것은 손바닥 크기만 한 작은 상자였다. 보내온 이의 정보는 적혀 있지 않았다. 본능적으로 불길함을 직감한 미연이 미간을 잘게 좁히자, 그 모습을 흘러가듯 건너다보던 해찬이 슬며시 입술을 당겨 웃었다.

"아무래도 이곳에 절 부르신 건 잘못된 선택이었던 것 같네요."

해찬이 작게 헛웃음을 터트렸다.

「백 의원 차녀 뺑소니 교통사고 사건 현장 영상」

상자 위에 적혀 있는 글귀를 확인한 순간, 미연의 낯빛이 하얗게 질려 갔다.

"이게 무슨 말도 안 되는……."

"염려 마세요. 저는 아무것도 보지 못했습니다, 여사님."

평온한 해찬의 말투에 미연이 사납게 눈을 치떴다. 그럼에도 해찬은 여유를 잃지 않았다. 자리에서 몸을 일으킨 해찬이 모자 끝을 잡아 푹 눌러썼다. 그는 슬쩍 웃음 지으며 가볍게 고개를 숙였다.

"그럼."

그대로 걸음을 떼어 내는가 싶더니, 몇 걸음 떨어진 곳에서 다시금 우두커니 멈춰 섰다. 마치, 잊은 것이 생각났다는 듯.

"아."

해찬이 비스듬히 고개를 돌린 채 낮은 목소리로 말했다.

"그래도 최대한 빠른 시일 내에 움직이셔야 할 겁니다. 아시다시피 제가 입이 가볍잖습니까. 언제 또 악질적인 소문을 퍼다 나르게 될지, 저조차 장담할 수가 없네요."

그 말은즉, 제 입으로 찌라시를 퍼트렸다는 사실을 뒤늦게 인정하는 셈이었다.

해찬을 등진 채 서 있던 미연의 손이 파르르 떨렸다. 두려움이 아니었다. 저를 가지고 노는 듯 멸시하는 태도에 분노하는 것이었다.

"진짜 목적이 뭐니, 너?"

해찬이 싱긋 웃으며 느릿하게 입술을 떼어 냈다.

"단순한 시찰이라 하죠."

지금, 당장은.

△ ▼ △

국회 의사당 근처에 위치한 한식당은 점심시간과 맞물려 예약 손님들로 북적였다. 밖과 완벽히 차단된 룸은 정적만이 감돌았다. 답답했다. 차라리 보는 눈이 많은 홀이 나았으리라. 도희는 묵직한 한숨을 내쉬며 텅 빈 맞은편 자리를 응시했다.

'혹시, 내일, 백은택 의원 만날 수 있어요?'

원하던 바였다. 저에게 의지하길, 도움이 되길 기다리고 있었다. 그랬기에 해찬의 제안이 아니었어도, 조만간 연락할 생각이었다. 이렇게 될 때까지도 연락 한번 없는 뻔뻔한 아버지의 태도에 화가 났고, 그만큼 따져 묻고 싶은 마음 또한 절실했다.

단지 무턱대고 나섰다가 도리어 저로 인해 일이 틀어질까 조심한 것이었다. 괜히 감정적으로 굴었다간, 공들인 그의 계획이 수포로 돌아갈까 싶어서. 그래서 멋대로 굴지 않고 입을 열 때까지, 상황 설명과 앞으로의 계획을 말해 줄 때까지 묵묵히 기다린 것인데.

……아무래도 닥친 듯하다.

직접 나서야 할 순간이.

'저, 도희인데요.'

— 안다. 어쩐 일이니.

어젯밤. 망설임 끝에 전화를 걸었고, 끊어지기 직전 통화가 연결됐다. 예상대로 아버지는 자신을 전혀 달가워하는 기색이 아니었다. 통화 내용은 단순했다.

만나고 싶다. 말해라. 만나서 얼굴 보고 말해야 하는 대화다. 바빠 시간이 될지 모르겠다. 거절한다면 나중에 어떤 일이 벌어지든, 전부 감당하셔야 할 거다. 결국 반협박에 가까운 일방적 고집에, 아버지는 마지못해 수긍했다. 어딘가 껄끄러운 말투, 불편한 목소리였다. 다 알면서도 도희는 일부러 더 내색하지 않았다.

벌써 약속한 시간이 훌쩍 지났다. 기어코 모습을 드러내지 않을 생각인가. 테이블 정중앙에 놓인 소고기버섯전골이 식어 가는 것을 의미 없이 바라보고 있는데 드르륵, 미닫이문이 열렸다.

아버지였다. 도희는 이유 모를 불쾌한 긴장감에 마른침을 삼키며 어렵게 입술을 떼어 냈다.

"오셨어요."

"……그래."

한 숟갈도 뜨지 않은 전골을 힐긋거리던 윤택은 떨떠름한 눈빛으로 도희를 응시하며 말했다.

"먼저 먹고 있지 그랬니."

"입맛이 없어서요."

도희의 음성 속엔 그 어떤 감정도 담겨 있지 않았다. 분노도, 미움도, 부모에 대한 애정도. 없었다. 도희는 삭막하게 메마른 표정으로 맞은편의 윤택을 건너다보았다.

"바쁘셨나 봐요."

작정하고 비아냥거렸다. 걱정을 빙자한 뒤틀린 질문이었다. 맞은편의 윤택은 어딘가 피곤해 보였다. 그것이 무엇 때문인지는 모르겠지만.

"요즘 일이 많아. 이래저래 정신이 없어."

도희의 잇새로 한숨 같은 비웃음이 비싯, 흘러나왔다. 처음엔 밖에서까지 매번 국회의원 배지를 달고 나오는 이유가 궁금했다. 그러나 이젠 안다. 뻔히 보였다. 그의 속내가. 나름의 위상일까. 가족의 피를 묻혀 가며 얻은 훈장이 그에겐 자부심을 느끼게 하는 건지도 모르겠다.

제 눈엔 전부 부질없는 것인데.

"……야위었구나."

서서히 역겹기 시작했다. 자식을 사랑해 마지않는 여느 아버지와 같은 모양새를 갖추고 있는 남자의 얼굴이, 말투가, 걱정이. 도희는 더 볼 것도 없다는 듯 무정하게 대화의 흐름을 끊어 냈다.

"내년에 있을 하계 올림픽 말인데요. 부산에 유치하는 데 투자한 기업 인사들이 조만간 모인다고 들었어요."

도희는 어제 해찬이 전해 준 말을 그대로 대본 읽듯 읊었다.

'조만간 올림픽 유치와 관련된 모임이 있어요. 선배가 해야 할 일은 단순해. 참여하고 싶단 의사를 밝혀요. 최대한 단호하고 강력하게.'

'누가 말해 준 거냐고 물어보면?'

'머리 쓰지 않아도 돼. 대답할 필요 없어요. 뭐라 생각하든 의심하도록 그냥 내버려 둬. 백 의원은 절대 거절하지 못할 거야.'

설마. 정말 그렇게만 해도 된다고? 그러나 그 말은 보란 듯이 현실로 벌어졌다.

"도희 너. 네가 그 정보를 어떻게……."

적잖이 당황한 윤택의 두 눈이 휘둥그레 떠졌다.

비공개 파티였다. 외부인과 언론사, 유명한 연예인들마저 철저히 차단된, 어디까지나 음지에서 행해지는 모임이었다.

올림픽 유치 성공이란 명목은 허울에 불과했다. 사치가 덕지덕지 묻어난 사교 파티나 다름없는 모임에 초대된 이는 고작해야 오십 명 안팎이었다.

투자에 힘써 준 수천억대를 소유한 자산가. 또는 재계 인사들과 정치판에 핵심적인 소수의 인물 몇 명. 그리고 유치를 성공시킨 요주의 인물 국가 대표 수영 선수 고해찬이 전부였다.

국민들은 알지 못한다. 하물며 도희가 그 파티의 정보를 알고 있다는 건 더더욱 말이 안 된다. 윤택은 애써 침착하게 물었다.

"……기 상무가 그러든?"

"뭘요?"

"모임에 함께 가자고, 기 상무가 너를 부추겼느냐고 묻고 있는 거다."

그리 생각할 수밖에 없었다. 기태준 상무는 처음부터 저와 미연의 관계를 간파하고 있었으니 말이다.

안목은 틀리지 않았다. 기 상무는 우습게 볼 인물이 아니었다. 첫째 딸 도희를 찾았다며 연락을 취해 왔을 때 자리에 나가지 말았어야 했는데. 그때, 미연의 말을 들었어야 했는데.

대답을 아끼는 도희가 불안했던 윤택은 알게 모르게 주먹을 말아 쥐었다. 태준이 언급했던 결혼은, 윤택의 약점이자 하나 남은 가족, 도희를 앞세워 협박한 것이나 다름없었다.

순순히 원내 대표로 올려 준 것은 그의 힘이 어디까지 닿는지 정도를 보여 주기 위함일 확률이 컸다. 기업인에게 놀아났다는 사실에 자존심이 말도 아니었지만, 그 정도로 조용해졌음에, 물러섰음에 안심했다.

내심 다행이라 생각했다. 그런데 그사이 비밀리에 행해질 모임의 정보를 도희에게 언질했다니, 함께 나올 생각인 것일까. 그렇다면 그 자리에서 무슨 짓을 저지를 생각인가. 제 과거를 폭로할 셈인가.

하지만 도희는 기 상무와의 결혼을 완강히 거부했다. 설마. 도희마저 알아차렸나. 홍미연과 자신의 관계를. 눈치챈 것일까. 무엇 하나 확신하긴 어려웠다.

"저도 아버지 딸이잖아요."

도희가 의미심장한 말을 뱉었다. 재회한 이후. 아니, 어릴 때부터 유독 웃음기 없던 도희의 얼굴에 미소가 감돌자, 윤택의 얼굴이 퍼석하게 굳었다.

"아시잖아요. 저, 그동안 마음고생 심했던 거. 가난이라면 지긋지긋해요, 아버지."

"……뭐?"

"저도 이제 아버지 덕 좀 보고 싶어요. 잘나가시잖아요. 국민들 지지율도 높고. 국회의원 딸. 멀리 보면 대통령 딸이 될 수도 있는데, 언제까지 숨기실 수도 없잖아요."

도희는 스스로도 놀랐다. 이런 말을 아무렇지 않게 뱉을 수 있다는 게. 뻔뻔해질 수 있다는 게. 무서웠다. 영악해지는 자신이. 복수에 눈이 멀어 저 자신을 잃어버릴까 봐.

하지만 이제 와 멈출 수도 없었다. 당신은 나를, 그리고 핏덩이 같은 도영이를, 누구보다 당신에게 처절히 희생했던 어머니를. 낭떠러지로 내몰았던 끔찍한 악마니까.

"어디 가서 내세워도 부족함 없는 타이틀, 솔직히 말하면 잃고 싶지 않아요. 그래서……, 이제부터라도 편하게 살아 보려고요."

도희는 마지막까지 웃었다.

"혹시 제가, 부끄러우세요? 아님 지금껏 저를 숨겨야 했던 다른 이유라도, 있으신 건가요?"

"그건……."

"전 자랑스러운데요. 이토록 나랏일에 힘쓰시는, 아버지가요."

윤택의 눈동자가 크게 흔들렸다.

"불편하시다면 편히 말씀하세요. 아버지를 곤란하게 할 생각은 없어요. 지금처럼, 조용히 입 다물고 살게요."

자신과 닮은 딸아이에게서 전처의 모습이 보였다면 착각일까. 죽어서도 복수하고 싶어 도희에게 뿌리를 내린 것처럼 보였다.

"……아니다."

착각이겠지.

"초대장은 따로 보내 주마."

어차피 국민들은 국회의원 가족사에 관심이 없다. 큰 분란이 있지 않고서는. 그러니, 어찌 보면 다행이다. 먼저 밝히고, 도희와의 관계도 개선된다면, 과거의 일도 평생 묻어 둘 수 있다. 머리로 계산을 끝낸 윤택은 크게 숨을 몰아쉬며 고개를 들었다.

"……감사해요. 아버지."

안도하는 얼굴이 가증스러웠지만 도희는 내색하지 않았다.

"그 얘기를 전하고 싶어 연락한 것 같은데. 할 말 끝났으면 나는 아직 처리해야 할 업무가 있어 먼저 일어나 보마."

윤택이 좌식 의자에서 몸을 일으키려던 때였다.

"근데요, 아버지."

"음?"

"정말 궁금해서 그러는데, 어째서 장례식에 오지 않으셨던 거예요?"

윤택은 심장이 절벽으로 떨어지는 기분을 느꼈다. 도희는 멈추지 않았다.

"도영이 사고 났을 때, 엄마와 제가 경찰서에 밥 먹듯이 드나들었을 때요. 그때 제가 셀 수도 없이 연락드렸잖아요. 왜 받지 않으셨던 거예요? 아버지 정도 위치면, 조금 더 담당 형사들 부추길 수도 있었을 텐데."

"그건……."

윤택이 말끝을 흐렸다. 미연의 당부 때문이었다. 정치계에 이제 막 데뷔한 시점이었다. 출자금 경로마저 겨우 길을 터놓은 상황에서 또다시 가족에게 발목을 붙잡힐 수 없었다. 그래서 모르는 척했다.

미연은 딱한 사정인 건 알겠으나 반드시 그래야만 한다고 조언했다. 무정한 아비가 되어 버린 심정을 감히 헤아릴 수는 없겠지만 대신 수술과 병원비 전부를 지원해 주겠다 했다.

아내와 도영이가 죽었을 때도 마찬가지였다. 한걸음에 달려가고 싶었지만 어딜 가나 지켜볼 눈이 많으니, 참아야 한다고 했다. 그 말을 들었고, 대가로 지금의 자리를 얻을 수 있었다.

밤마다 뒤척이고, 겨우 잠에 들면 악몽을 꾸었다. 여태까지 잊을 만하면 찾아오는 죄책감에 시달렸지만 후회는 없었다. 업보였으니.

"제가 괜한 걸 물었네요."

도희가 가볍게 웃음을 흘렸다.

"아버지도 마음 불편하셨을 텐데. 제가 생각이 짧았어요. 죄송해요."

그 웃음이 진심이었을지, 조롱이었을지. 윤택은 가늠할 수 없었다.

좀처럼.

"우욱!"

도희는 식당 룸을 빠져나오자마자 곧장 화장실로 달려가 변기에 속을 게워 냈다. 먹은 것이 없으니 나오는 것도 없었다. 위액과 타액이 물처럼 쏟아졌다. 어디서부터 속이 울렁거렸는지는 모르겠지만 참는 내내 곤욕이었다.

"하아······."

도희는 신경질적으로 입가를 닦아 내며 그대로 자리에 주저앉아 눈을 감았 다.

"진짜 연기자 다 됐네, 백도희."

언제쯤 끝이 날까. 언제쯤 홀가분해질 수 있을까. 이 족쇄에서. 지옥 같은 삶 에서. 속박에서. 나약해지면 안 돼. 앞으로 더한 것도 버텨야 하는데 고작 이런 것에 무너지면. 약해지면. 안 돼. 안 된다.

잘했어. 잘한 거야. 정말 잘했어. 제대로 한 방 날렸는데. 상처 주고, 상기시 켰는데. 왜 도통 마음이 편해지지 않을까. 크게 들썩이는 가슴팍을 꽉 부여잡았 다. 그때, 한쪽 손에 꼬옥 쥐고 있던 휴대폰이 진동했다.

해찬이었다. 한바탕 쏟아 낸 구역질 때문일까. 도희는 눈가에 맺힌 눈물을 손등으로 아프게 문대며 휴대폰을 들었다.

"응."

— 괜찮아요?

"뭐가?"

정말 의연히 대답했는데, 해찬은 대답이 없었다. 눈치챘나. 다급해진 도희는 제법 씩씩한 목소리로 화제를 돌렸다.

"네 말대로 잘 말했어. 떨지도 않았고. 성공한 것 같아. 그 사람이 와도 된 대. 초대장 보내 주겠대."

— 그래요?

"마지막에 크게 한 방 먹였어. 어디까지나 내 멋대로 그런 거였지만."

— ·······.

"아, 진짜 속이 다 후련하더라. 그 사람 당황한 표정을 네가 봤어야 했는데." 마음에도 없는 말이 술술 잘도 나왔다.

"다행이야. 걱정했는데, 생각보다 일이 쉽게 풀려……."

— 백도희.

나긋하던 음성은 증발한 지 오래였다. 그는 더없이 단호하고, 가라앉은 목소리로 긁어내듯 말했다.

— 근데 너 왜 울어.

마치, 화가 난 사람처럼.

— 지금 어디야.

도희는 저도 모르게 숨을 참았다. 내가, 울었던가? 천천히 몸을 일으켜 칸막이 문을 열었다. 고개를 돌려 거울에 비친 제 얼굴을 물끄러미 들여다보았다.

울고 있진 않았다. 하지만 차마 눈을 깜빡일 수 없었다. 핏대 선 눈은 툭 치면 당장이라도 물을 쏟아 낼 것처럼 위태롭게 일렁이고 있었다.

허탈함에 조소가 흘렀다. 엄마와 여동생의 장례식 날. 해찬과 헤어져야 했던 그날을 제외하고는 단 한 번도 울지 않았던 저인데, 무엇이 그토록 서러웠나.

슬펐던가. 분노했던가. 아니, 아닌데. 스스로를 이해할 수 없었다. 도희는 참아 온 숨을 소리 없이 흘려보내며 차분히 입을 열었다.

"아니야. 내가 왜 울어."

— 어디냐고, 너.

"이제 곧 회사 들어갈 거야. 외부 미팅 나왔다가 점심시간에 맞춰서 잠깐 들른 거니까."

일부러 장소는 말하지 않았다. 당장이라도 달려올 테니까. 스튜디오 뒤편 주차장에서 매니저와 나누던 대화를 본의 아니게 엿듣게 된 이상 이기적으로 굴 수 없었다.

올림픽을 코앞에 둔 그에겐 1분 1초가 아까운 시간이었다. 심기일전 훈련에 집중해야 하는 때인데, 저 편하자고 그를 괴롭힐 수 없다.

— 말해요. 지금 갈 테니까.

"괜찮아. 혼자 생각할 것도 있고, 일찍 일어나서 그런지 조금 피곤하네. 너도 훈련 중에 잠깐 시간 내서 전화한 거잖아."

비록 대답은 없었지만 현재 해찬이 어떤 얼굴을 하고 있을지 뻔히 보였다. 어둡게 가라앉은 무표정으로 뚫어져라 바닥만 내려다보고 있겠지. 내 말이라면, 고집부리는 일 없이 늘 들어주던 너니까. 선뜻 말을 잇지 못하는 것도, 납득이 된다.

"걱정하지 않아도 돼. 나 그렇게 쉽게 안 무너져."

— 웃기지 마. 당장이라도 울 것 같은 얼굴 하고 있는 게 뻔히 보이는데.

"그게 보여?"

— 보여. 나한테는.

한 치의 망설임도 없는 단호한 말투에 실없는 웃음이 샜다.

이상한 일이다. 어릴 때부터 아이답지 않게 어른 같다는 소리를 귀 아프게 듣고 살았는데, 네 곁에 있으면 철부지 아이가 되어 버리는 기분이라서.

나도 얼른 낫고 싶다. 상처에 흉터가 생기고 새살이 돋아서 그날의 통증이 어떠했는지 기억조차 나지 않을 때쯤이면, 너의 상처도 진심으로 보듬어 줄 수 있을 테니까. 그날이, 얼른 왔으면 좋겠어.

"얼른 훈련 들어가. 나는 정말 괜찮으니까 걱정 말고."

— 안 믿어. 안 믿는데.

"아……."

— 속는 척해 주는 거야.

"진짜 괜찮대도 그런다."

— 바로 회사로 가요. 다른 길로 새지 말고.

"응. 그럴게."

— 밥 거르지 말고 잘 챙겨 먹고.

"방금 전까지 먹었는데, 뭘."

— 잘도 먹었겠다.

"누가 보면 아빠인 줄 알겠어. 너."

'아빠'라는 호칭을 입에 담은 순간, 도희는 다른 의미로 멈칫했다.

— 아빠 아니고 남자 친구.

다른 말로 애인이라고. 해찬은 집요하게 못을 박았다.

— 남편이었으면 더 좋겠고.

일부러 저러는 것이다. 일부러 낯간지러운 말을 던져 조금이나마 제 기분이 풀렸음 해서.

— 퇴근하면 연락해요.

그의 의도는 성공적이었다.

— 잘 훈련된 강아지처럼 얌전히 기다리고 있을게.

따가운 가시 줄기로 꽁꽁 둘러싸여 있던 심장이 느슨해지며 간질거리기 시작했다. 그 단순한 말 한마디로.

07

손을 씻고, 입을 헹군 뒤 화장실을 빠져나왔다. 규칙적인 간격으로 붙어 있는 룸을 지나 긴 복도를 걸었다. 코너를 돌려는 순간, 거짓말처럼 두 다리가 우뚝 멈추었다.

끝에서 두 번째 룸. 비좁은 틈을 두고 열린 문 사이로 낯익은 얼굴이 보였다. 별다른 생각 없이 흘러가던 시선 끝에 닿은 것이라, 처음엔 잘못 봤나 싶었다. 하지만 분명 기태준이었다.

"아······."

그가 왜 이곳에 있는 것일까. 기태준은 혼자였다. 홀로 식사 중이었나. 아니, 정확히 말하자면, 그는 태블릿을 내려다보고 있었다. 아마, 업무를 보는 중일 것이다.

이따금씩 반강제로 겸상을 하게 될 때면 그는 지금처럼 태블릿에 시선을 떼지 않았으니까. 예상치 못한 장소에서 마주친 것이 놀랍고 당혹스럽긴 했지만 그뿐이었다. 미련 없이 발을 떼어 내려는 순간이었다.

"들어와."

작고, 낮은 음성이었지만 보다 정확히 귓가를 파고들었다. 도희는 다시 멈춰 서서 고개를 돌려 태준을 바라보았다. 그의 고요한 시선은 아직까지도 태블릿에 머물러 있었다.

"우연히 마주쳐 놓고도 모르는 척할 만큼 얕은 사이는 아니었던 것 같은데, 우리가."

그리 말하며 손에 들고 있던 태블릿을 조용히 내려 두고 날렵하게 눈을 올렸다.

"······그렇다고 반가워할 사이도 아니었죠."

"올라와. 마침 할 말도 있었어."

"또 뒤를 밟은 건가요."

"아쉽지만 요즘은 그 정도로 시간이 남아돌지 않아서."

엄숙히 가라앉은 눈빛은 쉬이 거둬지지 않았다. 무시하고 지나칠까 했지만, 생각을 고쳤다. 저 역시 할 말이 있었다. 도희는 구두를 벗고, 툇마루에 올라 느리게 룸 안으로 들어섰다.

맞은편 좌식 의자에 앉아 도희는 말없이 태준을 바라보았다. 딱딱한 자세와 고가의 검은색 슈트 차림은 여전했다. 깔끔하게 넘긴 머리. 새것 같은 새하얀 와이셔츠 소매 밑으로 꼼꼼하게 채워진 커프스. 손목에 채워진 흠집 하나 없는 메탈 시계. 도무지 생각을 읽기 힘든 무감정한 차가운 얼굴까지도.

"채무자 신분에서 벗어난 기분은 어때."

기태준을 마주하다 보면 견디기 힘든 것이 있었다. 사업을 하는 사람이라 그런지는 몰라도, 그와 함께일 때면 공기의 흐름이 바뀌었다.

몸을 짓누르는 듯한 고압적이고도 묵직한 분위기는 어딘가 두렵기까지 했다. 순환하는 모든 것들을 억압하고, 제 것인 양 손쉽게 주무르는 그의 존재 자체도.

"사과할 마음 없어요."

그가 자조적인 웃음을 터트렸다.

"오해해서 미안한 마음이 들긴 했다?"

도희는 즉시 정색했다.

"그럴 리가요. 당신이 선택한 방법은 비윤리적이었어. 일이 이렇게 될 줄 알았다면. 사건의 전말을 알고 있었더라면. 혼자 알고 처리할 게 아니라 적어도 먼저 설명하고 그 후에 설득했어야 했어. 누구라도 오해할 수밖에 없던 상황이었고. 그러지 않았다는 건 당신도 내가 오해하길 바랐다는 거겠죠."

"……내 생각은 조금 다른데."

도희를 바라보는 태준의 눈이 가늘어졌다.

"그 당시 너는, 내가 어떤 말을 해도 안 믿었어. 미친 새끼라고 욕을 퍼부었다면 모를까. 무엇보다."

그 또한 틀린 말은 아니었기에 부정할 수 없었다.

"그것과는 별개로 화가 나서 참을 수가 없었지."

고해찬. 태준은 해찬을 두고 말하는 것이었다.

"사죄를 원해?"

"아니요."

이제 와 서로 갖고 있던 무거운 감정을 내려놓고 가까워지고 싶은 마음은 추호도 없었다.

"묻고 싶은 게 있어요."

"말해."

"조만간 있을 모임에, 기태준. 당신도 참석하나요?"

"모임?"

태준의 미간이 작게 찡그려졌다.

"올림픽 유치 성공 기념 파티요."

"……그걸 네가 어떻게 알아."

그의 음성이 전보다 더 깊게 가라앉았다.

"묻는 말에 대답부터 해요."

"고해찬에게 전해 들었군."

도희가 입술을 짓이겨 물었다.

"왜. 내가 너와 고해찬 사이를 다시 갈라놓을까 봐, 걱정돼?"

눈을 부릅뜨며 저를 노려보는 도희의 속내를 파악한 듯 태준의 눈썹이 미약하게 치솟았다. 하지만 이내 피식 웃음을 터트렸다. 태준이 턱을 들어 도희의 얼굴 어딘가를 가리켰다.

"입술 좀 적당히 씹어. 아까부터 계속 시선 가는데."

이 인간 오늘따라 왜 이래. 도희는 속으로 기함했다. 드디어 머리가 어떻게 된 걸까. 미치지 않고서야……. 괜히 들어왔다. 도희는 미련 없이 엉덩이를 떼어 냈다.

"그만 가 볼게요."

"앉아."

"명령은 그쪽 회사 부하 직원한테나 하세요."

그래. 곱게 말을 들으면 백도희가 아니지. 태준은 이런 반응쯤 이미 예상했다는 듯 조금도 개의치 않아 하며 한쪽 구석 테이블에 올려 두었던 파일철을 도희의 앞으로 밀었다. 자연스레 그녀의 시선도 아래로 향했다.

"이게 뭐예요."

"그 안에 가해자 정보가 있어."

"……뭐?"

"홍미연에게 돈을 받은 대가로 네 동생을 차로 쳤고 영상을 삭제한 뒤 경찰 직을 그만뒀지."

"경찰?"

도희는 믿을 수 없다는 황폐한 얼굴로 되물었다. 그 어떤 준비도 되어 있지 않은 상황에서 들어 버린 전말은 충격 그 자체였다. 이성의 끈이 뚝, 끊어졌다.

"홍미연. 그 여자가 친 게……, 아니었어?"

"그 정도로 멍청한 여자였으면 내가 지금껏 시간 투자해 가며 머리 쓸 일도 없었어. 홍미연은 절대 손에 피를 묻힐 여자가 아니야. 돈으로 사고, 팔며 뒤에서 조종하는. 배후자지."

"하……."

"나이 서른일곱. 이름은 박종훈. 홍미연에게 거액의 돈을 받고, 네 여동생

사고를 지시받았어. 빚보증과 도박으로 재산 전부를 잃었으니 솔깃한 제안이었 겠지. 아내와 다섯 살 난 아이가 있던데 폭로할 경우를 대비해 가족을 내걸며 협박했다고. 박종훈은 그렇게 변명하던데. 무엇이 진실일지, 사실 관계는 더 알 아봐야 하겠지만."

절로 이가 바득 갈렸다. 대체 얼마나 악독해야 이런 짓까지 벌일 수가 있을 까. 홍미연. 그녀는 상상했던 것 이상으로 끔찍한 여자였다. 없던 적의가 휘몰 아치고, 나약해지려던 마음에 불길이 일었다.

"……그 사람. 지금 어디에 있나요."

박종훈. 그를 가리키고 있다는 것을 알면서 태준은 침묵했다. 일자로 굳게 다물린 입술이 도통 움직이지 않자, 도희는 세차게 태준을 흘기며 힘주어 말했 다.

"박종훈. 그 사람 지금 어디에 있냐고, 어떻게 했냐고요."

설마……. 가슴이 쿵쿵 뛰었다. 아니길 간절히 바라며, 다급한 눈빛으로 그 를 재촉했다. 얼마나 시간이 흘렀을까. 꽉 다물린 그의 입술이 느릿하게 벌어지 고,

"죽이려고. 곧."

더없이 태연한 목소리에 심장이 덜컥 내려앉았다.

"미쳤어……."

도희의 목소리가 잘게 떨렸다. 결코 장난이 아니다. 기태준은 충분히 그리고 도 남을 사람이었다.

"진짜 미친 거 아니야? 사람을 왜 죽여!"

흥분한 도희가 목소리를 높이자, 태준은 이해하지 못하겠다는 듯 한쪽 눈썹 을 구겼다. 그녀는 거리낌 없이 힐난했다.

"그 인간들이랑 똑같은 사람 되고 싶어요? 잘못을 저질렀으면 법으로 처리 해야지, 왜 사람을 죽여. 왜 당신 멋대로……!"

"상황 파악이 덜 된 모양인데."

태준이 고요히 시선을 들었다.

"공소 시효는 끝났어. 15년도부터 시행된 태완이법으로 그나마 살인은 공소 시효 대상에서 제외됐지만 네 여동생은 그마저도 해당 사항이 없어. 그 말은 처벌도, 재조사도 할 수 없다는 뜻이야. 잊었나? 네 여동생은 네 어머니 때문에 죽었어. 박종훈, 그 남자 때문이 아니라."

도희가 숨을 들이켰다. 생살을 도려내는 기분이었다.

"지금 상황에서 네가 해결할 수 있는 게 뭐가 있는지 말해 봐."

태준은 도희의 눈을 똑바로 주시하며 말했다.

"동화 속에서 살고 있어, 너는. 예전부터 그랬지."

미련스럽게 착해 빠져서는.

"세상은 돈과 힘이 있는 자에겐 한없이 너그럽지만 너처럼 나약한 자들에겐 더없이 불친절하고, 엄격해. 그게 현실이야."

현실……. 도희가 속으로 말을 곱씹으며 바람 빠진 웃음을 흘렸다.

"살인자와 다를 바 없는 인간만도 못한 짐승이야. 법으로 보호받지 못하는 상황에서 비슷한 맥락으로 되갚아 주는 일이, 그렇게나마 피해자의 고통을 느끼게 해 주려는 목적이. 그와 같은 사람으로 취급받을 수밖에 없다면, 상관없어. 기꺼이 감당하지."

나는 이미 손쓸 수 없이 더럽혀진 사람이니까. 네가 사는 세상에 섞일 수 없는 썩은 기름과도 같은 존재이니까. 알면서도, 조금은 억울했나.

"널 위해 대신 피를 묻히겠다는데. 대체 그게 뭐가 잘못됐다는 건지 내 기준에선 이해할 수 없어."

태준의 직선적인 시선이 닿았다. 하나부터 열까지 전부 이해할 수 없는 것들 뿐이었지만 그 덕분에 도희는 놓쳤던 이성을 되찾을 수 있었다. 그녀는 떨리는 음성을 가까스로 숨기며 말했다.

"……그래도 하지 마요. 죽이는 건 안 돼. 절대."

그가 코웃음 치며 삐딱하게 턱을 기울였다.

"백도희. 너 지금 착한 척하고 싶어서 안달 났어?"

"말 한번 잘했네요. 나지. 화나서 미칠 것 같지. 근데 협박받았다며. 당신 새어머니가 아내와 아이를 두고 협박했다잖아. 그 남자 죽으면. 죄 없는 가족들은? 아무것도 모르고 있는 그 사람들은 어쩔 건데. 내가 그 죄책감까지 떠안길 바라요? 그래?"

"실수했네. 내가."

단조로운 대답에 도희가 흠칫 어깨를 떨었다.

"너와 나는 뼛속부터 다르다는 사실을 잠시 잊고 있었어. 혼자 조용히 처리하고 덮어야 했는데."

끝까지, 시인하지 않는다. 기태준은 무엇이 잘못되었는지 인지 자체를 못 하고 있었다. 마치, 칭찬을 바랐다는 모양새였다.

인정받을 줄 알았는데, 돌아온 결과물은 생각과 달리 맹렬한 비난이라서, 허탈하고 안타깝다는 기색이 아주 찰나의 순간 그의 얼굴에 스쳤다 사라졌다.

"당신 진짜……."

이상해. 무서우리만큼. 이상해. 공감 능력이 부족한 건지, 감정이 없는 건지 가늠할 수가 없다.

"미련하네. 백도희."

태준이 느긋하게 눈꺼풀을 밀어 올렸다.

"그런 너에게 어쩌지도 못하고 있는 나는 더 미련하고."

네가 나를 이해할 수 없듯, 나 역시 너를 이해할 수 없다. 다른 환경에서 살아온 차이라 한다면 관계가 개선될 수 없는 것도, 절대 가까워질 수 없는 것도, 전부 납득이 되었다.

"너는 아직도 나를 몰라."

그러니 아직도 그토록 불안하고, 초조한 눈으로 바라보며 나에게서 언제든 도망칠 준비나 하고 있는 거겠지.

"나는 생각보다 가리는 것이 많아. 까다롭고, 신중한 편이지."

얼마나 이용 가치가 있을지. 누군가에게 자신을 드러낸 적은 처음이었다. 그런데 너에겐 보여 주고 싶었다. 알려 주고 싶었다.

내가 얼마나 밑바닥인지.

"하지만 그만큼 솔직하고 단순해."

그럼에도 네 앞에선 얼마나 관대해지려고 노력하는 사람인지.

"갖고 싶은 건 수단과 방법을 가리지 않고 취하지만 필요 없는 것은 고민 없이 버려. 쌓아 둬 봤자 공간만 차지하는 것들은 나중에 처리할 때 골치만 아프니까."

알려 주고, 변명하고 싶어졌다.

"가진 것들을 합리적으로 이용할 줄 알아서 영악하단 소리도 많이 들었어. 맞아. 비열하고, 무자비하지. 근데, 난 그따위 것들 몰라."

태준이 옅게 인상을 구기며 넥타이를 느슨히 풀어냈다.

"홍미연과 내가 닮았다고 생각해?"

그가 정확히 핵심을 찔러 오자, 도희는 순간 말문이 막혔다.

"단순히 살아온 환경만의 문제가 아니야."

태준이 슬며시 시선을 내리깔며 입술을 늘였다.

"그런 부류의 인간들을 이기기 위한 최적의 방법이, 혹시 뭔 줄 알아?"

"……뭔데요, 그게."

"그 사람과 똑같은 사람이 되는 거야. 모양만 따라 해선 안 돼. 성향, 성격, 방식, 행동, 버릇, 말투 하나까지. 전부 다 빠짐없이 새겨 넣고, 흡수해야지. 그러다 보면."

삭막하던 그의 눈동자가 돌연 날카롭게 번뜩였다.

"상대가 보여."

태준이 피식 웃었다.

"무슨 생각을 하고 있는지. 무엇을 숨기고 있는지. 그다음엔 어떤 행동을 취할지."

너무, 쉽게 보여. 태준은 테이블 위에 가지런히 접혀 있는 냅킨을 집어 들어 입가를 툭, 툭 찍어 내듯 두드렸다.

잠시 아래에 머물러 있던 그의 시선이 날렵하게 떠밀려 올라왔다.

"서론이 길었네. 그럼 이제 우리가 잘하는 것을 해 볼까."

딱 하나였다. 거래.

"네 말대로 숨은 붙여 둘게."

숨은 붙여 두겠다니. 도희의 눈살이 미미하게 일그러졌다.

"그다음은? 어떻게 할 건데."

"생각해 볼 거예요. 이번 일이 마무리될 때까지. 그 남자 손끝 하나 건들지 말아요. 폭력도 안 돼."

"그래……, 뭐. 좋아."

네 말은 착하게 잘 들어야지. 더는 미움받고 싶지 않아졌으니까. 어딘가 못 미덥다는 눈치였지만 그는 쉽게 수락했다.

"네가 어떤 식으로 박종훈을 처리할지 궁금해졌어. 그러려면 한시라도 빨리 홍 여사를 처리해야겠네. 그렇지?"

조용히 냅킨을 내려놓은 그가 흔들리는 도희의 눈을 뚫어져라 들여다보며 말했다.

"충남 서북구로 가."

그는 알 수 없는 말을 했다.

"가서, 내 어머니를 만나."

"어머니?"

자동적으로 홍미연이 떠올랐다. 하지만 틀렸다는 듯, 태준은 부정하며 친절하게 다시 짚어 주었다.

"홍미연이 아니야."

배 아파 자신을 직접 낳은 친모, 라고. 기태준은 그리 말하고 있었다.

"내가 왜……."

"조현병을 앓고 있어. 쉽게 말하면 정신 분열. 홍미연에게 협박과 학대를 받았던 정신적 충격이 큰 탓인지. 어디까지나 추정이지만 그 트라우마 때문에 좀처럼 입을 열지 않아."

아들인 내게조차 말이야. 조금의 동요도 없었다. 아무렇지 않게, 물 흐르듯 덤덤히 상황을 설명하는 그에게선 슬픔도, 원망도 느껴지지 않았다.

하지만 그것과는 동떨어진 무언가가 있었다. 묵직하고, 헤아릴 수 없는. 말로는 설명하기 어려운 감정. 직선으로 깊게 팬 감정이. 불과 20분 전, 아버지를 바라보던 저의 모습을 기태준에게서 보았다. 도희는 힘겹게 물었다.

"내가 왜 만나야 하는 건데요. 그 문제는 아들인 당신이……."

"못 알아봐. 나를."

태준이 픽, 조소를 흘렸다.

"비명을 지르고, 눈도 마주치지 못해. 괴물을 본 사람처럼."

마치, 너처럼 말이야. 낮게 읊조리는 말에 도희는 속이 꽉 얹힌 듯했다. 무거운 돌덩이를 삼킨 기분이다. 그는 가라앉은 공기를 환기시키려는 듯 재킷 단추를 채우며 곧게 허리를 세웠다.

"억울하단 생각은 마. 공소 시효도 끝나 버린 마당에 실질적으로 홍미연을 매장시킬 수 있는 건 이 방법뿐이야."

"알아요."

"마음 굳히면 연락해. 데리러 갈 테니까."

"필요 없어요. 가게 되더라도 혼자는 아닐 테니까."

고해찬. 그 새끼와 함께 가겠다는 뜻인가. 태준의 입이 굳게 다물렸다.

"가 볼게요."

도희는 미련 없이 자리에서 일어났다. 태준도 그녀를 따라 몸을 일으켰다. 신경 쓰지 않았다. 나가면 그만이니까.

그를 등진 채 도희가 미닫이문을 열어젖혔다. 하지만 탁, 하는 둔탁한 소음과 함께 다시 굳게 닫혔다. 도희가 눈가를 구기며 시선을 올렸다. 머리 위엔 기태준의 손이 있었다. 그녀는 신경질적으로 고개를 틀었다.

"뭐 하는 짓이에요."

그는 바로 뒤에 서 있었다. 태준은 뻗은 팔을 거두며 무심한 눈으로 도희를 지그시 내려다보았다.

"너는 참 겁도 없다."

공격적으로 눈을 치떠 봤자 한낱 가련한 초식 동물에 불과하단 사실을 왜 너만 모를까.

"직접 걸어 들어왔으면 적어도 나갈 땐 허락을 받아야지."

"땅이라도 샀어요?"

"잊었나 본데, 내 마음."

어울리지 않았다. 비스듬히 올라선 그의 입술이. 웃음이.

"편식 심하다면서요."

"그리고 갖고 싶은 건 수단과 방법을 가리지 않고 취한다 했지."

"무슨······."

"너야, 그게."

처음으로 갖고 싶었던 거. 생각처럼 뜻대로 되지 않는 거. 그래서 더 욕심이 나는 거.

"그러니까 너무 그렇게 전투적으로 굴지 마."

그럴수록 더 무례하게 굴고 싶어지니까. 그래 봤자, 네 앞에선 망설이고, 또 망설이다 결국 산산조각 나 닿지 않을, 못된 마음이겠지만. 억척스럽게 다물린 도희의 입술이 도통 열릴 기미가 보이지 않자, 태준은 눈매를 조금 찡그렸다.

"뭘 줄까. 내가 뭘 줘야 올래. 말이나 해 봐. 돈? 홍미연 목? 백 의원 심장이라도 꺼내다 줄까?"

도희가 헛웃음을 터트리며 삐딱하게 고개를 추켜들었다.

"달라 하면. 주게요?"

"원한다면."

대답할 가치도 없다. 도희가 실소를 터트리며 시선을 피하자, 태준이 두 번째 손가락을 그녀의 턱 아래에 가져다 대었다. 손가락에 실린 힘에 의해 도희의 얼굴이 다시 위로 들렸다.

"어디에 손을 대요."

도희는 눈을 부라리며 태준의 손을 아프게 쳐 냈다. 가차 없이 아래로 떨궈진 제 손을 힐긋 내려다보던 태준이 희미하게 웃으며 시선을 올렸다.

"뭐든 들어줄 수 있어. 네 부탁이라면 기꺼이."

도희는 여지없이 몸을 돌렸다.

"필요 없어요."

"그렇게 좋아?"

도희가 슬며시 입술을 깨물었다.

"너. 그 새끼가 그렇게 좋냐고."

"네."

"그럼 나는."

"아무런 감정도 없어요."

한숨 같은 음성이 닿기도 전에 활짝 열린 문은 굳게 닫혔다. 시야에서 그녀의 모습이 사라지자마자 태준의 입가에 잠시 머물렀던 웃음기가 싹 가셨다.

"이번 건 좀 아프네."

태준은 혼잣말하듯 작게 중얼거렸다. 늦어 버린 사랑이었다.

△ ▼ △

벽 너머의 소음이 뚝 끊겼다. 백윤택을 마주하는 것만으로도 도희에겐 상당한 충격과 스트레스가 될 것이라 생각했다. 그 후가 걱정되어 미리 와서 기다리고 있었던 것인데.

하필 자신이 들어와 있던 룸 뒤편에 기태준이 있었을 줄은 몰랐다. 손끝으로 물잔을 매만지던 움직임이 일순 멈추었다.

"무슨 화가……."

이 정도로 치밀 수 있나. 도희에게 분노한 것이 아니었다. 어디까지나 기태준의 무자비한 태도에 열이 받았던 것이다. 해찬이 컵을 꽉 말아 쥐었다.

"홍미연이고 뭐고."

절로 뒤틀린 웃음이 샜다.

"저 새끼부터 조겨 놔야 하나……."

해찬은 좌식 의자에 느른히 기대어 있던 등을 서서히 떼어 냈다.

△ ▼ △

태준은 한식당 차양 밑에 우두커니 멈춰 서서 고개를 뒤로 젖혔다. 무료한 눈동자에 하늘이 담겼다. 제법 쌀쌀해진 날씨에 가을이 온 줄 알았더니, 비가 내리려는지 하늘 색이 희뿌옇다. 태준이 지그시 눈을 감았다.

한 계절에 꼼짝없이 갇혀 버린 기분이다. 다른 이들은 순리대로 흘러가는 시간에 몸을 맡기며 느리더라도 앞서가는데. 저 혼자서만 나아가지 못한 채 일정한 시간 속에 머무르는 것처럼 느껴졌다.

여름, 그리고 여름. 다시, 또 여름. 봄도, 가을도, 겨울도. 늘 무더웠다. 그날도 여름이었던가. 백도희를 처음 만났던 날이. 아니, 아니다. 새 학기가 시작되던, 분명 조금은 쌀쌀한 봄이었는데.

"아……."

생각났다. 여름이었다. 7년 전, 장례식장 뒤편에서 오열하는 너의 뒷모습을 바라보았던 날. 아마, 그날부터였나 보다.

내 시간이 멈췄던 것은. 서늘했다가, 뜨거웠다가, 눅눅했다가, 흐렸다가, 쨍했다가. 밟아도, 밟아도 자라나는 끈질긴 생명력이나, 다 죽어 가던 보잘것없는 것에 생기를 불어넣어 준 너는, 꼭 여름 같아서. 그래서 벗어나고 싶지 않았나. 구태여 힘써 부정하지 않았나.

살짝 열린 미닫이문 틈 사이로 저를 발견하고 놀라 하던 백도희의 얼굴이 문득 떠올랐다.

삭막하고, 경계심 가득한 평소와 확연히 다른 모습이었다. 피식 새어 나오려는 웃음을 참으려고 애써 태블릿에 시선을 고정하던 자신이 우습다. 처음 느껴 보는 간질거리는 감정이 낯설어 어쩔 줄 몰라 하는 소년처럼.

어처구니가 없어 실소가 샜다. 하지만 그것도 잠시, 백도희의 잔상은 진한 향수가 되어 눈에, 코에 머물렀다. 잡힐 듯 말 듯 유난히 하얗고 약한 피부와 살쾡이 같은 도전적인 눈매. 검은색 머리카락 사이로 언뜻 보였던 가느다란 목선, 투명한 립글로스 속에 비친 불그스름한 입술 색과 단정히 정돈된 손톱까지도. 묵직한 돌덩이에 짓밟힌 심장은 좀처럼 되살아날 기미가 보이지 않는다.

"술……."

독주가 간절해지는 순간이다. 태준은 조용히 손을 움켜쥐었다. 잡히는 것 하나 없이 손가락 사이로 손쉽게 빠져나가는 공기가 저를 비웃는 듯했다. 너 따위가. 감히 너 따위가. 흐름이 끊어졌다. 낯선 인기척에 감겨 있던 태준의 눈꺼풀이 천천히 떠밀려 올라갔다.

"요즘 재미있지?"

태준은 나긋하게 물었다. 재력가들을 상대로 약점을 쥐고, 장난감처럼 휘두를 수 있는 기회는 좀처럼 없을 테니. 두 번 태어나도 경험할 수 없는 것들을 누리는 기분이 어떠냐고.

들판을 뛰어노는 망아지. 태준의 눈에 해찬은 그 이상, 그 이하도 아니었다.

"재미라……. 글쎄요."

해찬이 여유롭게 싱긋 웃자 태준의 눈이 가늘어졌다.

"다른 건 모르겠고, 그 잘난 분 면상 한번 뵙기 더럽게 힘들다는 건 알겠네요."

비아냥거리기는.

"방금 했던 질문을 돌려주고 싶은데. 어떻게, 7년 동안 내 선수 인생 갖고 도희 목 조르면서, 재미 좀 보셨습니까?"

아아……. 새끼가. 태준이 작게 고개를 수그리며 바람 빠진 웃음을 터트렸다.

"그래, 많이 봤지. 재미."

공기가 무겁게 가라앉았다. 웬만한 일에도 좀처럼 동요하는 법이 없던 해찬도 이번만큼은 유연하게 굴지 못했다. 싸하게 얼어붙은 눈동자로 태준을 빤히 직시하며 조소를 흘렸다.

"뻔뻔한 건 집안 내력인가."

어떻게 된 게 이쪽이건 저쪽이건, 죄의식이라고는 눈 씻고도 찾아볼 수가 없어.

"겁 없네."

"있었으면 여기까지 못 올라왔지."

대기업의 임원. 또는 높은 분의 자제. 이젠 그 수식어에 맞게 대우해 주려는 노력조차 무의미했다. 태준의 잇새로 헛웃음이 터졌다.

"누구 앞에서 건방을 떨고 있어. 까불다 다친다, 너?"

그저 말뿐인 경고가 아니라는 것쯤은 해찬도 알고 있었다. 도희의 여동생을 친 박종훈. 기태준이 그를 어떻게 하려 했는지, 옆방에서 전부 들었으니까. 하지만.

"지금 내가 눈에 뵈는 게 없어."

"……."

"그러니까. 내 앞에서 뭐라도 되는 척, 있는 척. 꼴값 좀 적당히 떠세요. 역겨우니까."

해찬이 빙그레 웃었다. 네가 갖고 있는 모든 것들을 동원해 나를 압박해 오더라도, 지금의 나에겐 조금의 타격도 없을 것이라고.

"좋든, 싫든 피차 협력해야 하는 상황인 건 알겠는데. 나는 왜 네 얼굴만 보면 피가 거꾸로 솟을까. 망가트리고 싶네. 볼수록."

태준의 말에 해찬은 비웃음을 숨기지 않았다.

"누가 할 소릴……."

분명 서로에게 없어선 안 될 중요한 패였다. 태준은 명분을 내세울 수 있는 권력이 있었고, 해찬은 언론과 여론을 휘어잡을 힘이 있었다. 그 사실을 누구보다 잘 알고 있었지만 달갑지 않은 상대가 곱게 보일 리 없었다.

"하나 충고하지."

태준은 재킷 단추를 채우며 슬며시 시선을 들었다.

"앞으로 놀 거면 내 눈에 보이는 곳에서 얌전히 놀아. 이리저리 제멋대로 들 쑤시고 다니는 거, 하나하나 따라다니면서 처리하는 것도 골치 아프니까."

"지랄하고 있네."

해찬은 거침없이 욕설을 읊조리며 대놓고 이죽거렸다.

"7년 동안 손 놓고 아무것도 못 하고 있다가 이제 좀 내 덕에 수월해지니까 전부 다 내 계획대로다, 생각하고 싶은 모양인데."

태준의 미간이 잘게 좁혀졌다.

"착각하지 마세요. 당신이 그동안 백도희한테 했던 짓. 사랑이니 도움이니. 말 같지도 않은 핑계로 곁에 잡아 두면서 협박해 왔던 그 시간들. 어떤 이유로도 미화되지 못해."

"……."

"기태준. 당신 방식은 처음부터 틀렸어."

태준의 눈은 흔들렸고, 해찬의 눈은 올곧았다.

"그쪽 바닥에서 정상인 것들 찾아내는 일이 더 어렵고, 썩을 대로 썩었다는 것쯤이야 질릴 만큼 봐 와서 잘 아는데. 그중에서도 제일 환멸 나는 부류가 과거 세탁하고 뒤늦게 깨끗한 척하려는 인간이야. 당신처럼."

소름 끼치게.

"양심이 있으면."

해찬은 일말의 웃음기마저 싹 지워 내고 태준의 눈을 똑바르게 바라보며 경고하듯 읊조렸다.

"감히 떠올리지도 말란 소립니다."

바닥에 바짝 엎드려서 손이 발이 되도록 빌어도 모자랄 판에. 그 더러운 머릿속에 백도희를 욱여넣지 말라고, 공상조차 불쾌하니까. 별안간 태준이 조소했다.

"잘 웃어?"

이해할 수 없는 질문에, 해찬의 눈살이 작게 일그러졌다. 하지만 금세 의미를 파악하고 픽 웃음을 터트렸다.

"잘 웃지."

"……."

"숨 막히게, 예쁘고. 살냄새는 지독하리만큼 향기로운데."

알 리가 있나. 너 따위가.

"기어오르지 못하게 확실히 밟아 놨어야 했는데. 아쉽네."

하다못해 저 오만 떠는 주둥이라도 찢어 놨어야 했다. 태준은 이를 악물며 웃었다.

"아아……. 스테로이드?"

해찬은 턱을 비스듬히 추켜올리며 슬며시 시선을 내리깔았다.

"뭣도 없는 새끼가 앞에서 주제도 모르고 약 올려 대니까 속이 말도 아니겠지. 뭐, 이해는 합니다."

태준의 얼굴은 살벌하게 굳어 있었지만, 해찬은 물러서지 않았다. 도리어 입꼬리를 비틀어 올렸다.

"지금이라도 늦지 않았어. 얼마든지 하세요. 연맹에 입김을 불어넣든, 주사기로 음료수에 약물을 주입하든. 뚫린 입이라고 말로만 지껄이지 말고 뭐든 행동으로 보여 줘야 꿈틀거리는 척이라도 하지 않겠습니까, 나도."

태준이 무의식적으로 꽉 말아 쥔 주먹을 힐긋 바라보며, 해찬은 비스듬히 고개를 숙인 채 자신감 넘치는 얼굴로 시선을 맞춰 왔다.

"난 잃어도 돼."

쌓아 온 것 전부를, 얼마든지.

"근데 당신은 아니지."

몇 번을 대립해도 이길 수밖에 없는 이유는 근본적인 차이에서부터 있었다.

나는 백도희 하나뿐이고.
너는 백도희가 일부이니까.

△ ▼ △

야근이었다. 어둠이 내려앉은 골목길은 음침한 기운을 뿜어내고 있었지만 도희는 대수롭지 않게 걸음을 옮겼다.

"가을인가······."

낮은 여전히 더웠다. 그래서 얇은 블라우스만 입고 나왔는데, 저녁이 되니 거짓말처럼 기온이 뚝 떨어졌다.

"내일은 걸칠 옷 챙겨야겠네."

몸이 으슬으슬 떨려 왔다. 도희는 팔을 쓸어내리며 걸음을 재촉했다. 유난히 피곤한 하루였다. 얼른 씻고 침대에 눕고 싶은 마음이 간절했다.

연락해야 하는데. 해찬의 얼굴이 떠오르자 자연스레 목소리가 듣고 싶어졌다. 도희는 그새를 참지 못하고 건물 바로 옆 공원에 우뚝 멈춰 서서 휴대폰을 들었다. 통화는 바로 연결되었다.

"바로 받았네?"

— 누구 전화데.

짙게 가라앉은 목소리가 좋다.

"나, 약속 지켰어."

퇴근하면 연락하겠다는 약속. 다른 길로 새지 않겠다는 약속.

— 잘했어요. 칭찬해.

느긋하고, 차분한 말투였다.

"······훈련, 끝났어?"

— 응.

"호텔이야?"

— 아니.

"아니라고?"

도희가 한쪽 눈가를 찡그렸다.

— 고개 돌려 봐요.

도희의 얼굴이 느리게 움직였다.

수풀 너머로 눈길이 흘러갔다. 공원 정중앙에 설치된 그네에 걸터앉아 물끄러미 저를 바라보고 있는 남자. 희미하게 웃음 짓고 있는 해찬과 시선이 부딪치자 도희의 눈이 휘둥그레 떠졌다.

438

"왜 거기에 있어?"

— 분리 불안이 심해서 집에서 기다리진 못했고. 대신 얌전히는 있었어.

"아니 내 말은⋯⋯."

— 이리 와요. 얼른. 응?

이제 나랑 놀자. 그리 말하는 듯했다. 당황할 시간도 부족했던 도희는 재빨리 걸음을 돌려 공원 안으로 들어섰다. 다급히 해찬의 곁으로 다가가 그의 몰골부터 살폈다.

"언제부터 기다렸어?"

"훈련 땡땡이치고 나왔을까 봐?"

그가 얄궂게 눈매를 누그러뜨렸다. 훈련은 한 것 같았다. 아직 물기를 머금고 있는 머리나, 바디 워시 향기에 뒤섞여 은근히 풍겨 오는 풀장 냄새만 봐도. 해찬은 제 앞에 서 있는 도희를 빤히 올려다보며 시익, 입술을 늘여 웃었다.

"다른 건 몰라도 선배 말은 잘 듣는다니까."

"진짜⋯⋯. 연락이라도 하지."

도희가 안도하며 한숨을 내쉬었다. 조금은 기분이 이상하다. 평소엔 키가 커서 한참 올려다봐야 하는데, 그네에 앉아 있는 그를 내려다보는 기분이. 참 묘했다. 하지만 얼마 지나지 않아 순식간에 시선의 위치가 달라졌다. 그가 그네에서 몸을 일으킨 탓이다.

있잖아요, 선배. 해찬이 나직한 음성으로 말했다.

"나는 하려고 한번 마음먹은 일은 뭐든 열심히 해요."

그가 낮게 중얼거리며 팔을 뻗었다. 해찬의 엄지가 볼록한 눈두덩이를 스치고 지나갔다. 도희가 느리게 눈꺼풀을 밀어 올렸다.

"그게 운동이든, 뭐든."

"무슨 뜻이야?"

"근데, 선배 꼬시는 건 더 열심히 해."

커다란 손으로 그녀의 가녀린 목덜미를 부드럽게 감싸 안으며, 손끝으로는 입술을 꾹, 짓눌렀다.

"처음 본 순간부터, 7년 내내."

지금까지도.

"그리고 앞으로도."

검은 눈동자에 속수무책 빨려 들어갈 것만 같았다.

"그것만큼 재미있는 일도 없었어."

해찬이 환하게 웃어 보였다.

"그러니까 선배는 나한테 믿음을 줘요."

나는 사랑을 줄게.

어리둥절한 표정으로 눈을 깜빡이자 해찬이 팔을 뻗어 도희의 목덜미를 감쌌다. 슬며시 고개를 기울인 채 내려다보는 은근한 시선이 다정하다.

"추워요?"

"아니, 참을 만한데⋯⋯."

"나는 추워요."

말이 끝나기 무섭게 해찬이 제법 강한 악력으로 도희를 끌어당겼다.

제법 차게 식은 그의 입술이 내려앉자 달아오른 숨결이 입안으로 스며들었다. 짧지만 깊은 입맞춤에 모든 것들이 녹아내렸다. 멈춰 있다고 생각했던 시간은 다시 착실하게 움직이기 시작했다.

여름이 지나고 있었다.

△ ▼ △

기태형 회장은 돌연변이였다.

별종. 또는 독종. 뻣뻣하고 꼿꼿했지만 정중했고, 무례하진 않지만 무뚝뚝했다. 재미는 없어도, 제 잘난 맛에 사는 다른 이들과 달리 겸손하고 과묵했다. 그것 하난 마음에 들었다.

사랑에 빠지면 어떻게 변할지, 애정하는 여인을 담은 눈은 어떤 빛일지. 막연한 호기심으로 부모님의 제안을 덜컥 수락했다.

'*가슴에 품은 여자가 있어.*'

첫 만남부터 쉽지 않았다. 그는 우회하지 않고 말했다.

'*당신을 사랑할 수 없어.*'

사랑을 논하다니. 누가 들으면 손가락질하며 비웃을 거리였다.

그 역시, 사정은 비슷했다. 마지못해 자리에 끌려 나온 얼굴을 해서는, 매정한 말로 비수를 꽂으며 오기를 건드렸다.

'*선 자리는 없던 일로 하지.*'

뻔한 치정극과 다를 바 없는 결말이 예상되는 전개였지만.

'*내가 감수하겠다면요.*'

탐이 났다. 그가. 그가 가진 것들이, 정상에 선 그의 곁에 서서 내려다볼 풍경이, 미치도록 탐이 났다. 갖고 싶었다.

'*당신이 감수하고 말고 할 문제가 아니야.*'

'*그래도 하겠다면.*'

그는 대답 없이 뒤도 돌아보지 않고 곁을 스쳐 지나갔다. 말이 되나. 남자란, 가진 것에 만족이란 것을 하지 못하는 동물이다. 더 많은 것을 바라고, 야망을 꿈꾼다. 배가 불러 살갗이 터져 나가도, 끊임없이 갈구해야 하는데.

사랑? 사랑이라니. 책임이라니. 우스워 박장대소를 터트렸다.

남부러울 것 없는 인생이었다. 대형 언론사 회장. 한국신문협회 고문. 잘 만난 아버지 덕에 분에 넘치는 부귀를 누리며 살았다. 그러나 그에 대한 대가는 보다 명확했고, 단순했다.

부모가 정해 준 짝과 연을 맺고, 결혼을 하고, 아이를 낳고. 정 없이 시작한 인연이라도 오랜 시간 살을 부대끼며 살다 보면, 없던 정분도 자연스럽게 생겨날 것이라고.

누군가에겐 어느 정도는 맞는 말일 테지만, 자신에겐 해당 사항이 없는 말이었다. 추억이 없고, 시작이 없는데 무엇을 기억하고 되새기며 신뢰할 수 있을까.

그의 곁에 선 시간은 생각보다 빨랐고, 쉬웠다. 삼진그룹은 최고를 원했다.

삼진을 지탱해 줄 수 있는 언론사는 제 아비가 이뤄 낸 곳뿐이었다.

기태형은 그 어떤 말도 없었다. 그가 집안의 고집에 패배했다는 뜻이었다. 결혼 이후, 제게 정을 나눠 주는 일은 없었다. 눈길도 없었다. 당연한 결과였다. 임신 또한 인공 수정으로 이뤄졌다. 대외적으로는 금실 좋은 대기업 회장 내외였지만, 실상은 남보다도 못한 사이였다. 불만은 없었다. 끔찍이도 외로웠지만, 전부를 손에 넣었음에도 허무했지만, 만족했다. 그 여자와, 그녀에게 향해 있는 그의 눈빛을 보기 전까지는.

'*당신 여자를 만났어요.*'

아프게 찔러도 봤지만 돌아온 반응은 없었다.

'*보고 싶지 않아요?*'

그는 대답 대신 외면했다. 가슴이 끓었다. 부수고 싶었다. 그가 반응할 때까지. 그것이 분노든, 원망이든, 비난이든, 욕설이든. 뭐라도. 피차 사랑은 없었지만, 괘씸함은 있었다.

'*아이가 많이 컸던데.*'

그제야 보였다. 핏대 선 그의 눈이. 일그러진 표정이. 제 앞에서 처음으로 보인, 감정이었다.

'*데려오지 그래요.*'

'*건방 떨지 말고 신경 꺼.*'

'*내가 해요?*'

그 말의 의미를 그는 단숨에 알아차렸다. 기태형 회장은 일부러 나서지 않았던 것이다. 움직이면, 자극하면, 더 집요하게 굴까 봐. 찾아가서, 삼진가의 핍박으로 지칠 대로 지친 그녀를 더 괴롭힐까 봐.

표면적으로는 지킬 수 있는 기회를 준 것이었지만, 실질적으로는 빼앗은 거였다. 그 여자에게, 남은 마지막 것까지.

얼마나 원망할까. 얼마나 괴로울까. 얼마나, 얼마나 후회할까. 당신을, 당신을 만난 것을, 사랑한 것을, 당신의 아이를 가진 것을. 나는 전부를 가져야 했다. 그중 포기한 것이 사랑이라면, 다른 것으로 채우면 되고 모자란 것이라면 뺏어 오면 된다. 부족함을 모르고 살았으니 힘써 알고 싶지도, 잃고 싶지도 않다.

당신을 괴롭게 하였으니, 그만큼 이뤄 주면 되지 않겠느냐고. 당신의 아버지가 이뤄 낸 업을, 삼진을. 그 누구도 감히 내려다볼 수 없도록 올려놓는 데 최선을 다하겠노라고.

……합리화나 하면서, 알량한 자만심이었대도 좋다. 위에 서서 세상을 내리깔아 보는 맛은 혀가 문드러질 만큼 달아서, 눈에 뵈는 것 따위 없게 만드니까.

누군가는 말했다. 악마에게 영혼이라도 팔았냐고. 그럴 땐 웃으며 답하였다. 가능만 하다면, 그러고 싶다고. 팔 수 있는 영혼을 가진 사람이 아니라, 이왕이면 팔겠느냐고 제안하는 악마가 되고 싶다고.

거실에 홀로 앉아 있던 미연은 소파 팔걸이에 손을 세워 턱을 괴고 곰곰이 생각에 잠겼다. 다른 손으로는 끊임없이 얇은 직사각형 물체를 매만지면서.

"……웃기고 있어."

미연의 시선이 아래로 떨어졌다. 직사각형 몸체를 느리게 훑던 손길도 따라 멈추었다. USB를 열어 봤을 때, 그 속엔 아무것도 없었다. 뺑소니 현장을 담은 영상이라며 포장된 상자에 떡하니 붙어 있던 글귀가 무색하게, 보란 듯이 놀아났다. 기태준과, 고해찬에게.

다시금 지난 기억이 떠올라 미연의 고운 미간이 무자비하게 일그러졌다. 하지만 그뿐이었다. 중지에 끼워진 다이아 반지를 물끄러미 응시하며, 휴대폰을 들었다.

△ ▼ △

이른 오전에는 세미나로, 후엔 미팅으로, 마지막은 다시 회사 집무실로 돌아와 연이은 브리핑에 시달려야 했다.

"상무님. 기영준 전무 비자금 루트 정황이 파악되었습니다."

홍미연의 둘째 아들. 안하무인 기영준은 무모했다. 무식했기에 가능했던 대범함일 테지만, 속이 너무 뻔히 보여 우스울 지경이었다. 머리를 쓰는 척만 할 줄 알지…….

태준은 듣기조차 거북하고 짜증스럽다는 듯 질끈 눈을 감고 손끝으로 관자놀이를 짓눌렀다. 눈치를 살피던 최 실장이 조심스레 물어 왔다.

"……멈출까요."

"계속해요."

"계열사 투자금을 이용한 건이나 의도적인 기업 이미지 실추로 주가 조작 정황도 일부 확인되었습니다. 자금 세탁은 기영준 전무 수하로 있는 물산의 송 부장 계좌를 이용한 것으로 보입니다. 사전에 미리 외국환 계좌를…….."

최 실장의 보고가 끝나기도 전에 집무실 문이 덜컥 열렸다. 그 사이로 기영준이 씩씩거리며 다가서려 하자, 최 실장이 앞을 가로막았다.

"전무님. 이러시면 안 됩니다."

"넌 저리 비켜."

"불가합니다."

최 실장이 고개를 수그리며 정중히 거절하자, 기영준의 얼굴이 벌겋게 달아올랐다.

"야, 이 개자식아. 네가 뭔데 감히 내 뒤를 캐고 다녀. 어? 근본도 없는 병신만도 못한 거지새끼 가엽다고 주워 왔더니. 넙죽 엎드려 감지덕지해도 모자랄 판에, 이제 와서 눈에 뵈는 게 없지?"

태준은 말아 쥔 손으로 이마를 문질렀다. 여전히 눈은 지그시 감은 채였다. 무시로 일관하는 태준의 태도에 영준은 더 열이 올랐다.

"그냥 좀 제발. 얌전히 입 닥치고 애써 얻은 그 자리나 지켜라. 어? 어머니나, 아버지나 저 위아래도 모르는 상놈 뭐가 예쁘다고 감싸고도는지 모르겠네."

"정말 몰라?"

태준은 한숨을 내쉬며 천천히 눈을 떴다. 날카로운 송곳 같은 눈빛이 와 닿자, 기영준은 눈가를 찡그렸다.

"하, 저 새끼가 드디어 미쳤나. 너 지금 뭐라고 했냐?"

"뭘 생각하는지 너무 뻔히 보이니까. 머리를 굴리려면 조금 더 그럴싸하게 보이려는 노력이라도 하든가. 못 하겠으면 신박하게 꾸며 내기라도 하든가. 뭐가 됐든 수준 이하인데, 도대체 너를 뭘 믿고 맡기겠어. 응?"

"저, 저……."

기영준의 얼굴이 붉으락푸르락 변했다. 태준은 무표정하게 영준을 흘겨보며 말했다.

"최 실장. 나중에 회장님 앞에서 다시 한번 언급될 사안인 것 같으니 이참에 정리 한번 하죠."

뜻을 이해한 최 실장이 고개를 주억거렸다.

"녹음기 켜세요."

"예, 상무님."

최 실장이 재킷 안주머니를 뒤적거리자, 기영준이 흠칫했다. 그러나 차마 자존심까진 저버릴 수 없었는지 돌아서지도 못하고 이를 악다물며 태준을 노려보았다.

"지금 뭐 하자는 건데?"

"꺼지든지 녹음기에 목소리 담든지. 둘 중에 뭐라도 하나는 선택하라고. 덜떨어진 거 상대할 시간 없으니까."

영준은 쓰고 놀 줄만 알지 경솔했다. 피붙이가 저 모양 저 꼴이니, 제아무리 끔찍해하고 경멸한다 한들, 대외적으로나마 저를 내세우고 싶어 하는 홍미연의 심중이 아예 이해가 안 되는 것도 아니었다.

한편으로는 생각할 것이다. 자신이, 기태준이. 제 진짜 아들이면 얼마나 좋았을까, 하고.

곱씹을수록 웃음이 샜다. 그때, 집무 책상이 진동 소리를 내며 떨렸다. 태준은 슬쩍 시선을 떨어트려 휴대폰 액정을 확인했다. 홍미연이었다. 태준이 통화 버튼을 누르기 직전, 영준이 소리쳤다.

"지금 어디에 한눈을 팔아?"

"너네 엄마야, 이 병신아."

한심스러움이 묻어난 태준의 심드렁한 말투에 최 실장은 순간 터지려는 웃음을 가까스로 참아 내며 입술 안쪽 살을 꽉 씹었다.

영준은 수치스러움을 참지 못하고 온몸을 부들부들 떨었다. 태준은 대수롭지 않게 통화 버튼을 누르고 휴대폰을 들었다.

"예."

성의 없이 대답하며 손목에 채워진 시계를 확인했다. 그러는 동안에도 영준의 불안한 시선은 태준의 얼굴에 꼼짝없이 고정되었다.

귀를 기울여 봤지만 통화 내용은 들리지 않았다. 언뜻 입술을 들썩이며 피식 웃음을 흘리는 태준의 태도가 심히 껄끄러워 영준은 말없이 인상을 구겼다.

"아⋯⋯. 그러니까, 한마디로 요약하면 저를 의심하고 계시단 말씀 같은데. 제 생각이 맞다면, 유감이네요."

'의심'이라는 단어가 언급되자 영준의 입가로 미소가 걸렸다. 드디어 어머니도 저놈의 비열한 속내를 알아차리신 건가. 하지만 그 웃음은 얼마 지속되지 못했다.

"증거가 없을 거라고. 어떻게 확신하십니까?"

약점을 쥐고 있는 자는 늘 여유로운 법이라며, 입버릇처럼 떠들던 분이 그새 잊으셨나. 태준은 속으로 생각했다.

"제가 힘들게 얻어 낸 비밀을 갖고 노는 재미에 푹 빠졌단 생각은 못 하시나 봅니다."

태준은 무미건조하게 입장을 전달하며, 영준의 눈을 집요하게 꿰뚫어 보았다.

"박종훈. 제가 잡아 두고 있습니다, 여사님."

영문을 몰라 의아해하는 영준을 바라보며, 태준은 고요히 입술을 올렸다.

"그리고⋯⋯, 지금 제 앞에 있는 여사님의 아드님 못까지도."

태준은 슬며시 눈을 내리깔며 잠시 손에 쥐었던 펜을 툭, 떨어트렸다.

"하나, 하나 놓치지 않고 신경 써서 잘 준비하고 있으니 걱정 마세요. 그리 안달 내며 조급해하지 않으셔도, 조만간입니다."

조만간. 치욕스러움을 이기지 못해 스스로 목매달게 해 줄게.

△ ▼ △

밤사이에 비가 내린 모양이다. 두 사람을 태운 차는 아직 채 물기가 마르지 않아 질척해진 도로 위를 빠른 속도로 내달리는 중이었다.

좌아악, 좌아악. 바퀴가 굴러갈 때마다 추적한 소음이 끊이지 않고 귓가를 적셔 왔다. 30분쯤 지났을까. 뻥 뚫린 고속도로를 막힘없이 질주하던 차는 어느덧 멈추었다 움직이길 반복하며 속도를 늦췄다. 신호가 늘고, 상가들이 눈에 띄게 많아지기 시작했다. 그때까지도 숨 막히는 정적이 감돌았다. 목적지는 분명했지만 그곳까지 무사히 도달할지는 미지수다.

'*충남 서북구로 가.*'

'*가서, 내 어머니를 만나.*'

일전 기태준과 나눴던 대화가 도통 잊히지 않았다. 덜어 내려 해 봤지만 가시기는커녕 도리어 선명해졌다. 할까, 말까 고민될 땐 하지 말자는 판단이 지금껏 더 좋은 결과를 가져왔다. 그러나 이번엔 달랐다. 쉽게 넘길 수 없었다.

결국 더하지도, 덜하지도 않고 전부를 해찬에게 털어놓았다. 최종 선택의 권한은 어디까지나 운전대를 쥐고 있는 그에게 있었다. 해찬은 영민하다. 수영을 본격적으로 시작하기 전엔 수학과 논술 올림피아드를 휩쓸고 다녔단 정보의 기사를 언뜻 본 기억이 있다.

수영 선수가 아니었다면, 지금쯤 무슨 일을 하더라도 충분히 성공했을 인재였다. 그리고 지금껏 봐 온 그는 기태준과 홍미연의 상대로 충분했다.

그 크기가 어떠하든 간에 적어도 지금은 그와 논의하고 신중해야 한다. 더불어 일말의 오해를 만들고 싶지 않았다.

기태준을 만나 나눴던 대화를 전해 듣고도 해찬은 별다른 말이 없었다. 싫다는 말도, 좋다는 말도, 없었다. 놀라지도 않았다. 아주 짧은 찰나의 순간 애매한 표정을 짓긴 했지만 그뿐이었다.

마치, 일이 이렇게 될 것이라고 진작 예견한 사람처럼. 태연했다. 토요일 아침, 오전 8시까지. 집 앞에 나와 있으라고. 데리러 오겠다는 단순명료한 대답이 전부였다.

수긍이었는데도, 내심 찝찝했다. 기태준의 요구를 순순히 따를 생각은 없었다. 그의 이득을 위해 움직이게 될 그림이 썩 내키지 않았던 마음도 컸다. 하지만 감정을 내려놓고 이성적으로 생각해 보면, 그 방법밖엔 답이 없었다.

기태준은 확실한 사람이다. 자신에게 불이익이 될 일을 결코 만들지 않는다. 뒤탈이 없도록 수많은 경우의 수를 재고, 또 계산하는 사람이다. 그런 남자가 자신에게 가장 취약한 약점을 거리낌 없이 꺼내 놓았다는 것은, 다른 방도가 없다는 뜻과 같았다.

그 결론을 내리기까지 꼬박 이틀이 걸렸다. 그러나 해찬은 일찍이 계산을 끝냈을지도 모른다. 아마도, 그럴 확률이 컸다.

방지 턱을 넘자, 차가 작게 덜컹거렸다. 몸도 따라 흔들렸다.

'조현병을 앓고 있어. 쉽게 말하면 정신 분열. 홍미연에게 협박과 학대를 받았던 정신적 충격이 큰 탓인지. 어디까지나 추정이지만 그 트라우마 때문에 좀처럼 입을 열지 않아.'

'못 알아봐. 나를.'

'비명을 지르고, 눈도 마주치지 못해. 괴물을 본 사람처럼.'

그 또한 피해자였다. 그래서 그토록 이를 갈았던 것일까.

7년. 그 긴 시간 동안 수면 위로 은밀히 눈만 내놓은 채 때를 기다리고, 자신을 이용하면서. 달리 생각한다면 기태준에게 자신은 계획에 차질을 일으킬 장애물 같은 존재일 수도 있다. 아니더라도, 이용하다 버릴 하찮은 것에 지나지 않을 텐데. 그래야 하는데.

그날, 그 순간. 보았다. 스치듯 흘러간 시선 속에 닿았던, 그의 눈을. 긴 시간, 긴 어둠 속에 사무친. 상처받아 일렁이던 기태준의 눈동자를, 보고 말았다.

도희는 끝도 없이 번져 가는 생각을 접고, 슬쩍 고개를 돌렸다. 운전대를 꽉 쥐고 있는 큰 손이 보였다. 팔꿈치까지 접어 올린 와이셔츠 밑으로 불거진 핏줄이 보이고, 무표정한 얼굴이 보인다. 해찬은 알 수 없는 무감정한 표정으로 묵묵히 정면을 바라보며 운전에 집중했다. 도희가 다시 정면으로 눈길을 돌렸다.

축축한 도로와 달리 하늘은 맑게 개었다. 깨끗한 하늘을 올려다보다 답답함을 참지 못하고 조수석 창문 버튼을 눌렀다.

반쯤 내려간 창문 틈 사이로 조금은 서늘한 바람이 밀려 들어왔다. 비릿하고, 상쾌한 바람 내음이 기분 좋아, 슬며시 눈을 감았다.

"더워요?"

손을 잡아 오며 묻는 나직한 음성에 도희가 슬며시 눈을 떴다.

"……왜, 그런 거야?"

기다렸다는 듯 물었다.

질문과 동시에 차가 부드럽게 멈춰 섰다. 해찬은 핸들에 손을 걸친 채 얼굴만 돌려 빤히 그녀를 쳐다보았다.

"얼마든지 거절해도 괜찮다 했잖아. 싫다 했으면 고집부릴 생각 없었어. 무조건 네 말이 우선이니까. 그런데 왜."

어째서 묻지도, 따지지도 않고 내 의견에 따라 준 거냐고. 기태준의 친모를 만나러 가는 것에 대해 반박도 않고, 조금의 싫은 내색도 없었던 거냐고.

차마 전하지 못한 질문의 속뜻을 이해한 듯, 그의 입가에 희미한 미소가 맺혔다.

"정말 몰라서 물어요?"

"모르니까 묻지."

"그 작은 머리에 잠깐이라도 다른 생각 집어넣는 꼴 못 보겠어서."

"아……."

"용납이 안 되니까 이렇게라도 해야지 어쩌겠어."

해찬이 도희의 손등에 입을 맞추며 시선을 올렸다.

"선배는 가끔 보면 진짜 똑똑한 것 같아요."

좀처럼 갈피를 잡을 수 없어 도희가 살풋 미간을 구겼다.

"무슨 말이 그래."

"내가 거절 못 할 거 알고 이러는 거잖아."

도희는 순간적으로 말문이 막혀 멍하니 해찬을 응시했다. 느긋하게 손을 뻗은 해찬이 긴 머리를 귀 뒤로 넘겨 주었다.

"둔한 것보단 낫지. 답답하고 속 터지는 건 별로 내 취향이 아니라서. 어쭙잖게 이기려 들려고 했으면 지금처럼 안 받아 줬어."

해찬의 입가에 의미를 알 수 없는 미소가 떠올랐다.

"응. 나, 변태 맞아요."

머릿속에 들어왔다 나갔나. 도희의 입술이 작게 벌어졌다.

"그래서. 앞으로는 어떻게 가지고 놀 건데? 말해 줘요. 궁금하다."

"자꾸 놀리지 마. 불만이면 돌리지 말고 그냥 말해."

"사실 전부 다 마음에 안 들어. 기태준과 관련된 사람 만나는 것도, 그 새끼 말에 동요하는 선배 행동도 이해 안 되고 짜증만 나."

기다렸다는 듯 해찬은 무표정한 얼굴로 눈 한번 깜빡이지 않고 말했다. 적잖게 놀랐는지 도희의 입이 작게 벌어졌다. 해찬이 피식 웃었다.

"그렇게 말하면 난감해할 거잖아. 난 애처럼 투정 부리는 것 같고. 그건 더 싫어요."

도희는 밉지 않게 해찬을 흘겼다. 그러든지 말든지, 해찬은 진심으로 즐기는 얼굴이었다.

"얼른 내려요. 지금이라도 마음 바뀌어서 차 돌리기 전에."

아직도 한참 멀었나 보다. 고해찬의 전부를 알기엔.

△ ▼ △

말끔한 건물, 첨단 시스템, 호화로운 VIP 병실에 머물 것이란 예상은 무참히 깨졌다. 작고 낡은, 조용한 병원이었다. 마땅히 설명할 것도 없었다. 적어도, 삼진그룹 상무란 직함을 가진 남자의 친모가 머물 곳은 아니었다.

홍미연의 눈을 피해 선택한 곳일 테지만 너무하다 싶을 정도로 터무니없었다. 이런 처우를 감수해야만 하는 심정이 아들 된 입장에서 얼마나 치욕스럽고, 참담하고, 어처구니가 없을지. 타인일 뿐인데도 도희는 저도 모르게 헛웃음을 흘렸다.

그가 알려 준 대로 5003호 앞에 다다랐다. 병실 문 옆에 적힌 이름에 눈길이 머물렀다.

'송선영'

이름은 하나뿐이었다. 1인실로 보여 그나마 다행인가 싶었다. 잠시 망설이던 도희가 문을 옆으로 밀려는 순간, 누군가가 급박하게 달려와 앞을 가로막았다.

하얀 가운을 입고 있는 것으로 보아, 의사인 듯했다.

"어떻게 오셨습니까. 이 병실은 외부인 출입이 제한된 곳인데요."

"아, 저는……."

도희가 말끝을 흐리자, 의사는 더욱 가세한 의심 어린 눈총으로 도희를 훑었다. 뒤를 지키고 있던 해찬이 보다 못해 나서려 했다. 도희는 알게 모르게 손을 뻗어 움직임을 멈추게 했다.

"혹시, 백도희 씨 되십니까?"

"네. 보호자 부탁으로 왔습니다."

"아, 말씀 전해 들었습니다. 잠시만 기다려 주세요. 아직."

의사의 말이 끝나기도 전, 병실 너머로 찢기는 비명이 넘어왔다.

"나가! 나가라고!"

여자의 음성은 위험하리만큼 위태로웠다. 위급한 상황인 것을 인지한 의사는 망설임 없이 문을 열어젖히고 병실 안으로 뛰어 들어갔다.

도희와 해찬의 시선이 자연스레 옆으로 향했다. 시체와 다를 바 없는 야윈 여자와, 그 앞에 목석처럼 뻣뻣하게 서 있는 기태준이 보였다.

"아아악! 나가! 제발, 좀!"

"환자분! 진정하세요!"

"너도 나가!! 다 꺼지란 말이야, 내 눈앞에서!"

여자의 몰골은 엉망이었다. 헝클어진 머리카락. 마른 체구. 지친 얼굴. 건강했을 때의 그녀 모습이 저절로 상상되었다. 눈부시게 아름답고, 기품 있는 얼굴이. 생기 도는 눈빛이. 눈에 아른거렸다. 언뜻 녹아 있는 기태준의 얼굴도 잠시 보였다.

그녀는 제 머리를 잡아 뜯으며 오열하다가도, 기태준의 가슴팍을 아프게 내리쳤다.

"가, 가! 제발 좀 가!"

부질없는 주먹질이었다. 기태준은 조금도 움직이지 않았다.

"나, 나한테서 뭘 더 빼앗으려고, 뭘 더 빼앗아 가려고! 가!"

그녀는 눈앞에 서 있는 제 아들을 알아보지 못했다. 기태준은 묵묵히 제 친모를 내려다볼 뿐이었다. 작은 두 주먹으로 사정없이 가슴팍을 내려치며 밀어내는 여자를, 꿈쩍 않고 관망했다.

"흐으윽……. 하아, 하으……."

제정신이, 아니었다.

누구와 대화를 하는 건지, 허공을 향해 중얼거리다가, 윽박을 내질렀다가. 다시 또 미친 사람처럼 웃었다가. 보는 사람이 다 혼란스러울 지경이었다.

제 분을 이기지 못한 여자가 힘없이 풀썩 바닥으로 주저앉았다. 의사가 팔을 부축하며 일으키려 해 봤지만, 여자는 그마저도 차갑게 내쳤다.

보면 안 될 것을 마주한 기분을 지울 수 없었다. 도희가 천천히 고개를 뒤로 돌렸다. 무표정한 해찬의 얼굴이 보였다. 언뜻 보기엔 아무렇지 않은 표정이었지만, 도희는 알았다.

해찬은 동요하고 있었다. 어느 때보다, 확실하게.

지독한 소독약 냄새가 감도는 병실과 중년의 여자. 그리고 그녀의 아들. 그것만으로도 충분히.

그에겐 곤욕이다. 떠올리는 것조차 힘겨운 과거가 상기되었음을 증명하기라도 하듯 해찬의 손끝이 미세하게 움찔거렸다.

"해찬아."

이럴까 봐.

전부가 아플까 봐.

'넌 차에서 기다리고 있어. 나 혼자 다녀올게.'

'누구 좋으라고.'

그랬던 건데. 결국, 누구를 위한 일인지 모를 참담한 결과가 펼쳐졌다. 모두에게, 끔찍할 수밖에 없는. 도희는 입술을 꽉 다물며, 해찬의 손을 세게 맞잡았다. 그리고 다시 고개를 들었을 때.

마주쳤다. 잔뜩 굳어진 기태준의 얼굴을. 잠겨 죽어 버린. 상처받은 그 눈동자를, 병실 한가운데에 볼품없이 흩뿌려진 국화꽃을.

△ ▼ △

바늘로 찌르는 것처럼 속이 쓰렸다. 답답하고, 꽉 얹힌 듯했다. 그와 더불어 원인 모를 편두통이 지속됐다. 도희는 인상을 찡그리며 손끝으로 명치를 꾹꾹 눌렀다.

'오늘은 그만 돌아가 보셔야 할 것 같습니다.'

살얼음판처럼 위태로운 상황에서 싸하게 식어 버린 기태준의 낯빛을 살피던 의사는 아무래도 면회는 힘들 것 같다 말했다. 수긍하는 수밖에 없었다. 기태준에게 제안을 생각해 보겠다고만 했지, 정확히 언제 갈 것인지 일정은 언급하지 않았다. 미리 언질이라도 해 뒀어야 했는데, 어디까지나 제 불찰이었다.

미친 사람처럼 소리를 내지르고, 발작을 일으키던 가련한 여자의 울분이 가득 채워진 공간에서, 할 수 있는 것은 아무것도 없었다. 무엇 하나 허락되지 않는 곳. 묵직하게 가라앉은 공기의 압력이 온몸을 짓누르는 것만 같았다. 숨 한 번 내쉬는 것마저 쉽지 않았다.

돌아가는 차 안에서 대화는 없었다. 운전하는 내내 해찬은 일관된 무표정한 얼굴이었지만, 어딘가 깊은 생각에 잠긴 듯 차게 굳어 있었다. 이따금씩 손등으로 거칠게 입술을 문지르고, 짙은 눈동자가 미세하게 흔들리는 것을 보았지만 해석할 여력이 없었다. 힘든 기억을 억지로 꺼내 보이게 된 것은 도희 역시 마찬가지였다.

'들어가 볼게. 오늘, 고마웠어. 고생만 시킨 것 같아서 미안해. 괜히 나 때문에 너까지…….'

'또, 미운 소리 한다.'

'알겠어. 취소 안 할게.'

집 앞까지 무사히 도착한 뒤에야 간신히 말은 트였지만 평소와는 확연히 달라진 분위기였다. 장난스럽게 애써 상황을 넘겨 보려 해도 어색함은 잊을 만하면 찾아왔다.

'……괜찮은 거지?'

뒤늦은 걱정에도 해찬은 말이 없었다. 그저, 슬며시 입술 끝만 말아 올릴 뿐이었다. 의미 모를 웃음과 함께 부드럽게 머리를 쓰다듬어 주면서.

나긋한 음성에 잠시나마 안심했지만, 집으로 돌아온 순간 전부 부질없었다. 바늘로 심장 한 구석을 콕콕 찌르는 느낌이 퍽 따가웠다. 불거진 감정의 원인은 뚜렷하지 않은 것이라 좀처럼 해석하기 어려웠다.

셋. 고해찬, 백도희, 기태준. 세 명 전부가 각각 다른 망망대해에 떠다닌다. 작은 돛조차 달려 있지 않은, 낡고 초라한 통나무배. 또는 찢어진 구명조끼. 아니라면, 맨몸으로 깊은 바다 한복판에 덩그러니 던져진 사람들. 맹렬한 파도도, 비바람도 이젠 무의미한 존재들. 전부를 지겹도록 겪어 봤기에 이젠 그다지 두렵지 않은 것들. 허우적거릴 힘도 없어 잠기지도 못한 채 바람에 이끌려 가는 지친 모험들. 누군가의 구조를. 혹은 죽기만을 기다리는. 그조차 무의미해 흘러가는 물길을 따라 둥둥 떠다니는. 길을 잃어버린. 셋.

측은하고, 처량한. 딱하다 못해 가긍한. 우리는 어디쯤에 도달했을까.

몇 번이나 엔터를 두드렸을까. 당장의 심각성을 깨닫자, 까무룩 잠겨 있던 정신이 확 깨어났다.

"왜 이래, 진짜."

이젠 하다 하다 컴퓨터까지 말썽이다. 여태 한 차례도 이런 적이 없었는데, 오늘따라 HTML 파일에 문제가 생겼다.

「404 Not Found」

도희는 모니터에 떠오른 오류 문구를 죽일 듯이 째려보며, 한숨을 푹 내쉬었다. 급한 대로 파일철을 펼쳤다. 지워야 할 품번이나 목록은 일일이 빨간색 펜으로 밑줄을 그어 삭제하고, 추가해야 할 것들은 기억을 되짚어 가며 수기로 다시 작성했다.

그러다 결국 탁, 소리 나게 펜을 내려놓았다. 일이 손에 잡히지 않는다. 지워질 생각 없이 또렷하게 아른거리는 그날의 장면 때문에.

"대리님! 제 말, 듣고 계세요?"

"어?"

도희가 고개를 돌렸다.

서 주임이 난감하단 표정을 짓고 있었다. 그러다가도 조그맣게 웃으며 어깨를 으쓱였다.

"무슨 생각을 그렇게 하세요."

도희가 가볍게 고개를 내저었다.

"미안. 무슨 일이에요?"

"이번 고해찬 선수 화보 촬영 건 말인데요. 홍보실에서 슬슬 기사 내보내려고 하나 봐요. 언론사 정해 달라는데, 검토받으려고요."

서 주임이 내민 서류를 건네받으며 도희는 꼼꼼히 목록을 살폈다.

"일단 제 개인적인 생각으로는 연예부에서 영향이 큰 NT미디어 조영서 기자, 투데이데일리에 김지안 기자가 가장 좋을 것 같고요. 혹시 몰라서 경제일보이도한 기자도 목록에 넣어 놨어요. 아시다시피 경제일보, 특히 이도한 기자는 스포츠, 시사 사회부에서 입김이 세잖아요. 고해찬 씨는 운동선수이기도 하고, 어느 부서 목록에 있든 연예부 말고도 하나라도 더 자리 차지하는 게 좋을 것 같아서요."

도희의 시선이 어느 한 곳에서 멈추었다. 경제일보, 이도한 기자. 언론사와 가까울 수밖에 없는 직업군에서 근무하는 동안 수차례 건너 들었던 적이 있다. 뿐만 아니라 한 차례 직접적인 연락이 있었다. 처음은 9년 전이었다.

아버지, 백 의원에 대해 물어볼 것이 있다며 연락을 취해 왔었다. 그 당시 도희는 노출되는 것을 극도로 꺼려 했다. 아버지와 연관된 일로 마주치고 싶지도 않았고, 그럴 여유도 없어 단호히 거절했다. 만남도 무산되었으니 당사자는 수많은 사건을 취재하고 다루느라 그날을 까맣게 잊었겠지만 도희는 아니었다.

"그래 봤자 이도한 기자는 어디까지나 제 바람이죠, 뭐. 아마 거절하실 거예요."

"왜?"

"중대한 사건 하나 물어서 파고 다닌다는 소문이 있거든요. 그것 때문인지 스포츠에서 잠깐 손 떼고 요즘은 사회부에서 산다고 그러던데요."

그는 이 바닥에선 꽤 유명했다. 스포츠 부문은 운동에 취미가 있어 단순한 팬심으로 가끔씩 기사를 내보내는 것이었고, 사회에 큼직한 사건이 아니면 좀처럼 손대는 일이 없다고 들었다.

그렇다고 작은 사건을 거들떠보지도 않았던 건 아니었다. 그는 국민들의 알 권리와 이슈에 가려져 고스란히 피해를 감당해야 하는 상대적 약자를 위해 정의 구현에 힘쓰며 두 발로 뛰는 기자였다.

최근엔 시경캡(서울지방경찰청에 출입하는 캡틴의 줄임말)으로 승진했다는 이야기도 언뜻 건너 들었다. 권력에 휩쓸리지 않는다. 악명 높은 이들에게조차 눈 한번 깜빡이지 않았던 꼿꼿한 인물이다. 어쩌면.

"여기 보니까 이 기자님만 번호가 없는데. 혹시, 개인 명함 있어?"

"그럼요. 당연하죠. 드릴까요?"

혹시 모르니까. 도희가 작게 고개를 주억거렸다.

"부탁 좀 할게."

"네. 얼른 가서 가져올게요."

서 주임은 30초도 채 지나지 않아 이 기자의 명함을 들고 다시 나타났다. 도희는 건네받은 명함을 빤히 내려다보다가 고개를 들어 시간을 확인했다.

"……뭐라도."

시도는 해 봐야지. 도희는 명함이 놓인 손바닥을 꽉 오므리며, 다시 모니터에 눈을 박았다.

△ ▼ △

지푸라기라도 잡아 보고 싶은 심정이었다.

아버지에게 내연녀가 생긴 것이 틀림없다며, 권력과 명예에 눈이 멀어 가족을 내친 것임을 확신하던 엄마가 떠오른다. 슬픔에 잠겨 황폐하게 말라 가던 엄마를 이해할 수 없다고, 드디어 미친 거라고. 속으로 손가락질하던 과거의 자신이 떠올랐다.

어째서인지. 병실에 갇혀 비명을 내지르던 기태준의 친모와 엄마가 겹쳐 보였다. 그래서 더 용서할 수 없었다. 홍미연도, 자신도, 아버지도. 차라리 보지 않았더라면 사실을 알면서도 외면하고 모르는 척 숨어 살까 나약한 생각에 뒷걸음질 쳤을지도 모른다.

이젠 뭐가 됐든 알 바 아니었다. 그 끝이 어디든, 과정이 어떠하든 망가지고 상처받더라도 끝까지 가고 싶었다. 무조건적으로 제 편에 서 주었던 해찬을 위해서라도, 그 기약 없는 시간 전부를 쏟아부어 끝끝내 저를 찾아와 준. 찾아내 준, 그를 위해서라도.

회사 정문에 다다르는 걸음이 조급하다. 보폭이 점차 빨라지고, 출입문을 거칠게 열어젖혔다. 그대로 달려가 택시를 잡으려는 순간이었다.

"어디 가요."

손목을 잡아끄는 강한 악력에 몸이 홱 비틀리듯 돌아갔다.

도희의 눈이 크게 떠졌다.

"너……, 네가 왜 여기에 있어?"

"오면 안 돼요?"

"그런 건 아닌데."

그가 한숨 섞인 웃음을 짧게 토해 내며 머리를 쓸어 올렸다.

"너 이럴까 봐."

그리 말하며 씨익, 웃는다. 도희의 눈동자가 잘게 흔들렸다.

"……막을 거니?"

"막으면. 안 갈 거예요?"

"아니."

"그럼 내가 따라가야지. 별수 있나."

잊고 있었다. 고해찬은 생각보다 훨씬 더 집요한 면이 있었다. 싫다고 밀어
내고, 또 밀어내도 귀신같이 눈앞에 나타났던 너인데.

"혼자 가겠다고 고집부릴 생각 마요."

"고집부리면. 혼자 보내 주긴 할 거야?"

순식간에 상황이 역전되자, 해찬이 못 이기겠다는 듯 실소를 터트렸다.

"아니."

그 말에 마음이 놓였다. 속이 답답했던 것이나, 원인 모를 편두통도. 숨이 턱
턱 막힐 만큼 차오르던 긴장감도, 전부 느슨해졌다. 단지, 네가 내 곁에 있어
주는 것만으로도 충분히, 힘이 되니까. 의지가 되니까. 어떤 일이 벌어져도, 무
섭지 않을 것 같다. 이제는.

"응. 가자. 같이, 가자."

어디든 꼭 함께하자.

그곳이 망망대해든, 무인도든,

어디든, 너와 함께라면.

어서 앞으로 나아가라고 등을 떠밀듯 선선한 가을바람이 불어닥쳤다.

△ ▼ △

'아시겠지만, 현재 환자분 상태가 위험하기 때문에 자해할 가능성이 높습니다. 가지고 계신 물품 중 날카로운 것, 라이터와 유리로 된 물건은 가지고 들어가실 수 없습니다. 보호자인 기태준 상무님께서 허락하신 분은 백도희 씨뿐이라, 동행자분은 휴대폰 및 전자 기기를 전부 반납해 주셔야 합니다.'

첫 입장부터 쉽지 않았다.

'면회에 앞서 드릴 말씀이 있습니다. 현재 송선영 씨는 진정제 약물 주사로 잠시 안정된 상태입니다. 환자를 흥분하게 만드는 언행이나, 자극적인 질문은 피해 주십시오. 유의 사항은 반드시 지켜 주시고, 만에 하나 돌발 상황 발생 시 베드 위에 설치된 긴급 버튼을 길게 눌러 주셔야 합니다.'

의사는 몇 번이고 반복하여 경고를 하면서도 쉬이 마음을 놓지 못했다. 그럴 만도 했다. 직접 눈으로 봤으니, 납득되지 않는 것이 더 이상했다.

병실에 들어온 지도 벌써 30분이 흐르고 있었지만, 그녀는 눈 한번을 마주치지 않았다. 말도 없었다.

그녀의 시선은 언제부터였는지, 창문 밖에 고정된 채였다. 진정제의 효과인지 새빨갛게 물들어 가는 하늘만 멍하니 바라보았다.

생기를 잃은 눈. 퍼석하게 말라비틀어진 눈. 지치고, 힘을 잃어 동요 따윈 없는 무료한 눈. 꼭 그때의 엄마처럼, 언제든 숨통이 끊어져도 놀랍지 않은. 그래서 불안했다. 소리 없이, 그대로. 눈을 감을까 봐. 두려웠다. 그저, 타인인데도. 오늘 처음 만난 사람인데도. 이질감이 없었다.

'잠깐 주치의 좀 만나고 올게요.'

해찬은 병실에 들어오지 않았다.

'유심히 지켜봐요. 어디까지나 짐작이지만 내 눈엔 정신병 걸린 사람처럼 안 보이니까.'

낮은 음성으로 조언하던 해찬의 말을 도통 이해할 수 없었다. 정신병이 있어

아픈 사람 대하듯 하지 말라는 뜻이었나. 아니면. 아니, 그럴 리가. 이미 의사에게 조현병 진단을 받은 환자였다.

도희는 조금은 긴장한 기색으로 간이 의자에 앉아 조용히 그녀의 얼굴을 들여다보았다. 그렇게 15분쯤 흘렀을까. 끝끝내 도희를 외면하며, 선영이 무심한 음성으로 읊조렸다.

"그만 가렴."

어젯밤. 목 놓아 소리치던 여자라고는 도무지 믿어지지 않을 만큼 차분한 목소리가 침착하게 흘러나왔다.

처음은 잘못 들었나 싶어 두 귀를 의심했다. 하지만 이어진 선영의 메마른 음성으로 하여금 확신할 수밖에 없었다.

"……어서."

돌아가래도. 도희의 어깨가 작게 움찔거렸다. 건조하게 갈라진 목소리는 연약하지만 단호하고 차가웠다. 도희는 의자에 앉은 채로 꼼짝도 하지 않았다. 인기척이 들리지 않자, 선영은 지그시 눈을 감았다 뜨며 미약한 한숨을 흘려보냈다.

자신이 누구인지, 이곳에 온 목적이 무엇인지. 하물며 제 아들과는 어떠한 관계인지. 선영은 아무것도 묻지 않았다. 궁금해할 여력이 없는 건지, 처음부터 알고 싶지 않았던 건지는 모르겠지만.

그녀의 공허한 시선은 아직도, 창밖에 고정되어 있었다. 선영은 붉게 저물어 가는 석양을 영혼 없이 바라보며 중얼거렸다.

"이곳까지 오게 된 연유가 뭔지는 모르겠지만, 몇 번을 찾아오든 아가씨가 원하는 건 얻을 수 없을 거야. 그러니 고집 그만 부리고 돌아가요. 두 번 다신 이곳에 찾아오지 말고."

도희는 긴장과 불안으로 축축하게 젖은 두 손을 물끄러미 내려다보았다. 그러다 결심이 섰는지 입술을 힘껏 감쳐물며 주먹을 꽉 말아 쥐었다.

"……그럴 수 없습니다."

이곳에 오기까지 얼마나 많은 고민과 용기가 필요로 했는데. 아무런 성과도 없이 두 번이나 허무하게 물러설 수는 없다.

당신이 얼마나 아프고, 곤란한 상황인지. 당장은 알 바가 아니었다. 그녀를 위함이 아니었다. 기태준의 어머니를 지키고 싶은 마음도 아니었다. 어디까지나 그저, 스스로를 위한 일이었고, 이기심이었다.

오랜 시간 강제로 떠안다시피 견뎌 온 고독한 죄책감을, 볼품없는 감정들을 전부 내려놓기 위해선. 그것들에게서 완벽히 벗어나기 위해선 당신이 필요하니까. 필요하다고 하니까. 법은 더 이상 나를 지켜 주지 못하니까. 홍미연을 벌하는 데 한계가 있다고 하니까. 나는 마지막 남은 방법이자 수단인 당신을 포기할 수 없다. 알면 안 되는 것을 알아 버린 이상, 모르는 척할 수 없다.

"사정은 묻지 않겠습니다."

지금 당장은.

"곤란하게 할 생각도 없어요."

어째서 당신의 아들에게까지 모든 것들을 철저히 감췄어야만 했는지. 본인 스스로 자처하며 긴 시간 동안 감옥과 다를 바 없는 이곳에서 홀로 쓸쓸히 갇혀 지내야만 했는지. 딱히, 궁금하지 않다. 찰나의 궁금증도 갖지 않을 것이다.

분명. 동정하게 될 테니까. 과거의 나를 대입하며, 당신을. 당신의 아들을 안쓰러워할 테니까. 결코, 그러지 않을 것이다.

"이제 여긴 더 이상 안전하지 않아요. 홍미연, 그 여자가 언제 들이닥쳐도 이상할 게 없어요."

홍미연. 그 이름 석 자에 선영이 크게 동요했다.

"한시라도 빨리……."

도희는 말을 채 이을 수 없었다. 잠시나마 반응을 보이나 싶던 선영이 힘 빠진 웃음을 느슨히 흘려보낸 탓이다.

"용케 그 여자를 아는구나."

창문으로 향해 있던 그녀의 얼굴이 서서히 움직이기 시작했다.

"두렵니?"

도희는 말문이 막혀 아무런 말도 뱉지 못했다. 저물어 가기 직전, 마지막 남은 에너지를 전부 쏟아 내며 공격적으로 타오르는 태양 빛을 등진 그녀의 모습은 역광처럼 어두웠다.

열정적으로 타오르던 불길이 잦아들고, 끝내 잔해만 남아 버린 새카만 심지처럼. 그 정도가 얼마였든 세찬 바람도 굳세게 이겨 냈지만, 누군가가 고의적으로 힘껏 불어넣은 입김에 지친 심신을, 스스로를 일부러 죽여 버린 것처럼. 짧은 화려함 뒤에 남은 것은 아무것도 없음을 알고 있는 그녀는, 인생은 참으로 덧없고 부질없다고. 그리 말하는 듯했다.

"너도 지키고자 하는 것들이 있겠지."

바짝 가뭄 들다 못해 허옇게 부르튼 선영의 입술이 붙었다 떨어질 때마다 마음 한구석이 답답했다.

"봐서 알 거 아니니. 나처럼 되고 싶은 게 아니라면 지금이라도 늦지 않았으니 당장 손 떼고 돌아가. 아가씨가 사는, 빛나고 예쁜 세상으로."

빛나고 예쁜 세상이라. 결국, 참지 못하고 도희가 흐름을 끊어 냈다.

"돌아가셨습니다."

덤덤한 도희의 말에 선영이 멈칫했다.

"어머니는 교통사고로 혼수상태였던 여동생 산소 호흡기를 직접 떼고, 자살하셨어요."

선영의 입이 굳게 다물렸다. 도희는 요동치는 그녀의 죽은 눈을 똑바르게 응시하며, 간신히 말문을 열었다.

"아버지는."

하지만 쉽게 잇지 못하고 숨을 들이켰다. 가슴팍이 크게 오르내렸다. 도희는 불쑥 치밀어 오른 울컥함을 억지로 욱여넣으며 씹어뱉듯 말했다.

"불륜으로. 야망에 눈이 멀어서. 여동생과 어머니의 장례식에마저 찾아오지 않으셨어요."

왜 이런 치부를 스스로 꺼내 놓고 있는 것인지, 도희는 알 수 없었다. 제멋대로 입술이 움직였다.

"남은 사람이라곤, 아까 함께 온 남자 한 명뿐인데. 그 사람은 자기 인생 전부를 걸고 저를 지키려 하고 있어요."

위로를 받고 싶었나. 기태준의 친모에게 제 엄마를 대입하며 고해 성사라도 하고 싶었던 건가. 아니라면, 지금처럼 미약하게나마 당혹스러워하는 그녀의 얼굴을 보고 싶었던 건가.

……전부, 아니었다. 혹은, 전부 맞거나. 도희는 천천히 의자에서 몸을 일으켰다. 그리고 느린 걸음으로 그녀가 있는 베드로 다가갔다.

"지금도 제가 사는 세상이 사모님이 말씀하셨던 것처럼 빛나고, 예뻐 보이는지. 여쭤보고 싶네요."

도희가 씁쓸한 미소를 걸치며 팔을 뻗었다. 자연스레 선영의 시선이 아래로 떨어졌다. 명함. 선영은 도희가 예의를 갖춰 공손히 건넨 명함을 선뜻 받아 들지 못하고, 물끄러미 바라보기만 했다.

도희는 허리를 숙여 베드 위에 조심히 명함을 내려놓았다.

"두렵냐고 물으셨죠."

선영은 직감할 수 있었다. 먼 길까지 찾아와 묻지도 않은 사정을 구구절절 꺼내 놓는 젊은 여자의 의중을.

"아니라고 하면 거짓말이겠죠. 하지만 겨우 지켜 낸 것을 다시 또 잃어버리는 일이 더 두려울 것 같습니다. 저는."

수많은 고난과 역경을 견뎌 내고, 굳건히 버텨 온 결과 더욱이 단단해진, 흔들림 없는 눈빛의 원인을.

"……사모님 역시 저와 같은 생각일 거라고. 감히 생각합니다."

그게 다였다.

"혹시라도 마음이 바뀌시면, 언제든 연락 주세요."

도희는 더 이상 선영을 설득하지 않았다. 작게 고개를 숙이며 그대로 뒤돌아 병실 문으로 걸어갔다.

"태준이. 내 아들과는."

다급한 음성에 도희의 두 다리가 우두커니 멈춰 섰다. 어떤 관계인지 묻는 것일까. 잠시 고민하던 도희는 뒤돌지 않고 말했다.

"······많은 도움을 받았습니다."

인정하고 싶진 않지만. 어느 정도는 사실이었으니까. 굳이 그의 어머니에게 사실대로 말할 필요는 없다고.

"내 상태, 말······할 거니?"

"아니요."

세상엔 말하지 못할, 말할 수 없는 비밀이 참 많다는 것을 이젠 안다. 알 것 같았다. 저 역시도, 소중한 누군가를 지켜 내기 위해 겪어 본 일이라서. 어쩔 수 없던 그 선택이 얼마나 고통스러운 일인지. 몸소 경험해 봤으니 그녀의 마음을 모를 리 없다.

"정리가 되시면 그때, 직접 말씀하시는 편이 좋을 것 같습니다."

딱, 여기까지였다. 좋은 의도였든, 나쁜 의도였든. 잘못된 방식이었대도 지금까지 자신을 생각해 준 기태준을 위해 할 수 있는, 마지막 배려였다.

기태준이 이곳을 찾아가라 했던 이유를, 자신의 친모를 만나라 했던 의도를 도희는 일찍이 파악하고 있었다. 산증인. 또는 피해자. 그녀가 입을 열고 증언한다 해서 달라질 것은 없었다. 선영은 정신 병원에 장기간 입원한 이력이 있는 환자였다.

전부 거짓된 연극이었다 해도, 증명할 방법이 없다. 여론이 흔들리긴 하겠지만, 그것은 자신이 나서도 충분할 일이다. 법적으로 해결될 일은 없겠지만, 그녀가 홍미연에게 당한 일들을 전부 폭로하면 가장 큰 힘을 쥐고 있는 삼진의 회장이 움직일 것이다.

장담할 수는 없지만, 왠지 그럴 것 같단 기분이 들었다. 기태준은 무엇이든 큰 한 방을 노리는 사람이었으니까. 자잘한 것들에 괜한 힘을 쏟아부으며 시간을 낭비하는 사람이 아니니까. 뭐가 됐든 홍미연이 가장 두려워하고, 기피하는 최후의 결말은 오직 기태준만이 알고 있다. 그것만은 확실하다.

잡념을 뒤로하고, 병실 문을 열었다. 밖으로 나와 몸을 돌린 순간, 도희는 멈칫할 수밖에 없었다.

"다, 들었어?"

바로 앞에 서 있는 남자 때문에. 해찬은 알 수 없는 표정으로 살풋 웃었다.

"누구한테 얻어맞고 왔어요?"

"뭐?"

황당한 나머지 도희의 잇새로 헛웃음이 짧게 터졌다.

"되게 억울해 보이는데. 지금 선배 얼굴."

그렇게 엉망진창인가.

도희가 손으로 제 얼굴을 더듬거렸다.

"아니야, 그런 거."

"가서 한마디 해 주고 올까?"

짓궂은 장난이라는 것을 알면서도 도희는 소리 없이 기함하며 해찬을 흘겼다. 하지만 나무라진 않았다. 알기 때문이다. 병실에 누워 있는 병약한 중년의 여성. 분명, 생을 마감하기 전의 그의 어머니와 겹쳐 보였을 것이다. 단순히 상대가 기태준의 친모였기 때문이 아니다. 껄끄러움보단 힘들어서. 마주 보고 있는 1분 1초가 곤욕이라, 일부러 들어오지도 못하고 밖에 서서 등진 채 기다린 것이다.

티는 내지 않고 있지만 분명 보였다. 언뜻 묻어난 지친 기색이. 사과해야 할까. 버티기 힘들 것이란 걸 알면서도, 따라나서겠다 말하던 그를 끝까지 말리지 않은 것을.

고민을 뒤로하고 미안하다 말하려는 찰나, 해찬이 팔을 뻗어 손을 잡아 왔다. 병원에서 이게 무슨. 무안함에 도희가 주변을 살폈다.

해찬은 그런 것 따윈 아무런 문제도 되지 않는다는 듯 꼼지락거리는 그녀의 손에 깍지를 끼웠다.

"내가 어떻게 해 줘야 웃을까."

그의 입술이 비스듬히 올라섰다.

"옷 벗고 춤이라도 춰야 하나."

끝내 도희가 피식 웃음을 터트렸다.

"그래. 해 봐."

망설임 없이 터져 나온 대답에 해찬의 짙은 눈동자가 연하게 흔들렸다. 당황한 것이다. 도희는 삐딱하게 해찬을 올려다보며 새침한 투로 말했다.

"춰 보라니까. 홀딱 벗고, 내 앞에서."

봐 줄 만할 것 같은데. 그녀답지 않게 거리낌 없이 굴자, 해찬은 어처구니가 없다는 듯 눈매를 구기며 실소를 터트렸다.

"까분다."

"왜, 싫어?"

"그것보다 더 좋은 거 줄게요."

그것보다 좋은 건 없을 것 같은데. 아무래도 상상해 보니 폼이 상하는 모양이다.

"뭔데?"

도희가 내심 아쉽다는 기색으로 묻자, 해찬은 어깨를 으쓱이며 애매한 답을 내놓았다.

"있어, 선물."

둘은 누가 먼저랄 것도 없이 나란히 걷기 시작했다. 병원을 나서는 동안에도 도희의 집요함은 멈추지 않았다.

"어디에?"

"호텔에."

해찬은 웃음 섞인 목소리로 낮게 읊조렸다.

"궁금하면 직접 와서 찾아 가요."

아아, 또 말렸다. 하지만 싫지 않았다. 발맞춰 걷는 길. 그곳이 두 번 다신 상기시키고 싶지 않은 최악의 장소였대도, 상처뿐인 가시밭길이었대도. 우린, 더이상 혼자가 아니니까.

△ ▼ △

칠흑 같은 어둠이 내려앉은 밤.

한강 둔치에 새카만 세단이 비밀스럽게 정차되어 있었다. 벌써 30분째 미동조차 없었다. 근처엔 한강 공원과 종합 운동장이 있고, 위로는 청담교가 길게 이어져 있었다.

가로등 빛을 제외하고는 온통 암흑이었다. 인파가 너무 없거나 복잡하리만큼 많으면 도리어 눈에 띌 위험이 있었기에, 이곳은 적당히 사람들의 시선을 피할 수 있는 최적의 장소였다.

새벽 1시였다. 고요함을 뚫고 툭툭. 손등으로 조수석 창문을 두드리는 둔탁한 소음이 두어 번 넘어왔다. 운전석에 기대어 잠시 눈을 붙이고 있던 미연이 가느다랗게 실눈을 뜨고 상대를 확인했다.

탁, 잠금장치가 풀리자 남자는 익숙하게 문을 열고 조수석에 올라탔다.

"늦으셨네요."

상대는 백윤택 의원이었다. 윤택은 상당한 피로감을 느낀 듯 눈가를 구기며 크흠, 헛기침을 토해 냈다.

"국회의장 주재로 열렸던 회동이 늦어졌어. 국회 접견실이 노인네들 놀이터인지 안방인지 모르겠더군."

"……여야 3당 9월 국회 일정 합의 건 말인가요?"

"벌써 기사가 나갔나? 비공개로 진행된 걸로 아는데."

"요즘 기자들이 옛날 같나요. 대충 헤드라인만 봤어요. 결과는요?"

"불발됐어. 절충점을 찾는 게 이토록 힘들어서야 원. 요즘 국회가 좀 시끄러워야지. 민생 법안 하나 처리하자는데 무슨 불만이 그리들 많던지 몰라. 그 여편네 카랑카랑한 목소리만 세 시간 내리 듣느라 골이 다 울려."

"연합당 이주미 원내 대표요?"

"그래. 그 여자. 성격이 보통이 아니야. 요즘 돌고 있는 찌라시 때문인지는 몰라도 날 의심하는 눈치 같아."

미연의 입술이 굳게 다물렸다. 말실수한 것을 뒤늦게 깨달은 윤택이 스읍, 숨을 들이켰다. 미연은 대수롭지 않다는 듯 물었다.

"의심이라면?"

"……자네도 눈치채고 있을 거 아니야. 김 의원 비리 잡아낸 것부터 시작해서 원내 대표 자리에 나를 앉혀 둔 것까지. 대중들이 봤을 때나 순리대로 흘러갔나 싶지, 기태준 상무가 한 짓인 거 이 바닥에 모르는 사람이 어디 있어. 기상무 움직임이 너무 컸어."

조심성이 없어도 너무 없었다. 재계 인사가 정치판에 개입한다는 것은 여론적으로도, 국회 내부적으로도 굉장히 예민한 사안이었던 만큼 유의할 필요가 있었다.

재계는 정계를 무시하고 정계는 재계를 무시한다. 그 합의점을 찾기 위해 대외적으로나마 서로를 인정하고 대우해 주는 척하지만 알게 모르게 서로를 업신여기며 등한시하는 관계였다. 그래서 서로의 영역에 침범하지 말잔 암묵적인 약속이 생겼던 것인데, 태준은 그 미묘한 경계선을 아무렇지 않게 침범했다.

자신의 힘과 무소불위한 권력을 과시하고 싶어 안달이 났든지, 아니면 조용히 숨통을 조이기 위한 함정이었든지.

윤택의 얼굴에 자못 찝찝하단 기색이 감돌았다.

"혹시나 해서 묻는 건데."

"나를 의심하는 건가요?"

미연은 싱그럽게 웃었다.

"의원님이 지금 그 자리까지 올라설 수 있도록 누구보다 열성을 다해 희생한 내가 이제 와 등에 칼을 꽂을 이유가 뭐가 있겠어요. 안 그래요?"

"왜 나섰던 건지. 그 의문에 대한 답은 아직까지도 감추고 있지 않나. 그 당시 나는 아무것도 가진 게 없었어."

그야……, 아무것도 가진 게 없어야 다루기가 쉬우니까. 미연은 대답을 아꼈다. 그저 알 수 없는 미소를 그린 채 윤택을 응시할 뿐이었다.

답은 쉬웠지만, 말하진 못한다. 상류층의 단맛을 느껴 본 적 없는 자. 자신 말고는 그 어떤 것에도 의지하지 못하는, 바보 천치와 다를 바 없는 자. 가족마저 내칠 정도의 야망은 있되, 정이 깊고 혼자가 되는 것을 두려워하는 무른 사람.

그 모든 것들이 가리키고 있는 인물은 백윤택. 한 명뿐이었다. 후에 있을 대선에 내세운 뒤, 백윤택의 당선이 확정되는 순간, 삼진 일가의 실세로 완벽하게 자리매김할 수 있다.

백윤택은 그저, 삼진그룹의 뒷배를 지켜 줄 꼭두각시에 불과했다. 실질적인 자리가 없는 미연에게 윤택은 반드시 필요한 존재였다.

얼마나 차가운 외면이 있었던가. 없는 사람보다 못한 취급을 지금껏 감수했다. 하지만 백윤택이 대선에 당선만 된다면 그 콧대 높은 기 회장마저 자신을 함부로 할 수 없을 터다.

조금 더 욕심을 보탠다면, 대통령을 쥐었다 폈다 할 수 있는 능력을 갖게 된 저에게 의아함을 보이거나 부푼 기대를 비칠 수도 있다.

비포장도로와 같았던 길을 걷는 동안 외로움에 사무쳐 비루해진 감정을 백윤택에게 잠시 기댔던 것은 맞지만, 어디까지나 일회용이었다.

지금껏 잘 달려왔는데 이제 와 당사자에게 의심을 받게 된다면 이뤄 놓은 소득이 전부 헛수고로 돌아간다.

"이해해요. 떠도는 찌라시가 꽤나 자극적인 주제라 불안하겠죠. 아무리 의원님이라 해도."

"찌라시라기엔 상당히 구체적이었어. 나도 흠칫했던 만큼. 재벌 일가 족보야 꼬일 대로 꼬여 있다는 것쯤 익히 봐 왔으니 알고는 있지만, 상대가 기 상무라면 곤란해. 집요한 데다 머리 잘 쓰기로 유명하잖아. 그 양반. 예전엔 그래도 자네 밑에서 얌전히 충성하는 것처럼 보였는데 말이야. 자네 능력을 모르는 건 아니지만 내 입장이란 것도 있고."

"말이……, 지나치시네요."

순간 미연의 얼굴에 묻어난 웃음기가 싹 가셨다.

— *박종훈, 제가 잡아 두고 있습니다, 여사님.*

— *하나, 하나 놓치지 않고 신경 써서 잘 준비하고 있으니 걱정 마세요. 그리 안달 내며 조급해하지 않으셔도, 조만간입니다.*

자신감 넘치던 태준의 목소리가 자연스레 떠올랐다. 안 그래도 같잖은 기태준의 놀음에 속이 들끓던 차였는데, 이젠 또. 미연은 치미는 부아를 가까스로 억눌러 참으며 말문을 열었다.

"나는, 의원님이 반드시 대선에 성공하셨으면 해요. 그때까지 최선을 다할 테고 말이죠. 그 마음은 앞으로도 변함없을 거예요."

다정한 목소리와 달리 냉기가 감도는 미연의 눈빛에 윤택은 잠시 주춤했다.

"그런데……."

불쾌한 긴장감이다.

"자꾸 옛적 기억을 잊어버리시면 곤란해요, 나도."

많은 뜻을 담은 말이었다. 아무것도 가진 것이 없던 시절. 그녀의 발등에 머리를 조아리며 말 잘 듣는 강아지. 또는 시종처럼 굽실거리던 기억. 그것들을 전부 포함한, 가시 박힌 질타였다.

"이런, 전화가 왔네요."

미연의 입가에 살며시 그려진 웃음은 기품이 넘쳐흘렀다.

"봐요."

줄곧 미연의 시선을 피하고 있던 윤택은 어렵게 눈을 들어 올렸다. 그녀가 턱짓으로 가리킨 액정엔 알 수 없는 발신자가 떠올라 있었다. 윤택은 떨떠름한 눈빛으로 물었다.

"누구인데. 그자가."

"아마, 좋은 소식일 거예요."

미연은 확신하며 통화 버튼을 눌렀다. 휴대폰을 귓가에 가져다 대고 있던 시간은 지극히 짧았다. 응, 알겠어요. 수고했어요. 단조로운 미연의 대답을 끝으로 통화는 끊어졌다.

미연은 다시 고개를 들어 윤택을 바라보았다.

"약점이에요."

"약점?"

"네. 약점."

"그게 무슨……."

윤택이 좀처럼 이해하지 못하자, 미연은 싱긋 웃으며 손끝으로 액정을 톡톡 두드렸다.

"기태준 상무, 약점이요."

윤택의 턱이 작게 벌어졌다.

"그 애 친모가 있는 병원을 드디어 알아냈네요. 우리 일 잘하는 비서가."

미연은 흥분을 감추지 못했다. 자신이 어떤 말을 뱉었는지, 조금도 인지하지 못했다.

어딘가 이상하다는 것을 감지한 윤택은 미연의 말을 곱씹다 말고 속으로 기함했다.

······찌라시는.

전부 사실이었다.

△ ▼ △

도희는 호텔 침실 거울에 비친 제 모습을 바라보며 한숨을 내쉬었다.

"이게 뭔데, 대체······."

손으로 얼굴을 쓸어내리며, 질끈 눈을 감았다 떴다. 다시 봐도 과할 정도로 화려했다. 낯선 모습에 몇 번이고 한숨을 토해 내도 달라지는 건 없었다.

선물이 무엇일지 궁금해 못 이기는 척 호텔로 따라오는 게 아니었다. 준비했다는 선물이 결혼식장에서나 입을 법한 순백의 드레스일 줄, 그 누가 상상이나 했을까.

"이걸 입고 가라고?"

진심인가. 말도 안 된다. 민망할 정도로 푹 파인 것하며, 바디라인에 착 달라붙어 있는 모양새에 헛웃음이 절로 터져 나왔다.

기껏해야 회사 출근을 목적으로 갖춰 입는 캐주얼한 정장 차림이 최선이었던 도희의 입장에선 충분히 기겁하고도 남을 상황이었다.

올림픽 유치 기념 파티에 참석할 때 입으라는 목적으로 사 왔을 확률이 컸다. 제아무리 상류층 모임이라 한들, 과해도 너무 과했다. 고작 해 봤자 모여서 샴페인이나 마시며 안부나 물을 텐데. 적당히 깔끔하게 입으면 안 되나.

원피스나, 투피스 정장이라든지. 분명 선택의 폭은 많았을 텐데 군이 이런 선택을 했다는 건, 고해찬 취향이 이쪽인가. 커다란 포장 상자를 열었을 때, 도희는 충격에 휩싸여 한동안 움직이지 못했다. 뇌 회로가 정지된 듯했다.

간신히 정신을 차리고 그대로 방을 뛰쳐나갔다. 죽었다 깨어나도 못 입는다며 소리를 내지를 생각이었지만 해찬은 이미 자취를 감춘 뒤였다.

[잠깐 매니저 형 만나고 올게요.]

문자를 확인한 뒤에야 한시름 놓을 수는 있었지만, 문제는 호텔 룸에 덩그러니 남겨진 자신과, 부담스러우리만큼 화려한 드레스였다.

이걸 어떻게 처리해야 할까. 그대로 다시 새것처럼 상자를 닫아 놓을 생각이었으나 그놈의 호기심이 뭔지, 악착스럽게 마음을 옭아맸다.

한 번만 입어 보자. 해찬이 돌아오기 전에 얼른 입어만 보고 다시 넣어 두자. 단순한 생각으로 시작한 것까진 좋았지만, 피팅의 결말은 그다지 좋지 못했다.

"아, 왜 이렇게……, 안 내려가."

도희는 팔을 뒤로 접은 채로 연신 끙끙거렸다. 여차저차 올리는 데까진 성공했는데, 옷감에 걸린 탓인지 뻑뻑해진 지퍼가 좀처럼 내려가질 않는다.

"미치겠네, 진짜."

결국 될 대로 되란 심정으로 포기했다. 팔이 저려서 더는 무리였다. 일단 나가자. 슬슬 해찬이 도착할 시간이었다. 민망하더라도, 다른 방도가 없었다. 가슴을 꽉 조이는 통에 불편해 죽을 맛이었으니까.

엉거주춤 서 있던 도희는 쭈뼛쭈뼛 걸어가 침실 문을 열었다. 고개를 돌려 주변을 살폈다. 예상대로 해찬은 돌아와 있었다. 그는 소파에 앉아 길게 목을 젖힌 채 지그시 눈을 감고 있었다. 해찬을 보자, 묘한 기분에 휩싸인 도희는 크게 헛숨을 들이켰다.

인기척을 느낀 듯, 감겨 있던 그의 눈꺼풀이 서서히 떠밀려 올라갔다. 해찬이 뚫어져라 도희를 직시했다. 깊이를 헤아릴 수 없는 심연처럼 짙고 차가운 눈동자가 작게 일렁인다.

그의 목울대가 크게 잠겼다 떠오르고, 간신히 뱉어 내듯 나직한 목소리가 저조하게 흘러나왔다.

"예쁘네."

그가 엷게 피식거리며 비스듬히 고개를 기울였다. 도희의 얼굴이 시뻘겋게 달아올랐다. 가까이 다가가지도, 그렇다고 물러서지도 못하고 죄 없는 입술만 감쳐물었다.

"뭐 해요. 가까이 오지 않고."

"……무리야. 이거 입고 못 가. 죽어도 못 해."

"그래. 조금 과하긴 하지."

"알면서 샀어?"

"응."

국회의원은 누구보다 체면을 신경 쓴다. 이번 모임에서도 마찬가지일 것이다. 차분하고, 깔끔함을 추구하는. 그에 비해 도희의 옷차림은 정반대였다.

화려했고, 자극적이라 이목을 끌기에 충분했다. 고지식한 양반들의 입방아에 오르내리기에 안성맞춤인 데다 무엇보다 이번 파티의 주인공은 반드시 도희가 되어야 했다. 그래서 선택한 것인데.

너무하다 싶게 잘 어울려서.

"생각이 바뀌었어."

느긋하게 몸을 일으킨 해찬이 슬쩍 턱을 추켜들었다. 그는 뭉근한 눈빛으로 도희를 훑어 내리며 말했다.

"벗어요."

쿵, 쿵, 쿵. 심장이 크게 울렸다.

발바닥에 접착제를 발라 놓은 것 같았다. 낮보다 집요한 그의 짙은 눈동자에 묶여, 간신히 시선을 마주하는 것밖엔 다른 방법이 없다.

무겁게 가라앉은 공기는 더웠지만, 그에게서 뿜어져 나오는 분위기는 지나치게 서늘했다. 몇 번을 그의 품에서 무너지고, 안기고, 흥분에 신음했던가.

이쯤 되면 익숙해질 법도 한데 지금처럼 뜨거운 열망에 일렁이는 그의 얼굴은 볼 때마다 늘 새롭고 낯설다. 평소 당연하다는 듯 제 고집을 받아 주던 순한 태도는 온데간데없었다. 고해찬. 그는, 늦은 밤 단둘만 남은 공간에서만큼은 져주는 법이 없었다. 특히나, 침대 위에선.

"……꼭 이런다니까."

짧은 기다림조차 힘들었는지, 해찬은 미약한 한숨을 내쉬었다. 한 걸음, 두 걸음. 느리게 다가와 비스듬히 고개를 기울이며 도희의 눈을 빤히 들여다보았다.

"기다리게 만드는 것도 재주지."

끈적하게 달라붙어 있던 그의 검은 눈동자가 느릿하게 떨어졌다. 아래로, 더 아래로. 내려가던 시선은 봉긋이 솟아오른 가슴에서 멈추었다.

불현듯 그가 팔을 뻗었다. 가느다란 목덜미를 간지럽히듯 일직선으로 타고 내려오던 기다란 손가락이 멈춘 곳은 움푹 파인 쇄골이었다.

"……보니까, 결혼하고 싶네."

그가 작게 웃으며 얼굴을 가까이 가져다 댔다. 그의 머리카락이 뺨을 살풋 스쳤다. 좋은 향이 물씬 풍겨 온다. 언뜻 보기엔 품에 안긴 모양새가 되었지만, 그저 포옹으로 끝날 게 아니라는 것을 직감적으로 알아차린 도희는 긴장의 끈을 놓을 수 없었다.

"내 선물, 마음에 안 들어요?"

"그런 게 아니라……."

"난 마음에 드는데."

조근조근, 푹 잠긴 낮은 음성으로 속삭일 때마다 귓가에 그의 숨결이 닿는다. 솜털 하나하나가 삐죽 솟아올랐다. 도희는 가까스로 마른침을 삼켰다. 크게 들이쉰 숨을 내쉬려는 찰나, 뒤통수를 쓰다듬던 그의 손이 등 뒤에 얹어졌다. 정확히 말하자면, 드레스 지퍼에.

"뭐 하는……."

"한 번에 말 듣는 성격도 아니고."

그의 손길에 의해 지퍼가 느릿느릿 미끄러지듯 아래로 끌려 내려갔다. 그토록 말썽이었던 것이 무색해지도록, 거짓말처럼.

"이젠 옷도 혼자 못 벗겠다는데, 어쩌겠어. 직접 벗겨 드려야지."

가슴팍을 꽉 조이던 힘이 허무하게 풀어지고 막혔던 숨통이 탁, 트였다. 하지만 완벽히는 아니었다. 원만하게 내려가는가 싶던 지퍼는 브래지어 후크가 채워진 등 중간쯤에서 멈추었다.

해찬이 알게 모르게 인상을 구겼다. 손에 힘을 주어 다시 끌어 내려 봤지만 지퍼는 좀처럼 움직이지 않았다. 옷감에 걸린 모양이다.

"왜 이래, 이거."

짜증 섞인 목소리에 순간 긴장이 풀린 도희의 잇새로 조그맣게 웃음이 터졌다.

"그만 포기해. 그러다 찢어지겠어."

그는 우습지도 않다는 듯 피식거렸다. 곧이어 우드득, 소리와 함께 헐거워진 드레스가 흘러내렸다. 힘으로 뜯어낸 것이다. 도희는 기함했다.

속옷이 드러나기 직전, 신속히 겨드랑이에 힘을 주었으니 망정이지, 아니었다면 드레스는 이미 바닥으로 곤두박질쳤을 터다.

"너, 지금……."

언뜻 봐도 고가의 드레스였다. 이제 막 개봉한, 딱 한 번 입어 본 그 드레스를 그토록 무자비하게.

"이거 얼만데?"

도희가 경악하며 해찬의 가슴팍을 세게 밀쳐 냈다. 그는 의외로 쉽게 물러서며 더한 대답을 내놓았다.

"가격이 중요한가."

"그럼!"

그가 장난스럽게 웃었다.

"또 사 줄게. 몇 벌이든."

"그런 의미가 아니잖아. 이렇게 무턱대고 찢어 버리는 경우가 어디에 있어? 이거, 파티 때 입으라고 사 온 거 아니야?"

"입고 나갈 생각이었어요?"

"그건 아니지만!"

"나도 그럴 생각 없어. 말했잖아요, 마음 바뀌었다고."

해찬은 느슨히 팔짱을 끼며 한 발짝 떨어진 곳에서 작품을 감상하듯 도희의 전신을 훑었다.

"생각보다 야해서. 좋은 건 혼자 봐야지."

"그럼 왜 사 온 건데?"

"처음은 고민. 둘째는 검열. 셋째는 전시?"

"……뭐?"

황당한 나머지 도희가 입술을 벙긋거렸다. 그런 그녀를 가만히 내려다보던 해찬이 무표정하게 굳은 얼굴로 물었다.

"이제 해도 돼?"

참을 만큼 참았다는 듯 그의 턱이 팽팽하게 당겨졌다. 그녀가 눈으로 대신 목적을 묻자, 해찬의 입술이 간신히 떨어졌다.

"묻잖아요."

도전적인 그의 눈을 마주하기 벅찬 것도 사실이지만, 놀라움과 당혹스러움으로 도희의 입술이 작게 벌어졌다. 하지만 얼마 지나지 않아 마법에 걸린 듯 제멋대로 대답이 흘러나왔다.

"……응."

허락이 떨어지자마자 해찬은 득달같이 달려들었다. 순식간에 도희의 등이 벽에 붙었다. 먹어 삼킬 기세로 그의 입술이 우악스럽게 덮어졌다. 목덜미가 뻣뻣해질 정도로 얼굴이 높게 들렸다. 한 줌의 공기도 용납하지 않겠다는 듯, 사납고 드셌다.

입술과 입술은 붙었다 떨어지길 쉬지 않고 반복했다. 해찬은 무언가에 쫓기는 사람처럼 다급했다. 상의를 단번에 벗어 던지고, 바지를 탈의하는 동안에도 그는 끈질기게 도희를 놓아 주지 않았다.

벽에 밀착되어 있던 도희는 질끈 눈을 감았다. 그가 혀를 뽑아 버릴 기세로 흡입하자 가까스로 드레스를 붙잡고 있던 팔에 힘이 풀렸다. 사르륵, 새하얀 드레스는 힘없이 바닥으로 흘러내렸다.

곳곳에 해찬의 입술이 닿고, 손길이 닿았다. 화끈거리는 자극은 신경을 타고 빠른 속도로 퍼져 갔다. 데일 것만 같았지만 소름 끼치게 좋았다. 꼿꼿함을 유지하던 도희는 이제 더 밀려오라 애원하는 어린아이가 되어 해찬에게 매달렸다. 목에 팔을 두르고 발끝을 세우며, 아슬아슬, 깊게 그의 입술 속으로 파고들었다.

언제 벗겨졌는지 모를 속옷들과 옷가지가 바닥에 방치되어 뒹굴고 있었지만, 둘에겐 그런 것 따위 당장 휴지통에 던져 버려도 상관없는 거적때기에 지나지 않았다. 아래에 해찬의 손가락이 스쳤다. 확인할 필요도 없었다. 이미, 준비는 끝난 상태였으니까.

"하아……."

도희의 눈꺼풀이 파르르 떨렸다.

"그냥."

해찬은 잠시 움직임을 멈추고, 도희의 입술을 빤히 들여다보았다. 무슨 말을 하려는지, 확인받고, 확인해야겠다는 사람처럼.

"……해."

들리지 않을 만큼 작은 목소리였지만 해찬은 용케 알아들었다. 그의 눈에서 화염이 펑, 터졌다. 질주하는 그를 말릴 수 있는 건 그 무엇도 없었다.

해찬이 무릎 아래로 팔을 끼워 넣으며 그녀를 반쯤 들어 올렸다. 덕분에 중심을 잃은 몸이 위태롭게 후들거렸지만 아무래도 좋았다. 그가 손으로 클리토리스를 빙글 돌리며 자극하자 도희는 윽, 호흡을 멈추며 미간을 구겼다.

"바라던 바야."

성욕으로 잠식된 남자의 눈이 짙게 가라앉았다. 도희가 가까스로 잘게 부서진 숨을 내쉬자마자 좁은 입구를 가르며 손가락을 밀어 넣었다.

"하……."

"좁고 따뜻해."

수축한 질내를 천천히 휘저으며 긁어내린 순간, 환각에 젖은 사람처럼 도희가 몸을 떨었다. 해찬은 즐기는 기색이 다분했다. 평소와 달랐다. 키스를 해 주지 않는다. 어디까지 참을 수 있을까, 관찰하려는 사람처럼 전보다 속도를 높여 손을 찔러 넣었다. 조금 더 빨리, 그보다 더 빠르게. 들락거리는 속도가 빨라질수록 도희는 점점 더 참기 힘겨웠다.

"나, 너무……."

"왜?"

"이, 이상해. 기분이."

"나올 것 같아요?"

도희가 간신히 고개를 끄덕이자 해찬은 빙그레 웃으며 더 격하게 손을 움직였다. 찌걱거리는 소음이 점차 찰랑거리는 소리로 변질되고, 도희는 점점 한계치까지 도달해 갔다.

"그만, 그만! 이제 다른 거 해 줘. 응?"

애절하게 부탁해 봤지만 남자는 멈추지 않았다. 질내의 여린 살점들은 해찬의 손이 닿고 긁어내릴 때마다 격하게 반응했다. 해찬이 긴 손가락을 내벽 끝까지 박아 넣고 다시 한번 강렬히 긁어내렸다. 물인지 애액인지 모를 것이 왈칵 쏟아짐과 동시에 해찬의 손이 빠져나왔다.

"흐윽……."

도희가 그대로 무너지려 하자 해찬이 순발력 있게 팔을 뻗어 도희의 허리를 감싸 올렸다. 후들후들 떨려 오는 다리에 겨우 힘을 주어 버텼다. 해찬이 가녀린 허리에 감싼 팔을 천천히 풀며 그녀를 돌려세웠다. 도희가 힘겹게 뜬 눈으로 벽을 쳐다보며 겨우 말을 뱉었다.

"침대로 가……. 서 있기 힘들어."

"싫어. 제대로 버텨."

걸어가는 시간조차 아깝다고. 똑바르게 와 닿는 그의 눈빛은 그리 말하고 있었다. 해찬은 빤히 도희를 주시하며 발기한 페니스를 움켜쥐었다. 흐트러진 호흡을 가다듬으며 도희의 다리 사이에 자리를 잡았다. 입구 주변에 가져다 댄 페니스를 위아래로 움직였다. 묵직한 것이 닿자 절로 아랫배가 수축했다. 다시 무너질 위기였다. 도희가 허리를 반쯤 숙인 채 급히 벽을 짚고 버렸다. 예민해질 대로 예민해진 상태였다. 촉촉하게 물기를 머금은 입구는 당장이라도 남자의 페니스를 집어삼킬 기세였지만 해찬은 때아닌 여유를 부리며 들어설 듯 말 듯 애를 태웠다.

"제발……."

도희가 널찍한 어깨를 꽉 붙잡으며 애원하자, 해찬이 움켜쥔 페니스를 천천히 입구에 밀어 넣었다. 파앗, 불꽃이 튀었다. 피가 빠르게 돈다. 남자가 허리를 움직일 때마다 한번 절정을 맛본 여자의 몸은 쉽게 달아올랐다.

전부가 드러났지만 수치스러움은 조금도 느껴지지 않았다. 보다 더 거센 흥분이 덜컥 파고든 탓이다. 준비 단계 따윈 묵살하고 끝까지 밀어 쳐올린 강한 충격에 그녀는 이를 악물며 입술을 씹었다. 불편했지만, 감각은 죽어 가던 뇌가 번쩍 되살아날 만큼 뚜렷했다.

"읏!"

차마 입에 담기도 낯부끄러운 외설스러운 소음이 호텔 룸 가득히 울려 퍼졌다. 도희는 악착같이 해찬에게 매달리며 널찍한 어깨에 손톱을 박아 넣었다.

섬광이 번쩍 튀었다. 사람은, 인간은. 이토록 육체에 예민한 동물이다. 온갖 괴로움과 혼란, 고민을 떠안고 있으면서, 사랑하는 사람과 몸으로 갖는 관계 앞에선 허물을 벗어 던지고 희열을 느끼며 황홀함에 흐느낀다.

페니스를 완전히 박아 넣자 두 몸이 빈틈없이 맞붙었다. 해찬이 손을 뻗어 여자의 젖무덤을 꽈악 움켜쥐었다. 그러면서 다시 허리를 놀린다. 그의 몸짓은 더욱 격해졌다. 비정상적으로 좋았다. 지금 이 순간, 누군가 칼로 찔러 죽여도 아무렇지 않을 만큼. 환상적이었다.

해찬이 콱콱 찍어 누를 때마다 간신히 버티고 있는 다리는 당장이라도 무너져 내릴 듯 조마조마했다. 그는 멈추지 않았다.

"다리 더 벌려요."

속절없이 흘러내리려는 도희를 받쳐 올리며 해찬은 더욱 집요하게 굴었다. 해찬이 양손으로 도희의 허리를 강하게 끌어당기자 두 몸은 전보다 훨씬 촘촘하게 맞붙었다. 하윽, 흐윽. 우는 소리가 절로 터져 나왔다. 살짝만 스쳐도 경기를 일으키며 반응했다.

입구 끝까지 빠져나왔다가 방심한 순간 격렬하게 뚫고 들어왔다. 퍼억, 퍽. 치대는 마찰음이 빨라질수록 짧은 비명이 터져 나왔다. 짜릿한 자극에 도희가 저도 모르게 힘을 주자 순간적으로 내부가 조여드는 자극을 참지 못하고 해찬이 인상을 찡그렸다.

"그만 조여. 죽겠어."

묵직한 숨을 내쉬며 해찬이 한 번 더 강하게 허리를 튕겼다. 점점 깊어져서 정신을 차릴 수가 없다.

"잠, 잠시만. 너무……."

"아직."

이를 악물며 버티는 도희가 안쓰러웠는지 해찬이 손가락 하나를 그녀의 입에 물려 주었다.

"물어요."

도희가 세차게 고개를 흔들었지만, 얌전히 그의 뜻에 따를 수밖에 없었다. 아랫배가 시큰하게 뭉근해졌다.

그는 제 손가락이 치아에 물리는 와중에도 표정 변화 한번 없었다. 어디에서 신음을 해야 하고, 어떻게 흐름을 맞춰야 하는지 모르겠다. 의식과 무의식 중간쯤. 온몸이 파들파들 떨려 왔다.

"환장하겠네……."

굵게 가라앉은 목소리도 들리지 않을 만큼. 숨을 돌려 보기도 전에 거센 돌풍은 잊을 만하면 다시 일었다. 으윽, 으으. 겨우 뱉어 낸 신음마저 더는 무리라며 목구멍 아래로 삼켜졌다. 말도 채 나오지 않았다.

"힘들어?"

그가 엄지로 다정하게 눈가를 문지르며 묻자 푹, 얼굴을 떨군 도희가 미약하게 고개를 내저었다.

"더……."

"응?"

"더, 해. 좋아."

온몸이 산산이 부서질 때까지.

그 말이 신호탄이 되었던 걸까. 해찬의 눈빛이 어둡게 번뜩였다. 짐승의 눈이었다. 줄어들까 했던 불꽃은 보란 듯이 활활 타오르며 만개했다.

△ ▼ △

최초 연락은 오전이었다.

하필이면, 중요한 미팅으로 회의를 진행하고 있을 때. 부재중 전화만 서른 통이 훌쩍 넘었다. 발신자는 주치의였다. 무언가 이상함을 느낀 태준은 다음 일정을 전부 취소하고 곧장 방향을 틀었다. 차로 이동 중 상황을 전해 들었다.

— 죄송합니다. 오늘 아침 회진 도는 시간을 노려 도망친 것 같습니다. 조금 더 유심히 지켜보지 못한 저희의 불찰입니다.

보고하던 주치의의 목소리는 두려움으로 벌벌 떨리고 있었다.

— 그나마 다행인 건, CCTV에 남아 있는 기록상으로는 분명 혼자였습니다.

경찰에 실종 신고를 해야 할 것 같다는 의사의 말에, 태준은 정중히 그만두라 거절했다. 알려져 좋을 게 없었다. 홍미연의 짓이 아니라면, 일단은 안심할 수 있었다.

하지만 이상했다. 모든 것이 앞뒤가 맞지 않았다. 어머니는 도망칠 의지마저 지워 버린 무기력한 상태였다. 병원이 가장 안전하다 믿고, 당장에 분별력조차 희미한 환자인데. 분명 그래야 하는데.

"……도망을 쳤다고?"

납득이 안 됐다. 복잡하게 엉켜 버린 생각을 어디서부터 풀어야 하나, 고민하고 있는데 문득 복병 하나가 뇌리를 스치고 지나갔다.

설마. 성공했나? 그 가능성을 묵살하고 있었다. 태준의 잇새로 헛웃음이 툭 터져 나왔다. 때마침 병실 너머 복도에서 소란스러움이 전해졌다. 얼마 지나지 않아 병실 문이 과격하게 열렸다.

감겨 있던 눈이 서서히 떠졌다. 환희에 찬 홍미연과, 그 뒤에서 어쩔 줄 몰라 하며 발을 구르는 주치의가 보였다.

시간은 짧았다. 활짝 피어 있던 미연의 얼굴이 삽시간에 굳었다. 병실 한가운데. 있어야 할 송선영은 없고, 들켜선 안 될 기태준이 떡하니 앉아 있으니 그럴 만도 했다. 현재의 상황을 도무지 이해할 수 없다는 듯, 싸하게 식어 버린 그녀의 눈을 마주하자 절로 자조적인 웃음이 흘러나왔다.

"표정 한번 봐 줄 만하네요."

"……왜. 네가 여기에 있니?"

어리둥절하면서도 황당하다는 투였다. 태준은 비릿하게 입술을 말아 올렸다. 기이한 일이다.

"그건 제가 여쭤봐야 할 말 같은데. 이곳엔 어쩐 일로 오셨습니까?"

태준의 입가로 싸늘한 미소가 걸렸다. 불변의 법칙이다.

가능성은 없던 일에 벌어지고, 확률은 포기했을 때 높아진다.

△ ▼ △

올림픽 유치 성공 기념 파티까지 앞으로 4일 남았다. 중요한 인사들이 한데 모인 곳. 끊임없는 사치를, 가진 재력과 명예를 드러내고 싶어 안달 난 인사들이 모인 곳. 그곳은 여태 벌어진 상황과 판국을 단숨에 뒤집어 놓을 수 있는 처음이자 마지막 기회의 장이 될 것이다.

더러운 야망이 충만하게 녹아 있는 그곳에 직접 두 발로 기어 들어가야 한다는 사실만으로도 곤욕스럽고, 껄끄러웠다.

"하……."

도희는 마른세수하듯 얼굴을 쓸어 내며 질끈 눈을 감았다 떴다. 그나마 다행인 것을 꼽으라면, 그 자리에 해찬이 함께일 거라는 것인데. 물을 마시고, 또 마셔 봐도 텁텁한 갈증은 좀처럼 해소되지 못했다.

결국 도희는 자리에서 휴대폰을 챙겨 들고 탕비실로 향했다. 단순히 마른 목을 축이기 위해 들른 건 아니었다. 주위 시선을 피할 곳이 필요했다. 마침 탕비실엔 저 혼자뿐이었다.

쌉싸름한 원두 향이 은근하게 감돌고 있는 좁은 공간에 서서 도희는 손에 꽉 쥐고 있던 휴대폰 액정을 연신 쓸어내렸다. 그러다 결심이 선 듯, 아랫입술을 꾹 짓이겨 물며 액정을 켜고 얼마 전 새로 저장한 번호를 눌렀다. 어려울 것이라 생각했던 통화는 예상보다 쉽게 연결되었다.

— 예. 이도한 기잡니다.

"……."

— 여보세요.

도희는 선뜻 입을 열지 못했다. 목구멍 끝까지 차오른 음성은 입 밖으로 시원하게 터져 나오지 않고 입안에서 빙빙 돌았다. 답답한 건 피차 마찬가지였는지, 허위나 장난 제보에 익숙해진 이도한 기자는 단호했다.

— 끊습니다.

더는 물러설 곳이 없음을 느낀 도희가 다급히 막아 세웠다.

"저……."

— ……말씀하세요.

"기억하실지 모르겠는데."

— 음?

"9년 전에, 제게 연락하셨던 걸로 기억합니다. 백 의원. 그러니까……, 제 아버지 일로 물어볼 것이 있다고. 직접 만나자고."

오래전 기억을 되짚는 중인지, 슬슬 길어지는 공백에 초조해진 도희가 입을 달싹거린 때였다.

— 혹시 성함이.

아무리 정신이 없대도 그렇지. 통성명도 없이 본론부터 덜컥 꺼내 놓다니. 실례였다. 도희가 서둘러 입을 열었다.

"아, 죄송합니다. 저는……."

— 혹시, 백도희 씨 맞습니까?

기억하고 있었다.

점잖은 음성에 도희는 숨을 들이켜며 간신히 대답했다.

"네. 맞습니다."

— 세상에, 이렇게 연락이 닿게 될 줄은 꿈에도 몰랐는데 말입니다. 이게 대체.

이도한 기자는 진심으로 기뻐하며 호탕하게 웃었다. 영문을 알 수 없어, 도희는 도르륵 눈을 굴리며 조용히 다음 말을 기다렸다.

— 그래서. 제게 어떤 연유로 연락을 주신 건지.

"아, 제보를 하려고 하는데요. 기자님만 괜찮으시다면요."

— 제보라면, 어떤?

이도한 기자는 집요하게 캐묻고자 했지만 지금의 장소는 적절치 못했다. 문밖의 소란스러움이 점차 가까워지는 것을 느낀 도희가 차분히 선을 그었다.

"그건, 직접 만나서 알려 드리겠습니다."

— 아아, 좋습니다. 무엇이든 다 좋으니 말씀만 주십시오. 장소나 일정. 전부 맞추겠습니다.

"네. 배려해 주셔서 감사드려요. 일정은 차후에 문자로 따로 알려 드릴게요. 지금은 제가 회사라."

— 어휴, 감사라니요. 지금이라도 용기 내어 먼저 연락 주신 백도희 씨에게 제가 백번 감사드려야 할 입장인데요. 모쪼록, 제가 원하는 답이길 바랍니다.

통화는 일단락되었지만 쾅쾅 부서져라 요동치는 심장의 여운은 쉽게 가시지 않았다.

도희는 가슴팍을 꼬옥 움켜쥐며 천천히 휴대폰을 내렸다.

"대리님!"

마음의 준비도 채 되지 않은 상태에서 덜컥 날아든 서 주임의 우렁찬 음성에 도희는 화들짝 놀라며 뒤를 돌았다.

"어, 어. 무슨 일이야?"

"어디 계시나 한참 찾았잖아요."

"나를?"

"네. 아까 잠깐 부장님 심부름으로 카페 다녀오는 길이었거든요. 정문 들어서려는데 어떤 여성분이 병원복 차림으로 주변을 계속 서성거리고 있더라구요."

"병원복?"

"네. 되게 안쓰러울 정도로 야위긴 했는데, 엄청 미인이셨어요."

도희의 미간이 작게 좁혀졌다.

"그놈의 오지랖 때문에 걱정돼서 물어봤더니 명함을 보여 주더라고요. 자세히 보니까 대리님이라서……."

서 주임이 말을 다 잇기도 전에 벌어진 일이었다. 도희는 망설임 없이 뒤를 돌아 탕비실 문을 열어젖혔다.

"대리님! 어디 가세요!"

"내 손님이야. 급한 일이고. 서류는 책상에 올려 뒀으니까 취합만 하면 돼. 오늘 하루만 부탁 좀 할게, 서 주임."

업무는 진작 다 끝내 놓은 상태였다. 하지만 계 부장의 시집살이 놀음은 아직 끝나지 않은 상태였고 정시 퇴근이 눈치 보였던 것은 사실이지만 지금 이 순간만큼은 알 바가 아니었다.

사무실 의자에 대충 걸쳐 놓은 얇은 카디건과 백을 덥석 챙겨 들었다. 그리고 그대로 빠져나와 엘리베이터를 잡아탔다. 하강하는 층수 판을 초조하게 바라보던 끝에, 드디어 1층에 도착했다. 달리다시피 빠른 속도로 앞서 걸었지만, 정문에 가까워지자 거짓말처럼 걸음이 느려졌다.

투명한 유리문 너머로 낯설면서도 익숙한 중년 여성의 얼굴이 눈에 들어온 탓이다. 도희가 조심스럽게 정문 문을 당겨 열었다. 선영은 길 한복판에 서서 잔뜩 몸을 움츠린 채 두려운 기색으로 주변을 살피고 있었다.

도희는 떨어지지 않는 발을 억지로 움직였다. 평소보다 느린 걸음으로 다가가 그녀의 앞에 섰다. 잔뜩 겁에 질린 선영의 눈동자가 미약하게나마 경계심을 잃고 유순히 풀어졌다.

"⋯⋯연락이라도 주시지 그러셨어요."

들고 있던 회색 카디건을 선영의 어깨에 둘러 주자, 선영은 더욱 비좁게 어깨를 움츠렸다. 도희는 한숨 섞인 숨을 내쉬며 주변을 살폈다.

"아무도 없어요. 몰래 숨어서 지켜보고 있다 해도 이렇게 사람 많은 곳에선 함부로 달려들지 못해요."

그녀를 이해하지 못하는 건 아니었다. 몇 년. 그 긴 시간을 8평도 채 되지 않는 비좁은 병실에서 홀로 갇혀 지낸 사람이다. 의사. 또는 간호사. 아니라면 간병인. 그들을 제외한 낯선 타인이나, 시간이 흐르며 자연스레 바뀐 환경은 그녀에게 충분히 두려운 대상이 될 만도 했다. 특히나, 언제 어디서 지켜보고 있을지 모르는 홍미연의 존재라면 더욱.

하지만, 병원에서 본 그녀의 모습과 지금의 모습은 극명하게 달랐다. 제정신이었을 때 저를 대했던 침착하고 꼿꼿한 태도가 아니다. 굳이 비슷한 쪽을 고르라면 조현병을 연기했을 때와 더 가까웠다. 심각하리만큼 주변을 의식하고, 작은 것에도 두려움을 느끼며, 언제든 차가 쌩쌩 내달리는 도로로 뛰어들어도 이상하지 않을 법한 위태로움까지.

"휴대폰이 없어."

그녀가 기어들어 가는 목소리로 중얼거렸다. 도희는 똑바로 듣기 위해 귀를 기울였다.

"나는. 가진 게. 아무것도 없어."

예기치 못한 순간 송곳으로 가슴을 푹 찌르는 듯한 통증이 일었다.

"방법이, 이것뿐이었는데⋯⋯. 미안해요. 놀랐다면."

"아드님 번호는 아시잖아요."

"그 애가 있는 곳은……."

비통하다. 정말, 많이. 제 아들이 있는 곳이 하필 지옥이라서, 세상은 제 아들이 아니라 하기에. 혹여 자신 때문에 입장이 난처해질까 싶어 쉽게 찾아가지도 못하는 어미의 심정은. 멀쩡한 정신을 가지고 있으면서도 지켜 내기 위해 정신 분열증 환자인 척, 아픈 말을 쏟아 내야 했던 그 심정은. 수년간, 모든 것을 홀로 떠안고, 스스로 감옥에 들어선 그 기분은.

"가요."

"응?"

"우리 집으로 가요. 뭐라도 드셔야죠."

감히, 감히.

헤아릴 수가 없다.

08

검은색 세단은 심각하리만큼 빠른 속도로 도로를 질주하고 있었다.

'*근처에 아는 지인을 만났다가 네가 여기에 있단 소식을 듣고 왔단다. 나도 놀 랐지 뭐니. 네가 어찌 이런······, 낡은 병원에 있는지, 누굴 만나러 왔는지, 내심 궁 금하기도 했고 말이야.*'

갈수록 거짓말은 저렴해졌다. 태준은 어색하게 병원 내부를 훑어보던 미연 의 모습이 떠올라 비소를 터트렸다.

"가지가지로 놀고 있네."

태준의 눈빛이 한층 더 어둡게 가라앉았다. 머릿속엔 온통 홍미연을 어떻게 구워삶고 고통스럽게 요리할 수 있을까, 하는 생각뿐이었다.

[난데요. 사모님 지금 저희 집에 계세요. 최대한 빨리 데리러 와요. 감시하는 눈이 있을 수도 있으니까, 직접 오진 말고 사람 시켜요. 주소는, 말 안 해도 알 거라 생각하고 안 남겨 요.]

7년, 혹은 그보다 더한 시간 동안 혹시라도 홍미연의 수하가 붙을까, 노심초 사하며 뒤를 밟았던 지난날을 알고 있었다. 백도희는. 홍미연이 아닌 백도희라 서 다행이라 생각해야 하는 건지, 치부 아닌 치부를 들켜 불행하다 해야 할지.

혼란스러웠다. 하지만 그런 것들은 하나도 중요치 않았다. 어머니가 직접 병원을 탈출했다는 건. 직접 백도희를 찾아갔다는 건.

"……전부, 연기였다고."

말이 되나. 안도하면서도 의문이 들었고, 의문이 들다가도 어처구니가 없어 실소가 터졌다. 지금 상황을 단숨에 이해하고 납득하기란 제아무리 태준이라 할지라도 무리였다.

"돌겠네……."

태준은 이를 악물며 낮게 중얼거렸다. 저절로 핸들을 쥔 손에 힘이 실렸다. 꽈악, 가죽이 응집하는 소리가 까슬하게 울려 퍼졌다. 창문을 전부 내려도, 시원한 바람이 세차게 들이닥쳐도 숨 막히는 답답함은 도리어 가중되었다.

태준은 한껏 인상을 찌푸리며 거칠게 넥타이를 풀어 헤쳤다. 평소엔 결코 볼 수 없는 흐트러진 모습이었다. 얼마 지나지 않아 낡은 빌라 앞에서 차가 급정차했다. 태준은 잠시 숨을 고르며 휴대폰을 귓가로 가져다 댔다.

"납니다."

일단 너부터 치우고.

"홍미연 옆에 붙어사는 기생충 같은 그 여비서부터 잘라요."

곤란하다는 대답이 넘어왔지만, 태준은 물러서지 않았다.

"지금 당장."

△ ▼ △

"먹기 싫어도 억지로라도 드세요. 반이라도."

집에선 밥을 잘 차려 먹는 편이 아니었다. 그러다 보니 구비된 반찬이나 음식은 당연히 찾아보기 힘들었다. 그래서 가까운 죽집에 급히 달려가 사 온 것이었다.

그 수고로움을 아는지 모르는지 먹는 둥 마는 둥 몇 숟갈 뜨는가 싶던 선영은 끝내 숟가락을 내려놓았다. 묵묵히 선영을 건너다보던 도희는 가느다란 숨을 내쉬며 여전히 새것 같은 그녀의 죽을 쏘아보았다.

"손 놓고 무기력하게 있으면, 될 것도 안 돼요."

선영은 탁하게 빛을 잃은 눈빛으로 힘없이 도희를 응시했다. 잘근 입술을 씹던 도희가 다시금 그녀의 손에 숟가락을 반강제로 쥐어 주며 말했다.

"어렸을 때. 우리 엄마가 그랬어요. 편식하지 말고, 입맛 없어도 골고루 먹으라고. 그렇게 말라서, 어디에 쓰겠냐고. 나중에 병만 든다고."

"……좋은 어머니셨나 봐."

"글쎄요. 적어도 제 기억 속에 남아 있는 엄마는 무정한 사람이라."

도희는 쓸쓸하게 웃었다.

"사모님은 그러지 마세요. 사람은 좋은 것보단 나쁜 걸 더 오래 기억하는 법이니까."

지금부터라도 기태준에게 좋은 엄마로 남으라는, 그런 말이었다. 그 뜻을 이해한 듯, 숟가락을 쥔 선영의 손끝이 미세하게 떨렸다. 불편한 정적이 흘렀다. 그리고 문득 시선을 돌렸을 때 살짝 열린 현관문 사이로 우두커니 서 있는 남자와 시선이 부딪쳤다.

급히 죽을 사 오느라 현관문이 제대로 닫혔는지 미처 확인하지 못했단 사실을 인지한 것은, 그로부터 한참 뒤였다.

△ ▼ △

침대에 비스듬히 누워 있던 도희는 쉽게 잠들지 못하고 연신 뒤척거렸다. 기태준의 얼굴이 생생하다.

말로 형용하기 힘든 그 표정이 도통 지워지지 않는다. 놀란 듯, 화가 난 듯. 무표정하지만 지나치게 가라앉은. 어질러진 그의 얼굴은 해일이 일어나기 전고요함과 같았다.

감정 따윈 없는 로봇이나 괴물이라고 생각했다. 하지만 그는 어느 때보다 심각하게 흔들리고 있었다. 거칠게 풀어 헤친 넥타이와, 뜯겨진 셔츠 단추의 흔적마저도. 병적으로 깔끔함을 고집하던 그와는 전혀 어울리지 못한 흐트러짐이었다. 친모에게마저 꼿꼿할 것이라 생각했던 찰나의 편견이 우습다.

'일찍 연락할 수도 있었는데 일부러 안 했어요.'

당신도, 7년 전 내 기분을, 참담했던 심정을 조금이나마 느껴 봤으면 해서. 눈 뜨고 속수무책 약점을 빼앗겼을 때. 사정을 몰라 어쩌지도 못하고 불안에 떨어야만 했을 때. 그때의 내가 얼마나 숨 막히고, 무기력했는지. 공감 능력이 없는 당신이라도, 이번엔 피해 갈 수 없었을 것이라고.

'미안하지 않아요.'

'다그칠 생각 없어.'

대놓고 조롱하진 않았지만 숨겨진 비웃음과 비아냥거림을 알면서도 기태준은 자신을 책망하지 않았다. 왜 미리 말해 주지 않았던 거냐는 비난도, 질타도, 원망도 없었다.

그저, 약간의 쓸쓸한 미소만 스쳐 갔을 뿐.

'너라서 다행이었지, 오히려.'

그 말이, 그 목소리가. 반복적으로 왱왱 울리며 도리어 괴롭게 했다. 이런 시답잖은 복수로 무엇을 얻고자 했는지. 스스로가 한심했다.

아직도, 멀었나 보다. 완벽한 어른이 되기엔.

결국 도희는 집을 나섰다. 찾은 곳은 근처의 허름한 술집이었다. 규모가 작고, 동네 술집이라 그런지는 몰라도 두 팀 정도는 늘 있었던 것 같은데, 오늘따라 손님은 한 명도 없었다.

탁 트인 곳이 간절해 바깥 자리에 자리를 잡았다. 플라스틱 의자에 엉덩이를 붙이기 무섭게 50대 중년의 이모님이 익숙하단 듯 술잔과 소주를 들고 나타났다.

"옴마야, 아가씨 오랜만에 왔네?"

"아, 네. 기억하시네요."

"그러엄. 우리 술집은 젊은 손님보단 노인네 단골이 많으니까."

도희가 머쓱하게 웃음 지었다. 이모님은 테이블에 소주와 잔을 내려 두며 말을 이었다.

"안주는? 늘 먹던 걸로?"

"네. 그렇게 주세요."

"그래, 내가 아주 기가 막히게 해 줄게. 조금만 기다려요."

첫 개시가 무려 자정에 가까운 시간인 데다, 첫 손님이 진상 아닌 조용한 손님이라 그런지 가게 안으로 들어서는 이모님의 걸음은 한껏 신이 났다.

도희는 멀어지는 이모님에게서 시선을 떼고 텅 빈 골목길을 멍하니 바라보았다. 얼마나 시간이 흘렀는지 가늠할 수 없을 때쯤 휴대폰을 올려 둔 테이블이 부르르 떨렸다. 슬며시 눈길을 내리자, 액정 위에 떠오른 발신자가 보였다.

[고해찬]

다정한 관계가 되었음에도 여전히 저장해 둔 이름은 정이라곤 찾아볼 수 없을 만큼 투박했다. 보면 내심 서운해하겠지. 그렇다고 뭐라 바꿔야 할지 딱히 생각나는 게 없다. 시답잖은 생각을 뒤로하고 귓가에 휴대폰을 가져다 댔다.

— 뭐 해요?

"응?"

— 거기서 혼자 뭐 하고 있냐고.

재빨리 주변을 살피던 시선은 골목 끝에서 멈추었다. 도희의 눈이 휘둥그레 떠졌다.

"너……."

해찬은 검은색 픽시 자전거 위에 올라타 있었다. 땅을 짚고 있는 기다란 한쪽 다리가 보이고, 저를 삐딱하게 직시하고 있는 또렷한 눈빛이 보인다. 당황한 나머지 말도 안 나왔다.

— 한강 돌면서 운동하다가 생각난 김에 들렀는데.

"아……."

— 늦은 시간에 혼자 술 마시는 취미가 있는 줄은 미처 몰랐네.

도희가 입을 달싹였다. 딱히 잘못한 것도 없는데, 왠지 못된 짓을 하다 딱 걸려 버린 찝찝한 기분을 지울 수 없었다.

"와서, 같이 마실래?"

— 올림픽까지 1년도 안 남았는데.

"……맞다. 그렇구나."

시즌이 아니었대도 평소 몸 관리에 철저한 해찬은 술을 즐기는 성향이 아니었다.

"그럼, 내가 갈게. 기다려."

— 있어요. 거기, 그대로.

대답할 시간도 주지 않았다. 그는 말이 끝나기 무섭게 자전거에 다시 올라탔다. 순식간에 바로 앞까지 다가온 해찬은 깃털처럼 가뿐히 내려와 자전거를 던지듯 대충 세워 놓고 맞은편 자리에 앉았다.

"마시려고?"

"마신단 소린 안 했는데."

도희가 입을 다물자, 해찬은 피식거리며 말을 정정했다.

"뭐, 하루만 맡아 달라 하면 되지."

"운동했잖아. 시합도 준비해야 하고. 억지로 마시지 않아도……."

기가 막힌 타이밍에 이모님이 주문한 안주를 들고 나타났다. 해찬의 얼굴이 천천히 옆으로 돌아갔다.

"아가씨 남자 친구야?"

"아……."

당황한 도희가 말끝을 흐렸다.

"어디 보자……. 이상하네. 어디서 많이 본 얼굴인데."

다행히 이모님은 아직 해찬을 알아보지 못한 듯했다. 도희는 때를 놓치지 않고 쓰고 있던 모자를 냅다 벗으며 해찬의 머리에 푹 씌워 주었다.

예상치 못한 도희의 돌발 행동에 해찬의 한쪽 눈매가 작게 구겨졌다. 중간에서 이모님은 자못 당황한 기색이었지만 이내 격양된 웃음을 터트리며 휘휘 손을 내저었다.

"어휴, 아가씨. 내 나이가 몇인데 그리 경계를 해. 그래도 얼굴 한번 참 자알 생겼다. 아껴 두고 혼자 보고 싶을 만하겠어."

"아니, 그게 아니라……."

속사정을 알 리 없던 이모님은 걱정 말라며 들고 있던 안주를 내려놓았다.

"한, 6년 전쯤이었나? 아가씨가 우리 가게 처음 왔을 때 말이야. 그때 엄청 울었잖아. 술 먹고."

"이, 이모님!"

도희가 자리에서 벌떡 일어났다. 그만 멈추란 말 대신 간절한 표정을 보였지만, 때는 이미 늦었다.

"그때 그 모습이 얼마나 안쓰럽던지. 우리 딸 또래 같은데 앳된 아가씨가 그리 목 놓아 우니까, 무슨 큰일인가 싶었어. 그 이후로 1년마다 한 번씩 이맘때쯤 꼭 찾아왔는데, 울진 않았지만, 매번 얼굴이 어두워서 볼 때마다 걱정했었거든."

……이럴 수가. 망했다.

"올 때가 됐는데, 왜 안 오나 싶던 차에 오늘 딱 나타난 거야. 그것도 이렇게 훤칠한 남자랑."

도희는 질끈 눈을 감으며 묵직한 숨을 토해 냈다.

"다행이야. 행복해 보여서."

맛있게들 먹어요. 마감 시간은 걱정하지 말고. 이모님의 목소리는 멀어졌지만, 도희는 쉽게 눈을 뜨지 못했다. 민망해서.

"이제 그만 눈 뜨고 술 좀 받아 주지. 팔 떨어질 것 같은데."

그제야 도희의 눈꺼풀이 느릿하게 떠밀려 올라갔다. 비스듬히 고개를 기울인 채 얄궂게 미소 짓고 있는 고해찬의 얼굴이 시야에 한가득 들어찼다.

받아야 하나, 말아야 하나. 머뭇거리다가 하릴없이 술잔을 쥐어 들었다. 탁, 술잔에 술병 입구가 닿고, 투명한 액체가 반쯤 채워졌다.

"울었어요?"

도희는 그의 말을 무시하며 서둘러 술잔을 입으로 가져갔다. 단번에 털어 넣은 뒤, 그가 무어라 말을 꺼내기도 전에 선을 그었다.

"놀리지 마. 네가 생각하는 이유 때문에 운 거 아니니까."

"……내가 뭘 생각했는데?"

"놀리지 말랬어."

"묻는 것도 안 돼요?"

해찬이 빙그레 웃었다.

"왠지, 조금 기쁜데."

도희가 미간을 좁혔다.

"너, 진짜……."

"나도 한 잔 줘요."

술잔을 들어 올리는 그의 모습이 떨떠름했지만 도희는 마지못해 술을 따라 주었다.

그의 손목이 꺾어지고, 목울대가 크게 잠겼다 떠올랐다. 말끔히 비워진 잔을 물끄러미 들여다보다, 그와 시선이 정통으로 부딪쳤다. 그의 검은 눈동자는 잠 잠했다. 고요하지만 깊고, 타오를 듯 직선적이면서도 어둠처럼 서늘하다.

"……어떻게 안 거야?"

그래서 물었다.

"뭘를."

"병원에서. 정신 질환 앓고 있는 환자가 아니었던 거, 어떻게 알았냐고."

"아아……."

그는 별거 아니라는 듯 어깨를 으쓱였다. 한동안 말없이 손끝으로 술잔을 매만지던 해찬이 느리게 입술을 떼어 냈다.

"그냥."

그의 잇새로 짧은 웃음이 툭, 흘러나왔다.

"봤으니까."

"뭘를?"

"눈."

기태준을 바라보는, 흔들리던 눈.

"그게, 보여?"

"응. 나는 보여요."

도희는 조금 이해하기 힘들다는 표정으로 해찬을 건너다보았다.

"보기보다 섬세한데. 나."

"못 말려. 진짜."

섬세함보단 집요함이 더 어울리는 남자였다. 고해찬은. 도희가 헛웃음을 터트리자, 이번엔 해찬이 인상을 살풋 찡그렸다.

"진짜. 거짓말 아니에요."

해찬이 테이블에 내려 둔 팔을 반쯤 세워 들었다.

"그러니까 선배도 한눈에 알아봤지."

그러면서 두 번째 손가락으로 도희의 얼굴 어딘가를 가리키며 두어 번 까딱거렸다.

"그거."

도희가 눈을 깜빡였다.

"쓸데없이 예쁜 눈."

그의 입술이 슬며시 올라섰다.

△ ▼ △

차가 멈춘 곳은 양평 소재의 산속 깊은 곳에 위치한 별장이었다.

정차할 때까지도 대화는 없었다. 숨 막히는 침묵이 전부였다. 운전석에서 내려온 태준은 넓은 보폭으로 다가가 뒷좌석 문을 열었다. 거부할 것이라 생각했던 선영은 순순히 차에서 몸을 내렸다. 태준은 유일하게 어둠을 밝히는 정원등 빛에 의지해 묵묵히 앞서 걸었다.

시간이 멈춘 듯했다. 그리 먼 길도 아닌데, 끝없이 펼쳐진 무한한 공간을 끊임없이 반복해 걷는 것처럼 덧없이 멀게만 느껴졌다. 그럼에도 끝은 있었다. 현관문 앞에 우두커니 멈춰 선 태준은 무감정한 음성으로 말했다.

"들어가세요."

지극히 사무적인 말투에 선영의 눈동자가 아슬아슬 흔들렸다. 지긋지긋한 병원에서 겨우 벗어났나 싶었는데, 크기만 넓어진 감옥이나 다를 바가 없었다.

당연한 결과겠지만, 무엇을 기대했던가. 아들과의 다정한 재회. 눈물겨운 대화? 감히 꿈꿔선 안 될 욕심이었다. 그토록 오랜 시간을 끊임없이 찾아왔는데, 문을 두드렸는데, 아들을 외면한 건 자신이었으니까.

"가사도우미 아주머니가 기다리고 계실 겁니다."

속내를 꿰뚫은 말에 그제야 긴장과 두려움으로 한껏 움츠러들었던 선영의 어깨가 힘없이 내려갔다.

"그럼."

태준은 일말의 망설임도 없이 돌아섰다. 한 발자국 떼어 냈을 때, 그녀가 태준의 재킷 밑단을 잡아끌었다. 다급한 손길이었지만, 무던히도 조심스러웠다. 태준이 슬쩍 시선을 돌리자, 선영은 기어들어 가는 음성으로 작게 읊조렸다.

"……많이, 밉겠지. 이해할 수 없을 거야."

태준의 입술이 굳게 다물렸다.

"미안해. 미안하다. 내가, 내가."

"제게 사죄하실 필요 없습니다."

불분명했던 경계선이 선명하게 되살아났다. 재킷 안주머니에 넣어 둔 휴대폰이 요란하게 진동했다. 업무와 관련된 전화일 확률이 컸다.

아니라면, 동의도 없이 유일한 수하인 여비서를 잘라 버렸다는 것에 진노한 홍미연이거나. 더는 시간을 지체할 수 없었던 태준은 간절히 재킷 밑단을 잡고 있는 가느다란 손가락에서 시선을 뗐다. 잠시 멈춘 두 다리가 다시금 움직이기 시작했다. 드넓은 정원을 걸어 나가는 동안, 태준은 뒤 한번 돌아보지 않았다.

돌아보지 않을 것이다. 용서하지 못해서, 원망스러워서가 아니었다. 지금의 나는. 너무 많이 더럽혀진 것이라서. 손쓸 수 없을 만큼 지저분한 위치에서, 피도 눈물도 없는 잔인한 결과를 만들어야만 하기에 그것들을 감수하고 저지른 것에 대한 대가가 결코 행복이어선 안 된다.

나 역시도.

"벌은 받아야지."

세뇌하듯 낮게 중얼거리며, 태준은 바지 주머니에 대충 찔러 두었던 넥타이를 꺼내어 들었다. 능숙한 손길로 넥타이를 목에 걸고, 매듭을 지으며 손목을 흔들어 각도를 칼같이 맞추었다.

태준의 입가에 씁쓰름한 미소가 언뜻 떠올랐다 사라졌다.

△ ▼ △

업무와 관련된 일도, 홍미연도 아니었다. 늦은 시각의 재회를 깨트리며 태준을 찾은 인물은 다름 아닌 기 회장이었다.

벌써, 시간이 이렇게 됐나. 기태형 회장은 6월 말이 되면 3개월 정도 되는 장기간 출장을 빌미 삼아 휴양차 외국으로 나선다. 업무 보고나 임원 회의 결과 결재 여부는 개인 비서를 통해 전달받고, 전달했다.

— 시간 되면 한번 들러라.

비밀리에 무려 한 달이나 앞당겨 입국했다. 그건 모든 상황을 전달받고, 파악했다는 확률이 컸다. 어디서부터, 어디까지 알고 있는지. 그 부분은 직감적으로 눈치껏 판단하는 수밖엔 없었다.

태준은 마지막으로 다시 한번 옷매무새를 점검한 뒤 천천히 걸음을 옮겼다.

△ ▼ △

자리를 비운 두 달 동안 회사에서 이뤄진 일들을 최종적으로 정리하여 보고하는 내내 기 회장은 묵묵히 침묵했다.

태준은 잠시 말을 멈추고, 가만히 기 회장을 응시했다. 비록 저물어 가는 노인의 모습이 짙어지긴 했지만, 대기업 총수 자리를 굳건히 지키고 있는 인물인

만큼, 그 중압감은 건재했다.

흐름이 끊기자 기 회장은 날카롭게 눈을 치켜뜨며 재촉했다.

"왜. 계속 말하지 않고."

무테안경 너머로 쏟아지는 눈빛을 좀처럼 헤아릴 수 없었다. 다 알고 있을 텐데. 분명 그럴 텐데. 그 어떤 것조차 듣지도, 보지도 못했다는 듯 아랑곳 않는 회장의 의도를 읽어 내기가 어려웠다. 결국 태준은 정공법을 택했다.

"이미 다 아시지 않습니까."

회장은 대답 대신 물끄러미 태준을 올려다보았다.

"늦은 시간에 불려 와 두 번 말하기 귀찮다. 뭐, 그런 뜻이냐?"

"아닙니다."

태준이 멈췄던 보고를 다시금 이어 말하기 위해 입을 떼어 내려는 순간, 기 회장이 손을 들었다. 그만 멈추라는 신호였다.

"영준이가 빼돌린 비자금 액수가 꽤 크던데. 지금 세탁만 420억?"

"……."

"그거 꼬리 잘라 내고 잡은 게, 너라고 들었다."

"다행히 정보는 아직 검찰 측 귀엔 들어가지 않은 듯합니다."

다행? 기 회장이 코웃음 쳤다.

"그야 당연하겠지. 패는 네가 갖고 있으니까. 갑자기 이러는 이유가 뭐야. 회사 이미지 갖고 나에게 회유라도 하려는 참이냐?"

"그럴 리가요."

"아니면. 정의 구현에 힘쓰느라 애썼다는 칭찬이라도 듣고 싶어?"

그런 까닭이 아님을 누구보다 잘 알고 있으면서, 기 회장은 일부러 보란 듯이 태준을 꾸짖었다.

"비서는 왜 잘랐어."

홍미연의 수하를 말하는 거였다.

"대체 네가 원하는 게 뭐야. 회사 물 흐려 놓고, 겨우 잠잠해진 판국을 어지럽히면서까지 얻고자 하는 게 뭐냐고."

"말씀드렸지 않습니까."

기 회장의 눈매가 가늘어졌다. 모든 것들을 제자리로 돌려놓겠다는. 그 어리석고 호기로운 말을 늘어놓던 태준은 그때와 조금도 달라진 게 없었다.

"아직도 그 타령이야?"

"대선까지 앞으로 1년 남았습니다. 시기에 맞춰 조만간 국회 청문회도 열릴 겁니다."

"그게 왜."

홍미연과 백윤택 의원의 관계를, 그들 사이에서 벌어진 거래와, 로비 의혹을. 진정 모르고 있을까. 아니라면, 시험하는 것인가.

"언제까지고 숨길 수 있는 문제가 아니란 뜻입니다. 외면하실수록 그 후에 감당해야 할 것들 또한, 커질 테니까요."

아무리 생각해도 기태형 회장이 모를 리 없었다. 찌라시가 나돌기 한참 전부터. 어쩌면, 태준이 일전에 친모를 만났고, 그녀가 처음부터 제정신이었다는 정보까지 전부를 파악하고 있었을지도 모르는 일이다.

홍미연의 욕심과 욕망은 지나쳤다. 그 과욕의 불씨는 점차 커져 갔고, 이젠 되돌릴 수 없을 만큼 멀리 왔다. 그게 보이지 않을 리 없는데. 그런데도, 회장은 침묵했다.

왜일까. 늘 궁금했다. 기태형 회장의 잇새로 짧고도 굵은 한숨이 흘렀다. 유책을 피할 수 없다는 것을 직감한 기 회장은 조용히 벗어 낸 무테안경을 서류 위에 내려놓으며 고개를 들었다.

"내가 선택한 건 삼진이었다."

네 어머니가 아니었다는 숨겨진 속뜻을 찾아내는 건 그다지 어렵지 않았다.

"하지만 넌 나와는 다른 선택을 하려는 모양이지."

태준은 대답하지 않고 조용히 시선을 떨어트렸다.

"이런 선택을 할 수밖에 없었던 내가 네 눈엔 무기력해 보일지 모르겠다만. 나 또한 젊은 날이 있었어."

그날을 회상하는 기 회장의 눈에 돌연 생기가 돌았다.

"열정도 있었고, 패기도 있었지. 너처럼, 소중한 것을 지켜 내기 위해 발버둥도 쳐 봤다. 무수히도."

영웅담을 듣고자 온 것이 아니었다. 태준은 처음으로 회장의 말을 끊어 내며 본론을 꺼냈다.

"어머니. 양평 별장에 계십니다."

직접적인 언급에 놀라 회장은 잠시 멈칫했지만 그마저 대수롭지 않게 넘겼다. 예상대로, 전부 눈치채고 있었다.

"한 번이라도 만나 보실 생각은."

"없다."

그럴 줄 알았다는 듯, 태준은 실망도, 원망도 내비치지 않았다.

"이 자리는 그런 자리다."

기 회장이 지그시 눈을 감았다 뜨며 가느다란 숨을 흘려보냈다.

"처음부터 약점은 없어야 해. 있다면, 가차 없이 내쳐야 하고."

궁색하게 변명했지만 결국 만날 생각이 없다는 뜻이다. 그가 선택한 것은 지금의 자리라서. 기태형 회장은 신중했다. 때문에 선택을 번복하는 일 또한 없었다.

"피곤하구나."

목에 칼을 들이밀며 억지로라도 선택을 바꾸어라 협박하고, 타이르며 종용하더라도, 뜻을 굽힐 일은 없을 것이란 강력한 통보였다.

뒤돌아서 겨냥하면. 회사에, 삼진에 위협이 되는 모든 것. 그 존재가 가장 아끼는 막내아들 태준이라도 가차 없이 목을 치겠다고. 홍미연이 아닌, 자신을. 어머니를. 기태형 회장은 한없이 다정하고 인자했지만 그만큼 잔인한 사람이었다는 사실을 잠시 잊고 있었다.

"오늘은 그만 들어가 쉬어."

"네."

태준은 망설임 없이 대답했다. 그건, 나 또한 당신의 공격을 감읍하게 받겠다는 의미였다. 지금 이 순간부터, 당신 역시 홍미연과 같은 적으로 생각하겠노라고.

　서재를 나선 태준은 얼마 지나지 않아 정원에 모습을 드러냈다. 회장은 그
뒷모습을 조용히 눈으로 좇았다.
　"죽을힘을 다해 찔러."
　차마 전하지 못한 말이 텅 빈 공간에서 조용히 흘러나왔다.
　"제대로 죽었는지 잊지 말고 확실히 확인도 해야 한다. 태준아."
　그 대상이 누구인지 알 수 없다.
　"반드시. 그래야 해."
　물기 어린 음성은 애정이 묻어나 있어 더욱 축축하게 젖어 들었다.

△ ▼ △

　'이 자리는 그런 자리다.'
　그 의미를 안다. 기태형 회장은 자신이 물러서면, 보다 더한, 인간만도 못한
존재들이 마음껏 활개 치고 다닐 것을 누구보다 잘 예견하고 있었다.
　몇백 년 전, 많은 나라의 왕들이 그런 심정이었을지도 모르겠다. 그래서 차
마 손가락질하며 비난할 수 없었다.
　'오늘부터 네가 머물 곳이다.'
　'……싫어요. 여긴 너무 크고, 무엇보다 엄마가 없잖아요. 아저씨는 오늘 처음 본
사람인걸요.'
　엄마는 언제 볼 수 있어요? 버릇처럼 물어보면, 회장은 말없이 웃기만 했다.
일주일 뒤, 한 달 뒤, 1년 뒤. 기약 없는 약속 끝에 결국 오늘이 남았다. 만날 수
없다는 사실을 알아차리게 된 것은, 일곱 살이 되던 무렵이었다.
　엄마가 그립고 보고 싶어 한참을 울다 지쳐 잠이 들 때쯤 머리맡엔 늘 기 회
장이 다녀갔다.
　'태준아…….'

태준아, 태준아. 태준아.

하염없이 이름만 부르다 자리를 떠났다. 그때, 그날, 그 밤, 그 순간에 그는, 회장님은. 무슨 말을 하고 싶었던 걸까. 제멋대로 훼손된 기억은 떠올리기 복잡하고 껄끄러운 것으로 자리 잡았다. 그래서 지웠다. 지워 버렸다. 그래야 될 것만 같아서.

정원을 가로질러 걷는 동안 철 지난 아카시아 향이 물씬 풍겨 왔다. 덥지도, 시원하지도 않은 초가을 바람을 타고, 꽤나 오래도록.

초록빛이 조금씩 사라져 가고, 갈색빛으로 낡아 가는 풀잎들은 소리 없이 아우성을 친다.

어쩔 수 없는 자연의 섭리라도,
아쉽다고. 너무 아쉽다고.
아프다고. 너무 아프다고.

태준은 고요한 외침을 무시하며, 또는 외면하며. 그저 걸었다. 발에 힘이 실린 것도 모르고. 어두운 밤하늘에 당장이라도 먹힐 듯, 위태롭게 빛을 밝히는 그믐달이 뒤따른다.

△ ▼ △

날이 밝자마자 도희는 재빨리 준비를 끝내고 곧장 약속 장소로 향했다. 급한 것도 없는데, 걸음은 제멋대로 빨라졌다.

카페에 도착해 커피를 시키고 가장 구석진 곳에 자리를 잡았다. 아직 시작도 하지 않았건만 큰일을 해낸 사람처럼 가쁜 숨이 토해졌다.

약속 시간까진 아직 15분이나 남아 있었다. 시간은 여유로웠지만, 속은 그러지 못했다. 왠지 모를 긴장감이 그 이유였다. 어디까지나 숨김이었다. 조금 더 고민하고, 신중했어야 했는데 지금이 아니면 용기가 나지 않을 것 같아 무턱대고 문자를 보냈다.

[기자님, 저 백도희입니다. 늦은 시간에 연락드려 죄송합니다. 다름이 아니라 저번에 연락드렸던 거 말인데, 내일 괜찮으신가요?]

답은 1분도 채 지나지 않아 도착했다. 무조건 된다. 좋다, 는 말의 연속이었다. 문자 내용이 상기되자 가슴이 쿵쾅쿵쾅 살벌하게도 뛰어 댄다. 다른 생각을 하자. 다른 생각…….

'그러니까 너도 알아봤지.'

'그거, 쓸데없이 예쁜 눈.'

고해찬은 신기한 능력을 가졌다. 다른 사람이 그런 말을 뱉으면 발끝부터 정수리까지 소름이 돋고 낯간지러운 소리에 거부감부터 들 텐데, 그가 하면 달랐다. 이상하게.

담백하고, 낮은 목소리로 무심히 툭 뱉는 고백 한 번에 심장이 발작하듯 뛰었다. 마치, 물속에 한참을 잠겨 있다 한계를 넘어서려는 순간, 참지 못해 박차고 치솟아 오를 때처럼.

막힌 숨통이 탁 트이며 다 죽어 가던 심장이 미친 듯 펌프질한다. 크게 요동치는 심장 소리를 혹여나 그에게 들킬까, 도희는 일부러 새침하게 대꾸했다.

'나도 알아.'

'알아?'

'눈 예쁘단 소리 많이 들었어.'

해찬은 결국 참지 못하고 크게 웃음을 터트렸다.

'귀엽게 구네.'

삽시간에 도희의 얼굴이 시뻘겋게 달아올랐다. 당황한 나머지 안주를 입속에 욱여넣으며 아무 말이나 뱉었다.

'여기 안주가 참 맛있다. 그치?'

'잘 모르겠는데.'

'별로야? 다른 거 시킬까?'

'뭘 시켜도 별로일걸.'

'왜?'

못내 심각해진 도희와 달리 해찬은 묘한 미소를 걸친 채였다.

'네가 더 맛있으니까.'

도희는 소리 없이 경악했다. 젓가락 사이에 위태롭게 끼워져 있던 안주 하나가 테이블 위로 툭, 떨어졌다. 그 모습을 보고 해찬이 박장대소를 터트렸다. 온몸이 간질거려 미칠 지경이었다.

그것 봐. 놀리기 딱 좋다니까. 귀여워. 혼잣말하며 중얼거리던 그 낮은 음성이, 미소 지으며 건너다보던 지긋한 눈빛이 지워지질 않는다. 녹아 사라져 버릴 것 같았다.

"백도희 씨?"

낯선 음성이 등 뒤로 넘어오자 짧게나마 판타지를 연상케 했던 환상이 무참히 깨졌다.

현실로.

현실로 돌아갈 시간이었다.

△ ▼ △

타이머를 내려다보는 성권의 얼굴이 밝다. 성권은 만족스러운 미소를 걸치며 타이머에서 눈을 떼고 드넓은 풀장을 바라보았다.

전부 헛된 걱정이었다. 한국으로 돌아온 이후 언제부턴가 훈련에 부진한 감이 있어 가슴 졸이며 노심초사한 지난날이 무색해질 만큼. 이제 그만 멈춰도 될 법한데, 해찬은 멈추지 않았다. 속을 앓게 했던 지난날을 이번 기회에 전부 청산하겠다는 마음인 건지, 거칠게 파도치며 들썩이는 물길은 좀체 가라앉을 생각이 없었다.

오랜만이었다. 저렇게나 집중하는 모습. 해찬은 원체 감정을 잘 드러내는 성격이 아니었다. 하지만 오랜 시간 곁에서 그를 지켜보았던 성권은 직감적으로나마 느끼고 있었다. 확실히 무엇 때문이다, 라고 단언할 수는 없었지만 최근 들어 다른 것에 쫓기는 것처럼 보였다.

"그 담당자를 만나고 나서부터였지, 아마……."

성권은 작게 중얼거리며 도희를 떠올렸다. 죽자고 수영에 매달리고, 마음에도 없는 언론에 얼굴을 내비치던 해찬은 보는 사람이 안쓰럽다 생각될 정도로 절박했다.

단순히 열정이나 야망으로 치부될 것이 아니었다. 젊은 패기로 묵묵히 꿈과 목표를 향해 걷는다고 하기엔, 그 당시 해찬은 무언가에 홀린 사람처럼 폭주했다.

앞만 보며 미친 듯이 내달리는 경주마 같았던 해찬은 어느 순간부터 질주를 멈추었다. 정말 난데없고, 뜬금없이. 다행히 기록이 떨어지거나 컨디션이 저조해 보이진 않아 당장은 만족하며 가슴을 쓸어내렸지만 당최 무슨 생각을 하는 것인지, 어떤 일을 벌이고 있는 것인지 알 수 없어 불안했던 것도 부정할 수 없는 사실이었다.

그런데.

"……멈춘 게 아니었나."

아니었다. 이를테면 장기전을 위한 잠깐의 휴식. 또는 페이스 조절.

그것마저 아니라면…….

해찬은 눈 깜빡할 사이에 물살을 가로지르며 출발 지점 코앞까지 다가왔다. 해찬의 손끝이 벽면에 닿은 순간, 그 찰나를 놓치지 않고 성권은 재빠르게 타이머 스톱 버튼을 눌렀다.

자연스럽게 눈길이 아래로 떨어졌다. 숫자를 확인한 성권의 눈이 크게 떠졌다.

"아."

신기록이었다. 하지만 성권은 마음껏 기뻐할 수 없었다. 뒤늦게 떠올랐기 때문이다.

"……기일, 이었구나."

그의 어머니 기일은, 내일이었다. 그리고 내일은, 올림픽 유치 성공 기념 파티가 있는 날이기도 했다. 그래서 그랬던 건가. 심란했겠지.

"표정이 왜 이래."

어느새 물속에서 나온 해찬은 수모를 벗어 내고 젖은 머리칼을 쓸어 올렸다.

"기록, 별로야?"

거친 숨을 몰아쉬며 묻는 해찬에게선 별다른 변화를 찾아볼 수 없었다. 평소와 같았다.

"아니. 최고야."

성권이 희미하게 웃으며 스포츠 타월과 타이머를 던져 주자, 해찬은 가볍게 받아 채며 무심히 시선을 내렸다. 기록을 확인한 해찬이 피식 낮게 웃음을 터트렸다.

"맞네. 최고."

나직하게 흘러나온 음성에 성권의 턱이 느슨히 벌어졌다. 해찬이 기록에 만족하는 모습을 보인 건 처음이라서. 뭐지. 뭘까. 이 불안함은.

"너, 오늘 좀 이상하다?"

"뭐가."

"말로 설명하긴 좀 그런데, 하여튼 이상해. 요즘 너."

"언제는 훈련 좀 하라며."

"그건 맞지만."

"왜, 갑자기 말 잘 들으니까 겁나?"

심지어 안 하던 장난까지 친다. 아무래도 무슨 일이 있는 게 분명하다. 그렇지 않고서야. 성권은 짓궂게 입술 끝을 올려 웃는 해찬을 의심 어린 눈으로 집요하게 훑었다. 해찬은 바람 빠진 웃음을 흘려보내며 재촉했다.

"왜, 또. 뭔데."

"너……."

성권은 말을 잇지 못했다. 뒷주머니에 찔러 두었던 해찬의 휴대폰이 진동한 탓이다. 휴대폰을 꺼내 든 성권이 고개를 갸웃거렸다.

"이도한 기자?"

해찬의 휴대폰 액정에 떠오른 발신자는 의외의 인물이었다.

얘가 기자랑 친분이 있었나.

"아는 사이야?"

"어, 조금."

"네가 기자랑 직접 연락할 이유가 뭐가 있어? 이도한 기자는 요즘 스포츠에서 손 뗀 걸로 아는데."

성권이 눈을 굴렸다.

"아, 올림픽 유치 때문인가? 그것 때문에 너 괴롭히는 것 같은데, 귀찮으면 내 선에서 커트할게."

"괜찮으니까 줘. 휴대폰."

"아, 어. 그래."

성권은 어리둥절하며 휴대폰을 건넸다. 전화는 이미 끊어진 상태였지만 해찬은 개의치 않았다. 머리에서 뚝뚝 떨어지는 물을 타월로 대충 닦아 내며, 해찬은 여전히 의구심을 지워 내지 못한 성권을 뒤로하고 걸음을 옮겼다.

풀장을 빠져나가려다 말고, 잊은 것이 뒤늦게 생각난 듯 우두커니 멈춰 섰다. 해찬이 작게 탄식을 흘리며 슬쩍 고개를 돌렸다.

"형."

"왜?"

해찬의 입술이 일자로 굳게 다물렸다. 물끄러미 성권을 주시하는 검은색 눈동자에 여러 감정이 얽혔다. 침묵이 길어지자 성권은 슬슬 초조해지기 시작했다. 곧이어 수영장 안에 해찬의 가라앉은 목소리가 낮게 울려 퍼졌다.

"고생했어. 그동안."

누군가 둔기로 머리를 세게 후려친 기분이었다.

"……뭐?"

멍청하게 두 눈만 끔뻑거리던 성권이 다급히 되물어 봤지만 해찬은 말이 없었다. 그저 시익, 입술 끝을 올리며 웃을 뿐이었다.

△ ▼ △

엄마, 어머니. 사무치게 그립고, 애달프고, 아쉽고, 죄송한 그 이름. 몇 번을 부르고, 불러도 닿지 못해서 더 서러운. 아득한 마음.

'수영, 절대……, 포기하지 마.'

그랬기에 포기하지 못했고.

'훨훨 날아. 내가 볼 수 있게.'

앞만 보며 달려왔다. 사랑하는 여자가 무기력한 삶에 지쳐 갔을 때도, 그녀를 잃었을 때도, 다시 되찾았을 때도, 도희를 옭아매던 남자와 대적해야 했을 때나, 철저히 혼자가 되었을 때마저도.

단 한 순간도 쉴 수 없었고, 멈출 수 없었다. 어느 날은 몸이 아팠고, 어느 날은 도희와 어머니가 사무치게 그리웠고, 또 어느 날은 연맹에서 저를 난도질해 놓는 탓에 수영에 '수' 자만 들어도 치가 떨렸으며, 예고 없이 찾아온 슬럼프에 몸이 말을 듣지 않던 날도 있었다. 생애 처음으로 동메달을 땄을 때는 어떠했던가.

눈을 감으면 도희가 떠올랐고, 아버지에게 죽기 직전까지 폭력을 당하던 어머니가 떠올랐고, 끝내 병실에서 눈을 감던 모습이 떠올랐다.

이를 악물며 버텼다. 무리하게 사용된 몸은 겉으로 보기에나 좋지, 그 속은 이미 썩어 가고 있었다. 근육이 낡아 가고, 뼈가 틀어지는 고통을 감내해 가면서. 그렇게 악착같이 치열한 이 바닥에서 살아남았다.

마지막. 이제 정말 마지막이다.

피날레는, 화려할 것이다.

반드시. 그래야만 한다.

툭, 툭, 툭. 서재 책상을 두드리던 손끝이 허공에서 멈추었다.

"기자님."

통화가 연결되자, 휴대폰을 쥔 손에 절로 힘이 실렸다.

— 아, 네. 백도희 씨와 방금 헤어진 참입니다.

"대화는, 잘됐습니까."

— 예. 고해찬 선수 예상이 맞더군요. 백 의원과 삼진의 홍미연 여사의 관계, 로비 의혹과 백도영 씨 사고사까지 전부 제보받았습니다.

"아아……."

— 대체 어떻게 추측하신 겁니까? 백도희 씨가 조만간 연락할 거란 말을 들었을 땐 솔직히 뜬구름 같은 소리다, 하고 넘겼는데. 아직도 믿기지가 않아서 얼떨떨합니다.

심증만 있지, 물증은 없는 상태라 이도한 기자는 확실한 증거를 확보하는 데 안달이 난 상태였다.

기한은 한정적이었고, 이대로 백윤택이 무사히 대선에 성공하게 되면 10년 가까이 흘려보낸 시간과 고생이 전부 물거품으로 돌아갈 위기였다. 그 사실을 누구보다 잘 알고 있던 해찬은 알게 모르게 도희와 가까이 지내는 서 주임에게 정보를 흘렸다.

이도한 기자의 정보. 이름과 전화번호면 충분했다. 똑똑한 도희는 쉽게 파악할 테고, 다가가기 위해 발 빠르게 움직일 것이라고 생각했다.

"그냥, 왠지 그럴 것 같아서요."

— 하여튼, 고해찬 선수 덕분에 한결 수월해질 것 같습니다. 어찌 감사 인사를 드려야 할지…….

"제가 한 게 뭐가 있다고요. 백도희 씨가 용기 내 준 덕분이죠."

— 암요, 그렇죠.

"그래서, 기사 최초 보도는 언제로 요청하던가요."

— 그 역시 고해찬 선수가 예상한 그대로였습니다.

"……좋네요."

— 뭐 하나 여쭤봐도 되겠습니까?

"말씀하세요."

— 실례지만 백도희 씨와는 어떤 관계인지.

해찬은 시선을 내리깔며 의미심장한 웃음을 그렸다.

"사건이 전부 정리되면, 그때 말씀드리겠습니다."

독점. 단독. 기자들이라면 끔찍하게 집착할 수밖에 없는 단어를 내걸었다. 얻고 싶다면 최선을 다해 물어뜯으란 뜻이었다. 통화가 끝난 이후에도 해찬의 입가에 맺힌 미소는 길게 머물렀다.

도희에게 직접 노선을 정해 줘도 상관은 없었지만 해찬은 일부러 몇 걸음 떨어져서 지켜보는 방법을 선택했다. 자신이 이번 사건에서 물러서길 바라고 있는 도희를 해찬이 모를 리 없었다.

부담과 걱정. 염려와 자존심. 도희는 누구보다 자신의 꿈을 응원하는 사람이었지만 그만큼 자존심도 강한 여자였다. 어떤 방법으로든 생채기 하나 생기지 않도록 무조건적으로 자신을 지켜 내고 말겠단 의지를, 해찬은 보았다.

"누가 누굴 지켜……."

해찬은 어둡게 암전된 휴대폰 액정을 손끝으로 툭, 두드렸다. 그러자 다시 밝아진 화면 속에 도희의 얼굴이 가득 떠올랐다. 일전에 함께 술을 마시다 찍게 된 사진이었다. 붉게 달아오른 얼굴이 귀여워 저도 모르게 휴대폰을 들었던 기억이 스쳤다.

'웃어요.'

'뭐 하는데?'

'사진 찍게.'

'싫어. 사진 찍는 거 별로 안 좋아해. 지금 화장도 안 했고.'

'예쁜데.'

휴대폰 속에 박힌, 못 믿겠다는 듯 새침하게 노려보는 얼굴이 저를 향해 있는 것만 같아 또 실없는 웃음이 샜다.

"보고 싶어."

대답이 돌아올 리 없다는 것을 알면서도, 해찬은 끊임없이 되뇌었다.

"도희야."

엄지로 도희의 얼굴을 쓰다듬듯 휴대폰 액정을 쓸어 내며, 애정이 듬뿍 담긴 목소리로 조그맣게 속삭였다.

"나 이러다가 안달 나서 죽겠다. 응?"

지금 당장이라도,

달려가고 싶은 마음을 담아서.

△ ▼ △

토요일 저녁 7시. 올림픽 유치 행사가 있는 당일이었다.

'*한 시간 정도 늦게 와요.*'

'*왜?*'

'*어느 정도 달궈 놔야 하니까.*'

부와 재력을 가진 이들에겐 주인공이 되고 싶어 하는 기이한 습성이 있다고 했다. 특히나 지금과 같은 중대한 파티 땐 서로 약속이라도 한 것처럼, 경쟁하듯 제시간에 나타나는 꼴을 본 적이 없다.

뿐만 아니라 홍미연은 유독 조심스럽고 경계가 심한 편이라 했다. 빈틈을 노리기 위해선 가장 큰 무기이자 주인공이 될 자신이 마지막에 등장해야 더 큰 효과와 파장을 불러일으킬 수 있다고. 해찬은 그렇게 판단했다.

틀린 말은 아니었다. 기다렸다는 듯 제시간에 맞춰 나타나는 것은 언제든 방어할 준비가 되어 있는 홍미연에게 피할 수 있는 빌미를 제공하게 되는 것이나 다름없었다.

무엇이든, 최후에 힘껏 날려 보낸 창이 명중하기 마련이니까. 도희는 벽에 걸린 시계를 힐긋거리며 급히 생수를 들이켰다.

"할 수 있을까……."

떨리는 목소리로 중얼거리며 전신 거울에 비친 제 모습을 빤히 들여다보았다. 목이 타들어 갔다. 어디로 보나 평범함 그 이상도 이하도 아닌 차림새였다.

헉 소리 나는 가격대의 드레스를 고사하고 도희가 선택한 것은 청바지와 흰색 반팔 티, 그리고 혹시 몰라 눌러쓴 검은색 모자가 전부였다. 다 합쳐 봐도 십만 원이 채 되지 않는 옷차림이었다. 누구도 관심 있게 쳐다볼 모양새는 아니었지만 품격 있는 모임 장소에서라면 말이 달라진다. 분명, 시선은 집중될 것이다.

"할 수 있어."

도희는 야무지게 주먹을 말아 쥐며 지그시 눈을 감고 세뇌했다.

할 수 있다고.

△ ▼ △

W호텔 영빈관 다이아 홀.

조용하던 내부는 시간이 흐를수록 점차 소란스러워졌다. 내빈들의 출입이 줄지어 이어지고, 안면을 튼 이들끼리 반갑게 악수를 하거나 교양 있게 안부 인사를 나누느라 정신이 없었다.

태준은 드넓은 홀 한가운데에 우두커니 멈춰 서서 단상 위에 큼지막하게 걸려 있는 현수막을 눈에 담았다.

「〈慶〉부산 올림픽 유치 성공〈祝〉」

누구를, 무엇을. 기념하고자 하는 자리인지 알 수 없어 새삼스레 비소가 샜다.

"무덤이 될 판인데 축하라니."

낮은 목소리가 불쑥 끼어들었다.

"우습네……."

태준의 얼굴이 느리게 옆으로 돌아갔다.

"그렇지 않습니까?"

옆자리엔 용케 얼굴을 알아보고 다가온 해찬이 서 있었다.

"결정은, 했나?"

"왜요. 유서라도 받아 놓으시게?"

"나쁘지 않지."

농담이라기엔 다소 살벌한 대화가 가볍게 이어졌다.

"기분이 참 묘하네요."

태준의 시선이 아래로 내려갔다. 해찬의 손에 쥐어진 샴페인 잔 속에서 톡톡 터지며 찰랑이는 탄산을 바라보다가 이내 턱을 들어 가만히 해찬을 응시했다.

"내 장례식을 두 눈 뜨고 지켜보게 된다면 이런 느낌이 아닐까 싶기도 하고."

단순히 백도희를 찾아내기 위해 호기롭게 시작한 그 성과물은 예상치 못한 애국과 물질적으로도 커다란 이익을 가져왔다. 차마 가늠할 수 없는 액수였다. 대기업들마저 실패할 것이라며 선뜻 나서기 꺼려 했던 일을 단숨에 뒤집어 놓지 않았던가.

오직 해찬을 믿고 투자한 소수의 기업들만 두 팔 벌려 만세 삼창을 외칠 만큼의 값어치였으니, 끝까지 고개를 내젓던 다른 기업들은 죽을상이 되어 통곡을 내지르는 실정이었다.

"한입. 그 이상은 보장 못 해."

태준은 무감정하게 말을 이었다.

"그마저도 확신할 수 없어. 무사히 눈 뜨고 싶다면 마시는 척만 하고 뱉어."

"그다음은요."

"네 연기력이 출중하길 바라지."

쓰러지는 척이라도 하라는 건가.

"왜. 뒤늦게 겁이라도 나? 물리고 싶으면 얼마든지 말해. 지금이라도 늦지 않았으니까."

어처구니가 없다는 듯 해찬이 작게 실소를 터트렸다.

"세상에 두려울 거 하나 없는 귀한 도련님과 달라서 나는 아무런 힘도 없는

데 어쩌겠습니까. 한낱 수영 선수가. 그나마 가진 건 쓸데없이 건강한 몸뿐인데 그거라도 믿고 굴려야죠."

"입만 살았지."

"구석에 처박혀서 두 손 모아 간절히 기도나 하세요. 도희한테 그 이상으로 미움받고 싶지 않으면."

여태 미동조차 없던 태준의 얼굴이 살풋 일그러졌다.

"쓸데없는 소리……."

태준이 말끝을 흐렸다. 휴대폰이 동시에 진동한 탓이다.

잠시 눈길을 주고받는가 싶던 두 남자가 각자 휴대폰을 꺼내 들었다.

[나 오늘 사고 쳐요. 뒷수습은 두 사람한테 맡길게요.]

사고. 뒷수습. 설명은 없었고, 이해할 필요도 없었다. 도희가 시경캡 이도한 기자에게 제보한 기사가 파티 도중 풀릴 것이다. 엠바고가 풀리기까지 기껏 해 봐야 한 시간 정도 남아 있는 상태였다.

"막아."

눈으로 문자 내용을 읽은 태준이 날렵하게 시선을 들어 올리며 경고하듯 읊조렸다.

"동시에 터지면 무조건 하나는 묻혀."

"말 안 해도 압니다."

사실상 세간에 밝혀져야 할 중요한 사건은 백윤택과 홍미연의 로비 의혹. 그리고 도희의 여동생이 당한 의문의 죽음이었다.

앞으로 올림픽이 1년도 채 남지 않은 상황에서 국민들의 찬사를 받는 해찬이 봉변을 당하게 된다면 화제의 중심에 서게 될 인물은 안 봐도 뻔했다.

주목받아야 할 주인공이 바뀐다. 그러니 아직은, 아니었다. 사회자로 보이는 남자가 단상 위로 올라섰다. 시작을 알리는 신호였다. 태준은 손목에 채워진 시계를 힐긋거리며 시간을 확인했다.

"이게 누군가. 기 상무 아니야."

설상가상 다른 기업의 투자자가 두 남자 곁으로 가까이 다가왔다.

"그럼. 무사하길 빌지."

해찬에게 들릴 만큼 나직한 음성이 짙게 깔렸다. 해찬의 곁을 스쳐 지나가며 태준은 인사를 걸어온 남자가 내민 손을 맞잡았다.

그 모습을 고요히 흘겨보던 해찬이 같잖다는 듯 비웃음을 흘리며 재킷 깃을 잡아 털었다.

"마음에도 없는 소리……."

잘도 지껄이고 있어. 쓰레기가.

△ ▼ △

입구에서부터 작정하고 화려하게 치장한 티가 물씬 풍겼다. 일렬로 즐비한 화환과 굳게 닫힌 문은 좀처럼 열릴 생각이 없다.

문 앞을 지키고 선 경호원들이 몇 번이나 도희를 막아 세우며 초대장을 두세 번 확인했다.

무전을 하고, 저들끼리 비밀스럽게 대화를 주고받으면서도 끝끝내 의심 어린 눈은 거두지 않았다. 집요하게 도희를 뜯어 살폈다. 그럴 만도 했다. 적어도 지금 도희의 후줄근한 차림새는 고급 인력들이 모인 파티에 어울리지 못했으니까.

"……들어가 보셔도 됩니다."

떨떠름한 말투로 허락을 말하면서도, 경호원들은 이게 맞는 건지 결단을 내릴 수 없다는 눈치였다. 문을 열어 주는 내내 도희를 흘겼다.

긴장으로 두근거리는 통에 불쾌감을 느낄 시간은 턱없이 부족했다. 두꺼운 문이 서서히 열리자, 그 사이로 눈이 시릴 만큼 밝은 샹들리에 빛이 왈칵 쏟아졌다. 공격적인 기세에 절로 눈살이 찡그려졌지만, 도희는 억지로 눈을 치켜뜨며 떠밀리듯 홀 안으로 들어섰다.

"아……."

무의식적으로 탄식이 흘렀다. 내부엔 차이콥스키 바이올린 협주곡이 웅장하리만큼 성대하게 울려 퍼지고 있었다. 문 하나를 사이에 두고 궁핍한 현실과 판타지 같은 환상이 공존한다. 두 눈으로 보고도 도무지 믿을 수 없는 광경이었다.

영화나 드라마에서나 봤던, 그런 화려한 풍경을 직접 마주하게 되자, 도희는 다른 의미로 더 비참했다. 비현실적이라 생각했다.

"정신, 차리자."

가까스로 스스로를 다독이며 이성을 되찾았다. 도희는 차분히 주변을 둘러보며 익숙한 얼굴과 사건의 핵심적인 인물을 찾으려 애썼다.

고해찬, 기태준, 홍미연. 그리고……, 아버지.

드넓은 공간을 가득 메우고 있는 사람들 틈에서 그들을 찾아내는 건 사막에서 바늘을 찾아내는 것보다 어려운 일이었다.

좀처럼 보이지 않는다. 지독한 향수 냄새가 제멋대로 뒤섞이고 힐긋힐긋 쏟아지는 눈초리가 따갑게 박혀 왔다. 그 때문인지 의도치 않게 자꾸만 뒷걸음질치게 되었다.

내가 있어선 안 될 곳. 나와 어울리지 않는 곳. 지적하는 사람은 없었지만 존재 자체를 부정당한 기분이다. 그 순간, 가장 먼저 눈에 들어온 인물은 백윤택. 아버지였다. 그는 익숙했다. 인자하게 웃으며 파티에 참석한 다른 인사들과 대화를 나누고 있었다. 허리를 숙이며 굽실거리는 상대에 비해 윤택은 꼿꼿했다. 누가 보더라도 철저히 대우받고 있는 모습이었다.

그래서 아버지는 이 맛을 잊지 못하고 포기하지 못해서. 인간이길 포기했던가. 도희의 입가에 허탈한 비웃음이 걸렸다. 속이 용암처럼 뜨겁게 들끓었다. 마침 대화를 끝내고 고개를 돌리는 윤택과 정통으로 시선이 부딪쳤다.

더 이상 물러설 수 없었다. 조금은 놀란 듯, 윤택의 눈이 커다랗게 떠졌다. 윤택은 서둘러 주변을 살피며 도희를 향해 걸음을 옮겼다.

"너는 옷차림이 이게……."

윤택은 굳은 얼굴로 도희를 훑었다.

"창피하세요?"

"부족하면 연락이라도 따로 주지 그랬어. 옷 정도는."

윤택은 어딘가 조급해 보였다. 누가 볼까 걱정이 되는 모양이다.

"하나만 여쭤볼게요."

"말해."

"죄의식. 조금도 없나요."

윤택이 마른 입술을 달싹거렸다.

"단 한 번도. 단 한 순간도. 느껴 본 적 없냐고요. 이런 부귀영화를 누려 오는 내내. 어머니가, 도영이가. 떠오른 적 없었어요?"

도희의 음성이 점차 격양되었다. 이러면 안 된다는 걸 누구보다 잘 알고 있으면서. 한번 터지기 시작한 감정은 주워 담을 수 없었다.

"우리가 겨우 몇천 원 하는 도시락으로 허기를 달래고 있을 동안 당신은."

수십만 원 어치의 고깃덩이를 그 주둥이에 쑤셔 넣으며 껄껄 웃고 떠들었겠지. 역겹게도.

"알코올 중독으로, 정신이 피폐해지다 못해 썩어 가고 있는 어머니를 두고. 막내딸 수술비를 대겠다고 몸까지 팔아 가며 전전긍긍하고 있을 때. 결국 스스로 목숨을 끊어야 했을 때, 그때 당신은……."

내쉬는 숨이 뜨겁다. 분노를 넘어선 증오에 꽉 말아 쥔 주먹이 덜덜 떨리고 있었지만 도희는 멈추지 못했다.

"잊지 마세요."

어느덧 홀 내부를 가득 채우고 있던 협주곡은 절정을 향해 달려가고 있었다. 쿵, 쿵. 내리찍는 현악기의 소리가 웅글게 울려 퍼질 때마다, 심장도 발작하듯 뛰었다.

"당신이 죽인 거야."

윤택의 얼굴에 핏기가 싹 가셨다.

"엄마도, 도영이도. 전부 다. 당신이 죽였어."

"너……."

"언제든, 어느 순간에서든 잊지 말고 생각하세요. 나는 살인자다."

정처를 잃고 뒤흔들리는 윤택의 눈을 똑바로 직시하며, 도희는 다시 한번 못을 박았다.

"패륜을 넘어선, 이 세상 어디에서도 찾아볼 수 없는 잔인하고 썩어 빠진 살인자라고."

도희가 손끝으로 윤택의 가슴팍을 가리키며 날카롭게 눈을 치떴다.

"거기에 달려 있는 그 국회의원 금배지는 당신 아내와 막내딸의 피를 묻혔기 때문에 얻을 수 있었던 거라고. 매일 밤 상기시키면서. 악몽에 시달리길 바랄게요."

기가 막힌 타이밍이었다. 해찬이 느린 걸음으로 다가오고 있었다. 그리고 보다 더 멀리 떨어진 곳에서 묵묵히 상황을 지켜보고 있는 기태준이 보인다.

"즐기세요."

흥분으로 치솟던 도희의 음성은 언제 그랬냐는 듯 차분히 가라앉았다. 거칠게 날뛰던 협주곡도 언제인지 모르게 잔잔해졌다.

"오늘, 이 자리. 이 순간을요."

당신이 올라설 수 있는 마지막 악장이 될 테니까.

"용서는 없어요."

도희는 웃었다.

"당신은 단 한 순간도 내 아버지였던 적이 없었으니까."

잔인하도록, 상냥하게.

윤택은 하나뿐인 딸이 자신을 맹렬히 비난하고, 원망하고, 조롱하며, 증오하고 있는데도. 지난날을 손가락질하며 매도하는데도 입도 벙긋하지 못했다.

보는 눈이 많은 곳이기에, 나서지 못했고, 부정하지 못했으며, 사정을 알아달라 이해를 구할 수도 없었다. 어째서 도희가 이곳에 오고 싶다 하였는지. 그날, 어째서 더는 가난과 타협하고 살고 싶지 않다며 사정하였는지.

사실은 알고 있었는지도 모르겠다. 알면서, 모르는 척. 마지막까지 외면하고 싶었나. 도희는 처음부터 자신을 이해할 생각도, 너그럽게 용서할 생각도 없었다.

어떻게 하면 무너지게 할지. 끌어내리고 망가트릴 수 있는지. 그간 견뎌 온 모든 고난과 역경을 되돌려 줄 수 있을지. 오로지 그 생각뿐이었다. 엉망진창 걸레짝이 되어 가는 아비의 꼴을 보며 지난날을 위로 삼고 싶은 것이다. …… 이 자리를 빌어서.

"의원님. 방금 전 국회에서 긴급 소집 명령이 떨어졌습니다."

곁으로 다가온 보좌관이 긴박하게 속삭였다. 하필 이런 때에. 윤택은 소리 없이 이를 악물며 혀를 찼다. 사정은 듣지 않아도 뻔했다. 최근 외교간 트러블 문제로 국가 재정 문제에 큰 결함이 생겼던 사안일 것이다.

어차피 이번 올림픽 유치 성공 기념 모임에 참석한 것은 단순히 보여 주기 식에 의한 쇼에 불과했다. 하지만 예상치 못한 도희의 발언으로 하여금 윤택은 쉽게 발을 떼지 못했다. 언제 어떤 폭탄을 내던질지 모르는 일이라서.

윤택은 불안이 서린 눈으로 도희를 살폈다. 도희는 어딘가를 뚫어져라 바라보고 있었다. 그녀의 시선이 향한 곳을 따라 눈길을 돌리려는 순간, 보좌관은 전보다 더 다급히 재촉했다.

"의원님."

더는 지체할 수 없다는 부름이었다. 뭐가 됐든, 결국 뒷수습은 홍미연에게 맡기는 수밖에 없었다. 현재로선 도희와 함께 있는 시간이 길어질수록 좋을 게 하나도 없었다.

판단을 끝낸 윤택은 하릴없이 고개를 끄덕이며 발길을 돌렸다.

△ ▼ △

도희는 언제 윤택이 자리를 떠났는지 몰랐다. 관심도 없었지만 지금은 아무것도 눈에 들어오지 않았다.

긴 다리를 뻗으며 수많은 사람을 가로질러 천천히 다가오는, 고해찬. 오직 그만 보였다.

근사했다. 꿈길을 걷는 듯, 그의 걸음엔 망설임이 없었다. 해찬의 올곧은 시선 역시, 도희에게만 고정되었다.

시간이 멈추고, 주변 사람들이 하나둘 흐릿해져 간다. 늘 물기에 젖어 흐트러져 있던 헤어는 깔끔하게 올려 넘겼다. 바디라인에 한 치의 오차도 없이 딱 떨어지게 재단된 새카만 슈트는 그의 굳건한 근육과 쭉 뻗은 신체 핏을 더욱 돋보이게 했다. 손목에 정중히 채워진 메탈 시계나 광택이 도는 옥스퍼드 구두까지도.

무엇 하나 신경 안 쓴 곳이 없었다. 그는 명백한 주인공이었다. 낯선 만큼 훌륭한 자태에 도무지 눈을 뗄 수 없었다.

"……이어서, 고해찬 선수의 축사 소감이 있겠습니다."

사회자의 안내로 인해 고작 여섯 걸음을 남겨 두고 해찬의 두 다리가 우뚝 멈춰 섰다. 못마땅한 기색으로 눈가를 구기면서도, 어쩔 수 없다는 뜻을 담아 어깨를 으쓱인다.

도희는 못내 아쉬웠지만, 내심 다행이라고 생각했다. 지금의 몰골은 멀끔한 그에 비해 너무도 터무니없었으니까. 도희는 괜찮다는 말 대신 미소를 지었다. 그러면서 얼른 가 보라는 턱짓을 보이며 안심시켰다.

나로 인해 너의 권위가 떨어지지 않아 천만다행이다. 가슴을 쓸어내리기 무섭게 다시금 뚫어져라 쳐다보는 그의 검은 눈동자와 시선이 정통으로 부딪쳤다. 얼마 지나지 않아 그의 입술이 느긋이 떨어졌다.

'예쁘다. 오늘.'

입 모양으로 속삭이며 해찬이 슬며시 입술을 늘여 웃었다. 몸을 돌려 연단 위로 걸어 올라가는 해찬의 뒷모습에 도희는 넋이 나갔다. 얼떨떨한 기분에 휘말려 몇 번이나 입술을 달싹거렸다. 정중앙에 선 해찬은 마이크를 손끝으로 툭툭, 두드리다가 느지막이 입을 열었다.

"먼저, 모든 내빈 여러분께 귀한 시간 내 주셔서 감사드린다는 말씀부터 전하고 싶습니다."

나직한 목소리가 정중하게 울려 퍼졌다. 자리에 참석한 사람들은 하던 일을 멈추고 해찬의 목소리에 귀를 기울였다. 대한민국에서 내로라하는 유명 재력가들 앞에서 해찬은 떨지 않고 덤덤하게 말을 이어 갔다. 모든 것이 순조로웠다.

이국적이면서도 또렷한 이목구비가 강렬하다. 보기만 해도 신뢰가 가고, 쉽게 대적할 수 없는 눈빛과 날렵한 눈매는 조명 빛을 받아 보다 더 날카롭게 빛났다. 그에게선 빈틈 하나 찾아볼 수 없었다. 입이 떡 벌어지는 재산과 위치를 손에 넣은 이들이 해찬을 우러러 올려다본다. 그의 입술에, 목소리에 집중하는 풍경은 굉장한 이질감을 선사했다.

그보다 더 놀라웠던 건, 이런 반응이 당연하다는 것처럼 의연하게 구는 해찬의 동요 없는 태도였다. 멀다. 멀어도, 너무 멀었다. 대한민국의 무궁한 발전을 기원하고, 그저 재미에만 그치는 것이 아닌 개개인의 국가를 넘어 세계적인 투자와 가치를 높이는 데 주력이 될 모든 스포츠를 관심 있게, 보다 더 주의 깊게 봐 달란 부탁까지도 잊지 않았다. 들끓는 자신감과 겸손함이 적절하게 묻어났다.

완벽했다. 시간은 짧았지만, 간결했기에 더욱 설득력 있고 집중시킬 수 있는 힘이 전해졌다. 그의 입술이 굳게 닫히자, 기다렸다는 듯 이곳저곳에서 열렬한 박수갈채가 이어졌다. 가슴이 쾅쾅. 뛰기 시작한다.

"어머, 이게 누구야."

다른 의미로, 터질 듯이. 면전에서 고고한 목소리가 유리알 굴러가듯 정교하게 흘렀다. 오매불망 정면에 고정되어 있던 도희의 눈동자가 느리게 움직였다.

"백 의원 첫째 딸. 맞죠?"

도희는 직감적으로 알아차릴 수 있었다. 홍미연. 그 여자다. 백옥 같은 흰 피부는 중년을 넘어선 여자의 얼굴이라고는 도무지 믿기 힘들 정도로 깨끗했고, 고왔다.

기품이 넘치고, 샴페인을 흔드는 손짓 한 번조차 우아했다. 삼진가 로열패밀리에 속해 있는 인물답게, 여유가 넘치는 아우라는 일반인에게서 풍기는 것이 아니었다.

"저를, 아시나 봐요."

도희가 딱딱하게 굳어진 채로 묻자, 미연은 싱긋 웃었다.

"그럼요. 이름이, 백도희라고. 참 예쁜 이름이라 잊을 수가 없었어. 내 기억이 틀리지 않았으면 좋겠는데."

"아……."

"그나저나, 백 의원님도 너무하시네. 하나밖에 없는 귀한 따님을 덜컥 초대해 놓고 정작 중요한 모임에서 차림새가 영……."

저런. 미연은 손으로 입술을 가리며 안타깝다는 듯 눈썹을 일그러뜨렸다. 모호한 미소를 그리며 느릿느릿 훑어 내리는 눈빛은 걱정스러움을 담고 있어 어딘가 다정하게까지 느껴졌지만, 그 가면 뒤에 가려진 섬뜩한 조소를 안다.

"혹여나 내 말에 기분 상했다면 미안해요. 걱정이 돼서 그래. 순진한 우리 도희 양은 잘 모르겠지만 이곳에 모인 사람들이 워낙에 만만치 않은 상대라서."

미연은 타인을 내세워 무시와 조롱을 던지고 있는 것이었다. 분명 오염될 대로 더럽혀진 여자라 치밀함도 남다르고 속내를 읽기 어려울 것이라고 생각했다. 그런데, 이렇게나 대놓고, 적극적으로 적대감을 드러내다니. 이보다 쉬울 수가 있을까. 바람 빠진 웃음이 흘러나왔다. 누가 봐도 확실한 비웃음이었다.

"자리가 즐거운가 봐? 웃는 걸 보니."

미연의 얼굴이 싸하게 식었다. 분명 붉은 입술 위에 그려진 미소는 아름답고 품격 있는 것이었지만 도희의 눈에 비친 미연의 모습은 그저, 어떻게든 누군가의 덜미를 잡아 박멸하고 싶어 안달 난 짐승으로밖에 보이지 않았다.

"네. 조금……, 어쩌면 많이요. 이런 곳은 처음이라서 그런지, 설레기도 하고 들뜨기도 하고."

기태준의 말이 옳았다. 약점이 많고 잃을 것이 많은 사람일수록 조급해지는 법이다.

"그만큼 의아하기도 하네요."

그를 증명하기라도 하듯, 미연의 속눈썹이 파르르 떨렸다. 그녀는 애써 침착하게 눈을 휘며 물었다.

"무엇이?"

"보시다시피 저한테 관심을 가져 주는 사람은 없었으니까요."

도희는 미연의 눈을 똑바르게 마주 보며 빙그레 웃었다.

"그런데 여사님은 마치, 못 볼 걸 본 사람처럼 급히 달려오시던데요."

그 화려한 드레스를 입은 채로, 뒤도 돌아보지 않고.

"아버지는 단 한 번도 제 존재를 밝힌 적이 없던 걸로 알고 있는데. 정말 신기한 일이죠. 그 유명한 대기업 회장님의 사모님께서 친히. 그것도 가장 먼저 저를 알아봐 주시고 무시당할까 걱정까지 해 주시니, 몸 둘 바를 모르겠습니다."

무거운 정적이 감돌았다.

도희는 우회하지 않고 도전적으로 은밀하게 속삭였다.

"내심 두려우셨겠죠, 제가."

"뭐……."

"두려우셔야 할 겁니다."

도희가 싱긋 웃었다.

"저는 앞으로 최선을 다해 여사님과 맞설 생각이거든요."

도희는 여유가 넘치는 표정으로 미연을 마주 보았다. 잠시 흔들리는가 싶던 미연이 손으로 입을 가리며 풋, 웃음을 터트렸다.

"이제 보니, 생각보다 훨씬 더 재미있는 아가씨네……."

미연이 팔을 뻗었다.

"당돌하기도 하고."

다이아 반지가 끼워진 손이 도희의 어깨 위로 사뿐히 내려앉았다. 미연은 여린 살을 살살 주물거리며, 한쪽 눈썹을 추켜올린 채 경고했다.

"가진 게 없는 것들은 종종 겁이 없지."

누구처럼 말이야.

"이해는 해……. 가진 게 없으면 패기라도 있어야, 나 같은 사람에게 덤벼

보려는 척이라도 할 테니.”

미연은 더없이 상냥하게 속삭이며 지나가던 웨이터를 잡아 세웠다.

“내 눈치 보지 말고 마셔요.”

도희는 잠시 주춤했지만 본분을 잊지 않았다. 고요히 청바지 뒷주머니에 손을 가져다 댔다.

“아가씨가 사는 동안 꿈도 못 꿔 볼 샴페인일 텐데.”

시선을 낮춘 도희가 황금빛으로 일렁이는 샴페인을 물끄러미 바라보았다.

“어서.”

미연이 샴페인을 눈짓으로 가리키며 채근하자, 도희는 아무도 모르게 등 뒤로 손을 가져갔다. 뒷주머니에 넣어 둔 휴대폰을 꺼내 들려는 순간이었다.

“여기서 뵙네요.”

익숙한 저음이 불쑥 끼어들었다. 도희의 곁에 바짝 붙어 선 남자를 확인하자마자 두 여자의 눈이 동시에 크게 떠졌다.

해찬이었다. 놀랄 틈도 없었다. 해찬은 미연을 바라보며 의연하게 미소 짓고 있었다. 그와 동시에 등 뒤에서 은밀히 행하려던 도희의 행동을 단호하게 저지했다.

이도한 기자에게 약속한 대로 신호를 보내려던 행위를. 뒷주머니에서 휴대폰을 꺼내 들려는 도희의 손을. 해찬이 잽싸게 잡아챈 것이다. 놀란 도희가 멈칫하며 다급히 해찬을 올려다보았다. 뭐 하는 짓이냐는 뜻을 담아 세차게 손목을 비틀어 봤지만 꿈쩍도 하지 않았다. 도리어 손등을 묵직하게 꾹 짓눌러 오는 악력만 더 강해질 뿐이었다.

아직. 도희에게만 들릴 듯 작은 음성으로 속삭이며 해찬이 미연을 꿰뚫듯 주시했다. 그러면서 다른 손으로는 웨이터가 들고 있던 쟁반 위의 샴페인을 집어 들었다.

“제가 대신 마시겠습니다. 여사님.”

“무슨…….”

미연의 얼굴이 찌그러진 깡통처럼 일그러졌다.

"여자 친구가 주량이 약한 편이라."

"……여자 친구?"

미연은 도희를 한 번, 해찬을 한 번 번갈아 가며 바라보았다. 그리고 얼마 지나지 않아 납득할 수 없었던 상황들이 단숨에 끼워 맞춰졌다. 애먼 고해찬이 자신을 저격하던 이유. 기태준과 협력하던 원인. 직접 찾아와 도발하던 근원까지.

언제 그랬냐는 듯, 잔뜩 구겨진 주름이 환하게 펴졌다.

"하……."

요것들 봐라.

"피차 소란스럽게 해서 좋을 건 없지 않습니까, 여사님."

굳어 있는 미연의 표정을 낮게 내리깐 시선으로 훑어보던 해찬의 눈이 어둡게 빛났다. 해찬이 들고 있던 잔을 기울이며, 미연이 손에 쥔 샴페인 잔에 살짝 부딪쳤다.

챙. 차가운 마찰음이 스치고,

"웃으세요. 보는 눈이 많습니다."

깍듯하게 숨통을 조인다.

"건배하시죠."

짙게 가라앉은 음성이 낮게 깔렸다. 해찬은 샴페인을 작게 들어 보인 뒤, 천천히 팔을 거두었다. 그러는 순간에도 그는 주변 사람들의 시선이 확실히 주목되었는지 유심히 확인하는 것을 잊지 않았다.

들고 있던 샴페인 잔이 그의 아랫입술에 살며시 닿은 찰나 해찬의 입술이 언뜻 올라섰다.

그의 입가에 싸늘한 냉소가 번졌다. 시원한 탄산이 목구멍을 타고 내려가자 해찬의 목울대가 크게 잠겼다 떠올랐다.

그로부터 정확히 2분 뒤. 쨍, 하고 고막이 찢기는 날카로운 소음과 함께 해찬이 들고 있던 샴페인 잔이 대리석 바닥으로 곤두박질쳤다.

곧이어 경악에 찬 비명들이 장내에 크게 울려 퍼졌다.

△ ▼ △

최초 연락을 받은 것은 여덟 시간 전, 정오였다.

— 도련님 말씀대로 청소하다가 슬쩍 확인해 봤는데, 웬 작은 공병 하나가 여사님 침실 화장대 위에 놓여 있더라구요.

예상대로였다. 홍미연이 이 황금 같은 기회를 놓칠 리 없었다. 가사도우미 아주머니는 그 공병 속에 투명한 액체가 가득 채워져 있었다고 했다. 생각하고, 머뭇거릴 시간은 턱없이 부족했다. 즉시 움직였다.

바꿔치기. 은밀하고, 조심스럽게. 보다 더 확실히 움직여야 했다. 홍미연이 파티 참석을 위해 숍을 찾아간 시간은 한 시간 전이다. 치장을 마치고 집으로 다시 돌아오기 전까지, 30분 이내에 전부 이뤄져야 했다.

하지만 태준이 직접 걸음 할 수는 없었다. 집 안엔 없었지만, 정원 곳곳에 CCTV가 설치되어 있었다. 사각지대 하나 놓치지 않고 치밀하게.

때문에 이 일을 해낼 수 있는 인물은 가사도우미뿐이었다. 태준의 부탁에 아주머니는 들킬까 두려웠는지 난색을 표했지만, 결국 수긍했다.

상대가 태준이었기 때문이 아니었다. 누구보다 홍미연의 악질적인 면모를 잘 알고 있기에 굳게 마음을 먹은 것이었다. 알리바이는 명확했다. 태준은 아주머니에게 알 수 없는 액체가 들어 있는 공병을 전달받고, 그것과 같은 공병에 물을 채운 것을 다시 제자리에 올려 두라 부탁했다. 어디까지나 액체가 무엇인지 확인할 때까지 시간을 벌어 둘 수 있는 방안이었다.

'……독극물이 맞습니다. 감식 결과 테트로도톡신, 아세틸콜린, 살서제와 브롬제가 다량 섞여 있는 것으로 확인되었습니다.'

독극물 연구원은 도무지 믿을 수 없다는 표정을 지으며 좀처럼 말을 잇지 못하고 연거푸 한숨을 내쉬었다.

'계속 말씀하세요.'

'……저 중에서 하나만 쓰여도 반수 치사량이 높은 맹독인데, 그 독한 독극물을

527

전부 섞어 놨다는 건 대놓고 죽이겠다는 거나 다름없어요. 장담컨대 저 정도 수치라면 다섯 방울만 투여해도 살 수 있는 가망은 없습니다.'

누구를 죽이고자 했을까. 고해찬. 기태준. 백도희. 적어도 언론에 노출된 자신이나, 고해찬일 확률은 극히 낮았다. 그렇다는 건.

'이대로, 죽지 않게끔 다시 제조할 수도 있습니까.'

'허, 무슨 말도 안 되는 소리를 하고 계십니까. 어디로 보나 당연히 불가능……'

'다섯 방울 만에 즉사라면, 한입에도 죽지 않게끔 만들어 내세요. 두 시간이면 충분할 것 같은데.'

태준은 손목에 채워진 시계를 힐긋 내려다보며 무감정하게 말했다. 터무니없이 무리한 요구였지만, 태준은 물러서지 않았다.

그를 알고 있기 때문이다. 남자는 하버드 대학을 졸업한 유능함을 인정받아 대한민국 특기밀 독극물 연구소 내 해독 팀에서 근무 중이었지만, 내심 같은 일에 지루함을 느끼고 있었다.

'이걸 누가 만들어 냈는지, 당신도, 나도, 아주 잘 알고 있죠.'

남자의 얼굴이 딱딱하게 굳었다. 그는 홍미연이 약물 제조를 부탁한 남자의 형이었다. 그의 동생은 암암리에 범죄 조직단에서 거대한 돈을 대가로 독극물을 제조한다. 국가에서 푼돈이나 만지며 전전긍긍하는 형과 억 소리 나는 부유함을 누리고 사는 동생은 판이하게 달랐다.

'연기는 그쯤 하고, 대충 알아들었으면 움직여요. 나는 생각보다 인내심이 많은 사람이 아닙니다. 번복해 줄 정도로 친절한 건 더더욱 아니고.'

태준이 눈짓하자, 뒤에 선 최 실장이 앞으로 걸어와 들고 있던 하드 케이스 가방을 테이블에 올려 두었다.

철컥, 잠금장치가 풀리며 가방이 열렸다. 그 안을 빼곡하게 채우고 있는 현금을 직접 확인한 순간, 남자의 두 눈이 휘둥그레 떠졌다.

'원한다면 선불로 가져가도 좋습니다. 후에 부족한 것 같으면 언제든 다시 연락 주시고.'

표면적으로는 과도한 신뢰의 표시였지만, 이면에 감춰진 것은 결과물에 따라 상황이 어찌 변할지. 생사 여부조차 확신할 수 없다는 묵직한 협박과 같았다.

'그럼, 두 시간 뒤에 봅시다.'

대답을 받아 낼 필요는 없었다. 침묵은 곧 할 수 있다는 수락을 방증하는 결과였으니까.

"상무님. 이제 곧 뉴스데스크 시작합니다."

최 실장의 보고에 잠겨 있던 태준의 눈꺼풀이 느릿하게 떠밀려 올라갔다. 집무실 벽면에 설치된 대형 TV에선 이미 한참 전부터 자막으로 긴급 속보가 흘러나오고 있었다.

「(긴급 속보) 수영 국가 대표 선수 고해찬 비밀리에 진행된 올림픽 유치 성공 기념 파티 도중 독극물 테러, 의식 불명… 검찰, 현장 조사 중. (3보)」

여러 방송국의 뉴스, 인터넷은 과부하 상태였다. 고해찬이 사건의 선상에 오르게 되자, 당황한 국민들은 뜨겁게 반응했다.

1보는 의문의 실신, 2보는 독극물 확인, 3보는 현장 조사까지. 언론을 타기 시작하자, 예상대로 진행 속도는 눈에 띄게 빨랐다. 다행히 도희는 잠잠했다. 고해찬의 일로 정신이 없을 터였다. 그가 무사히 눈을 뜰 때까지, 그녀가 움직이지 않고 얌전히 있어 줘야 하는데. 과연 그럴 수 있을지가 관건이겠지만.

"……무모하네."

고해찬을 너무 쉽게 봤다. 제아무리 서로의 이해타산이 맞지 않았다 한들, 그래 봤자 '죽음' 앞에선 두려울 수밖에 없을 거라고. 날아다니는 척만 할 줄 아는 풋내기일 것이라고 생각했다.

가벼운 허세나 폼을 잡으며 제 앞에서 그럴싸하게 혀만 굴릴 줄 아는 새끼라 생각했는데.

해찬은 태준의 생각과 관념의 범위를 벗어나는 것으로 그치는 것이 아니라, 완전히 깨부숴 버렸다.

'살고 싶다면 지금이라도 늦지 않았어. 그만큼 쉽지 않은 선택이란 것을 감안해서 도망쳐도 이해하겠단 뜻이야. 손가락질하거나 비웃을 생각은 없으니 마음 편히 선택해.'

그나마 조금 더 안전해진 독극물은 홍미연의 방에 가져다 놓았다. 처음 홍미연이 제조한 독극물은 태준의 손에 있었다. 더 정확히 말하자면, 해찬의 앞에, 놓여 있었다.

선택에 따른 결과는 단순했다.

명확한 증거도 없을뿐더러 공소 시효마저 끝나 버린 백도영의 뺑소니 사건을 다시 수면 위로 들춰낼 수는 없겠지만, 홍미연에게 새로운 빌미를 덮어씌울 수는 있다.

별 탈 없이 살아남는다면, 여론에서 무한한 찬사를 받는 애국의 일등 공신인 고해찬을 살해하려 했다는 살인 미수죄로. 운이 나빠 살아남지 못한다면, 살인자로. 뭐가 됐든 태준의 입장에선 나쁠 게 없었다.

고해찬의 생사 여부는 딱히 중요하지 않았다. 어디까지나 희생양. 그 이상, 그 이하도 아니었다. 현재 태준은 도희가 그토록 원하던 복수. 그리고 홍미연을 나락으로 떨어트릴 수 있는 방법에 눈이 돌아가 있을 뿐이었다.

그리도 호기롭게 날뛰며 센 척하던 고해찬, 너 역시도 어쩔 수 없으리라. 두렵겠지. 속으로나마 코웃음을 쳤다. 아니, 치려고 했다. 집무 책상 위에 놓인 공병을 물끄러미 내려다보던 해찬은 더없이 무심한 투로 물었다.

'동선은 제대로 확보한 겁니까.'

'……동선?'

'홍미연, 분명 그 여자라면 연회장에 수하 하나 정도 심어 뒀을 텐데, 동선이 엇갈리기라도 하면 안 되니까 묻는 겁니다. 지금.'

'독극물이 바뀌어서 죽기라도 할까 봐?'

'그걸 지금 말이라고 하나.'

'걱정이야 되겠지. 아무래도 사람 한 명 죽고 사는 문제인 만큼.'

대놓고 심기를 건드리는 태준의 언사에도 해찬은 표정 변화 한번 없었다. 그러다 가소롭다는 듯 피식 웃음을 터트리며 시선을 비스듬히 추켜들고서 태준을 똑바르게 직시했다.

'마치 내가 죽길 바란다는 것처럼 들리네요.'

'틀린 말도 아니지.'

'아쉽게 됐네요. 죽고 싶지 않은 건 맞는데, 딱히 두렵진 않아서.'

말이라도 못하면.

'이번엔 반대로 내가 묻죠. 당신은 시도나 할 수 있겠어요?'

누군가를 위해 죽는 거. 의미를 알아차린 태준의 입술이 일자로 꽉 다물렸다. 해찬이 빙그레 웃었다. 여유가 넘치는 미소였다.

'난 할 수 있습니다. 몇 번이고.'

해찬이 손끝으로 공병을 툭, 밀어 내자 힘없이 넘어갔다. 데구루루, 굴러떨어지기 직전에 태준이 공병을 받아 챘다. 자연스레 시선이 내려갔다. 공병 안에서 찰랑이는 투명한 독극물을 바라보고 있는데, 나직한 음성이 흘러나왔다.

'울까 봐.'

'…….'

'혼자 남는 게 얼마나 끔찍한 일인지, 나는 겪어 봐서 아니까. 안 죽는 겁니다. 못 죽는 게 아니라.'

조만간 벌어질 일을 전부 다 알고 있으면서, 해찬은 여느 때처럼 평온했고, 덤덤했으며, 태연했다.

'좋을 대로 하세요. 죽이든, 살리든. 당신은 죽었다 깨어나도 못 할 일. 내가 친절하게 대신 해 줄 테니까.'

해찬의 선택은 정해져 있었고, 망설임은 없었다.

아주 오래전부터 이 순간만을 예견하고 기다려 온 사람처럼.

△ ▼ △

YBN 뉴스데스크 앵커는 별다른 말이 없었다. 부하 직원인 서울시경 캡, 이도한 기자에게 아직 제보를 전달받지 못한 것인지, 아니면 엠바고가 확실치 않아 선뜻 밝히지 못하는 것인지는 모르겠지만. 백윤택과 홍미연의 로비 의혹과 백도영의 뺑소니 사건을 제외한 고해찬의 독극물 테러 수사 진행 과정에 대해서만 바쁘게 나열하여 전달하고 있었다.

묵묵히 뉴스를 전해 듣고 있던 최 실장이 태준의 눈치를 살피며 어렵게 입을 열었다.

"아직까진 별다른 진전은 없는 것 같습니다. 조금 더 진행 상황을 지켜봐야 할……."

최 실장이 말을 채 잇기도 전, 집무실 문이 벌컥 열렸다. 그 사이로 들어온 인물은 다름 아닌 홍미연이었다.

평소 교양 넘치던 모습은 온데간데없었다. 잔뜩 사색이 된 얼굴로 흥분을 감추지 못했다. 최 실장이 미처 막아 보기도 전에 성큼성큼 다가가 태준의 뺨에 그대로 손을 날렸다. 짜악! 시린 소음에도, 태준은 미동조차 없었다.

"여사님!!"

당사자보다 놀란 최 실장이 다급히 목청을 높이며 다가서려 했으나, 태준이 그만두란 손짓을 보여 그마저도 무리였다.

"네 짓이지."

그녀가 이를 악물며 묻자 태준은 크게 들썩이는 미연의 어깨를 넌지시 바라보며 비싯, 바람 빠진 웃음을 흘렸다.

"무슨 말씀을 하시는 건지."

"잡아뗄 생각 마. 네가 한 짓이잖아. 나는 그거 먹일 생각 없었어. 애초에 가져오지도 않았다고. 혹시 몰라서 받아 놓기만 했을 뿐이지, 실행으로 옮길 생각은 추호도 없었어! 클러치 백에 몰래 넣어 둔 것도 네가 한 짓이잖아!"

"아아……."

악에 받친 음성이 시끄럽다는 듯 눈가를 구기던 태준은 새끼손가락으로 귀를 파내는 척하며 느긋하게 시선을 올렸다.

"그래서 대체 나더러 어쩌라는 건지……. 아, 검찰청에 출석하셔서 실토하시면 되겠네요. 전부 다."

"내가 왜! 지은 죄가 없는데 거길 내가 왜 가! 갈 사람은 따로 있지. 너! 네가 가야 하잖아! 내가 바보니? 보는 눈이 그렇게 많은데, 그 자리가 어떤 곳인지 뻔히 아는 내가 무슨 생각으로 그걸 먹여?"

얼마나 분에 찼는지, 부릅뜬 미연의 눈에 핏대가 섰다. 크게 요동치는 미연에 비해, 태준은 단조로웠다. 의미 없이 손톱을 튕기며 조소를 흘렸다.

"정말, 지은 죄가 하나도 없으십니까?"

"······뭐?"

"이상하네요. 제가 기억하고 있는 것만 해도 손으로 셀 수가 없을 정돈데."

미연의 얼굴이 볼품없이 일그러졌다. 태준은 동요 없이 재킷 단추를 잠그며, 비스듬히 섰다.

전과 확연하게 달라진 분위기였다. 흔들림 없이 날아 꽂힌 태준의 눈빛은 당장이라도 미연을 씹어 삼킬 기세였다.

"요즘 검찰, 일 참 못하네."

그러다 증거 인멸하고 도주하면 어쩌려고. 바로 영장 발부하고 구속 수사부터 했어야지. 작게 중얼거리는 음성에 미연은 말문이 턱 막혔다.

"과정이 조금 다르긴 해도 뭐, 상관있습니까? 예나 지금이나 상대만 달랐지 사람 죽이려고 했던 건 마찬가진데."

"너. 너······."

"아직 구속 전이지 않습니까. 여기에 계속 있어 봤자 알리바이만 꼬일 텐데. 허튼 곳에 시간, 감정 낭비하지 마시고 한시라도 빨리 돌아가세요."

태준이 삐딱하게 턱을 기울이며 손끝으로 제 관자놀이를 톡톡 두드렸다.

"이거. 머리 굴리셔야죠. 고해찬이 깨어나기 전에."

"하. 내가, 내가 당하고만 있을 것 같아? 곱게 질 것 같으냐고! 착각하지 마. 나, 홍미연이야! 내가 그동안 쌓아 온 게 몇······."

"그건 내 알 바 아니죠."

"뭐?"

"이제부턴, 저보단 고해찬을 걱정하셔야 할 겁니다."

"……뭐라는 거야, 이 새끼가!"

목청을 높이는 미연을 무시하며, 태준은 유감을 표시했다.

"걔는 나보다 더한 새끼거든."

진짜 미친놈이라니까.

△ ▼ △

눈앞이 깜깜했다. 온통 암흑이다.

생각이 멈추었다. 어떻게 된 상황인지, 무슨 일이 벌어지고 있는 건지, 눈앞에 펼쳐진 장면이 정말 현실이 맞는 건지. 소리를 지를 수도, 놀란 표정을 지을 수도, 울 수도. 그렇다고 웃을 수도 없었다.

충격을 넘어선 극한의 공포가 전신을 휘감았다. 도희는 그 자리에서 한 발자국도 움직일 수 없었다. 전혀 관계없는 사람들조차 비명을 내지르며 어쩔 줄 몰라 하고 있는데, 정작 가장 가까운 관계였다 자부했던 본인은 어쩌지도 못하고 차가운 대리석 바닥에 널브러진 해찬을 관망했다.

시간 개념이 흐려졌다. 도희는 그날 사건 이후로 꼬박 하루 하고도 반나절이 지나는 동안, 자리에서 꼼짝하지 않았다. 1인 병실에 놓인 간이 의자에 앉아 자리를 지켰다. 베드에 죽은 듯 눈을 감고 있는 해찬을 멍하니 바라보면서.

'천만다행입니다. 조금이라도 늦었다면 상황이 어찌 되었을지……. 병원에 빠르게 이송되었던 점이 환자분을 살렸다고 해도 과언이 아닙니다. 고해찬 씨가 마셨던 독극물이 위험 수치까진 아니었지만, 명백한 맹독에 포함되는 약물이었으니까요.'

의사의 이마에 송골송골 맺혀 있는 땀방울이 긴박한 시간과 험난했던 응급 처치 과정을 대변했다.

연락을 받고 부리나케 달려온 매니저 성권은 의사의 입에서 흘러나온 결과를 듣고도 도무지 믿을 수 없다는 눈치였다. 크게 오르내리는 놀란 그의 가슴팍은 좀처럼 진정될 기미가 보이지 않았다.

'내년. 내년에 올림픽이 있어요. 아시잖아요. 제일 중요한 때라고요. 이번 시합이 마지막이 될지도 모르는데…… 생명엔 지장이 없다 하셨으면서 지금까지도 안 일어나는 이유가 대체 뭡니까. 예?'

'응급 처치는 무사히 끝났습니다. 말은 쉬워 보이지만 위세척은 견뎌야 할 환자분이 가장 힘들어요. 무엇보다, 병원에 실려 왔을 때부터 심한 과로 상태였고요. 충분한 휴식이 필요합니다.'

과로. 그리고, 마지막 시합. 그 두 단어가 머릿속에서 떠나지 않고 빙글빙글 반복되어 울렸다. 위세척. 분명 겪어 봤던 일이었다. 이질감은 없었다. 인정하고 싶지 않은 익숙함이 불쾌했을 뿐. 최근 들어 이상한 분위기를 느꼈으면서도 방치했던 제 탓이라고. 성권의 울음 섞인 자책이 멀게만 느껴졌다. 조금도 와닿지 않았다.

과로라니. 하루도 빠짐없이 운동을 게을리하지 않던 고해찬이. 서글펐다. 매니저의 탓이 아니었다. 전부, 제 탓이었다. 내년에 있을 시합만으로도 충분히 예민해 있는 그를 극한으로 몰아세웠고, 힘들게 했으며, 지치게 했다.

독극물이 들어 있는 샴페인도, 본래 자신이 마셨어야 했다. 그러기 위해 홍미연이 꾸며 낸 자리였을 테니까. 그런데. 그런데…….

"왜 그랬어?"

도희는 답이 돌아오지 않을 거란 걸 알면서 물었다. 차분히 감겨 있는 그의 눈꺼풀과 굳게 다물려 있는 입술이 야속해서, 도희는 입술을 꽉 짓이겨 물었다.

"왜, 나한테 말해 주지 않았어?"

말했더라면, 당연히 그러지 못하도록 막아 세웠을 테니까. 대답은 뻔했다. 기태준. 모든 것은 그의 머리에서 나온 계획이었을까. 아님, 해찬의 독단적인 행동이었을까. 뭐가 됐든 복잡하게 얽혀 있는 상황을 어디서부터 풀어 나가야 할지 가늠할 수 없어 혼란스러움만 가중되었다.

그때, 언제부터 켜져 있었는지 모를 TV에서 앵커의 목소리가 흘러나왔다.

— 방금 전, 여권의 유력 대권 주자인 국민당 백윤택 의원이 대권 출사표를 던졌습니다. 조금 이른 발표가 아니냐는 의견도 있었습니다만, 바로 취재 기자 연결해 보겠습니다. 박이경 기자.

익숙한 이름이 들리자, 죽어 있던 신경들이 먼저 반응했다.

— 네, 맞습니다. 오늘 12일 백윤택 의원은 국회에서 내년에 있을 대선 출마를 공식 선언 했습니다. 출마 선언 중 백윤택 의원은 갈수록 추락해 가는 일자리 창출에 박차를 가할 것이라며 목소리를 높였습니다. 또한, 그동안 악질적으로 이어져 왔던 세습을 절단하고, 최근 어려움을 겪고 있는 외교에 힘쓰며 주기적인 회담을 재개하겠다고 말했습니다.

피식. 웃음이 새어 나왔다.

대선까진 아직 한참 멀었음에도 불구하고 윤택이 출마 선언을 던진 것은 그만큼 조급했기 때문이다.

비밀리에 진행된 올림픽 유치 기념 파티에서 해찬이 독극물이 섞인 샴페인을 마시고 쓰러졌다.

유력 용의자로 지목되었던 홍미연과 관련된 기사는 삼진그룹에 의해 발 빠르게 사라져 가고 있었지만, 꺼진 불은 언제든 되살아날 것이다. 그를 대비해 화제를 돌리고, 미꾸라지처럼 빠져나가려는 수법이 분명했다. 언론을 장악하고, 여론을 뒤흔들기 위한 마지막 발악이었다.

"아직도 정신을 못 차리셨네."

도희는 조소를 흘리며 차가운 눈빛으로 TV를 노려보았다.

국회 앞에서 상황을 전하고 있는 기자의 모습이 사라지고, 윤택이 출마 선언을 마무리 짓고 있는 생중계 장면으로 화면이 넘어갔다.

— 국민 여러분! 저, 백윤택을 믿어 주십시오! 여러분을 위해 앞만 보며 달려

온 저를 지지해 주십시오!

꽤나 지지율이 높았던 것으로 기억한다. 꿀을 치덕치덕 발라 놓은 주둥이로 떠들어 댄 결과물은 전부 거짓이었다. 그러나 그의 끔찍한 과거를 모르는 국민들은 가면 속에 감춰진 그 추잡한 얼굴 또한 알지 못할 테니, 어찌 보면 당연했다.

그래. 이젠 알 것도 같다. 해찬이 어째서 이도한 기자에게 연락하려는 자신을 제지하였는지. 나락으로 굴러 떨어트리기 위해선, 회생조차 불가능하게 만들기 위해선, 두 번 다신 일어설 생각도 못 하도록 상대가 최정상에 올랐을 때가 최적이다.

도희는 두 팔을 뻗어 목청껏 소리치는 화면 속 윤택을 빤히 직시하며, 고요히 휴대폰을 들었다.

"저, 백도희입니다. 기자님."

두 남자가 바랐던 것이 무엇인지, 이제야 확신이 들었다.

"지금 기자 회견 자리에 계시죠."

대답이 넘어오자, 도희는 주먹을 말아 쥐며 입술을 떼어 냈다.

"제가 제보드렸던 것들, 전부 터트려 주세요. 네. 하나도 빠짐없이 전부 다요. 지금 방송으로 보고 있습⋯⋯."

도희는 말을 잇지 못하고 그대로 굳었다. 비어 있는 손에 알 수 없는 미미한 악력이 전해진 탓이었다.

TV 화면 속에 박혀 있던 도희의 눈동자가 설마, 하는 마음으로 거칠게 일렁였다. 뻣뻣이 굳어 버린 얼굴이 고장 난 기계처럼 삐걱거리며 서서히 옆으로 돌아갔다.

"아⋯⋯."

손등 위를 덮고 있는 커다란 손이 보였다. 조심스럽게 시선을 들자, 잔뜩 미간을 구긴 채로 간신히 입꼬리를 늘여 웃는 해찬이 눈에 담겼다.

"⋯⋯너."

말도 안 나왔다. 놀라서. 미워서. 다행이라서. 그는 좀처럼 쉽게 입을 열지 못했다. 속이 아픈지 인상을 찌푸리고, 몇 번이나 지그시 눈을 감았다 뜬 끝에, 힘겹게 입술을 움직였다.

뭐라 하는지 잘 들리지 않았다.

독극물을 빼내기 위해 호스를 억지로 집어넣어서 식도에 상처가 났다고 했다. 그 때문인지 그의 목소리는 평소보다 더 낮게 가라앉아 있었다.

제대로 듣기 위해 도희가 눈가를 찡그렸다. 얼마 지나지 않아, 짓궂은 웃음을 그리고 있는 그의 입술 사이로 건조하게 갈라진 음성이 흘러나왔다.

"안녕."

보고 싶었다고.

△ ▼ △

뉴스에서 진행되고 있는 기자 회견 생중계 방송은 한창이었다.

결과는 좋지 못했다. 출마 선언까진 순조로웠지만, 끝나 가기 직전 불쑥 질문을 던진 어느 기자의 폭탄 발언이 시초였다.

— 백윤택 의원님, 삼진의 홍미연 관장과 관련된 찌라시 내용이 사실이었다는 제보가 있었습니다. 혹시 고해찬 선수의 독극물 테러 사건에 의원님도 관련되어 있으신 건 아닙니까?

윤택은 갑작스럽게 터진 기자의 질문에 당혹스러운 기색을 감추지 못했다.

— 그게 무슨…….
— 이번 대선 출마 역시, 그 사건을 덮으려는 목적은 아니신지요.

TV 화면을 지켜보던 미연의 눈이 가늘어졌다. 그녀는 긴장을 감추지 못하고 연신 잘근잘근 입술을 씹으며 눈을 부라렸다. 윤택이 무어라 대답을 내놓기도 전, 기자의 질문이 이어졌다.

— 내년 대선이 성공적으로 마무리가 되면, 로비의 대가로 삼진의 뒷배를 보아 주겠단 거래가 있었다는 것 역시 사실입니까?

아직 상황 파악이 덜 된 윤택에게 그의 보좌관이 긴박하게 달려와 귓가에 대고 속삭였다. 무슨 말이 오고 갔는지, 그 내용은 둘만 알고 있겠지만 미연은 쉽게 예상할 수 있었다.

기사가. 터졌다. 처음부터 끝까지. 이제 선택은 백 의원에게 달려 있었다. 의리를 지킬 것인지, 아니면.

— 아, 일단······, 기자님이 뭘 잘못 알고 계신 것 같네요. 저는 해당 사건과 아무런 관련이 없습니다.

"저······!"
미연이 주먹으로 소파 팔걸이를 강하게 내리치며 자리를 박차고 일어섰다.

— 아시겠지만 저는 국민들을 보호하고 참된 정치가로 자리매김하기 위해 지금껏 그 어떤 구설수도 없이 묵묵히 달려왔습니다. 이 자리를 빌려 단호히 말씀드리지요. 저는. 저 백윤택이는, 해당 기업과 전혀 관계가 없습니다. 부디 부풀리기식의 기사화는 그만 멈춰 주시길 간곡히 부탁드립니다.

윤택의 주장이 끝나기 무섭게 그의 보좌관이 마이크를 잡았다. 기자님들은 대선 출마와 관련된 질문만 해 주시길 바란다는 형식적인 안내였다. 하지만 이도한 기자는 쉽게 물러서지 않았다.

— 그렇다면, 의원님은 정말 막내따님의 사고에 대해서 아무것도 모르고 계셨던 겁니까? 장례식에도 참석하지 않으셨다 들었는데요.

기자들은 순간을 놓치지 않았다. 수많은 손가락들이 노트북 위를 바삐 날아다니는 동안, 촤르르륵 수십 대의 카메라가 동시다발적으로 플래시를 터트렸다.

회견은 생중계였다. 입 한번 잘못 놀렸다간 그대로 공중파와 지상파 뉴스 방송을 타고 순식간에 퍼지게 될 것이다.

화면 속 윤택은 억지로 웃었다. 굳이 얼굴을 보인다는 것은 스스로 인정하는 꼴이나 다름없었으니까. 당황한 것은 윤택뿐만이 아니었다. 그의 보좌관과 윤택을 지지하는 당원들도 마찬가지였다.

— 저는 결백합니다. 가슴에 손을 얹고, 제 정치 인생을 걸고! 감히 가족의 죽음 앞에서 의연할 수 있는 가장이 세상 어디에 있겠습니까. 개인적인 사정이 있었습니다.

— 만약 삼진의 홍미연 관장과의 관계와 로비 의혹을 포함한 찌라시 내용이 전부 사실로 판명될 시엔, 그땐 어떡하실 생각입니까?

전혀 예상치 못한 물음에 윤택의 얼굴이 새파랗게 질렸다. 하지만 그 또한 찰나였다. 생각을 끝내고 굳게 마음을 다잡은 듯, 의연하고 보다 더 꼿꼿한 자세로 말했다.

— 그럴 일은 없겠지만, 대선 포기와 함께, 국회의원 자리에서 물러나겠습니다. 물론, 정치도 접습니다. 로비 의혹과 관련하여 수사가 착수된다면, 조사 또한 착실히 임하지요. 이만하면, 대답이 될까요.

장내는 단번에 조용해졌다. 윤택은 자신감 넘치는 투로 말을 덧붙였다.

― 예. 사실 다 알고 있었습니다. 그 말도 안 되는 불순한 찌라시 내용을 전부 알고 있었지만 이곳이 어떤 곳입니까. 사방이 적입니다. 아군이 아니라면 갈가리 물어뜯고, 죽이는. 저는 그런 악덕한 이들에게 하나하나 반응하고 싶지 않았던 것뿐입니다. 다시 한번 말씀드리지만 저는 홍미연, 그 여자를 알지 못합니다. 부디, 억울한 제 입장도 헤아려 주십시오.

"저 새끼가……."

미연은 파들파들 입술을 떨며 분을 참지 못했다.

"감히 은혜도 모르고 내게 화살을 돌려?"

들끓는 배신감이 밀려와 미연의 안면 근육이 볼품없이 일그러졌다.

"그놈들인가?"

기태준과 고해찬.

그래. 그 바퀴벌레 같은 두 새끼였어. 이렇게 될 때를 노린 거였다. 서로 물고 뜯고 싸우기를.

"하."

보란 듯이 놀아나 버린 처지가 기가 막혀, 미연은 헛웃음을 터트렸다.

△ ▼ △

"웃어?"

잔뜩 굳어진 도희의 얼굴은 도통 풀어질 기미가 보이지 않았다.

죽다 살아났는데, 이런 상황에서 어떻게 웃을 수가 있지. 이해할 수 없었다. 다행인 마음이 훨씬 컸지만 그만큼 원망스러운 마음도 적지 않았다.

감기 한번 걸린 적 없던 남자였다. 늘 활력이 넘치고 기세 강했던 모습은 온데간데없이 환자복 차림으로 무기력하게 눈을 감고 있는 해찬을 지켜보는 내내 일분일초가 지옥 같았다. 24시간 하고도 반나절이 흐르는 동안 하루가 이토록 길었나, 싶을 정도로, 실감이 나지 않았다.

그 타들어 갔던 속을 아는지 모르는지 해찬의 입가엔 여전히 엷은 미소가 감돌고 있었다.

"웃음이 나오냐고, 지금."

나는 불안해서 밥도 못 먹고 회사도 못 나가고 이러고 있는데. 넌.

생각할수록 울컥함으로 뒤덮인 응어리가 불쑥, 치밀어 올랐다. 넘쳐흐를 것처럼 위태롭게 일렁이는 원망을 가까스로 욱여넣고서, 도희는 가느다란 한숨을 흘려보냈다.

"선배."

건조하게 갈라진 낮은 음성이 간신히 그의 입술을 뚫고 새어 나왔다. 그 작은 부름에, 지그시 눈을 감고 있던 도희의 눈꺼풀이 천천히 떠밀려 올라갔다.

"왜."

"화 많이 났어요?"

도희는 살벌하게 해찬을 노려보며 침묵했다. 그가 피식 웃음을 터트렸다.

"났네. 엄청 많이."

해찬이 상체를 일으키려 몸을 들썩이자 도희가 손을 뻗어 그의 가슴팍을 툭 밀어 냈다.

"누워 있어. 아직 다 나은 거 아니야. 너, 과로라니까 더 쉬어."

"과로? 누가. 내가?"

그는 말 같지도 않은 소리라 치부하며 헛웃음을 터트렸다.

"여기에 너 말고 또 있어? 과로 맞아. 그래서 여태 못 일어나고 죽은 듯이 잠만 잤던 거고."

"……아닌데."

"억지 좀 그만 부려."

따져 묻고 싶은 것들은 셀 수도 없이 많았지만 아픈 환자를 몰아붙일 수도 없는 노릇이었다. 도희는 흐름을 끊어 내고 간이 의자에서 엉덩이를 떼어 냈다.

끝끝내 해찬은 고집을 꺾지 않았다. 이를 악물고 상체를 겨우 일으켜 세웠다. 몸을 침대 헤드에 기댄 채, 냉장고로 다가서는 도희의 뒷모습을 물끄러미 바라보았다.

"바로 식사하는 건 무리지만 물 정도는 마셔도 된대. 마실래?"

해찬이 작게 고개를 끄덕였다. 냉장고에서 생수를 꺼내 든 도희가 다시 되돌아와 팔을 뻗었다. 하지만 해찬은 선뜻 생수를 받아 들지 못하고 시선을 올려 도희를 빤히 들여다보았다.

"받지 않고 뭐 해."

"새삼 신기해서."

"……뭐?"

"눈뜨자마자 선배 얼굴 보니까 반갑기도 하고, 좋기도 하고."

"말장난할 힘은 있는 거 보니까 다 나았네."

"진심인데."

장맛비에 축축이 젖어 버린 듯한 눈동자 속에 도희가 담겼다. 묵직한 숨이 샜다. 도희는 답답한 속을 어찌할 수 없어 시선을 피했다. 고개를 돌려 바라본 창밖에선 때아닌 부슬비가 내리고 있었다. 살짝 열린 창문 틈으로 서늘한 초가을 바람이 밀려 들어왔다.

"선준이한테 연락 왔었어. 많이 걱정하는 것 같더라. 병문안 오고 싶은데, 병원 밖에 기자들이 진을 치고 있어서 네 입장 난처해질까 봐 선뜻 오지 못하겠다고. 대신 깨어나면 꼭 연락 달래."

"응."

"매니저님도 많이 놀라셨어. 너한텐 이번 올림픽이 마지막이 될 수도 있는데, 아무리 타인에 의한 거였대도 약물을 마신 건 부정할 수 없는 사실이라 시합 출전이 가능할지 확신할 수 없다고. 몸이 따라 줄지도 모르고, 기록이 예전만큼 나와 줄 거란 보장도 없고."

"……응."

"국민들 반응은 말할 것도 없고. 유력 용의자는 홍미연으로 좁혀졌지만 삼진에서 실검이나 기사를 막고 있는 중이라 결과가 어떻게 될지 모르겠어. 또 아버지는……."

"선배."

"어제, 어머니 기일이었다며."

해찬의 얼굴에 모호하면서도 난감한 기색이 스쳤다.

"알고 있었어요?"

뻔뻔하게 웃는다. 어머니 기일에 독극물을 마셔 죽을 뻔했으면서, 아무렇지 않게 웃는다. 힘이 탁 풀렸다.

"너는 진짜."

네가, 내 마음을 알기나 해?

씻을 수 없는 죄책감의 무게를 어떻게 감당해야 할지 몰라 답답한 나를, 알고는 있어? 안다면 이럴 수는 없다. 저런 능청스러운 미소를 걸치고 있을 수는 없다.

모든 것들이 장난보다 가벼웠다고, 살았으니 된 것 아니냐는 표정을 지을 수는 없다. 나를 안다면, 내가 널 얼마나 사랑하는지 알고 있다면. 남겨진 그 순간의 공포를 너 역시도 조금이나마 공감했다면 결코, 절대 그래서는 안 된다.

"때릴래요?"

"죽다 살아난 환자라고 봐줄 생각 없어."

해찬이 어깨를 으쓱였다.

"분 풀릴 때까지 때려요. 얼마든지 달게 받을게."

말이 끝나기 무섭게 도희는 망설임 없이 손을 날렸다. 하지만 그 강도는 현저히 약했다. 툭, 건들 듯 그의 뺨에 도희의 손이 조심히 내려앉았다.

"죽는 줄 알았어."

"내가 왜 죽어."

"쓰러졌을 때. 바로 옆에서 봐 놓고도 울지도 못했어."

"잘했네, 그건."

도희의 미간이 잘게 구겨졌다. 그녀는 입술 안쪽 여린 살을 아프게 씹으며 한 글자 한 글자 곱씹어 말했다.

"엄마 죽었을 때가 떠올라서, 겹쳐 보여서. 무서웠어. 네가 그렇게 쓰러져 버리면. 남은 나는."

"미안."

"미안하단 말 듣고 싶어서 이러는 거 아니야."

"그래도 미안해. 진심이야."

"사과하지 마. 아직 받아 줄 생각 없으니까."

"평생 안 받아 줘도 괜찮으니까, 변명 정돈 하게 해 줘요. 응?"

눈매를 부드럽게 누그러뜨리며 답지 않게 애원하는 목소리에, 도희는 결국 백기를 들고 말았다.

"말해 봐. 변명."

허락이 떨어지자 그제야 해찬의 입가로 안도의 미소가 그려졌다.

"다 꾸며 낸 거였어."

"……뭐?"

"독극물도, 몸 해치지 않을 농도로 다시 제조된 거였고."

"직접, 만들었다는 거야?"

"감쪽같던데."

"누가."

"아마, 기태준이 섭외한 사람이겠지. 자세한 건 나도 모르고."

"기태준 머리에서 나온 거야?"

"그러니까 가서 나 대신 욕 좀 해 줘. 나한테 화났던 만큼 때려 주면 더 좋고."

"선택은 네가 한 거잖아."

"선배가 내 입장이었어도 마셨을 거잖아. 아니에요?"

"반대로 네가 내 입장이었다면 나보다 더 하고도 남았겠지."

"맞는 말이라 뭐라 반박하질 못하겠네. 똑똑해. 이길 수가 없어."

도희가 밉지 않게 흘기자, 해찬은 뺨에 닿아 있는 도희의 손을 떼어 내며 타이르듯 중얼거렸다.

"기일, 신경 쓰지 않아도 돼요."

"어떻게 신경을 안 써."

"만나고 왔어."

해찬의 시선이 아래로 내려갔다. 되게 얇네. 도희의 얇은 손가락을 달게 바라보며 살살 쓸어 냈다.

가벼운 접촉일 뿐인데, 간지러움으로 그칠 것이 아니었다. 전해지는 감각이 야릇하다. 해찬에게 잡혀 있는 손끝이 알게 모르게 떨려 왔지만 내색하지 않고 애써 의연하게 물었다.

"……꿈에서?"

해찬이 고개를 주억거렸다.

"처음이었어. 한 번도 꿈에 찾아온 적이 없어서 원망도 많이 했는데, 진짜 저세상 갈 줄 알았는지. 아무래도 내 연기력이 수준급이었나 봐. 죽은 사람마저 한걸음에 달려오게 할 정도였으면."

"말은 잘하지."

해찬은 대답 대신 쓰게 웃었다. 낮게 깔린 그의 눈이 불현듯 파동을 일으켰다. 하지만 금세 안정을 되찾고 검게 가라앉았다.

"보고 싶었어."

짙은 목소리가 차분히 흘러나왔다. 그가 느긋하게 시선을 올렸다.

"그래서 뒤도 돌아보지 않고 왔잖아. 걱정할까 봐."

그토록 그리웠던 엄마를 뒤로할 만큼, 매정하게 남겨 놓고 달려올 만큼. 정말 딱, 그만큼.

"안달 났던 건 나도 마찬가지야."

그 말에, 여태 꿍꿍 앓았던 속이 허무하게 녹아내렸다. 눈을 감고서 사경을 헤매는 동안 내게 오기 위해 힘껏 발악하는 모습이 절로 상상이 되니까. 용서를 하지 않을 수가, 없다. 도무지.

"무모했어."

"응."

"막장 드라마보다 더 심했어."

"알아요."

"두 번은 용서 못 해."

"못할 짓 두 번이나 할 정도로 깡 있는 성격은 아닌데. 선배가 나를 너무 높이 샀네."

도희가 밉지 않게 해찬을 흘겼다. 장난. 해찬은 얄궂게 눈을 휘며 손끝으로 톡톡, 도희의 손을 두드렸다.

"손. 펼쳐 봐요."

"손은 왜."

집요한 눈빛이 따갑게 와 닿자 도희는 못 이기는 척 손을 펼쳤다. 곧이어 손바닥 위로 무언가가 올려졌다. 작고, 가벼운 무게였다. 아직 해찬의 손이 거둬지지 않아 무엇인지 가늠할 수 없었다.

"무사히 살아난 기념으로 주는 선물."

선물 한번 무시무시한 방법으로 준다. 도희는 속으로 투덜거렸지만, 서서히 그의 손이 멀어지고 손바닥 위에 놓인 선물의 정체를 확인한 순간 말문이 턱 막혔다.

"이게……, 뭐야?"

"반지."

해찬은 태연하게 대꾸했다. 당연한 걸 왜 묻느냐는 듯이.

"몰라서 묻는 게 아니라."

"이거 되게 비싸요. 선배 두 달 치 월급은 될걸."

그건 대충 봐도 알겠다. 반지 정중앙에 박혀 있는 것은 누가 보더라도 다이아였으니까.

"몇 달이나 지난 거라 환불도 안 돼. 맨날 주머니에 넣고 다녀서 손때도 탔을 거고."

"……왜, 들고 다닌 건데?"

도희는 좀처럼 믿기 힘들다는 듯 멍하니 반지를 내려다보았다.

"그냥, 부적 같은 의미로?"

농담처럼 대답했지만, 전혀 우습지 않았다. 지금 상황만 보더라도.

"원래 올림픽 끝나고 주려고 했는데, 도저히 못 참겠더라고."

해찬은 손때가 탔을 거라 했으나 다이아 반지는 새것처럼 영롱했다. 거추장스러운 것이 싫어서 액세서리엔 관심조차 없었는데도 그 뜻밖의 선물엔 자꾸만 눈길이 갔다.

선물의 의미를 안다. 알고 있으면서도 도희는 묻지 않았고, 해찬 역시 말하지 않았다.

"나머진 나중에."

완벽히 거둬졌을 거라 생각했던 해찬의 손이 다시금 손바닥 위를 덮어 왔다. 그의 손힘이 강해지자, 손과 손 사이에 놓인 다이아 반지의 까칠한 감촉이 전부 전해졌다.

해찬은 틈을 주지 않고 그대로 도희의 손을 강하게 끌어당겼다. 순식간에 가까워진 거리에 도희의 눈이 커다랗게 떠졌다. 잽싸게 팔을 뻗어 베드를 짚고 버텼으니 망정이지, 아니었다면 아직 아픈 그의 몸 위로 속수무책 무너질 뻔했다.

"뭐 하는……."

"지금 하고 싶다고 하면."

손가락 하나 겨우 들어갈 비좁은 공간을 두고, 나직하게 속삭였다.

"들어주나?"

"잊었나 본데, 여기 병원이야."

"알면서 묻는 건데."

도희가 눈살을 찌푸렸다. 장난은 그만두란 뜻으로, 손을 비틀며 몸을 세우려했다. 그러나 강한 악력으로 다시 도희를 잡아끈 탓에 입술과 입술의 거리는 전보다 더 가까워졌다.

"선물 줬잖아."

낮게 내리깔린 시선 끝에 묵직한 욕망이 묻어났다. 해찬은 비스듬히 고개를 기울인 채 뚫어져라 도희의 입술을 바라보며 달게 읊조렸다.

"대답 잘 받아 갈게요."

건조한 그의 입술이 닿았다. 숨 막히고. 빈틈없는 두 번째 재회의 키스였다.

_09_

정부와 대기업이 얽혀 있어 큰 파장이 예상되는 중대한 사건인 만큼, 언론 사는 너 나 할 것 없이 앞다퉈 발 빠르게 보도했다. 덕분에 긴 시간 고통받아야 했던 피해자인 도희에게 열렬한 위로와 동정이 쏟아졌고, 더불어 청와대 청원 까지 올라갔다.

처음은 공인인 아버지, 백윤택 의원의 딸로 화제가 되었으나, 그 어떤 혜택 조차 받지 못하고 불우한 삶을 살아왔기에, 언론은 그녀의 신상 정보를 익명으로 보호하고자 했다. 그러나 도희가 선택한 행보는 파격적이었다. 사건의 전말을 확신하고, 조금의 거짓도 없다는 것을 증명하기 위해 직접 맞서 싸우겠다는 뜻으로 신상 정보 공개를 택한 것이다.

반응은 뜨거웠고, 이슈가 되자 특검이 꾸려졌다. 삼진그룹에 검찰을 쥐락펴 락할 수 있는 힘이 없었던 건 아니지만 국민들의 원성이 높아진 만큼 제멋대로 굴 수도 없었다.

도희의 맞불 작전으로 윤택의 기자 회견은 안 한 것만도 못한 결말을 불러일으켰다. 그 누구도 그를 믿지 않았다. 사태를 파악한 삼진그룹과 정부에선 늦게나마 대형 포털 사이트를 점령하려 들었지만 무리였다. 기사화를 늦추고 어느 정도 시간 끌기엔 성공했어도 SNS 같은 소셜 미디어와 메신저까지 막을 수는 없었다. 인간의 탈을 쓴 악마가 분명하다며, 합당한 대가를 치러야 할 것이라는 의견이 불길처럼 치솟았다.

"어쩔 수 없습니다. 백 의원을 내치시죠. 대책은 그것뿐입니다."

윤택의 여파로 현 대통령의 지지율이 위태로워졌다. 여당 의원들은 차선 대책을 강구하기 시작했다. 윤택은 후에 있을 대선의 유력 후보자였지만, 꼬리를 잘라 내지 않고서는 여당 자체가 흔들릴 위기였다. 정권이 바뀐다면 그보다 참담한 비극은 없을 것이다.

"……현재 지지율은 어떻게 돼."

당 대표가 묻자, 눈치를 살피며 호시탐탐 기회를 노리던 여타 의원은 뱀처럼 혀를 날름거렸다.

"대통령 지지율은 56%에서 21%로 바닥을 쳤고, 백 의원 지지율은 말할 것도 없습니다. 30%에서 5%로, 역대 최저입니다."

당 대표는 턱을 쓸어 내며 고민에 잠겼다. 누군가가 환희에 찬 웃음을 애써 숨기고 마음에도 없는 이성을 침착하게 드러냈다.

"백 의원이 삼진이란 큰 카드를 쥐고 있다는 건 압니다. 하지만 홍미연 관장과 삼진이 언론에서 이토록 갈기갈기 찢기며 난도질당하고 있는 판국에 그게 죄다 무슨 소용이 있겠습니까. 대표님. 지금 당장은 당 이미지를 지키는 게 우선입니다. 대통령께서도 현재 상황을 못마땅해하시는 눈치고요."

장내는 숨소리 하나 들리지 않았다. 당 대표가 츳, 혀를 차며 물었다.

"국회 분위기는."

보좌관이 즉시 거들었다.

"야당에선 이 기회를 놓치지 않으려는 듯 보입니다. 벌써 이주미 의원 주도하에 움직이고 있습니다. 여론 몰이 하는 데 최적인 사안이라는 거, 아시잖습니까. 이대로 다음 정권을 놓치게 된다면."

당 대표가 그만 멈추라는 듯 손을 들어 보였다.

"그렇게 해."

"……예?"

"잘라 내. 국민당과 삼진은 전혀 관계가 없었다 공식 발표 하고. 홍미연과 삼진은 어디까지나 백윤택의 개인적인 사생활이었던 점을 강조해 두는 편이 좋겠어."

그리 말하면서도 당 대표는 아쉬운 기색을 감추지 못했다.

"생각해 볼수록 아까운 패야. 삼진을 등에 업고 있었던 만큼, 대선에 무사히 성공만 했다면 그보다 좋은 그림은 없었을 텐데 말이지."

꼬리가 길면 잡힌다 했던가. 백윤택은 너무 급히 컸다. 그 부작용을 염두에 두고 있긴 했지만 시기는 생각했던 것보다 더 빨랐다.

"뭐, 자네들 말처럼 백 의원 피붙이가 독을 품은 마당에 이제 와 무슨 소용이 있겠냐만. 어린 게 꽤나 당차던데. 배포도 크고 말이야. 자식 하난 잘 키웠어. 그 양반."

"그럼……."

"한 입으로 두 말 하겠나. 직접 물러서겠다고 했으니. 이참에 정치 활동 접고 한적한 감방에서 남은 생 즐기라 전해. 악다구니 써 가며 버티다가 사람들 눈에 띄어서 돌이나 맞지 말고."

골치가 아팠는지 당 대표는 손끝으로 관자놀이를 짓누르며 그만 나가 보라는 말 대신 휘휘, 손을 내저었다.

△ ▼ △

야심한 새벽, 삼진그룹의 핵심 임원들이 긴급 소집 되었다. 부름을 받은 인사들이 다이닝 룸을 빼곡히 채웠지만 대저택의 공기는 어느 때보다 무겁게 가라앉아 있었다.

길게 이어진 대리석 식탁 위에 차려 놓은 음식들이 차게 식어 갈 때까지도 누구 한 명 입을 대지 못했다. 식탁을 기준으로 미연을 지지하는 측과, 사태의 심각성을 염려하는 측으로 나뉘었다.

"회장님. 이대로는 안 됩니다. 주가며 평판이며 전부 엉망진창입니다. 이 모든 것들이 사건 이후 두 시간 만에 벌어진 일입니다. 날이 갈수록 떨어지고 있어요. 국민들 반응이 생각보다 거셉니다. 불매 운동까지 나서고 있는데, 뭐라도 결단을 내셔야 마땅합니다."

맞은편의 임원이 픽, 콧방귀를 뀌며 반기를 들었다.

"떨어져 봤자 얼마나 떨어지겠습니까. 바닥 치면 언제 그랬냐는 듯 상승하는 게 주가지요. 이 나라 개돼지만도 못한 국민성을 진정 몰라 그러십니까? 불매 운동은 무슨……. 장담하는데, 얼마 못 가서 묻힐 겁니다. 두 달. 그 안에 조용해진다에 내 손모가지를 걸지요. 서 이사는 무얼 걸겠습니까?"

대놓고 비아냥거리자, 서길웅 이사의 얼굴이 벌겋게 달아올랐다. 분에 못 이긴 서길웅 이사는 박성호 전무를 향해 삿대질을 서슴지 않으며 목청을 높였다.

"대처가 그리 안일하니 문제라는 겁니다! 지금 시대가 어느 때인데 그런 태평한 말을 늘어놓고 계십니까."

"그럼. 증거라도 있는 게요? 아직 죄다 카더라는 말뿐이지 확증이라고는 찾아볼 수 없지요. 그 흔한 녹취 파일이나 영상이라도 퍼져서 휩쓸리면 내가 말이라도 안 합니다."

"뭐, 저런……."

"확실한 수사 결과가 나온 뒤에 결정해도 늦지 않는단 말입니다. 그리고, 이게 어디 홍미연 여사에게만 해당될 일 같습니까? 서 이사에게 회장님 안위는 안중에도 없나 봅니다?"

"그걸 말이라고. 시기라는 게 있는 겁니다. 바로 다음 달에 Q 시리즈 신상 론칭이고, 더불어 정부 투자를 받아 물산 건설 쪽 주식도 한창 상승세를 타고 있던 건 다들 아실 겁니다. 휴대폰은 그렇다 치고, 바이오나 반도체 국내 실험 투자는 어쩌실 생각입니까. 이대로 말아먹고 싶어 환장했나 본데, 지금은 한가롭게 두 손 놓고 지켜만 보고 있을 때가 아니란 말입니다!"

언뜻 보면 그룹의 안정을 위해 기를 쓰고 있는 것 같지만, 실질적으로는 권력 다툼에 혈안이 된 이들끼리 창을 들고 달려드는 것이나 다를 바가 없었다.

묵묵히 상황을 관망하며 홍차를 마시던 기 회장이 찻잔을 내려놓았다. 탁, 찻잔과 받침대가 차갑게 부딪치자 점차 높아지던 소란스러움이 단번에 소멸되었다.

"다들 그쯤 하고 돌아가 봐."

"하지만, 회장님!"

당연히 제 편에 서 줄 것이라 생각했던 게 완벽하게 어긋나자, 박성호 전무는 다급하게 애원했다.

박성호 전무가 한껏 당황한 표정을 보이며 힘이 실린 눈빛으로 기 회장을 채근해 봐도 회장의 단호한 의지를 꺾을 수는 없었다. 결국 인사들은 명쾌한 결론을 얻지 못하고 자리를 떠야 했다. 시간이 지날수록 다이닝 룸은 텅 비어 갔지만, 홀로 남은 태준은 떠날 생각 없이 굳건히 자리를 지켰다.

상념에 잠긴 기 회장의 눈동자가 무겁게 움직였다. 태준은 따가운 눈총을 느꼈지만 그러거나 말거나 태연하게 뒤늦은 식사를 이어 갔다. 다른 인사들은 밥이 넘어갈 리 없는 상황에 한 숟갈도 뜨지 못하고 돌아갔는데, 태준은 달랐다.

느긋이 콩비지를 한술 떴다. 남은 밥을 마저 입에 넣고는 조용히 맛을 음미하며 씹었다. 음식물을 남김없이 삼켜 낸 뒤 처음으로 시선을 들어 기 회장의 눈을 마주했다. 기 회장이 이 순간만을 기다렸다는 듯 늦은 알은척을 해 왔다.

"당연히 참석하지 않을 거라 생각했는데. 용케 왔구나. 노인네들 사이에서 좋은 꼴 보지 못하리란 걸 알면서도 굳이."

"아주머니 요리 솜씨는 여전하시네요."

태준은 냅킨으로 입가를 툭툭 찍어 누르며, 상황과 어울리지 못한 말을 뱉었다.

"혼자 먹기엔 조금 쓸쓸할 것 같아 들렀습니다. 시끄럽게 짖어 대는 사냥개들 외침에 주인 반응이 어떨지 궁금하기도 했고요."

사냥개와 주인으로 비유하는 태준이 달갑지 않았는지, 기 회장의 눈살이 보기 싫게 일그러졌다. 태준은 그런 것 따윈 조금도 신경 쓰지 않고 준비해 둔 서류를 차근차근 하나씩 테이블에 올려 두었다. 기 회장은 말없이 태준의 행동을 지켜보기만 했다. 분류되어 놓인 서류는 총 네 개였다.

"왼쪽부터 설명드리겠습니다. 홍미연 관장에게 붙어먹은 임원들 명단입니다. 아, 그중엔 두 아드님 몫도 포함입니다. 대가로 받아먹어 삼킨 액수, 그리고 3년 동안 주식 시장을 고의적으로 조작한 기록과 명부가 차례대로 나열되어 있습니다. 두 번째는 홍 여사와 백윤택 의원 사이에 오갔던 로비 거래 내용입니다. 두 사람이 밀회를 즐기던 사진과 홍미연이 독극물을 받아 온 모습까지 전부 다 취합해 뒀습니다. 세 번째는."

"그만."

기 회장의 차가운 음성에 태준의 입술이 일자로 다물렸다.

"다 아는 정보, 글자로 적어 왔다고 놀랍지도 않다."

"지금부터라도 포털 사이트 실검 장악 멈추시죠."

"그러지 못하겠다면."

"하나씩 차근차근 넘길 생각입니다. 이준석 검사와 사회부 이도한 기자를 제외하고도 다섯 명이 더 있지만 귀찮아서 나열은 여기까지 하죠."

태준이 언급한 인물들은 그 어떤 달콤한 회유나 종용 앞에서도 꿈쩍 않는, 융통성이라곤 조금도 찾아볼 수 없는 꼿꼿한 신념을 가진 이들이었다.

"검찰? 법원? 언론? 우습지도 않아. 홍미연이 어느 집안 딸인지 잊었어?"

대형 언론사의 장녀. 모를 리가 없었다. 태준은 똑바로 회장과 시선을 맞추고 말을 이었다.

"그래서 온 겁니다. 회장님을 상대로 협박하기 위해서요."

"뭐야?"

"잊으셨습니까. 기울어 가던 물산과 건설에 실질적인 숨을 불어넣은 장본인이 누구였는지. 그룹의 안정 기조가 형편없이 흔들렸을 때 단숨에 흐름을 바꿔 놓은 게 누구였는지. 설마, 정말 백 의원이 정부에 바람을 불어넣어 준 덕분이라 생각하시는 건 아니겠죠."

전부, 태준의 덕이 컸다. 투자금은 백 의원이 아니더라도 충분히 끌어올 수 있었다.

세부적인 설계와 움직임은 오직 태준의 능력으로 얻을 수 있던 것이었다. 기 회장이 눈을 가늘게 뜨고서 주먹을 말아 쥐었다.

"작년엔 예상치보다 주가가 높았던 걸로 기억합니다. 건설 투자 역시, 내정되었던 환수 시기보다 훨씬 빨랐죠."

"결론만 말해."

"저를 잃게 되시면, 그리 애틋해 마지않는 기업에 당장은 의미 없겠지만, 훗날 꽤 커다란 손실을 감당하셔야 할 겁니다. 아시다시피 저는, 이 썩어 빠진 기업에 그리 큰 애정이 없어서요."

"대한민국에 너보다 유능한 인재 한 명 없을까 봐. 그걸 말하려 왔어?"

"설마요."

태준은 재킷 안주머니에서 USB를 꺼내어 테이블에 올렸다.

"박성호 전무가 그토록 원하던 증거입니다. 홍미연 여사가 고해찬을 불러내 협박하고, 제 집무실에 초소형 녹음기를 설치한 것. 그리고……."

태준은 잠시 말을 멈추고 헛웃음을 흘렸다. 슬쩍 고개를 돌려 눈짓하자, 다이닝 룸 뒤편에서 몰래 숨죽여 있던 여자가 모습을 드러냈다.

"어머니가 계시죠."

마지막 세이브 카드. 어둠 속에 감춰진 여자의 모습이 온전히 드러나자, 기 회장은 충격을 금치 못했다.

"너……."

선영이었다. 회장의 입술이 놀라움으로 느슨히 벌어졌다.

"만날 생각이 없다 하셔서, 직접 모셔 왔습니다."

"이게, 지금."

흔들림 없이 꼿꼿하던 기 회장은 어느 때보다 심하게 동요하고 있었다. 의자 팔걸이에 놓인 회장의 손이 덜덜덜 떨려 왔다. 붉게 물든 회장의 눈을 똑바로 마주 보며 태준은 한 글자 한 글자 씹어 먹듯 말했다.

"끝까지 거절하신다면, 제가 가진 모든 것을 걸고 밝힐 생각입니다. 어머니가 홍미연. 그 여자에게 당했던 일들의 과정까지 전부 다 말입니다. 아마, 그 부분은 어머니가 직접 나서서 폭로하실 겁니다. 사람들은 글자보단 목소리에 더욱 높은 신뢰를 받으니까요. 분량으로 따지자면 책 한 권은 거뜬히 출간할 수도 있겠네요."

야윈 선영을 흔들리는 눈으로 바라보던 기 회장이 다급히 시선을 돌렸다. 회장은 잔뜩 일그러진 얼굴로, 당장이라도 폭발할 듯 소리쳤다.

"너도 죽어. 그것들을 전부 밝히면 너도 살아남지 못해! 같이 죽겠다는 거냐? 응? 그런 거야?"

"말씀드렸지 않습니까. 뭐가 됐든, 상관없다고. 기업에 남은 애정 따위, 없습니다. 전부 귀찮아졌는데 잘됐습니다. 그런데, 저를 살릴 수 있는 방법이 아예 없는 건 아니지 않습니까. 회장님."

"하……."

"제 편에 서세요. 홍미연, 그 여자만 제게 넘기시면 되는 겁니다. 그러면, 아무 일도 없던 것이 됩니다. 삼진도, 회장님도, 저도. 그리고, 어머니도."

태준이 쓰게 웃었다.

"안심하세요. 후에 어머니가 회장님을 찾아와 곤란하게 할 일은 없을 겁니다. 긴 시간 많은 것들을 참고, 포기하며 죽은 듯 사셨으니 이젠 자유로운 곳을 마음껏 누비고, 즐기며 사셔야죠. 말씀처럼, 이 지옥 같은 곳엔 저와 회장님 둘만 남아도 충분하지 않겠습니까."

태준은 몰랐다. 등 뒤에 서 있는 선영이 자신을 어떤 눈빛으로 바라보고 있는지. 안타깝고, 또 안타까운. 어미의 애달픈 그 눈은 차마 태준에게 닿지 못했다.

"그럼, 회장님의 대답은 제가 원하는 대답일 거라 생각하겠습니다."

태준은 지체하지 않고 자리에서 일어났다. 허망한, 또는 슬픔에 잠긴 표정으로 간신히 서 있는 선영을 그대로 스쳐 지나가며, 곧장 휴대폰을 들었다.

"홍미연. 지금 데려와요. 반항하면 억지로라도 끌고 와."

고해찬. 그의 계획대로 움직여 줄 때였다.

△ ▼ △

한 시간 전, 기태형 회장과 홍미연의 이혼설이 포털 사이트 메인을 차지했다. 그건, 기 회장이 홍미연을 내치고 기태준의 손을 잡았다는 암묵적인 뜻이었다.

회장의 대변인은 기 회장이 홍미연의 악행을 전혀 알지 못했고, 몰랐다 하더라도 내외의 속행을 빠르게 알아차리지 못한 본인의 잘못이 크다 말하며, 국가적으로 큰 분란을 일으켜 죄송하다 전했다.

그 모습이 진심이었든, 대본대로 외워 읊기만 했든, 상관없었다. 기 회장의 사죄문으로 하여금 홍미연의 죄는 본인 의사와 전혀 관계없이 인정 '당한' 꼴이 되었으니까.

활어처럼 날뛸 것이라 생각했던 홍미연은 이상하리만큼 조용했다. 기태준이 움직이기 시작했다는 신호였다.

지잉, 울리는 진동 소리에 해찬의 시선이 낮게 내리깔렸다. 문자였다. 내용은 짧았고, 단순했다. 평창동 소재지의 번지수가 적혀 있었다. 발신자는 안 봐도 뻔했다. 해찬은 고민 없이 번호를 눌렀다.

"뭡니까."

— 좋은 구경 혼자 하긴 아까워서.

해찬의 입술이 굳게 다물렸다.

— 부탁대로 준비는 끝내 뒀어.

그 말을 끝으로 통화는 끊겼다. 의미를 알아차린 해찬의 입술이 삐딱하게 올라섰다.

△ ▼ △

해찬은 빈틈없이 높게 솟은 담벼락을 물끄러미 올려다보았다. 얼핏 봐도 완공 전의 형태였다. 해찬이 인터폰에 손가락을 가져다 대려는 찰나, 철컥 소리와 함께 대문이 열렸다. 해찬의 시선이 느리게 옆으로 흘러갔다. 대문 위에 달린 CCTV. 출입을 알리지 않았음에도, 엄격하게 닫혀 있던 대문이 허무하리만큼 쉽게 열린 이유는 금세 유추할 수 있었다.

인기척이라고는 조금도 찾아볼 수 없는 정원을 묵묵히 가로질러 걸었다. 현관에 다다른 해찬이 문손잡이를 잡아 내리려는데, 별안간 등 뒤에서 익숙한 음성이 흘러나왔다.

"언젠간 이곳에서 살 생각이었어. 어머니와, 단둘이. 다른 사람들은 지겹다말하는 그 평범함이 내겐 간절한 것이었으니까."

움직임은 멈췄지만 해찬은 뒤돌아보지 않았다.

"공사는 중단됐지만 방음 하난 보장하지."

습하게 젖어 버린 공기 중으로 퍼지는 알싸한 담배 냄새가 코끝을 찔렀다. 곁에서 바람 빠진 웃음이 새어 나왔던 것 같기도 하다.

"사람이란 게 참 우습지. 꿈에서 깨어나면 허탈할 걸 잘 알면서도 부질없는희망에 매달려 질척거리고, 망설이고, 머뭇거리게 되니까."

툭. 담배꽁초가 바닥으로 떨어졌다. 아직 꺼지지 않은 불씨가 태준의 발에무참히 짓밟혔다.

"나조차 생각 못 했던 감금을 먼저 제안할 줄은 몰랐는데. 뭐가 됐든 백도희가 알면 꽤 놀라겠어. 그렇게나 절절한 순애보인 척하더니 실상은 하이에나가따로 없으니. 이참에 수영 때려치우고 첩보원으로 직업 바꿔 보는 것도 나쁘지않겠네."

태준이 픽 웃음을 터트렸다.

"한 시간. 그 이상은 나도 장담 못 해. 언제 경찰이 들이닥칠지 모르니 알아서 적당히 갖고 놀아."

"뒷수습은요."

"생각할 게 있나? 대충 궁지에 몰려서 도주하려다 적발됐다. 그게 조금 진부한 것 같으면, 미쳐서 자해하려는 것을 막아 뒀다. 뭐가 됐든 둘러댈 거리는 많지. 검찰이 병신 호구도 아니고 모를 리 없겠지만, 내부적인 거래가 있었으니 결과적으론 눈감고 넘어가는 수밖에."

"검찰 측과 기태형 회장이 홍미연을 순순히 넘겨주던가요."

무감정한 해찬의 물음에, 태준이 어깨를 으쓱였다.

"비즈니스 하는 사람은 이득 될 제안만 던져 주면 다음 계산은 빨라. 검찰이 야 대충 져 주는 척 달래다가 큰 먹잇감 하나 던져 주겠다 하면 좋다고 넙죽 받아먹을 테고."

서로 윈윈 하는 거래였다. 홍미연의 구속으로 하여금 검찰은 국민들에게 신뢰를 받고, 정부의 이미지도 지켜 낼 수 있다. 삼진 또한 당장의 타격은 피해 갈 수 없겠지만, 냉정한 판단으로 재평가될 수 있는 기회였다.

"그건 그렇고, 생각보다 욕심이 많네. 정작 와서 즐겨야 할 사람은 네가 아니라 백도희 같은데."

"아직도 본질을 잘 모르시네."

해찬이 슬쩍 고개를 돌려 꿰뚫듯 태준을 마주 보았다.

"도희에겐 예쁜 것만 갖다 바칠 겁니다. 이따위 역겹고 더러운 게 아니라."

태준의 얼굴이 딱딱하게 굳었다. 고요한 눈동자에 미약한 쓸쓸함이 떠올랐다 사라질 때쯤, 태준이 조소를 흘렸다.

"죽이지만 마. 오늘 이후로 마주치는 일은 두 번 다신 없었으면 좋겠으니까."

"피차, 마찬가집니다."

그게 끝이었다. 두 남자는 각자 반대편 방향으로 발길을 돌렸다.

홍미연이 갇혀 있는 장소를 찾는 건 그다지 어렵지 않았다. 희미한 불빛이 새어 나오는 길을 따라 걷다 당도한 곳은 저택의 지하실이었다. 그 앞엔 건장한 남자 세 명이 문을 지키고 있었다. 남자들은 해찬을 알아보곤 지체 없이 문을 열어 주었다.

지하실이라기엔 지나치게 넓은 공간이었다. 창문조차 없는, 사방이 막힌 곳.

잠금장치가 밖에 설치되어 있는 것으로 보아, 창고 또는 다용도실로 만들어진 방 같았다.

안으로 들어서자 의자 하나가 덩그러니 놓여 있었다. 그리고 그 위엔 축 늘어진 상태로 힘없이 앉아 있는 홍미연이 보였다. 테이프로 손목과 발목이 꽁꽁 묶인 채.

그녀의 모습은 참담했다. 피부와 입술은 윤기를 잃어 퍼석하게 말라비틀어졌고, 단정했던 머리카락은 보기 싫게 흐트러져 있었다. 거적때기처럼 볼품없이 늘어져 버린 명품 옷가지는 말할 것도 없었다.

"보아하니 제가 쓰러져 있는 동안 많은 일이 있었던 모양입니다."

조용한 공간에 가라앉은 음성이 차분하게 흘러나오자, 미동조차 없던 미연이 반응을 보였다. 그녀는 얼굴을 떨군 상태로 힘겹게 시선만 들어 올렸다.

"너……."

그녀의 마른 입술을 뚫고 작게 새어 나오는 음성은 수분기 하나 없이 쩍쩍 갈라져 있어 알아듣기가 어려웠다. 물 한 모금조차 허락지 않았던 모양이다.

"네놈들이, 감히. 나를……."

가늘어진 미연의 눈이 공격적으로 번뜩였다.

"내가, 가만히 있을 것 같아?"

해찬은 매섭게 번뜩이는 미연의 눈빛을 여유롭게 받아 내며 천천히 걸음을 옮겼다.

"다 불어 버릴 거야. 너희 두 놈이 짜고 친 농간들, 전부, 전부 다. 하나도 빠짐없이!"

한 뼘 정도 거리를 남겨 두고, 해찬이 대뜸 한쪽 무릎을 꿇고 앉았다. 예상치 못한 전개에 미연의 눈이 잘게 흔들렸다.

눈높이가 얼추 맞춰지자, 해찬은 시선을 올리며 상냥히 웃었다.

"많이 지쳐 보이십니다. 여사님."

다정한 말투에 아주 잠시였지만 미연은 실낱같은 희망을 보았다. 그녀는 바들바들 떨리는 입술을 들어 올렸다.

"이제 와 두렵니? 그래……. 그럴 수 있지. 잘 생각했어. 지금이라도 늦지 않았단다. 일단, 이것부터 풀어 줘. 회장님을 만나게 해 줘. 그리고 너한테 독극물을 먹인 사람은 내가 아닌 기태준이라고 실토해. 그럼 넌, 기꺼이 제외해 줄게. 조사받을 때, 넌 모르는 척해 줄게. 기태준과 백윤택. 그 두 사람만 없어져도 난 충분해. 그러니까."

해찬이 피식 웃었다.

"안타깝게도 검찰은 여사님의 진실엔 관심이 없을 겁니다."

무감정하게 말하며 해찬이 뒷주머니에서 은색 물체를 꺼내 들었다. 칼. 커터 칼이었다. 미연의 눈동자가 위태롭게 흔들렸다.

"너……. 그걸 어디에 쓰려고."

해찬은 대답이 없었다. 설마. 물체가 눈앞에 점점 더 가까워질수록 미연은 흥분을 감추지 못했다.

"멈춰. 멈추라고! 그거 당장 치우지 못해?"

"죽일 생각 없으니까 그만 좀 닥치세요. 뇌가 다 울릴 지경입니다. 여사님."

칼을 쥔 손이 멈출 생각이 없어 보이자, 미연은 질끈 눈을 감아 버렸다. 하지만 예상과 달리 살갗이 찢길 듯한 고통은 없었다. 게슴츠레 눈을 떴을 때, 해찬은 다리를 굽히고 앉아 그녀의 손에 둘둘 감겨 있던 테이프를 칼로 끊어 내고 있었다.

몇 번의 움직임 끝에 탁, 테이프가 손쉽게 끊어졌다. 단단히 구속되어 있던 두 손에 해방감이 느껴지자 미연의 잇새로 안도의 숨이 새어 나왔다.

"하……."

분명 다행이라 생각해야 하는데, 불쑥 치솟는 찝찝함을 이루 말할 수가 없다. 왜. 왜지. 왜 나를 풀어 준 걸까. 대체 무슨 속셈일까, 저놈은. 쉴 새 없이 머리를 굴려 봐도 무표정한 해찬의 얼굴에선 그 어떤 생각이나 감정도 읽히지 않았다.

발목을 옭아매고 있는 테이프까지 완전히 끊어지자, 미연은 기다렸다는 듯 자리에서 벌떡 일어나 죽일 듯 해찬을 노려보았다.

"무슨 수작이야."

"멀쩡히 살아 있는 사람 잡아다가 의자에 묶어 두고 심문하는 취향은 아니라서요. 제가."

미연은 어딘가 불안한 사람처럼 지속적으로 주변을 살폈다. 그 모습을 가만히 지켜보던 해찬이 돌연 비웃음을 흘렸다.

"혹시, 도망칠 생각이십니까?"

정곡에 찔린 미연은 가슴팍을 들썩이며 뾰족하게 눈을 세웠다.

"그 입, 다물지 못해?"

가소롭네. 해찬이 참지 못하고 엷은 헛웃음을 터트렸다.

"초등학교 4학년 때부터 수영을 시작했습니다, 내가. 밥 먹고 자는 시간을 제외하면 하루 종일 지겹도록 뛰고, 운동만 했는데."

분에 찬 미연의 몸이 사시나무 떨듯 바들바들 경련을 일으켰다.

"이틀 내내 아무것도 먹지 못하고 꼼짝없이 갇혀 있던 힘없는 중년 여성이 내달려 봤자. 장담하는데, 3초도 안 돼서 다시 이 자리로 끌려오게 될 겁니다."

확신하는 목소리는 장난이 아니었다. 해찬의 눈이 느긋하게 감겼다 떠밀려 올라갈 때마다 미연은 심장이 쿵쿵 뛰었다.

"더군다나 밖에는 고용된 남자가 셋이나 더 있는데, 어떻게. 감당하실 수나 있겠습니까?"

미연이 입술을 세게 씹었다. 그의 말이 맞았다. 체력이나 힘으로는 맞설 상대가 아니다. 그 순간, 발 근처에 떨어져 있는 물체가 형광등 빛을 받아 번쩍였다. 이때가 기회다 싶었는지, 미연은 잽싸게 커터 칼을 주워 들었다.

두 손으로 커터 칼을 꽉 부여잡은 미연이 바락바락 소리쳤다.

"주, 죽고 싶지 않으면 그대로 가만히 있어!!"

미연은 더듬더듬 뒷걸음질 치며 공포와 두려움으로 가득 찬 얼굴로 협박했다. 해찬은 자조적인 웃음을 흘리며 삐딱하게 고개를 기울였다. 어디 해 볼 테면 해 보라는 듯 겁에 질려 두 손을 발발 떨고 있는 모습을 넌지시 바라보다 말고 해찬은 참을성 없이 성큼성큼 미연에게 다가섰다.

"오지 마!! 오지 말라니까!! 내가 진짜 못 찌를 것 같아?"

허공에다 칼을 휘두르는 폼이 어리숙하다. 해찬은 바지 주머니에 한쪽 손을 찔러 넣은 채 먹히지 않을 칼부림을 가뿐히 피했다. 그러다 빈틈을 발견하고 남은 한 손으로 미연의 손목을 단번에 낚아챘다.

"뭐, 뭐 하는 짓……!"

"협박하는 것까진 좋았는데, 방법이 잘못됐네."

미연은 젖 먹던 힘을 다해 해찬에게서 벗어나고자 사정없이 손을 비틀었다. 하지만 그런다고 먹힐 리가 없었다. 도리어 압박하는 악력만 더 강해질 뿐이었다. 입이 떡 벌어질 정도의 고통에 미연은 신음하며 얼굴을 일그러뜨렸다.

"이, 이거. 안 놔?"

"날 죽이겠다고 협박할 게 아니라."

해찬이 힘을 주어 미연의 손을 반대편으로 꺾었다. 그러자, 해찬에게 향해 있던 날카로운 칼날이 단숨에 미연의 목덜미로 옮겨졌다.

"당신을 죽이겠다고 협박했어야지. 그래야 내가 움찔거리는 척이라도 할 거 아니야. 응?"

"놔!! 이거 놓으란 말이야!!"

그녀의 얼굴이 시퍼렇게 질렸다. 미연이 발버둥 칠수록 칼날은 목덜미에 더 가까이 닿았다. 자칫했다간 칼날이 살을 파고들 위기였지만, 해찬의 무감정한 얼굴은 흔들림이 없었다.

"더럽게 고고한 척하던 로열패밀리도, 이런 상황에선 어쩔 수 없나 봅니다. 개새끼처럼 벌벌 떠는 모습이 꽤 봐 줄 만하네요."

미연은 소름이 돋았다. 기태준이 일전에 했던 경고는 그냥 넘겨짚을 것이 아니었다.

"세상 무서울 것 없이 살다가. 전부를 잃어 본 기분이 어떻습니까."

"너……."

"눈 한번 깜빡이지 않고 사람 시켜서 살인 청부 했으면, 그만한 각오도 하셨어야죠."

고해찬은 상상 그 이상으로 미친놈이다. 살벌하게 번뜩이는 검은 눈동자는 광기에 함몰된 듯했다.

"지옥에나 가세요."

그리 말하며 해찬은 스산하게 입술 끝을 올려 웃었다. 그 웃음의 의미를 생각해 볼 겨를도 없었다. 손목을 강하게 압박해 오던 해찬의 손힘이 별안간 확 풀어졌다.

아직 남아 있던 힘의 반동에 의한 것인지, 아니면 고의적이었던 것인지는 모르겠지만 해찬의 몸이 속수무책 바닥으로 무너져 내렸다. 누가 보더라도 칼을 들고 있는 미연이 몸 위로 올라타 해찬을 찌르려는 모양새였다.

"그대로 움직이지 말고 손 들어!!"

때를 맞춰 낯선 이들이 우르르 밀려들어 왔다. 출동한 경찰과 긴급 체포 영장을 발부하기 위해 나타난 검찰이었다.

"칼 버려!"

테이저 건을 손에 쥔 경찰의 경고에 미연은 도무지 믿을 수 없다는 얼굴이었다. 허탈함 반. 허무함 반이 뒤섞인 표정으로 경찰 무리를 한 번, 그리고 아래에 깔려 있는 해찬을 한 번 번갈아 가며 바라보았다.

"너……."

당했다. 속았다. 이곳에 끌려온 것부터 지금의 상황까지 전부. 도망칠 생각조차 못 하도록, 명확한 현장 보존을 위한, 기태준이 아닌 고해찬의 계획이었다. 상황을 파악한 미연이 헛웃음을 터트렸다.

"하, 이게 무슨……."

"칼 버리라니까!!"

경찰의 고함에 힘이 풀린 미연의 손에서 스르륵, 칼이 떨어졌다. 챙그랑, 차가운 바닥에 물체가 떨어지기 무섭게 담당 검찰이 다가와 미연의 팔을 뒤로 젖히며 수갑을 채웠다.

"홍미연. 당신을 정경유착 및 뇌물 공여의 로비 의혹. 독극물 살인 미수죄로 긴급 체포합니다."

해찬의 입술 끝이 씨익, 치솟았다. 그 웃음을 직면한 순간, 세차게 말아 쥔 미연의 손이 퍼들퍼들 떨렸다.

"변호사를 선임할 수 있고, 변명할 수 있으며 진술 또한 일절 거부할 수 있습니다. 또한 체포적부심도 청구할 수 있습니다."

아아……. 아아아……. 이럴 수는 없다. 정말이지, 이럴 수는…….

"아악! 아아아악!"

악에 받친 미연의 비명이 찢어질 듯 울려 퍼졌다.

△ ▼ △

"오늘은 그만 퇴근해. 상황이 상황인 만큼 백 대리도 주변 시선 많이 신경 쓰일 테니까, 회사는 걱정 말고 이참에 일주일 정도 푹 쉬다 와."

조 이사가 도희를 다독였다.

하루아침 사이에 화제가 되고, 많은 사람들의 입방아에 오르내린다는 것은, 당하는 사람도 지켜보는 사람도 피차 불편한 결과만 초래할 뿐이었다. 회사 입장에선 논란의 주인공이 당사 직원이라는 사실도, 나쁜 의미로 들떠 버린 본사 분위기도 달갑지 않을 수밖에 없었다.

바란 적 없는 조원석 이사의 배려에 딱히 기분이 상했다거나 처사가 불합리하다며 불만스러웠던 건 아니다. 상부에서 별다른 말이 없었다 하더라도 연가를 신청할 생각이었으니까. 무엇보다 지금 같은 상황을 전혀 예상하지 못했다면 거짓말이다. 동료들에게 민폐 끼칠 사안이 분명했던 만큼, 최대한 조용히 있는 듯 없는 듯 그만둘까 고민도 했었다.

하지만 차마 그럴 수 없었던 건, 맡은 일에 대한 책임감과 생각지도 못한 팀원들의 진심 어린 위로와 걱정을 받아 버린 탓이다. 집으로 돌아가는 내내 걸음이 무거웠다. 무감한 척해 봐도 신경이 바짝 곤두섰다.

아닌 걸 알지만 모든 사람들이 자신을 바라보는 느낌을 지울 수 없었다. 휴대폰 액정에 고정된 시선들. 그 위를 바쁘게 움직이는 손가락. 버스에서 흘러나오는 라디오 소리까지.

예민해. 과하게 예민해졌다. 이럴 때가 아닌데.

"조금, 지치네."

어둑한 골목길에 들어서자 한 번도 터놓지 못한 속마음이 불쑥 흘러나왔다. 도희는 옅은 한숨을 내쉬며, 휴대폰을 꺼내어 들었다. 이젠 시간만 났다 하면 포털 사이트의 실시간 검색어와 뉴스를 찾아보게 됐다. 습관처럼 시사 랭킹에서 스크롤을 내리던 엄지손가락이 멈칫했다.

「특검, 재벌 실세 삼진 '홍미연' 오늘 오후 영장실질심사 통과, 구속 확정 조사 결과 정경유착 및 로비 의혹, 살인 미수 혐의 상당 부분 사실로 밝혀져…. 삼진물산, 건설 투자금 관련 거액의 뇌물 공여 확산. 정부, 대기업 뒤봐 주기 어디까지!?」

대기업과 정부의 유착 관계는 그래 봤자 국민들에겐 그저 안줏거리로 씹다 잊힐 가벼운 사안이었지만, 해찬이 독극물을 마신 덕분에 판이 뒤집혔다. 화력은 배로 거세졌다. 혼자였다면 불가능했을 일이다. 법원과 검찰은 상대적으로 국가의 경제 성장에 일조하는 대기업에게 너무하다 싶을 정도로 너그러운 편이었고, 이번 사건도 다를 바 없으리라 생각했다.

하지만 고해찬과 기태준의 손이 사건 깊숙한 곳까지 개입하자 거짓말처럼 빨라졌다. 모든 것들이, 세밀하게 짜인 각본처럼 한 치의 오차도 없이 착착 진행됐다. 다행이면서도, 씁쓸했다. 그 오랜 시간을 홀로 끙끙거리며 앓아 온 것들이 무색해졌다. 단 며칠 만에 해결 가능한 일이 맞는지 도무지 믿기지 않았다. 기가 막히고 어처구니가 없었다.

아니. 너무 우습게 생각했었나. 아직 끝이 아니었다.

빌라 앞에 다다르기 무섭게 근처에 정차되어 있던 검은색 세단 운전석 문이 기다렸다는 듯 덜컥 열렸다. 그 사이로 드러난 남자의 얼굴은 익숙했다. 어두운 그늘이 사라지고, 가로등 빛에 의해 서서히 존재가 드러나자 쿵쿵 뛰던 심장이 차분히 식었다.

"이러려고 내게 초대장을 달라 요구했던 거냐."

윤택은 입술을 씹으며 강한 어조로 다그쳤다.

"네가 어떻게 나한테 이럴 수가 있어. 다른 사람도 아닌 내게 어찌 이럴 수가……."

피식. 자조적인 웃음이 샜다. 도희는 무심히 발끝을 바라보다가 삐딱하게 시선을 추켜올렸다.

"그럼 어떻게 했어야 될까요."

"……뭐?"

"도영이가 누군가에 의해 사고를 당했고, 그 후엔 엄마가 도영이 산소 호흡기를 떼고 자살했어요. 근데, 그 이유가. 원인이, 모든 사건의 중심에 아버지가 있는데. 있다는데, 제가 뭘 어떻게 했어야 하냐고요."

잠시나마 웃음기가 묻어난 도희의 얼굴이 싸늘하게 식었다.

"자식은 부모를 보며 자란다고 하죠. 아버지가 저질렀던 패륜, 그대로 배워서 되돌려 드린 것뿐인데, 왜요. 억울하세요?"

"아니야. 난 몰랐다. 그날 장례식에 가지 못했던 건 홍미연, 전부 다 그 여자 때문이었어. 도영이가 사고당했을 때, 모르는 척하는 대신 병원비와 치료비 전부를 지원해 주겠다 했다. 도희야. 정말이야. 내게 죄가 있다면 야망에 눈이 멀어 가족을 등한시했던 것뿐이다. 그래. 내가 잠시 미쳤었어. 무정한 아비였던 건 인정하마. 하지만 가족의 죽음을 동조하고 지시할 만큼 썩진 않았어. 그 정도로 파렴치한 사람은 아니야."

"……우습네요."

"도희야."

"제 이름 부르지 마세요."

"나는, 나는……!"

도희는 애원하는 윤택을 무감정하게 응시하며 말했다.

"당신이 그날, 장례식장에 찾아와서 무릎을 꿇고, 빌고, 오열하면서 잘못을 빌었더라면. 상황이 조금은 달라졌을지도 모르겠네요. 그때의 나는, 많이 어렸고, 외로웠고, 의지할 상대가 필요했고, 또 그만큼 많이 쓸쓸했으니까요."

윤택은 마른 입술을 달싹이며 이마를 짚었다.

"일단 들어가서 얘기하자. 어디서 누가 지켜보고 있을지 모르니."

윤택이 다급하게 손목을 잡아채자, 도희는 냉정히 낯선 손을 뿌리쳤다.

"저는 더 이상 할 얘기 없습니다. 듣고 싶은 얘기도 없고요. 그만 돌아가세요."

"제발! 내 말 좀 들어. 아버지잖니. 나는, 네 아버지잖아. 좋든, 싫든. 미우나 고우나 넌 내 딸이고."

아버지. 아버지라⋯⋯. 한숨 같은 웃음이 입술을 가르고 툭, 힘없이 터져 나왔다.

"지금에 오기까지 시간은 터무니없이 길었다고 생각해요. 그만큼 기회도 많았던 것 같은데, 끝내 외면했던 건 아버지였죠."

질끈 감아 버린 윤택의 눈꺼풀이 파르르 떨렸다.

"이렇게 만난 김에 우스운 얘기 하나 할게요."

차분히 흘러나온 음성에 윤택이 눈을 뜨고 도희를 마주했다.

"저는 내심 아버지가 부러웠어요. 부족함 없는 환경에서 마음껏 누리고, 즐기는 게. 가족을 돌아보지 않는 냉정함이 밉고, 원망스러웠던 것도 사실이지만 아버지도 아버지 인생이 있는 거니까. 그럴 수 있다고. 그땐 그렇게 생각했어."

무엇이 맞는 걸까. 확신할 수는 없지만 적어도 틀린 선택은 아니었다고 확신한다.

"그래서 억지로라도 이해하려 했어요. 엄마가 당신에게 내연녀가 있단 말로 몰아갔을 때, 믿지 않았어. 믿고 싶지 않았으니까. 인정하는 순간, 마지막 남은 희망마저 사라지는 거였으니까. 직접 본 게 아니니까. 나약해진 엄마의 부정적인 직감일 거라 어림잡아 생각하고 무시했는데."

도희가 숨을 몰아쉬었다.

"전부, 사실이더라고요. 그것보다 더했음 더했지 덜하진 않더라고."

도희가 쓰게 웃으며 말했다.

"가장 용서할 수 없는 건 나예요. 당신도 아버지라고, 어쩌지도 못하고 무기력하게 10년 가까이 버텨 온 나. 나조차도 용서가 안 되는데 당신을 어떻게 용서하겠어요."

윤택은 제법 뻔뻔하게 항변했다.

"네 속이 어떨지 않다. 하지만 나도 피해자였어. 그 여자에게 놀아난 나도……!"

"이곳에 온 목적이 뭔가요. 변명을 하고 싶은 건가요, 아니면, 살고 싶어서, 그놈의 국회의원이 뭐라고 그 자리 하나 끝까지 지켜 내고 싶어서 마지막 지푸라기라도 잡아 보려는 심정인 건가요."

도희가 정곡을 푹 뚫고 들어오자, 할 말을 잃어버린 윤택의 입술이 굳게 다물렸다.

"후자라면 아쉽게 됐네요. 아시잖아요. 홍미연, 그 여자 오늘 구속 영장 나온 거. 조사는 지금도 계속 진행되고 있어요. 포승줄 묶인 모습 공개적으로 보이고 싶지 않다면 한시라도 빨리 자수하세요. 말씀처럼 하나뿐인 딸이 지켜보는 앞에서 경찰한테 끌려가는 모습은, 조금 비참하잖아요."

도희의 입꼬리가 비스듬히 올라섰다. 쉽게 생각한 것이 실수였음을, 윤택은 뒤늦게 알아차렸다.

"아직 늦지 않았어. 계좌 명부를 공개하는 순간 홍미연도 끝장이야. 그 여자는 검찰에 명부 절대 못 넘긴다. 무엇보다, 삼진에서 이대로 지켜만 보고 있을 리가 없지. 무슨 수를 써서라도 홍미연을 빼내려 들 거야. 도희야. 잘 생각해라. 근원을 알아야 해. 내가 잡히면 무엇도 안 된단 말이다. 사건은 다시 원점으로 돌아가게 되는……."

"정말 그렇게 생각하십니까?"

불쑥 끼어든 익숙한 중저음 목소에 도희가 고개를 퍼뜩 돌렸다. 몇 걸음 떨어진 곳에서 느린 걸음으로 다가오는 해찬이 시선 끝에 닿자, 도희의 눈이 크게 떠졌다.

놀란 것은 윤택 역시 마찬가지였다. 예상 범주를 한참 뛰어넘은 인물의 등장에 당혹스러운 기색을 감추지 못했다.

"자네는……."

해찬은 능청스럽게 입술을 늘여 웃으며 팔을 뻗었다.

"공식 행사 자리에서 스치듯 몇 번 만나 뵙긴 했는데, 이렇게 가까운 곳에서 인사드린 적은 처음인 것 같네요. 고해찬입니다."

상황과 어울리지 않는 느긋한 태도에 윤택은 때아닌 두려움이 엄습했다. 악수를 청하는 손을 멀거니 내려다보다, 천천히 눈을 올려 해찬을 응시했다.

"자네가 왜 이곳에……."

"도희, 데리러 왔습니다."

"데리러 왔다니. 무슨 명분으로."

"도희와 진지하게 만나고 있습니다. 내년 올림픽이 끝나면 결혼도 할 생각이고요. 아무래도, 수감되시기 전에 정식으로 인사드리는 게 도리가 아닐까 싶어서 찾아왔습니다."

교제, 결혼. 그리고 수감과 도리. 정중함과 무례함이 교묘히 뒤섞인 말투가 신경을 건드렸다. 매끄러운 문장 속에서 느껴진 어긋난 날카로움은 착각이 아니었다.

그는 자신이 도희를 찾아오리란 것을 일찍이 예상하고 있었다. 혼란스러웠지만, 윤택은 애써 침착하게 해찬이 건넨 손을 맞잡았다.

"이번 연회장에서 벌어진 사건은 유감이네. 무사해서 다행이야."

뭐가 됐든, 기회였다. 자신을 달갑지 않게 생각하던 의원들이 틈을 놓치지 않고 먹잇감을 물었다. 이대로, 이렇게 무참히 무너질 수는 없다.

"어디까지나 내 직감이지만, 자네도 기 상무. 아니, 삼진 측과 연관된 인물 중 한 명일 거라 생각하네. 조만간 삼진에서 움직일 거야. 각설하고 부탁하지. 나도 도울 수 있게 해 주게."

"도울 수 있게, 라고요."

해찬은 의미심장한 미소를 그리며 빤히 윤택을 직시했다.

"무엇이든 하겠어. 여당에선 자기네들 목숨 줄이 달려 있으니 어떻게든 나만 잘라 내고 마무리 지으려 안달이야. 더 깊은 곳을 봐야 해. 홍미연이 풀려나면, 분명 다시 도희를 노려 올……."

"그 부분은 걱정하지 않으셔도 됩니다."

"그게 무슨."

"홍 여사가 보석으로 풀려나거나, 집행 유예. 징역이라 해 봤자 일이 년 안으로 그칠 거라 예상하시는 것 같은데, 다행히 염려하시는 일은 벌어지지 않을 겁니다. 그러니 말끝마다 도희를 앞세워 제게 거래를 종용하실 필요 또한, 없을 것 같습니다. 의원님."

"무슨 근거로 장담하는가."

해찬은 침묵했다. 그저 상냥히 웃는 것으로 답을 대신할 뿐이었다. 처음은 어리석고 섣부르다 생각했지만, 시간이 흐를수록 생각이 달라졌다. 자신감 넘치는 총기 어린 눈빛에 망설임은 없었다.

"……삼진에서 홍미연을 끊어 냈군."

믿을 수 없었지만 인정할 수밖에 없었다.

"의원님 체면을 생각해서 심사숙고해 배려한 제 선택을 부디 후회하는 일 없도록 해 주셨으면 합니다."

홍미연이 체포된 이후 영장이 발부되고, 구속이 이루어진 시점에서 공범으로 지목된 당신이 지금껏 자유롭게 움직일 수 있었던 이유는, 그 혜택을 누릴 수 있도록 배려한 건, 어디까지나 도희 덕분이라고. 해찬은 그리 말하고 있었다.

목구멍 끝에 돌덩이가 꽉 얹힌 기분이었다. 윤택은 입술만 벙긋거리다, 결국 체념한 듯 고개를 떨궜다. 돌아가는 판세를 확인한 순간, 그 어떤 것도 먹히지 않으리라 생각했다. 많은 죄를 지었고, 추잡하게 더럽혀진 인간이라도 사랑하는 여자의 아비였기에 받을 수 있던 마지막 대우. 그 이상 그 이하도 아니었다.

"이럴 수는……."

일이 이렇게 될 줄 알았더라면, 구구절절 변명할 게 아니라, 그간 미안했다,

진심 어린 사과를 건넸어야 했는데. 그랬다면 조금이나마 용서받았을지도 모를 일이다. 참으로 형편없고, 볼품없는 후회가 밀려왔다.

"차에서 기다리고 있을 테니까, 짐 챙겨서 나와요. 조금 있으면 기자들 몰려 올 거야."

"응. 먼저 가 있어."

둘만 아는 비밀 암호처럼, 다정한 눈빛이 오갔다. 순순히 물러서는 해찬의 뒷모습에서 눈을 뗀 도희가 얼굴을 돌려 윤택을 마주 보았다.

"마지막 양심은 지켜 주세요."

참, 힘든 날들이었다.

"비록 지금은 되돌릴 수 없게 처참히 망가지고, 오염됐지만. 적어도 아버지 가 처음에 꿈꿨던 국회의원은, 청렴하고 정직했길 바랄게요."

"……도희야."

"용서는 없어요. 그러니까 제게 미안해하지 않으셔도 돼요."

TV에서나 봤던 말끔한 모습은 찾아볼 수 없었다. 건조한 윤택의 얼굴엔 지 친 기색이 다분했다.

"제 몫까지 도영이와 엄마에게 평생 속죄하며 사세요."

"이런 못난 아비를 둬서 네가 말할 수 없이 고생 많았다는 건 안다. 그래도 이번 한 번은……."

"아니요."

도희가 더없이 단호하게 선을 긋자, 윤택의 눈동자가 위태롭게 흔들렸다.

"아버지는 제가 열네 살 때 죽었어요."

마지막이 다가오면, 모든 것을 인정하고 사과받는 날이 오면. 그럴 일은 없 겠지만 만에 하나 그런 순간이 오면, 무너지지 않으려고 수백 번 연습한 말이 었다.

"제가 조금 더 착하고 물렀더라면 용서하는 척이라도 할 수 있었을 텐데, 아 쉽게도 그럴 일은 없을 것 같습니다."

도희는 어깨를 펴고 반듯한 자세로 서서 흔들림 없는 눈으로 윤택을 마주 보

있다.

"저는 여전히 당신이 밉고, 또 그만큼 원망스러워요. 기껏 찾아와 한다는 첫마디가 회유였다는 것도, 벼랑 끝까지 내몰린 뒤에야 어쩔 수 없이 미안하다며 고개를 숙이는 모습도, 잘못한 사람은 따로 있는데 마지막까지 모진 말을 늘어놔야 하는 상황도. 전부 이해 못 하겠어요."

윤택은 멍하니 도희를 바라보기만 했다.

"아시잖아요. 누군가를 미워하고, 질타하고, 원망하는 일이. 얼마나 괴롭고 힘든 일인지."

이제 정말 마지막이다.

"이번엔 제가 먼저 갈게요."

누군가를 버리는 일은.

△ ▼ △

차는 본연의 목적에 충실하며 빠른 속도로 도로를 내달리고 있었다. 복잡한 도희의 심정을 알아차렸는지 해찬은 말 한번 걸어오는 일 없이 운전에 집중했다.

적막함을 참지 못하고 도희가 슬쩍 고개를 돌렸다. 창문 너머로 반포대교가 보였다. 무지갯빛 분수 쇼가 한창이다. 하지만 감상하기엔 턱없이 부족한 시간이었다. 별처럼 수놓아진 화려한 야경이 순식간에 스쳐 지나간다.

고요하고 아름다운 밤 풍경은 어제와 다를 바 없이 눈물겹도록 평화롭기만 해서, 사람들은 그 이면에 감춰진 전쟁 같은 순간들이 얼마나 치열했는지 모른다. 그들처럼 평범했다면, 지금쯤 한적한 한강 공원 벤치에 해찬과 나란히 앉아 캔 맥주를 나눠 마시며 세월 좋게 불만이나 토로하고 있었을지도 모르겠다. 이를테면 푸념. 회사 업무에 대한 고충 같은 것들. 아니라면, 퇴근하는 지하철 안에서 회사 일에 지쳐 꾸벅꾸벅 졸고 있었을지도.

그런 일상을 바랐다. 집으로 돌아가면 이제 막 완성된 고슬밥을 내놓으며 오늘도 수고 많았단 말로 다독여 주는 엄마가 기다리고, 소파에서 신문을 넘겨 보다가 무심한 걱정을 넌지시 흘리는 아버지가 기다리고, 발레 공연을 앞두고 있어 체중 감량이 힘들다며 툴툴거리는 여동생이 기다리는. 결코 특별하지 않기에 더 소중하고 간절한, 보잘것없는 평범함을.

'대리님, 부탁 하나만 할게요.'

이틀 전, 퇴원 수속을 기다리는 해찬을 두고, 기자들을 피해 먼저 병실을 나서려는데 매니저가 앞을 막아 세웠다.

'이번 사건은 이례적인 일이라, 말이 많았던 건 알고 계실 거예요. 아무리 독극물이라도 명백한 약물 복용에 해당돼서 시합 출전이 불분명했거든요. 그나마 해찬이가 피해자 신분이었던 게 다행이었어요. 시합은 내년 여름이라 회복 기간이 충분하다는 점을 감안해서, 오늘 아침에 본인 의지만 있다면 올림픽 출전이 가능하단 대답을 받았어요.'

'정말, 정말 다행이네요.'

'그래서 말인데, 다음 주에 해찬이 데리고 호주로 돌아갈까 해요.'

성권은 여전히 친절했지만, 또 그만큼 단호했고, 완고했다.

'소속사에서도 그렇게 합의 봤어요. 아시겠지만 한국은 환경이 열악해요. 분위기도 뒤숭숭하고요. 지금 이 순간에도 언론이며 여론이며 여기저기서 해찬이 이름 들먹거리느라 난리인데, 그 애가 아무리 실력이 출중하다 한들 훈련에 집중할 수 있을지도 미지수고요.'

'아……'

'원래는 한국에 휴가차 온 거였어요. 한, 2주 정도. 그런데 예상보다 시간이 너무 길어졌고, 해찬이 개인 팀 스태프들도 호주에서 대기하고 있는 중이라 더는 지체할 수 없게 됐어요.'

도희는 그저 죄송하다는 말만 되풀이했다. 할 수 있는 말은 고작 그것뿐이었다.

'대리님 심정 이해 못 하는 거 아니지만, 상황이 좋지 않아요. 확실한 건 아닌데, 해찬이가 내년 올림픽을 마지막으로 은퇴를 생각하고 있는 것 같더라고요. 연맹

에선 강력히 반대하고 있는 상황이고요. 아직 해찬이만큼 수영에 두각을 드러내는 인재가 없어서…….'

도돌이표였다. 반복, 또 반복.

'제 힘으로는 역부족이에요. 분명 안 간다 할 거예요. 힘드시겠지만, 부탁드릴게요. 해찬이, 호주 전지훈련 갈 수 있도록 설득해 주세요.'

7년 전과 7년 후.

돌고 돌아 힘겹게 재회한 우리는 결국 또다시 같은 선택의 기로에 놓였다. 하지만 그때처럼 막막하진 않았다. 두렵다거나 허탈하지도 않았다. 숨길 수 없는 미약한 씁쓸함에 조금 힘이 빠지긴 했어도 고민이나 망설임은 없었다.

'네, 제가 잘 말해 볼게요.'

그럴 자격도, 없었다.

잡힐 듯, 놓칠 듯. 거리는 좁혀질 만하면 멀어졌고, 멀어질 만하면 언제 그랬냐는 듯 바짝 좁혀졌다. 닿지 못하고, 멀어지지 못해서 더 절박할 수밖에 없었다.

하나 다행인 건, 단단했던 마음에 작은 균열이 생겨 불안해질 때쯤, 의심하지 말라고, 나는 여기에 있다고 몇 번이고 알려 주는 존재가 이제는 곁에 있다는 것이다. 커다란 손이 도희의 손등을 덮었다. 해찬은 꽉, 더 세게 꽉. 작은 도희의 손을 맞잡았다. 도망칠 엄두조차 못 내도록. 강한 힘으로.

"……호텔로 가는 거야?"

"왜. 걸릴까 봐 걱정돼요?"

도희가 얼굴을 내저었다.

비교도 안 될 만큼 커다란 사건들이 폭죽처럼 펑펑 터지고 있는데 세월 좋게 수영 선수 뒷조사나 하고 다닐 정도로 기자들은 바보가 아니었다. 지금쯤 검찰청이나 윤택의 뒤를 쫓고 다닐 게 뻔했다.

도희는 자신의 손등 위에 얹어진 해찬의 손을 한 번, 그리고 시계를 한 번 번갈아 바라보다 한참을 달싹이던 입술을 어렵게 떼어 냈다.

"진짜, 혼자가 됐어."

혼잣말에 가까운 속삭임이었다.

그나마 아버지라 부르던 사람도, 이젠 없다. 조만간 너도, 짧다면 짧고 길다면 긴 시간 동안 보내 줘야 한다. 언제나 그랬던 것처럼 버틸 수 있을까. 아무렇지 않게 세상에 동화되어 물들 수 있을까. 네가 없는 시간을 공백을 또, 다시 또. 7년도 견뎌 냈으면서 못 견딜 것도 없지만 혼자가 되는 건 끔찍하리만큼 싫은데. 정말 싫은데.

"왜 혼자야. 듣는 사람 섭섭하게. 나 있잖아요."

도희는 차마 해찬을 바라보지 못하고 힘없이 웃으며 손끝만 내려다보았다.

"……그러네."

"아버지 일 때문에 그래요?"

"후회 안 해. 걱정 마."

"걱정?"

"걱정한 거, 아니었어?"

"응. 안 했는데, 걱정."

어느새 주차장에 진입한 차 속도가 점점 늦춰졌다. 주차를 마친 해찬이 시선을 돌렸다. 핸들에 팔을 걸친 채 도희와 눈을 맞추며 의미 모를 미소를 그렸다.

"오히려 기쁜데."

"……뭐가?"

"우리 둘 다, 고립된 거잖아. 완벽하게, 혼자 남아서."

쓸데없이 진지한 말투에 도희가 픽, 바람 빠진 웃음을 흘렸다.

"이럴 때 보면 너 진짜 변태 같아."

"변태 맞고, 어떻게 보면 이상한 것도 인정하겠는데. 난 진짜 기뻐요. 우리 둘 다 같은 처지가 됐다는 게."

"그게 어떻게 기쁠 수가 있어."

"자격지심이나 열등감 가질 이유도 없고, 어쭙잖게 이해하는 척 연기할 필요도 없고. 무엇보다……."

해찬이 손을 뻗어 도희의 눈을 엄지로 부드럽게 쓸어 냈다.

"이제 선배가 의지할 곳은 나밖에 없으니까."

도희의 입술이 작게 벌어졌다.

"혼자가 된다는 건 준비가 됐다는 뜻이에요. 비어 있는 공간이 많을수록 바로 눈앞에 있는 상대의 크기가 얼마가 됐든, 무리 없이 포용할 수 있잖아."

차마 생각지도 못했던 해석이다.

"나를 받아 낼 수 있는 건 너밖에 없어. 좀 미친놈이었어야지, 내가."

머리, 많이 길었네. 해찬이 기다란 도희의 머리카락을 만지작거리며 작게 중얼거렸다.

"그러니까 마음껏 흡수해 봐요. 얼마든지 원한다면 몇 번이고 쏟아져 줄게, 너한테."

"비유가 이상해."

해찬이 빙그레 웃었다.

"위기를 기회로 삼자고."

위기를 기회로. 어려운 말이었지만 왠지 이해할 수 있을 것 같았다. 혼자가 되는 것이 두려워 뒷걸음치고, 혼자 남겨지는 것이 싫어서 부정만 했던 지난날을 벗어나서, 온전히.

그래, 온전히 내게만 한정된 너를 흡수하는 데 집중하다 보면 언젠가, 언젠가는 나도.

"수영."

"응?"

"나랑 수영으로 내기하자."

"내기라고 했어요, 지금?"

"응."

이해할 수 없는 뜻밖의 제안에 해찬의 눈살이 작게 찡그려졌다.

'수영할 줄 알아요?'

'아니, 못해.'

'못하는 거예요, 싫어하는 거예요?'

'둘 다야. 어렸을 때 가족끼리 놀러 갔다가······.'

7년 전, 체육관 풀장에서 나누었던 대화가 희미하게 떠올랐다.

'별로 안 좋아해. 수영장이나, 바다 같은 곳. 숨 쉬기 힘들잖아. 언제 위험해질지도 모르고. 찝찝해.'

배워 보겠느냐 물어봤을 때 도희는 싫다고 거절했었다.

'두려움이 많아서 그래요.'

오래전 기억은 꽤 또렷하게 되살아났다. 설마, 그때 나눈 대화를 기억하고 있었나. 해찬이 작게 실소를 터트렸다.

"수영 못한다면서."

"할 줄은 알아. 좋아하기도 했었고. 빠져 죽을 뻔한 이후로 무서워서 시도를 안 했던 것뿐이지. 감 찾을 때까지만 도와줘. 그다음엔 내가 어떻게든 해 볼게."

"좋아요."

"할 거야?"

"안 봐줄 건데. 괜찮겠어요?"

"······괜찮아."

말로는 괜찮다 했으면서, 내심 불안했는지 말갛던 도희의 눈동자가 정처를 잃고 잘게 흔들렸다. 늘 굳센 모습만 보이던 도희가 평소답지 않게 머뭇거리자, 해찬은 틈을 놓치지 않았다.

"귀여워."

"놀리지 마."

"도전하는 거, 무섭지 않겠어요? 오랜만에 수영하면 감 찾을 때까지 물 많이 먹을 텐데."

해찬은 언젠가 자신이 했던 말을 의도적으로 바꿔 말하고 있었다.

'도전하는 거, 무섭지 않아? 결과가 어떨지도 모르는데.'

그때 넌 뭐라고 대답했더라.

가물가물해진 기억을 기어코 찾아낸 도희는 그가 했던 말을 그대로 돌려주었다.

"나는 그런 거 잘 몰라. 실패한 적이 없어서."

제대로 한 방 먹었다는 듯, 도희의 당돌한 대답에 해찬은 그만 참지 못하고 크게 웃음을 터트렸다.

△ ▼ △

걱정과 달리 호텔 수영장은 텅 비어 있었다. 졸지에 수영장 전체를 전세 낸 기분이 들어 다른 이용객들에게 민폐를 끼치는 건 아닐까 걱정했지만 해찬의 말에 의하면 원칙적으로 자정부턴 출입이 금지된다 했다.

VIP 호텔 장기 투숙 조건으로 자정부터 새벽 5시까지 개인 훈련이 허락되어 본인만 출입이 허락됐단 말에 일단은 안심할 수 있었지만 문제는 다른 곳에 있었다. 수영복을 준비하지 못한 탓에 급한 대로 집에서 챙겨 온 흰색 반팔 티와 짧은 트레이닝 바지를 갖춰 입긴 했는데, 막상 상황이 닥치자 걱정부터 앞섰다.

좋아했던 물이 무섭다. 어렸을 때 빠져 죽을 뻔한 사건 이후로 단 한 번도 바다나 수영장엔 발도 딛지 않았다. 워크숍 때마저 먼발치에서 지켜보기만 했다. 그런데 갑자기 무슨 마음의 변화로 용기가 생겨선 호기롭게 나섰는지 모를 일이다. 해찬을 따라서 15분 동안 준비 운동을 끝냈는데도, 도희는 선뜻 안으로 들어서지 못하고 애꿎은 티셔츠 밑단을 만지작거렸다.

"뭐 해요, 들어오지 않고."

해찬은 이미 물속에 들어간 상태였다. 도희를 올려다보며 환하게 웃는 얼굴이 아주 물 만난 생선이 따로 없었다.

"기다려. 마음의 준비 좀 하고."

물 표면은 미동조차 없이 잔잔했지만 도통 마음을 놓을 수 없었다. 튜브나 구명조끼도 없다. 표시된 수심이 무려 3미터다. 작정하고 수영 경력이 있는 사람들만 즐기라고 설치된 풀장이었다. 그 옆엔 보다 낮은 수심의 풀장도 있는데 왜 하필…….

"그냥 옆에 있는 풀장에서 하면 안 돼? 꼭 수심 깊은 곳에서 해야 하는 거야?"

"수심 낮은 곳에선 부력 중심 무너져서 제대로 뜨지도 못해. 수영은 수심 깊은 곳에서 살아남으려고 하는 건데 낮은 곳에서 시합할 거면 뭐 하러 해요. 그냥 기어 다니면 되는데."

평소 도희 앞에선 그토록 다정하고 너그러운 해찬이었지만 수영 앞에선 아무리 그녀라도 예외는 없었다. 조만간 벌어질 미래가 훤했다. 지독하리만큼 엄격할 예정이다. 고해찬은.

"설마 내가 빠져 죽게 만들까 봐. 나 못 믿어요? 이래 보여도 세계에서 수영 제일 잘하는 국가 대표 현역 선수인데. 왜, 이제 와서 겁이라도 나?"

의도적으로 도발하려는 속셈이 뻔히 보였지만 도희는 보기 좋게 걸려들었다.

"누가 겁난다고 했어? 믿어. 믿는데, 이건 그거랑 별개의 문제지. 정말 죽을 뻔했다고. 나 자신과의 싸움이야. 조금만 더 기다려 봐. 더 하면 이길 것도 같으니까."

그녀의 얼굴은 제법 진지했다. 또 그만큼 긴장이 되는지 지그시 눈을 감은 채 깊게 들이켠 숨을 천천히 내쉬었다. 그런 도희의 모습이 낯설면서도 귀여워, 해찬은 못 말리겠다는 듯 설레설레 고개를 흔들며 웃음을 터트렸다.

"계속 그러고 있다가 물에 들어오기도 전에 해 뜨겠네."

해찬이 높게 팔을 뻗었다.

"내 손 잡아요."

아직 의심이 채 가시지 않은 눈으로 커다란 손을 초조하게 바라보며 묻자, 해찬은 지체 없이 말했다.

"감 찾을 때까지 잡아 줄게."

"정말?"

해찬이 고개를 끄덕였다.

"응. 정말."

"진짜지?"

"응. 진짜로."

해찬이 손바닥을 작게 흔들며 손짓했다. 그제야 조금은 안심이 됐는지 긴장으로 굳었던 도희의 눈이 유순히 풀어졌다.

그녀가 바다과 물 경계선 사이에 조심스레 주저앉았다. 물속에 다리가 잠기자 차가운 수온에 몸이 흠칫 떨렸다. 도희는 입술을 힘껏 감쳐물며 느릿느릿 손을 뻗었다. 커다란 손바닥 위에 작은 손이 놓인 순간, 해찬이 강한 힘으로 도희를 끌어당겼다.

헉. 비명이 목구멍으로 삼켜졌다. 다행히 해찬의 품에 정확히 안착했지만 바닥에 발이 닿지 않자 잊고 있던 공포가 화르륵 되살아났다.

도희는 매미처럼 해찬의 품에 바짝 달라붙어 애원했다.

"아직, 아직 놓지 마!"

"안 놔."

해찬은 한쪽 팔로 도희의 허리를 가뿐히 감싸 안으며 무게를 받쳐 올렸다. 그러다 힘껏 발버둥 치는 무게가 버거웠던지 작게 인상을 찌그렸다.

"그만 움직여요. 무거워."

"놓기만 해. 죽을 줄 알아."

허리를 감싼 해찬의 팔에 힘이 조금 풀어질 것 같다 싶으면 도희는 더 절박하게 매달렸다. 해찬의 잇새로 웃음이 터졌다.

"뭐, 이것도 나쁘지 않네."

이대로는 무리다. 해찬은 도희를 가뿐히 안아 올려 바닥에 앉혔다.

"일단, 이것부터 쓰고."

그가 내민 건 수모와 수경이었다. 시합 때는 필수로 착용해야 한다는 것쯤은 익히 알고 있었지만 영 내키지 않았다. 도희가 그것들을 떨떠름하게 훑어보자 해찬이 작게 웃었다.

"왜요. 못생겨 보일까 봐?"

"많이 못생겨 보여?"

안면 전체를 꽉 짓누르는 압박이 낯설고 불편했는지, 도희는 맞설 생각을 하지 못하고 연신 얼굴을 매만졌다. 그래도 내심 신경이 쓰이긴 했나 보다. 도희를 물끄러미 지켜보다 말고 해찬이 어깨를 으쓱였다.

"예뻐."

해찬은 도희의 손을 잡아 내리며 다시 제 품으로 끌어당겼다.

"이리 와요."

그 말과 함께 풍덩, 빠졌다.

△ ▼ △

"호흡하는 법, 기억나요?"

"응."

"긴장 풀어요. 몸에 힘 들어간 거 다 티 나."

해찬은 천천히 움직이며 잘못된 점을 지적했다. 돌아온 대답은 없었다. 현재 도희는 이기지 못할 물과 씨름하느라 정신이 없었다. 아직은 어리숙한 감이 있지만 곧잘 적응했다. 반듯한 자세하며, 호흡하는 법까지.

"겁먹더니 생각보단 잘하는데."

첫 칭찬이 무색해지게 도희의 자세가 바로 틀어졌다.

"스트로크할 때 팔꿈치 굽혀서 상체 뜨게 하면 안 돼요. 선배한테 수영 가르쳐 준 강사 누구예요. 엉망이네, 아주."

말은 그렇게 했지만 어릴 적 배웠던 자세를 몸이 기억하고 있는 듯, 도희는 놀라울 정도로 빠르게 터득했다.

도희가 해찬의 팔을 덥석 잡아채며 수면을 뚫고 나왔다.

"이 정도면 된 것 같아. 감 잡았어."

감은 무슨. 해찬이 피식 웃었다.

"응. 그러네. 유아용 풀장에서 혼자 놀기에 딱 적당한 수준으로."

"야."

"농담."

"이제 슬슬 시작하자. 시합."

도희는 얼굴에 묻어 있는 물기를 닦아 내며 거친 숨을 몰아쉬었다.

"진심이었어요?"

"당연하지."

믿기 힘들다는 듯 해찬의 입술이 느슨하게 벌어졌다.

"수영만큼은 봐줄 생각 없는데. 그 조건이 내기라면 더."

"나도 질 생각 없어. 그러니까 죽을힘을 다해서 진지하게 상대해 줘."

지긋한 검은색 동공이 말없이 도희를 응시했다.

"운동선수 승부욕 무시하면 큰일 나는데."

"그래서 필요한 게 핸디캡이지."

"날로 먹으려고 하네."

"현역 국대 선수가 일반인을 상대로 너무하단 생각은 안 들어?"

"뭔데요, 그 핸디캡이."

"넌 출발대에서 시작해. 나는 여기에서 시작할게."

"예전에 박선준이 그렇게 했다가 져서 나한테 십만 원 뜯겼어."

자신감이 넘치는 말투에 도희가 미간을 구겼다.

"그럼 10초 뒤에 출발해."

"되게 이기고 싶나 보네."

"당연하지."

"내기 조건은 뭔데요."

"이긴 사람 소원, 두말하지 말고 무조건 들어주는 걸로."

"……좋아요."

말과 다르게 해찬은 미동이 없었다. 도희가 눈빛으로 왜 움직이지 않고 있느냐며 채근하자, 해찬은 고개를 갸웃거리며 능청스럽게 대꾸했다.

"정말 혼자 있을 수 있겠어요?"

대놓고 무시하는 거지, 이거.

"야!"

도희가 바락 소리치며 수면을 팍 내리쳤다. 튀어 오르는 물을 팔로 막아 낸 해찬이 활짝 웃었다.

햇살 같은 웃음에 시선이 빼앗겨 도희는 한동안 움직일 수 없었다.

"준비됐어요?"

출발대에 올라선 해찬은 더없이 여유로웠지만 도희는 아니었다. 한껏 긴장한 표정으로 레일 중간 지점에 둥둥 떠 있었다.

표정만 보면 올림픽에 출전하는 선수보다 더 근엄했다. 그 모습을 한참 바라보던 해찬이 휘슬을 입에 물었다. 휘익, 신호가 터지자, 도희는 기다렸다는 듯 있는 힘껏 팔다리를 움직이기 시작했다.

10초. 누군가에겐 짧고, 누군가에겐 긴 시간. 해찬은 손에 쥔 타이머를 물끄러미 내려다보다 시선을 올렸다. 조금씩 앞을 향해 나아가는 도희가 눈에 담겼다.

위태로웠다. 마음이 급해지자 그녀의 자세는 금세 흐트러졌다. 몸이 반쯤 기울어진 채로 물에 잠겼다 겨우 떠올랐다. 호흡법은 엉망진창이었다.

그럼에도 도희는 멈추지 않았다. 저 정도면 물을 먹어서 괴로울 텐데 도희는 악착같이 버텼다.

"하여튼, 독한 건 알아줘야지."

해찬이 설핏 웃음을 흘리며 수경을 착용했다. 손으로 수경 끈을 잡아 퉁기자 뒤통수에 마찰하며 착 달라붙었다.

들고 있던 타이머를 바닥에 던져 놓고, 익숙하게 스타트업 자세를 취했다. 약속한 10초가 지나고 순식간에 20초를 넘어섰을 때쯤, 해찬의 몸이 날렵하게 물속으로 내리꽂혔다.

보나 마나 한 결과였다. 칼처럼 반듯하게 훈련된 자세로 고요히 헤엄치던 해찬은 눈 깜빡할 사이에 도희를 스쳐 지나갔다.

한 바퀴도 아닌 반 바퀴. 그에겐 숨 쉬는 것보다 쉬운 일이었다. 순식간에 도착 지점에 멈춰 선 해찬은 수경을 벗어 내고 아직도 한창 물과 고군분투하느라 정신이 없는 도희를 가만히 응시했다.

"얼른 와."

다정한 목소리로 속삭였다.

이제 막 걸음마를 뗀 아기를 바라보듯, 두발자전거를 배우기 시작한 어린아이를 바라보듯. 해찬의 짙은 눈동자엔 염려와 기대가 뒤섞여 있었다.

도희는 그렇게 10분이 더 흐른 뒤에야 겨우 다다랐다. 분명 졌다는 걸 알고 있었을 텐데, 도희는 포기하지 않고 끝끝내 완주했다.

"수고했어요."

간신히 해찬의 도움으로 물속에서 올라온 도희는 대답할 힘조차 남아 있지 않았다. 힘없이 고개를 푹 떨군 채 가쁜 숨을 몰아쉬었다. 그런 그녀가 안쓰러웠는지, 해찬이 생수를 내밀었다.

"물 마실래요?"

도희가 고개를 내저었다.

"아니. 토할 것 같아."

"그러게 왜 고집을 부려."

"고집이 아니라 1%의 확률에 도전한 거라고 해 줄래?"

체온이 내려갔는지, 도희가 어깨를 한껏 움츠렸다. 바들바들 떨고 있는 가녀린 몸 위로 대형 타월이 둘러졌다.

"얼른 일어나요. 계속 그러고 있으면 감기 걸려."

"물개가 따로 없네, 진짜. 어떻게 한 번을 안 봐줘."

해찬의 손을 잡고 비틀거리며 몸을 일으킨 도희가 믿지 않게 그를 흘겼다.

"그러게 경고했잖아."

"그래서. 소원이 뭔데?"

"들어주긴 할 거예요?"

"뭐길래 그래."

해찬의 입술이 일자로 다물렸다. 짧은 고민을 끝낸 그가 날카롭게 눈을 치떴다.

"선배가 생각하고 있는 그거."

"……뭐?"

"말하려고 했던 소원, 없던 일로 하는 게 내 소원이에요."

해찬이 희미하게 웃었다.

△ ▼ △

호주 전지훈련. 해찬은 이미 눈치채고 있었다. 내기의 목적도, 이겼을 때 도희의 입에서 다녀오란 말이 나오리란 것 역시, 알고 있었다.

그렇다면 나는 왜 이길 수 없을 내기에 그토록 집착했을까. 당연히 해찬이 봐줄 것이라 생각했나. 아니면, 내심 보내고 싶지 않았나. 말하고 싶지 않았던 건가.

모르겠다. 먼저 씻고 나온 도희는 식탁에 앉아 해찬을 기다리는 동안 술잔을 기울였다. 언제부턴가 욕실에서 시원하게 흐르던 물줄기 소리가 뚝 끊겼단 사실조차 망각한 채, 묵묵히 술을 들이켰다.

"머리는 왜 안 말렸어요."

시선 끝에 해찬의 발이 닿았다. 천천히 고개를 들자, 비스듬히 얼굴을 기울여 젖은 머리를 수건으로 탈탈 털고 있는 해찬이 보였다.

"원래 잘 안 말리는데……."

절로 말끝이 흐려졌다. 야한 그의 얼굴에, 고요한 눈빛에 홀려서. 해찬은 한숨 같은 웃음을 흘리며 의자에 걸쳐진 마른 수건을 집어 들었다.

"음식엔 손도 안 댔네."

새것 같은 음식을 못마땅하게 훑던 해찬은 아직 물기가 남아 있는 도희의 머리 위에 수건을 얹고, 살살 가볍게 흔들었다.

"그거 알아요?"

"뭘?"

"지금 선배, 되게 야해."

해찬의 시선이 머물러 있는 곳을 따라, 도희의 눈동자가 느리게 움직였다. 멈춘 곳은 샤워 가운 틈으로 언뜻 비친 가슴골이었다. 분명 빈틈없이 꽁꽁 묶었다고 생각했는데. 도희의 얼굴이 순식간에 달아올랐다. 재빨리 가운을 당겨 봤지만 무리였다.

"뭐 하러 가려요. 이미 다 본 사이에 촌스럽게."

해찬이 바쁘게 움직이는 얇은 손목을 낚아챘다. 잠잘 때 입으려고 챙겨 온 옷은 수영으로 이미 흠뻑 젖어 버린 뒤였다. 뭔가, 해찬에게 좋을 짓만 하고 있는 것 같은 기분을 지울 수 없다.

"너도 마실래?"

"응."

거절할 줄 알았는데, 해찬은 의외로 쉽게 수락했다. 도희가 빈 잔에 술을 따른 뒤, 해찬에게 건넸다. 묵묵히 받아 드는 모습을 확인하며 들고 있던 잔을 부딪쳤다.

도희는 아무런 의심 없이 손목을 꺾었다. 하지만 술이 입안에 담길 때까지도 해찬은 우두커니 서서 물끄러미 도희를 직시했다. 어딘가 이상함을 느낀 도희가 눈짓으로 왜 안 마시는 거냐고 묻자, 해찬은 빙그레 웃기만 했다.

"이제 마시려고."

해찬이 손에 들려 있던 잔을 식탁에 다시 내려놓았다. 말과 다른 행동에 도희가 눈을 깜빡였다.

보드라운 뺨에 해찬의 손길이 닿았다. 엄지로 살살 쓰다듬나 싶더니 부드럽게, 또 그만큼 강한 힘으로 도희를 끌어당겼다.

"맛있게 잘 먹을게."

해찬은 반쯤 허리를 숙인 채 입을 맞춰 왔다. 뭉근하게 입술을 짓누르는 열 감이 데일 듯 뜨거워, 도희는 저도 모르게 질끈 눈을 감아 버렸다.

촉, 촉. 가볍게 달라붙었다가 끈적하게 떨어지길 몇 번. 해찬의 턱이 크게 벌어졌다. 장난 같던 입맞춤은 금세 거짓말처럼 깊어졌다. 해찬은 그녀의 입술을 집어삼킬 기세로 집요하게 파고들었다.

꾹꾹 억눌러 온 욕망은 뾰족한 가시가 되어 전신을 사정없이 찔렀다. 따끔하고, 아찔하고, 또 그만큼 아늑하게 밀려들어 온다. 목덜미를 감싼 손길에 이끌려, 도희가 천천히 의자에서 몸을 일으켰다.

해찬이 그녀보다 한참 키가 큰 탓에, 도희의 목이 높게 들렸다. 도희는 숨을 삼키며 발을 세워 해찬의 목을 감았다. 애절하고, 안타깝게. 온 마음을 담아 열렬히 키스했다.

그가 한 발자국 앞으로 다가오면, 도희는 자연스레 한 발자국 뒤로 물러섰다. 그러면서 저돌적으로 서로에게 달려들었다.

지금처럼 도희가 적극적인 태도를 취한 적은 처음이었다. 해찬은 그런 그녀가 조금은 낯설었는지 이따금씩 멈칫거렸지만, 다급히 두 뺨을 잡아채며 애원하는 도희를 멈출 수 없었다. 침실로 넘어가기 직전, 문지방에 다다랐을 때 간신히 도희를 달래며 해찬이 입술을 떼어 냈다.

"⋯⋯백도희."

묵직한 음성이 짙게 깔렸다. 도희는 널찍한 그의 어깨에 얼굴을 푹 파묻은 채 세차게 고개를 흔들었다.

"아무것도 묻지 마. 지금은."

웅얼거리는 음성은 거센 빗물에 잠긴 것처럼 눅눅했다.

"오늘은, 그냥. 그냥⋯⋯."

"응."

해찬은 의미를 이해한 듯 연한 미소를 그렸다. 조금은 쓰게, 달게, 다정해서 더 서글프게.

그녀의 작은 어깨에 위태롭게 걸쳐져 있던 샤워 가운이 스르륵, 힘없이 흘러내렸다. 새하얀 속살이 드러나고, 우물처럼 깊게 파인 쇄골이 해찬의 시야에 노출된 줄도 모르고 도희는 더 가깝게 밀착했다. 응석 부리듯 해찬의 허리를 감싸며 가슴팍에 안겼다.

"고개 들어 봐요."

응? 해찬은 조심스러운 손길로 도희의 머리카락을 쓰다듬으며 나긋하게 재촉했다. 그제야 상기된 도희의 얼굴이 느릿느릿 위로 향했다. 해찬은 한참 동안 그녀의 붉어진 눈을 물끄러미 들여다보았다.

"얼굴 한번 보기 되게 힘드네."

해찬이 웃음기가 묻어난 음성으로 조그맣게 중얼거리며 비스듬히 고개를 수그렸다. 5초. 뚫어져라 시선을 맞추는가 싶더니 도희의 뒷머리를 끌어당겼다. 사이가 밀착되며 콧등이 스치고, 입술이 스쳤다. 얼굴 전체를 간지럽히는 뜨거운 숨결에 도희의 속눈썹이 파르르, 떨렸다.

어딘가 달라진 그녀의 태도가 마음에 들지 않았는지 그가 고요히 물었다.

"왜 이렇게 조급하게 굴어?"

"일분일초가 급해."

"누가 나 어디 도망간대?"

그렇게 하도록 해 달래. 너의 꿈을 응원한다면, 이룰 수 있도록 보내 달래. 7년을 헤어져 있던 우리를 모르는 누군가에겐 고작 1년도 안 되는 짧은 기간이겠지만, 나에겐 그 시간이 10년처럼 길고 아득하기만 한데.

도희는 말을 삼키며 쓰게 웃었다. 잠깐의 정적이 흐른 뒤, 미소 짓는 해찬을 뒤로하고 그녀가 먼저 걸음을 떼어 냈다. 그의 향기로, 체취로 가득 물든 침실 안으로 들어가 침대에 걸터앉았다. 그리고 보았다. 그의 눈을, 똑바로 마주하며 사근사근 재촉했다.

"계속, 기다리게 할 거야?"

"……뭐?"

해찬이 눈살을 작게 구겼다.

"언제까지 기다리게 할 거냐고."

유혹을 넘어선 도발이었다. 해찬의 턱이 팽팽하게 당겨졌다. 이게, 진짜. 허탈한 실소를 터트리며 저벅저벅 안으로 들어섰다.

"더 해 봐."

"뭘?"

삐딱하게 올려다보는 고양이 같은 눈매가 욕구를 자극한다.

"더, 꼬셔 봐."

작게 피식거리며 비웃는 그녀의 웃음소리가 더 안달 나게 만든다.

"일단 와."

해찬이 인상을 찡그렸다.

"하는 거 봐서, 자고 갈지 그냥 갈지 신중히 생각해 볼 테니까."

좀처럼 물러설 생각이 없다. 삐뚜름하게 올라섰던 해찬의 입꼬리가 싸하게 내려앉았다. 넓은 보폭으로 걸어오는 걸음엔 망설임이 없었다. 성큼성큼 길쭉한 다리를 뻗으며 단숨에 다가온 그가 두 번째 손가락으로 도희의 어깨를 툭 밀어 눕혔다.

풀썩, 힘없이 넘어갔다. 그녀의 몸에 둘러진 샤워 가운은 입은 것만도 못한 상태였다. 그의 품에 빈틈없이 짓눌린 탓에 허리를 꽉 조이던 매듭은 이미 느슨하게 풀어져 있었다.

지켜보는 사람만 더 애가 탈 그림을 드러내 놓고, 정작 당사자는 아무것도 모르겠다는 뻔뻔한 얼굴이다.

술기운 때문인지 도희는 노곤한 표정으로 몸을 축 늘어뜨렸다. 기둥처럼 단단한 두 팔로 자신을 가두고 있는 해찬을 지그시 올려다보던 도희가 입술 끝을 끌어 올렸다.

"넌 오늘도 여전히 근사해."

도희가 달콤하게 속삭이며, 팔을 뻗어 엄지로 해찬의 입술을 문질렀다.

"단 하루도, 누구에게도 양보하고 싶지 않을 만큼. 욕심이 나."

참을 수 없게 욕망을 건드린다. 해찬이 이불 시트를 꽉 말아 쥐며 애써 입술을 늘였다.

"나 오늘 생일인가."

"미리 축하해."

도희가 환하게 웃었다. 분명 활짝 웃었는데, 어딘가 지친 듯 씁쓸해 보였다.

미련과 아쉬움이 뚝뚝 흘렀다.

"아……."

아래를 짓누르는 선명한 느낌에 도희가 가느다란 신음을 흘리며 조심스레 눈을 떴다. 해찬은 더 이상 봐주지 않고 핵심을 꿰뚫었다.

"호주 보내고 싶어서 안달 난 마음은 잘 알겠는데, 나는 너 혼자 두고 갈 생각 없어."

거짓말.

"아니. 결국 가게 될걸. 넌 내 말이면 죽는 척이라도 할 거잖아."

"죽는 척이 아니라 진짜 죽지."

"그러니까."

"그래, 그러니까. 봤으니까 알잖아. 죽는 건 딱히 어렵지 않은데, 이번 일은 예외로 칠게."

말이 끝나기 무섭게 해찬이 입을 맞춰 왔다. 더 이상 듣고 싶지 않다는 뜻이었다.

고집을 부리던 도희가 잠잠해지자 해찬이 살며시 입술을 떼어 냈다. 도희는 그새를 참지 못하고 떨어지려는 해찬의 멱살을 다시 잡아끌며 입술을 포갰다. 그의 허리에 다리를 감고, 멀어지지 못하도록 힘을 주어 버렸다.

"잠시만."

해찬은 자칫 폭발하려는 이성을 가까스로 되찾으며 자신의 목을 죽을힘을 다해 둘러 안고 있는 도희의 팔을 떼어 냈다. 그리고 협탁을 향해 손을 뻗었다. 끈질기도록 도희에게 시선을 고정하며, 손만 더듬거렸다. 얼마 지나지 않아 그의 두 손가락 사이에 정사각형 물체가 끼워졌다.

콘돔. 정체를 알아차린 도희가 손끝으로 그것을 툭, 올려 쳤다. 허무하게 침대 밑으로 떨어진 콘돔을 보며 당황한 해찬이 헛웃음을 터트렸다.

"지금 뭐 해?"

"그냥 하자."

해찬의 검은 눈동자가 미세하게 흔들렸다.

"······뭐?"

"확률은 반반이야. 철없는 여대생이 꿈꾸는 뜨거운 일탈 같은 것도 아니고, 생명의 존엄성을 무시할 생각도 없어. 모든 결정은 내 몫이고 그에 따른 책임도 마찬가지겠지."

당혹스럽고, 그만큼이나 기가 찼다. 해찬은 묘한 표정을 지으며 미간을 찡그렸다. 반면 도희는 느긋했다. 천천히 해찬의 가운 매듭을 풀어내며 싱긋 웃었다.

"믿는단 뜻이야."

반드시 내게로 돌아올 거라고. 보다 무사히, 안전하게.

"예전처럼 말 한마디 없이 떠나는 일도 없을 거란 뜻이고."

도희가 그의 기다란 손가락 사이사이에 제 손가락을 끼워 넣으며, 꽉 맞물린 손을 입으로 가져다 댔다. 그리고 핏줄이 솟은 해찬의 손등 위에 입을 맞췄다.

"오늘 밤을 잊지 못하게 만들어 줘. 황홀하게, 눈만 감았다 하면 지금 이 순간이 떠오르게, 널 기다리는 시간들이 결코 지겹지 않게. 그렇게."

무엇과도 바꿀 수 없을 정도로 벅찬 고백이었지만, 결국 다녀오라는 뜻이었다.

오래도록 쓸쓸하고, 외로움을 견디지 못해 죽어 있던, 스스로 죽어 버린 눈동자가 또렷하게 빛났다. 해찬을 담은 그녀의 눈이, 별처럼 반짝였다.

"넌, 진짜."

끝내 해찬이 고개를 푹 떨어트리며 실소를 터트렸다.

"끝까지 못됐어. 잔인하고."

"······알아."

"죽어 버려."

저주와 다를 바 없는 살벌한 말과 달리, 입술에 내려앉는 감촉은 상냥하기만 하다.

도희는 웃었다. 당장이라도 울음이 터질 것 같았지만, 그 말의 속뜻을 알기 때문에 웃었다. 좋아서, 안달 나서, 죽어 버려. 오늘 밤, 죽겠다며 더는 무리라고 애원해도 절대 멈추지 않을 거라는. 무언의 경고이자, 네 뜻에 따라 주겠단 수락이었다.

"이젠 진짜 백도희 개가 다 됐다, 내가."

혀로 입속을 휘저으며 해찬이 설핏 자조했다. 도희가 대답 대신 입술을 꾹 감쳐물며 그의 머리카락을 꽉 말아 쥐었다. 샴푸 향이 코끝을 스쳤다. 언제나 기분 좋은 향기. 고해찬에게서만 나는 시원한 냄새. 숨 막히게 그리울 체취.

도희가 슬며시 미소를 지었다. 그것이 신호가 되어 해찬을 부추겼다. 거침없이 가운을 헤집고 들어선 그의 커다란 손이 그녀의 속살을 힘껏 움켜쥐었다. 웃. 도희의 몸이 들썩였다.

"후회하게 될 거야."

나를 보내기로 한 선택이나. 오늘을 잊지 않게 해 달라고 부탁한 것까지. 전부 다. 많은 의미를 숨기기로 한다. 조금이나마 네가 나로 인해 불안하길. 이 순간을 곱씹으며 괴로울 감정마저 나에겐 상냥한 것일 테니까. 그 정도의 짓궂음은 감당했으면 좋겠다고.

"아."

해찬이 이를 세워 살결을 잘근 씹자 도희의 잇새로 외마디 탄식이 샜다. 아픔보단 야릇한 자극이 더 거셌다. 강한 흥분이 머리끝까지 치솟았다. 감촉은 좀처럼 참기 힘든 것이라서, 도희의 신음은 곧 흐느낌으로 변질되어 갔다.

넘칠 듯 위태롭게 찰랑거린다. 그녀의 몸 상태를 확인받은 순간 그의 얼굴이 멀어졌다. 자세를 취한 해찬이 눈을 맞춰 왔다.

"으웃!"

더 신음할 틈도 주지 않았다. 해찬은 얇은 손목을 잡아당겨 그녀를 일으켜 세웠다. 축 힘이 빠진 채로 이끌리다시피 일어나 그의 품에 안겼다. 더 정확히 말하자면, 그의 다리에 정확히 안착했다.

서로의 몸이 빈틈없이 바짝 붙었다. 그 반동으로 거센 욕망을 품은 그의 것이 속에 가득 들어찼다. 깊숙이, 더 깊숙이. 꿈틀거리는 미약한 움직임마저 전부 느껴졌다. 수치스럽다고 생각할 여력도 없었다.

치받고, 밀어 쳐올리는 힘이 강해질수록 웃음인지, 신음인지, 흐느낌인지 모를 것이 쉬지 않고 터져 나왔다.

도희는 무기력했다. 할 수 있는 거라곤 해찬의 널찍한 어깨에 손톱을 찔러 넣고, 얼굴을 묻은 채로 흐느낌에 가까운 신음을 흘리는 것뿐이었다.

별안간 움직임을 멈춘 해찬이 얇은 허리를 꽉 끌어안고서 짙은 눈으로 도희를 가만히 응시했다.

"다시 도망쳐도 돼."

깊게 잠긴 목소리가 건조하다.

"감당할 자신 있으면 얼마든지 도망쳐 봐."

보란 듯이 이를 세워 목덜미를 힘껏 흡입한다. 가까스로 아릿함을 참아 낸 도희가 입술 안쪽을 세게 씹었다.

"도망 안 쳐. 절대로."

"듣던 중 반가운 소리네."

해찬은 그녀의 가슴에 새겨진 붉은 낙인을 만족스럽게 바라보며 빙긋 웃었다.

"기억해. 오늘, 이 순간을."

도희가 힘겹게 눈을 떴다. 창밖 너머로 화려하게 빛을 내는 풍경이 흐릿하고 희미하게 부서진다. 그의 입술이 언뜻 올라섰다. 울려 퍼지는 소리를 따라 긴 머리카락이 휘날렸다. 정신이 아득하다. 전신이 숨 가쁘게 떨려 왔다.

아픈 만큼 달아서, 아쉬워서. 사랑해, 사랑해. 혀가 문드러질 만큼 외쳤다. 끓는점을 한참 넘어선 둘의 몸이 폭발하듯 마찰하며 거침없이 부대꼈다. 격렬함은 갈수록 거세졌다. 온몸이 닳아 없어질 때까지, 숨을 죽이는 법도 입을 다무는 법도 기억나지 않을 정도로.

그 밤, 또 한 번 짧지만 긴 이별을 다짐하고, 늘 그렇듯 서로를 찾아내고 말겠단 약속을 되뇌며 그렇게, 또, 몇 번이고 부서졌다.

밤새, 밤새도록. 잊을 수 없게. 끊임없이 서로를 원했다. 이해할 수밖에 없는 체념과, 포기. 그리고 간절함은 배가되어 눈이 부실 만큼 아름다운 환상을 선사했다.

그래서 우리는 서로에게 더 절박하게 매달려야 했다. 눈 뜨면 부서질 시간이, 너무 소중하고 간절한 것이라서. 그런, 것이라서.

너는 바다였고, 나는 그런 너를 헤엄치는 그저 무기력한 존재였다. 파도가 되어 거칠게 밀려와도 좋다. 너라면 얼마든지 더 못되게 굴어도, 너라면, 너라면 나는.

"잠겨 죽어도 좋을 만큼 사랑해."

그러니까 밀려와. 숨 막히게, 무력해지게. 더 세차게 밀려와.

도희야.

……도희야.

△ ▼ △

창을 뚫고 들어오는 강렬한 햇살에 고운 미간이 작게 구겨졌다. 해찬은 여전히 눈을 감은 채로, 팔만 뻗어 습관처럼 옆자리를 더듬거렸다.

도희가 곁을 떠난 이후, 눈을 뜨면 가장 먼저 하는 행동이었다. 돌아올 리 없는 너를 찾는 일. 직항으로도 최소 열 시간이 훌쩍 넘는 먼 거리였지만, 그나마 한 시간이란 짧은 시차에 위안 삼으며 마음을 다독이던 지난날이 있었다.

미련하게도. 눈뜨면 쓸데없이 넓은 침대에 덩그러니 홀로 남겨진 현실이 끔찍할 만큼 싫어서, 몸을 돌려 누워 서늘한 이불을 한참 쓰다듬었다.

분명 텅 비었는데, 처음부터 나를 제외하면 아무도 없던 자리였는데. 함께였다면, 잠에서 덜 깬 몽롱한 눈으로 시선을 맞추며 희미하게 웃어 줄 것만 같아서. 한국에 혼자 남겨진 너도, 한 번쯤 이렇게 나를 떠올려 줄 것 같아서.

그렇게 매일을 빈 허공에 눈을 맞추고, 미운 너를 수천 번도 넘게 떠올리며 그리워했었다.

그런데.

"아……."

없다. 이번에도.

고요히 감겨 있던 눈꺼풀이 천천히 떠밀려 올라갔다. 흐릿한 초점이 점차 또 렷해지고, 곧이어 직면한 풍경에 한숨 같은 헛웃음이 흘렀다. 두 번 다신 경험 하지 않을 거라 생각했는데. 까맣게 잊어 가고 있었는데. 왜, 왜 또.

"아니겠지."

부질없는 걱정이다. 그때와 지금은 다르니까. 그러니까. 해찬이 힘없이 웃음 을 흘리며 천천히 상체를 일으켰다.

"씻고 있나……."

깊은 잠에 취해 있던 탓인지 나른한 목소리는 한층 더 깊게 잠겼다. 도희가 호텔 객실 어디에도 없다는 사실을 알아차리게 된 건, 별다른 생각 없이 고개 를 돌렸을 때였다.

협탁 위에 놓인 메모지가 흘러가던 시선 끝에 닿았다. 결코 반갑지 않은 불 쾌한 기시감이 들었다. 언젠가, 아주 오래전에도 이런 비슷한 일이 있었다.

백지처럼 하얀 메모지에 쓰인 단정한 필체는 도무지 잊을 수 없는 익숙한 것 이었다. 밀려오는 불안과 짜증을 애써 삼키며 아랫입술을 잘근 깨물었다.

젠장. 해찬이 신경질적으로 낚아채듯 메모지를 집어 들었다. 하지만 한 글자 한 글자 눈으로 천천히 읽어 내려갈수록, 이전의 걱정은 전부 나약한 트라우마 로 얼어진 헛된 것임을 깨달았다.

「놀랐다면 성공했네. 받을 게 있어서 잠깐 다녀올게. 3시까지 강남역 4번 출구 앞으 로 와. 근처에 새로 생긴 화덕피자집이 있는데, 회사 사람들 말로는 거기가 그렇게 맛 있대. 같이 먹자.」

누구는 놀라서 심장이 발끝까지 떨어졌는데, 누구는 세월 좋게 피자 타령이 나 하고 있다.

기가 막혀서 진짜. 머리를 쓸어 올리며, 해찬이 허탈하게 웃었다.

△ ▼ △

두 번 다신 찾아올 일 없을 거라 생각한 곳에 스스로 걸어 들어오게 될 줄은 꿈에도 몰랐다. 예전엔 관심도 없던 풍경이 조금씩 눈에 들어왔다. 여전히 삭막하고, 지나치게 공백이 많은 공간이었다.

책장 속을 빼곡히 채운 검은색 파일철과 여러 감사패가 진열된 수납장을 지나, 집무실 구석에 놓인 화분에서 시선이 멈췄다. 공기 정화와 실내 관상용으로 유명한 식물, 벤자민이었다. 형광등 빛 때문인지, 벤자민 잎이 자르르 윤기를 내며 반짝였다.

"회의는 아마, 5분 안으로 끝날 것 같습니다. 상무님께서 정리되는 대로 바로 올라오신다 하셨으니 잠시만 기다려 주세요."

비서의 안내에 도희는 얌전히 고개를 끄덕였다. 그토록 꺼림칙했던 푹신한 소파 가죽 감촉이 오늘은 이상하게도 거북하지 않다. 그렇다고 좋다는 것도 아니었지만. 예나 지금이나 변함없이 불편했지만 적어도 도망치고 싶은 마음은 들지 않았다.

"상황이 사람을 만든다더니."

손바닥 뒤집듯 변한 처지가 우스워 실없는 웃음이 샜다. 도희는 맞은편과 자신의 앞에 각각 놓인 커피를 빤히 바라보다가, 팔을 뻗어 어색하게 찻잔을 들었다.

짧으면 2주에 한 번. 길면 두 달에 한 번. 억지로 끌려오다시피 들렀다 갈 때면, 늘 새것 그대로 버려졌으리란 걸 안다. 올 때마다 종류는 매번 달라졌다. 달달한 라떼였다가, 붉은 히비스커스 티였다가, 끝 맛이 씁쓸한 아메리카노, 홍차. 그 외에 알 수 없는 여러 가지의 음료들로. 셀 수가 없었다.

이만하면 마실 생각이 없다 생각할 법한데, 테이블 위엔 늘 새로운 음료가 놓였다. 철저히 교육된 비서의 친절이었을지, 아니면 조금이라도 더 시간을 끌어 보려는 기태준의 수작이었을지. 무엇이든 알 방법은 없지만.

내내 마음이 쓰였던 것도 사실이라, 딱 한 입만 마셨다. 최소한의 고마움. 그이상 그 이하도 아닌, 작은 흔적을 남겼다.

탁, 찻잔을 내려놓았을 때 집무 책상 위에 놓인 명패가 눈에 들어왔다.

「상무이사 기태준」

은색 바탕에 검은색 테두리로 마감된 명패 속에 박힌 글자는 한글이 전부였다. 그 흔한 한자도, 영문도 없었다. 꾸밈 따윈 없는, 그저 누구의 자리인지 알려 주려는 용도에 지나지 않았다.

익숙하면서도 낯선. 멀고 불편했으면서도 가까웠던 그 이름이 눈에 읽히자, 단 한 번도 마음에 담아 본 적 없는 감정이 불쑥 스쳤다.

참 외롭고 쓸쓸한 사람. 그때도, 지금도. 그리고 앞으로도. 고독할 사람. 부질없는 생각을 지워 내고 다시 시선을 돌리려는데, 덜컥 문이 열렸다. 뒤돌아보지 않았다. 규칙적으로 걸어오는 가죽 구두 소리에도 반응하지 않았다.

다가온 그가 재킷 단추를 풀어내며 맞은편 자리에 앉을 때까지. 피로에 지친 얼굴로 들릴 듯 말 듯 한 한숨을 내쉬며 목을 꽉 죄고 있던 넥타이를 흔들어 내릴 때까지.

"많이 기다렸나?"

"네. 한, 30분쯤."

태준이 픽, 웃음을 흘렸다.

"지나치게 솔직한 건 여전하네."

"저한테 줄 게 있다고요."

"오랜만에 만났는데, 경계심 좀 풀어. 이젠 갚을 빚도 없잖아."

"약속이 있어서요."

무거운 정적이 감돌았다. 빤히 도희를 바라보던 태준이 무감정하게 대답했다.

"그래."

알고 있는데, 그냥. 아쉬워서.

쓰레기처럼 더럽게 질척거려도 보고, 집착하고, 꾸역꾸역 만들어 낸 핑계를 무기 삼아 너를 억지로 내 곁에 묶어 두기도 했지만 결국 무의미했다고. 오랜 시간 나를 시험하고, 너를 지켜보며 얻어 낸 결론은 그것뿐이었으니까.

손끝으로 전해지는 떨림을 이해할 수도, 해석할 수도 없다. 태준은 조용히 손을 말아 쥐며 입을 열었다.

"날이 좋아."

도희가 시선을 올렸다.

"내가 있는 곳은 여전히 어둡지만. 적어도 네가 있는 곳은 좋아 보이네."

태준이 자조적인 웃음을 흘리며 천천히 재킷 안주머니에 손을 밀어 넣었다. 그 움직임을 따라 도희의 눈길도 길어졌다. 다시 밖으로 꺼내진 그의 손엔 하얀색 봉투가 들려 있었다. 그것을 테이블 위에 내려 둔 태준이 손끝으로 툭툭, 두드렸다.

"너희 어머니가 남긴 유서야."

도희의 눈동자가 정처를 잃고 크게 뒤흔들렸다.

"그게 무슨 말도 안 되는 소리예요."

"궁금하면 직접 열어서 확인해."

미세하게 경련하는 연약한 음성을 모르는 척하며, 태준은 구김 하나 없이 새 것처럼 깨끗한 하얀색 봉투를 손끝으로 밀었다. 도희는 바로 앞에 놓인 봉투를 멍하니 내려다보았다. 겉면엔 아무것도 쓰여 있지 않았다. 그래서 더 열어 보기가 무서웠다. 내가 아는 엄마는 이런 걸 남길 사람이 아니었으니까.

"이제 와서 왜."

누굴 향한 것인지 모를 질문이었다.

"너희 어머니가 처음으로 병원에 실려 왔던 날, 내게 부탁하셨어. 백도희. 네가 비로소 행복해졌을 때. 행복해질 준비가 됐을 때. 반드시 그때 전해 달라고."

"하……."

"남의 물건 대신 맡아 주는 취미는 없는데, 어쩌다 보니 그렇게 됐어. 생각해 보니 지금이 돌려주기에 적당한 때인 것 같고."

봉투를 쥔 도희의 손이 파르르 떨렸다. 뻣뻣하게 굳으려는 손가락을 억지로 움직여 봉투를 열었다. 그 속엔 편지지 한 장이 들어 있었다.

정확히 세 번 접힌 편지지를 한 번 펼쳤다. 도희에게. 그 짧은 문장만 봤을 뿐인데, 울컥. 알 수 없는 감정이 목구멍 끝까지 간당간당 넘칠 듯 차올랐다. 도희는 눈을 질끈 감았다 뜨며, 종이를 마저 펼쳤다.

편지지를 반쯤 채우고 있는 글자를 속으로 읽었다.

썼다 지운 흔적이 가득했다. 곳곳에 그을린 눈물 자국이 선명하다. 말주변이 없는 엄마를 안다. 그래서 매번 마음에도 없는 뾰족한 말로 아프게 찌르고, 미안함에 몰래 숨죽여 울었다는 것 역시, 안다. 다 알면서 모르는 척 외면했다. 그땐 그저 엄마가 괘씸하고 미워서.

도희는 편지지에 얼굴을 묻고 크게 숨을 들이켰다. 엄마 냄새가 나는 것 같았다. 눈을 감자 닥칠 앞날이 두려워 편지를 끌어안고 오열했을 엄마의 모습이 그림처럼 그려졌다.

온전히 행복해졌을 때 편지를 전해 달라 부탁한 이유를 알 것도 같았다. 용서와 변명을 구하기보단, 자신을 향한 수천 가지의 원망 속에 단 하나의 죄책감이 남았다면, 그것만큼은 네 탓이 아니라고, 그러니 이젠 전부를 털어 내고 마음 편히 행복해지길 바라는 진정한 엄마가 될 수 없었던 어느 한 여자가 딸에게 보낸, 서글픈 고백.

끝내 편지지 위로 눈물이 툭, 떨어졌다. 도희는 혹시나 나약한 제 모습을 들킬까 싶었는지, 황급히 눈가를 박박 비벼 닦으며 들고 있던 편지를 다시 제자리에 내려 두었다.

"고마워요."

음성은 조금 젖어 있었지만, 도희는 애써 덤덤하게 몸을 일으켰다.

"무슨 의미야, 이건."

태준의 무감정한 눈빛이 위로 향했다.

"혹시, 편지, 읽어 봤나요?"

"안타깝게도 유서까지 훔쳐볼 정도로 미치진 않았어."

"다행이네요."

도희가 희미하게 웃었다.

"이거, 당신 줄게요."

"……뭐?"

태준이 눈가를 찡그렸다.

"나보다는 그쪽한테 더 필요할 것 같아서요."

태준이 눈을 가늘게 뜨며 도희의 의중을 추측하려 애썼다.

바들바들 손을 떨며 입술을 깨물던 모습은 찾아볼 수 없었다. 한결 개운해진 얼굴로 저를 바라보며 웃었다. 처음이었다. 백도희가 이런 표정도 지을 수 있었던가. 새삼 놀랐다.

"뭐 잘못 먹었어?"

"그렇다고 쳐요."

도희는 미련 없이 발길을 돌렸다. 어이없어하는 태준을 뒤로하고 집무실 문 손잡이를 잡아 내리려는 찰나에 돌연 움직임을 멈춘 도희가 고개를 돌렸다. 날카롭게 날아든 태준의 눈을 피하지 않고 말했다.

"선물이에요."

태준의 무심한 눈동자가 미약하게 파동을 쳤다.

"내 선물 받고, 전부 다 잊어요."

도희가 엷게 웃었다.

"잘 지내요. 기태준 씨."

탁. 집무실 문이 닫혔다. 도희의 모습이 시야에서 완전히 사라졌는데도, 태준은 그 자리에서 목석처럼 딱딱하게 굳은 채 움직이지 못했다.

고집스럽게 정면에 고정되어 있던 태준의 시선이 내려갔다. 그녀가 떠밀 듯 놓고 간 편지지 내용이 의도치 않게 눈에 읽혔다.

「도희에게.

이 편지를 읽고 있을 지금의 너는, 그날의 악몽 같은 시간에서 벗어나 조금은 행복해졌니. 엄마는 그랬으면 좋겠는데 말이야. 이제야 물어보는구나. 잘 지냈니, 내 딸.

아픈 곳은 없는지, 밥은 잘 챙겨 먹는지. 대학교는 무사히 졸업했는지. 원하던 직장에 취직은 했는지. 결혼은 했는지. 오늘 하루도 무사했는지. 하나같이 전부 감히 물을 수 없는 것들뿐이라 겁부터 나.

엄마라는 게, 무섭지 않은 날이 없었다. 네가 태어나고, 도영이가 태어난 이후로 매 순간 하루하루가 두렵고, 걱정이었고, 도전이어서 나는 매일이 치열했고, 힘겨웠어.

엄마이기 전에 나는 사랑받고 싶은 여자였고, 꿈 많고 욕심도 많은 청춘이어서. 그땐 그게 뭐라고 그토록 그리웠나, 간절했나 싶다.

못난 엄마가 마지막까지 이기적인 사람이라서 미안해. 어렸던 너에게 감당 못 할 이해를 구해서 미안해. 나의 고통을 너에게 미뤄서 미안해. 아무것도 줄 수 없던 가난한 엄마여서 미안해. 너를 구하는 일이라고 변명하며 결정한 선택으로 마지막까지 아프게, 속상하게 해서 미안해.

그래. 그저, 미안하다. 너는 내가 너를 사랑하지 않았다 생각하겠지만, 너는 늘 애틋했어. 자랑스럽고, 믿음직스러웠지. 의지할 곳이 너뿐이었다 말하면, 그마저도 이기적인 변명이 될까 수없이 망설였던 나를 이해해 주렴. 할 수 있는 말이 미안하다는 말뿐이라 염치없지만, 뻔뻔하고 그럴 자격도 없다는 거 잘 알지만, 묻고 싶어.

조금은 행복해졌니?

모든 것을 담아 발게. 더 행복해지렴. 나 때문에 참는 것이 습관이 되었다는 걸 알아. 이젠 그러지 않아도 돼. 네 탓이 아니야. 정말이야. 그러니 나를, 이 엄마를 용서하지 않아도 좋아. 원망해도 달게 받을게.

그러니 너만큼은 행복했으면 해.

슬프고, 고됐던 아픔뿐인 상처로 남은 과거의 기억은 전부 다 잊고.

그곳에서, 좋은 사람들과 부디 행복해지렴.

엄마가.」

그녀가 머물다 간 시간은 5분도 채 되지 않을 만큼 짧았다. 어째서 변명할 기회조차 주지 않았던 건지, 용서를 빌 시간도 주지 않았던 건지, 하나 남은 유서를 하필 자신에게 남겨 두고 떠난 건지. 이해가 됐다.

처음으로 입을 댄 흔적이 남아 있는 커피가 뒤늦게 시야에 들어왔다.

"……우습네."

언뜻 올라섰던 입꼬리가 아래로 떨어졌다. 남은 것은 없었다. 그녀가 남기고 떠난 작은 흔적을 제외하면,

그 무엇도 없었다.

△ ▼ △

10월 초의 낮. 오늘은 유난히 날이 좋았다. 끈질기게 기승을 부리던 무더위도 주춤하며 물러섰다. 한층 선선해진 하늘은 한참 시선을 올려도 닿지 않을 만큼 높고, 구름 한 점 없이 깨끗했다. 가을, 이다.

도희는 한참 동안 그 자리에 멈춰 서서 가늘게 뜬 눈으로 끝도 없이 치솟은 삼진그룹 본사 건물을 올려다보았다.

아주 가끔씩, 우연히 지나는 길에 스쳐 가는 것이 전부일 곳. 이젠 정말 끝이다. 피부를 훑고 지나가는 바람은 더없이 상냥했다. 비릿하고 습했던 여름 냄새와 상반된 청명한 가을 향기가 폐부 깊숙이 스며들었다.

얼마 만인지 모르겠다. 답답한 잡념도, 상념도 없는 평화로움이. 그때, 따사롭게 내리쬐던 햇빛이 무언가로 인해 가려졌다. 그림자와 그림자가 맞붙으며 커다란 그늘이 드리워졌다. 도희가 천천히 시선을 내렸다. 앞을 막아서는 남자를 마주한 순간, 눈이 커다랗게 떠지고 입술도 힘없이 벌어졌다.

"아……."

뭔가 이상하다 했다. 길을 걷던 사람들은 언제부턴가 약속이라도 한 것처럼 일제히 자리에 멈춰 섰다. 사람 수만큼이나 많은 시선들이 한곳에 집중되었다.

고해찬. 중심엔 그가 있었다. 즐겨 쓰던 검은색 볼캡도, 마스크도 없었다. 맨

얼굴을 그대로 드러낸 채 해찬은 몇 걸음 떨어진 곳에 우두커니 서서 물끄러미 도희를 응시하고 있었다.

"어떻게……."

너무 놀라서 잠시 할 말을 잃었다. 그 잠깐을 참지 못하고 해찬은 성큼성큼 길을 가로질러 도희를 향해 다가왔다.

"모자……. 아니, 마스크……."

눈을 깜빡이던 도희가 급한 대로 아무 말이나 뱉었다. 어깨에 걸쳐진 숄더백이 힘없이 툭, 떨어지려는 것을 순발력 있게 잡아채 다시 올려 주며, 해찬이 작게 웃었다.

"그런 걸로 쉽게 가려질 미모도 아니고. 귀찮아서 그냥 왔어."

발끝과 발끝이 마주 보았다. 세상이 멈춘 듯했다. 어느새 하나둘씩 모인 사람들은 둥글게 원을 만들었다.

졸지에 옴짝달싹 못 하고 그 안에 갇혀 버린 모양이 되었지만, 사람들의 수군거림도 따가운 시선도, 이따금씩 터지는 카메라 소리도 그 무엇도 느껴지지 않았다. 도희의 입술 사이로 허무한 웃음이 힘없이 새어 나왔다.

"여기가 강남역 4번 출구야?"

"잠든 애인 버려두고 다른 남자 만나러 온 주제에 말이 많네."

"언제는 바람피워도 상관없다며."

"원래 남자 마음은 갈대야."

능청스럽게 농담을 건네는 해찬이 어이가 없어 도희가 헛웃음을 터트렸다.

"웃지 말지. 백도희 남자 친구 아직 화 안 풀렸는데."

"애인이니, 남자 친구니. 아까부터 자꾸 말끝마다 강조하는데, 그거 일부러 들으라고 그러는 거야?"

"그 정도 눈치는 있어서 다행이네."

도희는 피식거리는 해찬을 밉지 않게 흘겼다. 별다른 생각 없이 고개를 돌리려는데, 건너편 빌딩 위에 설치된 스크린에 시선을 빼앗겼다.

「정경유착 '홍미연' 구속 기소 서울중앙지법 제1회 공판 기일 21일로 확정 검찰, 오늘 아침 공범 가능성 높은 '백윤택' 출국 금지 조치 후 소환 고강도 조사 진행 중.」

도희는 빠르게 흘러가는 긴급 속보 자막에서 눈을 떼지 못했다. 해찬은 말없이 손을 뻗어 도희의 어깨를 둘러 안았다. 따뜻한 온기가 전해졌다.

"배고프다."

언제나처럼, 괜찮다고. 그렇게 말해 주는 듯했다. 하고 싶은 말은 많은데, 무슨 말부터 해야 할지 몰라 도희는 조그맣게 입을 벌렸다 다물며 혀를 달싹였다.

"배 안 고파요?"

다정히 재촉하며 가만히 눈을 맞춰 오는 해찬을 향해 도희가 고개를 끄덕였다.

"……응. 배고프다. 얼른 먹으러 가자. 화덕피자."

말이 끝나기 무섭게 정수리로 톡, 톡 물방울이 떨어졌다. 정말이지, 때아닌 비 소식이었다. 당황한 도희가 슬쩍 하늘을 올려다보았다. 하지만 여전히 하늘은 맑았다.

"소나기인가……."

얼굴 위로 몇 개씩 떨어지던 빗방울은 점차 빠른 속도로 쏟아지기 시작했다.

후드득, 후드득. 물방울은 어느덧 가느다란 빗줄기로 변했다. 이러다 그치겠지 생각한 예상은 보란 듯이 어긋났다. 갑자기 돌변한 날씨에 둘러싸고 있던 인파도 거짓말처럼 사라졌다.

"어떡……."

"뛰자."

말을 다 잇기도 전에, 해찬이 강한 힘으로 도희의 손을 잡아끌었다. 한 발자국, 두 발자국 걷던 걸음은 점점 뛰는 속도로 바뀌었다.

손을 꽉 맞잡은 악력은 도통 약해질 기미가 보이지 않았다. 손이 아릴 정도로 고집스럽게 움켜잡은 채 앞만 보며 달렸다. 긴 다리를 쭉쭉 뻗으며 넓은 보폭으로 앞서 뛰는 해찬의 뒷모습을 멍하니 바라보며, 도희는 이끌리듯 다리를 움직였다.

건조하게 메말라 있던 아스팔트 도로와 길바닥은 이미 물기를 잔뜩 머금어서 흥건했다. 구두가 땅바닥에 질척하게 붙었다 떨어질 때마다 사방으로 물방울이 튀었다. 예고에 없던 소나기에 당황한 사람들은 비를 피할 곳을 찾으러 이리저리 뛰어다니느라 정신이 없었다. 건물들이 빠르게 스쳐 지나가고, 도로 위를 꽉 채운 자동차와 사람들을 순식간에 지나쳐 간다.

"너, 피자집 위치가 어딘지는 알고 뛰는 거야?"

해찬은 대답이 없었다.

"지금 어디, 어디로 가는 건데?"

"생각 중."

"잠깐……."

무슨 생각을 달리면서 해.

도희는 말을 이을 수 없었다. 숨이 턱 끝까지 차올라서, 따져 묻는 것도, 달리는 것도 한계였다.

힘들어서 그런가, 잘은 모르겠지만 심장이 쾅쾅 뛰었다.

분명 당황스러울 텐데, 찝찝한 소나기에 젖어 짜증이 날 법도 한데, 한껏 찡그린 표정인 도희와 달리 해찬은 달리는 동안 가쁜 숨 한번 토하지 않았다.

힘겨운 내색 따윈 없이 깃털처럼 가벼운 몸짓으로 가뿐히 내달렸다. 그래서 멈출 수 없었다. 계속 보고 싶었기 때문이다. 무슨 일이 있어도 결코 무너지지 않을 것만 같은 믿음직스러운 뒷모습도, 근사한 옆모습도.

"진짜, 너는……."

혼잣말에 가까운 음성은 금세 휘발되었지만, 도희는 해찬의 얼굴에서 좀처럼 시선을 뗄 수 없었다. 두고, 두고 남몰래 간직하고 싶은 표정이라서, 순간이라서. 도희는 숨죽여 울컥거리는 감정을 삼켰다.

그날, 그 시간 해찬은 시원하게 입술 끝을 말아 올려 웃고 있었다.

7년 전, 그날처럼. 근사하게.

△ ▼ △

결국 맛있기로 유명한 화덕피자는 구경도 못 했다. 급한 대로 비를 피하기 위해 전력 질주 하던 끝에 발길이 멈춘 곳은 근처의 설렁탕 전문 식당이었다.

"어이가 없네, 진짜……."

기껏 찾아 들어온 곳이 설렁탕집이었다는 것도, 식당에 들어오자마자 거짓 말처럼 뚝 그친 소나기도. 전부 기가 막혔다.

누가 조종하는 게 아닐까, 우스운 생각이 들 정도였다.

"왜, 난 좋은데."

해찬은 그녀의 앞에 숟가락과 젓가락을 놓아 주며 젖은 머리카락을 쓸어 올렸다. 직원이 가져다준 수건으로 물기를 대충 닦아 낸 뒤, 자리에 깔고 앉았으니 망정이지, 아니었다면 쫄딱 비 맞은 생쥐 꼴로 찝찝하게 버텼을 것이다.

"설렁탕 못 먹어서 한 맺힌 귀신이 붙은 게 분명해."

그게 아니고선 이럴 수는 없다. 도희의 불퉁거림에 해찬은 말없이 웃었다. 그러는 와중, 내내 보이지 않던 웬 할머니가 반색하며 다가왔다.

"어이구, 우리 똥강아지 왔누?"

어딘가 익숙한 말투와 얼굴. 구부정하게 꺾인 허리도, 도희는 왠지 낯익단 기분을 지울 수 없어 뚫어져라 할머니를 바라보았다. 해찬은 익숙하게 대답했다.

"네. 오랜만에 왔어요."

"그래, 그래. 오늘은 뭘 줄까? 수육국밥도 맛나."

"설렁탕 두 개 시켰어요, 이미."

"그려, 그려. 이 할미가 어제저녁부터 푹 끓여 뒀어. 국물 맛이 구수한 게 입맛에 딱 맛을 겨."

아. 그 할머니였다. 7년 전, 해찬을 따라갔던 허름한 설렁탕집 주인 할머니. 그런데 왜……. 시장 골목 끝자락에 위치했던 낡은 식당이 강남역 한복판에 있 는 걸까.

프랜차이즈 식당 못지않은 깔끔한 인테리어는 습한 냄새가 나던 예전 식당 과 사뭇 달랐다. 맛이 좋아 소문이 퍼져서 유명해진 걸까. 도희를 뒤늦게 발견 한 할머니가 동그랗게 눈을 떴다.

"이 처자는 누구여? 첨 보는 얼굴인디. 우리 똥강아지 새색시인감?"

당황한 도희가 빠르게 눈을 깜빡였다. 기억을 못 하시는 건가. 그럴 만도 했 다. 시간이, 많이 흘렀으니.

"아가, 참 곱다. 고와. 예쁘다."

할머니가 도희의 손을 덥석 잡아 올렸다. 주름진 두 손을 넌지시 내려다보던 도희가 고개를 돌려 해찬을 건너다보았다. 해찬은 말없이 계속 웃기만 했다.

"이 할미 죽기 전에 새색시 될 처자 꼭 데려오겠다더니……. 해찬아. 참말로 예쁘다. 좋겠네, 우리 똥강아지. 이렇게 예쁜 새색시도 두고."

해찬이 고개를 끄덕였다.

"네. 많이 좋아요. 예뻐서."

"그래, 예쁘다, 참 예뻐."

도희가 어색하게 입술을 끌어 올렸다. 감사합니다, 인사를 하려는데 할머니 의 표정이 바뀌었다.

"아이고, 똥강아지 언제 왔누?"

"방금 왔어요, 할머니."

"오메, 오메. 귀한 손님이 왔어. 며늘아가! 이리 좀 와 봐라!"

어딘가 이상했다. 확실히.

주방에 있던 중년 여성이 할머니의 외침에 부리나케 달려왔다.

"어머니, 부르셨어요?"

"응. 그래. 그, 알지? 우리나라 최고로 유명하고 훤하게 생긴."

"그럼요, 알다마다요. 매일 입이 닳도록 말씀하셨잖아요."

아주머니는 익숙하다는 듯 맞장구를 쳤다. 해찬도 어긋난 기류를 감지하지 못하는 눈치였다. 아니, 알면서 모르는 척하는 건가. 이곳에서 이상한 사람은 도희뿐이었다.

"그래, 뭘 줄까?"

"설렁탕 두 개요, 할머니."

해찬은 차분한 목소리로 답했다.

"아, 이봐라. 내가 정신이 이렇게 없어. 매번 올 때마다 그렇게 많이 먹고 갔는디. 맞지? 쪼매만 기다려. 이 할미가 맛있게 해다 줄게."

할머니는 서둘러 주방으로 돌아갔다. 아주머니는 미안한 기색이 다분한 얼굴로 힐긋거리며 애써 웃음 짓더니 걸음을 돌렸다.

"치매 판정 받은 지 꽤 되셨어요. 할머니."

"아……."

"이상하게 나만 잘 기억해."

해찬은 빈 컵에 물을 따라 주며 어깨를 으쓱였다.

"잘생겨서 그런가."

분명 장난칠 분위기는 아닌 것 같은데, 아무렇지 않게 상황을 이어 가는 해찬을 보자 어떤 대답을 내놓아야 할지 모르겠다.

머뭇거리던 도희가 입을 열었다.

"여기 식당, 설마 네가 도와드린 거야?"

"뭐, 그럴 수도 있고. 아닐 수도 있고. 원래 맛이 좋았으니까, 묻힐 곳은 아니다 싶어서 투자한 거지."

"그랬구나. 착하네, 고해찬."

해찬이 풋, 웃음을 터트렸다.

"착한 거예요? 투자하는 게?"

"놀리긴."

도희가 비죽거렸다. 그러는 사이에 설렁탕이 나왔다. 맛있게 먹으란 인사를 끝으로 멀어지는 아주머니의 뒷모습에서 시선을 뗀 도희가 여러 감정이 얽힌 눈빛으로 뽀얀 설렁탕 국물을 응시했다.

"무슨 생각 해요?"

도희가 고개를 들었다.

"시간이 참 빠른 것 같아서."

"그런가."

"그땐 너무하다 싶게 느렸거든. 이런 날이 오긴 할까 싶어서, 세상이 원망스럽기까지 했는데. 돌아보니까 너무 빨리 지나온 것 같아. 허무할 정도로."

도희는 숟가락으로 설렁탕을 휘휘 저으며 까무룩 회상에 잠겼다.

"이렇게 먹으면 맛있어요."

도희의 설렁탕 뚝배기로 깍두기 국물이 쪼르륵, 흘러들었다. 점차 빨갛게 물드는 국물을 바라보며, 도희가 피식 웃었다.

"그래. 맛있더라. 정말, 많이."

네가 그리울 때면 늘 설렁탕을 먹었다. 지금처럼, 깍두기 국물을 넣어서 울음이 터지려는 것을 가까스로 참으며 꾸역꾸역 다 먹었다. 어째서 너와 함께 먹었을 때처럼 맛있지 않았던 건지, 끝내 그 답은 알아내지 못했지만.

"……공항, 안 갈 거야."

그랬다간 가지 말라고 애원할 것 같으니까. 헤어지는 게 아니니까. 억누른 목소리에, 해찬은 다정하게 대답했다.

"응."

"시간 나면, 전화해."

"그럴게."

"영상 통화도 자주 하자."

"그래."

"밥은 꼬박꼬박. 제때……."

"도희야."

해찬이 테이블 위에 놓인 도희의 손을 잡아 왔다. 시선을 들자 해찬이 눈을 휘며 잔잔하게 웃었다.

"그런 말은 내 얼굴 보면서 해야지, 왜 설렁탕을 보면서 말해."

"아, 미안."

"결혼할래?"

떠나는 마당에 그게 무슨. 도희의 입술이 동그랗게 벌어졌다.

"하자, 결혼. 할머니 기억 전부 다 사라지기 전에."

그래. 그러자. 그 말이 쉽게 나오지 않았다. 너무 놀라서. 결혼, 그 단어는 긴 시간 헤어짐이 당연했던 우리에겐 너무 꿈만 같은 일이라.

도희의 손을 뒤집어 펼쳐 낸 해찬이 손가락을 세워 작은 손바닥 위에 무언가를 그렸다.

"가족, 만들고 싶었어."

아무것도 없는 우리에게 가장 필요한 건, 가족이었다.

"나 닮은 아들 한 명, 너 닮은 딸 한 명 낳고. 소꿉놀이하듯이 귀엽게 살자. 복작복작, 시끄럽게."

그의 기다란 손가락이 손바닥 위에서 천천히 움직일 때마다 참을 수 없는 간지러움이 느껴졌지만, 도희는 해찬이 무엇을 그리는지 알아내는 데 집중했다.

"얼른 올게."

"⋯⋯응."

사랑해. 손바닥 위에서 형태 없이 완성된 글자를 확인한 순간 마음 깊은 곳에 끈질기게 남아 지워지지 않던 불안감이 조금씩 사라져 간다.

"호주, 가기 전까지 같이 있자."

"응."

해찬이 남긴 그 글자가 혹여나 날아갈까 싶어, 도희는 손을 꽉 말아 쥐었다.

"얼른 먹어요. 다 식겠다."

해찬이 웃으며 도희의 손에 숟가락을 쥐여 주었다. 꾹 입을 닫고 있던 도희가 국물을 한 술 떠먹었다. 곧이어 그녀의 얼굴에 기분 좋은 미소가 감돌았다.

"⋯⋯맛있네."

너와 함께이기에 더할 나위 없었다.

△ ▼ △

매앰, 매앰. 찌르르. 찌르르르.

귀가 찢길 듯했다. 늦은 저녁부터 아침 댓바람까지 살인적인 더위에 지칠 법도 한데, 매미는 갈수록 가열하게 울어 댔다.

"쟤들은 밥도 안 먹나……. 안 그래도 더워서 미쳐 돌아 버리겠는데 귀까지 먹게 생겼네."

영업 팀 찬영이 한량처럼 휘적휘적 걸어왔다.

"어떻게 보면 저것도 일종의 노동 착취라니까. 어휴, 불쌍한 우리 수컷 매미들. 사랑이 뭐라고. 구애 한번 처절하다, 처절해."

찬영은 파티션에 턱을 괸 채 지루함이 다분한 표정으로 불만을 토로했다. 엄살은. 도희는 실없이 웃으며 흩어진 서류 뭉치를 모아 탁탁 책상에 내리쳤다. 반듯하게 각 잡힌 서류를 찬영에게 건네며 자리에서 일어섰다.

"암컷 매미 입장도 들어 봐야지."

찬영은 서류 뭉치를 받아 들며 도희의 파티션에 붙여진 직급을 힐긋거렸다.

"그나저나 백 팀장님은 어딜 그렇게 바쁘게 가십니까? 미팅?"

"반차 냈고, 내일부터 3일 동안 휴가야. 그러니까 쓸데없이 연락하지 마. 중요한 일이라도 안 봐줘. 휴대폰 꺼 둘 거야."

"이야, 계 부장 밀어내고 하루아침에 대리에서 팀장으로 고속 승진 하더니 꼰티 부리는 것 좀 봐. 아무리 부장 자리가 여태 공석이라지만 너 요즘 너무 막나간다? 팀원들은 뭔 죄냐."

"이 과장. 말이 짧다?"

도희가 차갑게 대꾸하자, 찬영은 허, 하고 헛웃음을 터트렸다.

"쟤 지금 승진 누락 갖고 예전에 내가 좀 놀렸다고 일부러 저러는 거 맞지? 백 팀장. 방금 그 발언 좀 위험했다? 대한민국 과장 전체를 비하하는 거였다고.

동기사랑 나라사랑. 그새 잊었어?"

들다 못한 여직원이 나서서 흐름을 끊었다.

"아이, 과장님. 그만하세요. 오늘 부산에서 올림픽 남자 수영 1500m 결승전 있는 날이잖아요."

"그게 왜?"

영문을 모르겠다는 듯, 찬영이 고개를 갸웃거리자 여직원들은 한마음 한뜻으로 야유를 흘렸다.

"정말 모르세요? 고해찬 선수 여자 친구가 팀장님인 거."

"헐. 진짜? 백도희, 진짜야? 말도 안 돼. 이거 지금 나만 몰랐어? 나 빼고 다 알고 있던 거야?"

"네. 과장님만 모르셨네요. 작년 가을부터 주야장천 열애설 기사로 난리도 아니었거든요? 그리고 백 팀장님, 승진 이후로 하루도 빠짐없이 야근하셨어요. 휴가도 몇 번이나 괜찮다 하시는 거, 직원들이 억지로 다녀오라 했던 거구요."

"맙소사……."

찬영의 입이 떡 벌어졌다. 멀어지는 도희의 뒷모습을 넋 놓고 바라보다 말고 찬영이 빽 소리쳤다.

"야, 백도희!! 너, 그거 배신이야! 내가 널 얼마나 좋아했는데! 몇 년 동안 품어 온 남자의 순정을 어떻게 말 한마디도 없이 그렇게 무참히 짓밟을 수 있어? 너도 알고 있었잖아, 내가 너 좋아하는 거!! 비록 내가, 널 좋아하면서 몇 명의 구여친들과 만남을 가졌다지만 이럴 수는 없는 거다. 어?!"

네네. 그러든지 말든지. 도희는 성의 없이 대꾸하고는 휘휘 손을 흔들며 사무실을 빠져나갔다.

△ ▼ △

김포에서 부산까지. 비행기는 한 치의 오차 없이 제시간에 도착했다. 문제는 공항을 나서는 순간부터였다. 올림픽의 여파였는지, 아니면 금요일이라 그런 건지는 몰라도 도로는 빈틈없이 꽉꽉 막혀 있었다.

시간은 점점 흘러가는데, 택시는 그 자리에 멈춰 도무지 움직일 생각이 없었다. 때맞춰 휴대폰이 울렸다.

"응, 선미야."

— 도착했어?

"가는 중인데, 많이 막히네."

— 뭐? 이제 곧 경기 시작하는데?

"그러니까."

오늘을 위해 11개월을 버텼다. 해찬은 달라진 물의 감에 적응하기 위해 올림픽 개최일보다 일주일 빨리 입국했지만, 도희는 혹시라도 시합에 지장이 생길까 단 한 차례도 해찬을 만나지 않았다. 100m, 200m, 400m 경기 영상은 가슴이 떨려 찾아보지도 못했다. 들려오는 결과에 가슴을 쓸어내릴 뿐. 짧은 전화나 문자가 가끔 오고 가긴 했어도 그마저 회사 업무와 그의 훈련, 시합 시간이 엇갈려 오래 지속되지 못했다.

— 회사 일 바쁘면 생중계로 봐요. 고생해서 경기장 와 봤자 잘 안 보여. 경기장에서 스크린으로 보나, TV로 보나 별로 차이도 없고.

'싫어. 마지막 경기는 무조건 직접 가서 볼 거야.'

— 고집은. 알겠어요. 비행기 탈 때, 잊지 말고 여권 꼭 챙기고.

어젯밤, 비행기를 타 본 적 없는 자신을 놀리던 농담이 전부였다.

— 최대한 빨리 가 달라고 해 봐. 정 안 된다 싶으면 따따블 외치고.

"알겠어. 넌 지금 보고 있어?"

— 응. 회사에서. 우리 회사 지금 난리도 아니다. 맞다. 너 경기장 들어가기 전에 청심환 꼭 먹어라. 아, 방금 광고 끝났다. 끊을게!

통화는 성급하게 끝났다. 벌써 내일이면 하계 올림픽 일정도 끝이 난다. 이번 해의 8월은 어느 때보다 뜨거웠다. 대한민국 국민 전부가 한마음 한뜻이 되어 거리로 나와 국가 대표 선수들을 목청껏 응원했고, 올림픽 덕분에 술집 사장님들은 쾌재를 불렀다. 부산의 열기는 서울보다 더 심했다. 거리마다 일렬로 즐비한 올림픽 깃발이 더운 바람에 쉬지 않고 펄럭였다.

창문에서 시선을 뗀 도희가 서둘러 시간을 확인했다. 경기 시작까지 앞으로 5분. 초조한 마음에 도희는 손톱을 잘근잘근 뜯으며 휴대폰을 켰다.

액정으로 실시간 경기장 풍경이 떠올랐다. 결승전에 올라온 선수들의 도표가 레일순으로 쭉 나열되었다. 도희는 덜덜덜 떨리는 손으로 이어폰을 귀에 쑤셔 넣었다.

「5. KOR, 고해찬 — 대한민국」

다섯 번째 레일이다. 아직 시작도 하지 않았는데, 심장은 벌써부터 미친 듯이 뛰었다. 기사님에게 따따블을 외치며 서둘러 가 달라 재촉하는 것조차 까맣게 잊어버린 채 도희는 빨려 들어갈 듯 휴대폰 액정에 시선을 고정했다.

— 아, 여러분. 들리십니까! 지금 이곳, 새로 지은 부산 스타디움 경기장에선 고해찬 선수를 응원하는 함성 소리에 귀가 터져 나갈 것 같습니다. 이제 곧 선수들이 입장할 텐데요, 제가 다 떨리네요.

해설 위원의 목소리가 잘 들리지 않을 정도로 엄청난 함성 소리가 귀를 강타했다.

— 고해찬 선수, 정말 대단한 선수죠. 부산 하계 올림픽을 유치하는 데 아주 큰 도움이 됐던 인물입니다. 작년, 약물 테러 사건에 휘말리게 되면서 국민들의 걱정이 이만저만이 아니었는데요. 그럼에도 불구하고 이번 올림픽 100m, 200m, 400m 경기에서 당당히 금메달을 따내는 쾌거를 이뤘습니다. 이 정도면 작정하고 이를 갈고 나왔다 해도 과언이 아닙니다.

이틀 전에 끝난 해찬의 경기 하이라이트 영상이 송출됨과 동시에 해설 위원의 설명이 이어졌다.

— 맞습니다. 고해찬 선수는 대한민국에서 모르면 간첩이라고 말할 정도로 아주 유명한 선수죠. 186cm에 77kg. 고해찬 선수는 수영 선수에겐 다소 불리한 신체 조건을 갖고 있지만, 열네 살에 최연소 국가 대표란 타이틀을 거머쥐며 쉬지 않고 각 세계 대회에서 신드롬을 일으켰습니다. 또, 7년 전에는 세계 선수권 대회에서 처음으로 금메달이 아닌 동메달을 땄었는데요. 그 영향 때문인지 경기 시작 전 사전 인터뷰에서 이번 올림픽 때는 금메달이 아니면 안 되는 이유가 있단 말로 큰 자신감을 보여 화제가 됐습니다. 과연 그 이유가 무엇이었을지, 궁금해지네요.

— 그렇기 때문에 이번 경기가 고해찬 선수에겐 더 특별한 의미로 남을 것 같습니다. 기량이 대단한 선수인 만큼, 저뿐만 아니라 국민 전부가 같은 마음으로 응원하고 있을 텐데요. 마침 선수들이 입장합니다.

도희의 눈이 빠르게 움직였다. 화면 속에서 선수들이 차례로 입장하고, 드디어 다섯 번째 레인에 설 해찬이 모습을 드러냈다. 〈익스페디션〉 로고가 박혀 있는 스포츠 트레이닝 재킷을 걸친 채.

— 저기 고해찬 선수가 보이네요. 아, 여전히 잘생겼습니다. 보세요, 저 여유로운 표정. 떡잎부터 다르다고 생각하긴 했지만, 어쩐지 오늘은 더 기대가 큽니다. 그저 다치지 말고, 최선을 다해 국민들의 염원을 이뤄 주길 바랄 뿐입니다.

해찬은 경기장 앞에 비치되어 있는 대기석에 앉아 체온을 유지하기 위해 입고 있던 옷을 하나씩 탈의하기 시작했다. 국가별로 선수를 소개하는 멘트가 시작되고, 어느덧 다섯 번째 순서가 다가왔다.

— ……네, 드디어 고해찬 선수입니다! 이번 부산 올림픽 최다 메달에 도전

합니다. 엔트리 된 기록 14분 11초 10으로 세계 신기록을 보유한 자랑스러운 우리나라 선수, 고해찬입니다!

카메라가 가까이 다가오며 얼굴을 클로즈업하자, 가볍게 준비 운동을 하던 해찬이 움직임을 멈추고 씩, 웃으며 손을 흔들었다.

"……미쳤어."

누굴 향한 인사였는지, 웃음이었는지 알기에, 도희는 떨리는 숨을 가까스로 몰아쉬며 질끈 눈을 감았다 떴다. 나머지 남은 선수들의 소개 멘트가 끝나자, 휘익, 휘익. 두 번의 휘슬 소리와 함께 선수들이 출발대 위로 올라섰다.

— 자, 남자 자유형 1500m, 마지막이자 또 다른 시작이 될 고해찬 선수의 아름다운 도전이, 그 피날레가 이제 곧 시작되겠습니다. 고해찬의 올림픽 마지막 경기, 정말 손에 땀을 쥐게 할 만큼 긴장되는 순간입니다.

고요했다. 쉬지 않고 말하던 해설 위원마저 숨을 죽였다.

— Take your marks…….

준비 자세를 요구하는 심판의 장엄한 목소리가 경기장에 퍼졌다. 선수들이 허리를 굽혀 스타트업 모션을 취하며 부동자세를 유지했다.

그리고 정확히 3초 뒤, 따— 시작을 알리는 기계음이 울렸다.

시작을 알리는 신호가 떨어지기 무섭게, 이 순간만을 기다려 온 각국의 선수들이 동시다발적으로 포물선을 그리며 물속으로 내리꽂혔다.

— 출발합니다! 5번 레일 고해찬 선수, 100m를 15바퀴 돌아야 하는 자신과의 긴 싸움입니다. 출발은 아주 좋습니다만 물속에서 진행되는 마라톤이기 때문에 초반 페이스 유지가 가장 중요한데요, 고해찬 선수. 속도가 너무 빠릅니

다. 이대로라면 후반부에 뒤처질 위험이 있어요.

— 순발력과 스피드가 우선시되는 단거리와 달리 장거리는 정신력 싸움이기 때문에 상대적으로 근지구력과 체력, 그리고 멘탈이 중요합니다. 그런데 고해찬 선수 좀 보십시오. 처음부터 최고 속도입니다. 말도 안 되는 페이스를 밀고 있어요. 과연, 끝까지 지금의 텐션을 유지할 수 있을지 조금 걱정이 되는데요.

조급히 떠드는 해설 위원의 목소리가 하나도 들리지 않았다. 수영을 모르는 자신이 보더라도 너무하다 싶게 빠른 속도라 불안했다.

조금만 더 천천히 달려도 될 텐데, 너는 무엇이 그토록 급한 걸까. 자꾸만 시야가 뿌옇게 흐려졌다. 눈물이 날 것만 같았다. 꽉 말아 쥔 손에서 땀이 줄줄 흐르고, 심장은 당장이라도 파열될 듯 쾅쾅 펌프질했다.

해찬아, 져도 돼. 반드시 1등이 아니어도 괜찮아. 속으로 몇 번이고 외쳤지만, 수많은 사람들의 기대를 저버렸을 때 그 무거운 부담감을 혼자서 지금껏 어찌 견뎌 왔을지, 감히 헤아릴 수 없어 가슴이 먹먹해진다.

푸른 물살을 가르는 그의 몸짓은 너무나 눈부시다. 열광하는 관중들의 환호를 한 몸에 받으며 질주하는 고해찬의 세계는, 여전히 뜨겁다.

12분은 순식간에 흘러갔다.

— 자, 고해찬 선수! 가장 먼저 마지막 100m 스퍼트 시작했습니다! 2위인 중국의 왕찐린 선수와 무려 300m 차이입니다! 고해찬 빨라요, 빨라도 너무 빠릅니다! 100, 200, 400m 경기를 치른 뒤 1500m를 이어 뛴다는 건 상상도 못 할 만큼 엄청난 부담일 텐데요. 이야, 어마어마한 체력입니다. 다른 선수들이 따라올 엄두도 못 내고 있어요!

입술이 파르르 떨렸다. 마지막 반환점을 찍고 돌아오는 그의 속도는 줄어들 기미가 보이지 않았다. 도리어 처음보다 더 빨라졌다. 후반부에 힘이 빠져 뒤처질 것이란 해설 위원의 걱정을 보란 듯이 뒤집어 놓으며, 해찬은 숨 쉴 틈도 없이 거침없이 물을 가로지르며 달려오고 있었다.

여전히 아름답고, 시원하게.
조금씩, 조금씩.

— 말씀드리는 순간, 고해찬 선수가 1위로 가뿐히 들어옵니다! 아아! 14분 01초 40! 또 세계 신기록이에요! 이곳 대한민국 부산에서, 고해찬 선수가 무려 네 번의 신기록과 네 개의 금메달을 따냈습니다! 본인이 세운 기록을 깨고 다시 또 새로운 역사를 만듭니다. 그 어려운 일을 대한민국 국가 대표 선수 고해찬 이 해냈습니다, 여러분! 처음과 다를 바 없는 저 여유로운 표정 좀 보세요. 마치 결과를 예상하기라도 한 것처럼 너무나 당연한 미소입니다!

힘겨웠던 오랜 달리기를 멈추고,
내 곁으로 다가올 시간이.
더 가까워진다.

△ ▼ △

결국 경기장엔 들어가 보지도 못하고 끝이 났다. 전부, 모든 것이.
스타디움 경기장까지 고작 몇 걸음 남겨 두고, 도희는 신호등 앞에서 우두커 니 멈춰 섰다. 8차선 도로의 끝과 끝. 저만치 떨어진 곳에서 검은색 볼캡을 푹 눌러쓰고 숨 가쁘게 달려오는 남자를 보았기 때문이다.
고해찬. 해찬이었다.
맞은편 신호등에 멈춰 선 채, 무릎을 짚고 가쁜 숨을 몰아쉰다. 그러면서도 힘겹게 웃는다. 강렬한 햇살이 따가워 인상을 찡그리면서도, 입술을 늘여 웃었 다. 그가 휴대폰을 흔들었다. 얼마 지나지 않아 손에서 진동이 느껴졌다. 도희 가 천천히 팔을 들었다.

"······못 가서 미안해."

— 괜찮아. 경기는, 봤어요?

"응. 금메달 축하해, 고해찬."

— 축하해 주는 사람치고는 목소리가 영 별론데. 회사에서 무슨 안 좋은 일 있었어요?

아니. 도희가 고개를 내저었다.

"그냥, 왠지. 조금 슬퍼서."

해찬의 얼굴이 딱딱하게 굳었다.

— 왜.

도희가 천천히 숨을 내쉬었다.

"네가 걸어온 그 길이 얼마나 숨 막히고, 외롭고, 힘든 길이었는지. 이제야 조금 알 것 같아서. 그래서 슬펐어. 보는 내내."

그냥 포기하라고, 말하고 싶었어. 8년 전 체육관에서 본 너는 분명 행복해 보였는데, 자유로웠는데. 그 이면에 감춰진 절박함은 너무, 너무······. 두려워 보였어.

있잖아, 해찬아.

"어머니 돌아가셨을 때, 시합하면서 무슨 생각 했어?"

그때의 나는 너무 힘들어서, 너의 아픔까지 헤아릴 수 없었어.

"내가 널 버리고 떠났을 때, 그땐 어떤 마음으로 수영했어?"

그래서 모르는 척 외면했어.

이렇게나 교활하고, 이기적인 나인데, 너는 그런 내가 뭐라고. 그토록 소중 해하고 예뻐할까.

— 아무 생각도 안 했어.

"······거짓말."

— 할 수 있는 게, 수영뿐이라서. 그땐 그냥 앞만 보면서 달렸어. 그 끝에 뭐 가 있을지, 그건 아무도 모르는 거니까. 그냥 달렸어.

다시, 여름이 왔다. 돌고 돌아 다시 또 여름이 왔다.

언제부터였을까. 너무 싫고, 끔찍했던 여름이 좋아졌다. 비릿한 여름 냄새도, 더운 바람이나 추적한 빗소리도, 눅눅하고 습한 공기, 시끄러운 매미 울음소리까지 전부 좋아졌다. 하루라도 빨리 가 버렸으면 했던 여름이, 이제는 제발 하루라도 빨리 다가오길 바라게 됐다.

어느 때보다 간절히.

— 그 끝에 네가 있길 바라면서.

너는 알까.

그 모든 게 너 때문이었다는 걸.

"나, 휴가 내고 왔어."

— 나 때문에?

"응. 그냥 확 때려치울까 했는데, 참았어."

— 왜?

"너 먹여 살리려고. 예전에 빌렸던 2억. 갚아야지."

피식 웃음을 터트리는 해찬을 보며, 도희도 따라 웃었다.

— 말만 들어도 배부르네.

그 말을 들으며, 도희가 한쪽 다리를 굽혀 앉았다. 귀와 어깨 사이에 휴대폰을 끼워 넣고 신발 끈을 다시 묶었다.

— 지금 뭐 해.

"운동화 끈 묶어."

— 그러니까 왜.

"달리다가 넘어지면 안 되니까."

매듭을 두 번이나 돌려 질끈 묶고, 천천히 몸을 일으켰다. 때맞춰 신호가 바뀌었다.

"이번엔 내가 갈게."

기다려.

온 마음 다해 달려갈게.

지쳐도 힘들어도 쉬지 않고 무너지지 않고 있는 힘껏 달려와 준 너에게, 너의 곁으로.

이젠 내가 갈게.

그러니까 부디, 사라지지 말아 줘.

환상이 아닌 현실로, 오래오래 선명히 곁에 머물러 줘.

여름아, 내 여름아.

Dear, summer

친 애 하 는   여 름 에 게

— *fin*

디어, 썸머

1판 1쇄 찍음 2020년 3월 13일
1판 1쇄 펴냄 2020년 3월 20일

지은이 | 탐 나
펴낸이 | 정 필
펴낸곳 | (주)뿔미디어

기획·편집 | 이영은, 심은지, 배지은
표지·디자인 | 우 물

출판등록 | 2002년 9월 11일 (제1081-1-132호)
주소 | 경기도 부천시 원미구 소향로17, 303(두성프라자)
전화 | (032)651-6513 팩스 | (032)651-6094
E-mail | dahyangs@naver.com
블로그 | http://blog.naver.com/dahyangs
비북스 | http://b-books.co.kr

값 13,000원

ISBN 979-11-6565-057-5 03810

/